KW-451-408

Für
Ruth Meyer-Elcott und Ilse Meyer-Wolfson
Eure Geschichte wird nicht vergessen werden.

Tage des Lichts

GREENWICH LIBRARIES

3 8028 02077916 8

ULRIKE RENK, Jahrgang 1967, studierte Literatur und Medien-wissenschaften und lebt mit ihrer Familie in Krefeld. Familienge-schichten haben sie schon immer fasziniert, und so verwebt sie in ihren erfolgreichen Romanen Realität mit Fiktion.

Im Aufbau Taschenbuch liegen ihre Australien-Saga, die Ostpreu-ßen-Saga, die ersten beiden Bände der Seidenstadt-Saga, »Jahre aus Seide« und »Zeit aus Glas«, sowie zahlreiche historische Romane vor.

Mehr Informationen zur Autorin unter www.ulrikerenk.de

Sommer 1939: Ruth ist nun seit einiger Zeit in Anstellung bei der Familie Sanderson im Süden Englands. Doch ihre Gedanken und Sorgen sind noch in der alten Heimat. Wie wird es ihrer Mutter und Ilse in Krefeld ergehen? Wie ihrem Vater, der verhaftet wurde und nun im KZ sitzt? Auch wenn die Arbeit auf der Farm mühsam und kräftezehrend ist, hat sie alles darangesetzt, ihren Lieben ein Visum zu besorgen. Aber wird es noch rechtzeitig in Deutschland ankom-men? Nur noch wenige Stunden bleiben ihnen Zeit, dann erlischt für ihren Vater die Möglichkeit der Ausreise. Als ihre Eltern und Ilse in letzter Minute England erreichen, ist das Glück über ihr Wiederse-hen nur von kurzer Dauer. Denn England erklärt Deutschland den Krieg, und plötzlich sind sie auch hier nicht mehr sicher.

ULRIKE RENK

Tage des Lichts

Das Schicksal einer Familie

ROMAN

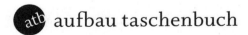

aufbau taschenbuch

Greenwich Libraries- GLL	RE EL.
211388	
38028020779168	
German	

MIX
Papier aus verantwor-
tungsvollen Quellen
FSC
www.fsc.org FSC® C083411

ISBN 978-3-7466-3566-8

Aufbau Taschenbuch ist eine Marke
der Aufbau Verlag GmbH & Co. KG

1. Auflage 2020
© Aufbau Verlag GmbH & Co. KG, Berlin 2020
Umschlaggestaltung www.buerosued.de, München
unter Verwendung eines Bildes von Arcangel Images / lldiko Neer
Gesetzt aus der Aldusdurch die LVD GmbH, Berlin
Druck und Binden CPI books GmbH, Leck, Germany
Printed in Germany

www.aufbau-verlag.de

PERSONENVERZEICHNIS

Familie Meyer

Martha Meyer (geb. Meyer) Karl Meyer

Ruth

Ilse

Großeltern

Wilhelmine Meyer (Omi) Valentin Meyer (Opi) → Karls Eltern

Emilie Meyer (Großmutter) → Marthas Mutter

Hedwig Simons (geb. Meyer)

Hans Simons

Werner und Hilde Kappels, Tochter Marlies (England)

Freunde und Bekannte der Familie Meyer

Hans Aretz (ehemaliger Chauffeur)

Josefine Aretz (Finnchen)

Helmuth

Rita

Familie Kruitsmanns (Holland)

Edith und Jakub Nebel (England)

Freddy und Olivia Sanderson

Jill

Jack und Daisy Norton → Knecht und Magd auf der Farm

Susan und Lydia → Helferinnen in der Küche

Evakuierte

Ms Florence Jones → Lehrerin

Matilda Smith

Ruby Taylor

Harriet Roberts

Kapitel 1

England, August 1939

Um achtzehn Uhr dreißig fuhr der nächste Zug von London nach Frinton-on-Sea, das hatte Ruth sich gemerkt. Sie verließ das Bloomsbury House und eilte zum Bahnhof. Um sie herum herrschte emsiges Treiben, die meisten Menschen hatten Feierabend. Manche schlenderten durch die Straßen, genossen den herrlichen Sommerabend. Andere hatten es eilig, mit schnellen Schritten und manchmal ohne Rücksicht zu nehmen, liefen sie durch die Menge. Auch Ruth beeilte sich, obwohl sie eine bleierne Müdigkeit verspürte. Nach und nach fiel die Aufregung von ihr ab, und eine Leere machte sich in ihr breit. Der Glockenschlag von Big Ben riss sie aus ihren Gedanken. Sie lauschte – zwei Tonfolgen, zehn Takte –, das bedeutete, dass es halb sechs war. Gut vierzig Minuten brauchte sie vom Bloomsbury House bis zum Bahnhof. Um diese Zeit mit all den Menschen auf der Straße würde es vielleicht sogar etwas länger dauern. Zum Glück hatte sie heute Morgen schon eine Rückfahrkarte gelöst. Sie musste den Zug unbedingt erreichen, die Rückfahrt würde weitere drei Stunden dauern, und Mrs Sanderson war bestimmt böse, dass sie so lange fort war, und würde mit Tadel nicht sparen. Doch das nahm Ruth gerne in Kauf. Wichtig war nur, dass die Mitarbeiter des Bloomsbury House ihr Versprechen hielten und die Formulare nach Deutschland kabelten. Heute noch. Es hing so viel davon ab – das Leben ihres Vaters stand auf dem Spiel. Nur die Einreiseerlaubnis nach England konnte ihn jetzt noch retten.

Ruth beschleunigte ihren Schritt, wich den anderen Leuten aus. Ihre Kehle war trocken, ihr Magen knurrte, und dennoch verspürte sie keinen Appetit. Den ganzen Tag hatte sie im Bloomsbury House verbracht, hatte gehofft, gebetet, gefleht und schließlich geschrien – sie hatte nur diesen Tag, diese vierundzwanzig Stunden, um zu erreichen, dass die Papiere nach Deutschland gekabelt wurden.

Wochenlang hatte sie alle wichtigen Dokumente zusammengetragen. Edith Nebel, eine deutsche Jüdin, die schon lange in England lebte und sich nun um jüdische Flüchtlinge kümmerte, hatte ihr dabei geholfen. Außerdem hatte Edith sich bereit erklärt, Ruths Cousin Hans zu adoptieren. Die Papiere waren schon beim Roten Kreuz, doch Bürokratie dauerte – immer und überall. Sie hatte sogar das Gefühl, dass es immer schlimmer würde, England schien sich in einer Starre zu befinden und der Krieg mit Deutschland unvermeidbar zu sein. Gerade deshalb, dachte Ruth seufzend, ist es doch so wichtig, jetzt noch Anträge zu genehmigen und auszuführen. Bald schon könnte es zu spät sein. Aber sie hatte getan, was sie konnte, jetzt blieb ihr nur noch, zu hoffen.

Sehnsüchtig schaute Ruth zu den Straßencafés, an denen

die Tische gut besetzt waren und fröhliche Menschen kalte Getränke vor sich stehen hatten. Sosehr sie eine Limonade herbeisehnte, die Zeit reichte einfach nicht.

Je näher sie dem Bahnhof kam, umso dichter wurde das Gewühl auf den Straßen. Viele Leute arbeiteten in London, wohnten aber außerhalb. Mittlerweile war es so voll, dass die Menge kaum mehr vorankam. Schnell drückte sie sich an einem Paar vorbei, das laut debattierend direkt vor ihr stehen geblieben war, stolperte und fing sich gerade noch rechtzeitig. Wieder hörte sie den Glockenschlag der großen Turmuhr, es war schon Viertel nach sechs.

So voll hatte sie den Bahnhof noch nie erlebt, aber es war auch erst das dritte Mal, dass sie in London war. Energisch schob sie sich durch die Massen, erreichte den Bahnsteig und seufzte erleichtert auf.

»Limonade!«, rief eine Frau, die einen Bauchladen trug und ein kleines Wägelchen hinter sich herzog. »Frisch gepresste Limonade.«

»Ich nehme eine«, sagte Ruth eilig. Sie zog ihre Börse aus der Tasche und nahm einige Münzen hervor. Die Frau gab ihr eine klebrige Flasche, die sich warm anfühlte. Frisch war das sicherlich nicht, aber das war Ruth nun egal.

»Na«, sagte die Frau, »geht es fürs Wochenende aufs Land? Haste 'nen Liebsten dort?« Sie zwinkerte Ruth zu.

Ruth schoss das Blut in die Wangen. »Nein«, sagte sie, doch die Frau hatte sich schon abgewendet.

Dampfend und pfeifend fuhr der Zug ein und blieb ächzend stehen. Kaum einer stieg aus, doch viele wollten einsteigen. Zu viele, dachte Ruth erschrocken und schloss schnell den Korken der Flasche und steckte sie in ihre Tasche. Gleich würde das Gedränge losgehen und der Kampf um die Plätze. Doch entgegen ihren Befürchtungen blieb es geordnet und ruhig. Es bildete sich eine Schlange, nach und nach stiegen die Passagiere ein. Ruth hatte das schon zuvor erlebt, aber noch nie bei einem solchen Andrang. Als der Zug anfuhr, hatte Ruth sogar einen Sitzplatz gefunden. Im Gang stand eine ältere Dame mit einem staubigen Hut und einer Reisetasche aus Teppichresten.

»Ich fahre nur bis zur nächsten Station«, sprach die junge Frau, die neben Ruth saß, sie an. »Sie können gerne meinen Platz haben.«

»Danke, Darling. Das ist sehr aufmerksam.«

Verlegen sah Ruth sich um. Es gab noch mehr ältere Leute. Sollte sie ebenfalls aufstehen und ihren Platz anbieten? Aber ihre Fahrt dauerte länger, fast drei Stunden würde sie unterwegs sein. Was, wenn es so voll blieb? Die ganze Zeit zu stehen, das konnte sie nicht, das würde sie nicht mehr schaffen. Die Anspannung der letzten Wochen, all die schlaflosen Nächte, die sie in Gedanken an ihre Lieben in Krefeld verbracht hat, hatten an ihren Kräften gezehrt. Dennoch plagte sie das schlechte Gewissen. Ein Mann schob sich durch den Gang. Er umklammerte einen Koffer, schnaufte.

»Wollen Sie sich setzen?«, platzte es aus Ruth heraus.

Das Gesicht des Mannes war sonnengegerbt und von Falten durchzogen.

»Wo musst du denn hin?«, fragte er sie.

»Nach Frinton-on-Sea.«

»Das ist aber ein ganzes Stückchen.« Nachdenklich schaute er sie an.

»Und wohin wollen Sie?«

»Ich will nach Maldon und steige in Chelmsford um.«

»Dann können Sie bis dorthin diesen Platz haben.« Ruth stand auf. Sie lebte jetzt in England, auch wenn sie vermutlich nie wirklich Engländerin werden würde, so wollte sie sich doch an die Sitten und Gebräuche halten.

»Wo kommst du her?«, fragte der Mann sie und schob seinen Koffer unter die Bank. »Du bist keine Engländerin.« Es war eine Feststellung, keine Frage.

»Ich bin Deutsche«, sagte Ruth leise. Sie schämte sich, Deutsche zu sein, das wurde ihr immer wieder schmerzlich bewusst. Der Mann und auch die Umstehenden sahen sie prüfend an.

»Bist du auf der Rückreise? Noch gibt es ja die Fähre in Harwich.«

»Noch?«, fragte Ruth erschrocken.

»Es wird Krieg geben, das ist so sicher wie das Amen in der Kirche«, sagte ein Mann zwei Reihen weiter. »Und sobald Krieg ist, wird es keine zivile Seefahrt mehr geben. Die Deutschen haben aufgerüstet – man munkelt von Zerstörern und U-Booten, die sich schon jetzt auf den Weg in den Ärmelkanal gemacht haben.«

Ruth schluckte. Sie wusste nicht, was sie sagen sollte und senkte den Kopf.

»Bist du Jüdin?«, fragte die alte Frau mit der Teppichtasche. Sie hatte einen schweren Akzent – es klang nach Osteuropa.

Automatisch hielt Ruth die Luft an. Würde sie nun angefeindet werden? Immer noch war sie sich nicht ganz im Klaren darüber, was die Briten den Juden gegenüber empfanden. Es gab einen Unterschied zwischen den Religionen, das hatte sie schon gemerkt. Allerdings wurden Juden nicht öffentlich abgelehnt wie in Deutschland.

»Keine Angst«, sagte die Frau. »Bin auch Jüdin. Gut, dass du hier bist. Bleibst doch hier, oder?«

»Ja, ich habe hier eine Stellung.«

»Gut so, Sweetheart«, meinte der alte Mann, »denn Krieg wird es geben.«

»Nur noch eine Frage der Zeit«, warf jemand ein. »Schließlich haben sie die Wehrpflicht eingeführt. Mein Sohn muss für ein halbes Jahr eine militärische Ausbildung machen und wird dann Reservist.«

»Hoffentlich bleibt er das auch«, seufzte eine Frau. »Mein Sohn wurde auch eingezogen – wie so viele andere Zwanzigjährige. Dabei haben wir doch eine Berufsarmee.«

»Na, wir haben ja im letzten Krieg gesehen, wie weit wir damit kommen.«

»Außerdem hat sich die Welt verändert – auch die Waffen und die Rüstung. Ich bin mir sicher, dass es einen Luftkrieg geben wird.«

»Einen Luftkrieg? Schlimmer noch als im Großen Krieg?«

»Wollen wir mal hoffen, dass die Regierung uns in letzter Minute noch davor bewahren kann. Chamberlain wird alles dafür tun, dass wir nicht in einen Krieg gezwungen werden.«

»Chamberlain und seine Appeasement-Politik – das kann doch gar nicht gut gehen. Wir haben ein Abkommen mit Polen«, sagte der Mann, dessen Sohn eingezogen worden war, »und daran werden wir uns halten müssen. Und davon, dass Hitler sich Polen einverleiben will, gehe ich aus.«

»Doch nur die Gebiete des polnischen Korridors und Danzig, oder?«

»Das sagt er jetzt. Aber hat er nicht auch Anfang des Jahres gesagt, dass er nur das Sudetenland haben will?«

»Russland wird ihm nie Polen überlassen.«

»Da wäre ich mir nicht so sicher. Stalin ist genauso größenwahnsinnig wie Hitler!«

Inzwischen hatte der Zug im Bahnhof von Brentwood gehalten. Schon in Stratford und Ramford waren die meisten Pendler ausgestiegen, und nur wenige Passagiere kamen neu hinzu. Die meisten schienen Ausflügler zu sein, die offensichtlich auf dem Weg zur Küste waren und sich auf ein warmes Wochenende an der See freuten. Sie hatten Taschen und Picknickkörbe dabei, in den Gepäckwagen wurde so manches Fahrrad gehoben. Doch die Stimmung war nicht so ausgelassen und fröhlich, wie man es erwarten sollte. Ruth spürte die Anspannung der Leute, auch wenn sich nun die Gespräche um das Wetter drehten und nicht mehr um den drohenden Krieg.

Inzwischen hatte Ruth wieder einen Sitzplatz gefunden, lehnte ihren Kopf an das Fenster und schloss die Augen. Ihr

Magen knurrte, und ihr war flau. Sie hatte seit dem frühen Morgen nichts gegessen.

»Na, Darling?« Die alte Frau mit der Teppichtasche setzte sich neben sie und schnaufte. »Biste allein hier, ohne Familie?« Sie rollte das R sehr stark und verschluckte einige Buchstaben.

»Meine Familie ist noch in Deutschland. Aber ich hoffe, dass sie bald nachkommen wird.« Ruth biss sich auf die Lippe. Sie spürte wieder, wie sich die Angst in ihr ausbreitete – die bange Furcht, dass all ihre Bemühungen zu spät kommen würden.

Die alte Frau nickte. »Die Familie sollte zusammen sein in Tagen wie diesen. Aber manchmal geht das nicht.« Sie schien ein wenig in sich zusammenzusacken, und die Falten um ihren Mund wurden tiefer. Dann lächelte sie, ein gezwungenes Lächeln. Sie tauschte mit Ruth einen wissenden Blick, und auch Ruth nickte. Es bedurfte keiner Worte, beide hatten das Grauen der Nazis erfahren.

Wieder schloss Ruth die Augen. Sie sah die schöne Landschaft nicht, durch die der Zug nun rollte, die Wiesen und Felder im milden Abendlicht des Spätsommers. In ihrem Kopf spielten die Gedanken Fangen. War sie zu spät dran gewesen? Würden die Männer vom Amt wirklich die Einreiseerlaubnis nach Deutschland kabeln? Und wenn ja, dann wirklich noch heute? Die Zeit lief ihr davon, und ihr Vater saß in Dachau. Sie war die Einzige, die ihm nun noch helfen konnte.

Der Krieg war wie eine dunkle Gewitterwolke, die immer

näher und näher zog. Als Achtzehnjährige hatte Ruth keinen Krieg erlebt, aber die Erzählungen ihrer Eltern und Großeltern hatten sich in ihr Gedächtnis gebrannt. Krieg war immer schrecklich, aber dieser jetzt drohende Krieg würde noch schrecklicher sein als alles zuvor – vor allem für Juden. Der Gedanke machte sie schwindelig. Sie merkte, dass ihr übel wurde und die Angst und Sorge sich wie schwerer Schlamm in ihrem Magen verteilten.

»Darling, siehst nicht gut aus«, sagte die ältere Frau besorgt. »Bist so blass und fahl.« Sie musterte Ruth, die ihre Augen aufriss und versuchte, ihren rebellierenden Magen zu beruhigen.

Aus dem Fenster konnte sie nicht schauen, dort fehlte ihr ein Fixpunkt, die grünen Felder und Weiden verschwammen zu einem leuchtenden Teppich, der hin und her zu schwanken schien. Ruth schaute auf das Gepäckgitter über ihr, versuchte ihren Blick festzumachen, doch dort lag ein Ball aus Leder, er rollte mit den Bewegungen des Zuges hin und her. Ruth schloss die Augen und kniff die Lippen zusammen.

Ich darf jetzt nicht ohnmächtig werden, sagte sie sich. Ich darf mich jetzt nicht hier vor allen Leuten übergeben. Während des Gespräches war ihr eins bewusst geworden: Sie war viel mehr als nur ein achtzehnjähriges Mädchen auf der Flucht vor den Nazi-Schergen. Sie trug die Verantwortung – nicht nur für ihre Familie, sondern in gewissem Sinn auch für alle anderen deutschen Juden. Hier im Ausland, wo sie um Schutz baten und Unterschlupf suchten, durften sie nicht negativ auffallen. Überhaupt nicht auffallen am besten und keinesfalls negativ. Diese Erkenntnis traf sie mit voller Wucht. Sie schluckte, schluckte erneut, holte tief Luft und versuchte, die Übelkeit zu verdrängen.

»Hast du nichts zu trinken, Darling?«, fragte die alte Frau.

Ruth fiel die Limonade ein, die sie im Gewühl des Bahnhofs in ihre Tasche gesteckt hatte. Sie zog die Flasche heraus, trank gierig. Das süße, zitronige Wasser war warm und klebrig, aber es belebte sie.

»Hier.« Die Frau reichte ihr eine weitere Flasche. »Trink. Man sollte viel trinken, wenn es so warm ist.« Sie musterte Ruth erneut. »Wann hast du gegessen das letzte Mal?«

Ruth senkte den Kopf.

»Das habe ich mir gedacht«, sagte die Frau nur und wühlte in ihrer Tasche. Sie zog eine Papiertüte hervor und reichte sie Ruth. Darin waren gekochte Eier. »Nimm, nimm. Ich fahre zu einer Cousine aufs Land. Die hat Hühner. Werde Eier reichlich die nächsten Tage haben.«

Ruth nahm ein Ei in die Hand. Eigentlich hatte sie gar keinen Hunger, zumindest dachte sie das bis eben. Aber nun knurrte ihr Magen, sie aß das Ei und trank noch einen Schluck.

Dann holte die Frau eine weitere Tüte heraus. Sandwiches – mit Gurken und Corned Beef. An das englische Dosenfleisch, das auch Mrs Sanderson liebte, hatte sich Ruth bisher nicht gewöhnen können, aber nun war ihr der Geschmack egal. Fast schon gierig aß sie die Brote und noch ein gekochtes Ei, trank von dem verdünnten Tee, der in der Flasche war. Sie kaute lange, trank, kaute wieder und endlich beruhigte sich ihr Magen.

»Siehste. Musst trinken und essen«, sagte die Frau zufrieden. »Sonst kippste um, und niemandem ist geholfen.« Sie lächelte, diesmal war es ein echtes Lächeln, das alle Falten, die ihr Gesicht prägten, mit einbezog.

Der Zug fuhr durch Chelmsford. Hier leerte sich der Zug fast zur Hälfte. Auch die alte Frau stieg aus. Sie drückte Ruths Hände. »Alles Glück der Welt wünsche ich dir. Bist so jung, hast es verdient.«

»Danke«, sagte Ruth. »Danke für das Essen und den Tee – das hat mir vermutlich das Leben gerettet.«

»Wenn Leben immer so einfach zu retten wären, wie schön wäre dann die Welt.« Die Frau seufzte, drückte ihre Teppichtasche an ihre Brust und nickte Ruth zu. Ruth sah ihr hinterher. Welche Lebensgeschichte trug sie wohl mit sich herum? Ruth hatte nicht gefragt. In ihrer Seele war im Moment kein Platz für andere Schicksale.

Bis Frinton-on-Sea waren es noch weitere zwei Stunden. Die hitzigen Diskussionen im Abteil hatten sich gelegt, die Gespräche waren leiser geworden – ein Summen im Hintergrund, wie ein Sommerflieder voller Bienen und Hummeln.

Ruth lehnte den Kopf an das Fenster, schloss die Augen. Ihre Tasche presste sie eng an ihren Bauch, umarmte sie wie einen großen Teddy. Schon bald döste sie ein, doch ihre Gedanken kamen nicht wirklich zur Ruhe. Sie dachte an ihre Eltern, an ihren Vater Karl … was würde dann mit ihm geschehen? Ruth hatte schon einige Berichte von Leuten gehört, die in Konzentrationslagern gewesen waren. Das waren keine Gefängnisse, nein, es waren schreckliche Orte, an denen Menschen gequält wurden. Sie hungerten, lebten in unwürdigen Verhältnissen, dicht an dicht gedrängt. Es gab kaum Hygiene, dafür aber umso mehr Krankheiten, die auch nicht behandelt wurden. Die Insassen mussten hart arbeiten – Steine schleppen oder andere Dinge tun. Diese Vorstellungen waren furchtbar, und plötzlich hatte sie wieder das böse Lachen und die wütenden Stimmen der Nazis in den Ohren. Sie erinnerte sich an Aufmärsche der Hitlerjugend, an Jungen, die auf einmal zu Bestien wurden, die Leute beschimpften, bespuckten und schlugen. Das waren nur Jungs gewesen, die Älteren waren noch schlimmer. Bei dem Gedanken grauste es ihr, und ein Schauer lief ihr, trotz der Hitze, über den Rücken. Diese Menschen waren zu allem fähig, das hatten sie in der Pogromnacht deutlich gezeigt.

Ihr Vater war Vertreter für Schuhe gewesen. Mit dem schwarzen, immer auf Hochglanz polierten Adler war er, gefahren von Hans, seinem Chauffeur – er selbst besaß keinen Führerschein, da er unter einer schweren Augenkrankheit litt –, durch die Lande gereist und hatte seine Schuhkollektionen verkauft.

Hans Aretz, seine Frau Josefine und ihre Kinder Helmuth und Rita waren im Lauf der Jahre ein Teil der Familie geworden. Ohne Aretz hätte ihr Vater sein Geschäft nicht ausbauen können. Bis die Nazis das Regime ergriffen, liefen die Geschäfte gut, doch vor drei Jahren hatte er sein Unternehmen aufgeben und Aretz entlassen müssen. Als Jude war es ihm unmöglich gewesen, weiter beruflich tätig zu sein. Karl, Ruths Vater, war kein handwerklich begabter Mann. Er war auch nicht stark. Reparaturen hatte Aretz immer mit viel Geschick ausgeführt und auch die ein oder andere Arbeit im Garten oder am Haus übernommen. Und nun saß Karl Meyer in Dachau und musste dort sicherlich schwer arbeiten. Lange würde er das nicht durchhalten, das wusste Ruth. Er war auch kein junger Mann mehr, er war schon über fünfzig. Ruths Herz pochte voller Sorge, als sie daran dachte.

Und dann war da ihre Mutter, Martha. Martha war neun Jahre jünger als ihr Mann. Sie war bisher zum Glück noch nicht verhaftet worden. Doch die Pogrome, die gesellschaftliche Ächtung und die Übergriffe, die Juden in den letzten Jahren immer mehr zu fürchten hatten, setzten ihr schwer zu. Sie hatte mehrere Nervenzusammenbrüche erlitten, ihre Gemütslage war bedenklich. Zunächst hatte Ruth lange mit sich gehadert, ob sie ihre Familie alleinlassen konnte. Und es dann dennoch gewagt. Für sie war es die einzige Chance gewesen, ihren Lieben zu helfen. Sie hatte eine Stelle in England angenommen – und das, obwohl sie erst siebzehn gewesen war. Und die Stellen als Haushaltshilfen und Bedienstete waren für junge Frauen ab achtzehn ausgeschrieben. Ruth hatte ihre Papiere gefälscht, und der Schwindel war zum Glück nicht aufgeflogen. Die Sandersons, eine Bauernfamilie aus Frinton-on-Sea kümmerten sich nicht um die wenigen fehlenden Monate. Sie waren froh, Ruth als Hilfe auf dem Hof zu haben.

Ruth hatte ihre ganze Hoffnung darauf gesetzt, dass sie

ihre Familie würde nachholen können und alles, was in ihrer Macht stand, dafür getan. Sie hatte die Unterlagen besorgt und ausgefüllt, Geld war auf ein Anderkonto geflossen, und es gab einen Besuchsantrag für ihre Eltern und ihre Schwester. Dieser war heute auch im Bloomsbury House genehmigt worden, nun musste nach Deutschland gekabelt werden und dann ... dann ... könnte ihre Familie ausreisen. Dann endlich wären sie wieder vereint.

Ruths Magen zog sich zusammen. So viele Stunden, Tage, Wochen hatte es sie gekostet, um diese Anträge auszufüllen, alle Bedingungen zu erfüllen, um alles richtig zu machen. Nun hatte sie die Verantwortung an die Verwaltung übertragen und alles aus den Händen gegeben. Kein schönes Gefühl, nicht zu wissen, ob diese Leute auch wirklich taten, was sie ihr versprochen hatten.

Mutti, dachte sie, Mutti, komm und erzähl mir eine Geschichte. So wie früher. So wie wir es am Freitagabend immer gemacht haben. Du und Ilse und ich auf dem Sofa, die Sabbatkerzen brannten, und du hast erzählt. Wir haben uns meist eine traurige Geschichte gewünscht, Ilse und ich. Damals. Du konntest so gut traurige Geschichten erzählen. Später wollten wir lieber lustige Geschichten hören. Traurig war das Leben um uns herum sowieso. Und dann, Mutti, dachte Ruth, hast du gar keine Geschichten mehr erzählt. Weil du selbst zu traurig warst, zu verzweifelt und zu hoffnungslos. Ich würde alles dafür geben, jetzt mit dir auf einem Sofa zu sitzen und eine Geschichte von dir zu hören. Mutti, ach Mutti, ich sehne mich so nach dir.

Das Schütteln und Rütteln des Zuges wiegte Ruth in einen unruhigen Schlaf. Bei jedem Halt schreckte sie hoch, um doch nur wieder festzustellen, dass es noch dauerte, bis sie Frinton-on-Sea erreicht hatten.

Als sie endlich angekommen war, dämmerte es bereits. Im Bahnhof beleuchtete eine Gaslampe den Weg. Mit Ruth stiegen einige weitere Personen aus. Ein paar Urlauber hatten hier Quartier über das Wochenende gebucht, zwei oder drei Bauern erkannte Ruth vom flüchtigen Sehen. Müde ging sie zu ihrem Fahrrad, das sie vor dem Bahnhof abgestellt hatte. Gut eine halbe Stunde würde die Fahrt zur Farm durch die Felder dauern, über die Straße war es noch weiter. Sie hatte keine Lampe, und der Weg war nicht beleuchtet. Vor drei Tagen war Neumond gewesen, doch nun nahm der Mond wieder zu. Der Himmel war zum Glück wolkenlos, und Ruth kannte die Strecke gut. Dennoch musste sie langsam und aufmerksam fahren, und die Kirchturmuhr der All Saints Church schlug schon Mitternacht, als Ruth kurz vor der Farm war. Charly, der Hofhund, der aussah, als würde er jeden Menschen, der sich ihm näherte, zerfetzen, schlug an. Sein Bellen erkannte Ruth inzwischen blind. Froh seufzte sie auf, sie war zu Hause. Die letzten Meter gingen schnell. Sie öffnete das quietschende Hoftor, das dringend geölt werden musste, begrüßte Charlie, der ihr freudig entgegensprang.

Zu Hause, dachte sie. Seltsam, dass ich in diesem Moment diesen Ort als Zuhause betrachte. Das ist er nicht. Ich bin hier nicht zu Hause, aber es ist eine Zuflucht. Hier darf ich sein.

Sie biss sich auf die Lippen und grinste schief. Ich darf hier sein, bis Mrs Sanderson es anders entscheidet. Und vielleicht schmeißt sie mich ja heute Nacht noch raus. Möglich wäre es.

Sie schloss das Hoftor hinter sich, schob das Fahrrad zum Schuppen und stellte es dort ab. In der Küche brannte noch Licht. War Mrs Sanderson etwa aufgeblieben und wartete noch auf sie? Heute Nacht fühlte Ruth sich nicht fähig, eine große Diskussion auszuhalten. Sie seufzte, zog die Schultern hoch und wappnete sich für die Auseinandersetzung. Diskussionen mit ihrer Arbeitgeberin waren nie gut. Olivia Sanderson erwartete von ihren Angestellten absoluten Gehorsam und bedingungslose Aufopferung, so erschien es zumindest Ruth. Freie Tage waren selten und harte Arbeit der Standard. Das machte ihr nichts aus – aber diesen freien Tag hatte sie sich genommen, nehmen müssen, es ging ja schließlich um das Leben ihrer Familie.

Bevor sie ins Haus ging, streichelte sie Charly über den Kopf. Charly war ein Senfhund, wie Mr Sanderson es nannte – ein Hund, zu dem jeder Hund aus dem Dorf vermutlich seinen Senf dazugegeben hatte. Er war ein kniehoher Mischling und nicht wirklich schön. Sein Fell war struppig, ein Ohr stand hoch, das andere hing schlapp neben dem Kopf. Die Rute konnte sich nicht entscheiden, ob sie sich über den Rücken kringeln sollte oder nicht. Aber er war ein guter Wachhund und zur Familie immer freundlich. Außerdem liebte er Jill, die zweijährige Tochter der Sandersons. Für Jill hätte er vermutlich sein Leben gegeben.

Charly erinnerte Ruth ein wenig an Spitz, den Hund, den sie früher gehabt hatte. Er war genauso treu. Vor einigen Jahren war bei ihnen in Krefeld eingebrochen worden – in das Souterrain, wo Ruths Vater, der damals noch ein erfolgreicher Schuhvertreter gewesen war, sein Büro, seine Musterkoffer und auch seine Kasse hatte. Ihr Vater war, wie so häufig, auf Tour und ihre Mutter mit ihnen allein gewesen. Spitz, der auf einer Decke im Flur schlief, hatte angeschlagen, er hatte wie verrückt gebellt, war ins Souterrain gelaufen und hatte den Einbrecher angegriffen. Obwohl er so klein war. Um ihn abzuwehren, hatte der Einbrecher ihm ein Messer ins Auge gerammt und war dann geflohen.

Ruth hörte immer noch, wie Spitz vor Schmerz gewinselt hatte, es war schrecklich gewesen, Spitz da liegen zu sehen, blutend und schwer verletzt.

»Wir müssen mit ihm zum Tierarzt«, hatte sie geschrien. »Sofort!«

»Aber wie sollen wir dahin kommen?«, hatte Martha verzweifelt gefragt. »Vati und Aretz sind doch nicht da …«

»Ich laufe rüber zu den Merländers!« Ohne weiter darüber nachzudenken, hatte Ruth ihren Mantel übergezogen und war zu den Nachbarn gelaufen, um das Haus herum zu der Wohnung der Sanders. Rosi Sander war ihre Freundin seit Kindestagen. Ihr Vater war der Chauffeur von Richard Merländer, dem Seidenfabrikanten, dem die Villa gehörte. Ruth klopfte und klingelte Sturm, Hermann Sanders öffnete ihr verschlafen und sah sie erschrocken an. »Ruthchen, Kind, ist etwas passiert?«

»Bei uns wurde eingebrochen.« Plötzlich schossen Ruth die Tränen in die Augen.

»Ist jemand verletzt? Ist der Einbrecher noch da? Habt ihr schon die Polizei gerufen?«

»Uns geht es gut«, stammelte Ruth schluchzend. »Der Einbrecher ist weg, aber Spitz ist schwer verletzt. Und Vati und Aretz …«

»Ich komme!« Ohne zu zögern, griff Sanders nach seinem Mantel und eilte über die Straße, die von den Gaslaternen nur schummrig beleuchtet wurde.

Martha hatte den wimmernden Hund in seine Decke gewickelt und nach oben in den Hausflur getragen. Ilse saß ganz bleich mit aufgerissenen Augen auf der Treppe und zitterte.

»Guten Abend, Frau Meyer«, sagte Sanders. »Kann ich helfen?«

»Spitz ist verletzt. Er muss zum Tierarzt«, sagte Martha, auch ihr liefen die Tränen über die Wangen. »Der tapfere Hund hat den Einbrecher vertrieben.«

»Sind Sie sich sicher, dass er weg ist?« Sanders ging vorsichtig nach unten, schaltete überall das Licht ein »Es sieht so aus, als wäre der Mistkerl weg. Zum Glück! Haben Sie ihn gesehen?«

Martha schüttelte den Kopf. »Der Hund muss zum Tierarzt. Sein Auge …«

In Spitz' Auge steckte der dünne, silberne Brieföffner, den Karl immer auf seinem Schreibtisch liegen hatte. Ruth sah es erst jetzt und zuckte zusammen. »Sollen wir ihn nicht rausziehen?«, fragte sie beklommen.

»Nein«, sagte Martha. »Ich habe mal gelesen, dass man Stichwaffen stecken lassen soll, bis ein Arzt sie entfernt – ansonsten könnte Spitz verbluten. Das Messer schließt die Wunde auch.«

»Dann los«, sagte Sanders. »Sind Sie auch bei Doktor Schneider in Bockum? Dorthin gehen die Merländers immer mit ihren Hunden. Wir haben gute Erfahrungen mit ihm gemacht. Ich weiß, wo er wohnt, war schon oft da – der Pekinese hat ja immer etwas … Kommen Sie, ich fahre Sie hin.« Er drehte sich zu den Mädchen um. »Und ihr geht rüber, zu meiner Frau. Allein bleibt ihr hier nicht. Wir sollten auch die Polizei rufen. Darum kann sich meine Schwester kümmern.« Seine Worte ließen keinen Widerspruch zu, aber das war in der Situation auch gut so, dachte Ruth nun, als sie sich zurückerinnerte. Sie alle hatten unter Schock gestanden. Die Nacht hatten Ilse und sie bei Rosi verbracht, Lisa Sanders, Hermanns Schwester, hatte die Polizei gerufen, und ihre Mutter hatte mit dem Chauffeur zusammen Spitz zum Tierarzt gebracht.

Der Einbrecher wurde nie gefasst. Allerdings hatte er – vermutlich dank Spitz – nichts entwendet. Die Tür wurde verstärkt und bekam ein Sicherheitsschloss. Und Spitz überlebte. Er hatte zwar von da an nur noch ein Auge, aber das schien ihn nicht zu stören.

Wie lange war das jetzt her?, fragte sich Ruth, als sie zum Haus der Sandersons ging. Es muss vor 1936 gewesen sein, bevor die Rassengesetze in Kraft traten, und ihr Vater nach und nach sein Geschäft hatte aufgeben müssen. Die Nazis waren auch Diebe und Einbrecher – sie waren in ihr Leben eingebrochen und hatten ihnen fast alles genommen: das Haus, die Sicherheit, die Heimat, jedwedes Glücksgefühl. Natürlich auch materielle Dinge, Geld und andere Sicherheiten. Was sie noch hatten, war ihr Leben. Und das galt es nun zu retten.

Kapitel 2

Ruth straffte die Schultern und öffnete die Tür, die in die große Küche führte. Ein riesiger, mit schwarz-weißen Kacheln im Schachbrettmuster gefliester Raum, an dessen einer Seite Schweinehälften und große Stücke von geschlachteten Rindern abhingen. Auf der anderen Seite stand der große Herd. Ein Teil war gemauert, ein Teil aus Gusseisen – eine Küchenhexe mit Wasserkessel und Backofen. Hier stand auch der große Holztisch, an dem sich alle zum Essen versammelten, und die Anrichte, in der das tägliche Geschirr verstaut war. Das gute Geschirr wurde im Esszimmer aufbewahrt, das auf der anderen Seite des Hauses lag – direkt neben dem Salon und der kleinen Bibliothek, die Mr Sanderson aber nur selten nutzte.

Die Petroleumlampe über dem Tisch leuchtete noch, und ein dumpfes Brummen erfüllte den Raum. Am Küchentisch saß nicht, wie Ruth befürchtet hatte, Olivia Sanderson, um ihr eine Standpauke zu halten, sondern Freddy Sanderson. Sein Kopf war nach vorne gesunken, und er schnarchte. Doch das Brummen kam von woanders. Sie sah sich um. Im anderen Bereich der Küche hing ein Kalb, in zwei Hälften geteilt. Auf dem Fliesenboden war eine große Blutlache, von dort kam auch der metallische Geruch, vermischt mit einer unangenehmen Süße – wie Lilien, die schon fast verwelkt waren und noch mal alles gaben, um die Luft zu erfüllen. Ein Geruch, von dem Ruth übel wurde. Um das Kalb, die beiden Schinken und die Schweinehälfte surrten Millionen von Fliegen. Fast schien es, als ob sich das Fleisch, das an großen Haken hing, bewegte.

Ruth schrie entsetzt auf. Das Kalb hatte heute früh, als sie bei Sonnenaufgang das Haus verlassen hatte, noch nicht hier gehangen. Es musste im Lauf des Tages geschlachtet worden sein. Aber niemand hatte das Fleisch mit Essiglösung abgerieben und die Fliegenmaden abgesammelt.

Ruth stellte ihre Tasche auf einen Stuhl und sah sich um. Im Spülbecken stand das gebrauchte Geschirr des Tages. Die Küchenhexe war ausgegangen, also gab es auch kein heißes Wasser mehr. Auf dem Herd stand ein Kessel mit dem Eintopf, den sie gestern vorgekocht hatte. Er war so gut wie leer, und die Reste waren angebacken, es roch ein wenig verbrannt, als sie den Deckel anhob. Schnell zog sie den Kessel vom Feuer und schüttete kaltes Wasser hinein.

Sie war so müde und fühlte sich so erschöpft und leer, aber wenn sie jetzt nicht aufräumte, würde sie es morgen machen müssen. Und das Fleisch war nicht mehr verwendbar.

Ruth sah an sich herunter. Sie trug das einzige gute Kleid, das sie noch besaß. Auch die guten Schuhe hatte sie an. Sie hatte im Bloomsbury House Eindruck machen wollen, aber so konnte sie weder die Maden vom Fleisch absuchen noch putzen oder spülen, ohne den Stoff zu beschmutzen. Schnell schlüpfte Ruth aus den Schuhen, lief die schmale Hintertreppe nach oben in die Mansarde, wo sie ihr Zimmer hatte, um sich umzuziehen. Als sie kurz darauf wieder die Küche betrat, fiel die Tür krachend ins Schloss, Freddie Sanderson setzte sich verwirrt auf und schaute sich verschlafen um.

»Guten Abend«, sagte Ruth und öffnete die Tür nach draußen. Allmählich kühlte es sich ein wenig ab. Zwar würden jetzt einige Nachtfalter hereinkommen, aber vielleicht würden auch Fliegen den Weg nach draußen nehmen – der Misthaufen im Hof roch für sie hoffentlich verlockender als das Fleisch. »Es tut mir leid«, sagte Ruth mit dünner Stimme und ein wenig ängstlich, »dass ich so spät komme. Es ging nicht früher.«

Freddy schaute auf die große Kaminuhr, die ungerührt vor sich hin tickte.

»Es ist fast Mitternacht«, sagte er und gähnte. »Ich muss eingeschlafen sein.«

Ruth lächelte verzagt. »Das sind Sie.« Sie schaute sich um. Auf dem gemauerten Ofen stand noch der Wasserkessel. »Soll ich Ihnen noch einen Tee kochen?«

Sanderson nahm den Becher, der vor ihm auf dem Tisch stand, schüttete, ohne nachzudenken, den Rest auf den Boden. »Ja, ich nehme gerne noch eine Tasse Tee. Muss aber erst einmal nach der Kuh schauen. Sie hat heute Nachmittag gekalbt.« Er seufzte. »Zwillinge – ein Kalb ist gestorben. Ich habe es direkt geschlachtet.« Er zeigte in den hinteren Bereich der Küche.

»Habe ich schon gesehen«, sagte Ruth. »Das Fleisch ist voller Fliegen.«

»Kommt vom Schwein.« Sanderson stand auf und reckte sich. »Meine Frau meinte, die Maden abzusammeln ist deine Aufgabe. Sie war nicht begeistert, dass du weggefahren bist.« Ruth senkte den Kopf. Freddy sah sie an.

»Warst du erfolgreich? Hast du die Anträge für deine Eltern einreichen können?«

»Ja. Aber ich weiß nicht, ob sie noch rechtzeitig weitergegeben werden und meine Familie ausreisen darf. Ich hoffe es so sehr.«

»Ich wünsche dir, dass es klappt. Du bist ein tapferes Mädchen.« Er musterte sie. »Und du siehst müde aus. Willst du nicht ins Bett gehen?«

»Aber … das Fleisch verdirbt dann. Niemand hat es mit Essig abgewaschen. Und niemand hat die Maden abgesammelt …«

»Das Schwein kommt morgen in den Rauch. Ein paar Maden machen da nichts. Die Pökellauge für die Schinken habe ich schon angesetzt.« Er sah zum Fleisch. »Die lege ich gleich noch ein – muss aber erst nach der Kuh sehen.« Er stapfte nach draußen.

Der Schachbrettküchenboden war voller Dreck. Ruth holte tief Luft und dachte nach – den Küchenboden nun zu putzen machte wenig Sinn. Sanderson würde wieder zurückkommen, und er zog nie seine dreckigen Stiefel aus. Die Blutlachen unter dem Fleisch sollte sie aber schnell aufwischen und sich um das Fleisch kümmern, zuerst musste sie aber das Wasserschiff der Küchenhexe befüllen und diese anheizen. Warmes Wasser würde sie noch brauchen. Sie nahm Zeitungspapier von dem Stapel, der neben dem Herd lag, und versuchte, damit das Blut aufzusaugen. So ging es am schnellsten. Bis sie einen Eimer heißes Seifenwasser hatte, würde es noch dauern. Zum Glück war im gemauerten Ofen die Glut noch nicht erloschen. Dann schüttete sie Essig in eine Schüssel, nahm einen sauberen Lappen und wischte die beiden Kalbshälften gründlich ab. Das Fleisch musste eine Weile abhängen, und der Erdkeller, in dem es normalerweise gelagert wurde, war kaputt – die Decke war zum Teil eingestürzt –, also kam es in die Küche. Im Sommer war das kein Vergnügen, außer für die Fliegen. Der stechende Geruch des Essigs überdeckte bald schon den süßlichen des Fleisches, aber Ruth wurde trotzdem übel. Sie hasste diese Arbeit, aber sie ermöglichte ihr einen Aufenthalt in diesem Land und ihren Eltern hoffentlich auch. Freiheit für die Familie, das war nun das höchste Gut, was sie hatten – Freiheit und ihr Leben.

Sie dachte daran zurück, wie sie vor ein paar Jahren, ja, noch vor ein paar Monaten gelebt hatte. In einem großen Haus mit Annehmlichkeiten, die zwar immer eingeschränkter wurden, aber mit dem Leben als Dienstmagd nichts zu tun hatten. Sie hatte sich zum Tanzen getroffen, war in den jüdischen Kulturtreff gegangen und hatte Filme angesehen, hatte Liebeskummer gehabt. Vor zwei Sommern war ihre größte Sorge das Wetter gewesen – würde es warm genug sein, um in den Niepkuhlen, einem Altrheinarm bei Krefeld, wo die Familie ein Wochenendhaus hatte, schwimmen zu gehen? Würde jemand die neusten Schallplatten besorgen können, damit sie tanzen konnten? Ruth liebte die neusten Lieder und Tänze, die allerdings verboten waren. Aber den Juden war ja sowieso fast alles verboten worden – der Besuch im öffentlichen Schwimmbad, im Lichtspielhaus, im Theater, öffentliche Veranstaltungen, der Beruf, der Besitz –, und jetzt wollten sie ihnen sogar das Leben nehmen. Die Nazis hassten die Juden, warum, das war Ruth immer noch nicht klar. Aber es machte sie wütend, und mit dieser Wut suchte sie die Schweinehälften ab, mit Wut zerdrückte sie die Maden und tat sie in eine Schüssel. Freddy würde sie mitnehmen und als Fischköder benutzen oder unter das Hühnerfutter mischen.

Inzwischen kochte das Wasser in dem Behälter der Küchenhexe. Vorn hatte das Wasserschiff einen Hahn. Ruth füllte die Teekanne, stellte sie zum Ziehen an die Seite, goss heißes Wasser in einen Eimer und dann in die Steingutspüle auf der anderen Seite der Küche und schüttete kaltes Wasser aus dem Brunnen wieder in das Wasserschiff. Zum Glück hatte einer der Knechte wenigstens die zwei Eimer mit Brunnenwasser gefüllt und in die Küche gestellt, sonst hätte sie das auch noch tun müssen. Während das Geschirr einweichte, ging sie zurück zum Fleisch und sammelte noch mal Maden ab, bis das Wasserschiff wieder dampfte. Inzwischen hatte der Tee lang genug gezogen, und sie nahm das Sieb mit den Teeblättern heraus, stellte die Kanne auf den Rand der Küchenhexe. Dort blieb er warm, ohne zu kochen.

Dann spülte sie das Geschirr und wusch es mit klarem Wasser ab, bevor sie es auf die Abtropffläche stellte. Eine Tätigkeit, bei der immer wieder ihre Gedanken abschweiften, über den Kanal nach Deutschland flogen. Zu gern hätte sie ihre Mutter jetzt umarmt, ihr gesagt, dass sie alles getan hatte, um Vati zu retten. Dass es nun nicht mehr in ihrer Macht lag und dass sie hoffte, dass sie sich alle bald wiedersehen würden.

Aber würden sie das? Seit einigen Monaten war Ruth nun in England, ihr Leben hatte sich drastisch verändert. Es war nicht leicht, hier bei den Sandersons zu leben, aber sie war aus der Reichweite der Nazis. Ihre Familie allerdings nicht.

Mutti, Vati, Ilse, Omi und Opi. Oma Emilie, Tante Hedwig und Hans – das waren nur die engsten Verwandten –, aber es gab noch so viele mehr. Und dann noch all ihre Freunde und Bekannten, alle ihre Freundinnen – was war mit ihnen? Zu den meisten hatte sie in den letzten Monaten den Kontakt verloren. Man konnte Briefe schreiben, aber sie wurden geöffnet und überprüft. Die Wahrheit durfte keiner sagen oder schreiben – jede Kritik am Regime konnte zur Verhaftung und somit zum Tod führen.

Warum also sollte sie belanglose Postkarten schreiben und ebenso nichtssagende und wahrscheinlich unehrliche Antworten erhalten? Aber ihre Gedanken wanderten trotzdem jeden Tag voller Sorge nach Krefeld, München und in andere Städte, in denen ihre Lieben wohnten. Wen würde sie wiedersehen? Und wo? Wann? Wie lange würde diese unerträgliche Situation noch andauern? Sie schaute auf die Uhr, inzwischen war es nach Mitternacht. An diesem Tag lief das Ultimatum für ihren Vater aus. Entweder würden die Nazis ihn ziehen lassen, oder er würde in Dachau bleiben müssen – als verurteilter Verbrecher, der nicht mehr gemacht hatte, als zu versuchen, sein Eigentum in Sicherheit zu bringen, um das Land verlassen zu können.

In Dachau würde er sterben, dass wusste Ruth, und bei dem Gedanken wurde ihr flau. Ihr Vati, sie wollte ihn so gern wiedersehen, in die Arme schließen und festhalten.

In diesem Moment öffnete sich die Küchentür. Freddy Sanderson kam herein, auch er sah erschöpft aus.

»Dort steht frischer Tee«, sagte Ruth und zeigte auf den Herd.

»Danke, du bist ein Engel.« Er füllte seinen Becher, trank, füllte den Becher erneut, gab aber nun einen Schuss aus dem Flachmann hinzu, den er aus der Hosentasche gezogen hatte. »Du auch?«, fragte er Ruth.

Sie überlegte kurz, nickte dann. Der Rum, der sich mit dem heißen Tee vermischte, tat ihr gut.

Freddy war zum Fleisch gegangen, nahm die beiden dicken Schinken ab. »Du hast doch die Maden abgesucht? Danke. Hättest du nicht machen müssen.«

»Es sind noch nicht alle«, gestand Ruth.

»Wird reichen. Ich leg das Fleisch jetzt in die Lake.« Er schaute sich um. »Gespült hast du auch schon. Dann geh jetzt ins Bett.«

»Ich sollte noch den Boden schrubben …«

»Das kannst du auch morgen tun. Meine Frau wird sicherlich nicht vor dir in der Küche sein.« Er schaute sie an, räusperte sich. »Und gönn dir eine halbe Stunde Schlaf mehr morgen früh, sonst kippst du uns noch um.«

»Aber ich muss noch …«

»Du musst jetzt schlafen, Ruth. Wirklich. Du machst schon alles sehr gut so.«

»Aber Ihre Frau wird böse sein, wenn ich …«

»Das wird sie. Aber sie wird sowieso sauer sein. Das ist nicht dein Problem, und wenn sie dich bestrafen will, kommst du zu mir. Olivia hasst das Leben auf diesem Hof. Aber dafür kannst du nichts, und du sollst es auch nicht ausbaden müssen. Nun geh zu Bett.«

Ruth musterte ihn, er nickte ihr zu. »Danke. Gute Nacht.« Sie wischte sich die Hände trocken, ließ das Wasser aus dem Spülbecken und kontrollierte noch einmal den Herd. Das Feuer brannte herunter, aber es war genug Holz im Ofen, so dass morgen früh noch Glut da sein würde. Das würde ihr schon einmal das mühsame Anfachen ersparen. Das Geschirr trocknete auf der Spüle, sie würde es morgens wegräumen. Dann würde sie auch die Küche wischen. Freddy hatte recht – alles, was nun noch zu tun war, konnte sie auch am nächsten Morgen machen.

Sie löschte das große Petroleumlicht und ging die steile Treppe nach oben. Sie stellte sich ans Fenster und sah durch die Dunkelheit in Richtung Meer. Dort drüben, dort auf dem Festland war ihre Familie. Ruth sprach ein stilles Gebet, bat voller Inbrunst darum, ihre Eltern und Ilse endlich wiedersehen zu können. Vielleicht würde sie morgen schon eine Nachricht aus Deutschland bekommen? Sie hoffte es so sehr.

Der Wecker schrillte, das Geräusch zersplitterte in ihren Ohren. Im ersten Moment wusste Ruth nicht, wo sie war. Dann aber fiel ihr alles wieder ein. Sie stellte den Klöppel aus, der wütend zwischen den beiden Metallglocken hin und her schwang und das ohrenbetäubende Geräusch verursachte. Immerhin hatte er seinen Dienst getan und sie rechtzeitig geweckt. Draußen war es noch dunkel, nur die Ahnung des Sonnenaufgangs zeigte sich am Horizont – ein diffuses Licht. Vor vier Wochen noch war es jetzt schon hell gewesen, doch jeden Tag wurde die Nacht länger.

Ruth wusch sich – das kalte Wasser erfrischte sie, dennoch hatte sie das Gefühl, jeden Knochen zu spüren, ihr Nacken war steif wie ein Brett, und sie merkte, dass sie die Zähne fest aufeinandergepresst hatte. Nachdem sie versucht hatte, Schultern und Kiefer zu lockern, ging sie nach unten in die Küche.

Obwohl Sanderson gestern noch die beiden Schinken mitgenommen und eingepökelt hatte, lag der Geruch von Verwesung wie eine klebrige Wolke in der Luft. Auch die Fliegen waren schon wach. Das Gefühl von Ekel stieg in Ruth hoch, doch sie drängte es beiseite. Sie machte Licht, schob Holz in den Ofen und füllte das Wasserschiff. Dann setzte sie den Kessel für Tee auf und weichte das Porridge ein.

Als Nächstes sammelte sie die Maden vom Schweine- und Kalbsfleisch, wusch es wieder mit der Essiglösung ab. Sanderson hatte ihr erklärt, dass sie normalerweise nicht im Sommer schlachteten, es sein denn, es müsse sein – so wie bei diesem Kalb. An dem Kälbchen war nicht viel Fleisch, es war winzig und dünn, fast noch kleiner als die Zicklein, die sie im Frühjahr geschlachtet hatten. Dennoch konnte es sich niemand leisten, das Fleisch und die Knochen nicht zu verwerten. Das Schwein, dessen Schinken Sanderson schon mitgenommen hatte, hatte ebenfalls außer der Reihe geschlachtet werden müssen. Sie war boshaft gewesen, hatte die anderen Sauen gebissen und angegriffen. Auch vor Menschen hatte sie nicht haltgemacht. Sanderson hatte Ruth erklärt, dass Schweine Allesfresser seien und tatsächlich auch Fleisch aßen, wenn sie es bekamen. Ein großes Schwein konnte ohne Probleme einem Menschen die Hand abbeißen. Das taten die Tiere, die grundsätzlich sehr sanft und freundlich waren, normalerweise nicht. Doch diese Sau war eine Gefahr gewesen, und Olivia hatte darauf bestanden, dass Freddy sie tötete. Nun mussten das Fleisch und die Knochen verwertet werden. Im Prinzip war Ruth froh darüber, denn frisches Fleisch gab es im Sommer nur von den Hühnern und Puten. Ansonsten musste sie eingekochtes, gepökeltes oder geräuchertes Fleisch verwenden. Da sie mittags auch für die beiden Knechte mitkochte und diese eine nährende Mahlzeit brauchten, war das gar nicht so einfach.

Den Topf, in dem das Essen, das sie zwei Tage zuvor vorgekocht hatte, jetzt angebrannt war, hatte sie über Nacht eingeweicht. Jetzt konnte sie die Reste herauskratzen und den Topfboden mit Sand wieder blank scheuern. Nachdem auch das erledigt war, schrubbte Ruth den Boden. Das war eine mühevolle Arbeit, denn auf den schwarz-weißen Fliesen sah man jeden Fleck, und Olivia Sanderson bestand darauf, dass der Boden zu jeder Tageszeit makellos aussah.

Kaum war Ruth damit fertig, kam Freddy in die Küche. Er war unrasiert und sah übernächtigt aus. Schwer ließ er sich an den Küchentisch fallen. Natürlich hatte er seine Stiefel, die voller Dreck und Dung waren, nicht ausgezogen. Die Fußspur von der Tür bis zum Tisch war nicht zu übersehen. Ruth unterdrückte ein Seufzen, stellte ihm eine Tasse heißen Tee und die Schale mit Zucker hin. Er sah sie dankbar an, schaufelte sich mehrere Löffel Zucker in den Tee, und trank, ohne umzurühren.

»Das zweite Kalb hat es geschafft«, sagte er mit müder Stimme. »Aber es stand lange auf der Kippe. Es ist ein Kuhkalb, und ich hoffe, es macht sich.« Er sah zur anderen Seite der Küche. »Ihren Bruder hätten wir in ein paar Monaten sowieso schlachten müssen. Ich kann weder Ochsen und schon gar keinen weiteren Bullen gebrauchen. Aber ein bisschen Fleisch hätte er schon noch ansetzen können.«

»Was wird aus dem Fleisch?«, fragte Ruth leise. »Ich werde der Fliegen nicht Herr.«

»Das soll Olivia entscheiden. Ich wäre dafür, es sofort in den Topf zu schmeißen, aber was verstehe ich schon vom Kochen?« Er lächelte schief. »Lange darf das nicht mehr hier hängen. Auch der Rest vom Schwein nicht. Ist nicht die beste Zeit, um zu schlachten.«

»Haben Sie gar nicht geschlafen?«

»Ein wenig im Stall«, sagte er und seufzte. »Ich gehe jetzt duschen, gleich kommt Jack zum Melken.« Er sah sich um. »Du hast ja alles gut hinbekommen. Prima.« Dann trank er noch einen Schluck Tee, stand auf und ging nach oben in den ersten Stock, wo das Badezimmer und die Schlafzimmer der Sandersons lagen. Wenn er oben duschte, würde seine Frau, die manchmal bis nach acht schlief, wach werden. Und dann würde sie herunterkommen. Schnell füllte Ruth wieder den Putzeimer und beseitigte die Fußspuren. Zum Glück hatte Sanderson seine Stiefel unten an der Treppe ausgezogen. Ruth nahm sie, stellte sie vor die Tür, nicht ohne sie vorher abgewaschen zu haben. Dann putzte sie den Herd, setzte einen große Topf auf und sah in der Speisekammer nach, was noch an Gemüse vorrätig war. Aber sie konnte kein Essen aufsetzen, bevor sie nicht mit Olivia Sanderson gesprochen hatte. Normalerweise besprachen die beiden die Mahlzeiten am Tag zuvor, aber gestern war Ruth ja nicht da gewesen. Nun hieß es also warten. Es gab aber trotzdem noch genug zu tun – das gab es immer. In der Vorratskammer stand ein großer Korb mit Bohnen, die geputzt werden mussten. Ruth nahm sich auch eine Tasse Tee, wie sehr vermisste sie echten Kaffee – aber den tranken die Sandersons nicht –, und setzte sich mit dem Korb und einer großen Schüssel auf die Bank im Hof. Charly kam und begrüßte sie schwanzwedelnd. Freddy fütterte den Hund, der immer zu dürr für seine Größe aussah, einmal am Tag. Aber hin und wieder schmuggelte sie auch einige Essensabfälle zu ihm hinaus. Doch jetzt hatte sie nichts und drehte ihre Hände bedauernd nach oben. Charly schnaufte, legte sich dann zu ihren Füßen.

Die Sonne war aufgegangen, und der Himmel leuchtete in einem blassen Rosa. Es sah wunderschön aus, aber das leichte Flirren am Horizont ließ erahnen, dass es ein heißer Tag werden würde.

Das ist schön, dachte Ruth, für all die Leute, die über das Wochenende an die See gefahren sind. Sie würden heute einen herrlichen Tag haben. Für die Bauern und die Tiere war große Hitze eher beschwerlich. Die Ernte hatte begonnen, und neben der Sorge um das Vieh musste sich Freddy auch noch darum kümmern.

Bisher hatte Ruth keine Ahnung von Landwirtschaft und Viehhaltung gehabt. Das Fleisch, das sie zu Hause gegessen hatten, kam in Wachspapier verpackt vom Metzger. Das Gemüse hatte die Köchin aus dem Geschäft oder vom Wochenmarkt geholt. Mutti war nie eine große Köchin gewesen, anders als Omi. Aber Omi kam vom Land, von einem Hof am Niederrhein. Sie hatte ihr und Ilse immer viel von früher erzählt, wie es auf dem Hof zugegangen war. Es waren spannende Geschichten gewesen – Geschichten, so ähnlich wie die, die Mutti am Freitag erzählt hatte, nachdem sie die Sabbatkerzen angezündet hatten. Erzählungen aus einer Zeit lange vor ihrer – fast wie Märchen. Omi hatte davon berichtet, wie das Getreide geerntet, Tiere geschlachtet, geräuchert und verwertet wurden. Darüber, wie die Kinder Kirschen ernten und dabei pfeifen mussten, damit sie nicht zu viel naschen konnten.

Natürlich hatte Ruth auch ihre Verwandtschaft in Anrath besucht, die immer noch einen großen Hof betrieb. Aber dass das hübsche Getreide mit seinen federigen Borsten, das auf den Feldern wuchs, später das Mehl sein würde, das entweder die Köchin Jansen oder der Bäcker zu Brot verwandelte, war ihr als Stadtkind nicht wirklich bewusst gewesen. Jetzt lernte sie das alles von der Pike auf. Es war anstrengend, aber auch interessant. Auf der Hachscharaschule in Wolfratshausen, die sie ein halbes Jahr besucht hatte, hatte es auch ein paar Unterrichtseinheiten über Getreideanbau gegeben. Doch das war ihr zu theoretisch gewesen und wirklich begriffen hatte sie es nicht. Zudem hatte der Schwerpunkt ihrer Ausbildung eher im hauswirtschaftlichen Bereich gelegen.

Ruth hörte Geräusche aus dem ersten Stock, die Fensterläden wurden aufgestoßen, die Fenster geöffnet. Sie hörte die keifende Stimme von Olivia Sanderson.

»Musst du so einen Krach machen, Freddy? Es ist noch so früh. Jetzt werde ich nicht mehr einschlafen können.«

»Ich kann auch nicht mehr schlafen. Du kannst mir ja beim Melken helfen.«

»Bist du wahnsinnig? Ich werde doch nicht in den Kuhstall gehen und dann den ganzen Tag stinken.« Sie schnaufte. »Ist wenigstens das Mädchen wieder da?«

Bei diesen Worten zuckte Ruth zusammen. Das Mädchen war sie. Ruth wusste, dass sie das Gespräch nicht mit anhören sollte, aber sie blieb.

»Ruth ist gestern Abend noch nach Hause gekommen und

hat die Küche, die du ja in einem schrecklichen Zustand hinterlassen hast, aufgeräumt. Sie war den ganzen Tag in London, um sich um Aufenthaltsgenehmigungen für ihre Familie zu kümmern, nur so kann sie sie retten.« Freddy holte tief Luft. Ruth konnte sich vorstellen, wie er die Fäuste in die Hüften stemmte. »Ob sie Erfolg hatte, ist fraglich. Das Mädchen ist gerade achtzehn, sie arbeitet hart und gut – und sie hat berechtigte Angst um ihre Familie. Wage es nicht, sie heute zu tadeln.«

»Wir können nichts dafür, dass es Juden sind, Freddy«, sagte Olivia, »das ist ihre Sache. Sie hat eine Arbeit hier angenommen, und sie muss sie auch ausführen. Wir sind nicht die Samariter, die Mädchen einstellen, behausen und verköstigen, die aber dann ihre Zeit in London verbringen, um sich um ihre Familien im verdammten Deutschland zu kümmern.«

»Es war ein Tag, Olivia, ein einziger Tag, den Ruth sich genommen hat. Ich habe es erlaubt. Und jetzt möchte ich nichts mehr darüber hören. Das Mädchen tut seine Arbeit.« Wieder hielt er inne. »Im Gegensatz zu dir. Du bist die Frau eines Bauern. Du hast gewusst, wen du heiratest. Also benimm dich auch entsprechend. Heute Nacht ist ein Kalb kurz nach der Geburt gestorben. Ich habe es geschlachtet und aus der Decke gezogen. Es hängt in der Küche. Überleg dir, was damit geschehen soll. Und auch mit dem Rest vom Schwein. Es ist zu heiß für Fleisch in der Küche, das muss heute verarbeitet werden.«

»Heute? Beides? Wie stellst du dir das vor? Dafür brauche ich Hilfe. Ich weiß gar nicht, ob wir genug Gläser haben, um

Sachen einzuwecken. Und das Wursten ... du weißt doch, wie sehr ich das hasse.«

»Ich sollte die Sau schlachten, das habe ich getan. Für den Rest bist du zuständig.«

Ruth hörte, wie eine Tür heftig ins Schloss fiel. Sanderson stapfte wütend die Treppe hinunter.

Auch wenn er für sie Partei ergriffen hatte, wollte sie ihm gerade nicht unter die Augen treten. Schnell nahm sie den Korb, der neben der Bank stand und lief zum Hühnerstall. Sie bezweifelte, dass Olivia gestern Abend die Eier aus den Legenestern abgenommen hatte.

Schnell ging sie zum Stall, es war jetzt auch hell genug, um die Hühner herauszulassen. Gackernd und nickend kamen ihr die Legehennen und der Hahn entgegen. Zwei oder drei Eier hatten die Hühner in der Nacht zerdrückt. Normalerweise sammelte Ruth oftmals mittags, aber auf jeden Fall abends, bevor die Hühner in den Stall kamen, die Eier ein. Mit dem vollen Korb kehrte Ruth zurück in die Küche, legte die Eier behutsam in das Drahtgestell, in dem sie aufbewahrt wurden.

Während sie bei den Hühnern gewesen war, musste Freddy zurück zum Vieh gegangen sein. Charly hatte vorhin kurz gebellt, vermutlich war der Knecht gekommen, der beim Melken half.

Ruth briet Speck an und bereitete Rührei zu. Dann hörte sie schon Olivias Schritte auf der Treppe.

»Guten Morgen«, sagte Ruth so freundlich, wie sie konnte. Sie zwang sich zu einem Lächeln.

»Morgen«, sagte Olivia. Ihre Haare waren onduliert, sie trug ein Kleid und eine Perlenkette, die nicht echt war, wie Ruth wusste. Dennoch sah sie so aus, als würde sie gleich in die Stadt gehen, statt einen Hof zu leiten.

»Jill schläft noch«, sagte Olivia. »Und das ist auch gut so. Sie hat den Schlaf der Engel und ist nicht wach geworden, als ihr Vater oben herumpolterte. Ich hatte nicht dieses Glück.«

Ruth wusste nicht, was sie sagen sollte, schenkte Olivia schnell eine Tasse Tee ein. Olivia sah sich um.

»Noch mehr Fleisch«, seufzte sie. »Und der Tag wird heiß werden. Wir müssen es heute verarbeiten.«

»Ich habe es gestern Nacht und vorhin mit Essiglösung abgewaschen. Aber dennoch sind die Fliegen überall.«

»Ich hasse Fliegen«, sagte Olivia. »Ich hasse Fliegen, ich hasse den Gestank von frischem Fleisch, ich hasse den ganzen Dreck hier. Ich wünschte, Freddy würde den Hof verkaufen und mit mir nach London ziehen.«

»Aber was sollte er in London machen?«, fragte Ruth verwundert. »Er ist doch Bauer.«

Der Blick, den Olivia ihr zuwarf, war eisig. »Man kann sich auch ändern. Wenn man als Bauer geboren wurde, muss man ja nicht als Bauer sterben. Es gibt in der Stadt genug Arbeit, wenn man das wirklich will.«

Ruth senkte den Kopf. In London, das hatte sie erst gestern wieder gesehen, gab es viele Bettler. Wie die Arbeitslage in England war, wusste sie nicht so genau, aber sie schätzte, dass auch dieses Land noch an der weltweiten Rezession zu knabbern hatte. Außerdem war Freddy von ganzem Herzen Bauer. In einer Fabrik würde er sich nicht wohlfühlen. Aber das sagte sie nicht – es stand ihr nicht zu.

»Was machen wir nun mit dem Fleisch?«, fragte sie stattdessen.

»Ich denke darüber nach und werde mir etwas einfallen lassen. Viel ist ja nicht dran an dem mickrigen Kadaver. Wahrscheinlich solltest du am besten das wenige Fleisch abschaben und daraus einen Eintopf kochen oder so etwas. Aus den Knochen können wir Soße machen und einwecken. Und Suppe. Viel mehr wird es nicht hergeben.«

»Und das Schwein?«

»Daraus werden wir wohl heute noch Wurst machen müssen.« Olivia stöhnte auf. »Ich werde Jacks Frau Daisy fragen, ob sie uns hilft. Ich hasse es, zu wursten. Kannst du das?«

Ruth schüttelte den Kopf. »Mein Großvater war Metzger. Früher«, sagte sie stammelnd. »Ich habe auch schon mal zugesehen, wie er Wurst gemacht hat. Aber da war ich noch klein, und wie das genau geht, weiß ich nicht.«

»Es ist viel Arbeit«, sagte Olivia. »Aber es muss wohl gemacht werden.« Sie wedelte mit der Hand vor ihrem Gesicht. »Diese Fliegen bringen mich um.« Sie trank ihren Tee, ging dann in den Hof. »Du kannst den Tisch decken und das Frühstück machen«, sagte sie über die Schulter hinweg zu Ruth. »Und hab ein Ohr auf Jill. Sie wird sicher gleich wach werden.«

»Ja, Mistress«, sagte Ruth und öffnete die Tür zum Treppenhaus, damit sie Jill hören würde.

Die zweijährige Tochter der Sandersons war ein reiner Sonnenschein, ein wahrer Lichtblick im tristen Alltag auf dem Hof, der von morgens bis abends mit Arbeit gefüllt war – Ruth liebte sie von ganzem Herzen.

Zum Glück hatte Daisy Norton, die Frau des Knechts, Zeit. Sie war immer über einen kleinen Zuverdienst froh und kam schon früh am Vormittag.

Auf Olivias Anweisung hin hatte Ruth das Fleisch von den Kalbsknochen geschnitten und geschabt. Anschließend setzte sie einen Topf auf, legte das Fleisch hinein, so wie es Olivia ihr gezeigt hatte.

Ruth hatte keine große Kocherfahrung gehabt, bevor sie nach England gekommen war. Aber sie hatte früher immer gern Zeit bei ihrer Köchin Frau Jansen verbracht oder ihrer Omi zugeschaut und hin und wieder geholfen. Das Erlernte war Ruth in den Monaten nach der schrecklichen Nacht am 9. November zugutegekommen. Martha war oft nicht imstande gewesen, für die Familie zu sorgen. Sie weinte viel und konnte sich zu nichts aufraffen, wurde immer melancholischer. Sofie Gompetz, bei der die Familie Meyer untergekommen war, brachte ihr bei, wie sie einfache Gerichte kochen konnte. Und beim Abschied hatte Omi Ruth ein altes Kochbuch mitgegeben. Das war in den letzten Monaten eine hilfreiche Lektüre gewesen.

Natürlich hatte ihr Olivia gezeigt, wie der Herd funktionierte, und ihr erklärt, welche Gerichte bevorzugt wurden. Aufwendig musste Ruth nicht kochen – nahrhaft sollte es sein. Nur am Sonntag wollte Olivia oft ein Menü mit Suppe, Hauptgang und Nachspeise, das die Familie dann im Esszimmer einnahm. Ruth blieb zum Essen in der Küche, aber das war ihr ganz recht, denn sie mochte Olivias affektiertes Gehabe nicht. Und so hatte sie wenigstens etwas Ruhe.

Ruth schnitt das Suppengemüse, schöpfte den Schaum von der Suppe und fügte gerade das Gemüse hinzu, als Daisy Norton in die Küche kam. Sie nickte Ruth freundlich zu.

»Wir beide sollen also heute wursten«, sagte sie und wusch sich die Hände. »Es ist nicht die beste Zeit, um Fleisch zu verarbeiten.« Missbilligend sah sie zu den Fliegenschwärmen.

»Es war eine Art Notfall«, versuchte Ruth zu erklären.

»Nun ja, machen wir das Beste daraus. Hast du Erfahrung mit Wurstmachen?«

Ruth schüttelte den Kopf.

»Wir werden das Kind schon schaukeln. Du bist fleißig und stellst dich nicht dumm an, sagte mir Olivia.« Sie ging in den Hof und hinüber zur Scheune, kam bald mit einem Eimer wieder, aus dem es entsetzlich stank. »Das ist der Darm«, erklärte sie. »Eigentlich hätte er direkt warm nach der Schlachtung gesäubert werden müssen. Freddy hat ihn wenigstens in Wasser eingelegt.« Sie ging zur großen Keramikspüle und schüttete den Inhalt des Eimers hinein. Dann goss sie einen Eimer frischen Wassers hinterher. »Ich brauche mehr Wasser.«

Eilig lief Ruth auf den Hof zum Brunnen und füllte zwei Eimer mit dem kalten Brunnenwasser.

Daisy Norton wusch den Darm, den sie in drei Stücke geteilt hatte, aus. Immer wieder musste Ruth frisches Wasser holen, so lange, bis das Wasser klar blieb. Dann wurden die Darmstücke auf links gedreht und mit einem stumpfen Löffel die Schleimhäute abgekratzt. Schließlich war Daisy zufrieden und legte die Därme in eine Schüssel mit einer Lauge aus Salz, Wasser und Essig.

Dann machten sich die beiden daran, das Fleisch von den beiden Schweinehälften zu schneiden. Die dicke Schwarte wurde abgetrennt, alles andere zerteilt. In großen Schüsseln mischte Daisy die verschiedenen Fleischstücke – es gab Fett, Muskelfleisch und durchwachsene Stücke. Der Fettanteil überwog in jeder Schüssel, stellte Ruth fest.

Nun ging Daisy, die offensichtlich nicht das erste Mal in dieser Küche war, in die Vorratskammer, wo die Gewürze aufbewahrt wurden. Dort hingen von der Decke lauter getrocknete Kräutersträuße, und in Gläsern bewahrte Olivia andere Gewürze auf.

»Majoran, an Schweinfleisch gehört Majoran«, erklärte Daisy. »Ein wenig Oregano, Kümmel und natürlich reichlich Salz und Pfeffer.« Mehrere Handvoll streute sie in die drei großen Emailleschüsseln. Dann wies sie Ruth an, mehrere große Gemüsezwiebeln und Knoblauch zu schälen. Als alles gut vermischt war, wurde der Fleischwolf am Küchentisch festgeschraubt. Erst drehte Ruth die Kurbel, und Daisy stopfte das Fleisch in den Trichter, dann wechselten sie. Beides war anstrengend. Man musste ordentlich nachstopfen, damit das Fleisch durch den Trichter in die Förderschnecke gelangte und durch die Messer gedreht wurde. Nachdem sie alles Fleisch gewolft hatten, vermengte und knetete Daisy die Masse, forderte Ruth auf, es ihr gleichzutun. Vorsichtig probierte Daisy von der Masse, würzte noch einmal ordentlich nach. Dann wurde eine feinere Lochscheibe genommen, und sie wiederholten die Prozedur.

Es war schon Mittag, als sie endlich alles Fleisch fein gewolft hatten.

Zwischendurch hatte Ruth immer wieder nach der Suppe geschaut, schnell Kartoffeln und Möhren geschält und sie dazugegeben.

Als die Männer vom Feld kamen, war der Eintopf fertig.

»Morgen sind wir auf den hinteren Feldern«, sagte Freddy und setzte sich an den Tisch, den Ruth gerade noch rechtzeitig hatte abräumen und decken können. »Dann musst du uns das Essen bringen.«

Ruth nickte. Dann schaute sie sich um. »Wo ist Mrs Sanderson?«, fragte sie.

»Sie ist mit Jill in die Stadt gefahren«, brummte Freddy.

Daisy warf Ruth einen Blick zu und verzog die Mundwinkel. Sie beide wussten, dass Olivia sich gern vor der Arbeit drückte und lieber ihren Vergnügungen nachging.

Nachdem die Männer eine Pfeife geraucht und einige Tassen heißen und sehr süßen Tee getrunken hatten, gingen sie wieder zurück auf die Felder. Ruth spülte schnell ab und räumte die Küche auf, während Daisy den Darm aus der Lauge nahm und nochmals abwusch.

»Er ist in Ordnung, wir können ihn nehmen.« Es waren

mehrere Meter Darm, die nun mit der Wurstmasse gefüllt werden mussten. Dazu schraubte Daisy das Füllhorn auf den Fleischwolf. Der feuchte und saubere Darm wurde über das Füllhorn gestülpt und hochgeschoben. Nun musste Ruth gleichzeitig die Kurbel drehen und den Trichter bestopfen – aber das ging nun einfacher, weil die Masse klein gehackt war. Vorsichtig nahm Daisy die sich langsam füllenden Würste, drehte sie in regelmäßigen Abständen ab. Am Ende des Nachmittags, als sie fast die ganze Masse verarbeitet hatten und nur noch ein kleiner Rest Füllung übrig geblieben war, waren Ruths Arme und Hände taub und schmerzten zugleich.

»Aus dem Rest machen wir Hackbällchen«, beschloss Daisy und machte sich sogleich an die Arbeit, während Ruth den Ofen für Spülwasser anheizte. Alle Schüsseln und Gerätschaften mussten sorgfältig gereinigt werden. Außerdem setzte sie den riesigen Kessel, der auch zum Wäscheauskochen benutzt wurde, auf den großen Holzofen. Sie würden die Würste noch abkochen müssen, bevor Freddy sie dann in den Rauch oben im Dachgeschoss hängte.

»Was mache ich mit den Knochen?«, fragte Ruth Daisy und wischte sich erschöpft den Schweiß mit dem Unterarm von der Stirn. »Olivia hatte gesagte, dass ich etwas mit den Knochen machen sollte, aber ich weiß nicht mehr, was.«

»Good gracious!«, rief Daisy. »Wirklich? Sie hat dir nur gesagt, dass du sie verarbeiten sollst?«

»Nein, sie hat etwas von Soße gesagt oder Fond.« Ruth zog den Kopf ein. »Vielleicht habe ich etwas falsch verstanden …«

Daisy lachte auf und nahm Ruth in den Arm. »Ich finde dein Englisch ganz bezaubernd. Wer weiß, wie mein Deutsch nach ein paar Monaten wäre? Vermutlich nicht verständlich. Du machst alles ganz wunderbar, Darling.« Dann räusperte sie sich, wischte sich die Hände an der Schürze ab. »Eigentlich wollte ich ja nach Hause und für den guten Jack Abendessen kochen. Aber genauso gut können wir auch hierbleiben und mitessen, Freddy wird das nicht stören.«

»Olivia vielleicht?«, fragte Ruth verzagt, die sich jedoch nichts mehr wünschte, als dass Daisy blieb und ihr zeigte, was sie machen musste.

»Siehst du Olivia? Ich nicht. Ich würde sie ja fragen …« Daisy zwinkerte ihr zu. »Mach dir keine Gedanken, sie wird dir nicht den Kopf abreißen.« Daisy stemmte die Fäuste in die Hüften und sah sich um. »Zuerst müssen wir die Knochen im Backofen anrösten. Dafür muss er sehr heiß sein. Und dann müssen wir Gemüse schneiden.«

Sie arbeiteten Seite an Seite, geduldig erklärte Daisy ihr, was zu tun war – wie auch schon beim Wursten. Ganz in ihre Tätigkeiten versunken, riss sie das schrille Läuten des Telefons aus den Gedanken.

Den ganzen Tag hatte Ruth versucht, nicht an ihre Eltern zu denken. Jede Sorge, jede Grübelei schob sie schon im Ansatz beiseite. Aber sie nagte an ihr, sie ließ sie nicht los und brodelte kurz unter der Oberfläche – die Sorge um ihre Familie.

Nun stand sie wie erstarrt da. War das ein Anruf aus Deutschland? Ein Anruf ihrer Familie? Waren es gute oder schlechte Nachrichten? Hatte sie es geschafft oder war alles vergebens gewesen? Sie konnte sich nicht rühren, konnte sich nicht dazu bringen, zum Telefon im Flur zu gehen.

Daisy sah sie an, schien zu ahnen, was in Ruth vorging. Sie wischte ihre Hände an der Schürze ab und ging entschlossen in den Flur. »Frinton-on-Sea, Great Holland, die Sanderson Farm«, sagte sie und wartete darauf, was das Amt antwortete. Ruth war ihr gefolgt, lehnte sich an die Türzarge, sie zitterte.

»Hmm«, sagte Daisy. »Aha. Soso. Hmm. Ja. Ich werde es ausrichten.« Dann legte sie auf und sah Ruth an. »Das war Olivia. Sie bleibt über Nacht bei ihrer Tante in Harwich.«

Langsam sank Ruth in sich zusammen, rutschte an der Zarge bis zum Boden.

Kapitel 3

»Das arme Kind«, hörte Ruth irgendwen sagen. Sie kannte die Stimme, wusste aber weder, wem sie gehörte, noch, wo sie sich befand oder was passiert war. Ihr Kopf schmerzte, und sie fühlte sich unendlich schwach. Alles schien sich zu drehen.

»Sie ist gestern Nacht erst sehr spät nach Hause gekommen«, brummte jemand. Die Stimme kannte Ruth auch. Doch wer war das? »War den ganzen Tag unterwegs. In London.«

»In London? Was hat sie denn da gemacht?«, fragte eine Frau, das war doch Daisy! Der Schwindel ließ nach, aber Ruth traute sich noch nicht, die Augen zu öffnen. Sie lag auf einer harten Unterlage, mit den Fingerspitzen tastete sie an den Seiten – raues Holz – vermutlich die Küchenbank.

Bitte die Küchenbank und nicht der Tisch, dachte Ruth entsetzt. Inzwischen war ihr klar, dass sie ohnmächtig geworden sein musste. Bitte lass sie mich nicht auf den Tisch gelegt haben, das wäre so entsetzlich peinlich – zum Sterben peinlich.

»Das ist eine lange Geschichte«, hörte sie Freddy sagen.

»Und ich weiß nicht, ob ich das richtig wiedergebe – aber es ging um ihre Eltern. Dass sie Jüdin ist, weißt du?«

Ruth zuckte zusammen. Ich stell mich tot, nein, ich sterbe jetzt – geht es hier weiter mit dem Judenhass, dem wir zu entkommen versuchen?, dachte sie verzweifelt.

»Ja, natürlich weiß ich das«, sagte Daisy mit einem Schnauben. »Olivia hat es ja andauernd erwähnt. Als ob es eine Rolle spielt. Ihr solltet froh sein, so ein aufgewecktes und fleißiges Mädchen bekommen zu haben. Da hattet ihr schon ganz andere hier. Und an was die geglaubt haben, weiß kein Mensch. Ob Jude oder nicht – das ist doch erst seit diesem Hitler Thema. Und Hitler ist unser Feind, wenn er die Juden hasst, sollten wir umso freundlicher zu ihnen sein, oder nicht?«

Ruth hatte die Augen immer noch geschlossen, doch sie sah Daisys Gesichtsausdruck vor sich – entschlossen und etwas spöttisch.

»Mir ist es egal, welcher Religion jemand angehört, das weißt du genau«, sagte Freddy. »Ich habe das nur erwähnt, weil ihr Vater in Deutschland in einem Konzentrationslager sitzt.«

»Oh nein, wie grauenvoll.«

»Es gab eine Frist, wenn ich das richtig verstanden habe – vierundzwanzig Stunden. In der Zeit musste er eine Einreisegenehmigung in ein anderes Land erhalten ... ansonsten würde er verurteilt werden. Ruth hat gestern in London alles versucht, um die Papiere für ihre Eltern zu bekommen?«

»Und?« Ruth konnte die Aufregung in Daisys Stimme hören.

»Das weiß ich nicht. Und Ruth weiß es vermutlich auch nicht. Ich schätze, sie hat gedacht, der Anruf sei für sie – ein Lebenszeichen ihrer Familie.«

»Aber es war nur Olivia, die sich freigenommen hat. Meine Güte, Freddy … du und Olivia … wie konnte das passieren? Wie konntest du eine Frau wie sie heiraten? Du bist so ein herzlicher Mensch, und sie ist manchmal so …«

»Das weißt du doch so gut wie ich: Jill ist passiert. Und deshalb musste ich Olivia heiraten. Jetzt müssen wir das Beste daraus machen. Und Jill ist im Moment das Beste, was ich im Leben habe. Und deshalb halte ich Olivia aus, wegen Jill. Es geht nicht anders, es gibt keinen anderen Weg.«

»Nein, Freddy, und das weißt du genau. Schau dir dieses Mädchen an. Sieh dir Ruth an. Sie ist gerade achtzehn, und sie kämpft darum, ein Leben zu führen, ohne verfolgt oder geächtet zu werden. Euer Hof ist nur eine Station für sie, sie wird nicht hierbleiben, dafür ist sie viel zu schlau. Sie ist hier, um sich und ihrer Familie eine Zukunft zu geben. Und sie tut es mit aller Kraft, weil sie daran glaubt, dass alles gut werden kann. Im Gegensatz zu dir. Du bist kurz davor, zu resignieren. Mach das nicht. Nicht wegen Jill. Du hast nur ein Leben, so wie wir alle.« Wieder schnaufte sie heftig. »Und jetzt müssen wir sehen, dass wir dieses arme Ding wieder auf die Beine kriegen. Wie muss sie sich fühlen? So voller Angst um ihre Familie. Das muss schrecklich sein.«

»Hm«, brummte Freddy. »Es kam zwar kein Anruf aus Deutschland, aber, hmm ... sie könnte ja dort anrufen?«

»Eine hervorragende Idee, Freddy, wirklich!«

Nun öffnete Ruth die Augen. Im ersten Moment verschwamm alles, drehte sich, dann aber konnte sie auf einen Deckenbalken fokussieren.

»Ruth? Wie geht es dir?«, fragte Freddy besorgt.

»Hier.« Daisy war pragmatischer, reichte Ruth ein Glas mit Wasser, half ihr, sich etwas aufzusetzen und zu trinken. »Das war heute ein wenig viel für dich, nicht wahr?«

Ruth trank erst zögerlich, dann gierig. Schon ließ der Schwindel nach.

»Du musst Tee trinken, süßen Tee«, sagte Freddy eifrig. Er eilte zur Küchenhexe, wo der Kessel stand, und füllte einen Becher mit Tee, schüttete Zucker hinein.

Ich liege auf der Küchenbank, stellte Ruth erleichtert fest, und nicht auf dem Tisch. Sie setzte sich auf, atmete tief durch.

»Es tut mir leid«, murmelte sie verlegen.

»Da gibt es nichts, was dir leidtun muss«, meinte Daisy. »Es war ein harter Tag, und du hast dich sehr tapfer gehalten.«

»Ich brauch nur einen Moment«, sagte Ruth, »dann geht es wieder.«

»Was soll dann wieder gehen?« Freddy stellte ihr den Becher hin, in dem mehr Zucker als Tee war. Ruth nippte trotzdem daran.

»Ich muss noch das Abendessen machen – und die Knochen ...« Sie schaute zum Ofen.

»... die Knochen und das Gemüse rösten. Darüber mach

dir mal keine Gedanken. Und wir haben noch Reste des Eintopfs von heute Mittag und außerdem die Hackbällchen aus den Wurstresten. Die sind schnell gebraten. Du solltest dich ein wenig erholen. Ich kümmere mich um die Küche«, sagte Daisy entschieden. »Stimmt doch, Freddy?«

»Ja, ja, Ruth, erhol dich«, sagte er. »Du könntest ein Bad nehmen.«

»Ein Bad?«

»Olivia nimmt immer ein Bad, wenn es ihr nicht gut geht oder sie es mit den Nerven hat.«

»Und das ist oft«, murmelte Daisy.

»Ich habe es nicht mit den Nerven!«, sagte Ruth entschieden und stand auf.

»Dennoch solltest du dich ein wenig erholen. Du kannst wirklich ein Bad nehmen, wenn du möchtest.«

»Jetzt? Kurz vor dem Abendessen?« Ruth schüttelte den Kopf. »Nein, keinesfalls.«

»Dann geh wenigstens hoch und mach dich ein wenig frisch«, sagte Freddy. »Wenn du willst, kannst du auch oben bleiben und direkt schlafen gehen.«

»Nein!«, widersprach Daisy. »Vorher wird gegessen. Das ist wichtig, du musst ja bei Kräften bleiben.«

Ruth sah unsicher von Daisy zu Freddy.

»Geh, und mach dich frisch. Wasch dir das Gesicht und die Hände, das entspannt. Du scheinst ja wie unter Strom zu stehen, Liebes«, sagte Daisy. Ihre Stimme ließ keinen Widerspruch zu.

Ruth ging nach draußen, pumpte Wasser aus dem Brunnen hoch, ließ es erst über ihre Handgelenke laufen, dann beugte sie sich vor, pumpte noch mal und streckte den Nacken unter den Wasserstrahl. Das kalte Wasser trommelte auf ihre Haut, erst war es eisig und tat schon fast weh, dann erfrischte es sie. Sie reckte sich, wischte sich über das feuchte Gesicht. Die Sonne stand mittlerweile niedrig über den Feldern, die golden im lauen Wind wogten. Sie konnte das Meer rauschen hören und bildete sich ein, Rufe und Lachen von den Badegästen zu vernehmen. Aber wahrscheinlich waren das nur die Möwen, die über den Dünen kreisten.

Ruth schloss die Augen. Der Wind frischte ein wenig auf. Er kam von Osten – da lag auch Deutschland. Ihre Eltern hatten sich nicht gemeldet. Kruitsmans, die Freunde aus den Niederlanden, hatten sich nicht gemeldet. Auch von Aretz gab es kein Wort. War ihr Antrag nicht rechtzeitig eingegangen? War ihr Vater nun in Dachau als verurteilter Verbrecher? Das würde er nicht überstehen, und ihre Mutter auch nicht – sie würde vor Kummer sterben. Was würde dann aus ihrer Schwester Ilse werden? Natürlich würden sich die Aretz erst einmal um Ilse kümmern, aber dann?

Du bist dumm, schalt sich Ruth selbst. Du solltest nicht Notfallpläne machen für Situationen, die noch gar nicht feststehen. Einen Schritt nach dem anderen – das musst du machen und vor allem die Ruhe bewahren. Sonst werde ich noch wie Mutti und falle ständig um und habe es mit den Nerven. Bisher hatte ich doch keine Probleme damit. Und will sie auch nicht haben – dafür ist jetzt weder Zeit noch

Gelegenheit. Sicher war es einfach nur die Hitze und Erschöpfung. Die letzten Tage haben mir doch etwas viel abverlangt. Es wird schon wieder werden.

Das kalte Wasser hatte ihr gutgetan, sie lief schnell in ihr Zimmer, um sich umzuziehen. Eilig rubbelte sie sich trocken und zog sich saubere Sachen an, dann ging sie wieder nach unten. In der Küche duftete es köstlich nach Fleischbällchen und guter Brühe. Aber es lag noch ein anderer, intensiver Geruch über dem Raum – ein satter, sättigender Duft, und endlich roch es nicht mehr süßlich nach Verwesung. Ruth schaute in den hinteren Teil der großen Küche – kein Fleisch hing mehr an den Haken, und auch die Fliegenschwärme brummten und schwirrten nicht mehr durch den Raum. Daisy hatte sogar schon den Boden geschrubbt.

»Was riecht hier so lecker?«, fragte Ruth.

»Oh, du bist von den Toten auferstanden«, sagte Daisy und nahm sie in den Arm. »Geht es dir besser?«

»Ja, ich war wohl nur erschöpft.« Ruth senkte den Kopf. »Es tut mir leid, dass ich Umstände gemacht habe.«

»Darling, du hast doch keine Umstände gemacht.« Daisy drückte sie fest an sich. Erst wehrte sich Ruth innerlich gegen den engen Kontakt, aber dann ließ sie sich fallen, spürte die Wärme der Haut, die gleichzeitig festen und doch weichen Brüste, die so mütterlich waren. Ruth schloss die Augen, fühlte die festen und liebevollen Arme, die sie umfingen, und die Hände, die ihren Rücken tätschelten. Tränen schossen ihr in die Augen. Sie kannte Daisy nur flüchtig, eigentlich hatte sie sie erst heute richtig kennengelernt, und doch gab ihr diese mütterliche Frau gerade die Zuneigung und Liebe, die sie so sehr vermisste und brauchte.

»Na, na«, sagte Daisy und sah Ruth an. »Ist schon gut, Darling. Komm, trink eine Tasse Tee. Das hilft.«

Ruth lachte auf. »Hier ist es Tee – es ist immer Tee, nicht wahr?«

Fragend sah Daisy sie an.

»Nun, hier reicht man immer Tee, um die Gemüter zu beruhigen, um Kopfschmerzen zu lindern, einer Erkältung vorzubeugen. Tee gibt es gegen seelischen und körperlichen Kummer.«

»Aber natürlich«, sagte Daisy. »Tee ist immer gut.«

»Und bei uns ist es Hühnersuppe. Meine Omi hatte immer Hühnersuppe für alle körperlichen und seelischen Leiden. Sie hat immer Suppe eingeweckt – in großen Gläsern für große Probleme und in kleinen für eine Verstimmung.«

»Aber ihr trinkt doch nicht Hühnersuppe wie Tee?«, fragte Daisy entsetzt.

»Nein – dafür haben wir Kaffee. Wir trinken Kaffee bei Kopfschmerzen und bei Herzschmerzen. Manchmal mit einem Schuss Alkohol.«

»Oh!« Daisy lachte. »Das geht auch bei Tee!« Sie sah Ruth an. »Vermisst du deinen Kaffee? Ich habe auch schon welchen getrunken, aber ich muss sagen, er schmeckt mir nicht.«

Ruth überlegte. »Ich habe mich an Tee gewöhnt.« Sie rührte in der Tasse, die Daisy ihr hingestellt hatte, nippte daran. »Den Kaffee vermisse ich nicht, aber die Hühnersuppe meiner Omi.«

»Ihr habt Hühner hier, du kannst doch Suppe kochen ...«

»Das ... ist irgendwie nicht dasselbe wie die von Omi. Diese Suppe hatte eine gewisse Art der Magie – ich kann es nicht erklären«, sagte Ruth leise und senkte den Kopf. »Ich vermisse sie so.«

»Wen vermisst du?« Ruth hatte nicht mitbekommen, dass Freddy in die Küche gekommen war. Erschrocken fuhr sie zusammen. »Das duftet ja köstlich, Daisy. Gleich kommen die Männer vom Feld.«

Daisy ging zum Schrank, holte Geschirr und Besteck hervor. Ruth stand auf, um ihr zu helfen, doch Freddy stellte sich ihr in den Weg.

»Du hast meine Frage nicht beantwortet, Girlie.« Er lächelte sanft. »Nun komm schon, was bedrückt dich?«

»Ich ... weiß nicht, was mit meiner Familie ist. Keiner hat angerufen. War etwa alles umsonst?« Wieder traten Ruth Tränen in die Augen, sie wischte sich über die Wangen. »Es tut mir leid, ich bin eigentlich keine Heulsuse.«

»Natürlich bist du das nicht«, sagte Daisy und stellte die Teller scheppernd auf den Tisch. »Ich kann mir nicht vorstellen, in deiner Situation zu sein und so sehr die Fassung zu bewahren. Ich wäre schon längst hysterisch.« Sie sah Freddy an. »Nun mach was!«

»Was soll ich denn machen?«, fragte er hilflos.

»Du hast es doch vorhin selbst vorgeschlagen, Freddy«, sagte Daisy und schüttelte den Kopf. »Wenn sie keiner angerufen hat, mag das Gründe haben. Aber darauf zu warten, bis sich jemand meldet, wird uns alle zermürben. Nun geh zum Telefon und lass eine Leitung nach Deutschland herstellen. Meine Güte, ist das denn so schwierig?«

Freddy schlug sich mit der flachen Hand vor die Stirn. »Natürlich! Ich hatte es wieder vergessen.« Er sah Ruth an. »Wir werden deine Familie anrufen. Hast du die Nummer, die ich anmelden muss?«

Ruth hatte die Telefonnummer ihrer Familie im Kopf. Aus dem Tiefschlaf aufgeweckt hätte sie sie sagen können – aber das war die Nummer zu dem Haus auf der Schlageterallee 23, in dem jetzt eine Nazifamilie wohnte. Ihre Eltern und Ilse hatten bei der Familie Gompetz Unterschlupf gefunden und waren dortgeblieben, als die Gompetz nach Amerika ausgereist waren. Gompetz hatten sich früh um die Ausreise bemüht und hatten Verwandte, die ihnen die Affidavits gaben, die Beglaubigung, dass jemand in dem Zielort für die Familie, die einreisen wollte, bürgte.

Obwohl ihre Familie ebenfalls Verwandtschaft in den USA hatte, hatte es doch lange gedauert, bis jemand sich bereit erklärt hatte, ihnen eine Affidavit auszustellen. Zu dem Zeitpunkt waren schon viele Plätze vergeben, denn die USA erlaubte pro Jahr nur etwa 23 000 Juden die Einreise. Nummern wurden vergeben, und auch sie hatten eine Einreisenummer bekommen. Nach den Zahlen würden sie jedoch frühestens 1942 einreisen dürfen.

»Ich habe die Nummer oben in meinem Zimmer«, sagte Ruth. »Soll ich sie holen?«

»Was für eine Frage, Darling. Natürlich. Husch, ab nach oben!«

Ruth lief eilig nach oben. In ihrem Mansardenzimmer hatte sie einen kleinen Tisch, hier lagen ihr Tagebuch und eine Kladde mit Nummern und Adressen. Sie nahm die Kladde und lief wieder nach unten. Atemlos kam sie im Flur vor Freddy zu stehen.

»Nummer?«

Ruth hatte Schwierigkeiten, die Zahlen auf Englisch zu sagen. Zweimal versuchte sie es stotternd, dann nahm ihr Freddy entnervt die Kladde aus der Hand.

»Welche Nummer?«

Ruth zeigte auf den Eintrag.

»Deutschland, Krefeld, Nine-two-eight-seven!«, sagte er zur Vermittlung. »Ja, wir warten. Ja, ich weiß, es ist ein Auslandsanruf. Ja, das dauert. Sie rufen zurück? Okay.« Er hängte den Hörer ein, sah Ruth an. »Sie versuchen, die Leitung herzustellen.«

»Danke«, flüsterte Ruth. »Vielen, vielen Dank.«

»Nun, nicht dafür.« Er schnaufte. »Und jetzt habe ich Hunger.«

Inzwischen waren die Feldarbeiter, die Freddy für die Ernte eingestellt hatte, gekommen und hatten an dem großen Holztisch Platz genommen.

Ruth brachte die große Pfanne mit den Hackbällchen, die Brühe, in der die Würste gezogen hatten, und den Rest vom Eintopf, den es mittags gegeben hatte. Dazu gab es gutes Roggenbrot und salzige Butter. Die Männer langten ordentlich zu. Sie scherzten miteinander, doch in dem schweren Akzent der Gegend, und Ruth verstand kaum ein Wort. Es war ihr auch egal, denn sie lauschte zum Flur, wo das Telefon stand. Ein Anruf ins Ausland konnte schnell gehen oder Stunden dauern. Manchmal kam die Verbindung auch gar nicht zustande. Ruth merkte, dass ihre Hände bei diesem Gedanken zitterten. Sie umfasste den Teebecher, den Daisy ihr gegeben hatte.

»Du musst etwas essen«, ermahnte Daisy sie. »Und wenn es nur etwas Brühe ist, Darling.«

»Ja.« Ruth nahm einen Teller mit der würzigen Wurstbrühe. Die Wärme füllte ihren Magen, und das flaue Gefühl wich wenigstens ein bisschen. Dennoch lauschte sie und lauschte – aber das Telefon wollte einfach nicht läuten.

Die Männer unterhielten sich, schienen Witze zu reißen, lachten laut. Freddy gab jedem eine Flasche Bier, die Stimmen wurden lauter. Daisy räumte klappernd das Geschirr ab, stieß ihrem Mann mit dem Ellbogen in die Seite. »Du kannst ein zweites Bier trinken, aber nur zu Hause. Ich schätze mal, ihr seid mit der Arbeit noch nicht fertig geworden und müsst morgen wieder ran.«

Jack, Daisys Mann, zuckte zusammen und schaute durch das niedrige Fenster in den Hof – die Sonne war inzwischen untergegangen. »Du hast recht, Liebes«, sagte er und stand auf. Auch die anderen drei Hilfsarbeiter tranken aus, wechselten noch ein paar Worte und schienen sich für morgen früh zu verabreden, während Daisy das Geschirr zusammenräumte und es zur Spüle trug.

»Für dich ist auch Feierabend«, sagte Ruth zu ihr. »Ich werde aufräumen und abspülen, du hast mir schon mehr als genug geholfen.«

»Das kann ich noch eben …«

»Nein«, unterbrach Ruth sie. »Das ist meine Aufgabe, und im Moment bin ich froh um jede Aufgabe, die ich habe. Ansonsten würde ich nur das Telefon anstarren.«

Daisy nickte. »Wir sehen uns, Darling«, sagte sie und nahm Ruth in den Arm. Dann sah sie Freddy an. »Sei gut zu ihr.«

»Das … bin ich doch«, stammelte Freddy.

»Dann mach weiter so.« Daisy zwinkerte ihm zu. Noch einmal sah sie Ruth an. »Du kannst immer zu mir kommen – auf eine Tasse Tee und vielleicht auf eine Hühnersuppe. Weißt du, wo wir wohnen?«

»Ja, die Straße runter nach Great Holland, in Richtung Kirche.«

»So ist es.« Daisy schaute zum Flur. »Der Rückruf wird kommen. Bestimmt.«

Doch der Rückruf kam nicht. Nach zwei Stunden erbarmte sich Freddy und rief die Vermittlung erneut an. »Sie konnten keine Leitung herstellen«, erklärte er Ruth. »Aber ich habe darum gebeten, es morgen wieder zu versuchen. Das haben sie notiert.«

Ruth schluckte. Dann nickte sie. »Danke schön.«

Freddy schaute sich um. »Die Küche ist perfekt aufgeräumt. Du solltest jetzt ins Bett gehen, du musst doch todmüde sein.«

»Ich weiß nicht, ob ich schlafen kann«, sagte Ruth. »Ich denke immerzu an zu Hause. An meinen Vater.«

Freddy sah auf die Uhr. »Es ist gleich zehn Uhr. Ich wollte

noch die Nachrichten hören.« Er sah sie fragend an. Im Wohnzimmer stand ein Radio, das allerdings nur selten benutzt wurde. Wenn die Arbeit auf dem Hof es zuließ, hörte Fred abends die Nachrichten der BBC. An den Sonntagen saß Olivia oft im Wohnzimmer, lauschte den Hörspielen und den Konzerten, die ausgestrahlt wurden. Dann wollte sie nicht gestört werden. Ein paarmal hatte sie Ruth auch mithören lassen, aber sobald Jill unruhig wurde, hatte Olivia Ruth mit dem Kind nach draußen geschickt. Oft hatte Ruth von der Küche aus gelauscht, wenn die Nachrichten übertragen wurden. Sie verstand noch nicht alles und hatte deswegen begonnen, Freddy nach den Meldungen zu fragen. Er antwortete geduldig, versuchte ihr zu erklären, was die Sprecher gesagt hatten. Als ihm bewusst wurde, wie wichtig es ihr war, durfte sie abends oft mit ins Wohnzimmer kommen.

»Nachrichten, natürlich, die Nachrichten«, sagte Ruth und schenkte ihm noch eine Tasse Tee ein – das gehörte dazu.

»Willst du nicht auch eine Tasse?«, fragte er.

»Ich habe heute so viel Tee getrunken wie in der ganzen letzten Woche.« Ruth lächelte verlegen. »Langsam kommt mir der Tee aus den Ohren heraus.«

Freddy stapfte ins Wohnzimmer. Natürlich hatte er seine Stiefel nicht ausgezogen und hinterließ eine Dreckspur auf dem Dielenboden und dem Teppich. Olivia wäre jetzt wieder außer sich, dachte Ruth. Aber Olivia war nicht da. Und es war trockener Dreck, der ließ sich leicht wegkehren.

Freddy stellte das Radio an, es dauerte eine Weile, bis aus dem Knacken und Rauschen der Empfang wurde. Sie kamen gerade rechtzeitig für das Pausenzeichen, dann begannen die Nachrichten. Ruth versuchte, sich auf jedes Wort zu konzentrieren, aber der Sprecher sprach schnell, und der Tonfall war angespannt – so wie immer in den letzten Tagen.

Sie sah Freddy an, doch er saß vorgebeugt da, hatte die Augen geschlossen und lauschte den Worten.

Es wurde über Gasmasken berichtet, darüber, dass der Konflikt zwischen Deutschland und Polen sich immer mehr zuspitzte. Außerdem gab es eine Meldung darüber, dass in einigen Ländern Rationalisierungen beschlossen wurden.

Ruths Magen krampfte sich zusammen. Sollte der Krieg jetzt schon beginnen? Jetzt, bevor ihre Eltern Deutschland verlassen hatten? Sollten all ihre Anstrengungen und Bemühungen umsonst gewesen sein? Sie mochte es nicht glauben. Sie wollte und konnte es nicht glauben. Da plötzlich schrillte das Telefon im Flur – ein Ton, der ihr durch Mark und Bein ging, sie lähmte. Sie wollte aufspringen, aber es ging nicht, sie konnte sich nicht rühren. Ihr Mund war trocken, in ihrem Bauch war plötzlich ein großer, schwerer Klumpen, als hätte sie einen Backstein verschluckt. Bitte, lass alles gut sein, dachte sie.

»Ruth?« Freddy sah sie an. »Das ist bestimmt für dich.« Er musterte sie, bemerkte wohl ihr bleiches Gesicht, ihre verkrampften Hände. »Ich gehe schon.«

»Sanderson«, meldete er sich. Auch in seiner Stimme klang die Anspannung mit. »Ja? Ja. Natürlich. Sie ist da. Ruth? Telefon.«

Ruth konnte von ihrem Sessel aus in den Flur sehen, sie

schaute zu Freddy. Er nickte ihr zu. »Komm, es ist für dich. Mrs Nebel.«

Edith! Ruth sprang auf, endlich löste sich der Krampf, der sie gefangen gehalten hatte. Sie nahm den Hörer. »Edith?«, fragte sie atemlos. »Hast du etwas von meiner Familie gehört?«

Am anderen Ende der Leitung war kurz ein Schweigen, nur den Atem konnte Ruth hören.

»Das wollte ich dich fragen«, sagte Edith Nebel dann. »Ich hatte gehofft, dass du schon Neuigkeiten hättest.«

»Nein«, presste Ruth hervor. »Kein Anruf, kein Kabel, keine Nachricht. Ein Elend. Ich weiß nicht, ob die Papiere rechtzeitig bearbeitet wurden, ob sie sie überhaupt verschickt haben. Was soll ich nur machen? Wir haben versucht, eine Leitung nach Deutschland zu bekommen, aber das war nicht möglich. Die Vermittlung versucht es morgen wieder.«

»Ja, das mit den Leitungen nach Deutschland scheint plötzlich noch schwieriger zu sein«, sagte Edith. »Hast du versucht, die Kruitsmans anzurufen? Vielleicht wissen sie mehr.«

»Auf die Idee bin ich noch gar nicht gekommen.«

»Ich habe ihre Nummer«, sagte Edith. »Ich werde mich darum kümmern. Und auch bei den Koppels, deinen Verwandten in Slough, werde ich anrufen.«

»Das könnte ich ja auch …«, sagte Ruth ein wenig verzagt.

»Natürlich könntest du das. Aber mein Mann … nun, du weißt, er arbeitet für die Regierung. Er hat mehr Möglichkeiten, Leitungen zu bekommen, als der gute Freddy Sanderson.«

Jakub Nebel, Ediths Mann, war früher im diplomatischen Dienst gewesen. Nach der Machtergreifung der Nationalsozialisten musste er allerdings seinen Posten aufgeben – als Jude konnte er keinen Ariernachweis erbringen. Zum Glück war er zu der Zeit schon in London gewesen, konnte die britische Staatsbürgerschaft annehmen und arbeitete nun für die englische Regierung – was genau er machte, darüber schwieg sich das Ehepaar aus. Doch durch seine frühere Arbeit hatte er viele Kontakte in Europa, die er nun auf andere Art nutzen konnte. Edith setzte sich sehr für die Kindertransporte ein. Etliche Tausend jüdische Kinder hatten inzwischen das sichere England erreicht und lebten nun in Familien, Heimen oder Schulen.

Hätte Mutti doch nur zugestimmt, dass Ilse mit den Kindertransporten mitfährt, dann wäre wenigstens sie schon hier, dachte Ruth. Aber vielleicht konnte Edith da in den nächsten Tagen noch etwas machen.

Ruth fühlte sich so hilflos, und die Furcht, immer weiter von ihrer Familie getrennt zu sein, wuchs.

»Du solltest ins Bett gehen«, sagte Edith eindringlich. »Ich melde mich morgen bei dir. Heute Nacht werden weder ich noch du etwas ausrichten können, morgen aber schon.«

»Ich glaube nicht, dass ich schlafen kann«, schluchzte Ruth. Die Tränen kamen plötzlich und unerwartet – aber die Angst und die Trauer brauchten einen Weg nach draußen. Sie fühlte sich so einsam, so verlassen und hilflos.

»Doch, du kannst und musst schlafen, mein Kind. Du wirst

morgen Kraft brauchen. Bestimmt gibt es viel zu tun, wenn deine Eltern kommen. Es muss noch einiges organisiert werden.«

»Meinst du wirklich?« Ruth holte tief Luft.

»Ja. Ich melde mich morgen. Und nun gehst du zu Bett. Gute Nacht.« Edith legte auf. Noch einen Moment hielt Ruth den schweren Hörer aus Bakelit in der Hand, dann legte sie ihn sacht auf die Gabel des Telefons.

»Hier«, sagte Freddy. Er hatte hinter ihr gestanden. Ruth und Edith hatten Deutsch gesprochen – eine Sprache, die er nicht verstand. Aber manchmal musste man die Wörter nicht kennen, um den Sinn eines Gesprächs zu verstehen. Er reichte Ruth ein Glas. »Sherry. Trink, das wärmt den Magen. Danach wirst du schlafen können.«

»Aber ... das ist Olivias Sherry ... den darf ich nicht trinken ...«

»Ich habe ihn bezahlt, wie alles andere in diesem Haus auch«, sagte Freddy grimmig. »Wenn ich dir den Sherry gebe, kannst du ihn ruhigen Gewissens trinken. Prost!« Auch er hielt eines der guten Kristallgläser in der Hand, die in der Anrichte im Wohnzimmer aufbewahrt wurden. Sein Glas war zwei Fingerbreit mit einer bernsteinfarbenen Flüssigkeit gefüllt, die schärfer roch als der milde Sherry.

Immer noch zögernd nahm Ruth das Glas und nippte daran. Der Alkohol floss in ihren Mund, füllte ihn aus. Er schmeckte warm und weich und ein wenig süßlich – ein angenehmer Geschmack. Langsam schluckte sie und genoss die Wärme in ihrer Kehle, dann im Magen.

»In den Nachrichten«, fragte sie dann, »da ging es um Gasmasken?«

Fred nickte. »Darum werde ich mich morgen kümmern. Die Regierung glaubt, dass es einen Krieg geben könnte. Deutschland will Teile Polens haben, und alle Verhandlungen sind gescheitert. Unsere Regierung hat Polen versichert, dass sie das Land unterstützen wird, sollte es zu einem Angriff kommen – und das bedeutet unweigerlich Krieg mit Deutschland.« Er sah sie voller Mitgefühl an. »Das muss nicht morgen sein oder nächste Woche – vielleicht finden die Politiker ja auch noch eine Lösung. Aber falls nicht, sind wir angewiesen worden, Gasmasken mitzuführen.«

»Gasmasken«, sagte Ruth fast tonlos. »Grundgütiger. Das macht alles so real – so greifbar. Ich möchte keinen Krieg.«

»Niemand will einen Krieg, Girlie, niemand.«

Ruth verzog das Gesicht. »Hitler schon.«

Freddy seufzte. »Ich hoffe immer noch, dass es nicht so ist und unser Premier recht hat – dass Hitler eine Osterweiterung will und den polnischen Korridor, aber nicht an einem Krieg mit dem Westen interessiert ist. Aber wer weiß das schon.«

Ruth trank den letzten Schluck Sherry. »Ich gehe jetzt ins Bett«, sagte sie. »Und ich hoffe, dass morgen ein guter Tag sein wird.«

Der lange und anstrengende Tag machte sich schnell bemerkbar. Ruth schaffte es noch, sich zu waschen und ihr Nachthemd anzuziehen, aber sobald sie im Bett lag, fielen ihr die Augen zu. Doch sie schlief nur einen kurzen Schlaf der Erschöpfung, schon nach ein paar Stunden wurde sie wieder wach. Die Sorge um ihre Familie war wie ein pochender Zahnschmerz – immer da, manchmal stärker, manchmal schwächer, aber immer präsent.

Ihre Gefühle schwankten. Mal hatte sie Hoffnung, war sich sicher, dass alles gut gehen werde. Dann aber überwogen wieder die Zweifel. Sie döste, schlief aber nicht mehr fest ein. Das Singen der ersten frühen Vögel holte sie endgültig aus dem Schlaf.

Die Schwalben, die unter dem Dach des Stalls wohnten, zirpten und sangen ihr Morgenlied. Schon bald würden sie sich auf den Weg in den Süden machen. Es war noch dunkel draußen, und fast meinte Ruth schon den Geruch von Herbst in der Luft zu riechen. Sie wusste, sie würde nicht mehr einschlafen können, also konnte sie genauso gut aufstehen. Sie wusch sich, zog sich an und ging in die Küche. Im Flur blieb sie kurz stehen, schaute das Telefon an. Der schwarze Kasten stand auf dem Tischchen – stumm und still. Im ganzen Haus war es seltsam ruhig, noch nicht einmal das Gebälk knackte. Freddy Sanderson schlief noch, aber schon bald würde sein Wecker klingeln. Seine Frau stand erst später auf.

Olivia ist gar nicht da, fiel Ruth plötzlich ein. Sie und Jill waren bei Olivias Eltern. Das gab ihr ein wenig mehr Zeit und Luft.

Die Scheite im Ofen glühten noch, schnell legte sie Holz nach und setzte Wasser auf. Den Tee ließ sie fünf Minuten ziehen, nahm dann die Teeblätter heraus und stellte die Kanne auf den Rand des Herds – dort würde der Tee warm bleiben, bis Freddy aufstand. Er trank morgens nur eine Tasse Tee, bevor er in den Stall ging, um das Vieh zu versorgen. Sein Frühstück nahm er erst am Vormittag ein. Ruth zog ihre Schuhe an. Charly kam ihr auf dem Hof entgegen und begrüßte sie freundlich.

»Möchtest du mitkommen?«, flüsterte sie ihm zu, doch der Hund drehte ab und legte sich wieder in seine Hütte, als ihm klar wurde, dass sie ihm kein Futter brachte.

Ruth nahm ihr Fahrrad, schob es auf den Weg vor dem Haus und fuhr den kleinen Pfad entlang durch die Felder zu den Dünen. Über dem Wasser der Nordsee konnte man den Hauch der Dämmerung erkennen – ein diffuses Licht. Noch war alles schwarz und grau, die Farben schliefen noch, erst durch die Strahlen der Sonne würden sie geweckt werden.

Oben an den Dünen stellte Ruth das Fahrrad ab. Sie kletterte durch das hohe und scharfe Gras nach unten, tastete sich vor, denn trotz des ersten Schimmers des Tages war kaum etwas zu erkennen. Nur der feine Sand schien silbrig zu leuchten, und die Gischt auf den Wellen war wie ein helles Band, das sich die Küste entlang hob und senkte.

Auf dem Strand angekommen, zog Ruth die Schuhe aus. Sie lief durch die feinen, feuchten Körner bis hin zum Meer. Bald würde die Ebbe einsetzen, das Meer sich zurückziehen. Dann würden große Priele auftauchen, in denen das zurückweichende Wasser in der Sonne glitzerte.

Der Strandabschnitt hier war nur klein. Einige Kilometer

die Küste aufwärts bei Frinton-on-Sea gab es einen großen, breiten Sandstrand. Dort reihte sich ein buntes Strandhäuschen an das nächste, ein großer Steg führte ins Meer. An den heißen sonnigen Wochenenden des Sommers tummelten sich viele Leute am Strand, lagen in der Sonne, schwammen, spielten Ball oder Kricket. Die lachenden Stimmen vermischten sich mit der flimmernden Hitze. Auch heute würden sich dort wieder die Wochenendausflügler einfinden. Ruth hatte sich in den letzten Monaten so sehr gewünscht, auch einen Tag am Strand verbringen, einfach einmal wieder unbeschwert sein und den Sommer genießen zu können. Doch sie hatte nie lange genug frei bekommen, ihre freien Tage hatte sie damit verbracht, die Anträge für ihre Familie auszufüllen und andere Dinge zu regeln.

Jetzt würde sie jede freie Minute dafür geben, ihre Familie in Sicherheit zu wissen.

Edith wird sich kümmern, Edith hat sich schon gekümmert, heute werde ich Nachricht erhalten, sagte sie sich wieder und wieder. Und alles wird gut gehen, es kann gar nicht anders sein. Es muss gut gehen.

Das Leuchten am Himmel, erst fast nur zu erahnen, wurde zu einem Streifen. Gleich würde die Sonne aufgehen. Lachmöwen flogen über Ruth hinweg, stießen ihre Schreie aus.

Es wurde Zeit, nach Hause zu gehen und mit der Arbeit zu beginnen.

Langsam kletterte sie die Dünen wieder hoch, stieg auf ihr Fahrrad und radelte zu der Farm zurück. Der Tau löste sich auf, je heller es wurde. Aus den Feldern, die noch nicht abgeerntet worden waren, stieg ein staubiger, warmer Duft auf – so roch der Hochsommer hier auf dem Land. Ruth liebte das Rauschen des Meeres, das Klatschen der Wellen gegen die Felsen, das nie verstummte und immer im Hintergrund zu hören war. Sie mochte die salzige Luft, die sich manchmal wie ein Film auf die Haut legte, und den Wind, der mal nur säuselte und dann aber wieder pfiff und stürmte. Sie mochte die Gegend – aber ihre Heimat war es nicht und würde es nie werden.

Das Landleben hier an den Dünen in Essex war ihr nicht vertraut, es war fremd wie die Sprache und die Menschen, wie der Tee, der immer und überall getrunken zu werden schien. Tee als Seelentröster – absurd irgendwie, aber auch charmant. Hier fühlte sie sich sicherer, als sie sich seit vielen Jahren in Krefeld gefühlt hatte, fremder, aber sicherer. Hier war sie noch nie Horden marschierender und pöbelnder Hitlerjungs oder Nazis begegnet. Hier musste sie keine Angst haben, Jüdin zu sein, auch wenn sie schon den ein oder anderen misstrauischen Blick geerntet hatte. Aber das mochte an ihrer Kleidung und an ihrem Akzent liegen.

Sie konnte nicht sagen, dass sie sich heimisch und wirklich wohl in Frinton-on-Sea fühlte, aber das lag auch daran, dass sie vor ein paar Monaten von einem Stadtkind zu einem Mädchen auf dem Land werden musste. Von einer irgendwie doch beschützten und behüteten Tochter zu einem Dienstmädchen. Früher hatte ihre Familie selbst Dienstmädchen gehabt – ein Kindermädchen für Ruth und Ilse, eine Köchin, eine Zugehfrau. Nach der Machtergreifung der Nazis durften sie keine Arier mehr einstellen und ihre finanzielle Situation hatte sich zunehmend verschlechtert, so dass es auch gar nicht möglich gewesen war. Aber dass sie nun auf einem Hof lebte und Böden schrubbte – das hätte sie vor einem Jahr niemals geglaubt.

Doch es war egal. Sie machte die Arbeit nicht gern, aber sie machte sie sorgfältig, weil diese Arbeit ihr ein Leben in einem Land ohne Nazis und ohne offenen Hass gegen die Juden erlaubte. Ein Leben in relativer Freiheit und in Sicherheit. Und sie hatte die Chance, ihre Eltern und ihre Schwester hierher zu holen – ohne ihre Anstellung bei den Sandersons wäre das nicht möglich gewesen.

Ruth stellte das Fahrrad wieder in den Schuppen, streichelte Charly über den Kopf und versprach ihm ein Leckerli. In der Küche brannte Licht, auf dem Tisch stand ein leerer, aber gebrauchter Teebecher, und auch der Stall war erleuchtet – Freddy war schon bei der Arbeit. Ruth füllte das Wasserschiff und schaute in der Vorratskammer nach – es waren noch genügend Eier und auch noch Speck da. Sie würde Freddy ein üppiges Frühstück bereiten, so wie er es mochte. Außerdem musste sie heute das Essen für die Lohnarbeiter kochen und aufs Feld bringen – die Ernte war in vollem Gang. Doch zuerst wollte sie die Küche putzen. Das hatte sie gestern vernachlässigt und man konnte ja nicht wissen, wann Olivia wiederkam. Wenn noch Zeit blieb, könnte sie auch im Wohn- und Esszimmer gründlich sauber machen, vielleicht würde das ihre Arbeitgeberin versöhnlich stimmen. Aber zuerst schlich sich Ruth in den Flur und musterte das Telefon. Ein Telefon aus schwarzem Bakelit, so wie sie es auch zu Hause hatten. Es rührte sich nicht. Obwohl Olivia es ihr untersagt hatte, nahm Ruth prüfend den Hörer ab – das Freizeichen erklang und dann meldete sich schon die müde Stimme der Vermittlung. Schnell ließ sie den Hörer wieder auf die Gabel gleiten.

Es würde heute ein Anruf kommen und Nachrichten von ihrer Familie bringen – bloß welche?

Kapitel 4

Ruth hatte schon den Herd geputzt und den Boden gewischt, als Freddy aus dem Stall kam. Er hatte die Kühe gemolken und die Milch in den großen Kannen an den Straßenrand gestellt – dort würden sie abgeholt werden. Nur eine kleine Kanne für den täglichen Bedarf kam in den Eisschrank. Falls sie mehr brauchte, musste sie das sagen. Der Eisschrank war nicht groß, und der Erdkeller, in dem ansonsten im Sommer Lebensmittel kühl gelagert wurden, war seit dem letzten Winter beschädigt. Noch hatte Freddy keine Zeit gefunden, ihn wieder richtig instand zu setzen – sehr zu Olivias Missfallen.

Freddy Sanderson stellte die Kanne auf den Tisch, setzte sich hin und sah Ruth an. »Hast du schon etwas gehört?«

Ruth schüttelte den Kopf.

»Es ist auch noch sehr früh, irgendwann werden sich deine Eltern sicher melden«, versuchte er sie zu beruhigen.

»Sicher«, sagte Ruth, aber sie brachte das Wort kaum heraus. Sie hatte Eier und Speck gebraten, dazu zwei von den frischen Würsten, die sie gestern gemacht hatten. Auch eine Portion Bohnen in Tomatensoße, die er zum Frühstück liebte, tat sie auf den Teller und stellte ihm diese hin.

»Und du?«, fragte er kauend. »Was ist mit dir?«

»Ich habe keinen Hunger«, gestand Ruth. »Außerdem …«, sie schluckte, »mag ich diese Art Frühstück nicht.«

»Diese Art? Gibt es noch andere Arten zu frühstücken?«, fragte Freddy sichtlich verblüfft. »Was esst ihr morgens?«

Ruth schmunzelte. »Wir trinken Kaffee – zumindest haben wir das früher gemacht. Heißen Kaffee, manchmal mit ein wenig Milch. Mein Vater mag einen Löffel Zucker dazu, meine Mutter nicht. Ich nur manchmal.« Sie lächelte bei der Erinnerung daran. »Wir essen Brot – meistens Weißbrot oder Brötchen. Mit Butter und Marmelade. Unser Frühstück ist eher süß. Dafür essen wir aber auch keine Melasse zum Braten …«

»Geschmäcker sind verschieden«, sagte Freddy nachdenklich. »Marmelade haben wir. Butter auch und Brot, es sollte noch Brot da sein. Und …«, er stand auf, ging zur großen Anrichte, öffnete eine Tür und holte eine Dose heraus. »Kaffeebohnen.«

»Ja, ich weiß – aber Mrs Sanderson sagt, die sind für besonderen Besuch.«

»Papperlapapp. Erstens ist sie nicht da, und zweitens glaube ich nicht, dass Kaffee in der Dose über Monate besser wird. Ist ja kein guter Wein. Also mach dir Kaffee und um Gottes willen auch ein Brot mit Marmelade oder zwei. Du fällst uns ja vom Fleisch, Girlie.«

Ruth sah ihn an, gequält von Zweifeln. Sie wusste, dass Mr und Mrs Sanderson Differenzen hatte, aber sie wollte weder Prellbock noch Anlass für Streitigkeiten sein.

»Ich werde mir ein Brot machen«, sagte sie. »Und eine Tasse Tee trinken. Tee ist auch lecker.«

»Der Kaffee wird im Schrank nicht besser«, wiederholte Freddy und klang ungehalten. »Ich weiß, wie Olivia manchmal ist … aber hallo? Darunter musst du doch nicht leiden.«

»Ich leide doch nicht«, versuchte Ruth ihm zu erklären. In diesem Moment klingelte das Telefon im Flur. Sie sahen sich an.

Freddy nickte ihr zu: Nun geh schon, Mädchen, geh an das Telefon. Es ist für dich.

Tausend Gedanken schossen ihr durch den Kopf. Das sind die Eltern, und alles ist gut. Das ist Mutti, und alles ist schiefgegangen. Das ist Edith … sie hat gute oder vielleicht schlechte Nachrichten. Wieder war sie wie gelähmt, die Angst hatte sie fest im Griff.

Das Telefon klingelte weiter.

»Ruth?«, sagte Freddy. »Ruth, geh ans Telefon.«

»Ich kann nicht«, wisperte sie und spürte die Faust der Angst im Magen.

Freddy stand auf, ging in den Flur und nahm den Hörer ab.

Ich muss sterben, dachte Ruth. Ich sterbe jetzt. Jetzt sofort. Ich halte das nicht aus.

Sie klammerte sich an der Tischkante fest.

»This is Sanderson's Farm. Yes, okay, yes, wait a minute.«

»Hier ist der Hof der Sandersons …«, hörte sie Freddy sagen. »Ja, gut, ja, einen Moment …«

Freddy kam zurück in die Küche. Er lächelte. »Geh ans Telefon, Girlie. Es ist für dich.«

Ruth sah ihn an, schluckte, doch er lächelte weiter, und sie lief los, rannte in den Flur, schnappte sich den Hörer und presste ihn an ihr Ohr.

»Ja? Hallo?«, sagte sie atemlos. »Hallo?«

»Ruth? Bist du es? Ruth?«

Es war die Stimme ihrer Mutter. Aber sie war verzerrt und klang weit weg.

»Mutti? Was ist mit Vati?«, fragte Ruth atemlos. »Wo bist du? Was ist …«

»Ruth? Die Leitung ist schlecht. Ich kann dich kaum hören«, sagte Martha.

»Ich kann dich gut hören«, brüllte Ruth. »Was ist mit Vati?«

»Ruth? Ich kann dich nicht hören!« Martha drehte sich um. »Steht die Leitung noch?«, fragte sie jemanden. »Ich höre sie gar nicht.«

»Ich höre dich!!«, schrie Ruth und befürchtete, dass ihre Mutter auflegen würde.

»Hallo?«, hörte sie dann. »Hier spricht Irene Kruitsmans, hörst du mich?«

»Irene? Ja, ich höre dich!«, rief Ruth.

Irene lachte. »Geht es dir gut?«, fragte sie.

»Was ist mit Vati? Was ist mit ihm? Sind die Papiere angekommen?« Ruth konnte kaum Luft holen.

»Deine Mutter und Ilse sind schon hier bei uns. Dein Vater kommt. Die Nazis haben ihn entlassen. Er ist schon in Maastricht und wird heute in Rotterdam ankommen. Du hast das alles ganz phänomenal gemacht. Wirklich sehr gut.«

»Vati ist schon in den Niederlanden?«, flüsterte Ruth, sie sank auf die Knie. »Wirklich?«

»Ja, die Nazis haben ihn gehen lassen. Heute Nachmittag wird er bei uns sein. Und dann kümmern wir uns um die Fähre.«

»Irene«, bat Ruth eindringlich. »Ich weiß, ihr macht, was ihr könnt. Aber bitte – besorgt schnell Karten für die Fähre. Sie sollten so schnell wie möglich nach England kommen.«

Jemand nahm den Hörer. Es war Martha.

»Ruth? Liebes? Hörst du mich?«

»Ja, Mutti.«

»Wir bleiben noch ein paar Tage in Rotterdam bei den Kruitsmans. Dann kommen wir nach England. Vati braucht ein wenig Erholung.«

»Nein!«, sagte Ruth entschieden. »Nein. Ihr müsst sofort hierherkommen. Der Krieg steht bevor, und die Fährverbindung wird eingestellt werden. Bitte kommt sofort.«

»Aber Ruth, Vati muss sich …«

»Mutti«, sagte Ruth langsam, aber entschieden, »wenn Vati da ist, nehmt ihr die nächste Fähre nach Harwich. So schnell es geht. Es könnte die letzte sein. Bitte!«

»Nun gut. Ich melde mich wieder.«

Martha legte auf, und auch Ruth ließ den Hörer wieder auf die Gabel gleiten, dann rutschte sie an der Wand entlang zu Boden, schlug die Hände vor das Gesicht und schluchzte auf.

»Girlie, Girlie!« Freddy stürzte zu ihr, nahm sie in die Arme. »Was ist mit deinen Eltern? Egal, was ist, wir finden einen Weg … bitte weine nicht …«

»Sie … sie … sie …«, schluchzte Ruth stotternd. »Sie sind in den Niederlanden. Alle. Auch mein Vati. In Sicherheit.« Dann ließ sie den Kopf auf ihre Knie sinken und den Tränen freien Lauf. Ihre Familie war gerettet, sie war nicht mehr in Nazi-Deutschland, Vati war nicht mehr im Konzentrationslager. Alles würde gut werden. Alles. Irgendwann. Irgendwie. Das war erst der Anfang, das spürte Ruth instinktiv tief in sich, aber er war gemacht. Sie zitterte, fühlte sich plötzlich kraftlos wie ein Ball, aus dem man die Luft herausgelassen hatte.

Freddy stand auf und sah Ruth fest an. »Wenn jetzt nicht die Zeit für einen starken Kaffee gekommen ist, weiß ich es auch nicht«, sagte er und grinste. Dann ging er in die Küche und setzte den Kessel auf, holte die Dose mit den Kaffeebohnen aus dem Schrank.

Bald schon duftete es nach echtem Bohnenkaffee. »Milch? Zucker?«, fragte Freddy Ruth.

Sie nahm beides, rührte in dem Becher und genoss den köstlichen Duft, der sie an zu Hause erinnerte – ein Zuhause, das es nicht mehr gab.

Dann klingelte das Telefon erneut. Ruth zuckte zusammen. Freddy sah den Schrecken, der sie erfasst hatte, und begriff, dass es in den letzten Jahren in ihrem Leben mehr schlechte als gute Nachrichten gegeben hatte. Er stand auf, ging in den Flur. »Ruth«, sagte er sanft. »Es ist deine Tante aus Slough.«

Ruth stürzte zum Telefon. »Tante Hilde«, rief sie atemlos. »Sie sind frei. Sie sind in Holland!« Wieder liefen die Tränen.

»Ich weiß, Kindchen, ich weiß. Frau Nebel hat mich angerufen. Wir machen heute alles fertig – sie bekommen erst einmal Marlies Zimmer, ab Mitte September haben sie eine kleine Wohnung gar nicht weit von hier.« Sie stockte. »Aber die Wohnung ist weitgehend unmöbliert.«

»Oh.« So weit hatte Ruth gar nicht gedacht. »Wir werden eine Lösung finden. Jetzt müssen sie erst einmal nach England kommen.«

»Das sollte schnell geschehen, überall redet man von dem bevorstehenden Krieg.«

Nach dem Gespräch ging Ruth nachdenklich in die Küche zurück. Ihre Eltern waren erst einmal gerettet, aber nun gab es wieder so viel zu tun, und sie wusste gar nicht, wo sie anfangen sollte. Freddy war wieder in den Stall gegangen, gleich kamen die Feldarbeiter, um die Ernte fortzusetzen. Das Leben blieb nicht stehen, gerade auf einem Hof nicht, die Tiere mussten versorgt, die Felder bestellt und geerntet werden. Da Olivia nicht da war, musste Ruth jetzt auch ihre Aufgaben übernehmen.

Mir schwirrt der Kopf, dachte Ruth. Ich weiß gar nicht, was ich zuerst machen soll. Dann dachte sie an Omi, ihre Oma schrieb immer Listen. Sie hatte einen Notizblock in der Tasche ihres Kittels und dazu einen kleinen Bleistift. In ihrer Handtasche hatte sie ebenfalls einen Block und einen weiteren in der Tasche ihrer Strickjacke. Omi ohne Notizblock war nicht vorstellbar. Das hatte Ruth oft belächelt, aber plötzlich machte es Sinn. Schnell lief sie nach oben und holte sich Zettel und Stift. Dann begann sie Listen zu schreiben. Dinge, die ihre Eltern betrafen, Dinge, die sie auf dem Hof zu erledigen hatte. Sie machte sich nur grobe Stichworte, aber bei jeder weiteren Zeile wurde sie ruhiger. Vielleicht lag es daran, dass die Aufgaben plötzlich überschaubar und etwas geordneter waren als ihre Gedanken.

Wieder klingelte das Telefon. Freddy war nicht da, also musste sich Ruth dem stellen. Sie atmete ein und wieder aus, stand auf und ging in den Flur.

»Ruth, meine Liebe«, hörte sie Edith sagen. Ediths Stimme bewirkte etwas in ihr – all die Unsicherheit, die Nervosität, die sie trotz der guten Neuigkeiten noch immer verspürt hatte, verschwanden auf einmal. Edith war da, und Edith würde ihr helfen. Sie hatte immer Lösungen. »Du hast es schon gehört?«

»Ja«, sagte sie. »Moment.« Schnell legte sie den Hörer hin, rannte in die Küche, kam mit ihren Notizen zurück.

»Mutti und Ilse sind in Rotterdam bei den Kruitsmans. Vati ist wohl noch in Maastricht – aber er ist auch schon in den Niederlanden und fährt heute noch nach Rotterdam.«

»Sie sollen versuchen, heute oder morgen noch auf die Fähre zu kommen.«

»Das habe ich ihnen auch gesagt. Ich hoffe, sie tun es.«

»Ich spreche mit den Kruitsmans und versuche, von hier aus Fahrkarten zu bekommen. Es drängt«, sagte Edith ernst.

Ihre Worte lösten bei Ruth einen Schauer aus. Edith und Jakub wussten vermutlich mehr als der einfache Bürger. Wenn Edith sagte, dass es drängte, dann war das sicher noch untertrieben.

»Wenn sie nach Harwich kommen, was dann?«, fragte Ruth. »Hier ist die Ernte in vollem Gang – Mr Sanderson wird sie nicht abholen können.«

»Können sie denn nicht trotzdem erst einmal zu euch auf den Hof?«, wollte Edith wissen.

»Für einen Tag oder zwei – bestimmt.« Ruth schluckte. Ob Olivia das wirklich erlauben würde, wusste sie nicht. Aber Ruth war sich sicher, dass Freddy sie unterstützen würde.

»Aber dann müssten sie nach Slough. Dort können sie bei meinen Verwandten wohnen und hätten ab Mitte September eine kleine Wohnung in der Nähe. Aber …«, sie seufzte, »die Wohnung ist unmöbliert, und ich weiß nicht, was meine Eltern an Möbeln haben herausschaffen können.«

»Darüber mach dir keine Gedanken, das regeln wir schon. Wichtig ist nur, dass sie erst einmal nach England kommen. Immerhin haben sie die erste große Hürde ja geschafft, und alles Weitere wird folgen.«

»Ja.« Edith hatte recht. Man musste einen Schritt nach dem anderen gehen, alles andere war unsinnig.

»Wir hören voneinander«, sagte Edith knapp und legte auf. Ruth kannte das schon und wusste, dass es keine mangelnde Empathie war, sondern dass Edith wie ein Feldmarschall Dinge regelte und abarbeitete – für viele warme Worte blieb selten Zeit.

Im Moment konnte Ruth nichts mehr tun, also machte sie die Dinge, für die sie angestellt war. Sie putzte die Küche, kümmerte sich um die Hühner und Kaninchen, ging den

Vorratsschrank durch und notierte alles, was zur Neige ging. Dann bereitete sie das zweite Frühstück für die Arbeiter zu. Als es fertig war, brachte sie die Brote und die Kanne mit dem Tee, einige gekochte Eier und gebratene Würstchen mit dem Fahrrad zu dem Feld, auf dem geerntet wurde.

Es war Sonntag, aber das spielte auf dem Land keine Rolle – das Getreide war reif und das Wetter trocken, das musste man nutzen. Hier hinten auf den Feldern war Ruth bisher kaum gewesen, und sie hoffte, dass sie den richtigen Weg nahm. Sie fand die Kolonne und gab ihnen das Frühstück.

Danach fuhr Ruth zurück, setzte das Mittagessen auf – einen deftigen Eintopf mit Bohnen und Tomaten, viel Speck und frischem Bauchfleisch. Der Eintopf würde einige Zeit brauchen – er konnte einfach vor sich hin köcheln. Die Zeit nutzte sie, um Olivias Zimmer gründlich zu putzen – sie räumte die Kommode aus, wischte die Schubladen, putzte die Fenster und bezog die Betten neu. Genauso verfuhr sie mit Jills Zimmer. Edith hatte ihr den Tipp gegeben, einige Spritzer Zitronensaft in das Putzwasser zu tun – tatsächlich roch alles viel frischer und irgendwie auch sauberer. Ruth hoffte, Olivia damit gnädig zu stimmen. Zwischendurch lief sie immer wieder nach unten, um nach dem Essen zu schauen. Sie räumte auf, versuchte alles so sorgfältig wie möglich wieder zu drapieren. Die Bettwäsche steckte sie zum Vorweichen in der Waschküche in den Zuber mit Seifenwasser. Schnell hatte sie die Betten neu bezogen. Dann fegte und wischte sie noch den oberen Flur und das Treppenhaus. Als alles fertig war, war es auch schon Zeit, das Essen und das Geschirr in den Handkarren zu packen und zum Feld zu bringen.

Charly sah ihr interessiert zu, hob schnuppernd die Nase.

»Das ist leider nichts für dich«, sagte Ruth und kraulte ihn hinter den Ohren. »Aber ich habe dir ja etwas versprochen.« Sie gab ihm einen der Knochen, die sie für die Brühe ausgekocht hatte und glaubte einen dankbaren Blick in seinen Augen zu erkennen.

Mit dem Handwagen zog sie los. Zum Hof hinaus und die Straße entlang ging es noch relativ leicht, doch dann musste sie den Feldweg einschlagen. Der Weg war uneben und voller Schlaglöcher. Sie musste darauf achtgeben, dass der Topf, den sie in eine Decke eingeschlagen hatte, damit das Essen warm blieb, nicht umkippte oder auslief. Je weiter sie ging, umso schwerer wurden ihre Arme.

Zwischendurch hatte sie sogar die Befürchtung, einen falschen Weg genommen zu haben, doch dann erkannte sie die Gegend wieder und hörte zum Glück auch schon die Stimmen der Arbeiter und das Knattern des Traktors. Am Feldrand standen der Mähbinder und die Dreschmaschine. Das Feld war schon abgeerntet, jetzt wurde der Motor des Traktors mit der Dreschmaschine verbunden, um das Getreide zu dreschen.

Erfreut sahen die Männer Ruth entgegen, die nicht nur den sättigenden Eintopf hinter sich herzog, sondern auch ein paar Flaschen Bier in einer mit Wasser gefüllten Zinkwanne dabeihatte.

Unsicher sah Ruth Freddy an. »Soll ich nachher kommen und den Handkarren wieder abholen?«, fragte sie.

Freddy schüttelte den Kopf und wischte sich den Schweiß von der Stirn. Schon lange war die erfrischende Kühle des Morgens vergangen, die Sonne brannte erbarmungslos vom wolkenlosen Himmel herunter. Über dem staubigen Feld schien die Hitze zu stehen. Um ihre Pause in Ruhe zu genießen, stellten die Männer die Erntemaschinen aus, in der plötzlichen Ruhe schien das Knattern des Motors immer noch nachzuhallen.

»Du kannst ruhig wieder gehen«, sagte Freddy. »Ich schick nachher einen der Jungs mit dem Karren zurück. Dem kannst du dann noch einen Eimer mit Bierflaschen mitgeben. Aber stell sie gleich schon ins Wasser – damit sie ordentlich kalt sind.«

»Was ist mit Abendbrot?«, fragte Ruth.

»Brot, Speck und Schmalz sollten reichen. Jamie wird dir sagen, wie weit wir sind.« Er schaute zum Himmel, kniff die Augen zusammen. »Wir haben noch zwei Felder vor uns, und die möchte ich vor dem Regen einbringen.«

»Regen?« Ruth war erstaunt und folgte seinem Blick. Sie sah kein Wölkchen.

»Schau dort hinten, da über dem Meer. Siehst du das?«

Ruth kniff die Augen zusammen. Hinten am Horizont wurde das Blau zu einem diesigen Grau – es war nur eine Nuance, und es wäre ihr von selbst nicht aufgefallen. »Aber das ist doch weit über dem Meer und noch nicht mal eine richtige Wolke.«

»Dort zieht sich etwas zusammen, da kannst du dir sicher sein. Mit Glück zieht es vorbei, aber wenn mich nicht alles täuscht, wird es nachher regnen.« Er nickte ihr zu, nahm sich auch ein Bier und setzte sich zu den Männern, die begonnen hatten, den Eintopf zu verteilen.

Ruth beeilte sich, zurück zum Hof zu kommen. Während sie durch die Felder lief, überlegte sie, was sie noch zu tun hatte. Der Hühnerstall musste ausgemistet werden. Jetzt, wo die Hühner auf dem Hof scharrten, war eine gute Gelegenheit dafür. Aber dann wäre sie draußen und würde das Telefon nicht hören. Sie hatte sich extra beeilt, um nicht zu lange weg zu sein, schließlich konnte jederzeit eine neue Nachricht von Edith oder ihren Eltern kommen.

Also beschloss sie, statt des Hühnerstalls das Wohnzimmer gründlich zu putzen. Sie kehrte die Teppiche mit der Kehrmaschine, wischte Staub und polierte das Holz der Schränke. Immer wieder lauschte sie – aber das Telefon blieb stumm.

Jamie kam und brachte das Geschirr und die leeren Flaschen, bedankte sich, als Ruth ihm den Eimer mit dem gekühlten Bier gab.

»Wir werden noch 'n Weilchen arbeiten müssen«, sagte er und grinste sie an. Er hatte rote Locken, und das ganze Gesicht war voller Sommersprossen, die man im Moment jedoch unter der Dreck- und Staubschicht, die ihn bedeckte, nur erahnen konnte.

»Ist gut«, sagte Ruth. Da die Legehennen gerade sehr fleißig waren, hatte sie Eier hart gekocht. Außerdem hatte sie zwei Gläser Sülze und etwas Corned Beef aus dem Keller geholt, dazu eingelegte Gurken. Im Gemüsegarten waren noch Tomaten. Ruth bereitete die herzhafte Brotzeit vor und setzte eine große Kanne mit Tee auf. Um acht Uhr hatte weder das Telefon geklingelt, noch waren die Männer vom Feld heimgekehrt. Auch um neun war noch niemand zu sehen. Ruth setzte sich auf die Bank vor der Küche, Charly legte sich zu ihren Füßen. Sie schloss die Augen und dachte an ihre Familie. Wie froh sie war, dass Mutti, Vati und Ilse in den Niederlanden waren. Bald schon würde sie sie wiedersehen. Bei dem Gedanken hüpfte ihr Herz vor Freude. Doch dann dachte sie an Omi und Opi. An Tante Hedwig und Hans und an Großmutter Emilie. Wann würde sie sie wiedersehen? Wie ging es ihnen wohl, jetzt, wo Mutti und Ilse weg waren? Wer würde sich um sie kümmern? Nun liefen bittere Tränen über ihre Wangen. Es musste eine Möglichkeit geben, auch sie nach England zu holen. Sie würde alles dafür tun.

Langsam wurde es dunkel, eine samtige Dunkelheit, wie sie nur in Spätsommernächten vorkommt. Noch waren die Tage heiß, die Nächte lau. Doch bald schon würden die Nächte länger und kühler werden. Morgens würde der Tau funkelnde Edelsteine auf die Grashalme zaubern, und die Zugvögel würden ihre Abschiedsrunden über den Feldern drehen. Die Zeit zwischen Sommer und Herbst war immer voller Zauber. Hoffentlich ist es in diesem Jahr ein Zauber des Wiedersehens, dachte Ruth.

Dann hörte sie den Traktor kommen. Schnell lief sie in die

Küche, holte Butter und die Wurst aus dem Eisschrank, stellte die Teller mit den gekochten Eiern, den geschnittenen Tomaten und den Gewürzgurken dazu. Natürlich durfte der große Topf Senf nicht fehlen.

Die Männer wuschen sich am Brunnen auf dem Hof, kamen dann mit noch nassen Haaren in die Küche und setzten sich an den Tisch. Sie aßen mit großem Appetit, aber außer ein paar derben Witzen und Sprüchen redeten sie nicht viel. Nachdem sie gegessen hatten, verabschiedeten sich die Lohnarbeiter und Jack, der Knecht. Alle waren erschöpft, und früh am nächsten Morgen würde es weitergehen.

Freddy ging in den Stall, um nach den Kühen zu sehen. Die Hühner hatte Ruth schon bei Einbruch der Dunkelheit in den Schuppen gelockt, damit der Marder sie nicht holte. Ruth räumte gerade das gespülte Geschirr weg, als Fred aus dem Stall kam. Er ging ins Wohnzimmer und goss sich ein Glas Whisky ein.

»Möchtest du einen Sherry?«, fragte er Ruth.

»Nein, danke.«

»Hast du noch etwas von deiner Familie gehört?«

Ruth schüttelte den Kopf. »Sie sind in Sicherheit, in den Niederlanden – aber ich hoffe, dass sie, so schnell es geht, die Fähre nehmen.«

»Das sollten sie wirklich. Man hört beunruhigende Dinge aus Polen.« Er trank sein Glas leer, stellte es in die Spüle. »Gute Nacht. Es war ein langer Tag. Und morgen geht es wieder früh raus – wenn es trocken bleibt.«

Zum Glück ist es im Moment trocken, dachte Ruth und

seufzte. Dann holte sie das Kehrblech und fegte den Staub und Dreck auf, den Freddy auf seinem Weg in das Wohnzimmer hinterlassen hatte. Auch die Küche fegte sie noch aus, bevor sie das Licht löschte und nach oben ging.

In ihrem Mansardenzimmer war es heiß und stickig. Sie öffnete die beiden kleinen Fenster, soweit es ging. Vom Brunnen hatte sie sich einen Krug mit kaltem Wasser mitgebracht, und nun wusch sie sich von oben bis unten – das kalte Wasser war herrlich erfrischend.

In dieser Nacht schlief sie besser, die größte Sorge war von ihr genommen. Es war noch lange vor Morgengrauen, als Ruth plötzlich wach wurde. Zuerst wusste sie nicht, was sie geweckt hatte, dann aber hörte sie ein Grollen in der Ferne. Über dem Meer zog tatsächlich ein Gewitter herauf. Bald darauf klatschten große, dicke Regentropfen auf das Dach und auf den Hof. Der Wind hatte zugenommen, und Ruth schloss die Fenster. Sie schaute hinaus zum Meer, wo die dicken Wolken sich ballten und die Blitze zuckten. Ein eindrucksvolles Schauspiel. Doch die Blitze ließen nach, der Regen wurde verhaltener. Kein wütendes Trommeln war es, nur noch ein leichtes Anklopfen, eine beruhigende Melodie. Ruth öffnete die Fenster wieder, die frische, kühle Luft drang in ihr Zimmer, hüllte sie ein. Ein Blick auf den Wecker zeigte, dass noch Zeit war, bis der Tag begann. Ruth legte sich wieder hin, ließ sich vom sanften Schauer in den Schlaf begleiten.

Als der Wecker klingelte, war es noch dunkel draußen. Der Hahn regte sich zwar schon im Stall, aber er krähte noch nicht, das tat er erst im Hof. Er gluckste lediglich, ein lautes Glucksen, eine Aufforderung, schien es Ruth.

Sie streckte sich, fühlte sich erfrischt, so wie es auch die Luft in ihrem sonst sehr stickigen Zimmer war. Es regnete nicht mehr, und auch die Wolken waren mit den Blitzen verschwunden. Am Horizont, weit hinten über dem Meer wurde der Himmel milchig und heller – der neue Tag begann, und die Sonne stieg auf. Noch lag die feuchte, kühle Luft über dem Hof, von den Bäumen und der Dachrinne tropfte es. Doch es sah nicht danach aus, dass der Tag weiteren Regen bringen würde.

Was weiß ich denn schon, sagte sich Ruth. Gestern hatte sie auch nicht mit einem Gewitter gerechnet. Sie zog sich an, ging leise hinunter. In der Küche stand noch die Hitze der vergangenen Tage. Ruth öffnete alle Fenster und die Türen – auch die im Wohnzimmer und im Esszimmer. Die kühle, frische Luft zog durch die untere Etage.

Dennoch musste Ruth den Ofen wieder anheizen und das Wasserschiff füllen. Fred hatte versprochen, die Pumpe zu reparieren, so dass die Wasserleitung in der Küche wieder funktionierte, aber jetzt in der Erntezeit war vermutlich daran nicht zu denken.

Ob sie heute nach dem Regen überhaupt weitermachen konnten? Von Landwirtschaft hatte sie keinen Schimmer, und jeden Tag verblüffte sie etwas aufs Neue. Aber einige Dinge hatte sie immerhin schon begriffen. Der Herd brauchte eine Weile, bis er heizte und das Wasser zum Kochen brachte. In dieser Zeit konnte sie andere Dinge tun. Sie ging in den

Hof, blieb einen Moment stehen. Sie konnte die Brandung hören, das erste Kreischen der Möwen, roch den salzigen Duft. Der Himmel wurde grau – das helle Grau, kurz bevor die Sonne auftauchte und Licht und Farbe schenkte. Diese Minuten mochte sie besonders. Eine Zeit zwischen Nacht und Tag. Früher, in Krefeld, hatte sie diese Momente nie mitbekommen, selten war sie vor Tagesanbruch aufgestanden, und genossen hatte sie es damals nie. Sie war froh darüber, diese magischen Momente am Morgen entdeckt zu haben.

Sie ging zum Schuppen, ließ die Hühner heraus, begrüßte Charly, der ihr, auch noch müde, entgegentrottete. Dann kochte sie Tee, fegte und wischte den Boden. Es gab ständig etwas zu tun, auch wenn es jetzt, während Olivia weg war, entspannter zuging.

»Wird es mit der Ernte weitergehen können?«, fragte Ruth Freddy, als er seinen Tee trank, bevor er in den Stall ging.

»Ja, natürlich«, antwortete er erstaunt. »Weshalb denn nicht?«

»Es hat geregnet.«

»Ein kurzer Schauer, nicht der Rede wert. Heute wird es wieder heiß werden.« Er kniff die Augen zusammen und rieb sich mit der flachen Hand über die stoppelkurzen Haare. »Könnte sein, dass Olivia heute wiederkommt.« Er warf Ruth einen Blick zu. »Ist alles so weit in Ordnung im Haus?«

»Ja, aber wir haben kein Brot mehr, und ein paar andere Sachen fehlen auch schon …«

»Fahr ins Dorf«, sagte Freddy und ging zu Tür. »Du weißt doch, wo die Läden sind.«

»Ja, schon …« Ruth räusperte sich und folgte ihm. »Aber … aber …«, stotterte sie.

»Was denn, Girlie?«, fragte er ungehalten. »Du gehst doch nicht das erste Mal einkaufen hier.«

»Ich … habe kein Geld«, flüsterte Ruth. »Sonst hat mir immer die Mistress Geld gegeben.«

»Oh.« Er drehte sich um, nahm einige Geldscheine aus der Tasche und reichte sie Ruth. »Ich hoffe, das reicht. Mit dem Haushaltsgeld habe ich mich nie befasst.« Dann ging er zum Stall, um die Kühe zu versorgen.

Ruth beschloss, die Küche erst nach dem Mittag zu putzen und vorher ins Dorf zu gehen, um einzukaufen. Sie bereitete das Frühstück vor, setzte das Essen für die Mittagspause auf und stellte es hinten auf den Herd, wo es warm blieb, aber nicht ankochen würde. Dann nahm sie den Korb und ihr Fahrrad und fuhr den Hügel hinunter.

Die Wochenendgäste hatten Frinton-on-Sea wieder verlassen. Doch die Schule hatte noch nicht wieder begonnen, und einige Jugendliche und Kinder tummelten sich am Strand. Auf dem Weg in das Städtchen konnte Ruth die kleinen, bunten Holzhütten sehen, den weißen Sand und den Steg, der ins Meer führte. Kurz blieb sie stehen und beobachtete das fröhliche Treiben. Freddy hatte recht gehabt, es war wieder ein warmer Tag, allerdings angenehmer als die letzten – die trockene, staubige Hitze war einer angenehmen

Wärme gewichen, und die Sonne schmeichelte eher, als dass sie brannte.

Für einen Moment wünschte sich Ruth an den Strand, wünschte sich, eine von ihnen zu sein, ein englisches Mädchen, mit Familie und einer Heimat. Sie wünschte sich, dazuzugehören und keine Fremde mehr zu sein. Sie sehnte sich nach Gleichaltrigen, nach Freunden, nach Gesprächen, nach Lachen und Kichern. Sie wäre so gern einmal wieder unbeschwert und lustig, ohne Sorgen. Selbst wenn sie jetzt abbiegen und zum Strand fahren würde, sie kannte niemanden, würde nicht dazugehören. Sie könnte schwimmen gehen, in der Sonne liegen, die Augen schließen und träumen, das könnte sie ganz einfach tun – aber es wäre nicht dasselbe, als wenn sie es mit Freunden machen würde. Mit Freunden machte sogar ein regnerischer Tag am Strand Spaß. Es war nicht die Sonne, nicht die Wärme, die einen perfekten Tag ausmachten – es waren Freunde und Verwandte. Das Gefühl, zusammenzugehören. Das Gefühl, Teil einer Gemeinschaft zu sein. Dann holte sie tief Luft. Sie wollte nicht undankbar sein. Schließlich waren ihre Eltern und Ilse in Sicherheit. Zumindest vorerst.

Freddy, Mr Sanderson, war nett zu ihr. Auch oft herzlich – meist dann, wenn seine Frau nicht zugegen war. Für Mrs Sanderson war sie nur ein Dienstmädchen, ein lebender Kehrbesen und Wischmopp, dem sie auch ihre Tochter zur Obhut geben konnte. Ruth war austauschbar – nur dass es im Moment wenig Personal gab. Warum das so war, war Ruth bislang nicht wirklich klar. Aber vermutlich lag es an

Mrs Sanderson selbst – sie war eben kein umgänglicher oder einfacher Mensch.

»Guten Morgen, Mr Hensley. Ich brauche Brot«, sagte Ruth zum Bäcker. Sie war nicht das erste Mal hier, er wusste, dass sie auf der Farm der Sandersons arbeitete, und er wusste auch, welches Brot sie wollte.

»Tag, Ruthy«, sagte er mit seiner tiefen Stimme. »Alles wie immer, stimmt's?«

Er sprach mit einem sehr schweren Akzent, und Ruth konnte nur ahnen und rätseln, was er sagte. Sie hatte sich angewöhnt, erst mal einfach zu nicken.

»Und für die Mistress?«, fragte Hensley.

Ruth sah ihn mit großen Augen an.

»Will die Mistress Weißbrot?«, fragte er wieder.

Für Ruth klang das allerdings nach: »Willemissus Weesbrott?«

Was zum Henker meinte er? Sie zuckte mit den Schultern.

Hensley grinste. »Hast mich nich verstandn, oda?«, sagte er langsam, aber immer noch mit einem breitgezogenen Dialekt.

Ruth schüttelte den Kopf.

»Mrs Sanderson«, sagte Hensley nun betont langsam und deutlich, er sah Ruth an – sie nickte. »Willse Weißbrot?« Er zeigte auf den Stuten in der Auslage.

Ruth wusste, dass Olivia am liebsten Weißbrot zum Frühstück aß. Frisches Brot, noch fluffig, mit einem großen Stück süßer Butter und etwas Marmelade, das liebte sie. Doch das fluffige Brot wurde schnell trocken, und Ruth wusste nicht, wann Olivia wieder nach Hause kommen würde.

»Nein«, sagte sie. »Kein Weißbrot. Danke.«

Hensley nickte. »Okay.« Er packte die Brote in Papier ein, gab sie Ruth. »'nen schönen Tach noch.«

Ruth nahm das Brot. »Danke«, sagte sie und rätselte wieder, was er wohl gesagt hatte. Es war eine Floskel gewesen, aber verstanden hatte sie sie nicht. Freddy gab sich viel Mühe – er sprach deutlich und langsam, merkte, wenn Ruth Dinge nicht verstand, versuchte zu erklären, zur Not mit Händen und Füßen. Olivia war da nicht so geduldig.

Es verblüffte Ruth, dass manche Leute Wörter ganz anders aussprachen als andere. Mr Hensley, der Bäcker, war nicht aus Essex, er kam aus Wales, das hatte ihr Olivia gesagt. Er sprach ganz anders als die anderen Leute im Ort – viel breiter und betonte die Worte anders.

Aber das ist bei uns auch so, wurde ihr nun klar. Sie hatte einige Monate in Bayern verbracht, in einer Art Internat, das die jüdische Gemeinde eingerichtet hatte. In Bayern hatten die Menschen auch anders gesprochen als am Niederrhein, und so manches Mal war es Ruth schwergefallen, die Leute zu verstehen. So musste es auch hier in England sein – es gab verschiedene Dialekte.

Ganz in diesen Gedanken versunken, ging Ruth zum Krämer. Im Haushalt fehlten einige Dinge, Ruth hatte extra eine Liste gemacht. Sie wollte nicht zu viel kaufen – vor allem nicht ohne Olivias Zustimmung, aber ohne Zucker und ohne Salz, mit nur noch einem Rest grüner Seife und verschiedenen anderen Kleinigkeiten, die wichtig waren, konnte sie den Haushalt nicht wie gewohnt weiterführen. Einige Dinge konnte sie nicht benennen oder wusste nicht, wie es richtig ausgesprochen wurde – aber sie konnte in die Auslage zeigen und sich mit Zeichensprache verständlich machen. Der Krämer, Mr Smith, war sehr geduldig und versuchte alles, damit sie sich verständigen konnten.

»Du bist ein tapferes Mädchen«, sagte er, nachdem Ruth die Sachen in ihren Korb gepackt und bezahlt hatte. »Ein fremdes Land, eine fremde Sprache. Und dann noch bei den Sandersons. Meinen Respekt hast du.«

»Danke«, sagte Ruth, die wieder nur die Hälfte verstanden hatte. Sie schwang sich auf ihr Fahrrad und radelte zurück zum Hof. Im Korb lagen die Einkäufe, über ihr war der blaue Himmel, rechts von ihr das Meer und links die goldgelben Felder. Es duftete nach Sommer, nach reifem Getreide, nach trockenem Boden, und die leichte Brise von der See würzte alles mit ein wenig Salz.

Für einen Moment fühlte sich Ruth, als schwebe sie. Sie befand sich zwischen zwei Welten und noch war nicht klar, wohin ihr weiterer Weg gehen würde. Hatte ihr der Gedanke in den letzten Monaten immer wieder Angst gemacht, so kam nun plötzlich ein anderes Gefühl hinzu – ein Gefühl der Hoffnung, ja, schon fast der Vorfreude. Ihre Familie würde herkommen, und dann würden die Karten neu gemischt werden. Würden sie alle hier in England bleiben oder zusammen nach Palästina gehen? Oder doch nach Amerika?

Plötzlich war so vieles möglich, was vor ein paar Monaten

einfach undenkbar gewesen war. Aber eigentlich war das egal. Wichtig war nur, dass sie endlich wieder zusammen sein würden. Der Gedanke zauberte ein Lächeln auf Ruths Gesicht. Beschwingt und fröhlich trat sie in die Pedale, radelte zum Hof auf dem Hügel über Frinton-on-Sea.

Kapitel 5

Schwungvoll fuhr Ruth in den Hof, bremste abrupt, als sie den Ford Zweisitzer sah, der mitten auf dem Hof stand – Olivia war zurückgekommen.

Ruth stellte das Fahrrad in den Schuppen und nahm den Korb mit den Einkäufen, dann ging sie in die Küche.

Jill lief ihr freudestrahlend entgegen.

»Ruth, Ruth!«

Ruth stellte den Korb ab, ging in die Hocke und umarmte das kleine Mädchen. »Meine Jill«, sagte sie, »da bist du ja wieder.«

Das kleine Mädchen gab ihr einen feuchten und klebrigen Kuss auf die Wange. »Habsch dich vermiss'«, nuschelte sie.

»Da bist du ja. Wo bist du denn gewesen, ich habe dich schon gesucht?«, fragte Olivia streng, die auf ihren hochhackigen Schuhen in die Küche gestöckelt kam. Die Haare waren frisch onduliert, und sie trug ein Twinset, das neu sein musste, denn Ruth hatte es noch nie gesehen.

Ruth zog den Kopf ein. Die Temperatur im Raum schien um fünf Grad gesunken zu sein. »Ich war einkaufen«, sagte Ruth. »Wir hatten kein Brot mehr, und es fehlte ...«

»Du kannst doch nicht einfach gehen«, empörte Olivia sich erneut. »Hier gibt es genug zu tun. Die Küche ist nur ausgefegt, aber nicht gewischt. Hast du gedacht, ich bemerke das nicht?«

Ruth schloss die Augen, öffnete sie dann wieder. »Natürlich nicht. Ich wollte die Küche nach dem Mittag wischen, nachdem ich das Essen auf das Feld gebracht habe.«

»Auf das Feld?« Olivia sah sie fragend an. »Auf welches Feld?«

»Aber … aber die Lohnarbeiter sind doch da. Mit der Mäh- und der Dreschmaschine. Sie bringen die Ernte ein.«

»Ach.« Olivia sah zum Fenster hinaus. »Natürlich«, murmelte sie. »Deshalb sind auch weder Fred noch Jack hier. Ich verstehe.« Sie räusperte sich. »Nun gut. Du kannst mein Gepäck nach oben bringen und es auspacken. Und auch Jills Sachen. Dann hätte ich gerne einen Imbiss. Ich werde mich ins Wohnzimmer zurückziehen – die Fahrt war anstrengend.«

»Und das Essen für die Leute?«, fragte Ruth.

»Das machst du danach. Dann musst du dich eben beeilen.« Olivia stakste auf den hohen Schuhen ins Wohnzimmer. »Und sieh zu, dass Jill ihr neues Kleid nicht beschmutzt.«

»Ja, Mistress«, seufzte Ruth und nahm Jill auf den Arm. »Du hast ein neues Kleid?«, fragte sie das Mädchen.

Jill nickte und zeigte an sich herunter. »Hat Omi gekauft. Is schön, ja?«

»Wunderschön. Aber jetzt gehen wir erst einmal nach oben in dein Zimmer und ziehen dir etwas anderes an.«

»Nein!«, sagte Jill und schob die Unterlippe nach vorne.
»Kleid schön. Will Kleid tragen.«

»Liebchen, heute ist Montag. Montag! Das ist ein Sonntagskleid. So ein schönes Stück trägt man nur am Sonntag. Oder an einem Feiertag. Aber nie an einem Montag. Niemals.«

»Hascht du auch 'nen Sonntagskleid?«, fragte Jill.

Ruth nickte. »Natürlich. Jeder anständige Mensch hat Bekleidung nur für den Sonntag, und auf die Sachen müssen wir wirklich achten, nicht wahr?«

»Ja.« Jill nickte. Jetzt ließ sie sich ohne Proteste umziehen, ging wieder mit Ruth in den Hof. Nach und nach schaffte Ruth die beiden schweren Koffer und die Taschen nach oben, packte aus und räumte die Kleidung sorgfältig ein.

Dann ging sie schnell zurück in die Küche, verstaute die Einkäufe. Die Kaminuhr schlug, es wurde höchste Zeit, das Essen fertig zu machen. Zwischendurch hatte sie schon mal im Topf umgerührt und war froh, dass nichts angesetzt hatte. Nun bestückte sie wieder den Handwagen mit Geschirr und den Zinkeimer mit dem vorgekühlten Bier.

Jill hüpfte aufgeregt neben dem Handwagen. »Wo gehen wir hin?«, fragte sie Ruth.

Ruth sah sich um, aber Olivia war nirgendwo zu sehen, also ging Ruth zurück ins Haus, ins Wohnzimmer. Dort saß Olivia, die Fenster waren abgedunkelt, das Grammophon lief – irgendetwas von Mozart.

»Mrs Sanderson«, sagte Ruth zaghaft. »Öhm … Ich will nicht stören, aber …«

»Du störst aber«, sagte Olivia unwirsch. »Was ist denn?«

»Ich muss jetzt hinaus zum Feld und Ihrem Mann und den Arbeitern das Essen bringen …«

»Dann mach das.« Olivia lehnte sich wieder zurück und schloss die Augen.

»Und … und … und was ist mit Jill?«

»Jill? Was soll mit ihr sein? Sie ist in deiner Verantwortung. Jetzt geh und lass mich in Ruhe.«

»Ja, Mistress«, sagte Ruth und schloss die Tür leise hinter sich.

Jill sah sie an. »Mami wütend?«

»Nein, mein Schatz.« Ruth nahm Jill auf den Arm. »Mami ist nur müde. Wir beide gehen jetzt.«

Ruth nahm Jill an die Hand und zog mit der anderen den Karren hinter sich her. Das Feld, auf dem heute geerntet wurde, lag noch weiter weg vom Hof. Ruth wusste, Jill würde nicht die ganze Strecke laufen können.

Der Himmel war inzwischen wieder wolkenlos, und die Sonne schien ungehemmt. Auch wenn sie nicht so brannte wie in den letzten Tagen, auch wenn der Wind vom Meer frischer war, blieb es dennoch warm. Ruth zog den Karren, biss sich auf die Lippen und versuchte, auf das eifrige Geplapper des Kindes einzugehen. Doch dann wurde Jill immer schweigsamer.

»Muss mal Pipi«, sagte sie. Ruth führte sie ins Gebüsch, hielt sie ab.

»Hab Durst«, jammerte Jill wenig später. Zum Glück hatten sie auch einen Krug Limonade dabei. Ruth machte eine

Pause, gab dem Kind zu trinken. Dann gingen sie weiter. Aber Jills Kräfte ließen nach.

»Isses noch weit?«, fragte das kleine Mädchen kläglich.

»Noch ein kleines Stück«, log Ruth und hoffte, die Kleine noch ein wenig motivieren zu können. Es ging aber nicht viel weiter, dann begann Jill zu jammern und zu quengeln. Ruth hatte das schon vorausgesehen und setzte das Kind nun auf den Karren. Der Weg zog und zog sich. Ruths Arme schmerzten, der Schweiß stand ihr auf der Stirn, aber sie kämpfte sich Meter um Meter vor. In der Ferne hörte sie, wie der Traktor in seinem eigenen Rhythmus knatterte – fast schon wie ein Schlagzeug, dachte Ruth, die Jazzmusik liebte und schon lange keine Platten mehr gehört hatte.

Sie hielt sich an dem gleichmäßigen Motorgeräusch fest und fokussierte sich darauf. Das Geräusch kam immer nur von einer Stelle – also war die Dreschmaschine an den Traktor angeschlossen, das Feld war schon abgeerntet – das hatte Ruth gestern gelernt.

Endlich erreichte sie den Platz.

»Daddy!«, rief Jill und sprang plötzlich wieder voller Energie vom Karren, lief zu Fred. »Daddy!«

»Mein kleiner Sonnenschein!« Fred fing Jill auf, schwenkte sie im Kreis. »Du bist ja wieder da, Süße!«

»Jaaaa, Daddy!«, rief Jill. Vorsichtig setzte Freddy seine Tochter ab. »Und wo ist Mommy?«, fragte er.

»Mommy is müde«, sagte Jill und sah sich um. »Aber Ruth is da.«

Ruth packte den Eintopf aus. Sie war so erschöpft. Freddy trat zu ihr.

»Danke«, sagte er schlicht, aber das Wort aus seinem Mund bedeutete ihr viel. »Olivia ist zurück?«

Ruth nickte. »Sie muss sich ausruhen, hat sie gesagt.«

»Dann hat sich nichts geändert.« Er seufzte. »Ich schicke Jamie wieder mit dem Karren zum Hof, ist das in Ordnung?«

»Können wir einen Moment hierbleiben?«, fragte Ruth. »Jill ist müde. Ich glaube nicht, dass sie jetzt den Rückweg zu Fuß schafft …«

»Natürlich. Ihr bleibt die Pause über einfach hier, und dann kannst du den Karren mit dem Geschirr mit zurücknehmen«, meinte Freddy. »Die Bierflaschen bringen wir später mit.«

»Ich muss noch die Küche wischen«, seufzte Ruth.

»Herrje, lass dir von ihr keine Angst machen«, meinte Freddy nur und nahm sich eine Flasche Bier. Dann wandte er sich wieder seiner Tochter zu. »Wie war es bei Grandpa und Grandma? Hattet ihr eine schöne Zeit?«

»Jaa!«, rief Jill. »War wunderschön. Nur Mommy war immer weg. In der Stadt.«

»Ja, so ist sie, die Mommy«, seufzte Freddy. »Komm mit mir in den Schatten.«

Ruth war verschwitzt, ihre Arme taten vom Ziehen des Karrens weh. Der Tag hatte so schön angefangen, aber nun zogen dunkle Wolken auf – Olivia würde sie schelten. Eigentlich müsste sie sofort zurück, zum Haus und dann die Küche wischen. Sie sah den Fliesenboden vor sich – egal, was sie tat, wie oft sie kehrte und wischte, irgendwo war immer Schmutz zu sehen. Und die Küche war so groß. Außerdem müsste sie jetzt anfangen, das Abendessen vorzubereiten. Die Eier hatte sie noch nicht aus dem Hühnerstall geholt, und die Schweine waren noch nicht gefüttert worden. Es gab so viel zu tun – viel zu viel für sie alleine. Aber wenn sie jetzt mit Jill nach Hause ging, würde sie das Mädchen tragen müssen, und das würde sie nicht schaffen, das wusste sie.

Erschöpft setzte sie sich auf den Boden, lehnte sich mit dem Rücken an einen der Strohballen.

Ich brauche nur ein paar Minuten, sagte sie sich, nur eine kurze Zeit, dann wird es schon wieder gehen, dann mache ich mich auf den Heimweg. Sie schloss die Augen und war im nächsten Moment eingeschlafen.

»Ruth! Ruth!«, rief Jill und zog Ruth am Zopf. »Daddy sagt, wir müssen nach Hause.«

Ruth öffnete die Augen, die Sonne war schon über den Zenit geschritten.

»Oh«, murmelte sie verschlafen und rieb sich die Augen. »Oh, wir müssen zurück.«

Jill nickte. Sie war über und über mit Staub bedeckt, Ähren und Strohhalme steckten in ihren Haaren. Ein sehr dreckiges, aber auch ein augenscheinlich sehr glückliches Kind.

»Ich würde so gerne bleiben«, schwärmte Jill.

»Hast du etwas gegessen?«, fragte Ruth sie und setzte sich auf.

»Ja«, sagte Jill und wischte sich über den verschmierten Mund.

»Hallo«, sagte Jamie, der junge Knecht und grinste verlegen. »Hab auf die kleine Miss aufgepasst, aber jetzt muss ich wieder aufs Feld.« Er zuckte bedauernd mit den Schultern.

»Danke«, sagte Ruth und sah sich um. Die Männer hatten gegessen und getrunken. Das Geschirr hatten sie auf dem Boden stehen lassen. Schnell sammelte sie alles zusammen, tat es in den Handkarren. Auch die leeren Flaschen trug sie zusammen. Da alle fertig waren, konnte sie den Karren auch wieder mit zurücknehmen.

Sie belud ihn, nahm Jill an die Hand.

»Ist alles in Ordnung?«, fragte Freddy, der plötzlich neben der Dreschmaschine auftauchte. »Du hast ein wenig geschlafen. Jamie hat sich in der Zeit um Jill gekümmert.«

»Es tut mir leid«, sagte Ruth und senkte den Kopf.

»Was muss dir daran leidtun? Du arbeitest hart, bist fleißig. Das geht schon alles in Ordnung.«

»Ich hätte nicht schlafen dürfen. Ihre Frau erwartet mich auf dem Hof, und dort ist noch einiges zu tun. Das werde ich heute vermutlich nicht mehr schaffen.«

Freddy seufzte auf, dann sah er Ruth an. »Stimmt, was sie will, wirst du heute nicht mehr schaffen. Und vermutlich morgen auch nicht. Olivias Anforderungen kann niemand erfüllen. Das macht aber nichts. Du arbeitest hart und bist fleißig. Du kümmerst dich um Jill, und Jill liebt dich, das ist alles, was zählt.«

Ruth schüttelte den Kopf. »Nein. Wenn Ihre Frau nicht zufrieden mit mir ist, kann sie mir kündigen. Und dann … dann muss ich zurück nach Deutschland.«

»Ich habe den Vertrag unterschrieben, Girlie. Ich möchte zwar, dass du mit Olivia irgendwie auskommst, aber rausschmeißen kann sie dich nicht – das kann nur ich. Und das werde ich nicht tun. Lass sie schimpfen.« Wieder seufzte er. »Sie schimpft eh immer über alles, dabei haben wir es doch eigentlich gut – wir haben den Hof, unser Auskommen, das Haus, wir haben Jill. Aber das reicht ihr nicht.« Er schüttelte den Kopf. »Das kannst du nicht ändern und ich auch nicht. Gott weiß, dass ich es versucht habe.« Nun sah er sie wieder an. »Lass sie schimpfen, lass es an dir abprallen. Versuch bitte, durchzuhalten. Jill liebt dich so. Und das ist das, was zählt.«

Ruth schluckte. »Sie kann mich nicht rausschmeißen?«

Freddy schüttete den Kopf. »Rechtlich nicht. Und ich werde dir nicht kündigen.«

»Ich versuche wirklich, alles so zu machen, wie sie es haben will … aber es klappt nicht immer.«

»Wir leben auf einem Bauernhof. Da gibt es Fliegen und Dreck, Mist und Dung. Das ist normal. Wir leben nicht auf einem Schloss oder in einer schicken Wohnung in der Stadt – das hätte Olivia gern, aber das ist eben nicht so. Mach dir keine Gedanken.«

Ruth nickte und zog los. Auch wenn Freddy ihr versichert hatte, dass Olivia ihr nichts tun konnte, glaubte sie nicht so recht daran. Und eigentlich fürchtete sie am meisten den Ärger, den sie bekommen würde.

Jill sah Ruth an, drückte ihre Hand. »Bist du traurig?«

»Nein, nur müde.« Ruth bemühte sich, heiter zu klingen. »Alles ist gut, wir müssen uns nur ein wenig beeilen.«

Doch es dauerte nicht lange, und Jill wurde wieder müde und quengelig. Ruth setzte sie in den Handkarren, der nun, ohne Eintopf und Bierflaschen, um einiges leichter war als auf dem Hinweg. Zügig lief sie zum Hof, hörte jedoch schon Olivias keifende Stimme in ihrem Kopf.

»Da bist du ja«, sagte Olivia stattdessen und kam ihr entgegen. »Ich habe schon auf dich gewartet, aber ich weiß ja, dass heute die westlichen Felder an der Reihe sind, und bis dorthin ist es ein langer Weg.« Sie sah Jill an, die ihre Mutter umarmen wollte. »Du bist ja voller Staub, Kind«, sagte Olivia und hielt das Mädchen mit der Hand ab. »Heute ist aber wirklich ein Bad fällig. Doch erst darfst du noch nach draußen gehen und spielen.«

Eilig räumte Ruth das Geschirr in die Spüle, füllte das Wasserschiff und stellte es wieder auf die Küchenhexe. Das Feuer glomm noch, und sie legte Holz nach, fachte es wieder an.

»Es tut mir leid«, sagte sie, »dass ich so spät bin.«

»Ach, das macht doch nichts«, sagte Olivia. »Du kannst ja nichts dafür, dass die Felder weiter draußen heute abgeerntet werden.«

Verwundert und ein wenig argwöhnisch sah Ruth sie an. So nett war sie noch nie zu ihr gewesen. Da war etwas im Busch, das spürte sie ganz deutlich. Aber was nur?

»Ich beeile mich jetzt auch.«

»Du hast die Schlafzimmer und das Wohnzimmer geputzt, während wir weg waren«, sagte Olivia. »Das ist mir sofort aufgefallen. Das hast du gut gemacht.«

»Danke«, murmelte Ruth.

»Auch die Küche sieht gut aus, nur gewischt hast du sie wohl noch nicht.«

»Das wollte ich jetzt machen.«

»Und die Kaninchenställe hast du nicht gesäubert.«

Ruth senkte den Kopf. Zum Glück pfiff der Wasserkessel schon, und sie konnte die Spüle füllen. Schnell wusch sie das Geschirr ab, legte es auf die Abtropffläche. »Um die Kaninchen kümmere ich mich gleich.«

»Kommen die Männer heute Abend nach der Schicht hierher?«, fragte Olivia.

»Bisher sind sie das. Ich gehe davon aus.«

»Dann musst du etwas Schnelles vorbereiten.« Olivia holte tief Luft. »Denn du musst gleich noch oben in der Mansarde zwei Zimmer lüften, putzen und die Betten dort beziehen.«

Der Hof der Sanderson war schon sehr alt. Früher hatten die Dienstleute, Mägde und Zimmermädchen oben in der Mansarde gewohnt. Dort gab es einige kleine Zimmer, in einem wohnte Ruth. Die anderen Zimmer waren leer oder wurden als Abstellraum benutzt, in einigen standen aber noch Betten und Schränke, die mit Laken verhüllt waren, damit sie nicht zu sehr einstaubten. Die Knechte hatten früher über der Scheune ihre Kammern gehabt. Nun gab es – außer Ruth – keine Angestellten mehr, die auf dem Hof lebten. Wofür brauchte Olivia jetzt zwei Zimmer?

»Kommt Besuch?«, fragte Ruth.

Olivia lächelte und nickte. »Ja. Überraschend. Morgen

schon. Aber nun mach flink deine Arbeit, damit alles rechtzeitig fertig wird. Bevor du an die Zimmer gehst, kannst du unser Gepäck noch auspacken und verräumen. Und denk daran, dass du gleich Jill badest. Sie sieht aus wie ein Ferkel.« Olivia drehte sich um und ging zurück ins Wohnzimmer, stellte das Radio an.

Es kam also Besuch. Wer mochte das sein?, fragte sich Ruth, doch schnell vergaß sie den Gedanken wieder und konzentrierte sich auf die Arbeit. Sie trocknete das Geschirr ab, schaute in den Eisschrank. Es waren noch Würstchen da. Die konnte sie zum Abendessen machen, vielleicht mit etwas Sauerkraut, ein großes Steingutgefäß mit dem gesäuerten Kohl stand im Keller. Brot hatte sie frisch geholt, und auch Corned Beef gab es noch. Im Gemüsegarten fand sie wieder ein paar reife Tomaten und eine der letzten Schlangengurken.

Ruth sammelte welke Salatblätter und anderes Grün ein und ging dann zu den Kaninchenverschlägen. Jill spielte im Hof, als sie Ruth sah, kam sie zu ihr gelaufen.

»Magst du mir helfen?«, fragte Ruth das Mädchen.

»Wobei?« Jill sah sie mit großen Augen an, die aus ihrem staubigen Gesicht zu leuchten schienen.

»Ich muss die Kaninchenställe sauber machen.«

»'ninchen sin so süss«, nuschelte Jill verzückt. »Mag sie streicheln.«

»Das darfst du, wenn du sie nicht zu fest drückst.«

Mit raschen und geschickten Griffen holte Ruth die Kaninchen aus ihren Gehegen. Das hatte sie auch früher immer auf dem Hof ihrer Verwandtschaft in Anrath gemacht. Es gab einen kleinen Verschlag neben dem Hühnerhaus, in das sie die Tiere setzte, während sie das alte Streu auskehrte und durch neues Stroh ersetzte.

Vorsichtig streichelte Jill die Tiere, die durch den Verschlag hoppelten, immer wieder lachte das Mädchen auf und hatte einen Heidenspaß. Sie ging sorgsam mit den Tieren um, zog sie nicht an den Ohren und versuchte auch nicht, sie auf den Arm zu nehmen. Sie wusste genau, dass auch Kaninchen Krallen hatten, die ordentlich wehtun konnten.

Endlich war Ruth fertig. Sie füllte die Wassernäpfe und legte Frischfutter und etwas Heu in die Gehege, setzte die Tiere dann zurück in ihre Ställe.

»Da hast du mir aber toll geholfen«, lobte Ruth Jill. »Komm, ich gebe dir einen Keks, und dann lassen wir dir die Badewanne ein.«

Jill schob die Unterlippe vor. »Will noch nich ins Bett.«

»Das musst du auch nicht«, beeilte sich Ruth zu erklären. »Du darfst mir noch ein wenig helfen, wenn du willst. Aber nicht so dreckig, wie du jetzt bist.«

»Na gut.« Jill fügte sich. Ruth nahm sie bei der Hand, ging mit ihr zum Haus. Vor der Küche zog sie Jill die Schuhe und auch die Strümpfe, die so schwarz waren, als hätte das Kind gar keine Schuhe angehabt, aus. Dann gingen sie gemeinsam nach oben. Den Badeofen hatte Olivia schon angeheizt gehabt und offensichtlich hatte sie auch schon ein Bad genommen, als Ruth auf dem Feld gewesen war. Ihren Morgenmantel und ihre gebrauchte Kleidung hatte Olivia wie meist achtlos auf den Stuhl unter dem Fenster fallen lassen.

Ruth ließ Wasser ein, zog Jill aus und setzte sie in die Wanne, sobald das Wasser handhoch war. Sie gab ihr ein kleines Stück Seife und zwei Becher zum Spielen. Dann ging Ruth nach nebenan, um nach den Koffern zu schauen. Die Türen ließ sie offen, und mit einem Ohr lauschte sie immer nach Jills leisem Geplapper und Kichern. Schnell räumte sie die dreckigen Sachen in den Wäschekorb, die sauberen legte sie ordentlich in die Schränke und Schubladen. Schließlich holte sie Jill aus der Wanne, rubbelte sie ab und zog ihr saubere Kleidung an.

»Un was machen wir jetzt?«, fragte Jill, die ganz müde Augen hatte.

»Ich muss oben noch sauber machen«, sagte Ruth. »Willst du mitkommen?«

»In dein Zimmer?«

»Ja, du darfst in mein Zimmer, wenn du möchtest. Ich muss in die Räume daneben.«

Nun riss Jill die Augen auf und biss sich auf die Lippe. »Inne Geisterräume?«

»Geisterräume?«, fragte Ruth verblüfft.

Jill nickte ernsthaft, ihre Löckchen zitterten. »Sind Geister drin«, flüsterte sie. »Weiße Geister.«

»Das sind keine Geister«, sagte Ruth und lachte. »Das sind Bettlaken. Komm, ich zeige es dir.«

Jill schüttelte ängstlich den Kopf. »Nein, ich will nich …«

»Na gut, kommst du aber mit nach oben in mein Zimmer?«

Jetzt lächelte Jill wieder. »Ja!«

Olivia hatte Jill verboten, nach oben zu gehen, denn in den ersten Tagen, als Ruth ganz neu auf dem Hof war, hatte sich das Mädchen immer wieder heimlich in die Mansarde geschlichen und Ruths Sachen angeschaut. Sie machte nichts kaputt, sie war nur neugierig, dennoch war Ruth froh, dass Olivia dieses Verbot ausgesprochen hatte. Einen Schlüssel zu ihrem Zimmer gab es nämlich nicht, und manchmal war sich Ruth nicht sicher, ob Olivia nicht selbst oben gewesen war.

Ruth hatte nichts zu verheimlichen – sie hatte einige Fotos von früher in der Schreibtischschublade und ihr Tagebuch, das sie immer noch führte. Aber da sie auf Deutsch schrieb, konnte Olivia sicher nicht lesen, was sie geschrieben hatte. Trotzdem hatte sich Ruth angewöhnt, Olivias Namen nicht auszuschreiben – oder die Kürzel ihrer Geheimschrift zu verwenden.

Die neun Koffer mit der ganzen Wäsche und den anderen Sachen, die ihre Mutter ihr mitgegeben hatte, standen in einem der leeren Mansardenräume. Ruth hatte sie nicht mehr angerührt und schon gar nicht ausgepackt – was sollte sie auch hier damit? Ihre Mutter hatte all die gute Wäsche – die Tischtücher, die Leinentücher, die bestickte Bettwäsche und so manch anderes eingepackt. Mit diesen Koffern und zwei weiteren, mit ihren persönlichen Sachen, war sie nach England gereist. Hin und wieder ging Ruth nach nebenan, einfach um die Sachen, die zwar keinen großen materiellen, aber einen immensen emotionalen Wert hatten, anzusehen. Und ein paarmal hatte sie den Eindruck gehabt, dass die Koffer anders standen als zuvor. Wirklich große Gedanken hatte sie sich aber nicht gemacht – wer wollte schon die ganze Familienbettwäsche haben?

Aber die Koffer und das Verbot, Ruths Zimmer zu betreten, machten die obere Etage für Jill besonders interessant – wie vermutlich für jedes andere Kind auch. Und obwohl sie sich vor den »Geistern« dort oben fürchtete, war die Neugier so groß, dass sie Ruth folgte. Ruth erlaubte ihr, in ihr Zimmer zu gehen, während sie selbst eine Tür der Mansardenzimmer nach der nächsten öffnete. Die Zimmer waren klein, manche so winzig, dass vermutlich nur ein Bettgestell hineingepasst hatte und vielleicht noch eine schmale Kommode. Diese Räume gehörten nun dem Mäusedreck und den Spinnweben. Nur wenige Strahlen der tief stehenden Sonne schafften es durch die fast blinden Fenster und ließen den Staub tanzen. Hustend schloss Ruth die Türen wieder, ging zum nächsten Zimmer. In einem standen zwei Betten und ein Waschtisch, ein schiefer Schrank drückte sich in die Ecke. Waschtisch und die Betten waren mit grauen, vergilbten Laken, die einst wahrscheinlich einmal weiß gewesen waren, abgedeckt. Auch hier war es muffig und staubig. Ruth öffnete das Fenster und ließ die frische Luft hinein. Der Staub wirbelte auf, wie eine Wolke stand er im Raum. Ruth bemühte sich, nicht zu atmen, ging erst einmal zur nächsten Kammer. Dort waren weitere zwei Betten, ein Waschtisch und eine wackelige Kommode. Auch hier öffnete sie das Fenster. Dann trat sie in den Flur, hustend und würgend, klopfte ihr Kleid aus und schaute nach Jill. Jill stand in Ruths Zimmer, hielt ihre Lieblingspuppe im Arm und erzählte ihr etwas.

»Magst du dich auf das Bett setzen?«, fragte Ruth.

»Darf ich?«

Ruth lächelte und setzte die Kleine auf ihr Bett. »Ich muss nach unten und Putzzeug holen. Ich komme aber gleich wieder.«

»Is gut.«

Schnell lief Ruth die Stufen nach unten und holte einen Eimer mit heißem Wasser – zum Glück hatte sie das Wasserschiff wieder gefüllt gehabt –, Staubwedel und Putzlappen.

Zuerst nahm sie die alten Laken von den Möbeln, hängte sie aus den Fenstern und schüttelte sie kräftig aus. Das würde nicht reichen, aber es war ein Anfang. Dann rollte sie die Laken eng zusammen, damit sie auf dem Weg in die Waschküche so wenig Staub und Dreck wie möglich verloren. Ruth fegte und wedelte, wischte und wusch. Die dünnen Matratzen rollte sie auch zusammen, trug sie in den Hof und hängte sie über die Teppichstangen. Sie wischte und wusch, brauchte mehrere Eimer Wasser. Zu guter Letzt putzte sie die Fenster mit einem Spritzer Spiritus und rieb sie mit altem Zeitungspapier trocken. Nun rochen die beiden Kammern nicht mehr staubig, sondern frisch nach grüner Seife und Spiritus. Der Abendwind vertrieb den letzten

Muff. Zufrieden wrang Ruth die Wischlappen aus, brachte den Eimer und das Putzzeug wieder nach unten. Jill lag müde auf Ruths Bett, immer wieder fielen ihr die Augen zu.

»Spätzchen, es ist noch zu früh«, versuchte Ruth, das Mädchen wach zu halten. »Wir müssen noch schnell Abendessen machen.«

»Hab keinen Hunger mehr«, murmelte Jill.

Ruth trug sie nach unten, legte sie auf die breite Küchenbank. Immer noch lief das Radio im Wohnzimmer. Vorsichtig klopfte Ruth an der Wohnzimmertür, sie wusste, Olivia hasste es, gestört zu werden.

»Mrs Sanderson?«, fragte sie. »Mrs Sanderson?«

»Was ist denn?«, schnauzte Olivia ungehalten.

Behutsam öffnete Ruth die Tür. »Es geht um Jill. Sie schläft fast. Soll ich sie zu Bett bringen?«

»Kannst du sie nicht noch wach halten? Wenn sie jetzt einschläft, ist sie morgen so früh wieder auf.«

»Ich fürchte, sie schläft schon …«

»Nun, dann bring sie eben ins Bett«, seufzte Olivia. »Was ist mit den Kammern?«

»Ich habe zwei hergerichtet. Wie viele Betten soll ich beziehen? Alle vier?«

»Drei reichen. Und nimm die Bettwäsche aus dem Flur – nicht unsere Wäsche.«

»In Ordnung.«

»Denkst du auch an das Essen?«

»Natürlich«, beeilte sich Ruth zu sagen. Zu gern hätte sie

gewusst, wer der Besuch sein würde, aber sie traute sich nicht zu fragen.

Sie brachte Jill zu Bett – der Tag war lang und aufregend für das Kind gewesen, und nun schlief es selig. Dann bezog sie schnell noch drei der Betten. Die Fenster in der Mansarde ließ sie offen, die Luft an diesem Augustabend war lau und mild. Ein wenig meinte sie schon den nahenden Herbst riechen zu können. Es wurde schon dunkel, und die Männer würden sicher bald vom Feld kommen. Und hoffentlich würde sich auch endlich Edith mit guten Nachrichten melden.

Eilig richtete Ruth das Essen. Olivia kam, um alles zu begutachten.

»Du hast die Küche nicht gewischt«, tadelte sie. »Das kannst du machen, wenn du nachher hier alles aufgeräumt hast.«

Die Männer kamen, wuschen sich wieder im Hof, setzten sich dann an den Tisch und aßen hungrig.

»Morgen noch«, sagte Freddy müde, aber zufrieden. »Die neuen Maschinen sind zwar teuer, aber sie sind ihren Preis wert. So schnell haben wir noch nie die Ernte eingefahren.«

»Wir müssen uns auch beeilen«, sagte der Vorarbeiter, der die Dreschmaschine bediente. »Smith wartet schon auf die Maschinen.«

»Hoffentlich haben wir weiterhin Glück mit dem Wetter«, sagte ein anderer. »Denn wenn es nur hin und wieder einen Schauer gibt, können wir noch bis Oktober ernten – Aufträge hätte der Boss genügend. Alle wollen die Maschinen leihen.«

»Uns soll es recht sein«, meinte der Vorarbeiter und trank sein Bier aus. Er stand auf, nickte Freddy zu. »Bis morgen früh.«

Auch Jack stand auf, sah aber Freddy fragend an. »Soll ich noch etwas tun?«

»Wir müssen noch in den Stall. In der Zeit der Ernte kommen die Kühe immer zu kurz. Misten werde ich erst am Wochenende, aber es wäre schön, wenn du beim Melken helfen könntest. Außerdem sollten wir wenigstens neues Stroh aufschütten.«

»Immerhin hat Jamie die Kühe schon von der Weide geholt.« Freddy stand auf und streckte sich. »Wir werden uns beeilen«, sagte er zu Olivia.

»Das ist gut, ich habe noch etwas mit dir zu besprechen.«

»Ach?« Freddy zog die Augenbrauen hoch.

Ruth spitzte die Ohren. Bisher hatte Olivia den Besuch noch nicht erwähnt.

»Später«, sagte Olivia. Sie wandte sich zu Ruth. »Wir müssen noch das Essen von morgen planen.«

Ruth räumte das Geschirr in die Spüle. Das Wasserschiff blubberte schon. »Haben Sie bestimmte Wünsche?«, fragte sie Olivia.

»Mittags sollte es wieder etwas Einfaches, aber Reichhaltiges für die Arbeiter geben. Wir haben doch noch Würste.«

»Würste gab es die letzten zwei Tage«, wandte Ruth ein.

»Das ist doch egal, Hauptsache, es macht satt.«

»Es ist auch noch Bauchfleisch da. Gepökelt«, sagte Ruth. Sie überlegte. »Im Garten haben wir jede Menge Bohnen, aber die müssten erst gepflückt und geputzt werden.«

»Bohnen – das ist eine gute Idee. Aber die nehmen wir lieber für morgen Abend. Und Kartoffeln können wir auch noch stechen.«

»Für das Abendessen?«

»Ja, aber nicht für die Arbeiter. Ich hoffe ja sehr, dass sie morgen tatsächlich fertig werden und weiterziehen. Dann reicht auch eine Brotzeit abends für sie. Wir werden ja Gäste haben.«

»Wer kommt denn?«, fragte Ruth nun doch.

»Das sage ich dir später, erst muss ich mit Fred sprechen.«

Eine merkwürdige Aussage war das, fand Ruth. Es klang so geheimnisvoll. Wer mochte das nur sein? Nun, sie würde es rechtzeitig erfahren. Es gab aber noch etwas anderes, was sie schon die ganze Zeit beschäftigte, doch bisher hatte sie nicht die passende Gelegenheit gefunden, Olivia zu fragen.

»Hat jemand für mich angerufen?« Sie hatte immer noch nichts von ihren Eltern gehört. Natürlich wusste sie, dass es immer schwieriger wurde, eine Leitung zu bekommen, deshalb hatte sie auch eher mit einer Karte oder einem Telegramm gerechnet. Doch der Briefträger war lächelnd an ihr vorbeigefahren, als sie mit Jill und dem Handkarren zum Feld unterwegs war. Er war nicht zum Haus der Sandersons abgebogen, sondern weiter nach Holland Hill geradelt.

»Nein«, sagte Olivia und zog die Stirn kraus. »Wir sind hier ja auch keine Telefonzentrale.«

Ruth senkte den Kopf und begann das Geschirr zu spülen. »Morgen Abend möchte ich einen Braten servieren. Und Bohnen. Und frische Kartoffeln. Natürlich auch reichlich Soße. Davor eine Hühnersuppe. Und als Nachtisch … irgendetwas Leckeres.« Sie nickte. »Ja, das klingt gut«, sagte sie mehr zu sich selbst als zu Ruth. Dann ging sie in den Hof und zum Hühnerschuppen. Ruth hörte die Hühner, die schon im Stall waren, aufgeregt flattern und gackern. Dann kehrte Olivia zurück, und die Hühner beruhigten sich.

In ihrer Hand hielt Olivia ein Huhn, dem sie den Hals umgedreht hatte. Es flatterte noch schwach. »Du räumst hier auf und wischst durch«, sagte Olivia zu Ruth. »Und ich werde das Huhn rupfen und ausnehmen. Die Suppe kannst du dann noch heute Abend ansetzen.«

Ruth stöhnte innerlich auf. Dieser Tag schien einfach kein Ende zu nehmen. Eine Aufgabe nach der anderen fiel Olivia ein. Zum Glück rupfte sie das Huhn selbst und überließ das nicht auch noch Ruth. Sie nahm es sogar aus, legte Herz, Magen und Leber in den Eisschrank. Die Innereien waren immer ihr vorbehalten, das wusste Ruth schon.

Nachdem sie gespült und die Küche aufgeräumt hatte, setzte sie die Hühnersuppe in reichlich Wasser und mit etwas Suppengemüse an. Den Topf stellte sie ganz hinten auf den gemauerten Herd – dort würde er die Nacht über vor sich hin köcheln, und morgen hätten sie eine schmackhafte Brühe.

Schnell kochte sie noch eine Kanne Tee, weil sie hörte, dass Jack den Hof verließ. Gleich würde Freddy Feierabend machen. Olivia saß schon im Wohnzimmer und nippte an einem Sherry.

Hühnerbrühe, dachte sie und schnupperte. Tränen stiegen ihr in die Augen, und sie versuchte, sie wegzublinzeln. Hühnerbrühe heilt fast alle Krankheiten und so manchen seelischen Kummer, sagte Omi immer. Wann würde Omi ihr wieder eine Hühnersuppe kochen können?

Fred betrat die Küche, sah Ruth den Herd polieren. Er trat wieder vor die Tür und zog seine Stiefel aus, ging durch die Küche. »Bist du noch nicht fertig?«, fragte er nachsichtig und bemerkte ihre Tränen. »Oh – du hast Kummer? Gibt es Neuigkeiten von deiner Familie?«

Ruth schüttelte den Kopf. »Nein, nichts.« Sie reichte ihm die Teekanne und zwang sich zu einem kleinen Lächeln. »Ich muss nur noch fegen und durchwischen, dann habe ich hoffentlich alles erledigt.«

»Du bist ein gutes Mädchen und so fleißig.« Er nickte ihr zu und ging ins Wohnzimmer.

»Was wolltest du mir erzählen?«, fragte er Olivia.

»Wir bekommen morgen Besuch. Ich habe Ruth schon zwei Zimmer oben fertig machen lassen.«

»Wer kommt?« Freddy klang unwirsch. »Besuch jetzt? Mitten in der Erntezeit?«

»Nun, ich habe sie nicht eingeladen.«

»Wer ist es denn, zum Teufel?«

»Diese Frau Nebel hat heute angerufen, als Ruth euch das Essen gebracht hat. Wenn alles gut geht, kommen ihre Eltern morgen mit der Fähre in Harwich an. Sie hat uns gebeten, sie für einige Nächte aufzunehmen. Danach hat sie die Weiterfahrt nach Slough bereits organisiert.«

Ruth schnappte nach Luft. Sie hatte nicht gelauscht – die Tür zum Wohnzimmer stand offen. Ihr wurde ganz flau und heiß.

»Du hast es ihr noch nicht gesagt?«, zischte Freddy erbost. Er stürmte in die Küche, sah Ruth an und verstand, dass sie es gehört hatte. Schnell ging er auf sie zu und konnte sie im letzten Moment auffangen, bevor sie in sich zusammensackte. Ein Schluchzen ging durch Ruths Körper, ein haltloses Schluchzen. Sie sah Freddy an.

»Sie kommen? Sie kommen wirklich? Morgen?«

Olivia trat zu ihnen. »Nun freu dich doch«, sagte sie und zog die Stirn kraus. »Ja, wenn nichts dazwischenkommt, werden sie morgen in Harwich eintreffen.«

»Ich muss zum Hafen. Ich muss sie sofort begrüßen.«

»Aber …«, setzte Olivia an, doch Freddy fiel ihr ins Wort.

»Natürlich musst du das. Ich werde mich darum kümmern. Jemand wird dich fahren und deine Eltern abholen.« Er sah Olivia an. »Warum hast du es ihr nicht gesagt?«

»Ich wollte erst mit dir darüber sprechen. Was, wenn du etwas dagegen gehabt hättest?« Sie zog eine Augenbraue hoch.

Ruth putzte sich die Nase, sie zitterte vor Aufregung.

»Du solltest mich gut genug kennen, dass ich nichts dagegen haben würde. Wirklich.« Er brachte Ruth zur Küchenbank, ging ins Wohnzimmer und kam mit einem gefüllten Glas wieder. »Bourbon. Trink, Girlie. Das hilft.«

Ruth trank und spürte die Wärme in ihrem Magen.

»Ich kann es noch nicht glauben«, flüsterte sie. »ich glaube es erst, wenn ich sie vor mir sehe, wenn ich sie anfassen kann. Wenn ich sie endlich wiederhabe.«

Kapitel 6

Harwich, England, 23. September 1939

»Nimm einen Schluck Wasser.« Freddy reichte Ruth eine Flasche. »Trink, nicht dass du mir jetzt ohnmächtig wirst.«

Ruths Hände zitterten. Sie standen am Pier und konnten die Fähre schon sehen, die sich wie ein großer Schatten durch den Ärmelkanal auf sie zubewegte.

Ruth versuchte, sich daran zu erinnern, was sie als Erstes gesehen hatte, als sich die Fähre dem Land näherte und glaubte, dass es wohl der Kirchturm von St. Nicholas gewesen sein musste, der die Häuser der Stadt überragte. Ob ihre Eltern und ihre Schwester nun schon an der Reling standen und versuchten, einen Blick auf das Land zu erhaschen? Mutti bestimmt – und Vati würde neben ihr stehen, die Augen ganz zusammengekniffen –, er war stark kurzsichtig und konnte trotz seiner dicken Brille nur wenige Meter weit sehen. Ilse hatte seine Augenkrankheit geerbt und auch sie trug meist eine Brille – die sie allerdings hasste.

Lauter Kleinigkeiten fielen Ruth nun ein, die sie in den letzten Wochen und Monaten verdrängt hatte, um nicht an Heimweh und Sorgen zu ersticken.

Jetzt gleich, so hoffte sie sehr, würde sie ihre Familie wieder in die Arme schließen können.

Olivia war nicht erfreut gewesen, als Freddy beschloss, selbst mit Ruth nach Harwich zu fahren. Am liebsten hätte sie auch Ruth nicht fahren lassen, denn natürlich gab es auch heute wieder jede Menge zu tun auf dem Hof. Zum Glück kam das Schiff erst am späten Nachmittag an, und dadurch, dass das Wetter gehalten hatte und die Maschine zum knatternden Rhythmus des Traktors ihre Arbeit getan hatte, konnte Freddy sich loseisen.

»Jetzt müssen sie nur noch die Garben binden und aufstellen, das Korn muss in den Speicher. Das alles kann aber Jack überwachen, dafür wird er ja schließlich bezahlt«, hatte er gesagt. Dann hatte er sich vom Nachbarn das Auto geliehen, denn sein Ford Zweisitzer war deutlich zu klein, um alle abzuholen.

»Bringen deine Eltern auch so viele Koffer mit?«, fragte Freddy nun schmunzelnd. »Ich konnte gar nicht glauben, dass diese elf Koffer alle zu dir gehörten, als ich dich im April abgeholt habe.«

»Ich weiß nicht, wie viel sie mitnehmen durften«, sagte Ruth. »Es ist auch egal – Hauptsache, sie kommen heil und gesund hier an und sind dann in Sicherheit.«

»Da hast du vollkommen recht, Girlie.«

Er nahm ihre Hand, sie zitterte wieder, egal, wie sehr sie versuchte, Kontrolle über ihren Körper zu behalten.

»Es wird alles gut«, versuchte Freddy sie zu beruhigen. »Sie kommen gleich an, und dann ist alles gut, nicht wahr?«

»Ich habe niemanden heute erreicht«, murmelte Ruth.
»Nicht Frau Nebel, meine Verwandten in Slough oder gar
die Kruitsmans in Holland – niemand habe ich erreichen
können. Keine Telefonleitung kam zustande.« Sie sah Freddy
an. »Danke, dass ich es zumindest probieren durfte. Ich weiß,
Ihre Frau ist nicht begeistert von diesen Dingen.«

»Vergiss Olivia einfach«, sagte Freddy düster. »Sie ist
schwierig. Keiner weiß das besser als du.«

»Ich bin ihr dankbar«, gestand Ruth. »Ihr und Ihnen.
Ohne Sie wäre ich nicht hier. Und wenn Sie es nicht zugelassen hätten, könnten meine Eltern und meine Schwester
nicht kommen. Ich bin mehr als dankbar.«

Freddy schnaufte, wandte sich ab und wischte sich verstohlen über das Gesicht, dann drehte er sich wieder zu Ruth
um, sah sie an. »Ich liebe Jill, ich liebe Jill sehr. Und Olivia
ist Jills Mutter.« Er schluckte. »Es war wahrscheinlich nicht
die beste Entscheidung, Olivia zu heiraten, aber …« Er
senkte den Kopf. »Da sind wohl die Pferde mit mir durchgegangen und dann … kam Jill.«

Ruth dachte für einen Moment über die Redewendung
nach, dann wurde ihr klar, was er ihr sagen wollte. Sie wurde
rot und senkte den Kopf. »Das geht mich alles nichts an, Mr
Sanderson«, wisperte sie.

»Doch, das tut es. Weil du nun eine Rolle auf meinem Hof
spielst. Und vor allem spielst du eine wichtige Rolle für Jill.
Sie liebt dich, sie hängt an dir, sie braucht dich.«

»Ich liebe Jill auch.«

»Ja, aber du verstehst nicht, was ich sagen will, fürchte

ich«, meinte Freddy. »Wenn du nicht mehr da wärst, ginge es Jill schlecht. Sie braucht jemanden wie dich. Meine Frau kann und will das nicht leisten.«

»Ich bin als Dienstmädchen angestellt, nicht als Kindermädchen.«

»Aber Jill ... ist sie so ein großer Zeitfaktor? Ich meine ... ich denke«, stotterte Freddy. Dann schluckte er, trank aus der Wasserflasche, sah Ruth an. »Du bist als Dienstmädchen angestellt, aber das, was du leistest, geht über alles hinaus, was du machen müsstest.«

»Ich schaffe meine Aufgaben gar nicht immer täglich.«

»Ja, aber das liegt an Olivia. Was ich dir sagen will – hab keine Angst, dass du deine Stellung verlierst. Bevor Olivia dir kündigt, gehe ich in die Hölle. Sie kann und wird dir nicht kündigen.« Er lächelte. »Und das Wichtigste ist, dass du dich um Jill kümmerst, denn sonst ist niemand für sie da, und du machst deinen Job phantastisch.«

»Danke, Mr Sanderson«, sagte Ruth verlegen. In diesem Moment ertönte das Schiffshorn, und die Fähre fuhr in den Hafen ein.

Er hat mich abgelenkt, wurde Ruth klar. Er hat die ganze Zeit mit mir geredet, damit ich nicht über meine Familie nachdenke, damit ich meine Angst vergesse und nicht mehr so nervös bin. Dankbar drückte sie seine Hand, aber nun kam die Nervosität umso stärker zurück. Würden ihre Eltern und ihre Schwester auf dem Schiff sein?

»Alles wird gut«, sagte Freddy beruhigend. »Es wird alles gut werden.«

»Was … was … wenn sie nicht auf dem Schiff sind?«

»Sie sind auf dem Schiff.« Er sagte es mit einer solchen stoischen Ruhe, dass auch Ruth es glaubte.

Sie standen an dem Pier, durften nicht hinunter zum Kai. Langsam fuhr die Fähre in den Hafen, drosselte noch mal den Motor. Vorsichtig schob sich das große Schiff an den Kai, Matrosen warfen dicke Taue, andere auf dem Kai fingen sie auf, legten sie um die Polder. Die Fähre legte an, und es schien Ruth endlos zu dauern, bis endlich die Gangway auf den Kai gelegt wurde, und die ersten Personen das Schiff verließen. Sie schaute und suchte, konnte aber ihre Eltern und Ilse nicht entdecken. Ihr Herz pochte, ihr Atem ging nur noch flach. Hatten sie es an Bord geschafft? Waren sie auf dem Schiff? Oder war wieder etwas dazwischengekommen?

Ruth knetete ihre Hände, konnte kaum ruhig stehen bleiben. Am liebsten wäre sie auf den Kai gerannt, die Gangway hochgestürmt und hätte nach ihnen gesucht.

»Sie … sie sind nicht da«, keuchte sie. »Sie sind nicht auf dem Schiff. Ich sehe sie nicht.«

»Ruhig, Girlie. Die Fähre hat ja gerade erst angelegt. Schau doch nur, wie viele Leute an Deck sind. Sie sind sicher dabei«, sagte Freddy.

»Und was, wenn nicht?« Tränen der Verzweiflung stiegen in Ruth hoch.

»Mach dir doch jetzt noch keine Gedanken um ungelegte Eier. Schau, wie viele Leute dort sind. Es dauert sicher noch eine Stunde, bis alle von Bord gegangen sind. Sollten deine

Eltern nicht dabei sein, werden wir nachfragen. Nun musst du einfach noch etwas Geduld haben«, tröstete Freddy sie.

»Mutti. Vati. Ilse.« Wie ein Mantra wiederholte Ruth das. »Mutti, Vati, Ilse.«

Und dann sah sie diesen Mann mit dem Hut. Er trug diesen taubengrauen Mantel aus guter Wolle. Ein Mantel, der noch aus besseren Zeiten war. Ein teurer Mantel. Letztes Jahr hatte Ruth den Kragen umgenäht, hatte ihn der neuen Mode angepasst. Der Stoff war immer noch gut – ein feiner, teurer Wollstoff. Das war Vati, das konnte nur Vati sein. Sie würde ihn immer und überall erkennen, da war sich Ruth sicher. Und daneben, an seinem Arm, das war Mutti. Sie trug einen schlichten Hut, aber auf dem Hut war eine Blume aus Filz appliziert, die Ruth ebenfalls letztes Jahr gemacht hatte. Eine schlichte Blume, die aber dennoch den schlichten Hut ein wenig aufwertete. Für Schmuck und andere Sachen hatten sie kein Geld mehr gehabt, also hatte Ruth die Kleidung umgenäht und verziert, so gut es eben ging. Da war ihre Familie, sie war sich sicher.

»Mutti! Vati!«, schluchzte sie. Sie wollte rufen und winken, aber ihre Stimme versagte, es kam nur ein Wimmern heraus.

»Siehst du sie?«, fragte Freddy, der auch angespannt war, obwohl er es nicht zugeben wollte. »Sind sie da?«

Ruth nickte. »Dort. Der Mann in dem grauen Mantel. Ich bin mir sicher, dass es mein Vater ist.«

»Siehst du!«, sagte Freddy erleichtert.

»Oder vertue ich mich?« Ruth drängte sich zum Ausgang,

sie wollte auf den Kai, wusste, dass es nicht ging, aber sie wollte so nahe wie möglich herankommen.

Es schien ewig zu dauern, und zwischendurch verlor sie ihre Eltern immer wieder aus den Augen. Doch dann tauchte der Hut ihres Vaters im Gedränge auf. Sie gingen über die Gangway, sahen sich suchend um. Ruth riss die Arme hoch.

»Mutti! Vati! Ilse!«, rief sie. »Hier bin ich! Hallo!«

Doch ihre Rufe gingen im Getümmel unter.

»Sie müssen dort ins Gebäude«, sagte Freddy und zeigte auf die andere Straßenseite. »Dort hast du auch auf mich gewartet. Sie wissen doch, dass sie abgeholt werden.« Er drückte ihre Hand. »Sicherlich sind sie genauso aufgeregt wie du.«

»Ja. Ja, das werden sie wohl sein.« Ruths Herz klopfte und pochte. »Ich kann es immer noch nicht fassen.«

Die ersten Passagiere kamen nun aus dem Hauptgebäude. Es waren Urlauber, die aus der Sommerfrische zurückkehrten, Geschäftsleute, die auf dem Kontinent gewesen waren. Es waren aber auch Flüchtlinge dabei – sie trugen große Koffer und Kisten, sahen sich unsicher um. Ruth eilte zu dem Gebäude, stieß mehrfach fast mit jemandem zusammen, entschuldigte sich, setzte aber unbeirrt den Weg fort. Sie stieß die Schwingtür zur Wartehalle auf und dort, mitten im Gedränge, stand ihre Familie. Ruth lief auf sie zu. »Mutti! Vati! Mutti, Mutti, Mutti!« Tränen quollen aus ihren Augen, benetzten die Wangen und liefen bis zum

Kragen ihres Kleides. Es waren Freudentränen, aber auch Tränen der Erleichterung.

»Mutti! Mutti!«, schluchzte sie. Martha schaute in die andere Richtung und hatte sie noch nicht entdeckt, als Erstes sah Ilse Ruth und schrie auf: »Ruth!«

Martha drehte sich um, sah ihre Tochter, breitete die Arme aus. Sie umarmten sich, so fest wie nie zuvor. Auch Martha schluchzte. »Ruth, mein Ruthchen, mein Töchterchen. Meine liebe, liebe, liebe Ruth!«

Ruth schloss die Augen, vergrub ihre Nase in dem Kragen von Marthas Mantel, sog den Duft tief ein. Er roch immer noch nach Lavendel, so wie früher. Martha legte immer kleine Lavendelsäckchen zwischen die Wäsche. Und Martha roch nach ihrem Parfüm, ein blumiger, milder Duft, und natürlich roch Mutti nach Mutti – ein süßlicher, sehr vertrauter Geruch.

Endlich ließ Martha sie los, rückte sie etwas ab und musterte Ruth.

»Du hast dich verändert«, murmelte sie. »Du bist erwachsen geworden.«

»Ruth!« Vatis Stimme zitterte. Er hatte seine Brille abgesetzt und wischte sich mit dem Taschentuch über das Gesicht. »Meine Tochter.«

Ruth sah ihn an. Er war schon immer groß und schlank gewesen, doch nun war er dürr. Sein Gesicht wirkte grau und war von tiefen Falten durchzogen. Unter seinen Augen lagen dunkle Ringe. Er zog sie an sich, drückte sie vorsichtig – so, als wäre sie aus Porzellan. Wieder schloss Ruth die Augen.

»Vati«, flüsterte sie in den Stoff seines Mantels. Es war, wie nach Hause zu kommen – dieser vertraute Duft nach Leder und Seife, nach ihm selbst und immer ein wenig nach Schuhcreme.

»Ich will auch! Ich will auch!«, rief Ilse und zupfte an Ruths Ärmel.

»Ach, Ilse!« Ruth drehte sich um und umarmte ihre Schwester. Dann musterte sie sie. »Du bist … gewachsen. Und du hast dich verändert.«

»Ich fürchte, das haben wir uns alle«, sagte Karl ernst.

»Welcome«, sagte Freddy, der die Begrüßung abgewartet hatte. »Ich bin Freddy Sanderson, Ruths Arbeitgeber.« Er schaute Ruth an. »Verstehen sie eigentlich Englisch?«

»Ein klein wenig«, radebrechte Karl. »Meine Frau besser als ich.«

»Ich verstehe mehr, als ich spreche«, sagte Martha langsam und betont.

»Ihr werdet es schnell lernen«, sagte Ruth. »Das habe ich auch, auch wenn ich immer noch nicht alles verstehe.«

»Ist das Ihr Gepäck?«, fragte Freddy und zeigte auf die fünf Koffer und drei Rucksäcke. »Ist das wirklich alles?« Er lächelte.

»Ja«, sagte Martha. »Mehr konnten und durften wir nicht mitnehmen.«

»Keine elf Koffer«, lachte Freddy und nahm beherzt die beiden größten. Ruth nahm einen anderen, Martha und Karl jeweils einen, und Ilse trug die Rucksäcke.

»Wir müssen uns ein wenig beeilen«, sagte Ruth keuchend

und nahm den Koffer in die andere Hand. »Mr Sanderson hat den Truck von unserem Nachbarn geliehen, und der braucht ihn so schnell wie möglich wieder.«

»Ist es denn noch weit?«, fragte Martha. Sie klang erschöpft.

»Ein bisschen schon noch«, sagte Ruth vage. Sie erreichten den Parkplatz, luden die Koffer auf, stiegen ein. Karl saß vorn bei Freddy und zog nun seinen Mantel aus, legte den Hut ab. Ruth stockte der Atem. Sein Schädel war geschoren. Nur winzige, graue Stoppeln waren zu sehen. Dadurch wirkte er noch ausgemergelter als vorher. Martha hatte ihren Blick gesehen und legte die Hand auf Ruths Arm.

»Er hat überlebt«, sagte sie leise. »Das allein zählt.«

Ruth musste schlucken. Sie mochte sich nicht ausmalen, was ihrer Familie in den letzten Monaten widerfahren war, andererseits wollte sie alles wissen.

Sie saß zwischen Ilse und Martha auf der Rückbank, hielt ihre Hände. Es war seltsam ungewohnt, aber dennoch vertraut, ihnen wieder so nahe zu sein. So nah war sie seit Monaten niemandem gewesen, weder körperlich noch seelisch.

Ilse schaute neugierig nach draußen. Sie fuhren durch die engen Gassen des Hafenviertels bis hin zur St.-Nicholas-Kirche.

»Den Kirchturm habe ich vom Schiff aus gesehen«, sagte Martha. »Da wusste ich, dass wir bald da sein müssen.«

»Was ist das?«, fragte Ilse aufgeregt, als sie an dem schönen Electric Palace vorbeifuhren, vor dem sich eine Schlange gebildet hatte, um die Wochenschau der BBC anzusehen.

»Das ist so eine Art Lichtspielhaus«, erklärte Ruth.

»Wie oft warst du da schon drin? Ist es von innen ebenso imposant wie von außen?«, wollte Ilse wissen. Sie nahm ihre dicke Brille ab und rieb die Gläser mit dem Taschentuch sauber.

»Ich war … noch nie dort«, gestand Ruth.

»Gibt es dort, wo du wohnst, auch ein Lichtspielhaus?«

Ruth räusperte sich. »Die Wochenschau und andere Filme werden in der Stadthalle gezeigt. In der Nähe des Bahnhofs in Frinton-on-Sea. Aber … aber ich war noch nicht da.«

Ilse sah ihre Schwester an. »Warum nicht? Dürfen wir hier auch nicht in die öffentlichen Gebäude?« Ihre Stimme klang auf einmal ganz gepresst.

»Doch, das dürfen wir, Ilschen«, beruhigte Ruth sie. »Nur hatte ich bisher keine Zeit dazu.« Sie räusperte sich. »Die Sandersons wohnen ein wenig außerhalb. Sie haben einen großen Bauernhof, das hatte ich doch geschrieben. Und ich … es gibt eben immer viel zu tun.«

Martha drückte Ruths Hand, tätschelte sie. »Es werden wieder Zeiten kommen, in denen du ins Lichtspielhaus und ins Schwimmbad gehen kannst. Ganz sicher wird das so sein. Jetzt sind wir ja hier, hier bei dir.«

»Wie … wie ist es euch ergangen?«, fragte Ruth leise. Endlich konnte sie diese Frage stellen. Ja, es hatte Briefe gegeben, aber nie konnte man sich sicher sein, wer sie las und welche Konsequenzen es in Deutschland nach sich zog. Und auch die Telefonate führte man nicht allein – zumindest musste man annehmen, dass noch andere mithörten. Deshalb waren viele Fragen nicht gestellt, die meisten Antworten nicht gegeben worden.

»Wir haben es überlebt«, sagte Martha nur. »Ich kann … noch nicht … ich brauche noch Zeit.«

»Es war schrecklich«, sagte Ilse, ihre Jugend machte sie unvoreingenommener. Vielleicht hatte sie auch die Last der Verantwortung nicht so sehr gespürt wie Martha. »Wir hatten so Angst um Vati«, wisperte sie. »So eine fürchterliche Angst. Vor allem nachdem das Urteil gefallen, und er nach Dachau verlegt worden war.« Sie schluckte. »Wir haben so viele grauenvolle Dinge über Dachau gehört. Und über die anderen Konzentrationslager.«

»Es werden immer mehr«, sagte nun Vati, der dem Gespräch gefolgt war. »Es werden immer mehr Konzentrationslager und immer mehr Leute werden verhaftet.« Dann wandte er sich zu Freddy. »Es tut mir leid«, radebrechte er auf Englisch. »Es ist unhöflich, in einer Sprache zu sprechen, die Sie nicht verstehen.«

»Das geht schon in Ordnung«, sagte Freddy gutmütig. »Sie haben sich sicherlich einiges zu erzählen. Dinge, die mich gar nichts angehen und die ich vielleicht auch gar nicht verstehe. Sie werden die nächsten Tage unsere Gäste sein, bis wir eine Möglichkeit gefunden haben, Sie nach Slough zu bringen. Wir werden sicherlich noch einige Gelegenheiten haben, uns zu unterhalten. Und das möchte ich auch«, sagte er und sah Karl von der Seite an. »Wir hören viel, aber vieles mag auch übertrieben sein – oder untertrieben. Sie können uns aus erster Hand berichten, was auf dem Kontinent vor sich geht und was dieser Hitler plant.«

»Hitler will Krieg«, sagte Karl düster. »Und er wird alles daransetzen, um ihn zu bekommen.«

»Das habe ich befürchtet«, sagte Freddy.

»Was ist mit Omi und Opi?«, fragte Ruth. »Wie geht es ihnen?«

»Sie sind immer noch in der Klostergasse und dürfen dort auch bleiben. Der Abschied war schlimm …« Marthas Stimme brach.

»Und Großmutter Emilie?«

»Sie wohnt jetzt bei Omi und Opi. Erst einmal. Sie ist recht schwach und verwirrt. Ich hoffe, wir können alle drei schnell zu uns holen.«

»Und Tante Hedwig? Hans?«

»Sie wohnen in einem Haus in der Nähe der Klostergasse. Die Wohnung wurde ihnen gekündigt. Sie wohnen in einem sogenannten Judenhaus – so nennen es die Nazis. In einer kleinen Wohnung mit anderen.«

»Hat sich Onkel Berthold noch nicht gemeldet?«

Martha schüttelte den Kopf. »Ich glaube auch nicht, dass er es noch tun wird.« Nun lag in ihrer Stimme Verachtung. »Er hat sich aus dem Staub gemacht …«

»Das weißt du doch gar nicht, Liebes«, sagte nun Karl von vorn. »Die Grenzen zu Palästina sind dicht. Sie lassen niemanden mehr rein – vor allem keine Juden. Wer weiß, wo Berthold gelandet ist und was mit ihm ist. Vielleicht hat er keine Möglichkeit, sich zu melden.«

Vati, dachte Ruth, trotz allem, was ihm passiert ist, passiert sein musste, glaubte er immer noch irgendwie an das Gute im Menschen.

Inzwischen hatten sie Harwich hinter sich gelassen, fuhren durch die Felder und näherten sich Holland Hill.

»Dort unten ist Frinton-on-Sea«, erklärte Ruth und zeigte in Richtung Meer. »Es ist ein kleiner Badeort. Jetzt im Sommer sind dort viele Badegäste, besonders am Wochenende kommen sie aus den großen Städten hierher.«

Ilse musterte ihre Schwester. »War das Wetter hier so schlecht? In Deutschland war es knorke. Immerzu sonnig und warm. Wir waren oft an den Niepkuhlen, auch wenn wir unsere Kull nicht mehr haben …«

Jetzt erst fiel Ruth auf, wie braun gebrannt Ilse war.

»Mit wem warst du dort?«

»Mit Hans, oft auch mit Helmuth und Rita.« Sie kicherte. »Rita hat einen großen Narren an Hans gefressen. Man könnte denken, sie ist in ihn verknallt.«

»Rita ist zwölf, warum sollte sie nicht in Hans verknallt sein?«, fragte Ruth.

»Sie ist doch noch ein junges Huhn.«

»Ihr alle seid keine jungen Hühner mehr«, meinte Martha und seufzte. »Die Zeit macht euch schneller erwachsen, als euch lieb sein wird.«

Sie fuhren auf dem Hof ein. Überrascht sahen sich die Meyers um.

»Hier lebst du also«, sagte Karl und legte seinen Arm um Ruths Schultern. »Wir verdanken dir viel, mein Kind.«

Ruth senkte den Kopf. »Ich wünschte, ich hätte auch die Großeltern, Tante Hedwig, Hans und alle anderen herholen können.«

»Wir werden alles tun, was in unserer Macht steht«, sagte Karl bedrückt.

»Welcome!« Olivia Sanderson kam aus der Küche, trug Jill auf der Hüfte. »Sie sind also Ruths Eltern.« Sie musterte Karl und Martha mit großen Augen.

»Ruth!«, quietschte Jill fröhlich und streckte ihr die Arme entgegen.

Lachend nahm Ruth das Kind. »Schau, das sind meine Mutti und mein Vati. Und das ist Ilse, meine Schwester.«

»Ilsi«, singsangte Jill. »Ilsi.«

»Sie wollen sich sicher frischmachen und ausruhen«, sagte Olivia überlaut und deutlich zu den Meyers. »Ich zeige Ihnen Ihre Zimmer.«

»Olivia, sie können ein wenig Englisch, und vor allem sind sie nicht taub«, seufzte Freddy.

»Sie sind so fein angezogen«, wisperte Olivia ihm zu. »Das sind ganz teure und elegante Sachen. Das … hätte ich nicht gedacht.«

»Nun, jetzt weißt du es. Dass Ruth kein Bauerntrampel ist, sieht ja ein Blinder mit 'nem Krückstock.« Freddy hob die Koffer aus dem Wagen, trug zwei davon nach oben. Karl und Martha folgten ihm, und auch Ruth trug etwas von dem Gepäck, nachdem sie Jill hingestellt hatte.

»Ich koche Tee«, zwitscherte Olivia mit künstlich fröhlicher Stimme. »Wir haben auch Scones und Clotted Cream.

Aber Ruth, zeig deinen Eltern erst das Bad. Ich habe den Badeofen schon angeheizt.«

»Danke, Mrs Sanderson«, sagte Ruth und musste insgeheim grinsen.

Freddy stellte nur die Koffer ab und verabschiedete sich dann – er wollte den Wagen, so schnell es ging, zurückbringen.

Martha zog langsam ihren Mantel aus, für den es viel zu warm war. Aber sie hatten alle ihre Mäntel übergezogen – denn im Koffer hätten sie nur zu viel Platz weggenommen.

»Hier lebst du also«, sagte sie nachdenklich.

»Wo ist dein Zimmer?«, fragte Ilse.

»Direkt gegenüber«, sagte Ruth und öffnete die Tür zu ihrer Kammer. »Ich kann bei guter Sicht das Meer sehen.« Sie schluckte. »Wie oft habe ich hier gestanden und hinausgeschaut, an euch gedacht, dort drüben, auf der anderen Seite der See.«

»Jetzt sind wir ja hier.« Martha nahm sie in den Arm, und wieder flossen Tränen.

Karl stand ein wenig verloren im Raum. Man merkte, dass er mit seinen Gefühlen kämpfte. Doch jetzt war nicht die Zeit, den Emotionen freien Lauf zu lassen. Dann würde, das spürte Ruth genau, ein Damm brechen – und wer weiß, wann sie ihn wieder würden eindämmen können.

»Das Bad ist eine Etage tiefer. Hier oben ist nur eine kleine Toilette – immerhin mit Wasserspülung.«

»Was machst du hier den ganzen Tag?«, fragte Ilse. »Wie oft bist du am Meer?«

»Ich bin kaum am Meer«, erklärte Ruth. »Ich muss hier

auf dem Hof helfen. Muss kochen und putzen und mich um Jill kümmern.«

»Den ganzen Tag?« Ilse riss die Augen auf.

»Ja, den ganzen Tag. Nur, weil ich das mache, darf ich hier sein. Und nur weil ich eine bezahlte Stellung habe, durftet ihr kommen. Die Arbeit ist also wichtig – und deshalb mache ich sie.«

»Und dafür sind wir sehr dankbar«, sagte Karl.

»Wie weit ist Slough entfernt?«, fragte Martha, als Ruth sie nach unten in das Bad führte.

»Es ist auf der anderen Seite von London – mit dem Zug ist man fast einen halben Tag unterwegs.«

Martha seufzte. »Du musst sehr bald zu uns ziehen, Liebchen. Jetzt sind wir wieder zusammen und sollten nicht mehr getrennt werden.«

Ruth nickte nur.

Die Eltern und Ilse machten sich frisch und zogen sich um. Sie packten nur wenige Sachen aus, denn sie wussten ja nicht, wie schnell sie nach Slough würden fahren können.

Ruth merkte, wie erschöpft vor allem ihr Vater war. Die Reise hatte Kraft gekostet, und alle waren sehr aufgewühlt.

»Ruht euch einen Moment aus«, bat sie die Eltern. »Ich werde Mrs Sanderson helfen, das Essen vorzubereiten.«

»Darf ich mitkommen?«, fragte Ilse und schob ihre Brille auf der Nase nach oben.

»Natürlich«, sagte Ruth. »Hast du weiter Englisch gelernt?« Sie gingen die steile Treppe nach unten.

»Ein wenig, zusammen mit Mutti. Aber es war mühsam … nur wir beide.«

»Wie … wie geht es Mutti?«, fragte Ruth leise. Sie blieb auf dem Treppenabsatz stehen und sah ihre Schwester an. »Wie geht es euch wirklich?«

»Ach, Ruth.« Ilse schüttelte den Kopf. »Es war schrecklich. Es wurde immer und immer schrecklicher. Du kannst es dir nicht vorstellen. Die Angst vor den Braunen. Und die Angst um Vati. Und ich hatte auch Angst, dass Mutti wieder zusammenbricht.« Sie holte tief Luft. »Ich glaube, wenn du ihr durch deine Postkarten und Anrufe nicht immer wieder Hoffnung gemacht hättest, hätte sie sich etwas angetan.« Sie senkte den Kopf und biss sich auf die Lippen.

Ruth nahm ihre Schwester in den Arm. »Das war sicher ganz schön schwierig für dich. Aber du hast es gemeistert. Darauf kannst du stolz sein.« Ruth atmete tief aus. »Und Vati …?«

»Er kam erst vorgestern, da waren wir schon bei den Kruitsmans in Rotterdam.« Sie schnaufte leise, Unsicherheit lag in ihrer Stimme. »Mutti und Vati sind ins Schlafzimmer gegangen und haben die Tür abgeschlossen. Ich habe sie reden gehört – drei Stunden, vielleicht vier. Vati hat immer wieder geweint …« Sie sah Ruth an, auch ihre Augen schwammen. »Unser Vati … er scheint ganz anders zu sein. Während der Überfahrt hat er kaum gesprochen. Aber er hat immer wieder meine Hand genommen und sie gedrückt.«

»Jetzt, ab jetzt, jetzt wird alles wieder gut«, sagte Ruth und wusste doch, dass das nicht stimmte. Aber ihre Schwester war nicht mehr das kleine Mädchen, dem man etwas vormachen konnte.

»Es wird nie wieder so sein wie früher. Wir werden nie wieder so sein wie früher«, sagte Ilse.

Ruth nickte, ging dann weiter nach unten. »Wir müssen das Beste daraus machen«, sagte sie.

»Na endlich«, zischte Olivia ihr entgegen, als sie durch die Tür kam. »Du hast dir ja reichlich Zeit gelassen. Heute Abend wischst du mir die Küche, nur dass das klar ist!«

»Natürlich«, sagte Ruth.

Olivia verzog das Gesicht, als sie Ilse hinter Ruth entdeckte. Sie zwang sich zu einem Lächeln. »Kommen deine Eltern auch schon?«

»Nein, sie müssen sich ein wenig ausruhen«, sagte Ruth. »Genügend Zeit, damit ich das Essen fertig machen kann.«

Ruth kontrollierte die Küchenhexe, legte im großen Ofen Holz nach. Die Suppe hatte sie am Morgen schon abgeseiht, das ausgekochte Huhn und das Gemüse Charlie gegeben.

»Kann ich helfen?«, fragte Ilse unsicher.

»Willste 'ninchen sehen?«, fragte Jill Ilse und strahlte sie an. »So süße 'ninchen.«

»Bitte?« Unsicher schaute Ilse zu Ruth.

»Sie will dir die Kaninchen zeigen. Geh ruhig mit. Sie wird dir sicher auch die Kälbchen und die Hühner zeigen wollen. Und hab keine Angst vor Charlie, dem Hofhund. Er sieht ein wenig ruppig aus, ist aber ganz lieb.«

Ilse nahm Jills Hand und ließ sich in den Hof ziehen.

Ruth stellte die Suppe auf den Herd, die Kartoffeln hatte

sie schon am Morgen geschält, den Topf setzte sie auch auf. Im Ofen war ein gusseiserner Bräter mit Deckel, in dem der Braten war. Sie hatte ihn scharf angebraten, dann Wurzelgemüse und Zwiebeln dazugetan und mit etwas Brühe abgelöscht. Dann hatte sie alles zusammen in den großen Ofen geschoben. Bei der milden Hitze hatte er den ganzen Tag vor sich hin geschmort und war nun herrlich zart und aromatisch.

Die Bohnen waren geputzt und mussten nur noch gekocht werden. Als Nachtisch hatte Ruth einen Schokoladenkuchen gebacken, außerdem gab es Scones und Clotted Cream. Nun holte sie das Geschirr aus der Anrichte und wollte den Tisch in der Küche decken. Olivia kam herein.

»Nein, nein, nein! Wir können doch nicht mit deinen Eltern hier in der Küche essen. Deck den Tisch im Esszimmer. Und nimm eine gute Tischdecke und das Porzellan.«

Ungläubig schaute Ruth sie an. »Wirklich?«

»Nun mach schon!« Olivia ging zur Küchentür und schaute nach draußen. »Ich hoffe, Fred kommt bald zurück. Er muss Wein aus dem Keller holen.« Sie drehte sich zu Ruth um. »Deine Eltern trinken doch Wein?«

»Ja, warum sollten sie nicht?«

»Ihr seid doch Juden, da weiß man ja nicht …«

»Wir essen und leben nicht koscher«, sagte Ruth und ging ins Esszimmer.

Sie hat mich vorher nie gefragt, ob ich irgendetwas nicht esse oder trinke. Warum ist das plötzlich von Bedeutung? Und was macht uns Juden so ungewöhnlich? Sie hat doch gesehen, dass sich meine Familie ganz normal kleidet und verhält. Mein Vater trägt keine Schläfenlocken, meine Mutter bedeckt die Haare nicht. Aber wer weiß, vielleicht hat sie noch nie orthodoxe Juden gesehen.

Ruth legte die weiße Tischdecke auf den großen Esstisch, strich sie glatt, dann deckte sie den Tisch. Obwohl sie sich über Olivia geärgert hatte, freute sie sich nun doch, dass sie so schön speisen würden. Es war ein würdiges Willkommen für ihre Familie, fand sie.

Sie hatte den Tisch gerade fertig gedeckt, als Freddy zurückkam.

»Du musst dich waschen und umziehen«, sagte Olivia. »Und dann musst du ein oder zwei gute Flaschen Wein aus dem Erdkeller holen.«

»Warum soll ich mich umziehen?«, fragte Freddy. »Ich muss die Kühe noch melken. Hab gerade gesehen, dass sie noch auf der Weide sind. Warum hast du sie noch nicht in den Stall gebracht?«

»Ich?« Olivia war ehrlich entsetzt. »Ich bin doch keine einfache Bäuerin. Was sollen sie denn von mir denken?«

»Dass du meine Frau bist und auf dem Hof mithilfst«, sagte Freddy seufzend. »Ich kümmere mich erst um die Kühe, und dann schaue ich, ob ich eine Flasche Wein finde.«

Freddy stapfte wieder nach draußen. Ruth folgte ihm.

»Soll ich helfen?«, rief sie ihm hinterher. »Zu zweit geht es doch sicherlich schneller.«

Zweifelnd sah Fred Sanderson sie an. »Hast du schon mal Kühe gemolken?«

Ruth schüttelte den Kopf.

»Dann wirst du es heute auch nicht lernen.« Er schmunzelte. »Ich mache das lieber alleine, statt es dir erklären zu müssen.« Er überlegte. »Aber du könntest mir helfen, die Kühe von der Weide in den Stall zu treiben. Am besten ziehst du dir Gummistiefel an.«

Neben der Küchentür standen Gummistiefel in diversen Größen – auch Olivia besaß zwei Paar. Ruth schlüpfte aus ihren Schuhen und stieg in die Gummistiefel, lief hinter Freddy her zur Weide. Sie war so dankbar und froh, dass er sich die Zeit genommen hatte, ihre Familie abzuholen und sie auch für ein paar Tage beherbergen würde, sie hätte auch versucht, die Kühe zu melken.

Ich will nie wieder böse darüber denken, wenn er mit dreckigen Stiefeln in die Küche kommt, sagte sie sich und musste grinsen – das Versprechen würde sie wahrscheinlich nicht halten können.

Sie schlüpfte durch den Zaun. Vor den Kühen hatte sie einen Heidenrespekt, obwohl ihre sanften Augen mit den langen Wimpern so harmlos aussahen. Aber die Tiere waren groß, sehr groß. So hatte sie sich bisher immer von ihnen ferngehalten.

»Lauf an das hintere Ende der Weide. Dann musst du nur langsam zu mir kommen, die Kühe werden vor dir zurückweichen. Du darfst auch rufen«, erklärte Freddy grinsend.

Ruth biss sich auf die Lippe, folgte seiner Anweisung. Die letzten Tage waren trocken geblieben und die Weide eher staubig als schlammig. Doch Ruth verstand, warum sie die

Gummistiefel hatte anziehen sollen – überall lagen die großen Kuhfladen, umschwirrt von Tausenden von Fliegen. Entweder wich Ruth den Kühen aus, oder sie musste in die Fladen treten – Letzteres war ungefährlicher, fand sie.

Als sie am Ende der Weide angelangt war, hob sie die Arme und ging langsam auf die Kühe zu. Freddy hatte inzwischen das Gatter geöffnet und rief die Tiere. Langsam und gemächlich, immer noch kauend, gingen sie zum Gatter. Nur eine ließ sich etwas mehr Zeit. Obwohl Ruths Respekt vor dem Tier nicht geringer wurde, näherte sie sich ihm.

»Bitte«, sagte sie leise, »geh, geh einfach. Folge den anderen. Zwing mich nicht, etwas zu tun, was ich gar nicht kann oder mich nicht traue. Ich will Freddy einen Gefallen tun, es ist wichtig.«

Die Kuh sah sie an, wedelte mit dem Schwanz und setzte sich dann in Bewegung, folgte der Herde. Eine nach der anderen verschwand muhend im Stall. Sie gingen in ihre Boxen. Erleichtert schloss Ruth hinter der letzten Kuh das Gatter. Dann ging sie zum Stalltor.

»Danke«, sagte Freddy. »Willst du zuschauen, wie man melkt?«

Ruth zögerte. Ihr wurde bewusst, dass, wenn sie melken konnte, ihr sicherlich auch diese Aufgabe noch zugeteilt werden würde. Andererseits fand sie es spannend. Sie sah zurück zum Haus. Ilse und Jill waren noch im Schuppen und fütterten dort zusammen mit Olivia die Kälber. Von ihren Eltern war noch nichts zu sehen. Aber das Essen stand auf dem Herd.

»Ich muss zurück in die Küche. Ein anderes Mal gerne«, sagte sie.

Freddy nickte. »Ist gut«, sagte er.

Ruth kam gerade rechtzeitig, die Kartoffeln begannen schon zu kochen. Sie schob den Topf mit den Bohnen vom Rand auf eine der mittleren Herdplatten und stellte auch die Hühnerbrühe mehr zur Hitze. Die Suppe siedete leicht und roch köstlich.

Schon bald kamen Olivia, Jill und Ilse wieder ins Haus.

»Wo sind Mutti und Vati?«, fragte Ilse.

»Ich denke, sie ruhen sich noch aus. Du könntest dich waschen und umziehen und dann nach ihnen schauen«, sagte Ruth. »Es dauert nicht mehr lange, bis das Essen fertig ist.«

Ilse lief nach oben.

»Ich werde mich auch kurz frisch machen«, sagte Olivia und ließ die kleine Jill bei Ruth stehen.

»Hattest du Spaß, kleiner Dreckspatz?«, fragte Ruth das kleine Mädchen. Jill nickte, dass die Löckchen flogen. »Aber du siehst aus wie eines der Ferkel.«

Ruth nahm eine Schüssel, füllte sie mit warmem Wasser und wusch das Kind. Wechselkleidung für Jill lag auf einem Regal an der Vorratskammer – es gab kaum einen Tag, an dem sich die Kleine nicht dreckig machte. So ging es schneller, als wenn jemand erst Kleidung aus dem ersten Stock holen musste – jemand, das war Ruth, seit sie hier war.

Manchmal fragte Ruth sich, wie das Hofleben gewesen war, bevor sie gekommen war. Es hatte immer ein Mädchen gegeben, aber kaum eines war lange geblieben. Was hatte Olivia in der Zeit gemacht, als kein Dienstmädchen hier gewesen war? Ruth konnte sich nicht vorstellen, dass Olivia das Haus putzte und noch nachts den Küchenboden wischte. Aber der Gedanke daran brachte sie zum Lächeln.

Kaum hatte sie Jill umgezogen, kam auch schon Freddy in die Küche.

»Es duftet herrlich.« Er sah zum Küchentisch, der nicht gedeckt war. »Dauert es noch lange?«, fragte er überrascht.

»Nein, es ist gleich fertig, wir essen im Esszimmer«, sagte Ruth.

»Dann werde ich mich wohl schnell umziehen«, murmelte Freddy. Er wollte gerade durch die Küche zum Treppenhaus eilen, als ihm etwas einfiel. Schnell ging er zurück zur Küchentür, zog seine Stiefel aus. Als er an Ruth vorbeikam, zwinkerte er ihr zu.

Kapitel 7

»Es ist wunderschön hier«, sagte Martha, als sie sich an den Tisch setzten. Martha trug eines der guten Kleider von früher, und Karl hatte einen Anzug an, der allerdings viel zu weit geworden war.

Vati ist so dünn geworden, dachte Ruth erschrocken. Und mit dem geschorenen Kopf sah er noch dünner und älter aus.

Zuerst war es eine seltsam steife Situation, doch dann trug Ruth die Hühnersuppe auf, verteilte sie auf die Suppenteller.

Martha starrte auf den Teller, sagte kein Wort, schluckte nur hörbar. Karl zog sein Taschentuch aus der Westentasche, putzte umständlich seine Brille. Es war Ilse, die das Schweigen brach.

»Hühnersuppe«, sagte sie, und ihre Stimme krächzte. »Eine gute Hühnersuppe heilt fast alle Krankheiten und manche seelischen auch. Das sagt Omi immer.« Sie sah Ruth an, Tränen liefen ihr über die Wangen.

Ruth stand einen Moment da, konnte sich nicht rühren, dann ging sie zu ihrer Schwester und umarmte sie.

»Ich weiß«, sagte sie, »ich muss immerzu an Omi und Opi denken. Und ich musste auch immerzu an euch denken.«

Nun schaute sie ihre Eltern an. »Ich habe mir so Sorgen gemacht, hatte so Angst um euch. Ich hatte Angst, dass ich es nicht schaffen würde, euch hierher zu holen … ich hatte Angst, dass wir uns nie, nie wiedersehen. Ich konnte den Gedanken aber nicht zulassen, er war zu schrecklich.«

Martha stand auf, legte die Stoffserviette neben ihren Teller, sie ging zu ihren Töchtern, umarmte beide.

»Omi ist bei uns«, sagte sie eindringlich. »Sie wird immer bei uns sein, solange wir an sie denken. Sie wird bei jedem Teller Hühnersuppe bei uns sein, den wir essen. So lange, bis wir sie wiedersehen. Und irgendwann werden wir das.«

Auch Karl stand auf, ging zu seiner Familie. »Wir sind jetzt zusammen. Wir sind wieder vereint, und wir sind in England. Heute beginnt unser neues Leben. Es wird sicher anders sein als unser altes Leben – aber wir haben uns. Wir haben uns alle wieder. Und wir leben. Das dürfen wir nicht vergessen.«

Es flossen noch einige Tränen, dann wandte sich Karl Freddy zu. »Es tut mir leid«, radebrechte er auf Englisch. »Dies ist ein sehr emotionaler Moment für uns. Wir haben schlimme Zeiten hinter uns, und vor uns liegt die Ungewissheit eines neuen Lebens. Aber wir leben. Und wir sind hier in Sicherheit. Wir haben Ihnen viel zu verdanken. Wenn Sie Ruth nicht aufgenommen hätten … wären wir nicht hier. Wir sind Ihnen sehr dankbar.«

»Es ist uns eine Ehre«, sagte Freddy sichtlich ergriffen.

»Und nun sollten wir essen«, meinte Olivia und lächelte pikiert. »Bevor die gute Suppe kalt wird.«

Alle setzten sich, aßen die Suppe. Ruth schaute verstohlen zu Olivia. Sie hoffte, dass der Abend ohne weitere Probleme zu Ende gehen würde.

»Sie sprechen ein wenig Englisch?«, fragte Olivia, nachdem Ruth die Suppenteller abgeräumt hatte und nun begann, den Hauptgang aufzutragen.

»Ein wenig«, sagte Martha. »Die Mädchen und ich haben ein paar Stunden genommen. Unterricht.« Sie zog die Augenbrauen hoch, schaute Olivia fragend an. »Schon seit einigen Jahren.«

»Oh, aber warum?«, wollte Olivia wissen.

»Weil … weil … es war uns klar, dass wir in Deutschland keine Zukunft hatten …« Martha warf Ruth einen Blick zu. »Habe ich mich falsch ausgedrückt?«, fragte sie flüsternd auf Deutsch.

Auf Olivias Stirn erschien eine steile Falte, die immer dort auftauchte, wenn sie ungehalten war. Ruth wurde bewusst, dass sie sich daran störte, dass sie Deutsch sprachen. Vermutlich hatte sie Angst, dass die Meyers über sie redeten.

»Mutti, bitte sprich Englisch«, sagte Ruth und zwang sich zu lächeln. »Du hast nichts Falsches gesagt.«

»Sie wussten vor Jahren schon, dass Sie nicht in Deutschland bleiben wollten? Warum sind Sie dann nicht gegangen?«, fragte Olivia.

»Es ging nicht«, erklärte Karl. »Wir wussten nicht wohin.«

»Aber … sind nicht viele Juden nach Palästina gegangen? Freddy, haben wir nicht Palästina für die Juden geöffnet? Es ist zwar unser Gebiet, aber ich dachte immer, dort sollen sie leben.«

»Olivia!« Freddy schüttelte betroffen den Kopf. »Bitte entschuldigen Sie meine Frau. Sie weiß nicht, wovon sie spricht.«

»Ich versteh die Fragen Ihrer Frau«, sagte Karl. »Ich würde wahrscheinlich ähnliche Dinge fragen, wenn ich in Ihrer Position wäre und nicht genau wüsste, was in Deutschland passiert.« Er sah Olivia an und lächelte sein charmantes Lächeln, das er immer noch beherrschte. »Wir wollten nach Palästina, Ruth hat sogar eine Schule dafür besucht. Aber wir haben keine Visa bekommen. Auch nicht für Amerika oder ein anderes Land. Wir haben viel versucht, aber … es ist uns nicht gelungen.«

»Sie … nehmen Sie es mir nicht übel«, sagte Olivia spitz, »Sie haben doch Geld. Sie sehen zumindest so aus.«

»Also wirklich, Liebes«, zischte Freddy. »Bitte, es sind unsere Gäste.«

Olivia sah ihn an. »Ich bin doch nur interessiert, Freddy. Ich will es verstehen. Warum sind sie nicht nach Amerika gegangen? Haben Sie dort keine Verwandtschaft? Fast jeder hat in Amerika Verwandtschaft.«

»Doch, die haben wir«, sagte Martha und lächelte. Ruth fiel das weiße Dreieck auf, das sich zwischen Mund und Nase bildete. Ein Zeichen der Anstrengung. »Aber es war schwierig, ein Affidavit von ihnen zu bekommen. Die Vorschriften sind sehr streng.«

»Wir haben inzwischen ein Affidavit für Amerika«, sagte

Karl. »Aber die Amerikaner lassen nur wenige Leute in ihr Land. Als ich das letzte Mal nachgefragt habe, wurde mir gesagt, dass wir frühestens 1943 in die Staaten reisen können. Und bis dahin ist noch viel Zeit.«

»Doch Sie können ausreisen?«, fragte Olivia noch mal nach. »Nach Amerika?«

»Sobald unsere Zahlen valid sind.«

»Aber hätten Sie nicht so lange in Deutschland warten können? Sie hätten es den Deutschen doch nur zu sagen brauchen.«

»Wir sind Deutsche«, sagte Ruth langsam. »Wir sind keine Nazis, aber wir sind Deutsche.«

Olivia lachte auf. »Dann eben den Nazis. Sie hätten es doch den Nazis sagen können. Die paar Jahre … was macht das schon?«

Freddy schüttelte den Kopf.

Ruth stellte die Platte mit dem Braten auf den Tisch, alle anderen Schüsseln hatte sie schon hereingetragen.

»Was das gemacht hätte, Mrs Sanderson? Das wäre eine Entscheidung zwischen Leben und Tod gewesen«, sagte Karl. »Ich war inhaftiert. Ich war in einem ihrer Konzentrationslager, in Dachau. Und mir wurde eine Frist eingeräumt, auszureisen. Mit gültigen Papieren. Egal wohin. Doch nicht erst in drei oder vier Jahren. Ich hatte genau einen Tag – vierundzwanzig Stunden. In dieser Zeit musste eine Einreiseerlaubnis kommen. Sonst wäre ich dortgeblieben. Und ich wäre vermutlich gestorben.« Er schluckte. »Ich habe dort etliche Männer sterben sehen«, fügte er mit leiser Stimme hinzu.

Freddy räusperte sich. Er stand auf und nahm das Tranchiermesser, schnitt den Braten in Scheiben. »Bitte nehmen Sie sich. Ich bin sicher, der Braten wird köstlich sein. Alles, was Ruth zubereitet, ist köstlich.«

Olivia öffnete den Mund, um etwas zu sagen, aber Freddy warf ihr einen kalten und drohenden Blick zu, und sie schloss den Mund wieder, nahm sich von den Kartoffeln.

»Das ist wirklich wunderbar«, sagte Martha.

»Es ist unser eigenes Fleisch. Von unseren Tieren«, erklärte Olivia mit einem gewissen Stolz in der Stimme.

»Die sind so süß.« Ilse lächelte. »Jill hat mir alles gezeigt. Die Kaninchen, die Hühner, die Ferkel und die Kälber.«

»Wie groß ist Ihr Hof?«, fragte Karl.

Und nun begann Fred Sanderson zu erzählen. Er sprach von den Feldern, dem Getreide, das er anbaute, von den Schwierigkeiten, die sie hatten, von den Tieren und dem Leben auf dem Hof. Dann sah er Karl an.

»Ruth hat wenig von ihrer Familie erzählt. Was haben Sie gemacht?«, fragte er.

»Ich habe Schuhe verkauft«, erklärte Karl. »Ich war Vertreter für einige große Schuhfabriken und bin viel durch das Land gereist.«

»Ist Krefeld ein Dorf oder eher eine Stadt?«, fragte Freddy.

»Eine Stadt. Wir haben in der Stadt gewohnt«, erklärte Martha und nahm ihre Handtasche, die über der Stuhllehne hing. Sie zog einen Umschlag hervor, darin waren Fotografien. »Das war unser Haus«, sagte sie und gab Olivia eines der Bilder.

»Das war Ihr Haus?«, fragte Olivia sichtlich beeindruckt.

Martha gab ihr ein weiteres Foto, es zeigte sie mit den beiden Mädchen im Garten des Hauses.

»Das sieht so edel aus«, sagte Olivia sichtlich beeindruckt.

»Ein Grund, weshalb es uns schwerfiel, wegzugehen«, gestand Martha. »Aber das Haus haben wir letztes Jahr schon an die Nazis verloren.«

»Sie haben uns gezwungen, es weit unter Preis zu verkaufen«, sagte nun Karl traurig. »Martha hat das Haus geplant und eingerichtet. Es war perfekt für uns.«

»Wir werden eine neue Heimat finden«, sagte Ruth optimistisch, obwohl sie sich dazu zwingen musste. »Wir werden ein neues Leben leben. Es wird anders sein, aber wir werden frei sein.«

»Du hast recht, mein Kind. Ja, du hast recht.«

Ruth stand auf, räumte die Teller ab. Ilse half ihr.

»Diese Olivia ist ja eine Hexe«, flüsterte Ilse Ruth in der Küche zu. »Wie hältst du das aus?«

»Ich halte es aus, weil ich es muss«, sagte Ruth seufzend.

»Du bist so tapfer«, sagte Ilse bewundernd. »ich weiß nicht, ob ich das könnte.«

Ruth sah sie an. »Doch, das könntest du, wenn du müsstest. Das glaube ich ganz sicher.«

»Wir bleiben nicht hier, richtig?«

Ruth schüttelte den Kopf. »Die Koppels haben ein Apartment für euch in Slough gemietet. Dort könnt ihr hin.«

»Aber … aber … wie oft werden wir uns sehen können?«

»Das weiß ich nicht, Ilschen. Erst einmal muss ich hierbleiben. Und ihr müsst dorthin. Zu Tante Hilde und Onkel Werner. Erinnerst du dich noch an sie?«

»Nur ganz vage. Es gibt eine Tochter … glaube ich.«

»Marlies. Sie ist nett. Ihr werdet euch gut verstehen.«

»Ist Slough auch am Meer?«

»Slough liegt im Landesinneren.«

»Ich würde lieber am Meer wohnen«, seufzte Ilse. »Wenn ich schon nicht mehr zu Hause sein kann.«

Ruth lachte auf. »Ich habe so wenig Zeit, um ans Meer zu gehen.«

»Aber wenn wir noch ein paar Tage hierbleiben, dann nimmst du mich mit an den Strand?«

Ruth nickte. »Nun gibt es Nachtisch«, sagte sie fröhlicher, als sie sich fühlte. »Schokoladenkuchen, Scones, Clotted Cream und Marmelade.«

»Was sind Scones?«

Ruth zeigte auf die kleinen Kuchenstücke.

»Die sehen aus wie Stützchen, nur kleiner.«

»Es ist Gebäck, aber ohne Hefe. Ein traditionelles englisches Gebäck. Die Clotted Cream ist auch typisch für England, dazu gibt es frische Marmelade. Ich habe Himbeermarmelade eingekocht.«

»Du kannst einkochen? Du kannst backen, und du kannst so toll kochen? Seit wann?«

»Kochen und Backen habe ich ja ein wenig in der Hachscharaschule in Wolfratshausen gelernt. Und bei Omi. Tante Sofie Gompetz hat mir auch noch so einiges gezeigt, bevor sie nach Amerika gingen. Und dann … dann habe ich ja zusammen mit Mutti gekocht … aber so richtig habe ich es erst hier gelernt.«

»Stimmt, du hast mehr gekocht als sie.«

»Wer hat gekocht, nachdem ich weg war?«

»Omi. Wir waren oft bei Omi. Oder bei Tante Hedwig. Mutti hat ganz selten etwas gekocht. Du weißt ja, wie sie ist.« Plötzlich verzog Ilse das Gesicht und lächelte. »Und manchmal waren wir bei Tante Finchen. Das war immer etwas ganz Besonderes.«

»Ich vermisse sie«, sagte Ruth traurig und nahm das Tablett mit dem Nachtisch. »Ich will sie alle wiedersehen.«

»Das werden wir.«

Nach dem Nachtisch brachte Olivia die übermüdete Jill zu Bett. Fred bat die Gäste ins Wohnzimmer, er schenkte Sherry und Bourbon ein. Ruth räumte währenddessen den Tisch ab und heizte die Wasserhexe an.

»Denkst du daran, dass du nachher noch durchwischen musst?«, zischte Olivia ihr zu, als sie wieder herunterkam.

Ruth seufzte nur.

»Und gib acht beim Spülen, das ist das gute Porzellan und nicht das Steingutzeug für alle Tage.«

»Das weiß ich doch.«

Kaum hatte sie angefangen zu spülen, kam Ilse in die Küche. »Alle warten auf dich«, sagte sie.

»Nein, nicht alle«, antwortete Ruth verdrossen. »Mrs Sanderson nicht, sie erwartet, dass ich die Küche aufräume.«

»Ich helfe dir«, sagte Ilse und nahm sich ein Geschirrtuch.

»Du musst ganz vorsichtig sein«, sagte Ruth. »Es ist das

gute Geschirr – und lass die Gläser stehen, die poliere ich gleich lieber selbst.«

»Du traust mir wohl nichts zu?« Ilse schob beleidigt die Unterlippe nach vorn.

»Doch, Ilschen. Aber ich kenne Mrs Sanderson inzwischen.«

Ilse sah sich um. »Kann ich irgendetwas anderes tun, während du die Gläser spülst?«

Ruth überlegte nicht lange. »Du kannst die Tischdecke ausschütteln und zusammenfalten und das Esszimmer ausfegen. Die Servietten kannst du dahinten in den Wäschekorb tun.«

Zu zweit ging es tatsächlich schneller, und Ilse konnte die Schüsseln und Töpfe abtrocknen, während Ruth die Gläser polierte und sie in die Vitrine im Esszimmer zurückstellte.

Nachdem Ruth die Töpfe und Pfannen weggeräumt, den Kessel mit dem Tee aufgesetzt und den Herd noch schnell geputzt hatte, konnte sie auch endlich ins Wohnzimmer gehen.

Trotz der Sprachschwierigkeiten hatte sich eine angeregte Unterhaltung entwickelt. Freddy und Karl diskutierten natürlich über Politik und die momentane Lage.

»In Deutschland ist alles auf einen Krieg eingerichtet«, sagte Karl. »Im Lauf der Jahre seit Hitlers Machtergreifung hat sich das erst schleichend, dann immer deutlicher gezeigt. Aus seinen privaten Schutz- und Unruhetruppen ist Militär geworden. Alle arischen Jungen müssen zur Hitlerjugend – und werden schon früh militärisch gedrillt.«

»Alle?«, fragte Freddy verblüfft. »Sind denn wirklich alle Deutschen Nazis?«

»Viele. Sie sehen sich durch Hitler bestätigt«, sagte Martha. »Hitler hat ihnen versprochen, dass er Deutschland wieder groß und stark machen wird. Er hat versprochen, die Wirtschaft und somit den Wohlstand anzukurbeln, und das ist ihm gelungen. Deshalb folgen sie ihm auch.«

»Die meisten Kinder – Jungen und Mädchen – gehen gerne zur Hitlerjugend und zum BDM«, sagte Ilse leise und stockend. Freddy nickte ihr aufmunternd zu, deshalb fuhr sie fort. »Dort werden gemeinsame Unternehmungen gemacht. Man ist Teil einer Gruppe. Und wenn man nicht mitmacht, ist man Außenseiter.«

»Wie konnte Hitler die Wirtschaftskrise so schnell überwinden? Das fragen sich hier viele«, sagte Freddy.

»Er hat die Industrialisierung vorangetrieben«, erklärte Karl. »Und … er hat nach 1936 uns Juden die Arbeitsstellen weggenommen. Und letztes Jahr hat er uns dann auch noch die letzten Geschäfte geraubt. Dadurch, dass wir Juden unsere Arbeitsplätze und Geschäfte verloren, konnte er seine Gefolgschaft dort einsetzen.«

»Und er baut, er baut wie ein Verrückter. Autobahnen, Häuser, Arenen …«, fügte Martha hinzu.

»Aber das kostet doch alles Geld.«

»Wir mussten über die Hälfte unseres Vermögens abgeben. Unser Haus mussten wir weit unter Wert verkaufen …«

»Und er hat Staatsschulden gemacht, die er vermutlich nie zurückzahlen wird«, sagte Karl. »Er arbeitet auf einen Krieg hin, der Krieg soll Deutschland wieder stark und reich machen – auf Kosten anderer Länder.«

»Ich habe den Großen Krieg erlebt und Sie ja sicherlich auch. Ich kann mir beim besten Willen nicht vorstellen, dass ein Deutscher, der den Großen Krieg erlebt hat, nun wieder in die Schlacht ziehen will.«

»Aber es ist so. Man rechnet mit einem schnellen Erfolg im Osten – mit wenig Widerstand. Das hat man doch schon gesehen – der Anschluss Österreichs verlief problemlos. Im September vor einem Jahr hat die Tschechoslowakei Hitler praktisch das Sudetenland geschenkt – aus Angst vor einem Krieg und mangels Unterstützung der anderen Mächte. Das Münchener Abkommen hat Hitler gestärkt.«

»Chamberlain will auf jeden Fall einen Krieg vermeiden«, gab Freddy zu. »Doch jetzt wird er Position ergreifen müssen. Er kann nicht zulassen, dass Deutschland auch Polen nimmt. Und das will Hitler doch. Es geht ihm nicht um Danzig oder den Korridor, es geht ihm um Polen.«

Karl nickte. »So sehe ich das auch, und ich würde noch weitergehen – Hitler will Deutschland in den Ostraum ausdehnen.«

»Russland?«, sagte Martha. »Gegen Stalin? Meinst du wirklich?«

»Das Sudetenland hat ihm nicht gereicht, Böhmen und Mähren haben ihm nicht gereicht. Und er fürchtet den Krieg nicht.«

»Und die Bevölkerung?«, fragte Freddy wieder.

»Ich weiß nicht, inwieweit Sie verfolgt haben, was auf

deutschen Straßen los ist«, versuchte Karl zu erklären. »Die Wehrmacht wird völlig verklärt und bewundert. Wir haben inzwischen eine starke Luftwaffe, und Hitler hat Panzer bauen lassen. Es gibt immer wieder Aufmärsche und Paraden. Die Leute sehen diese Stärke, sie sind geblendet und glauben nicht, dass der Krieg auch in Deutschland stattfinden wird. Sie glauben an diesen Schreihals aus Österreich«, sagte Karl verächtlich. »Es gibt aber auch andere, ja, die gibt es.«

»Natürlich gibt es auch andere«, sagte nun Martha. »Aber alle politischen Gegner, die irgendetwas zu sagen hatten oder organisieren wollten, hat Hitler inhaftiert. Deutschland ist eine Diktatur, genauso wie Italien. Es gibt nur noch eine Partei – die NSDAP.«

»Und wer nicht Mitglied in der Partei ist, bekommt es zu spüren. So wie mein ehemaliger Chauffeur Hans Aretz. Er weigert sich, in die Partei einzutreten. Er ist ein wirklich guter Mensch. Es gibt auch noch solche, aber sie haben es schwer.«

»Wie geht es den Aretz?«, fragte Ruth. »Ich habe Tante Finchen und Onkel Hans Postkarten geschrieben, sie haben auch geantwortet – aber natürlich standen dort nur liebe Grüße drauf.«

Martha schüttelte den Kopf. »Ihnen geht es so weit gut«, sagte sie zögernd. »Aretz hat seine Arbeit in der Fleischfabrik, der Chef ist sehr tolerant. Aber es gibt auch immer wieder Zwischenfälle. Du kennst Onkel Hans ja mit seinem Dickkopf.«

»Was für Zwischenfälle?«

Karl sah zu Freddy. »Ich weiß nicht, ob diese persönlichen Dinge unseren Gastgeber interessieren …«

»Doch, sehr«, sagte Freddy. »Ich will ja wissen, wie es wirklich in Deutschland aussieht.«

»Nun, Aretz hat eine … ein Dings, um eine Fahne am Haus zu befestigen … ich weiß das englische Wort nicht.«

»Einen Fahnenhalter«, sagte Ruth.

Karl nickte. »Genau. Einen Fahnenhalter für eine große Fahne. Nur hat er keine Fahne mit einem Hakenkreuz darauf. Zu den Umzügen und Feiertagen wollten sie, die Braunen, dass er eine Fahne aufhängt. ›Ich habe keine, die sind zu teuer, das kann ich mir nicht leisten.‹« Karl zwinkerte. »Das war natürlich eine Ausrede. Der Ortsgruppenfrüher wollte ihm dann eine leihen, aber das hat er abgelehnt. ›Ich hänge nur das an mein Haus, was ich auch bezahlt habe.‹ Noch haben sie es ihm durchgehen lassen … aber wie lange das noch so geht, weiß ich nicht.«

»Er hat lange verboten, dass seine Kinder zur Hitlerjugend gehen, aber schließlich musste er es zulassen«, fügte Martha hinzu.

»Helmuth wurde verprügelt, weil er nicht bei der HJ war«, sagte Ilse aufgeregt. »Und Rita wurde in der Schule gehänselt, da sie nicht im Bund Deutscher Mädchen war.«

»Die Kinder haben gelitten, deshalb hat Aretz es schließlich zugelassen«, erklärte Karl.

»Und andere?«

»Andere machen mit, auch ohne große Überzeugung. Es

gibt auch einige, die nicht in der Partei sind, und viele, die in der Partei sind, weil es sich so gehört – aber ohne Überzeugung. Aber das Gros der deutschen Bevölkerung glaubt an die heilsbringende Kraft des Führers«, sagte Karl voller Abscheu.

»Der Krieg wird schnell gehen, relativ schmerzlos für uns und erfolgreich sein«, sagte Martha. Dann schüttelte sie den Kopf. »Ich muss das erst realisieren, dass wir ja nun nicht mehr ›sie‹ sind. Wir gehören schon seit Jahren rechtlich nicht mehr dazu, aber unser Gefühl sagt uns, dass wir noch Deutsche sind.«

»Wir sind von Geburt Deutsche, Liebes«, sagte Karl leise. »Und daran wird sich nie etwas ändern. Aber wir gehören schon lange nicht mehr dazu. Unsere Bürgerrechte wurden uns Juden entzogen, die Arbeitserlaubnis, unser Geld wurde beschränkt und beschlagnahmt, unsere Häuser zerstört und konfisziert.« Er atmete tief ein, leerte sein Glas, sah Freddy fragend an. »Bekomme ich noch einen Schluck, bevor wir zu Bett gehen?«

»Aber natürlich«, sagte Freddy eifrig und schenkte nach. »Was Sie erzählen, ist neu für mich und sehr interessant. Es ist nicht das, was die Presse uns glauben machen will.« Er zögerte. »Antisemitismus gibt es auch hier. Und eine ausgeprägte Klassengesellschaft. Ich habe nie wirklich darüber nachgedacht, bin damit aufgewachsen und hatte auch wenig Berührungspunkte. In Harwich gibt es ein paar jüdische Läden, nicht wahr, Olivia?«, fragte er seine Frau. »Aber hier in Frinton-on-Sea nicht, glaube ich.«

»Doch, es gibt zwei oder drei jüdische Familien hier in Frinton-on-Sea«, sagte Olivia, die sich bisher sehr zurückgehalten hatte. »Sie bleiben unter sich. Und in Harwich gibt es ein paar mehr, habe ich gehört. Aber sie sind ganz normale Leute.«

»Natürlich«, sagte Ilse ein wenig entsetzt. »Wir sind ja auch ganz normale Leute.«

»Ja, das stimmt«, gab Olivia peinlich berührt zu.

Ruth konnte erkennen, dass sie eigentlich etwas anderes hatte sagen wollen, sich aber auf Freddys ermahnenden Blick hin zurückhielt.

»Es ist schon spät«, sagte Martha. »Und der Tag war lang. Ich denke, wir sollten zu Bett gehen.«

Sie stand auf. »Ganz herzlichen Dank für Ihre noble Gastfreundschaft. Wir sind sehr froh, dass wir hier sein dürfen.«

»Wir sind froh, dass Sie hier sind«, sagte Olivia, aber alle hörten, dass es nur eine Floskel war.

Karl leerte sein Glas. »Danke«, sagte er zu Freddy. »Dürften wir morgen versuchen, unsere Verwandtschaft anzurufen? Ich hatte eigentlich gehofft, dass sie sich schon gemeldet hätten – aber Nachrichten sind in diesen Tagen wohl sehr schwer zu verschicken und zu empfangen.«

»Natürlich. Wir haben ja ein Telefon«, sagte Freddy. »Olivia, du wirst ihnen morgen helfen, das Gespräch anzumelden. Es geht um Ihre Verwandtschaft in Slough?«

Karl nickte.

»Nach Slough sollten wir schnell eine Leitung bekommen. Auf den Kontinent ist es um einiges komplizierter. Ich habe übrigens Ihren Cousin und seine Frau getroffen, sie waren hier, um Ruth zu besuchen. Sehr sympathische Leute.«

»Herzlichen Dank. Wir möchten, so schnell es geht, nach Slough weiterreisen und von dort aus alles regeln.«

»Sie sind unsere Gäste«, sagte Freddy freundlich, man merkte, dass er es auch so meinte. »Es dauert so lange, wie es dauert. Machen Sie sich keine Sorgen.«

Martha, Karl und Ilse gingen nach oben. Ruth trug die Gläser in die Küche, setzte wieder Spülwasser auf. Durch die geöffnete Tür hörte sie, dass Olivia zur Anrichte ging und sich noch einen Drink nahm.

»Hast du die Bilder gesehen?«, fragte Olivia Freddy. »Die Bilder und ihre Kleidung, ihre Art zu essen … so sind Juden? Ich wusste nicht, dass deutsche Juden zur Oberschicht gehören können. «

»Olivia«, sagte Freddy entsetzt.

»Er war Schuhhändler, hat er gesagt – Schuhhändler und dann so ein Haus? Hast du die Bilder wirklich angeschaut, Freddy? Ein Prachtbau. Ganz modern.«

»Sie haben alles verloren.«

»Das sagen sie. Aber wer weiß, ob das alles so stimmt. Vielleicht kommen sie jetzt nach England, um hier die Herrschaft zu übernehmen, nachdem Hitler sie enttarnt hat. Hitler hat doch gesagt, dass sie die Weltherrschaft übernehmen wollen. Man hört so manches über die Juden.«

»Bist du noch bei Sinnen?«, zischte Freddy erbost. »Solche Worte will ich hier in meinem Haus nicht hören. Niemals. Hast du nicht gesehen, wie er aussieht? Ich bin mir sicher, dass er fürchterliche Monate hinter sich hat, dass er gefoltert wurde. Es sind unsere Gäste, Olivia.« Freddy schnaufte. »Sie sind unsere Gäste, und du wirst dich ihnen gegenüber ordentlich verhalten … sonst … sonst …«

»Sonst was?«, fragte sie und lachte spöttisch auf. »Willst du mir etwa etwas antun?«

»Nein. Aber wenn du dich nicht wie ein anständiger Mensch unseren Gästen und Ruth gegenüber benimmst, kannst du gehen. Dann kannst du das Haus verlassen!« Wieder holte er tief Luft. »Und glaub bloß nicht, dass du Jill mitnehmen könntest, das lasse ich nicht zu.«

Olivia schwieg.

Ruth stand in der Küche, sie konnte nicht umhin, das Gespräch mit anzuhören. Für einen Moment hielt Ruth den Atem an. Olivias Worte hatten sie entsetzt. Sie zitterte – vor Wut und vor Fassungslosigkeit. Sie wollte nach oben, wollte ihre Sachen packen und mit ihrer Familie gehen. Keinen Tag länger wollte sie hierbleiben. Dann wurde ihr klar, dass das nicht ging. Ihre Anstellung war verpflichtend, und nur weil sie eine bezahlte Arbeit hatte, war ihren Eltern die Einreise erlaubt worden. Ruth schnappte nach Luft, zwang sich gleichmäßig zu atmen. Es ist nur Olivia, die dumme, eitle Olivia. Freddy ist anders, sagte sie sich.

»Meine Güte«, sagte nun Olivia leichthin und lachte. »Das war doch nur ein Spaß. Reg dich doch nicht so auf, Freddy. Du hast deinen Humor verloren.«

»Ich verbitte mir solche Späße.« Freddy stürmte aus dem Wohnzimmer, eilte durch die Küche, zog sich die Stiefel an und verschwand im Kuhstall.

Olivia nahm sich noch einen Drink, ging an Ruth vorbei

nach oben. An der Tür zum Treppenhaus blieb sie stehen und drehte sich noch einmal um. »Vergiss nicht zu wischen«, sagte sie. Dann fiel die Tür hinter ihr ins Schloss.

Ruth atmete tief ein und wieder aus. Sie ging ins Wohnzimmer, um die Lampen zu löschen. Auf dem Tisch lag Olivias Zigarettenschachtel. Obwohl Ruth wusste, dass niemand mehr im Erdgeschoss war, schaute sie über ihre Schulter, dann fischte sie eine Zigarette heraus und ging nach draußen in den Hof.

Es war eine wolkenlose Nacht, die Sterne funkelten am Himmel. Ein grandioser Anblick – eine atemberaubende Pracht. Ruth steckte die Zigarette an, inhalierte tief. In Krefeld hatte sie geraucht. Jeder hatte irgendwie geraucht – ihre Eltern taten es noch. Hier hatte sie bisher wenig Gelegenheit dazu gehabt. Sie hatte sich in Slough eine Schachtel Zigaretten gekauft, als sie ihre Verwandten besucht hatte. Davon waren auch noch ein paar übrig – aber die lagen oben in ihrem Zimmer. Würde Olivia es merken, dass sie ihr eine weggenommen hatte?

Es ist egal, dachte Ruth und verspürte eine ohnmächtige Wut in sich. Für sie sind wir ohnehin die bösen Juden, die die Weltherrschaft anstreben. So sehr hatte ich gehofft, diesen widerlichen Gedanken und diesem hässlichen Tun entkommen zu sein. Aber hier gibt es auch Nazis. Es gibt englische Nazis. Und deshalb wird sich auch niemand diesem Hitler in den Weg stellen.

Der Gedanke machte sie fassungslos.

Hitler wird die Welt erobern und alle Juden vernichten.

Angedroht hatte er es ja schon, und nun würde es auch so werden. Und weder England noch Frankreich noch Amerika werden sich ihm in den Weg stellen.

Sie hatte die Schritte nicht gehört, war zu sehr in ihren Gedanken gefangen gewesen, plötzlich stand Freddy neben ihr.

Ruth wollte die Zigarette wegschmeißen oder in ihrer Hand zerdrücken, doch Freddy sah sie milde lächelnd an.

»Rauch ruhig weiter«, sagte er und zog selbst Zigaretten aus der Hosentasche. »Hast du Feuer für mich?«

Stumm reichte Ruth ihm die Streichhölzer. Er riss eines an der Hauswand an, zog an seiner Zigarette. »Ist das eine von Olivias?«, fragte er dann.

Ruth nickte. »Ich ersetze sie morgen.«

»Das brauchst du nicht zu tun.« Er räusperte sich. »Du hast sie gehört? Natürlich hast du sie gehört.« Er schüttelte den Kopf. »Nimm sie nicht ernst, bitte.«

»Es klang nicht nach einem Spaß.«

»Nein, das war es auch nicht. Olivia ist so, wie sie ist. Und sie ist nicht gut – außer zu Jill.« Wieder seufzte er. »Aber Olivia ist eine Ausnahme. Wir denken nicht alle so. Ich denke nicht so wie sie. Und meine Nachbarn und Freunde auch nicht.«

»Aber … es gibt sie, gibt sie auch hier in England«, flüsterte Ruth.

»Es gibt sie vermutlich überall auf der Welt. Überall gibt es Menschen, die schlimme Dinge denken und tun. In jedem Land. Menschen sind böse. Und Menschen sind gut. Und die

meisten Menschen sind beides irgendwie und irgendwann.«
Er überlegte. »Hattest du eine Vorstellung von uns Engländern, bevor du hierhergekommen bist?«

Ruth dachte nach. »Ja, ihr trinkt alle Tee und esst ungenießbare Speisen, habt alle rote Haare und Sommersprossen.«

»Das mit dem Tee haut hin«, sagte Freddy und lachte leise. »Vielleicht fällt dir noch mehr ein. Vorurteile, Meinungen, die man hat. Die meisten Menschen haben das. Oft gegenüber Dingen, die sie nicht wirklich kennen, von denen sie nur etwas gehört haben.«

Ruth nickte und verstand.

»Es gibt wenige Juden hier. Olivia mag sie manchmal gesehen haben – sie getroffen und mit ihnen gesprochen hat sie noch nie. Sie war nie in einem jüdischen Haus, weiß auch nichts von euren Bräuchen. Sie hat bloß eine Vorstellung im Kopf. So wie du dachtest, dass wir alle rothaarig sind und Sommersprossen haben.«

»Jamie – er sieht so aus.«

Jetzt lachte Freddy. »Jamies Familie kommt aus Schottland.«

»Die schottischen Männer tragen Röcke mit Karomuster«, sagte Ruth und biss sich auf die Lippen.

»Jamie nicht und sein Vater auch nicht. Siehst du, was ich meine?«

Ruth nickte.

Freddy zog an seiner Zigarette. »Olivia ist keine nette Frau«, sagte er leise. »Wenn Jill nicht wäre …«

»Jill ist Zucker«, sagte Ruth. »Sie ist so famos, so süß und einfach nur zauberhaft.«

»Danke, dass du sie so gernhast und dich kümmerst.«

Ruth drückte ihre Zigarette aus und ging zurück in die Küche, Freddy folgte ihr.

»Wenn Olivia gemein zu dir ist, sagst du es mir.« Er sah Ruth an. Ruth nickte, und sie beide wussten, dass das nie geschehen würde.

Nachdem sie die Gläser gespült und poliert hatte, fegte sie die Küche aus, wischte sie mit dem heißen Seifenwasser. Dann konnte sie endlich zu Bett gehen. Sie hatte keine Lust, das Bad in der ersten Etage zu benutzen, also nahm sie sich einen Krug mit heißem Wasser mit nach oben.

Lauschend blieb sie im Flur stehen. Es war nichts zu hören, alle schienen schon zu schlafen. So gern hätte sie Mutti noch Gute Nacht gesagt, sie noch einmal umarmt und geküsst, aber sie wollte die Eltern nach diesem anstrengenden Tag nicht wecken.

Schnell schlüpfte sie in ihr Zimmer. Das Käuzchen, das oben in der Scheune wohnte, rief. Ein anderes antwortete. Die nächtlichen Geräusche waren so wohltuend und sanft – Ruth zog sich am offenen Fenster aus, ohne Licht zu machen. Der Raum war ihr inzwischen vertraut, und das Licht der Sterne und des Mondes reichten, um es ein wenig zu erhellen. Sie füllte das warme Wasser in die Waschschüssel und wusch sich gründlich. Dann stellte sie die Waschschüssel vor ihr Bett, setzte sich, tauchte die immer noch schmerzenden Füße in das warme Seifenwasser und lehnte sich wohlig seufzend zurück.

Der Tag war lang gewesen, voller Aufregung, voller Emotionen. Ein Tag, den sie lange herbeigesehnt, sich immer wieder ausgemalt hatte. Und obwohl sie einige Varianten durchgegangen war, wie das erste Treffen auf englischem Boden, der erste Abend zusammen mit ihren Eltern hier sein würde, war alles doch ganz anders gewesen.

Sie hatte erwartet, dass sie vor Glück platzen würde. Dass nun endlich bei ihr die Zweifel und Ängste ein Ende hätten, sie wollte glücklich sein, zufrieden, euphorisch ... sie war froh, ja, aber dann auch wieder nicht. Die Ängste um den Rest der Familie blieben. Um die Freunde und Verwandten, um das, was in Deutschland gerade geschah.

Sie hatte unglaubliche Angst vor einem Krieg, aber sie hatte gedacht, dass die Angst weniger würde, wenn ihre Familie endlich hier war. Nun war das Gegenteil der Fall. Ihre Angst war größer geworden.

Ihr wurde schmerzlich bewusst, dass nicht mehr alles gut werden könnte – dass es niemals wieder so werden würde wie früher. Wahrscheinlich würden sie auch nicht mehr nach Hause, nach Krefeld, zurückkehren können. Und selbst wenn – eine Heimat würde es nie wieder sein.

Heimatlos, dachte sie und fühlte die dunklen Schatten auf ihrer Seele, wir sind jetzt heimatlos. Ich sollte glücklich sein, dass ich meine Familie wiederhabe – und das bin ich auch. Aber ich spüre zum ersten Mal wirklich, was ich alles verloren hatte – und das ging weit über ein Haus und ein lustiges Leben mit Freunden hinaus.

Kapitel 8

»Bist du noch wach?«

Ruth schreckte hoch. Sie hatte die Waschschüssel auf das Tischchen gestellt, ihr Nachthemd übergezogen, war unter die Decke geschlüpft und fast augenblicklich eingeschlafen. Doch die flüsternde Stimme an ihrer Tür hatte sie wieder geweckt.

»Komm rein, Ilse«, sagte sie und hob die Decke an. Ilse kroch zu ihr ins Bett. Die Schwestern trennten drei Jahre, vor allem aber ihre gegensätzlichen Charaktere. Gemeinsam im Bett hatten sie nur in manchen Sommernächten in der Kull, ihrem Wochenendhaus, oder in der schrecklichen Zeit nach der Pogromnacht gelegen.

Früher hatte es kaum Gelegenheiten gegeben, in denen sie sich gegenseitig Trost spenden mussten. Aber mit dieser schrecklichen Nacht im November war das anders geworden. Seit sie in England war, hatte Ruth manche Nacht hier in der Kammer gelegen und sich den warmen und tröstenden Körper ihrer Schwester herbeigesehnt. Jemanden neben sich zu haben, dem man vertrauen konnte, der das gleiche Schicksal teilte, das hatte ihr gefehlt. Und jemanden, mit dem sie hätte reden können – ihre Sorgen, Ängste und Nöte teilen.

Nun war Ilse da, aber die beiden Schwestern spürten, dass die ehemalige Vertrautheit weg war.

Nein, sie war nicht weg, sie hat sich nur versteckt, dachte Ruth. Wir haben uns einige Monate nicht gesehen und uns beide in der Zeit verändert.

»Ich habe dich vermisst«, flüsterte Ilse. »Und … ich hatte Angst in der Kammer nebenan. So ganz alleine …«

»Aber du hast doch auch zu Hause alleine geschlafen.«

»Nicht nachdem du weg warst. Vati war im Gefängnis, und du warst weg – Mutti hat das nicht ausgehalten, und ich auch nicht, also habe ich bei ihr geschlafen.«

»Bei Mutti im Bett?«

Ilse nickte. »Sie schnarcht manchmal«, flüsterte sie.

Ruth lächelte. »Du musst keine Angst mehr haben.«

»Hattest du keine? Hier? Alleine?«

»Doch. Vor allem am Anfang. Ich hatte furchtbare Angst. Es war alles ganz schrecklich. Ich habe euch vermisst, auch wenn ich froh war, dass ich es aus Deutschland herausgeschafft hatte.« Ruth schluckte. Die Erinnerung an die erste Zeit bereitete ihr immer noch Beklemmungen. »Ich habe wenig von dem verstanden, was sie sagten.«

»Das ging mir vorhin auch so. Obwohl sich Mr Sanderson ja Mühe gibt, langsam und deutlich zu sprechen. Und ich hatte gedacht, dass ich schon gut Englisch kann.«

»Den Fehler habe ich auch gemacht. Aber ich habe schnell gelernt.«

»Du sprichst ja fast schon perfekt«, sagte Ilse bewundernd.

Wieder lachte Ruth leise. »Nein, das tue ich nicht, und einige Wörter verstehe ich immer noch nicht. Aber du hast ja gesehen – mit Händen und Füßen, mit Umschreibungen und Fragen kommt man ans Ziel.«

»Vati bemüht sich sehr.«

»Er sieht schlecht aus.«

Die beiden Schwestern schwiegen.

»Er … er muss einiges mitgemacht haben«, sagte Ilse. »Vielleicht ist es besser, wenn wir nicht so genau wissen, was.«

»Es ist wichtig, dass die Welt davon erfährt, dass alle sehen, was in Deutschland passiert. Er darf nicht schweigen, wir dürfen nicht schweigen. Die Gräueltaten der Nazis müssen ein Ende haben.«

»Als ob wir daran etwas ändern könnten.«

»Wir können es wenigstens versuchen. Wer nichts versucht, hat schon aufgegeben.«

»Hm«, murmelte Ilse und kuschelte sich müde an ihre Schwester.

»Schlaf gut, Kleines«, flüsterte Ruth.

Am nächsten Morgen stand Ruth so früh auf wie immer. Ilse drehte sich nur um und schlief weiter.

Kurze Zeit später kam Freddy in die Küche. Schweigend trank er seine Tasse übersüßten Tee und ging dann in den Stall, um die Kühe zu melken.

Ruth schnitt das Brot auf und legte die lange Gabel, mit

der sie es immer über dem Feuer röstete, bereit. Sie kochte Eier, briet Würstchen und Speck, holte ein Glas eingeweckte Bohnen mit Tomatensoße aus dem Vorratsschrank. Die Spiegeleier würde sie frisch zubereiten.

Sie wusste inzwischen, wie viel sie für die Sandersons zum Frühstück machen musste – doch nun waren sie drei Personen mehr. In Deutschland hatten sie nicht so herzhaft gefrühstückt, wie es in England üblich war. Zum Glück hatte sie noch Scones von gestern übrig, und der Vorrat an Marmelade schien unerschöpflich zu sein. Dennoch würden sie heute neues Brot kaufen müssen.

Sie überlegte, ob sie im Esszimmer oder in der Küche decken sollte, entschied sich für Letzteres. Außerdem nahm sie nun auch das Steingutgeschirr und nicht das Porzellan.

Ilse war die Erste, die nach unten kam.

»Seit wann bist du wach?«, fragte Ilse und rieb sich die Augen. »Es dämmert gerade erst.«

»Der Tag auf einem Hof beginnt um vier Uhr. Die Kühe müssen gemolken werden und kommen dann auf die Weide.«

»Woher weißt du das?«

»Ich wusste es nicht, bevor ich hergekommen bin. Obwohl es in Anrath auf dem Gut unserer Verwandten auch so laufen wird. Aber dort waren wir ja immer nur Gäste. Und haben nur bei den Arbeiten mitgeholfen, die anfielen, nachdem wir aufgestanden waren. Dass es aber vorher schon Arbeit gab, lange bevor wir wach waren, habe ich nicht gewusst.«

»Das wusste ich auch nicht«, sagte Ilse überrascht.

»Und das Frühstück hat sich von selbst auf den Tisch ge-
zaubert«, fügte Ruth grinsend hinzu. Sie wuschelte ihrer
Schwester durch die Haare. »Das habe ich damals aber auch
gedacht, hier habe ich erfahren, dass der Tag um vier Uhr
beginnt. Ich bin meist die Erste, die in der Küche ist, es sei
denn, eine Kuh kalbt oder ein Schwein ferkelt. Manchmal
bleibt Freddy dann die ganze Nacht auf und im Stall und
kommt nur in die Küche, um sich eine heiße Tasse Tee zu
holen.«

Ilse sah Ruth an. »Ich wusste nicht, dass sich dein Leben
hier so radikal verändert hat. Ich dachte, du lebst jetzt hier,
hilfst ein wenig mit, kümmerst dich um die kleine Jill. Aber
du machst viel mehr, nicht wahr?«

»Ja«, sagte Ruth nur.

»Was liegt jetzt an?« Ilse schaute auf den gedeckten Frühstückstisch.

»Olivia ist noch nicht aufgestanden. Das wird sie gleich,
man wird es hören. Jill ist ein genügsames Kind. Sie schläft
gern lange.« Ruth überlegte und sah sich um. »Ich habe gestern noch die Küche geputzt und den Boden gewischt. Jetzt
werde ich zum Hühnerstall gehen, die ersten Eier einsam-
meln und die Hühner auf den Hof lassen. Dann schaue ich
nach den Kälbern. Im Moment haben wir nur drei, vermutlich hat Freddy sie schon versorgt. Aber ich schaue trotzdem
immer einmal nach.«

»Wie hast du das alles gelernt?«, fragte Ilse verwirrt.

»Olivia hat es mir gesagt. Und Freddy hat es mir gezeigt.
Immer wieder. Es hat eine Weile gedauert, bis ich begriffen

habe, was wann und wie zu tun ist, aber im Grunde ist es jeden Tag das Gleiche.«

Ilse sah sie an. »Das machst du alles nur für uns«, sagte sie dann leise.

»Nein. Ich mache es auch für euch, aber erst einmal mache ich es wohl für mich. Ohne diese Arbeit wäre ich nicht hier. Ich. Und es war ja bis zuletzt nicht klar, ob ihr würdet kommen können. Falls das nicht geklappt hätte – wäre ich zumindest immer noch hier und würde weiterarbeiten.« Sie seufzte auf. »Die Arbeit ist anstrengend. Ich bin meistens von morgens bis abends beschäftigt, und das ist auch gut so. Ich habe kaum Zeit, um nachzudenken. Denn wenn ich es tue, verzweifle ich. Und ich will nicht verzweifeln, ich will leben. Deshalb mache ich das. Ich denke nicht weit in die Zukunft, so wie früher. Weißt du noch? Wir haben uns früher immer unser späteres Leben ausgemalt, in vielen bunten Farben.«

»Ja. Du wolltest Kurt heiraten. Ihr wolltet zwei Kinder haben – einen Jungen und ein Mädchen. Kurt wollte in der Textilbranche arbeiten, er wollte Abteilungsleiter bei Merländer und Strauß werden – mindestens.«

Ruth lächelte. »Ja, das waren unsere Pläne. Ja. Davon ist nicht mehr viel geblieben.«

»Hast du noch Kontakt zu Kurt?«, fragte Ilse zögernd.

Ruth senkte den Kopf. »Nein.«

»Aber … aber Kurt ist doch deine große Liebe.«

»Kurt war meine große Liebe, damals. In Deutschland. Damals, als alles noch einigermaßen gut war. Dann wurde es allmählich schlimmer, die Nazis haben Gesetze erlassen gegen uns. Und Kurt ist gegangen. Er lebt nun in Amerika, in der grenzenlosen Freiheit – das hat er mir einmal geschrieben. Und wir … wir mussten mit den neuen Gesetzen leben. Unsere Freiheit war weg. Erst gab es nur Beschränkungen, aber irgendwie konnten wir uns damit arrangieren. Zuerst.«

»Wie meinst du das?«

»Weißt du, ich bin gut drei Jahre älter als du. Ich konnte noch ins Schwimmbad gehen, ohne Probleme, ohne angeschaut zu werden. Wir konnten in das Lichtspielhaus gehen, mussten nur die Eintrittskarten lösen. Kannst du dich an Besuche im Schwimmbad oder im Lichtspielhaus erinnern?«

Ilse zog die Stirn kraus. »Ich kann mich daran erinnern, dass ich mit Mutti in der Badeanstalt war. Die Wochenschau und andere Filme haben wir immer nur im jüdische Kulturverein gesehen.«

»Wenn man es nicht anders kennt«, sagte Ruth, »dann vermisst man es vermutlich auch nicht. Es war schon anders, in den Filmpalast zu gehen – mit allen Schulkameradinnen und Freundinnen, als die Filme beim Kulturverein anzuschauen.« Sie seufzte. »Wir hatten den Kulturverein, ja. Aber es war nicht dasselbe. Kurt weiß nicht, wie schlimm alles geworden ist. Und ich glaube nicht, dass er es verstehen würde. Wir haben uns verändert – ich mich und er sich. Wenn man Angst hat, ist kein Platz mehr für die große Liebe.«

Sie hörten Schritte auf der Treppe. Es war nicht Olivia, sondern Mutti, die in die Küche kam.

»Guten Morgen, meine Mädchen«, sagte sie und umarmte beide. »Ich bin so froh, dass wir hier sind und alle wieder zusammen sind.« Sie sah sich um und schnupperte. »Das riecht so lecker.«

»Ruth hat Frühstück gemacht«, erzählte Ilse. »Das macht sie jeden Tag.«

Martha biss sich auf die Lippen und strich Ruth über den Arm. »Mein armes Kind. Du musst hier wirklich schuften, nicht wahr?«

»Es gibt eben viel zu tun«, wich Ruth aus. Sie wollte das Mitleid und Bedauern ihre Mutter nicht, das hätte sie jetzt nicht ertragen. »Wir haben ein wenig Kaffee. Normalerweise trinkt hier keiner Kaffee, es gibt nur Tee, aber für Gäste ist etwas da. Soll ich dir einen Kaffee brühen, Mutti?«

»Bohnenkaffee?«

Ruth lächelte und setzte Wasser auf. »Ich muss mal eben zum Stall. Setzt euch doch, ich bin gleich wieder da.«

Aber Martha und Ilse wollten mitkommen. So gingen sie zu dritt auf den Hof. Ilse, die gestern ja schon von Jill herumgeführt worden war, konnte nun ihrer Mutter alles zeigen. Sie ging mit ihr zu den Kaninchenställen, während Ruth die Hühner herausließ und die ersten Eier einsammelte. Dann schaute Ruth schnell nach den Kälbern, doch wie sie vermutet hatte, hatte Freddy sie schon versorgt.

»Es ist so herrlich ruhig hier«, schwärmte Martha. »Und die Luft – so klar und frisch.«

»Aber es ist weitab von aller Welt«, meinte Ilse kritisch. »Wie ist Slough?«

»Größer, dreckiger. Ihr werdet in der Innenstadt wohnen«, sagte Ruth.

»Wie weit ist es von hier bis zum Strand?«, wollte Martha wissen.

»Nicht weit – vielleicht zehn Minuten, wenn man schnell geht. Das Wetter scheint sich zu halten. Ihr könnt ja nachher einen Ausflug dorthin machen«, schlug Ruth vor. Zu gern wäre sie mit ihrer Familie an den Strand gegangen, hätte Zeit mit ihnen verbracht. Doch Olivia würde das nicht erlauben, und noch war sie auf Olivias Wohlwollen angewiesen.

Martha sah sie an und schien ihre Gedanken lesen zu können. Sie drückte Ruths Arm.

Gemeinsam gingen sie wieder in die Küche, und nun kam auch Olivia mit Jill nach unten. Jill stürzte sich voller Begeisterung auf Ilse.

»Ilsi«, sagte sie und lächelte. »'ninchen gucken?«

»Erst gibt es Frühstück«, sagte Olivia streng und schaute zum Tisch, nickte dann. »Du hast ja schon fast alles fertig.«

»Der Tee steht dort drüben«, sagte Ruth und räusperte sich. »Ist es in Ordnung, wenn ich für meine Eltern Kaffee koche?«

Olivia sah sie an, kniff die Augen zusammen, doch in diesem Moment kam Freddy vom Hof herein.

»Aber natürlich, Ruth«, sagte sie betont fröhlich. »Deine Eltern sind unsere Gäste. Sicherlich darfst du ihnen Kaffee kochen.«

»Guten Morgen.« Freddy brauchte immer erst eine Tasse

Tee, bevor er gesprächiger wurde. Er setzte sich an den Tisch, und Ruth beeilte sich, das Brot zu toasten und die Spiegeleier zu braten. Da sie alles vorbereitet hatte, ging es schnell.

»Wo ist Vati?«, fragte sie Martha, während sie den Kaffee aufgoss.

»Ich hoffe, er schläft noch. Nachts wälzt er sich oft von einer Seite zur anderen. Erst gegen Morgen schläft er ein.« Sie sah Freddy und Olivia an. »Entschuldigen Sie – ich will versuchen, Englisch zu sprechen. Mein Mann schläft noch. Ihm geht es noch nicht so gut. Ich hoffe, das ist kein Problem?«

Freddy schüttelte den Kopf. »Er hat schlimme Zeiten durchgemacht und soll sich ruhig erholen.«

»Ja«, fügte Olivia hinzu. »Das soll er. Aber wir sollten uns auch zügig um Ihre Weiterreise kümmern. Sie werden doch sicher in Slough erwartet.« Sie lächelte und rührte in ihrem Tee.

Olivia kann es kaum erwarten, bis meine Familie wieder fort ist, dachte Ruth und spürte die Wut in ihrem Bauch rumoren. Warum gönnt sie mir nicht wenigstens ein paar Tage mit meinen Eltern?

Der Kaffee war gerade fertig, als Karl in die Küche kam. Er sah müde aus, lächelte aber freundlich wie immer.

»Es riecht köstlich«, sagte er.

Freddy belud einen Teller für Karl – Würstchen, Speck, Bohnen und Spiegelei. Karl hob abwehrend die Hände. »Um Himmels willen, das kann ich unmöglich alles essen«, sagte er lachend.

»Das sollten Sie aber. Ein gutes Frühstück ist so wichtig für den Tag.«

»Das stimmt«, sagte Karl leise. »Aber in den letzten Monaten habe ich selten ein Frühstück bekommen und auch sonst waren die Mahlzeiten recht mager. Ich fürchte, mein Körper muss sich an die Freiheit und das damit verbundene Essen erst wieder gewöhnen.«

Ruth hielt den Atem an. Wieder wurde ihr bewusst, was ihr Vater alles durchgemacht haben musste.

Ich werde mir ein Beispiel an ihm nehmen, sagte sie sich. Ich werde tapferer sein, mein Schicksal und die harte Arbeit nicht mehr so verteufeln. Ich bin frei, und mir geht es gut, und ich habe immer reichlich zu essen.

Nach dem Frühstück ging Ilse mit Jill in den Hof, und Martha ging nach oben, um einige Dinge zu ordnen – sie waren doch sehr überhastet aufgebrochen. Ruth versorgte die Küche, und Freddy half Karl, eine Leitung nach Slough zu beantragen. Es dauerte nicht lange, bis die Verbindung stand.

»Werner, hier ist Karl«, hörte Ruth ihren Vater sagen. Sie legte das Geschirr vorsichtig in das heiße Seifenwasser und versuchte, dem Gespräch zu folgen.

»Ja, wir sind bei Ruth, in Frinton-on-Sea. Doch, es geht uns gut … hm. Ja … gut. Dann werde ich mich darum kümmern. Ja.«

Das Gespräch dauerte nicht lange, aber für Ruth schien es eine Ewigkeit zu sein.

Karl kam zurück in die Küche. Olivia war auf dem Hof, Freddy zusammen mit Jack auf den Feldern.

»Schöne Grüße von Onkel Werner und Tante Hilde«, sagte Karl und setzte sich auf die Küchenbank. Er nahm die Brille ab, rieb sich über die Augen. »Sie haben ein kleines Apartment für uns, es wird allerdings erst in zwei Wochen frei.« Er setzte die Brille wieder auf und schaute sich um. »Solange werden wir nicht hierbleiben können.«

Ruth wusste nicht, was sie antworten sollte.

»Mr Sanderson, Freddy, er ist sehr nett. Aber seine Frau ...«

»Sie ist etwas speziell«, sagte Ruth leise und spähte durch das Fenster auf den Hof. Doch Olivia war immer noch im Schuppen bei den Ferkeln.

»Wir sind hier nicht willkommen, das weiß ich. Werner hat gesagt, dass wir zu ihnen kommen können. Doch sie haben wohl nicht viel Platz.«

»Das stimmt. Es ist nur eine kleine Wohnung. Aber dort seid ihr keine Gäste wie hier, dort seid ihr Familie.«

Karl sah sie nachdenklich an. »Ich hatte so gehofft, dass es hier anders sein würde. Jetzt plötzlich habe ich Zweifel.«

Ruth wischte sich die seifigen Hände an der Schürze ab, schenkte ihrem Vater noch eine Tasse Kaffee ein und gönnte sich selbst auch eine.

»Es ist hier wirklich anders als in Deutschland. Als in Nazi-Deutschland.« Sie überlegte. »Hier in Essex gibt es nur wenige Juden. Und einige haben Vorurteile. Gegen Juden, gegen Moslems – gegen alles, was fremd scheint.« Sie biss sich auf die Lippe. »Aber ich habe noch keine wirklichen Anfeindungen erlebt – Misstrauen schon, das aber eher, weil ich Deutsche bin.«

Karl nickte. »Ja, vielleicht hast du recht, Fremde werden immer erst misstrauisch beäugt.«

»Das würden wir vielleicht auch tun«, sagte Ruth nachdenklich. »Es gibt überall antisemitisches Verhalten. Und Olivia ist speziell. Auch wenn wir keine Juden wären, würde sie euch nicht lange als Gäste haben wollen. Sie hasst alles, was ihr vermeintlich mehr Arbeit macht und … was Geld kostet, das sie dann nicht mehr für sich selbst ausgeben kann.« Ruth nippte an ihrer Tasse. »So gern ich euch hierhabe und sosehr ich es mir wünschen würde, endlich wieder Zeit mit euch zu verbringen – für unser aller Seelenheil wäre es besser, wenn ihr so schnell wie möglich nach Slough fahrt.«

»Werner kümmert sich um Fahrkarten«, sagte Karl und griff nach Ruths Hand. »Immerhin sind wir jetzt in einem Land und nicht mehr durch das Meer getrennt. Du wirst bald nachkommen zu uns nach Slough. Wenn wir uns dort eingerichtet haben, wirst du nachkommen und zu uns ziehen, mein Kind.«

Ruth nickte. »Das werde ich.«

Der Tag war sonnig und schön, nur ein leichter Wind kam vom Meer, über dem die Möwen schrien und kreisten.

Martha, Karl und Ilse machten sich auf, um an den Strand zu gehen. Sie fragten, ob sie Jill mitnehmen dürften und Olivia stimmte erfreut zu. Sie wies Ruth sogar an, für alle ein Lunchpaket zu packen.

Ruth sah ihnen hinterher, wie sie durch die Felder in Richtung Dünen gingen. Dann ging sie seufzend nach oben, um das Bad zu putzen, das ja ihre Familie mitbenutzt hatte. Natürlich hatte keiner von ihnen es dreckig hinterlassen, doch Olivia wollte es geputzt haben. Ruth ging auch in die Mansardenzimmer, öffnete die Fenster weit und lüftete das Bettzeug. Ihre Eltern wussten nicht, wie stickig es im Lauf des Tages hier oben wurde.

»Wir brauchen frisches Brot«, sagte sie zu Olivia, als sie wieder hinunterkam.

»Du hast doch die Tage erst welches gekauft.«

»Das war, bevor ich wusste, dass meine Familie kommt, sonst hätte ich mehr mitgebracht. Soll ich schnell in die Stadt radeln und einkaufen?«

Olivia überlegte, dann lächelte sie. »Nein, das brauchst du nicht. Es gibt hier ja auch genug zu tun. Ich nehme den Wagen und fahre in die Stadt. Deine Familie hat ja Verpflegung dabei, für Freddy und Jack kannst du mittags eine Kleinigkeit machen. Und für heute Abend kochst du etwas Gutes, aber es muss nicht so aufwendig sein wie gestern.« Sie ging nach oben, kam kurze Zeit später wieder, adrett gekleidet und die Handtasche am Arm.

Mittags kamen Freddy und Jack. Ruth hatte einen Imbiss vorbereitet, den sie hungrig zu sich nahmen.

»Wo ist Olivia?«, fragte Freddy, nachdem Ruth ihm erzählt hatte, dass ihre Familie mit Jill am Strand sei.

»Sie ist mit dem Wagen in die Stadt gefahren«, sagte Ruth. »Wir haben kaum noch Brot«, fügte sie erklärend hinzu.

»Sie fährt mit dem Automobil, um Brot zu holen«, sagte Freddy und sah Jack an, zuckte mit den Achseln. »Mag einer diese Frau verstehen, ich tue es nicht.«

»Nun ist es zu spät, Fred«, sagte Jack grinsend und klopfte ihm auf die Schultern, zündete sich eine Zigarette an. »Nun hast du sie an der Backe.«

Es war schon Nachmittag, die Sonne hatte ihren gleißenden Schein verloren, und das Licht wurde sanfter, als das Telefon klingelte. Olivia war noch nicht zurückgekehrt, und Freddy schon längst wieder auf dem Feld. Ruth überlegte kurz, dann ging sie in den Flur und nahm ab.

»Sanderson Farm, Frinton«, sagte sie, so wie Olivia es ihr erklärt hatte. »Ruth Meyer am Apparat.«

»Ruthchen«, hörte sie Onkel Werner sagen. »Bist du es? Ist dein Vater da?«

»Nein, sie sind alle am Strand«, sagte Ruth.

»Tante Hilde und ich haben noch einmal nachgefragt, die Wohnung für deine Eltern ist leider wirklich erst ab Mitte September frei. Das macht aber nichts, sie können hierher-kommen.«

»Sie können zu euch kommen und bei euch wohnen?«

»Ja, natürlich. Wir rücken ein wenig zusammen, das wird schon gehen. Gern schon morgen. Wir holen sie am Bahnhof ab.«

»Das ist wunderbar«, sagte Ruth. »Ich werde das so weiter-geben. Kannst du heute Abend noch einmal anrufen?«

»Natürlich«, sagte Onkel Werner. Er räusperte sich. »Sie

sind bei deinem Arbeitgeber wohl nicht so wirklich willkommen?«

»Oh, bei ihm schon, nur sie …«, sagte Ruth.

»Das habe ich mir gedacht. Sag Karl und Martha, dass sie sich keine Sorgen machen müssen, es wird alles gut werden. Wir sind froh, dass sie es bis nach England geschafft haben.«

Als ihre Familie zurückkehrte, erzählte Ruth von dem Anruf.

»Aber wie kommen wir nach Slough?«, fragte Martha aufgeregt.

»Mit dem Zug, Mutti. Ihr müsst nur einmal umsteigen. Ich werde es euch ganz genau aufschreiben.«

»Und wann fährt der Zug?«, wollte Karl wissen. Der Tag am Strand hatte ihm gutgetan, er hatte sogar etwas Farbe bekommen, aber er wirkte auch erschöpft.

»Nach London fährt viermal am Tag ein Zug von Frinton-on-Sea aus«, erklärte Ruth. »Hinter London müsst ihr umsteigen.«

»Wo bekommen wir Fahrkarten?«

»Am Bahnhof. Ihr könnt hier Fahrkarten bis nach Slough kaufen.« Ruth nahm Jill auf den Arm, die Kleine war müde, hungrig und voller Sand. »Ich werde eben Jill baden, wir können alles Weitere später klären.«

»Willst du dich nicht ein wenig ausruhen?«, fragte Martha ihren Mann besorgt.

Früher hätte er empört reagiert, aber nun nickte er nur und stieg schnaufend die steile Treppe nach oben hoch.

Ruth badete Jill, zog ihr das Nachthemd und den Morgenmantel über. Als sie in die Küche kam, fuhr der kleine Ford auf den Hof – es war höchste Zeit, das Essen fertig zu machen und den Tisch zu decken.

Jill bekam Grießbrei mit Früchten und schlief beim Essen fast ein. Olivia brachte sie schnell zu Bett.

»Sie ist zauberhaft«, sagte Martha, als sie später am Tisch saßen. »Es hat uns viel Freude gemacht, Jill mit an den Strand zu nehmen. So ein herziges Kind, immer fröhlich.«

»Sie kann auch anders«, sagte Olivia, lächelte aber stolz.

»Sie ist unser Sonnenschein«, sagte Freddy. »Ich freue mich, dass Sie einen schönen Tag hatten.«

»Es ist bezaubernd hier«, schwärmte Martha. »Es muss wundervoll sein, so nahe am Meer zu wohnen.«

»Wir haben selten Zeit, an den Strand zu gehen«, erklärte Freddy. »Ich glaube, wenn man am Meer wohnt, nimmt man es einfach als gegeben und sieht es nicht als etwas Besonderes.«

»Sie kommen uns bestimmt noch einmal besuchen«, sagte Olivia ein wenig spitz, »und können dann den Strand noch einmal genießen. Ruth sagte, dass Sie morgen abreisen?«

»Wir können zu unseren Verwandten nach Slough fahren«, antwortete Karl. »Ruth sagte, dass es mit dem Zug zwar dauert, aber problemlos sei.«

»Der Zug fährt viermal am Tag nach London. Von dort haben Sie eine Verbindung nach Slough. Aber wollen Sie wirklich morgen schon fahren?«, fragte Freddy.

Martha nickte. »Je schneller wir ankommen, umso besser. Ich mag nicht mehr aus Koffern leben.«

»Ach ja, die Koffer«, fiel Olivia ein. »Ruth hat ja jede Menge Koffer mitgebracht. Die nehmen Sie doch sicher morgen mit?«

»Ich bitte dich, Olivia«, sagte Freddy und seufzte. »Wie sollen sie das denn machen? Sie haben doch schon Gepäck und dann noch … wie viel waren es? Elf Koffer?«

»Ruth ist doch auch mit den elf Koffern gekommen.«

»Es war eine Qual«, gab Ruth zu. »Ich hatte so Angst, dass mir jemand etwas klaut oder ich einen vergesse.«

»Wir werden zunächst bei unseren Verwandten wohnen«, sagte Karl nachdenklich. »Sie haben nur eine kleine Wohnung. In die Wohnung, die sie für uns angemietet haben, können wir erst in ein paar Wochen.« Er lächelte Olivia zu. »Vielleicht wäre es möglich, das Gepäck noch etwas hier zu lagern?«

»Aber natürlich«, sagte Freddy, bevor Olivia antworten konnte. »Und wenn Sie sich eingerichtet haben, schicken wir ihnen die Sachen. Das wird kein Problem sein.«

»Wunderbar«, meinte Martha. »Herzlichen Dank. Sie sind so freundlich zu uns und zu unserer Ruth.«

»Ruth ist sehr fleißig. Und Jill liebt sie. Wir sind froh, sie hierzuhaben«, sagte Freddy mit Nachdruck und warf seiner Frau einen warnenden Blick zu.

Olivia kniff die Lippen zusammen, zwang sich zu lächeln. »Ja, Ruth ist eine große Hilfe«, sagte sie dann. »Und natürlich können die Koffer noch hierbleiben. Es wird ja nicht für immer sein.«

»Aber wie kommen wir zum Bahnhof?«, fragte Ilse.

»Ich fahre Sie, ich bringe Sie morgen früh zum Bahnhof. Der erste Zug fährt schon um fünf, der nächste um acht. Ich denke, den sollten Sie nehmen. Wenn wir kurz nach sieben losfahren, sollte alles klappen.« Er sah Ruth an. »Du kommst mit und hilfst deinen Eltern, die Fahrkarten zu kaufen.«

»Aber ...«, wollte Olivia einwenden, doch Freddy schnitt ihr das Wort ab.

»Ruth fährt mit. Dann kann sie sich in Ruhe verabschieden und alles zusammen mit ihren Eltern regeln.«

»Solange ihr nicht zu lange in der Stadt bleibt«, murmelte Olivia.

»Nun, du warst heute ja auch den halben Tag dort«, sagte Freddy und räusperte sich.

Ein wenig später – Karl und Freddy saßen zusammen im Wohnzimmer, Olivia hatte das Radio angeschaltet, und sie warteten auf die Nachrichten der BBC – klingelte das Telefon. Werner Koppels hatte sein Versprechen gehalten und noch einmal angerufen. Karl teilte ihm mit, dass sie den Zug um acht nähmen.

»Dann seid ihr gegen vier in Slough«, meinte Werner. »Wir holen euch vom Bahnhof ab. Wir freuen uns schon darauf, euch wiederzusehen.«

Martha und Ilse waren nach dem Essen nach oben gegangen, um zu packen.

»Es wird Zeit, dass wir irgendwo ankommen«, sagte Martha zu Ruth, nachdem sie die wenigen Sachen, die sie ausgepackt hatten, wieder verstaut hatte. »Es wird dauern, bis wir uns irgendwo hier in der Fremde heimisch fühlen, aber die Koffer auspacken zu können wird der erste Schritt dazu sein.« Sie seufzte. »Ich wünschte nur, du könntest uns begleiten, und wir müssten uns nicht schon wieder trennen.«

»Es wird nicht für lange sein«, sagte Ruth. »Und so weit weg seid ihr ja auch nicht – zumindest liegt kein Meer mehr zwischen uns.«

Dann gingen sie ins Wohnzimmer, wo gerade die BBC-Nachrichten endeten.

»Dass Stalin mit Hitler einen Pakt schließt, hätte ich nie gedacht«, sagte Freddy nachdenklich.

»Der Pakt wird nicht halten«, sagte Karl. »Hitler will sich erst Polen sichern, aber irgendwann wird er die Sowjetunion angreifen. Er ist machtgierig.«

»Hat keiner aus dem Großen Krieg gelernt? Alle Zeichen stehen auf Krieg. Aus London sind schon die ersten Kinder evakuiert worden.«

»Hier auf dem Land sind wir sicher«, meinte Olivia.

»Wenn sie nach London fliegen, dann über uns hinweg«, sagte Freddy. »Auch Harwich wird ein Ziel ihrer Bomber sein.«

»Aber nach Frinton-on-Sea wird sich doch sicher keiner verirren«, meinte Olivia leichthin. »Wenn es Krieg geben wird, dann auf dem Kontinent. Polen ist weit weg.«

»Du meinst also, alle Vorsichtsmaßnahmen, die getroffen werden, sind überflüssig?«, fragte Freddy. »Sie sind dabei, überall Gasmasken zu verteilen.«

»In den großen Städten, in London … vielleicht wird es da Fliegerangriffe geben. Aber die Deutschen werden England nie einnehmen können. Und sie werden es auch nicht wollen. Was sollen sie mit einem Inselstaat? Sie wollen sich doch nach Osten ausdehnen, nicht nach Westen.«

»Es geht nicht primär um das Land, Mrs Sanderson«, sagte Karl. »Es geht um Macht. Sollte England Deutschland den Krieg erklären, wird es Kämpfe geben. Hitler ist wahnsinnig und von seinem Erfolg überzeugt.«

»Man hört, dass die Nazis ordentlich aufgerüstet haben. Sie haben viel in den Aufbau ihrer Armee investiert.«

»Das ist wohl wahr«, gestand Karl ein. »Alles orientiert sich daran. Das fängt ja mit der Hitlerjugend schon bei den Kindern an. Die kleinen Jungs lernen, zu marschieren und Befehlen zu gehorchen, bevor sie ihren Namen richtig schreiben können«, seufzte er.

»Eine Nation aus lauter Soldaten«, sagte Freddy. »Das ist schon beängstigend.«

»Aber auch wir haben Militär. Und es gibt doch jetzt die Wehrpflicht für junge Männer«, sagte Olivia. »Wir Briten lassen uns nicht so schnell unterkriegen.«

»Wird Chamberlain denn diesmal zu den Verträgen stehen?«, fragte Karl. »Oder wird er wie bei der Annektierung Österreichs und der Tschechoslowakei wieder klein beigeben?«

»Nein, das kann er sich nicht noch einmal erlauben. Er darf unser Land nicht unglaubwürdig machen.«

»Ich denke, Hitler geht aber davon aus, dass es so weitergeht. Dass er ein Land nach dem anderen schlucken kann und niemand etwas dagegen unternimmt.«

»Wir sind keine Feiglinge, Mr Meyer«, sagte Olivia.

»Das habe ich auch nicht behauptet. Ihr Premierminister will Ihr Land vor einem weiteren Krieg bewahren – das in allen Ehren. Dennoch gibt es Grenzen.«

»Sollte Hitler Polen wirklich angreifen, werden wir Deutschland den Krieg erklären«, sagte Freddy voller Überzeugung. »Und unser Verbündeter Frankreich ebenso. Und Hitler wird sich gut überlegen, ob er mit uns Krieg führen will. In den letzten Jahren wurde die Maginot-Linie ausgebaut und befestigt. Egal, wie gut die deutschen Truppen bewaffnet sind, die Linie werden sie nicht überschreiten können. Und dann werden sie auch nicht nach England kommen.«

»Das weiß Hitler vermutlich auch.«

»Sehen Sie? Uns droht keine Gefahr«, triumphierte Olivia.

»Das gilt es abzuwarten«, sagte Freddy. Dann schaute er auf die Uhr. »Ich gehe noch einmal nach den Kühen schauen, in den nächsten Tagen erwarten wir ein Kälbchen.« Er stand auf. »Gute Nacht.«

Auch Olivia verabschiedete sich, Ilse war schon vor einer Weile zu Bett gegangen.

Ruth blieb noch einen Moment bei ihren Eltern sitzen.

»Wenn es Krieg gibt«, sagte sie, »was wird dann passieren?«

»Dann wird die Welt brennen«, meinte Karl. Er sah Ruth an. »Ich habe mit Mutti lange darüber gesprochen. Wir sind sehr, sehr froh, dass wir hier sein können, und sind dir sehr dankbar, dass du es uns ermöglicht hast. Dennoch wollen wir weiterhin versuchen, in die USA zu kommen. So weit weg von Nazi-Deutschland wie möglich. Dort wird es keinen Krieg geben.«

»Gelten die Affidavits noch?«, fragte Ruth.

»Ich glaube schon, werde mich aber bei der amerikanischen Botschaft erkundigen.«

»Natürlich wird es dauern, bis wir nach Amerika reisen können. Und so lange müssen wir versuchen, es uns hier heimisch zu machen«, fügte Martha hinzu und versuchte zu lächeln.

Ruth sah sie an, Marthas Augen hatten wieder ein wenig Glanz bekommen, in ihnen lagen Hoffnung und Zuversicht – etwas, was Ruth schon lange nicht mehr bei ihrer Mutter gesehen hatte.

»Was ist eigentlich mit unseren Möbeln?«, wollte Ruth dann wissen.

»Einen Teil habe ich ja schon vor einem Jahr nach Chicago schiffen lassen, zu Muttis Cousine. Einen weiteren Teil haben wir jetzt zu den Gompetz geschickt.«

»Und einige Sachen auch nach Slough – in einer riesigen Holzkiste«, erklärte Martha. »So groß wie ein Raum. Sie kommt mit einem Handelsschiff und wird dann mit dem Zug nach Slough gebracht. So habe ich das zumindest verstanden.«

Ruth nickte erleichtert. Es würde also Erinnerungsstücke geben.

»Werden wir jemals nach Deutschland zurückkehren?«,

fragte Ruth und wusste doch, dass im Moment keiner von ihnen eine Antwort hatte.

Der nächste Morgen begann so früh wie immer, aber er war von Unruhe durchzogen. Es war ein schreckliches Gefühl, schon wieder Abschied nehmen zu müssen, aber Ruth drängte alle Gedanken zur Seite. Sie musste heute noch funktionieren und stark für ihre Eltern sein.

»Ich habe euch die Verbindung aufgeschrieben. Auch, wo ihr aussteigen müsst. Dort müsst ihr auf einen anderen Bahnsteig wechseln, aber es ist ausgeschildert. Bitte schaut nach den aktuellen Informationen, dadurch, dass es viele Transporte auf das Land gibt, ändern sich oft die Bahnsteige und die Abfahrtszeiten.«

»Mein liebes Kind«, sagte Karl lächelnd, »das hast du alles wunderbar gemacht, aber es ist nicht das erste Mal, dass wir mit der Eisenbahn fahren.«

Ruth spürte die Wärme der Scham in ihre Wangen steigen und senkte den Kopf. »Das weiß ich doch, Vati«, sagte sie verlegen. »Ich wollte euch nur helfen.«

»Und das machst du ganz famos«, sagte Martha.

Als sie am Frühstückstisch saßen, bat Olivia Ruth zu ihrer großen Überraschung, ihrer Familie ein Lunchpaket zu bereiten. »Sie müssen ja nicht hungrig durch das Land fahren.«

Also schmierte Ruth Brote, legte etwas Speck dazu und kochte Eier. Sie wickelte alles in Wachspapier, und Martha verstaute das Essen in ihrem Rucksack.

Die Sonne tauchte gerade erst am Horizont auf, als Freddy mit dem Wagen des Nachbarn vorfuhr. Sie luden das Gepäck auf, stiegen in das Automobil. Bevor Martha in den Wagen kletterte, ging sie noch einmal zu Olivia und umarmte die überraschte Frau herzlich.

»Ich möchte mich bei Ihnen für Ihre Gastfreundschaft bedanken. Für alles, was Sie für Ruth tun und getan haben, und auch für das, was Sie für uns tun. Das ist nicht selbstverständlich, das weiß ich wohl. Ich hoffe, wir werden irgendwann in der Lage sein, uns bei Ihnen zu revanchieren.«

Verblüfft blieb Olivia im Hof stehen und sah dem wegfahrenden Auto hinterher.

Ruth saß neben Martha, hielt ihre Hand fest umklammert. Sie kämpfte mit den Tränen, wollte auf keinen Fall weinen, wollte keinen traurigen Abschied.

Es war anders als vor einem halben Jahr, als sie nach England gereist war. Damals hatte sie viel zu viel Angst gehabt, um Trauer empfinden zu können. Vielleicht war es diesmal eine Art doppelter Abschied – denn die Trauer von damals spürte sie noch.

Sie schwiegen, brauchten nichts zu sagen. Ruth und Martha fühlten die Wärme und Nähe der anderen, fühlten ihre innere Verbundenheit, so wie es nur bei manchen Müttern und Töchtern möglich war.

Freddy parkte vor dem Bahnhof, half Karl mit dem Gepäck, während Ruth die Fahrkarten für ihre Familie löste. Dann gingen sie zum Bahnsteig, der Zug war in der Ferne schon zu hören.

»Meldet euch, wenn ihr angekommen seid«, bat Ruth, die wieder die Hand ihrer Mutter hielt. Sie sah Vati an, er lächelte ihr aufmunternd zu.

»Liebstes Ruthchen, es ist doch alles gut«, beschwichtigte er sie. »Wir sind in Sicherheit. Wir sind in England, die Nazis können uns nichts mehr anhaben. Und wir sind alle gesund. Das ist doch das, was zählt. Ich weiß«, sagte er und trat auf sie zu, nahm sie in die Arme, drückte sie an sich, »du würdest gern mit uns kommen. Wir sollten jetzt zusammen sein, als Familie. Das wird uns sicher gelingen. Du hast es bisher ausgehalten, ein paar Wochen wirst du es auch weiterhin aushalten.«

»Ja, Vati, du hast recht«, murmelte Ruth in seinen Mantel.

Der Zug fuhr ein, dampfend und keuchend, blieb am Bahnsteig stehen, die Türen öffneten sich. Freddy und Karl trugen das Gepäck in das Abteil.

Ruth hielt Martha fest, sie wollte gar nicht loslassen, gab sich dann einen Ruck.

»Wir schreiben«, sagte sie. »Jetzt können wir ohne Zensur schreiben.«

»Das können wir. Und sicherlich sehen wir uns schon bald wieder.« Martha küsste Ruth, dann stieg sie in den Waggon, stellte sich ans geöffnete Fenster, winkte, winkte immer noch, als der Zug schon losfuhr. Sie winkte, bis sie nicht mehr zu sehen war.

Freddy legte den Arm um Ruths Schultern. »Lass uns gehen, Girlie«, sagte er leise. »Darfst auch weinen, versteh ich gut.«

Nun konnte Ruth die Tränen nicht mehr halten. Sie liefen und liefen und liefen. Aber als sie den Hof erreichten, waren keine Tränen mehr da. Ruth fühlte sich leer und wie verdorrt – als hätte sie keine Gefühle mehr.

»Ruth ist krank«, sagte Freddy zu Olivia, die schon auf sie gewartet hatte.

Sie kniff die Augen zusammen. »Was?«

»Ruth ist krank. Sie geht jetzt ins Bett und schläft sich aus. Wenn es ihr besser geht, wird sie dir sicher wieder helfen, aber jetzt ist sie krank.« Sein Tonfall ließ keinen Widerspruch zu.

Kapitel 9

Ruths Eltern waren vor einigen Tagen sicher in Slough ange-kommen und bei den Koppels eingezogen. Es war eng, schrieb Martha, aber man machte es sich gemütlich. Überraschender-weise war der Container mit den Möbeln schon am nächsten Tag eingetroffen – was die Familie etwas in Bedrängnis brachte, denn die Wohnung war ja noch nicht frei. Aber auch hierfür fand Werner eine Lösung – der Container konnte auf einem Betriebshof untergestellt werden. Sie hatten Glück ge-habt, man munkelte, dass schon bald keine englischen Han-delsschiffe mehr einen deutschen Hafen anlaufen durften. Die Lage spitzte sich von Tag zu Tag mehr zu – und am frühen Morgen des ersten Septembers beschossen deutsche Truppen vom Linienschiff SMS Schleswig-Holstein aus Danzig.

Hatten die Sandersons vorher nur abends die Nachrichten der BBC gehört, wurde das Radio nun in die Küche gestellt und lief permanent. Es gab ein buntes Musikprogramm, halbstündlich unterbrochen von Nachrichtensendungen. Ruth war ein wenig irritiert, weil Olivia sich nun häufiger in der Küche aufhielt.

Sie hatten natürlich verfolgt, dass Deutschland Polen angegriffen hatte – angeblich eine Reaktion auf feindliche Schüsse von der polnischen Seite, was keiner so recht glaubte. Polen hatte sich an Großbritannien und Frankreich gewandt und an die Garantieerklärung, den versicherten Beistand der Weststaaten, erinnert. Am 2. September hatten beide Staaten Hitler ein Ultimatum gestellt und forderten ihn auf, die Kampfhandlungen einzustellen.

Am Morgen des dritten Septembers sagte der Nachrichtensprecher, dass der britische Botschafter abermals in Berlin vorgesprochen habe. Chamberlain gab Hitler noch bis elf Uhr Zeit, sollte er bis dahin nicht seine Truppen zurückziehen, würde England den Krieg erklären.

An diesem Sonntagmorgen erledigten sie alle ihre Aufgaben schweigend und so schnell wie möglich, um immer wieder die Nachrichten verfolgen zu können. Die Kuh hatte zum Glück schon gestern gekalbt. Die Geburt war gut verlaufen, dennoch sah Freddy regelmäßig im Stall nach.

»Es ist ein Kuhkalb, ein Mädchen«, erklärte er. »Das ist gut, ich brauche weitere Kühe. Bullen oder Ochsen bringen zwar Fleisch, aber keine Milch. Und bevor die Bullen Fleisch bringen, fressen sie ordentlich Gras und Heu. Das rechnet sich nicht in großen Mengen. Milch schon.« Er nahm sich einen weiteren Tee.

Auch Jill spürte, dass die Stimmung angespannt war. Sie plapperte nicht mehr so fröhlich wie sonst, sondern spielte ruhig auf der Küchenbank mit ihrer Puppe und ihren Stofftieren. Nur manchmal lachte sie auf und musste Ruth etwas erzählen.

Ruth war froh um das heitere Gemüt des Kindes. Jill lenkte sie von ihren Sorgen ab. Was würde hier mit ihrer Familie geschehen, wenn England und Deutschland in den Krieg traten? Würden sie als Feinde zurückgeschickt werden? Aber waren sie überhaupt Feinde? Sie wurden in Deutschland verfolgt und waren unerwünscht – würden sie es jetzt auch hier werden? Und wohin sollten sie dann gehen? Ruth hätte sich am liebsten versteckt, so lange, bis alles vorbei war. Aber das ging natürlich nicht.

In der Küche stand eine große Uhr auf der Anrichte. Noch nie hatte sie so oft auf diese Uhr geschaut, wie an diesem Morgen.

Um elf Uhr vormittags hatte Ruth den Herd geputzt und schon einmal die Küche gewischt, sie wollte die Küche nicht verlassen und musste sich mit irgendetwas beschäftigen, was nicht zu viele Nerven kostete und wobei sie aus Nervosität nichts zerbrechen konnte.

Olivia hatte die Hühner und die Kaninchen versorgt, die Kälber gefüttert und nach den Ferkeln gesehen, die inzwischen so groß waren, dass sie von der Muttersau getrennt worden waren. Nun kam auch sie in die Küche, schenkte sich eine Tasse Tee ein. Ruth stellte den Zuckertopf auf den Tisch.

Es war windstill, und sie konnten die Glocke der Great Holland Church hören, die elfmal schlug. Jetzt lief das Ultimatum ab. Ruths Herz pochte, ihr wurde heiß und kalt, sie konnte kaum atmen. In diesem Moment würde sich alles entscheiden: für Ruth, für Deutschland, Europa, ja vermutlich für die ganze Welt. Würde sie brennen, so wie Vati es prophezeit hatte? Zunächst wurden noch die regulären Nachrichten gesendet, aber es wurde auch eine Ansprache des Premierministers angekündigt. Sie warteten, der Staub tanzte friedlich in den Sonnenstrahlen, draußen sangen die Vögel, und irgendwo bellte ein Hund. Irgendwo bellt immer ein Hund, dachte Ruth, egal, was in der Welt passiert.

»Hier spricht London«, unterbrach ein Sprecher das Programm. »Sie hören nun eine Nachricht des Premierministers.«

Es knisterte in der Leitung. Freddy stand auf, drehte die Lautstärke hoch.

»Ich spreche zu Ihnen vom Kabinettzimmer Downing Street Nummer zehn«, hörten sie Chamberlain sagen. Seine Stimme klang mindestens so angespannt, wie sie sich fühlten.

»An diesem Morgen hat unser Diplomat in Berlin der Regierung ein letztes Ultimatum überreicht, in dem stand, dass wir bis elf Uhr erwarten, von ihnen zu hören, dass sie ihre Truppen aus Polen abgezogen haben, ansonsten werde der Kriegszustand zwischen ihnen und uns eintreten.« Er hielt kurz inne. »Ich muss Ihnen nun mitteilen, dass keine dieser Maßnahmen ergriffen wurden, und als Konsequenz ist dieses unser Land nun im Krieg mit Deutschland.«

Ruth biss sich auf die Lippe, musste die Hand vor den Mund pressen, um nicht laut aufzuschreien.

Der Premierminister fuhr mit seiner Ansprache fort: »Sie können sich vorstellen, was für ein bitterer Schlag dies für mich ist, der ich so lange um Frieden gerungen habe. Dennoch glaube ich nicht, dass ich irgendetwas hätte anders oder zusätzlich tun können, das erfolgreicher in diesem Kampf um Frieden gewesen wäre. Bis zuletzt wäre es möglich gewesen, ein friedliches und ehrenvolles Abkommen zwischen Deutschland und Polen zu erreichen.«

Bei diesen Worten stieß Freddy pfeifend den Atem aus und schüttelte den Kopf. Aber er sagte nichts, sondern hörte weiter zu.

»Doch Hitler wollte dies nicht. Er hat sich offensichtlich in den Kopf gesetzt, Polen anzugreifen, egal, was passiert. Und auch wenn er jetzt sagt, dass er Polen vernünftige Angebote gemacht hätte, die es verweigert hätte, ist das nicht die Wahrheit. Diese Angebote wurden weder Polen noch uns unterbreitet. Diese Verhandlungsgrundlagen wurden nur im deutschen Radio ausgesendet, und zwar Donnerstagabend, aber Hitler hat keine Reaktion darauf abgewartet, sondern seinen Truppen befohlen, die polnische Grenze am nächsten Morgen zu überschreiten.«

Ruth konnte nicht fassen, was sie gerade hörte. Vati hatte mehr als recht gehabt.

Chamberlain fuhr fort. »Diese Handlungen zeigen überdeutlich, dass es vergebens ist, darauf zu hoffen, dass dieser Mann sein Vorhaben aufgibt, mit Gewalt seinen Willen durchzusetzen. Er kann also auch nur durch Gewalt aufgehalten werden. Und wir und Frankreich werden ab heute unserer Verpflichtung nachkommen, Polen zu unterstützen, das tapfer und voller Stolz gegen diesen Anschlag auf seine

Freiheit kämpft.« Nun wurde seine Stimme euphorischer. »Wir haben ein reines Gewissen. Wir haben alles getan, was ein Land tun kann, um den Frieden aufrechtzuerhalten. Aber diese Situation, in der kein Wort, das der deutsche Führer gibt, geglaubt werden kann, in der kein Land und Volk sich mehr sicher fühlen kann, ist nicht mehr tolerierbar. Und nun müssen wir diesen Weg gehen.« Seine Stimme wurde wieder leiser. »Ich weiß, dass Sie alle Ihren Teil dazu beitragen werden – in Ruhe und mit Mut.«

Olivia stöhnte auf.

»Pst«, zischte Freddy. Olivia sah ihn wütend an.

Ruth hatte den nächsten Satz nicht ganz verstehen können – aber es ging wieder um Mut und um das Empire.

»Nach meiner Ansprache werden einige detaillierte Erklärungen der Regierung ausgestrahlt werden«, sagte Chamberlain. »Bitte hören Sie gut zu. Die Regierung hat Pläne ausgearbeitet, damit das Leben und die Arbeit unserer Nation möglichst reibungslos weitergeführt werden können, auch in den Tagen des Stresses und der Anspannung, die vor uns liegen mögen. Aber für diese Pläne wird Ihre Hilfe benötigt. Vielleicht werden Sie zur Armee gehen oder als Freiwilliger die zivilen Unternehmungen unterstützen müssen. Vielleicht werden Sie sich zum Dienst melden müssen, je nachdem, welche Instruktionen Sie erhalten.«

Olivia sah Freddy an. »Aber du doch nicht?«, sagte sie mit plötzlichem Entsetzen.

»Sei still«, herrschte er sie an.

Ruth hatte ein wenig den Faden verloren. Er hatte von

Aufgaben und Pflichten geredet, dass man vielleicht auch einfach nur seine Arbeit weiterführen müsse, um das Land zu unterstützen – das meinte sie verstanden zu haben.

»Möge Gott Sie alle schützen«, hörte sie nun den Premierminister eindringlich sagen. »Und möge er die Richtigen beschützen. Aber wir kämpfen gegen das Böse, die Verfolgung und Unterdrückung. Und gegen sie, da bin ich mir sicher, werden die Richtigen erfolgreich sein.«

»Das war die Ansprache des Premierministers«, sagte der Sprecher nach einer kurzen Pause. »Bitte warten Sie nun auf die wichtigen Ankündigungen der Regierung, die der Premierminister bereits angekündigt hat.«

Olivia und Freddy sahen sich an, tranken beide fast gleichzeitig einen Schluck Tee. Sie sahen erschüttert aus und besorgt, besorgter als zuvor. Ruth wollte sich auch eine Tasse nehmen, doch ihre Hände zitterten, und so verschränkte sie die Arme vor der Brust.

Aus dem Radio war nun das Kirchengeläut von Westminster Abbey zu hören. Ein Klang, der endgültig wirkte, der eine neue Zeit einläutete.

»Hier ist London. Wir senden nun einige wichtige Beschlüsse der Regierung. Betreffend die Vergnügungsstätten: Alle Lichtspielhäuser, Theater und andere Vergnügungsstätten werden ab sofort geschlossen, bis es weitere Neuigkeiten gibt. Eventuell werden einige dieser Stätten nach einer Weile wieder öffnen können. Sie werden geschlossen, da, wenn sie von Bomben getroffen werden sollten, eine große Anzahl Besucher getötet oder verwundet werden könnten«, sagte der

Sprecher eindringlich. »Sportveranstaltungen, Versammlungen jeder Art, ob sportlich oder zu anderem Zweck der Unterhaltung, ob in freier Luft oder in Räumen, sind ab sofort bis auf Weiteres verboten. Dies bezieht sich ganz besonders auf Versammlungen, die der Unterhaltung dienen. Es wird dazu aufgefordert, sich nicht zu größeren Gruppen zusammenzufinden, solange dies unnötig ist.«

Olivia stellte ihre Tasse hörbar auf den Tisch. »So was«, sagte sie.

»Kirchen und andere Plätze des Glaubens werden nicht geschlossen.«

Wieder gab es eine kleine Pause. Die Stimme des Sprechers klang ernst, vor allem aber ungläubig.

»Fliegeralarm. Hupen oder Sirenen dürfen ab jetzt nur noch nach Genehmigung durch die Polizei benutzt werden. In ländlichen Gegenden kann der Fliegeralarm durch Sirenen oder Hupen ausgelöst werden, auch durch Polizeipfeifen. Wenn Sie so ein Signal hören, suchen Sie Schutz, so lange, bis Entwarnung gegeben wird.«

»Vor Giftgas wird durch Handrasseln oder Schellen gewarnt. Wenn Sie diese Rasseln hören, verlassen Sie den Schutzraum nicht, bis das Giftgas sich verflüchtig hat. Klingeln werden benutzt, um Giftgasentwarnung zu geben.«

»Giftgas? Um Himmels willen.« Olivia nahm Jill auf ihren Schoß, drückte sie an sich.

»Schulen«, fuhr der Sprecher fort. »Alle Schulen in den Gebieten in England, Wales und Schottland, die zur Evakuierung eingeteilt worden sind, werden ab sofort für mindestens eine

Woche geschlossen. Schulen, die in den Gebieten liegen, in die evakuiert wird, sollen wieder öffnen, sobald Arrangements getroffen worden sind, wie der Unterricht abgehalten werden kann.«

Wieder gab es eine Pause. Ruth fragte sich, was jetzt noch kommen würde.

»Im Allgemeinen«, fuhr der Sprecher fort: »Meiden Sie die Straßen so gut wie möglich. Wenn Sie sich in der Öffentlichkeit aufhalten, vergrößern Sie die Gefahr für Leib und Leben. Tragen Sie immer Ihre Gasmaske bei sich. Sorgen Sie dafür, dass Sie und jedes Mitglied Ihres Haushalts, vor allem Kinder, die schon eigenständig laufen können, immer eine Kennkarte mit sich führen, auf der Name und Adresse gut lesbar geschrieben stehen. Benutzen Sie dafür ein festes Stück Papier, wie einen Umschlag oder einen Gepäckanhänger, nicht einfach nur einen Zettel, der leicht verloren gehen könnte. Nähen Sie den Anhänger an die Innenseite der Kleidung Ihrer Kinder.«

Freddy stöhnte auf.

»Die U-Bahn. Die U-Bahn ist als Transportweg vorgesehen. Die Tunnel und die Stationen werden nicht als Bunker bei Fliegerangriffen ausgewiesen.«

Es kam noch ein Hinweis für Arbeitslose und Leute, die staatliche Hilfe beantragen wollten, den Ruth nicht so ganz verstand. Dann war die Ansprache beendet, und »God save the King« wurde gespielt.

Sie sahen sich an, die Unsicherheit hing wie eine Dunstwolke in der Küche. Nur Jill kaute vergnügt und leise vor sich hinplappernd auf einem Keks.

»Nun ist also Krieg«, sagte Freddy. »Obwohl wir die ganze Zeit damit gerechnet haben, fühlt es sich schrecklich an.«

»Es ist kaum vorstellbar, dass dieser Krieg mit Deutschland unser Leben hier so beeinflussen soll.« Olivia runzelte die Stirn. »Warum sollte uns Hitler angreifen? Bomben schmeißen?«

»Warum hat Hitler Österreich annektiert und Polen angegriffen?«, fragte Freddy zurück. »Er ist machtbesessen und wahnsinnig. Das alles wird noch ein furchtbares Ende nehmen.«

Bei diesen Worten lief Ruth ein Schauer über den Rücken, und sie dachte an das, was ihr Vater gesagt hatte – die Welt werde brennen.

»Was von all diesen Dingen betrifft uns?«, fragte Olivia. »Haben wir Gasmasken?«

Freddy nickte. »Ich habe letzte Woche welche besorgt. Vier Stück – eine davon in klein, für Jill. Du solltest mit ihr üben, wie sie aufzusetzen ist.«

»Und was machen wir bei Bombenalarm? In den Kriechkeller kriechen?«

Freddy schüttelte den Kopf. »Wir werden nach draußen gehen, in die Gräben. Dort ist es sicherer. Sie werden keine Felder bombardieren.«

»Und Giftgasalarm? Was machen wir dann?«

»Dafür haben wir ja die Masken.«

»Ich kann das gar nicht glauben. Wirst du eingezogen werden?«

»Vermutlich nicht – der internationale Handel wird sicher

eingeschränkt werden und deshalb sind Lebensmittel, die im Land produziert werden, kriegswichtig«, meinte Freddy.

»Lebensmittel – wir müssen uns Vorräte anlegen.« Olivia sah Ruth an. »Wir müssen einwecken und wursten, und du musst lernen, wie man Brot backt. Das kann dir sicher Daisy zeigen.«

»Was wird denn mit mir?«, fragte Ruth unsicher. »Ich bin doch Deutsche. Bin ich jetzt ein Feind?«

Darauf wusste niemand eine Antwort.

»Für uns bist du es nicht«, sagte Freddy. »Du bist ein Flüchtling. Du bist vor den Nazis geflohen, also solltest du einen sicheren Status hier haben.«

Auch am nächsten Tag lief das Radio ununterbrochen. Zu Ruths Entsetzen spielte sich der Krieg nicht nur in Polen ab – die Deutschen hatten schon gestern, kurz nach der Kriegserklärung der britischen Regierung, ein englisches Schiff, die SS Athenia, mit einem U-Boot angegriffen und versenkt. Es war ein Linienschiff, das zwischen Kanada und England fuhr, ein ziviles Schiff.

»Das zeigt doch, dass die Deutschen keine Ehre mehr besitzen«, sagte Freddy wütend. »Auf dem Schiff waren Familien, Kinder. Es war kein militärischer Einsatz, nein, es war Mord.« Er schlug mit der Faust auf den Tisch. »Wer es bisher noch nicht verstanden hat, dem muss nun klar sein, welches Geistes Kind Hitler ist und die Deutschen.« Er schaute Ruth an, die den Kopf gesenkt hatte. »Du gehörst für mich nicht zu denen. Deine Familie ist anständig, so wie sicherlich viele andere auch – und alle, die geflüchtet sind, haben einen guten Grund dazu.«

»Danke«, sagte Ruth leise. Sie wusste jedoch, dass bei Weitem nicht alle Briten so dachten. Die Angst vor der Zukunft wuchs. Wie es wohl ihren Eltern und Ilse in Slough ging? Jeden zweiten Tag schrieb sie Mutti einen Brief, und jeden zweiten Tag erhielt sie einen Brief oder wenigstens eine Postkarte aus Slough. Dort war es eng, und alle machten sich Sorgen darum, wie es weitergehen werde. Martha befürchtete, dass sie die Wohnung jetzt nicht mehr bekommen würden, weil sie Deutsche waren. Zum Glück stellte sich jedoch schnell heraus, dass diese Sorge unbegründet war.

Am liebsten hätte Ruth jeden Abend mit ihrer Familie telefoniert, doch die Leitungen mussten für Notfälle frei gehalten werden, und nur in Ausnahmen wurde man durchgestellt.

Aber die Briefe, die endlich ehrlich sein durften, waren eine große Erleichterung sowohl für Ruth als auch für Martha. Sie ersetzten die vertrauten Gespräche, die sie früher geführt hatten, wenigstens ein bisschen.

Schon kurz nach Kriegsausbruch trat die allgemeine Wehrpflicht wieder in Kraft. Alle Männer zwischen achtzehn und einundvierzig Jahren wurden einberufen – auch wenn nicht alle sofort den Dienst antreten mussten. Freddy hatte recht behalten, als Landwirt hatte er einen Sonderstatus und wurde davon ausgenommen.

Auch viele der Kinder aus den Großstädten und Industriegebieten wurden in ländliche Gemeinden verschickt – oft zusammen mit ihren Lehrern. Tagelang waren die Bahnhöfe überfüllt, überall nahmen Eltern tränenreich Abschied von ihren Kindern. Ruth konnte gut nachvollziehen, was diese Familien durchmachten.

Und dann wurden die ersten Soldaten mit großem Tamtam nach Frankreich verabschiedet. Sie sollten dort die Maginot-Linie sichern und verteidigen.

In den ersten Kriegstagen und -wochen überschlugen sich die Nachrichten und Ereignisse. Doch das Leben auf dem Hof der Sandersons ging weiter wie bisher – fast jedenfalls. Sie trugen nun die kleine Tasche mit der Gasmaske immer bei sich – am Gürtel befestigt oder mit einem Riemen um die Schulter.

Ruth übte mit Jill, wie sie die Maske anzulegen hatte. Das Mädchen hasste den Gummigeruch genauso wie sie auch, aber es gab keine Alternative. Ruth versuchte, Jill klarzumachen, dass dies wichtig und kein Spiel sei, eindringlich redete sie wieder und wieder mit ihr. Obwohl sie nie einen Giftgasangriff erlebt hatte, kannte sie Erzählungen von Opi und seinen Kameraden aus dem Großen Krieg. Auch hatte sie Männer gesehen, die durch das Gas gezeichnet worden waren und bis ans Ende ihres Lebens unter den Verletzungen der Atemwege leiden würden.

In den großen Städten gab es ein paar Fliegeralarme – aber die stellten sich alle als Fehlalarme heraus. Dennoch schauten sie immer wieder mit Sorge zum Himmel, und jedes ungewohnte Geräusch ließ sie zusammenzucken.

Und obwohl in Frinton-on-Sea alles weitgehend so weiter-
zulaufen schien wie bisher, machte sich Ruth große Sorgen
um ihren Status und den ihrer Familie.

Als Ende September ein Wagen auf den Hof fuhr, wischte
sie sich nervös die Hände an der Schürze ab. Besuch hatte
sich ihres Wissens nach nicht angekündigt, weder Freddy
noch Olivia hatten so etwas erwähnt. Sie waren auch beide
nicht da. Ruth war allein mit Jill auf dem Hof. Ängstlich
spähte sie durch das Küchenfenster. Den kleinen Wagen
kannte sie nicht, und sie konnte auch nicht erkennen, wer in
ihm saß.

Ihr Mund wurde ganz trocken, und sie spürte eine Welle
der Angst über sich zusammenbrechen. Wer war das, und
was wollte er? Jill saß auf der Küchenbank und hatte Ruths
Sorge nicht mitbekommen.

»Ruth«, sagte sie nur. »Will Milch!«

»Ja, Schätzchen, sofort«, versuchte Ruth sie zu beschwich-
tigen.

»Ja! Sofort!«, quengelte Jill nun unleidlich.

»Warte, meine Süße«, flüsterte Ruth. »Da draußen ist ein
Auto.«

»Wo?« Jill drehte sich um und stellte sich auf die Küchenbank, schaute aus dem Fenster. »Is schöne Frau«, sagte sie
dann. »Meine Milch, Ruthie.«

Die Wagentür hatte sich geöffnet, und eine elegante Frau
mit einem großen Hut stieg aus. Dann drehte sich die Frau
um, und Ruth riss die Tür auf.

»Edith!«, rief sie. »Edith!«

Ruth war unendlich froh, Edith zu sehen. Sie war wie ein Fels in der Brandung und hatte auch immer Informationen und Neuigkeiten, die noch nicht durch die Presse gegangen waren und manchmal auch nie veröffentlicht werden würden.

Die beiden umarmten sich herzlich. Edith nahm ihren Hut ab.

»Er ist ja schön, leider auch furchtbar unpraktisch«, sagte sie. »Hast du eine Tasse Tee für mich?«

»Selbstverständlich. Ich hätte auch Bohnenkaffee.« Es waren noch Kaffeebohnen da, aber es stand Ruth eigentlich nicht zu, sie jemandem anzubieten. Doch das war ihr gerade egal.

»Ich nehme lieber Tee. In der letzten Zeit scheine ich mich immer mehr diesem Land und seinen Sitten anzugleichen«, sagte sie und lächelte. »Jetzt, wo uns die Rückkehrmöglichkeiten auf den Kontinent fürs Erste versperrt zu sein scheinen.«

Obwohl noch ein Rest in der Kanne war, brühte Ruth frischen Tee auf. Sie gab Jill ihren Becher Milch und stellte ein paar Kekse auf den Tisch.

»Warst du schon in Slough?«, fragte sie.

Edith schüttelte den Kopf. »Nein, dafür hatte ich noch keine Zeit.« Sie seufzte. »Die Ereignisse überschlagen sich ja gerade. Aber ich habe mit deiner Familie gesprochen – es ist alles gut. Du musst dir keine Sorgen machen.«

»Wirklich nicht? Gelten wir nicht als Feinde? Und was ist mit dieser Besuchserlaubnis für meine Eltern – ist sie jetzt ungültig?«

Edith nickte. »Das ist sie tatsächlich.«

Ruth schnappte nach Luft. »Müssen … müssen sie zurück?«, fragte sie kaum hörbar.

»Nein, das müssen sie nicht. Sie sind nun keine Besucher mehr, sondern Flüchtlinge. Sie könnten gar nicht zurück, die Grenzen sind dicht. Und Nazi-Deutschland wird ganz sicherlich keine Juden mehr aufnehmen, egal, woher sie kommen.« Sie tätschelte Ruths Arm. »Es ist alles gut, das habe ich dir doch versprochen. Sie können hierbleiben. Die jüdische Gemeinde hat für sie gebürgt, und deine Eltern haben ja das Geld hinterlegt.«

»Und was ist mit mir?«

»Du hast einen gültigen Arbeitsvertrag. Solange dir die Sandersons nicht kündigen, hast du keine Probleme. Gleichzeitig kannst du aber auch einen Antrag stellen, damit du als Kriegsflüchtling anerkannt wirst.« Sie sah Ruth an. »Wie sieht es aus? Denkst du, sie werden dir kündigen?«

»Ich glaube nicht. Freddy hat versprochen, dass ich hierbleiben kann.«

»Das ist gut. Erst einmal. Vielen anderen jüdischen Frauen geht es nicht so gut – ihnen wurde die Stellung gekündigt«, sagte Edith Nebel leise. »Wir versuchen gerade alles, damit sie einen Aufenthaltsstatus bekommen. England wird sie nicht zurückschicken, aber finanziell sieht es für sie finster aus und auch was ihr Quartier angeht. Sie stehen quasi von jetzt auf gleich auf der Straße.«

»Warum haben die Familien das getan?«

»Das weißt du doch, du hast selbst danach gefragt – weil

sie als Feinde angesehen werden. Als Deutsche.« Edith seufzte. »Es ist eine vertrackte Situation. Aber dennoch haben es alle, die hier sind, besser als die, die es bisher nicht geschafft haben, Deutschland zu verlassen. Auf legalem Weg wird das nun kaum noch möglich sein. Die Grenzen sind dicht.«

»Meine Eltern haben versucht, eine Leitung nach Deutschland zu bekommen. Aber das ging nicht. Sie haben nach Krefeld gekabelt, wissen aber nicht, ob das Kabel angekommen ist. Wir müssen ja irgendwie noch meine Großeltern, meine Tante und meinen Cousin herholen.«

Edith senkte den Kopf und nippte an dem viel zu heißen Tee. Dann sah sie Ruth an. »Das wird vermutlich nicht mehr gehen. Nicht, solange Krieg herrscht.«

»Und Hans? Du wolltest ihn adoptieren, damit er kommen kann …«

»Die Papiere waren fertig, alles war geregelt, aber es ist zu spät. Jetzt ist es nicht mehr möglich.«

»Gibt es nichts, was wir noch tun können?«, fragte Ruth verzweifelt.

»Ich versuche, Wege zu finden, Möglichkeiten. Mein Mann auch. Ihr seid nicht die einzige Familie, die andere zurücklassen musste, und alle sind verzweifelt.«

Ruth stiegen die Tränen in die Augen. »Werde ich sie jemals wiedersehen?«

»Diese Frage kann dir nur der Allmächtige beantworten.« Edith nahm Ruth in den Arm und drückte sie. »Du bist so ein tapferes und starkes Mädchen. Du hast es geschafft, dass deine Eltern und deine Schwestern nun hier sind. Zehn Tage vor Kriegsbeginn – das ist fast ein Wunder. Das darfst du nie vergessen.«

Ruth nickte, dennoch brannten ihre Augen. »Glaubst du, dass Deutschland England angreifen wird?«

»Das haben sie doch schon«, sagte Edith ernst. »Sie haben die Athenia und die Courageous versenkt.«

In diesem Moment kam Freddy in die Küche. Er kniff die Augen zusammen, erkannte dann Edith Nebel und begrüßte sie freundlich.

Ruth gab ihm eine Tasse Tee, und er setzte sich an den Küchentisch.

»Wo ist Olivia?«, fragte er.

»Sie ist bei Daisy Norton«, erklärte Ruth. »Sie wollen Listen schreiben, was sie alles brauchen, um mehr Lebensmittel einzuwecken.«

»Das ist gut«, sagte Edith. »Ich gehe davon aus, dass die Lebensmittel bald schon rationiert werden, das Benzin ist es jetzt ja schon.«

Freddy sah sie nachdenklich an. »Ihr Mann hat Verbindungen zu Regierungskreisen«, sagte er. »Sie wissen vermutlich mehr als wir. Gibt es etwas, was wir bedenken sollten? Wird es bald schon Angriffe geben?«

»Das weiß ich natürlich nicht, aber es wird davon ausgegangen. Im Moment findet der Krieg mit England nur auf See statt. Die Regierung hat die Seeblockade ausgerufen. Da sich Australien, Neuseeland und Kanada uns angeschlossen und Deutschland ebenfalls den Krieg erklärt haben, wird es irgendwann schwer für die Deutschen werden, gewisse Güter zu bekommen.«

»Die USA halten sich leider raus«, sagte Freddy.

»Noch. Sie werden sich irgendwann auf unsere Seite schlagen, davon sind alle überzeugt.«

»Warum sollten sie?«, fragte Ruth. »Amerika ist so weit weg.«

»Weil keines der westlichen Länder will, dass Deutschland und die Sowjetunion Europa unter sich aufteilen, so wie sie es gerade mit Polen machen.«

»Nun hat Hitler Polen. Jedenfalls fast«, sagte Freddy. »Warschau wird sich nicht mehr lange halten können. Und dann?«

»Dann wird er sich nach Westen wenden«, sagte Edith. »Frankreich ... die Beneluxländer – alle Länder sind in Gefahr.«

»Aber uns trennt der Ärmelkanal, den wird er nicht so schnell überwinden«, sagte Ruth hoffnungsvoll.

»Seine Luftwaffe ist stark, wenn man den Berichten Glauben schenken kann.«

»Sie denken auch, dass er England bombardieren wird?« Edith nickte.

Freddy seufzte auf. »Ich denke über einen Bunker nach, dann aber wieder finde ich es übertrieben. Und ich weiß auch gar nicht, wie ich das bezahlen sollte.«

»Essex wird nicht im Hauptinteresse stehen.«

»Aber wenn er über den Kanal kommt, sind wir die Ersten, die es erwischt«, wisperte Ruth und schauderte.

»Unsere Truppen stehen in Frankreich. Sie werden Hitler an der Maginot-Linie aufhalten, zusammen mit den Franzosen«, sagte Freddy voller Überzeugung.

»Das wollen wir alle sehr hoffen. Und wir wollen hoffen, dass dieser Krieg nicht noch mehr seltsame Auswüchse mit sich bringt.« Edith schaute nach draußen. »Ich habe gesehen, Sie haben noch Ihren Hund?«

»Charlie? Natürlich. Ist ein feiner Kerl. Wird aber langsam alt.«

»In London gibt es kaum noch Hunde«, sagte Edith. »Viele Menschen sind der Aufforderung der Regierung gefolgt und haben ihre Haustiere einschläfern lassen.«

»Was?«, fragte Ruth entsetzt. »Warum?«

»Weil die Regierung es angeordnet hat«, sagte Edith. »Jeder führt eine Gasmaske mit sich – ich auch. Es gibt Gasmasken für uns Menschen, es gibt sogar Gasmasken für Babys. Aber es gibt keine für Hunde oder Katzen.«

»Das wäre ja auch absurd«, sagte Ruth.

»Nun, wenn es zu Giftgasangriffen kommt«, meinte Freddy finster, »und all die Tiere sterben – dann lägen überall die Kadaver. Zum einen stinkt das bald entsetzlich, zum anderen drohen dadurch Seuchen.«

»So argumentiert die Regierung auch«, sagte Edith. »Tausende Hunde und Katzen wurden eingeschläfert. Aber nicht jeder hat sich an die Weisung gehalten – es ist ja auch keine zwingende Vorschrift, zum Glück. Wir haben zwei Hauskatzen und die leben immer noch. Viele Menschen glauben, dass der Krieg auf dem Kontinent geführt wird und nicht hier. Da bin ich mir allerdings nicht so sicher.«

»Dann sollten wir tatsächlich noch bessere Vorsorge treffen«, sagte Freddy nachdenklich.

»Das ist nie verkehrt. Wir tun es auch, haben aber sicher nicht solche Möglichkeiten wie Sie hier.« Edith schaute sich um. »Das Haus ist recht groß, bestimmt bekommen Sie demnächst auch Einquartierungen. Viele der jüngeren Kinder wurden schon aus den Städten aufs Land gebracht – aber noch lange nicht alle.«

»Ja, ich habe schon ein Schreiben vom Bürgermeister bekommen, dass ich die Zimmerzahl im Haus angeben soll. Man kann nur hoffen, dass der Krieg schnell endet, Hitler besiegt wird und wir uns die ganzen Sorgen umsonst gemacht haben.«

»Das wäre natürlich phänomenal«, sagte Edith und stand auf. »Ich muss wieder zurück nach London. Es gibt so viele schreckliche Schicksale und verzweifelte Menschen. Allen können wir nicht helfen, aber wir tun unser Bestes.« Sie sah Ruth an, nahm sie dann in die Arme. »Bleib tapfer. Ich versuche herauszufinden, was mit deiner Familie in Deutschland ist. Und ich werde mich auch für deine Eltern weiterhin einsetzen. Wir bleiben in Kontakt.«

Kapitel 10
Frinton-on-Sea, Oktober 1939

»Ich verstehe, dass ein Krieg Geld kostet«, sagte Olivia und stellte weitere Gläser in den großen Kessel, der auf dem Herd stand. Sie, Daisy und Ruth kochten die neuen Weckgläser, Gummiringe und Eisenklammern aus. In einer Schüssel neben dem Herd stand der erste Ansatz des Sauerteigbrots. Ruth hatte noch nie Brot gebacken und war sich nicht sicher, ob es gelingen würde. Doch Daisy hatte sie beruhigt. »Das wird schon«, hatte sie gesagt. »Vielleicht misslingen die ersten Brote, aber irgendwann hast du es raus. Es ist gar nicht so schwer.«

»Ja, ein Krieg kostet Geld«, sagte Freddy. Er saß mit Jack am Küchentisch und besprach mit ihm die weitere Tierhaltung. »Vor allem kostet er unser Geld. Wenn sie die Steuern noch weiter erhöhen, brauchen wir bald gar nicht mehr arbeiten zu gehen.«

»Darüber würde ich aber noch mal nachdenken«, sagte Jack grinsend. »Wir haben es doch gut – wir werden zumindest nicht verhungern.«

»Ich habe in der Zeitung gelesen, dass die meisten Lebensmittel aus Übersee importiert werden. Fleisch aus Australien und Neuseeland, Getreide ebenfalls. Auch aus Kanada wird viel importiert. Das sind Länder des Commonwealth. Sie werden uns weiter beliefern«, sagte Daisy.

»Solange sie es können«, meinte Freddy düster. »Denn den Deutschen ist das auch bewusst, und deshalb greifen sie ja auf dem Seeweg an. Sie wollen die Seewege blockieren und den Nachschub verhindern.«

»Das wird ihnen nicht gelingen«, meinte Olivia.

»Da wäre ich mir nicht so sicher«, sagte Jack und lehnte sich zurück, steckte sich eine Zigarette an. »Sie unterscheiden ja nicht zwischen zivilen und militärischen Schiffen. Im Gegenteil, sie legen es bewusst darauf an, die zivile Schifffahrt zu unterbinden.«

»Wozu soll das gut sein?«, fragte Olivia.

»Warum kochst du denn auf einmal die ganzen Gläser aus?«, fragte Freddy und zwinkerte ihr zu. »Du hast doch sicher nicht plötzlich deine Liebe zur Hausarbeit entdeckt.«

Olivia drehte sich zu ihm um und funkelte ihn wütend an. »Nein. Aber ich denke, es ist eine gute Idee, wenn wir unsere eigenen Vorräte anlegen.«

»Wir können das – aber was machen die Leute in den Städten?«

»Bisher ist nur das Benzin rationiert«, sagte Daisy.

»Das wird sich sicherlich bald ändern. Glaubt mir.«

»Ach Freddy, das hier«, sie zeigte auf die Gläser, »ist doch nur eine Vorsichtsmaßnahme. Der Krieg wird bald vorbei sein, Hitler wird an uns scheitern«, sagte Olivia.

»Das gilt es abzuwarten.« Freddy wandte sich wieder Jack

zu. »Ich habe das Stroh noch nicht verkauft. Und auch nur einen Teil des Getreides. Wir haben zwei Felder voller Kartoffeln.«

»Wir haben drei Felder Kartoffeln – in dem einen hinter dem kleinen Wäldchen haben wir doch noch Spätkartoffeln gesetzt.«

»Richtig, aber die können wir erst im Frühjahr ernten.«

»Wir sollten nächstes Jahr auf jeden Fall mehr Rüben anbauen.«

»Wer weiß, was nächstes Jahr ist. Wir haben doch Rüben noch auf dem Acker?«

»Ja, und die werden wir auch brauchen, wenn du wirklich zwei Schweine behalten willst.«

»Wir haben die alte Sau, die kann nächstes Jahr noch einmal ferkeln. Dann haben wir die Sau, die dieses Jahr das erste Mal geworfen hat – die behalten wir auch. Von den Jungschweinen behalten wir eine weitere Sau. Eine würde ich über den Winter mästen, und die restlichen Jungschweine sollten wir jetzt weiter gut anfüttern und Ende November schlachten.«

»Das gibt eine Menge Würste«, sagte Jack.

»Ja, aber das muss erst einmal niemand wissen, habt ihr verstanden?«, sagte Freddy ernst.

»Ist es etwa verboten?«

»Das nicht, aber wer weiß, wie sich alles noch entwickeln wird«, sagte Fred. Er sah Olivia an. »Noch legen die Hühner. Lass sie ein paar Gelege ausbrüten.«

»Aber wir brauchen die Eier. Ich wollte noch Soleier machen.«

»Wir brauchen mehr Hühner – dann haben wir nächstes Jahr auch mehr Eier.«

Olivia nickte. »Was ist mit den Kaninchen? Ich wollte sie wie immer verkaufen.«

»Auch von den Kaninchen sollten wir ein paar behalten. Man weiß ja nie, was kommt.«

Ruth lauschte dem Gespräch und spürte die Sorge, die alle umtrieb. Wie schlimm es werden würde, konnte niemand sagen, aber Freddy schien nicht an ein schnelles Ende des Krieges zu glauben.

Hier auf dem Land bekamen sie wenig davon mit, was in den Städten los war. Doch sie hörten immer die Nachrichten im Radio. Eine Tageszeitung hatten sie nicht – Freddy sagte, dass er nicht zum Lesen komme, und Olivia interessierten nur die Modemagazine, von denen sie manchmal eines aus Frinton-on-Sea mitbrachte.

Manchmal machten ihr die Nachrichten Angst. Es wurde immer bedrohlicher. Am schlimmsten war, dass sie keine Möglichkeit hatte, mit ihrer Familie in Deutschland Kontakt aufzunehmen. Die Unwissenheit machte sie schier wahnsinnig. Ruth setzte ihre ganze Hoffnung auf Edith Nebel und ihren Mann – aber auch von Edith hatte sie schon eine Weile nichts gehört.

Fast jeden Abend schrieb sie Mutti und Vati, manchmal auch eine Postkarte an Ilse. Sie schrieb ihnen, egal, wie müde sie war und wie lang der Tag gewesen war. Das Tageslicht wurde kürzer, aber die Arbeitszeit schien immer länger zu werden.

Sie hatte gelernt, wie man Brot buk und den Sauerteig fütterte. Die Brote waren nicht perfekt, aber sie wurde immer besser.

Mit Daisy und Olivia kochte und legte sie Gemüse ein, verwertete das letzte Obst. Im Gemüsegarten wuchsen noch diverse Kohlarten und Kürbisse, aber das meiste andere Gemüse hatten sie inzwischen geerntet und verarbeitet. Die Regale bogen sich unter der Last der Gläser und Dosen, doch zumindest Hunger würden sie so nicht fürchten müssen.

Ihre Eltern hatten inzwischen die kleine Wohnung beziehen können, und Martha war froh darüber. Auch wenn sie sich mit den Koppels gut verstanden, war die Enge doch unangenehm gewesen. Sie hatten die Möbel aufstellen können, hatten von Freunden und Bekannten der Koppels noch das ein oder andere geschenkt bekommen, so dass sie nun einen kleinen, aber funktionierenden Haushalt führen konnten.

Liebe Ruth, schrieb ihre Mutter, *Du glaubst gar nicht, was für eine Freude es für mich war, die große Kristallschüssel unversehrt auspacken zu können. Immer wenn ich sie sehe, muss ich daran denken, wie Du sie gerettet hast. Hättest Du das ganze gute Geschirr nicht in der kleinen Kammer versteckt, hätten es die Braunen zerstört, so wie all die anderen Sachen in unserem Haus. Die Kristallschüssel wird für mich nun nicht nur eine Erinnerung an meine Hochzeit und an die guten und schönen Jahre sein, sondern sie steht auch für Deine Tapferkeit, Deinen Mut und Deine Achtsamkeit. Ich hoffe, sie wird nie kaputtgehen.*

Die Koffer sind inzwischen auch wohlbehalten hier ange-

kommen. Richte Mr Sanderson unseren herzlichen Dank aus, dass er sich um den Transport gekümmert hat. Einiges habe ich ausgepackt, aber die guten Tischdecken will ich hier nicht auf den kleinen Tisch legen. Dies ist, das weiß ich ganz sicher, kein Zuhause für immer. Wir sind noch auf der Reise und wahrscheinlich noch lange nicht am Ziel angekommen. Vielleicht werden wir das auch nie mehr.

Du hattest recht – viele Leute legen sich Vorräte an. Ich habe auch schon einige Dinge gekauft. Aber wir haben nicht so viel Platz, und das Geld ist natürlich auch knapp.

Vati hat sich erkundigt, aber es gibt für ihn keine Möglichkeit zu arbeiten. Als deutsche Flüchtlinge werden wir zwar geduldet, aber auch oft misstrauisch beobachtet.

Ich glaube, viele fürchten sich davor, dass wir Spione sind oder so etwas Ähnliches. Dabei sind wir genauso Feinde der Nazis wie die Engländer auch.

Ilse kann ab nächstem Jahr zur Schule gehen, und auch wir versuchen, einen Sprachkurs zu belegen. Wir können uns zwar verständigen – meist mit Händen und Füßen, aber wir wollen die Sprache ja richtig beherrschen. Außerdem würde das unserem Tag etwas mehr Inhalt geben.

Vati grämt sich ganz furchtbar, dass er nichts tun kann. Er hatte so gehofft, dass es hier anders sein würde als in Deutschland.

Liebe Ruth, vielleicht magst Du mir noch ein paar Rezepte schicken? Mit manchen englischen Nahrungsmitteln weiß ich nichts anzufangen. Meine Kochkünste haben sich nicht schlagartig verbessert, und so gut, wie Du kochst, werde ich

es wahrscheinlich nie können. Vati lobt mich zwar immer,
aber ich glaube, dabei schummelt er auch.

Es wäre so schön, wenn wir uns sehen könnten. Hast Du
die Sandersons gefragt, ob sie Dir zu Chanukka frei geben?
Dann könntest Du herkommen, und wir könnten das Lich-
terfest gemeinsam begehen.

Ich schließe für heute, freue mich auf Deinen nächsten
Brief.

Viele Küsse

Mutti

Ruth war froh, dass Martha nicht mehr so hoffnungslos war,
auch wenn die Situation in Slough für die Familie nicht einfach zu sein schien. Vati hatte seit 1936 keine Arbeit mehr,
doch in Krefeld hatte er zumindest Freunde und Verwandtschaft gehabt, konnte sich einigermaßen beschäftigen. Das
alles fehlte ihnen jetzt. Es gab wohl noch ein paar andere
jüdische Flüchtlinge in Slough, aber noch hatten sie nur wenig Kontakt.

Ruth legte den Brief auf den Stapel der anderen Briefe
ihrer Mutter. Sie überlegte, ob sie noch heute Abend antworten oder ob sie ihr Tagebuch weiterführen sollte. Sie entschied sich für das Tagebuch, das sie in der letzten Zeit vernachlässigt hatte.

Ich will weiterschreiben, dachte sie fast trotzig. *Ich will*
weiter dieses Tagebuch führen, auch wenn es später viel-
leicht niemand lesen wird. Ich will festhalten, was mit mir
passiert, was in der Welt passiert. Es ist meine Sicht der

Dinge und vielleicht nicht so schlau und gut formuliert, wie es andere können, aber es ist das, was ich erlebe. Hier und jetzt.

Früher war mein Tagebuch eher eine Art Kamerad, ich konnte meine Gedanken aufschreiben – mich ausheulen, meine Befindlichkeiten und andere Kleinigkeiten zu Papier bringen. Es war ein wenig so, wie mit Rosie zu reden – mein Herz ausschütten. Das ist heute auch noch so, nur dass es keine Rosie mehr gibt, keine Lotte oder Thea. Ich habe keine Freundinnen mehr, also muss mein Tagebuch dafür herhalten.

Ruth schrieb über die täglichen Erlebnisse, aber noch mehr schrieb sie über ihre Gedanken und Gefühle – ihre Ängste und Sorgen. Und Sorgen hatte sie reichlich. Früher hatte sie ihr Tagebuch seitenweise mit Ergüssen über Treffen mit ihren Freunden gefüllt, hatte über Turniere berichtet – Tischtennis und Tennis –, an denen sie teilgenommen hatte. Hatte ihr Herz ausgeschüttet, weil sie wieder und wieder Liebeskummer geplagt hatte. Sie hatte über Kurt geschrieben, der schon früh, schon lange vor der Pogromnacht mit seiner Familie nach Amerika ausgewandert war. Kurt war die Liebe ihres Lebens gewesen, hatte sie gedacht. Damals, als das Leben noch halbwegs in Ordnung gewesen war. Ja, es gab Einschränkungen, aber irgendwie hatte sie trotzdem eine erfüllte Jugend gehabt. Vielleicht auch deshalb, weil ihre Eltern alles versucht hatten, es ihnen so schön wie möglich zu machen. Als sie nicht mehr in das öffentliche Schwimmbad an der Neusser Straße gehen durften, hatten ihre Eltern ein Häuschen an den Niepkuhlen, einem alten Rheinarm, gekauft. Dort traf man sich, schwamm, es gab ein Paddelboot und einen improvisierten Volleyballplatz.

Sie hatten ein Grammophon, sie tanzten, sie feierten, sie tranken und rauchten dort, als gäbe es kein Morgen.

Es würde kein Morgen geben … jetzt, dachte Ruth erschüttert, könnte es wirklich so sein. Vielleicht schaffen wir es weg vom Kriegsschauplatz, raus aus Europa, nach Amerika. Vielleicht aber auch nicht. Aber viele ihrer jüdischen Freunde waren noch in Krefeld, als sie gegangen war. Was war mit ihnen? Hatten sie auch einen Weg aus der Stadt, dem Land gefunden? Oder waren sie noch dort, wie Hans, ihr Cousin, der nur wenig jünger war als sie selbst. Sie hätte Hans so gern hier, er war wie ein Bruder für sie – vielleicht noch mehr, denn die familiäre Konkurrenz, die sie zu ihrer Schwester hatte, gab es zu Hans nicht. Er war Familie und bester Freund in einem. Der Austausch mit ihm fehlte ihr so sehr. Stattdessen schrieb sie nun alles in ihr Tagebuch.

Lieber Gott, Du gibst uns Prüfungen auf, uns Juden. Schon immer und immer und immer. Davon zeugt die Thora. Es steht in der Thora, dass die Juden das erwählte Volk sind, dass wir unter Gottes Schutz stehen. Worin sind wir erwählt? Wo schützt Du uns, Gott? Warum müssen wir wieder und wieder diesen Weg gehen, von allen anderen ausgegrenzt zu werden? Soll uns das stärker machen, Gott? Aber wie kann es uns stärker machen, wenn uns die Lebensgrundlage entzogen wird?

Ich würde es so gerne verstehen, schrieb Ruth, *aber ich*

verstehe es nicht. Ich will glauben. Und ja und ja und ja – ich glaube. Ich glaube an Dich und Deinen Plan, aber bitte, mach es mir leichter, ihn zu verstehen.

Und dann hätte ich gern Freunde. Ich vermisse meine Freunde. Noch nie habe ich mich so einsam gefühlt wie hier. Noch nicht einmal in der Hachscharaschule in Wolfratshausen. Dort war es schrecklich, und ich hatte so, so, so Heimweh – ich hatte Heimweh nach meinem Elternhaus, meiner Familie, meinem Freundeskreis. Und all das vermisse ich auch heute – aber ich kann kein Heimweh mehr haben, weil es das Heim nicht mehr gibt. Es gibt mein Elternhaus nicht mehr – es gibt es noch, aber es gehört nicht mehr uns, es gehört den Braunen, und ich würde nie, nie, nie wieder dort wohnen wollen oder können. Nein, ich könnte noch nicht einmal da wohnen, wenn die Braunen weg wären, wenn es eine gute Fee gäbe, die alles neu machen würde. Dort könnte und wollte ich nicht mehr leben.

Die Nazis haben es besudelt, zerstört, für mich haben sie es für immer so sehr beschmutzt, dass ich dort nie wieder leben wollte.

Ich will meine Freunde zurück, mein Leben, so wie es früher war, aber nicht mehr dort. Und das wird nicht gehen, schrieb sie.

Noch nie habe ich mich so einsam gefühlt, dabei ist irgendwie immer jemand da. Jill – Jill ist eine Zuckermaus, und ich liebe sie. Ohne Jill würde ich hier verzweifeln, ihr glucksendes Kinderlachen macht mich froh. Ihr Anblick, ihr Geruch nach kleinem, unschuldigem Kind – das hält mich hier.

Olivia ist eine Hexe, irgendwie. Ich kann sie nie einschätzen. Mal freundlich und dann wieder furchtbar – ungerecht, hysterisch. Ich habe, ja, das gestehe ich ein, ich habe Angst vor ihr, vor jedem neuen Moment, vor jeder Reaktion, die unberechenbar ist. Sie kann beides – nett und schrecklich sein. Und man weiß nie, was sie im nächsten Moment ist, das macht es so schwierig.

Freddy ist ein herzlicher, freundlicher Mensch, aber gegen Olivia setzt er sich selten durch. Und meistens ist er auf den Feldern.

Dann gibt es noch Daisy Norton, die Frau von Jack, dem Knecht. Sie wohnen zwei Meilen die Straße hinunter in Richtung Frinton. Daisy ist ein Schatz. Sie hat Herz und hilft und wäre immer für mich da, wenn sie denn da wäre – ist sie aber nicht, weil sie ihren eigenen kleinen Hof hat und Olivia zu kniepig ist, sie anzustellen. So kommt sie nur stundenweise. Manchmal. Meist nicht. Meist muss ich alles alleine machen. Kochen, putzen, putzen, kochen. Mich um Jill kümmern und wieder putzen.

So ein Leben konnte ich mir früher nicht vorstellen, wie auch? Niemand, den ich kenne, hat jemals so gelebt. Wir waren Stadtkinder. Wir hatten Personal – fast alle Familien, die ich kenne, hatten Personal. Bis auf Dahls, unsere Nachbarn. Luise Dahl, Lottes Mutter, war verwitwet. Sie hatte lange eine Stelle als Angestellte in einem Haushalt. Bis Juden nicht mehr erwünscht waren. Danach hat sie sich mit Gelegenheitsarbeiten über Wasser gehalten. Was sie jetzt wohl machte? Und Lotte, ihre Tochter und meine Freundin?

Wie mochte es ihr jetzt ergehen? Luise wollte Lotte nicht gehen lassen, die beiden hatten ja auch nur sich, schrieb Ruth. *Mutter hat mich gehen lassen – aber vielleicht auch nur, weil sie gar keine Zukunft mehr sah. Für sich nicht, für Vati und für die Großeltern auch nicht. Sie hat mich gehen lassen, weil sie dachte, dass wenigstens ich überleben sollte. Aber hätte sie dann nicht auch Ilse wegschicken können? Ilse hätte eine Chance bei den Kindertransporten gehabt – doch das wollte Mutti nicht.*

Die einzige andere Familie, die ich kenne, die kein Personal hatte, sind die Sanders. Sie hatten kein Personal, weil sie es selbst waren. Sie waren bei Richard Merländer, dem reichen Industriellen, der schräg gegenüber auf der Schlagenterallee wohnte, angestellt. Rosi war in ihrem Alter und Ruths engste Freundin aus Kindertagen. Später waren sie auch in der gleichen Klasse im Lyzeum gewesen. Rosis Tante war Merländers Haushälterin, ihr Vater sein Chauffeur. Obwohl er Jude war, konnte er sie bis zur Pogromnacht weiter beschäftigen, als schon längst kein anderer Jude mehr nicht jüdische Angestellte haben durfte. *Die Sanders wohnten schon immer im Erdgeschoss der Villa Merländer, jedenfalls so lange, wie ich mich erinnern kann.*

Wir sind 1927 in unser Haus eingezogen, schrieb Ruth, *und da stand die märchenhafte Villa, die sich von allen anderen Häusern der Straße abhob, schon längst.*

Aber weder Luise noch Lisa Sanders haben jemals solche Arbeiten leisten müssen wie ich. Glaube ich zumindest. Nein, keiner von ihnen hat Fliegenmaden aus Schweinehälften picken müssen, sie mussten auch keinen Hühnern den Hals umdrehen oder dem noch warmen, aber toten Kaninchen das Fell abziehen.

Nein, das mussten sie nicht. Wir waren ja alle Stadtmenschen und haben unsere Nahrung im Laden geholt. Beim Bäcker und Metzger oder auf dem Wochenmarkt.

Hätte ich mich um diese Stelle beworben, wenn ich gewusst hätte, was auf mich zukommt? Was ich alles machen muss? Wie ich werde?

Ruth stützte das Kinn auf die Hand, schaute zum Fenster. Früher hätte sie in den Himmel schauen können, hätte den Nebel gesehen, der vom Meer über das Land kroch. Aber nun war ihr Fenster mit einer schweren Pferdedecke verhüllt, die süßlich nach Pferd, aber auch staubig roch. Es galt die Verdunklungspflicht. Alle Fenster mussten nach Sonnenuntergang verdunkelt werden. Die Fenster im Wohnzimmer und Esszimmer hatten Ruth und Olivia mit schwarzem Papier abgeklebt. In der Küche kamen dicke Decken zum Einsatz, die jeden Tag kurz vor der Dämmerung an den Fenstern befestigt wurden. Auch für die Schlafzimmer nähten sie blickdichte Vorhänge.

Am Anfang kontrollierte Freddy jeden Tag, ob auch wirklich kein Lichtstrahl nach außen drang. Doch dann ließ die Aufmerksamkeit nach.

»Sie kommen ja doch nicht«, sagte er eines Abends zu Jack, als sie gemeinsam in der Küche saßen.

»Darauf würde ich mich nicht verlassen«, meinte Jack. »Und wenn sie kommen, dann fliegen sie zuerst über Essex, über uns. Und wenn wir nicht verdunkeln, wissen sie, dass sie über bewohntem Land sind.«

»Wir haben ja verdunkelt«, sagte Olivia. »Aber ich finde es so deprimierend, dass es im Wohnzimmer den ganzen Tag dunkel ist.«

»Der Winter kommt doch jetzt«, sagte Freddy. »Die Tage werden kürzer und das Wetter schlechter. Da ist es doch eh egal.«

»Der Anblick ist dennoch nicht schön.«

»Ich frag mich, was du tagsüber im Wohnzimmer machst«, murmelte Freddy. »Die Fenster in der Küche werden ja erst abends verdunkelt.«

Olivia schnaubte nur.

Ruth wartete immer noch auf die richtige Gelegenheit, um nach ein paar freien Tagen zu fragen. Chanukka war in diesem Jahr schon Anfang Dezember, und sie hoffte so sehr, das Lichterfest mit ihrer Familie verbringen zu können.

Für Mitte November waren die Schlachttage angesetzt worden. Olivia hatte eine lange Liste gemacht, mit Gewürzen und anderen Dingen, die sie brauchen würden. Sie ließ Jill in Ruths Obhut und fuhr nach Harwich, da es dort größere Geschäfte gab als in Frinton.

Den Tag verbrachte Ruth wie immer. Sie kochte, putzte und kümmerte sich um Jill. Und gleichzeitig dachte sie daran, dass Olivia nun einkaufen war, sich den Tag vermutlich nett machte und vielleicht, hoffentlich, mit guter Laune heimkehren werde. Dann wäre es eventuell möglich, sie um ein paar freie Tage zu bitten.

Mittags kamen Freddy und Jack zum Essen. Es regnete, und sie waren voller Schlamm und stanken nach Mist. Jeden Tag wurden der Kuh- und der Schweinestall gemistet, aber immer blieben Reste. Jetzt, bevor der Winter kam, wurden die Tiere auf die Weide getrieben und alle Ställe gründlich sauber gemacht und mit Wasser gereinigt. Am Abend würden sie neu einstreuen und die Tiere wieder in die Ställe holen. Es war eine schwere Arbeit und nicht besonders angenehm. Ruth vermutete, dass Olivia nicht zufällig diesen Tag gewählt hatte, um ihre Einkaufstour zu machen.

»Nächste Woche schlachten wir«, sagte Freddy. »Der Metzger hat sich zwei Tage für uns genommen.«

»Daisy kommt mit ihren beiden Schwestern.« Jack nahm sich eine weitere Scheibe Brot. »Ist das Brot aus Frinton-on-Sea? Es schmeckt so anders.«

»Ich habe es gebacken«, gestand Ruth. »Wir kaufen kein Brot mehr, wir backen es selbst.«

»Hab mich schon gewundert. Das Brot vom Bäcker hat mehr Schrot und Spelzen als Mehl. Als wären die Lebensmittel rationiert.« Er lachte rau und sah Ruth an. »Kannst ihm Konkurrenz machen, Girlie.«

Ruth senkte verlegen den Kopf.

»Hat er nicht unrecht. Das Brot schmeckt«, sagte Freddy und nahm sich auch noch eine Scheibe. »Ich hoffe, wir haben alles für den Schlachttag. Olivia ist wohl nach Harwich gefahren, um das zu kaufen, was fehlt?«

»Um zu schlachten, braucht man nur scharfe Messer und Vieh«, sagte Jack und lachte. »Das Verarbeiten ist die Krux.«

»Das ist Frauensachen, und damit werden sie eine Weile beschäftigt sein.«

Ruth horchte auf. »Wie lange werden wir damit beschäftigt sein?«, fragte sie unsicher.

»Ein paar Wochen. Wir haben sechs oder sieben Jungschweine, zwei Kälber, einen Ochsen.« Jack sah Freddy an. »An deiner Stelle würde ich auch die alte Sau schlachten. Sie hat nun dreimal geferkelt und wird nicht jünger. Jetzt hat sie ordentlich Schwarte und gutes Fleisch. Wer weiß, wie sie nach dem nächsten Wurf aussieht. Du hast zwei oder drei weitere Sauen und kannst dir überlegen, ob du alle oder nur eine decken lässt.«

Freddy sah ihn an. »Ja, darüber denke ich nach.« Er streckte sich. »Girlie, hast du frischen Tee für uns?«

Ruth stellte die Kanne auf den Tisch.

»Nimm mal die Buddel Rum aus dem Schrank. Dies ist einer der Tage, an dem man Rum vertragen kann, auch mittags schon.«

»Ich vergesse jedes Mal, wie sehr das stinkt«, sagte Jack grinsend. »Und dann ist wieder ein halbes Jahr um, und ich erinnere mich.«

»Im Frühjahr, wenn sie die meiste Zeit im Stall waren, ist es schlimmer«, sagte Freddy und rümpfte die Nase.

»Das tröstet mich jetzt nur wenig.« Jack goss sich einen ordentlichen Schuss Rum in den Tee. Dann sah er wieder Ruth an. »Erinnerst du dich noch an den kleinen Jamie? Er ist der Sohn eines meiner Nachbarn. Er hat bei der Ernte geholfen. Rote Haare, Sommersprossen.«

»Natürlich«, sagte Ruth. »Warum?«

Jack schaute zu Freddy. »Nächste Woche ist Tanz in Frinton-on-Sea. Jamie möchte Ruth mitnehmen, dürfte sie? Sie muss doch auch irgendwann mal freihaben.«

Freddy räusperte sich, schaute in seine Teetasse. »Natürlich hat sie eigentlich freie Tage«, murmelte er.

»Eigentlich?« Jack runzelte die Stirn. »Wir haben schon eine ganze Weile keine Sklaven mehr in England.«

»Das ist Olivias Sache, da misch ich mich ungern ein«, brummte Freddy.

Jack sah Ruth an. »Würdest du mit ihm tanzen gehen? Einen freien Abend schlagen wir beide sicher für dich heraus.« Er klopfte Freddy auf die Schulter. »Nicht wahr?«

»Das bestimmt«, sagte Freddy. Er musterte Ruth. »Willst du denn mit Jamie tanzen gehen? Du bist überhaupt noch nicht ausgegangen, oder?«

»Ich mag Jamie«, druckste Ruth herum. »Er ist nett, und es schmeichelt mir, dass er mit mir tanzen gehen will.«

»Das klingt nach einem Aber«, sagte Freddy überrascht.

So hatte sich Ruth es nicht vorgestellt, aber nun musste sie ihre Karten offenlegen.

»Ich … ich habe in den letzten Monaten keinen freien Tag gehabt«, sagte sie leise. »Das macht aber nichts, denn eigentlich wollte ich Sie und Ihre Frau um etwas bitten. Anfang Dezember ist Chanukka – das ist das Lichterfest der Juden.« Sie schluckte. »Es ist ein wenig so wie das christliche Weihnachtsfest.« Das stimmte zwar nicht, aber zu erklären, was Chanukka war und weshalb sie es feierten, wäre zu viel und zu kompliziert geworden. »Es ist ein Familienfest, und ich würde es gerne mit meiner Familie in Slough verbringen. Zumindest einige Zeit.«

»Einige Zeit? Das klingt, als dauere das Fest länger an.«

»Es sind acht Tage. An jedem Tag wird eine weitere Kerze zu Ehren Gottes angezündet«, versuchte Ruth zu erklären. »Die letzten beiden Tage sind aber die wichtigsten.«

»Olivia würde dich nie acht Tage gehen lassen. Wann, sagtest du, ist das Fest?«

»Es fängt am 7. Dezember an in diesem Jahr. Die Feiertage werden nach dem jüdischen Kalender berechnet ...«

»Das wäre dann aber vor Weihnachten«, sagte Freddy nachdenklich. »Eigentlich dürfte Olivia nichts dagegen haben. Vor allem, weil du jeden Tag so fleißig bist. Aber das solltest du mit ihr klären.«

»Fleißig sollten wir auch jetzt wieder sein«, sagte Jack und stand stöhnend auf. »Sonst werden wir nie fertig.«

In Ruths Kopf kreisten die Gedanken. Olivia würde entscheiden. Hier ging es nicht um das Wohl und Wehe, das Leben ihrer Familie, es ging um freie Tage, um ein jüdisches Fest zu begehen, und um Zeit, die sie mit ihrer Familie verbringen wollte. Chanukka, das Lichterfest, war meist im Dezember, oft sogar über die christlichen Weihnachtstage. An Chanukka feierten die Juden die erneute Weihe des Tempels, nachdem sie ihn zurückerobert hatten. Zur Weihe gehörte, dass eine Öllampe mit gesegnetem Öl angezündet wurde – doch es gab damals nur noch eine Flasche Öl, die eigentlich nur einen Tag brennen würde. Neues Öl herzustellen dauerte acht Tage. Und das Wunder geschah – die Lampe brannte diese acht Tage, ohne auszugehen. Seitdem feierten die Juden das Lichterfest, zündeten jeden Tag eine weitere Kerze an, bis alle acht Kerzen brannten. Es war ein fröhliches Fest, es wurde geschlemmt, gespielt und gefeiert. Die Kinder bekamen Geschenke. Chanukka hatten sie immer zusammen begangen – mit Omi und Opi, mit Großmutter Emilie und mit Tante Hedwig und Hans. Es gab reichhaltige Speisen, es wurde gespielt, der Kreisel wurde gedreht … All diese Erinnerungen kamen nun in Ruth hoch und mit ihnen die Tränen. Dieses Jahr würden sie nicht mit den Großeltern feiern können. Aber zumindest mit ihren Eltern würde Ruth zu gern ein paar Tage verbringen wollen. Doch das lag in Olivias Hand.

Ruth merkte, dass sie sich davor fürchtete, Olivia zu fragen. Zu gern hätte sie Rückhalt gehabt – von Freddy, Daisy oder sogar von Edith Nebel. Aber von Edith hatte sie seit Wochen nichts mehr gehört.

Über England, über der Welt lag die Anspannung des Krieges. Noch war nicht klar, wohin der Weg führte. Würde es ein kurzes Intermezzo sein? Würden sich die Westmächte doch mit Hitler einigen und Frieden vereinbaren? Frieden, auf Kosten einiger Länder und vieler Menschen.

Für Ruth war das keine Lösung. Sie hoffte, dass die Westmächte Hitler und die Nazis zerschlugen, ihnen den Garaus machten. Doch sie verstand auch, dass das diplomatische Ansinnen darauf hinzielte, Leben zu retten. Das Leben der Briten, der Franzosen und wahrscheinlich auch vieler anderer Europäer. Das Leben der Juden war in dieser Rechnung nicht mit inbegriffen. Die Juden, das hatte Hitler mehr als einmal gesagt, wollte er vernichten. Ganz und gar. Und das würde er tun, wenn er an der Macht blieb. Es war allerdings ein Gedanke, der zu groß und unmöglich war, um ihn zu denken. Es gab schließlich Hunderte, Tausende, Hunderttausende – vielleicht sogar Millionen von Juden in Europa. Wie wollte er so viele Menschen vernichten? Und würden dann nicht alle anderen Bürger dagegen aufbegehren? Ganz sicher würden sie das, dachte Ruth nun. Anders war es doch gar nicht möglich.

Dieser Gedanke tröstete sie, und immer hatte sie Muttis Worte im Kopf: Wir haben uns, und alles wird irgendwann gut werden. Sie wiederholte diese Worte immer wieder, während sie die Kartoffeln schälte und das Abendessen vorbereitete.

Es war schon dunkel, und Ruth hatte an allen Fenstern die Decken angebracht, als der kleine Ford auf den Hof fuhr. Es regnete in Strömen, und Ruth zog sich schnell die Stiefel und den mit Wachs beschichteten Mantel, der neben der Küchentür hing, über und eilte nach draußen, um Olivia mit den Einkäufen zu helfen. Der Kofferraum war voll mit Tüten und Kartons. Olivia griff nach zwei Taschen, rannte ins Haus. Sie stellte die Taschen auf den Küchentisch, ließ Ruth die anderen Einkäufe hineinholen.

»Rum?«, fragte sie und zeigte auf die Flasche, die immer noch auf dem Küchentisch stand.

»Mr Sanderson und Jack wollten einen Schuss in ihren Tee«, erklärte Ruth.

Olivia schenkte sich eine Tasse ein und schüttete ebenfalls Rum dazu – nicht zu knapp.

»Das war eine Höllenfahrt«, seufzte sie. »Schrecklich, bei dem Wetter zu fahren. Noch schrecklicher jetzt, wo alles verdunkelt ist. Früher wusste man, wo man war. Weil man die Häuser sah. Heute ist das alles anders. Ich bin durch den Regen gefahren bei völliger Dunkelheit, die Straße war rutschig, es war grauenvoll.« Sie nahm einen großen Schluck. »Und durchfroren bin ich auch. Geh nach oben und mach den Badeofen an, Ruth. Ich brauche ein heißes Schaumbad.«

»Es gibt gleich Essen.«

»Das wird ja wohl warten können. Wo ist Freddy überhaupt?«

»Im Stall. Sie haben die Ställe gesäubert und neu eingestreut, und jetzt melken er und Jack wohl noch die Kühe.«

»Mach den Badeofen an«, befahl Olivia.

Ruth eilte nach oben. Es würde eine halbe Stunde dauern, bis genügend Wasser für ein Bad erhitzt wäre. Ruth hatte die Kartoffeln schon aufgesetzt, die Bohnen waren auch schon fast fertig. Sie könnte die Kartoffeln vom Feuer nehmen und sie warmhalten, aber dann würden sie nicht mehr richtig schmecken. Sie könnte sie ausdämpfen und stampfen, wenn Olivia mit ihrem Schaumbad fertig wäre – das wäre sicher die beste Alternative.

Olivia hatte trotz des offensichtlich erfolgreichen Einkaufstages schlechte Laune, das hatte Ruth gemerkt. Heute war vermutlich wieder nicht der richtige Abend, um Chanukka und einen Besuch bei ihren Eltern anzusprechen.

Während das Wasser aufheizte, zog sich Olivia in ihr Schlafzimmer zurück. Einige Taschen und Kartons nahm sie mit nach oben. Die anderen Sachen waren für die Küche. Ruth packte sie aus – neue Gummiringe für die Weckgläser. Neue Klammern aus Stahl. Getrocknete Kräuter und Pökelsalz. Sie hatte auch noch dies und das mitgebracht, Salz, Pfeffer, Stecknadeln, Haushaltsgegenstände. Manches davon wurde tatsächlich knapp, anderes hatten sie noch reichlich – aber man konnte in den heutigen Zeiten ja nie wissen, dachte sich Ruth und räumte alles weg.

Kaum war der Tisch wieder frei, kam Freddy zur Tür herein. Er zog seine Regenjacke aus, schüttelte sie und nahm einen Stuhl, stellte ihn an den Herd, hängte die triefende Jacke darüber.

»Wo ist Jack?«, fragte Ruth irritiert.

»Jack ist nach Hause gefahren«, sagte Freddy und strich die nassen Haare zurück. »Er wollte nur einmal nass werden und sich dann vor dem heimischen Feuer aufwärmen.« Freddy sah sich um. »Was ist mit dem Essen?«

»Das gibt es gleich. Mrs Sanderson nimmt noch ein Bad ...«

»Was Mrs Sanderson macht, ist ihre Sache«, brummte Freddy. »Ich habe Hunger.« Er ging zur Anrichte, auf der das Radio stand, drehte es lauter. Dann setzte er sich auf die Küchenbank. Ruth beeilte sich, ihm frischen Tee hinzustellen, die Rumflasche hatte sie auch noch nicht abgeräumt. Freddy nahm sich Tee, füllte mit Rum auf, lehnte sich zurück.

Ruth deckte den Tisch, stampfte die Kartoffeln. Sie gab ordentlich Rahm dazu, weil sie wusste, dass Freddy das so mochte. Die Bohnen goss sie ab, sie waren etwas verkocht und grau geworden, aber mit einem Stück Butter, das im Topf schmolz und herrlich roch, sahen sie gar nicht mehr so schlimm aus, fand Ruth. Dazu gab es Bauchspeck, den sie langsam gebraten hatte, und viel Soße. Freddy liebte braune Soße.

Zufrieden nahm sich Freddy. Ruth half Jill beim Essen. Sie waren noch nicht fertig, als Olivia nach unten kam.

»Hättet ihr nicht warten können?«, fragte sie schnippisch.

»Nein«, sagte Freddy nur. »Hast du alles bekommen?«

»Ich hoffe. Es ist so anders, heutzutage einkaufen zu gehen. Die Preise sind hoch, es scheint nicht mehr so viel Auswahl zu geben – aber das Schlimmste sind die zugeklebten Schaufenster.«

»Warum sind die Schaufenster zugeklebt?«, fragte Ruth.

Olivia lachte auf. »Weil kein Licht nach draußen dringen soll. Blackout nennt man das. Totales Blackout. Die Geschäfte sind auch nach Sonnenuntergang und an einem Tag wie heute, an dem es nicht richtig hell wird, geöffnet. Natürlich müssen sie den Laden beleuchten, aber das Licht soll ja nicht nach außen dringen. Deshalb haben sie die Fenster abgeklebt. Und irgendwer sagte mir, auch wegen der Splitter.« Sie schaute Freddy an. »Das habe ich aber nicht verstanden.«

»Wenn ein Fenster mit Pappe oder festem Papier abgeklebt ist, geht es bei einem Bombenangriff vermutlich zu Bruch, aber die Splitter bleiben auf dem Papier. Das gilt natürlich nur für Bomben, die das Geschäft oder Gebäude nicht unmittelbar treffen«, erklärte er.

»Ich kann immer noch nicht fassen, wie sich das Leben in so kurzer Zeit derart hat verändern können«, sagte Olivia. »Ich hoffe, es hat bald ein Ende, und wir können wieder so weitermachen wie bisher. Wie soll Weihnachten nur werden, wenn es keine geschmückten Schaufenster gibt?«

Freddy räusperte sich. »Die geschmückten Schaufenster sollten deine geringste Sorge sein, Olivia. Wir sind im Krieg. Es geht nicht um Geschenke, es geht darum, zu überleben.« Er sah sie an. »Keiner von uns will unter einer Naziherrschaft leben, oder?«

»Natürlich nicht, aber so weit wird es ja wohl nicht kommen. Zwischen den Nazis und uns steht noch Frankreich, und Frankreich werden sie im Leben nicht einnehmen.«

»Das hoffen wir sehr, Olivia. Das sollten wir alle hoffen.«

Kapitel 11

Im November begann das große Schlachten. Zuerst musste der Ochse sein Leben lassen. Ruth schaute fasziniert, aber auch ein wenig verstört zu, wie sie dem großen und mächtigen Tier mit den sanften Augen und dem weichen Maul die Kehle durchschnitten. Nachdem das Tier ausgeblutet war, befestigten sie Ketten an seinen Hinterläufen. Es brauchte die Kraft von vier Männern, um ihn über eine Winde nach oben zu ziehen, so dass er kopfüber vom Deckenbalken der Scheune hing. Der Kopf wurde abgetrennt, das Fell abgezogen und dann wurde er nach und nach zerlegt.

Am Abend hingen riesige Fleischstücke an den Deckenhaken in der Küche. Nicht nur der Ochse war geschlachtet worden, sondern auch zwei Kälber.

Nun begann die Arbeit der Frauen – sie mussten das Fleisch und alles andere verwerten. Zuerst waren die Innereien dran, der Darm musste ausgewaschen werden. Noch nie hatte sich Ruth so sehr geekelt, es erinnerte sie an ihren ersten Schlachttag auf der Farm. Charlie durfte sich über den Pansen freuen.

Bis spät in die Nacht waren die Frauen beschäftigt, kochten Leberwurst, pökelten das Herz und weckten die Nieren sauer ein.

In den nächsten Tagen würde es so weitergehen – bis das letzte Stück Fleisch verarbeitet worden war. Einiges würden sie pökeln und in den Rauch hängen, Würste würden gefüllt und abgekocht werden, Freddy hatte schon den Räucherofen in Gang gesetzt. Erst wenn sie alles verwertet hatten, würden die Schweine an die Reihe kommen.

Es waren Tage voller Arbeit, und Ruth war oft zu müde, um ihren Eltern nachts noch zu schreiben. Sie schickte ein paar Postkarten, versprach einen längeren Brief, sobald sie wieder mehr Luft hätte.

Immerhin lobte Olivia sie manchmal. Endlich hatten sie alles verarbeitet. Im Kriechkeller und im Vorratsraum stapelten sich die Gläser und Dosen, die Würste hingen von der Decke oder noch im Rauch. Eine Keule vom Ochsen und die vier Keulen der Kälber lagen in der Pökelwanne. Sie würden in ein paar Wochen in den Rauch kommen.

Daisy und die anderen Frauen, die geholfen hatten, wurden mit Naturalien entlohnt – sie bekamen Wurst und Fleisch.

Zufrieden saß Freddy Mitte November am Küchentisch, trank eine Tasse Tee mit Rum und rauchte eine Zigarette.

»Nächste Woche schlachten wir die Schweine«, sagte er.

Olivia seufzte auf. »Das wird ja noch mal so viel Arbeit. Ich weiß schon gar nicht mehr, wo ich alles unterkriegen soll.«

»Wir werden hinten im Schuppen Regale aufbauen«, sagte Freddy.

»Früher haben wir doch auch immer nur zwei Schweine für uns geschlachtet – das hat für ein Jahr gereicht. Und wir haben ja im Sommer schon das böse Schwein geschlachtet und verwertet. Reichen denn nicht zwei Schweine in diesem Jahr? Verkauf die anderen, so wie immer.«

Freddy sah sie nachdenklich an. »Vermutlich hast du recht«, sagte er dann. »Aber wir nehmen die beiden größten. Den Rest verkaufe ich.«

Olivia zwinkerte Ruth erleichtert zu. Sie bot ihr sogar eine Zigarette an.

Dies schien die lang ersehnte Situation zu sein, und Ruth fasste sich ein Herz.

»Mrs Sanderson, ich wollte Sie um ein paar freie Tage bitten«, sagte sie, ihre Hände kribbelten.

»Frei? Und gleich ein paar Tage?« Olivia sah sie an, als hätte sie erzählt, sie könnte fliegen.

»Ich habe schon lange nicht mehr meinen freien Tag genommen«, sagte Ruth und merkte, wie zittrig ihre Stimme klang. Sie räusperte sich. »Ich möchte meine Eltern besuchen.«

»Ja, das habe ich befürchtet«, meinte Olivia spitz. »Kaum sind sie hier, willst du deine Pflichten nicht mehr erfüllen. Aber so geht das nicht.«

»Ich bitte dich, Olivia«, sagte Freddy. »Ihre Pflichten erledigt sie doch hervorragend. Alleine schon jetzt nach dem Schlachten, was sie da alles gemacht hat, zusätzlich zu ihrer normalen Arbeit. Und es ist doch verständlich, dass sie ihre Eltern sehen will. Vor allem zu diesem Fest.«

»Fest? Welches Fest?«

»Wir feiern Chanukka, das Lichterfest«, versuchte Ruth zu erklären. »Ein jüdisches Fest.«

»Das ist wohl ein bisschen so wie unser Weihnachtsfest«, sagte Freddy.

»Woher weißt du das denn? Und überhaupt – sie hat schon mit dir darüber gesprochen, aber mit mir noch nicht?« Olivia funkelte Ruth an.

»Nein, so war das nicht«, sagte Ruth entsetzt. Das Letzte, was sie wollte, war ein Streit. »Es war neulich, als Sie einkaufen waren. In Harwich. Da hat Jack mich beim Mittagessen gefragt, ob ich mit Jamie tanzen gehen würde …«

»Auch das noch – du bist doch nicht hier, um dich zu vergnügen«, ereiferte sich Olivia. »Fang mir bloß nichts mit einem Jungen an, das erlaube ich nicht.«

»Nun mach einmal einen Punkt, Olivia«, sagte Freddy, und man konnte seiner Stimme anhören, dass er ungehalten wurde. »Ruth ist achtzehn. Sie hat zwar hier eine Stellung, aber sie ist nicht deine Leibeigene. Bisher hat sie kaum das Haus verlassen. Es wäre normal, dass sie sich mit Gleichaltrigen trifft. Eigentlich sollte sie das wirklich tun.« Er zog heftig an seiner Zigarette, drückte sie dann im Aschenbecher aus. »Nun will sie aber nur ihre Eltern besuchen. Für ein paar Tage. Das sollte ja wohl möglich sein.«

Olivia schluckte. »Wann ist denn dieses Fest, und wie lange dauert es?«

»Das Lichterfest fängt in diesem Jahr am siebten Dezember an. Es dauert acht Tage …«

»Was? Nein, das geht nicht. Nicht acht Tage!«

»Ich will ja auch nur die letzten beiden Tage des Fests nach Slough«, sagte Ruth, »den 13. und den 14. Dezember. Am 15. wäre ich wieder hier.«

Olivia runzelte die Stirn. »Das ist noch lange genug vor Weihnachten«, murmelte sie. »Und bis dahin haben wir auch die Schweine geschlachtet.«

»Siehst du«, sagte Freddy zufrieden. »Dann kann Ruth sich ja ein paar Tage freinehmen.«

»Eigentlich steht ihr das aber nicht zu«, sagte Olivia. »Nicht ein paar Tage am Stück.«

Nun war der Moment gekommen, in dem Ruth die Hutschnur platzte.

»Mrs Sanderson, mir steht ein halber freier Tag pro Woche zu, eigentlich sogar noch mehr. Seit April bin ich hier bei Ihnen. Seit sieben Monaten. Und ich habe mir so gut wie nie freigenommen. Ich stehe immer pünktlich auf, kümmere mich um den Haushalt und um Jill. Ich klage nicht. Aber diese freien Tage stehen mir zu.«

»Was ist dann mit Weihnachten?«, wollte Olivia wissen. »Da willst du dann doch auch freihaben?«

»Ich bin Jüdin«, sagte Ruth und war plötzlich ganz ruhig. »An Weihnachten feiern die Christen die Geburt von Jesus Christus. Obwohl alle Christen jüdische Wurzeln haben – denn Jesus war ja auch Jude –, feiern wir seine Geburt nicht, denn für uns ist er nicht der angekündigte Messias. Ich werde Ihnen also am Weihnachtsfest voll und ganz zur Verfügung stehen.« Damit stand sie auf und ging nach draußen.

»Na, so was«, hörte sie Olivia empört sagen, bevor die Tür ins Schloss fiel.

Es war dunkel, dunkler als sonst, weil ja kein Lichtschein mehr durch die Fenster nach draußen fiel. Vor ein paar Wochen noch konnte man am nächtlichen Lichtschein erkennen, wo Frinton-on-Sea lag, aber jetzt war alles schwarz. Nur die Sterne schienen umso heller zu leuchten. Es war eine klare Nacht, und der Frost kroch über die abgeernteten Felder, schloss die Stoppeln in eine eisige Umarmung und ließ sie so im Sternenlicht leuchten. Es roch nach kaltem Boden, nach beißendem Frost, aber auch nach Kohle- und Holzfeuer.

Charlie kam zu ihr, drückte seine warme Schnauze in Ruths Hand. Sie kraulte ihn hinter den Ohren. Im Stall stampften die Kühe, und die Schweine wühlten sich durch das Stroh, das Freddy frisch aufgeschüttet hatte. Die Hühner schliefen schon längst, aus der Scheune war nichts mehr zu hören. Olivia hatte Freddys Weisung befolgt und ein paar Gelege ausbrüten lassen. Es war ziemlich spät im Jahr für die flauschigen kleinen Küken, und Ruth hoffte, der Winter werde nicht zu streng werden.

Der Wind frischte auf, er kam von der See und trieb salzige, klare Luft mit sich.

Eigentlich war es schön hier. Es war alles ungewohnt, aber auch so herrlich natürlich, und selbst dem rauen Wetter und der Einsamkeit konnte Ruth etwas abgewinnen.

Früher, dachte sie, bin ich für mich eingestanden. Ich habe

mir wenig bieten lassen und war immer gegen Ungerechtig-
keiten. Die Nazis haben mir dieses Selbstvertrauen Stück für
Stück genommen. Sie haben mich um einen Teil meines
Selbst beraubt – sie haben mir die Sicherheit genommen,
dass das, was ich tue, richtig ist.

Ob Ilse sich ähnlich fühlte? Wie waren wohl all die Ver-
änderungen für sie? Die Flucht nach England?

Es ist schade, dass wir beide keine innige Beziehung haben,
dachte Ruth. Vielleicht kann ich das aber noch aufbauen. Es
ist nie zu spät.

Dann dachte sie wieder an Olivia. Warum schaffe ich es
nicht, mich gegen sie durchzusetzen? Jetzt, nachdem der
Krieg begonnen hat, kann sie mich nicht mehr nach Deutschland zurückschicken. Sie kann mir kündigen, das schon –
aber damit würde sie sich ins eigene Fleisch schneiden. Allein will und kann sie den Haushalt nicht führen, und so
schnell bekommt sie vermutlich keine andere Hilfe. Ich
müsste mehr Mut haben, mehr Mut, um meine Interessen
durchzusetzen. Was sind schon drei freie Tage für die ganze
Arbeit, die ich mache?

Ich werde mir diese drei Tage nehmen, egal, was sie sagt.
Ich werde meine Eltern an Chanukka besuchen. Und auf
lange Sicht werde ich nach Slough ziehen, zu meinen Eltern.
Ewig hält mich hier nichts mehr.

Diese Gedanken trösteten und stärkten sie, und so kehrte
sie zurück in die Küche und beendete ihr Tagwerk wie immer
damit, den Boden zu schrubben.

Schon ein paar Tage später wurden die beiden Schweine geschlachtet. Die anderen hatte Freddy tatsächlich verkauft und einen sehr guten Preis für sie erhalten. Nicht nur die Sandersons wollten sich Vorräte anlegen für die ungewisse Zeit, die vor ihnen lag.

Die Schweine zu verarbeiten war sehr viel aufwendiger als bei den Rindern, stellte Ruth fest. Von den Schweinen wurde selbst das Blut aufgefangen, und Ruth musste es für Stunden in einem großen Kessel rühren und rühren, damit es nicht gerann.

»Was, um Himmels willen, macht man mit dem Blut?«, fragte Ruth voller Ekel, rührte aber weiter.

»Blutsuppe«, erklärte Daisy ihr. »Das klingt viel schrecklicher, als es schmeckt. Außerdem machen wir daraus Blutwurst – sehr köstlich.«

»Das glaube ich nicht«, sagte Ruth würgend. Sie erinnerte sich daran, dass ihr Vater früher gern gebratene Blutwurst gegessen hatte. Allein schon der Geruch hatte ihr immer Übelkeit verursacht.

Ein zweiter großer Topf wurde aufgestellt und in der Waschküche der große Kessel, in dem die Wäsche gewaschen und gekocht wurde, mit Wasser gefüllt und das Feuer darunter angeheizt. Schon vor einigen Tagen hatte Ruth den Kessel gründlich reinigen und immer wieder mit klarem Wasser ausspülen müssen. Nun wurden darin die Knochen, die Ohren, die Schnauzen, die Füße und Teile der Schwarte ausgekocht. Es roch zwar nach Fleischbrühe, aber nicht lecker, fand Ruth. Doch der Geruch der Blutsuppe überstieg ihre

Grenze. Nur schwer hielt sie es aus und war froh, als das Blut endlich mit den anderen Zutaten vermischt und als Wurst in Därme und Gläser abgefüllt wurde.

»Das werde ich nie essen«, sagte Ruth bestimmt. »Nie und nimmer.«

»Da verpasst du was«, meinte Daisy lachend. »Aber du musst das nicht probieren, es gibt auch Dinge, die ich nicht esse.«

»Was denn?«

»Oh, ich mag keine Meeresfrüchte – keine Muscheln und keine Krabben. Ich weiß, sie sind angeblich lecker, aber ich könnte mich nie überwinden …«

Ruth sah sich um, doch Olivia war in der Waschküche und somit außer Hörweite. »Daisy«, fragte sie leise, »ich brauche mal deinen Rat.«

»Immer, Girlie. Um was geht es denn?«

»Ich habe im Dezember ein paar Tage frei und fahre nach Slough, um meine Familie zu besuchen. Wir feiern das Lichterfest – ein jüdisches Fest.«

»Das klingt gut. Du kannst ein paar freie Tage wirklich brauchen.« Auch Daisy sah sich nun um. »Olivia nutzt dich aus, lass das nicht mit dir machen«, flüsterte sie. »Sie kann manchmal so gehässig sein, so hysterisch und egoistisch, dann aber wieder ist sie ganz normal. Man weiß nie, was man von ihr halten soll.«

Ruth nickte. »Sie hat es mir versprochen, und ich werde fahren, komme, was wolle.« Ruth räusperte sich und sah Daisy an. »Weißt du, das Lichterfest ist ein Fest, an dem wir immer gut essen: viel Fettgebackenes, das hat Tradition. Und wir beschenken uns gegenseitig. Kleinigkeiten nur. Früher habe ich immer etwas gebastelt oder genäht, aber dafür fehlt mir jetzt die Zeit.«

»Ich denke mal, dass deine Eltern nicht in Geld schwimmen, oder?«

»Nein, es ist alles sehr hart und schwierig für sie. Wir haben Verwandtschaft da, die ist schon länger in England und kann helfen – aber grundsätzlich ist es schwer für meine Familie, die fremde Sprache, das fremde Land ...«

»Und du suchst nach Geschenken?«, fragte Daisy nach.

Ruth nickte.

»Aber das ist doch ganz einfach, Girlie. Dir steht, so wie jedem von uns, ein Teil des Ertrags zu. Bring ihnen Wurst und Speck mit. Es muss ja keine Blutwurst sein«, sagte sie und zwinkerte Ruth zu.

»Ich glaube, mein Vati liebt Blutwurst. Aber warum steht mir ein Teil zu? Ich bin doch bei den Sandersons angestellt.«

»Ja, du bist angestellt, um hier zu kochen und im Haushalt zu helfen. Aber nicht für diese Tätigkeiten. Ich regele das schon, lass mich nur machen. So frisches und gutes Fleisch werden sie vermutlich nur schwer in Slough bekommen.« Daisy sah sie an. »Oder denkst du, das wäre kein gutes Geschenk?«

»In diesen Zeiten ist es das beste Geschenk, das ich mir vorstellen kann«, sagte Ruth, »und ich bin mir sicher, dass sie sich freuen werden.«

Am nächsten Tag, es war der 18. November, standen sie

wieder alle in der Küche. Inzwischen waren beide Schweine geschlachtet und zerlegt worden. Die großen Keulen hingen hinten in der Küche von der Decke. Ruth war im Hof, die Luft war so kalt, dass sie fast klirrte. Unter dem Brunnenschlegel wusch Ruth den Darm aus. Ihre Finger waren schon nach wenigen Minuten taub und schmerzten. Plötzlich hörte sie Donnergrollen von der See. Der Himmel war klar, keine Wolke war zu sehen, aber das Geräusch hatte sie sich nicht eingebildet.

Was mochte das nur gewesen sein?, fragte sie sich.

»Ruth? Wie weit bist du?«, rief Daisy aus der Küche. »Wir brauchen den Darm.«

Noch einmal streifte Ruth das Wasser heraus, es blieb inzwischen klar.

Daisy nahm ihr den Darm ab. Ihre Schwester Lydia drehte schon eifrig Fleisch durch den Wolf. Ein zweiter Fleischwolf war an der Tischplatte angeschraubt wurden – mit einem Füllstutzen. Daisy schnitt den Schweinedarm in Stücke, streifte ihn über das Füllhorn und begann die Würste zu füllen.

»Hier«, sagte Susan, Daisys andere Schwester, die auch half, und reichte Ruth eine Tasse Tee, schüttete einen ordentlichen Schuss Rum hinein. »Bist ja ganz durchgefroren. Wärm dich erst einmal auf.«

»Es ist eisig draußen«, sagte Ruth und nahm dankbar die Tasse, wärmte ihre Hände daran auf. »Aber es ist keine Wolke zu sehen.«

»Wenn Wolken am Himmel wären, wäre es auch nicht so kalt«, sagte Olivia. »Wolken sind wie eine Decke.«

»Kann es trotzdem gewittern?«, wollte Ruth wissen.

»Heute? Hier?« Daisy schaute aus dem Fenster. »Nein. Natürlich nicht.«

»Ich habe so etwas wie Donner gehört ...«

Die Frauen sahen sich an. Olivia ging zur Anrichte, stellte das Radio lauter.

»Ich kann nicht glauben ...«, sagte sie zögernd. »Und ich will es auch nicht.« Sie sah sich um. »Jill, wo bist du? Jill, komm zu mir.« Dann schaute sie die anderen an. »Habt ihr eure Gasmasken dabei?«

Daisy zeigte zur Garderobe, wo die Kästchen mit den Masken aufgereiht hingen.

»Ich habe keinen Alarm gehört«, sagte Ruth. »Keine Sirenen, keine Polizei. Nur dieses Grollen. Diesen Donner. Es kam aus dem Osten – vom Meer.«

Olivia ging nach draußen, lauschte. Dann kam sie wieder in die Küche. »Ich höre nichts. Du musst es dir eingebildet haben.«

Sie arbeiteten weiter, füllten die Därme mit Wurstbrät, kochten Knochen aus, Schwarten und sogar die Füße der Schweine.

Es war schon Nachmittag, als die Radiosendung durch eine Eilmeldung unterbrochen wurde.

»Hier ist London«, sagte der Sprecher mit ernster Stimme. »Wie gerade gemeldet wurde, haben deutsche Schiffe ein Minenfeld in die Gewässer vor unserer Küste, vor Harwich, Essex, gelegt. Der zivile Ozeandampfer Simon Bolivar ist in das Minenfeld geraten und droht zu sinken. Die Simon Bolivar fährt unter niederländischer Flagge und ist somit ein Schiff eines neutralen Staates. Der Zerstörer HMS Greyhound und einige Schiffe der zivilen, britischen Seefahrt sind vor Ort und versuchen zu retten, was zu retten ist. Der Premierminister, Mr Chamberlain, verurteilt diesen Akt der Gewalt Nazi-Deutschlands zutiefst.«

Sie sahen sich an.

»Du hast dir das Geräusch nicht eingebildet«, sagte Daisy zu Ruth.

»Auf der offenen See vor Harwich?«, sagte Olivia skeptisch. »Das hört man doch nicht bis hierher.«

»Die Luft ist klar und kalt«, sagte Susan. »Da kann man weit hören.«

»Diese schrecklichen Deutschen«, sagte Lydia voller Abscheu. »Das sind doch keine Menschen.«

Ruth senkte den Kopf. Sie empfand ähnlich wie Lydia, aber zugleich wurde ihr wieder bewusst, dass sie auch Deutsche war. Es zerriss sie innerlich. Das Gefühl, nirgendwo dazuzugehören, war grauenvoll und schmerzlich.

Am Abend kamen Freddy und Jack. Gierig löffelten sie die Blutsuppe und erzählten, dass etliche Fischerboote versucht hätten zu helfen. Es war aber eine gefährliche Aktion, denn die Nazis hatten einen wahren Minenteppich gelegt.

»Etwa hundert Leute sollen ihr Leben verloren haben«, sagte Jack.

»Die britischen Schiffe haben aber auch über hundert Überlebende gerettet und nach Harwich gebracht«, ergänzte

Freddy. »Und weitere Überlebende sind nach London gebracht worden.«

»Sie nehmen keine Rücksicht«, sagte Olivia. »Ihnen ist es egal, ob Zivilisten umkommen. Sie töten alles, was ihnen in den Weg kommt.«

»Es wird bald keine neutralen Länder mehr geben«, sagte Jack. »Es darf keine mehr geben. Alle müssen Stellung beziehen, auch die Beneluxländer.«

»Das stell ich mir nicht so einfach vor«, sagte Daisy. »Holland und Belgien sind kleine Länder ohne große Armeen. Sie wollen aus der Schusslinie bleiben, hoffen, so alles zu überstehen. Gegen Deutschland kommen sie nicht an – aber sie haben ihre Grenze zu Deutschland –, anders als uns trennt sie kein Meer, sondern nur eine Wiese oder ein paar Bäume.«

»Wenn sie sich nicht wehren, werden sie geschluckt werden von dem Moloch – so wie Österreich, die Tschechoslowakei und Polen.«

»Wir stehen ja nun an der Maginot-Linie zusammen mit den Franzosen. Über kurz oder lang werden die Deutschen kapitulieren müssen«, sagte Freddy.

»Die Franzosen haben ja auch schon im Elsass einen Vorstoß gemacht, und die Nazis sind zurückgewichen. Auf einen Kampf mit uns sind sie offensichtlich nicht aus. Sie wissen, dass wir überlegen sind«, stimmte Jack ihm zu.

Ich glaube nicht, dass Hitler so denkt, dachte Ruth, sprach es aber nicht aus. Sie hatte das Gefühl, sich nicht äußern zu dürfen, denn schließlich war sie immer noch Deutsche.

Es dauerte, bis sie die beiden Schweine ganz und gar verarbeitet hatten, aber schließlich hatten sie es geschafft. Es gab Würste, es gab Gläser mit Fleisch in Aspik, es gab eingekochtes, geräuchertes, gepökeltes Fleisch. Sie hatten Fett und Speck, sie hatten immer noch Schwarten, die getrocknet wurden. Seit Tagen, wenn nicht Wochen, hing der würzige Geruch von Fleisch und Rauch in der Luft. Doch nun hatten sie alles erledigt.

Daisy und ihre Schwestern kamen ein letztes Mal, um zusammen den großen Kessel zu reinigen und ihren Anteil abzuholen.

Olivia hatte die Gläser, Dosen und Fleischstücke auf den Küchentisch gelegt.

»Von den Schinken bekommt ihr, sobald er reif ist«, sagte sie. »Noch hängt er im Rauch.«

Oben in Dachboden gab es eine Tür zum Kamin, aus dem der Rauch des großen Küchenofens abzog. Dort waren mehrere Eisenstangen quer eingemauert, und an den Stangen waren große Haken befestigt. Nachdem die Fleischstücke aus dem Pökelsud genommen worden waren, wurden sie dort aufgehängt. Der stetige Rauch trocknete die Schinken und die Bauchseiten und räucherte sie sanft.

Daisy sah sich die Sachen an, fing an, sie aufzuteilen. Dann hielt sie inne. »Wo ist denn Ruths Anteil?«, fragte sie.

»Ruths Anteil?«, fragte Olivia verblüfft. »Sie ist doch hier angestellt und wird von uns entlohnt, außerdem hat sie freie Kost und Logis. Sie bekommt keinen Anteil.«

»Aber das ist doch ungerecht«, sagte nun Lydia. »Sie hat geholfen, so wie wir alle. Vielleicht sogar noch mehr. Sie musste immer alles spülen und aufräumen. Sie hat einen Anteil verdient.«

»Das sehe ich auch so«, sagte Susan. »Sie bekommt ihren Lohn für die Hausarbeit, die sie zu leisten hat. Aber eine Schlachtung ist extra, das gehört nicht zur normalen Hausarbeit. Nein, Olivia, du kannst sie nicht so abspeisen, sie muss auch einen Anteil bekommen.«

Olivia sah von einer zur anderen und runzelte die Stirn. »Habt ihr euch abgesprochen? Wollt ihr euch gegen mich verbünden?«

»Grundgütiger, nein«, lachte Daisy. »Wir finden nur, dass du gerecht sein solltest. Das ist dir doch auch sonst immer ein Anliegen, nicht wahr?«

»Aber was soll sie denn mit Würsten, Speck und eingekochtem Fleisch? Sie bekommt doch hier zu essen. Sie kann immer alles mitessen.« Olivia sah Ruth an. »Du brauchst das doch gar nicht, oder?«

»Möchtest du auch einen Anteil?«, fragte Daisy schnell, bevor Ruth etwas sagen konnte. »Er steht dir ja zu.«

»Ich … ich würde mich sehr freuen, wenn ich ein wenig von dem Speck und den Würsten bekommen würde«, sagte Ruth unsicher und leise.

»Aber wozu?«, wollte Olivia wissen.

»Das ist doch ihre Sache«, sagte Daisy entschieden.

»Ich würde es meinen Eltern schenken«, sagte Ruth. »So gutes Fleisch bekommen sie in Slough sicher nicht. Und auch nicht so köstliche Würste. Sie würden das sicherlich sehr schätzen.«

»Ach?«, sagte Olivia nachdenklich. »Ja, natürlich. An deine Eltern habe ich gar nicht gedacht.« Sie holte weitere Gläser und Dosen aus der Kammer. »Du sollst deinen Anteil haben und sag deinen Eltern einen herzlichen Gruß von mir. Unser Fleisch gehört zum besten hier. Es wird ihnen sicherlich schmecken.«

»Danke«, sagte Ruth und blinzelte die Tränen weg. »Danke, das weiß ich sehr zu schätzen.«

»Du hast dir deinen Anteil verdient«, sagte Daisy mit Nachdruck. »Du hast genauso geschuftet wie wir. Das hat sie doch, Olivia?«

»Ruth ist sehr, sehr fleißig. Das kann man nicht anders sagen«, gab Olivia zu, doch die Falte zwischen ihren Augenbrauen blieb.

Nichtsdestotrotz löste Ruth schon ein paar Tage später ihre Zugfahrkarten. Die Zivilbevölkerung wurde dazu angehalten, nicht zu reisen. Benzin war schon rationiert worden, und die Züge sollten primär von Pendlern, Arbeitern und dem Militär benutzt werden. Die Preise für die Fahrkarten waren gestiegen, doch Ruth hatte ihren wenigen Lohn gespart – es gab für sie ja auch kaum Gelegenheit, das Geld auszugeben. Auch würde die Reise umständlicher und noch länger werden, da die Hauptverkehrswege in den Morgen- und Abendstunden prophylaktisch für das Militär frei gehalten werden sollten.

Dennoch hielt Ruth endlich die Fahrkarten in den Händen und freute sich auf den 13. Dezember – an dem Tag würde sie nach Slough fahren, und am 15. würde sie zurückkehren.

Bis dahin waren es noch ein paar Tage, doch die Zeit verging sicher wie im Fluge – es gab immer etwas zu tun. Da die Hühner in der dunklen Jahreszeit kaum noch Eier legten und auch im Küchengarten nur noch das Wintergemüse stand, war die Zeit gekommen, sich um die Wäsche zu kümmern. Flickwäsche gab es reichlich, doch in den betriebsamen Monaten des Sommers und Herbstes blieb dafür wenig Zeit. Jetzt holte Olivia die auszubessernden Stücke hervor und staunte, wie gut Ruth mit Nadel und Faden umgehen konnte.

»Du kannst nähen?«, fragte sie verwundert. »Das wusste ich ja gar nicht.«

»Bisher war ja auch keine Zeit dafür«, antwortete Ruth.

»Kannst du auch … Kleider nähen?«

Ruth nickte. »Meine Omi hat es mir beigebracht. Zu Hause hatte ich eine Nähmaschine.«

»Die habe ich auch«, sagte Olivia. »Ich benutze sie allerdings nicht, das ist mir zu mühsam. Sie steht in der Mansarde.«

Es war eine einfache Nähmaschine, die durch ein Pedal angetrieben wurde und nicht elektrifiziert war, im Gegensatz zu der, die Ruth in Krefeld besessen hatte. Aber es dauerte nicht lange, da hatte sich Ruth mit dem Prinzip vertraut gemacht.

Da es in der Mansarde inzwischen eisig kalt war, denn es gab keine Möglichkeit, zu heizen, trugen sie den Nähmaschinentisch nach unten und stellten ihn in der großen Küche neben dem Herd auf.

Olivia zeigte Ruth ein paar Modezeitschriften. »Kannst du so ein Kleid nähen?«, fragte sie und wies auf ein Kinderkleid.

»Wenn ich das Schnittmuster dafür habe, dann schon.«

In der Zeitschrift waren die Schnittmuster, und Ruth verblüffte Olivia damit, wie einfach sie es auf großen Papierbögen vergrößerte und dann den Stoff, den Olivia in Harwich kaufte, zuschnitt. Es war ein Winterkleid für Jill.

»Wir probieren das erst einmal aus«, sagte Olivia zu Freddy. »Wenn sie gut ist, kann sie auch für mich nähen. Stoffe sind viel billiger als geschneiderte Kleider.«

»Meinst du nicht, dass Ruth schon so genug zu tun hat?«, brummte Freddy nur. »Und wofür brauchst du neue Kleidung, dein ganzer Schrank ist doch voll.«

»Aber das sind alles alte Modelle. Ich kann doch nicht immer in Sachen herumlaufen, die völlig aus der Mode sind«, maulte Olivia.

»Ich kenne niemanden in der Nachbarschaft, der die neueste Mode trägt. Und die Hühner wird das auch nicht interessieren.«

»Du bist auch ein Mann und hast davon keine Ahnung«, sagte Olivia schnippisch.

Ruth nähte das Kleidchen für Jill. Es machte ihr Spaß, und gleichzeitig machte es sie traurig. Zu nähen und mit Stoffen zu arbeiten hatte in Krefeld zu ihrem Leben gehört. Sie liebte schöne und gute Stoffe, liebte es, daraus etwas zu zaubern. Die Arbeit ging ihr leicht von der Hand. Und dennoch hatte sie immer die geduldige Omi vor Augen, die ihr als kleines Mädchen das Nähen beigebracht hatte.

Ihre Liebe zu schönen Stoffen hatte in der Villa Merländer begonnen. Richard Merländer, ihr Nachbar und reicher Stofffabrikant, hatte ihr und Rosi, der Tochter seines Chauffeurs, immer die Musterbücher der vergangenen Saison gegeben. Es waren oft herrliche Seidenstoffe, bunt bedruckt, oder dünnes Organza, raschelnder Taft oder weicher Samt.

Stoffe und Nähen hatten sie in ihrer Kindheit und Jugend begleitet. Wie oft hatte sie Geschenke für die Familie und Freunde genäht, wie viel Freude hatte es ihr bereitet!

Doch dieser Teil ihres Lebens war nun unwiderruflich vorbei. Zu gern hätte sie hier Omi an ihrer Seite gehabt, hätte mit ihr über die Stichlänge gesprochen und darüber, wie man am besten das Innenfutter einnähte.

Ihre Gedanken wanderten wieder und wieder nach Krefeld. Seit Kriegsbeginn hatte sie nichts mehr aus Deutschland gehört. Kein Brief, keine Postkarte und schon gar kein Anruf waren gekommen. Ob ihre Briefe und Karten das Ziel in Krefeld jemals erreichten, wusste sie somit auch nicht. Aber Martha wurde nicht müde, zu schreiben, und auch Ruth sendete immer wieder Grüße nach Krefeld.

Olivia war zufrieden mit dem Ergebnis und beschloss, dass Ruth ihr einen Rock nähen sollte. Wieder fuhr sie nach Harwich, obwohl Freddy schimpfte.

»Ich brauche das Benzin für den Hof und nicht dafür, es bei unnötigen Einkaufsfahrten zu verschwenden. Wir alle sind angehalten worden, zu sparen.«

»Wir alle sind angehalten worden, zu sparen – und das tue ich ja, wenn ich Ruth meine Kleidung schneidern lasse.«

»Ich glaube, du hast den Ernst der Lage noch nicht erkannt«, sagte Freddy wütend. »Aber irgendwann wird auch dir ein Licht aufgehen.«

Der Stoff, den Olivia mitbrachte, war ein herrlicher, dunkelgrüner Wollstoff – leicht, aber dennoch warm. Sie legte ein Schnittmuster dazu.

Ruth schüttelte den Kopf. »Diesen Rock kann ich aus dem Stoff nicht nähen«, versuchte sie zu erklären.

»Wieso das denn nicht?«

»Das ist Wolle, es ist zwar leichte Wolle, aber dennoch zu dick, um diese Schnitte zu nähen.«

»Was kannst du denn aus dem Stoff machen?«, fragte Olivia verärgert.

»Ich schaue heute Abend in den Zeitschriften nach. Da werde ich schon etwas finden«, versprach Ruth.

Am nächsten Morgen legte sie Olivia eine Zeichnung aus der Zeitschrift vor. Ein eleganter Rock, der bis kurz über die Knie ging und seitliche Taschen hatte.

»Ich kann auch einen breiten Gürtel aus dem Stoff nähen – oder auch aus einem anderen Stoff. Das würde einen schönen Akzent setzen.«

Obwohl Olivia erst skeptisch war, stimmte sie dann doch zu. Und als Ruth den Rock fertig hatte, war Olivia tatsächlich sehr angetan.

Von dem Stoff waren noch Reste übrig, und Ruth fragte Olivia, ob sie diese behalten und benutzen dürfe – zu ihrer Überraschung stimme sie sofort zu. Der Stoff war wirklich wunderbar. Ruth nähte daraus eine Mappe für die Briefe, die sie Martha schrieb – so konnte Martha alle zusammen aufbewahren. Für Ilse nähte sie eine Umhängetasche, in der sie die Gasmaske viel schöner verstauen konnte als in dem Karton, den sich Ilse bisher umhängte. Und für ihren Vater nähte Ruth eine Hülle für sein Zigarettenetui. Somit konnte sie der Tradition treu bleiben und ihrer Familie etwas Selbstgemachtes schenken.

Der November ging, und der Dezember kam. Noch immer spürten sie nur wenig vom Krieg. Aber die Bedrohung saß ihnen allen im Nacken und bei so manchem ungewohnten Geräusch schreckten sie hoch.

Ruth versuchte, nicht über den Krieg nachzudenken, versuchte, alle traurigen Gedanken zu verbannen und sich auf das Chanukka-Fest mit ihren Eltern zu freuen. So wirklich wollte ihr das allerdings nicht gelingen.

Kapitel 12
England, 13. Dezember 1939

Endlich war der lang ersehnte Tag gekommen, Ruth stand so früh auf wie immer. Wegen der Verdunkelung waren noch nicht einmal der Mond oder die Sterne zu sehen. In ihrem Mansardenzimmer war es inzwischen bitterkalt, und sie hatte Olivia um eine zusätzliche Daunendecke bitten müssen. Bei der Kälte aufzustehen, fiel ihr schwer. Über Nacht bildete sich nun immer eine dünne Eisschicht auf dem Wasser im Waschkrug, aber Ruth hatte weder die Zeit noch die Nerven, unten das Wasserschiff anzuheizen und dann wieder hochzukommen, um sich zu waschen. Deswegen hatte sie sich angewöhnt, abends warmes Wasser mit nach oben zu nehmen und sich zu waschen. Morgens machte sie nur eine eisige Katzenwäsche.

Vor Aufregung hatte sie heute kaum schlafen können. Wird alles gut gehen? Wird sie ohne Probleme nach Slough kommen? Wie ging es ihren Eltern und ihrer Schwester? Sie bekam zwar immer noch regelmäßig Briefe, aber Papier ist geduldig, das wusste sie selbst nur zu gut. Niemals hätte sie ihren Eltern geschrieben, wie unglücklich sie wirklich in Frinton-on-Sea war, wie einsam sie sich fühlte und wie sehr sie sich nach ihrer Familie sehnte. Doch nun sah sie alle drei wieder. Sie würde bei ihnen sein, weit weg von der Überwachung durch Mrs Sanderson, ohne sich ständig zusammenreißen zu müssen, und ohne all die Arbeit, die es auf dem Hof zu erledigen gab. Auch wenn es nur zwei Tage waren, freute sie sich wahnsinnig darauf.

Freddy hatte versprochen, sie zum Bahnhof zu bringen. Schnell und bibbernd zog Ruth sich an, lupfte die Verdunklung ein wenig. Es war ein klarer, kalter Morgen, der Himmel bisher wolkenlos.

In der Küche legte sie Holz nach, heizte den Ofen an, setzte Wasser auf wie immer. Ihr Gepäck stand schon seit gestern an der Küchentür, ein kleiner Koffer mit den wenigen Wechselsachen und eine große Kiste mit Wurst und Fleischkonserven.

Freddy war wie immer um diese Zeit bereits im Stall. Ruth kochte Tee, überlegte, ob sie sich ein Lunchpaket machen durfte. Sie entschied sich dafür und schmierte sich ein paar Brote, die sie in Wachspapier einschlug und in ihre Handtasche steckte.

Immer wieder schaute sie auf die Uhr, die auf der Anrichte stand. An diesem Tag schien die Zeit gar nicht vergehen zu wollen. Sie hatte eine Karte für den ersten Zug früh um sechs gebucht, und deshalb mussten sie schon um halb sechs fahren. Es war bereits kurz nach fünf, aber Freddy war immer noch nicht da. Das war ungewöhnlich. Morgens brauchte er meist nur eine Stunde, um die Kühe zu melken und zu versorgen, kam dann in die Küche und trank seinen Tee. Um zwanzig nach fünf hielt Ruth es nicht mehr aus, sie zog sich die Stiefel über und stapfte über den Hof zum Stall.

Freddy stand an einer Box, beobachtete eine der Kühe. Er sah Ruth, kniff die Augen zusammen.

»Guten Morgen«, sagte Ruth. »Gibt es ein Problem?«

»Ich glaube, die Kuh hat eine Euterentzündung. Ich werde wohl den Tierarzt aus Frinton-on-Sea holen müssen.«

»Jetzt?«

Freddy nickte. »Je schneller, desto besser.«

»Aber … aber … mein Zug …« Ruth sah schon all ihre Pläne und Hoffnungen wie ein Kartenhaus zusammenstürzen. Wie sollte sie zum Bahnhof kommen? Und wenn sie diesen Zug nicht nahm, würde sie noch einen Platz in einem späteren bekommen?

»Dein Zug?« Dann stieß Freddy den Atem laut aus. »Verdammt, das habe ich ganz vergessen. Wie spät ist es?«

»Gleich halb sechs.«

»Dann fahren wir jetzt, und auf dem Rückweg halte ich beim Tierarzt. Ich wollte erst noch bis sieben warten und ihm eine Chance auf ein Frühstück geben, aber nun muss er eben eher mitkommen.«

»Oh«, sagte Ruth und hatte ein schlechtes Gewissen.

»Das macht rein gar nichts«, sagte Freddy und grinste. »Es ist sein Job, und er lebt gut davon.«

»Ich habe Tee gekocht und Speck gebraten«, sagte Ruth. »Porridge steht auch auf dem Herd. Außerdem habe ich kleine Würstchen aus dem Rauch geholt und ein Glas weiße Bohnen in Tomatensoße.«

»Klingt nach einem perfekten Frühstück. Aber nun bringen wir dich erst einmal zur Bahn. Deine Eltern werden es sicher kaum erwarten können, dich zu sehen.«

Ruth nickte nur, vor lauter Aufregung war ihr Mund ganz trocken. Gemeinsam gingen sie zurück zum Haus, Ruth tauschte Stiefel gegen Schuhe, zog ihren Mantel über, während Freddy schnell noch eine Tasse Tee trank. Dann nahm er ihr Gepäck und brachte es ins Auto.

Von Jill und Olivia hatte sich Ruth schon am Abend zuvor verabschiedet. Ob Jill sie wohl vermissen würde? Seit April hatte Ruth fast jeden Tag mit dem kleinen Mädchen verbracht, und Jill war ihr sehr ans Herz gewachsen. Aber Ruth blieb ja nicht lange weg, es waren nur drei Tage. Drei Tage, die ihr wie der Himmel auf Erden vorkamen. Doch zuerst musste sie Slough und ihre Eltern erreichen.

Sie schaute sich noch einmal in der Küche um. Alles war so weit vorbereitet, und nichts konnte anbrennen. Sie löschte die Petroleumleuchte und ging in den Hof, wo Freddy schon im kleinen Ford auf sie wartete.

Die Scheinwerfer des Autos waren mit Kappen abgeblendet, und überhaupt war alles sehr dunkel. Kein Hof, kein Haus ließ sich ausmachen, sogar die Kirche nicht. Gespenstisch.

»Immerhin klappt das mit der Verdunkelung«, brummte Freddy, der sich sehr auf den Weg konzentrieren musste.

»Ich hoffe, wir werden von Fliegerangriffen verschont«, sagte Ruth.

»Freust du dich eigentlich?«, fragte Freddy.

»Ob ich mich freue, meine Familie zu sehen? Oh ja! Sehr. Ich vermisse sie.«

»Das sagst du aber nie.«

»Was würde es ändern?«

»Jedes andere Mädchen hätte längst schon wieder gekündigt. Es gab eine ganze Reihe vor dir …«

»Ich kann im Moment nicht kündigen, ich brauche die Stelle.«

»Das weiß Olivia auch.«

Schweigend fuhren sie weiter, näherten sich der Stadt. Der eine oder andere Wagen tauchte auf der Straße auf. Alle fuhren langsam. Durch die Verdunkelung hatten die Unfälle auf den Straßen zugenommen. Vor allem die Unfälle mit Fußgängern.

Es gab Anweisungen, möglichst helle Kleidung zu tragen, oder Accessoires, die das Licht reflektierten, wie spezielle Knöpfe oder Gürtel. Doch das hatte sich noch nicht durchgesetzt.

In der Stadt nahm der Verkehr zu, und Ruth war froh, als Freddy endlich auf den Parkplatz vor dem Bahnhof fuhr. Er trug die Kiste mit den Lebensmitteln zum Gleis, sah dann auf die Bahnhofsuhr. Sie waren rechtzeitig angekommen, es war sogar noch etwas Zeit, bis der Zug kam. Ruth merkte, dass Freddy unruhig war. Er wollte sicher zum Tierarzt und dann wieder zum Hof

»Danke, Mr Sanderson«, sagte sie. »Danke, dass Sie mich gebracht haben.«

»Ich hole dich auch wieder ab, das habe ich dir ja versprochen«, sagte er. »Nun, dann werde ich mal – wenn das in Ordnung ist?«

»Aber natürlich.« Ruth lächelte. »Den Rest schaffe ich schon.«

»Grüß deine Eltern von mir und hab eine schöne Zeit.« Freddy tippte an seinen Hut und ging.

Der Bahnsteig füllte sich, und dann war aus der Ferne schon das Stampfen der Lokomotive zu hören. Freddy hatte einen breiten Gurt um die Kiste geschnürt, so dass Ruth sie besser anheben konnte. Das würde sie schon allein schaffen.

Die Menschen um sie herum sahen alle noch müde und verschlafen aus, niemand redete großartig, manche grüßten sich kurz – vermutlich Pendler, die zur Arbeit fuhren und die sich kannten. Ruth kannte niemanden. Zu selten war sie bisher in Frinton-on-Sea gewesen, und Kontakte hatte sie auch noch keine geschlossen. Sie schaute dem Zug entgegen, war froh, als er endlich in den Bahnhof einfuhr und hielt. Entschlossen griff sie nach dem Gurt der Kiste, hob sie an, ächzte ein wenig. In der anderen Hand hatte sie ihren kleinen Koffer und über dem Arm die Handtasche und die Gasmaske.

»Darf ich Ihnen helfen?«, fragte ein junger Mann in Uniform. Er wartete nicht auf die Antwort, nahm ihr die Kiste ab und brachte sie in das Abteil. »Fenster oder Gang?«, fragte er Ruth.

Ruth sah zu den verdunkelten Fenstern des Abteils. »Das ist wohl egal«, sagte sie lächelnd.

»Müssen Sie weit fahren?«, wollte er wissen.

»Bis nach Slough. Ich muss in London umsteigen.«

»Das ist eine weite Strecke. Sobald es heller wird, darf die Verdunkelung abgenommen werden.«

»Dann nehme ich den Fensterplatz. Herzlichen Dank.«

Er schaute zum Gepäcknetz. »Ich fürchte, die Kiste ist zu schwer. Vielleich passt sie unter den Sitz«, meinte er. »Was haben Sie eingepackt? Backsteine?«

»Konserven«, erklärte Ruth.

Er nickte und schob die Kiste unter den Sitz – sie passte nicht ganz, sie würde die Beine darauflegen müssen, aber das machte Ruth nichts. Noch mal bedankte sie sich bei ihm.

Er sah sich etwas unschlüssig um. »Darf ich mich neben Sie setzen?«

»Aber natürlich.« Er machte einen freundlichen, netten Eindruck, vor allem aber wirkte er müde. Kaum dass er saß, schob er schon seine Kappe ins Gesicht und schloss die Augen. Darüber war Ruth sehr erleichtert, denn sie hatte keine Lust, sich zu unterhalten.

Der Zug setzte sich in Bewegung nach kurzer Zeit hatte jeder einen Platz gefunden, und es kehrte Ruhe ein. Nur hier und dort wurden einige leise Gespräche geführt.

Ruth lehnte sich zurück und schloss ebenfalls die Augen. Das Schaukeln und das Stampfen des Zuges machten sie schläfrig. Wann hatte sie das letzte Mal ausgeschlafen? Es musste schon Ewigkeiten her sein. Ruth döste ein, wurde kurz wach, döste wieder ein. Der Zug füllte sich. In Chelmsford hatten sie einen längeren Aufenthalt. Inzwischen war die Sonne aufgegangen, und von einigen Fenstern hatte man schon die Verdunkelung entfernt. Auch Ruth war inzwischen ein wenig munterer und schob den schweren, dunklen Stoff zur Seite, sah nach draußen. Auf dem Bahnsteig waren etliche Soldaten zu sehen. Aber auch Männer und Frauen mit Uniformen, die für den Zivilschutz arbeiteten. Verstohlen musterte Ruth den jungen Mann neben sich. Er hatte die Mütze tief ins Gesicht geschoben und atmete gleichmäßig, er schien tief und fest zu schlafen. Seine Uniform sah anders aus als die der Soldaten auf dem Bahnsteig, aber Ruth hatte keine Ahnung von den verschiedenen Regimentern und Uniformen.

Nach einer halben Stunde setzte sich der Zug wieder in Bewegung. Alle Plätze waren inzwischen belegt, und einige Fahrgäste mussten stehen. Es war ein trüber Dezembertag, nebelig und mit leichten Schneeschauern.

Die Gespräche waren lebhafter geworden, auch wenn die meisten Leute sich mit gedämpften Stimmen unterhielten.

Ruth zog das Wachspapierpaket aus ihrer Handtasche, nahm sich eines der Brote, das sie sich geschmiert hatte, und biss herzhaft hinein.

Der junge Mann neben ihr rekelte sich, setzte sich auf und rieb sich über das Gesicht. Dann sah er Ruth an.

»Guten Appetit«, sagte er und zwinkerte ihr zu.

»Habe ich Sie geweckt?«

»Nein. So laut kauen Sie gar nicht.«

Ruth lachte. Sie mochte diesen trockenen englischen Humor.

»Möchten Sie auch ein Brot?«, fragte sie.

»Das ist zu freundlich, aber ich werde gleich Verpflegung bekommen.«

»Sie sind auf dem Weg nach London?«

Plötzlich wurde sein Gesichtsausdruck ernst. »Sie sind keine Britin.« Es war eine Feststellung, keine Frage. »Und selbst wenn Sie es wären – ich dürfte es Ihnen nicht sagen.«

Ruth zuckte unter seinen Worten zusammen. Sie hatte das Gefühl, dass alle Gespräche rund um sie herum verstummten, und alle sie ansahen. In ihren Blicken stand das Wort »Feind« oder »Spionin«.

Er bemerkte ihren Gesichtsausdruck. »Ich meine das gar nicht persönlich, wirklich nicht.«

Ruth wusste nicht, was sie antworten sollte. Vermutlich gab es darauf einfach keine Antwort.

»Ach herrje«, sagte er nun und schien ehrlich betroffen zu sein. »Da scheine ich ja etwas angerichtet zu haben. Hören Sie, ich habe das nicht abwertend gemeint. Ich habe das gar nicht wertend gemeint.«

»Wie haben Sie es denn gemeint?«

Er sah sie überrascht an, dachte dann nach. »Dass ich eben nicht sagen darf, wohin ich fahre.«

»Aber zuerst haben Sie gesagt, dass ich wohl keine Britin bin. Woher wollen Sie das überhaupt wissen?« Ruth lehnte sich zurück und verschränkte die Arme über der Brust.

»Weil … weil … hach, herrje, wegen Ihres Akzents«, sagte er. »Das heißt nichts, das weiß ich, und nachdem ich es gesagt habe, war es mir auch sofort klar. Ich wollte Sie nicht beleidigen.«

»Das haben Sie nicht«, sagte Ruth langsam und nachdenklich. »Nein, Sie haben mich nicht beleidigt. Sie haben mich in eine Schublade gesteckt und das, ohne mich zu kennen.«

Er sah sie an, biss sich auf die Lippe, nickte dann. »Ich bitte Sie um Verzeihung.«

»Wissen Sie, ich bin tatsächlich keine Britin. Eigentlich bin ich Deutsche. Aber die Deutschen haben mir alle Rechte genommen. Und ich kann auch nicht mehr nach Deutschland zurück. Vermutlich bin ich gerade staatenlos, so genau weiß ich das nicht. Denn ich bin auch noch Jüdin.« Sie lächelte sanft. »Und als ein Mädchen, eine Frau, eine Person, die in eine jüdische Familie geboren wurde, die eigentlich aber eher konservativ deutsch war als gläubig jüdisch, bin ich seit Jahren, eigentlich schon immer, in bestimmte Ecken gestellt worden. Ecken, in denen ich nicht stehen wollte. Aber mich hat niemand gefragt.« Sie holte tief Luft. »Deshalb bin ich nach England gekommen. Weil ich leben wollte, frei leben, ohne diese seltsamen Ecken und Vorurteile.« Sie sah ihn an, schwieg einen Moment. »Ich habe hier eine Stellung, arbeite hart, verdiene meinen Lebensunterhalt und unterstütze damit sogar auch noch meine Eltern. Ich unterstütze die britische Gesellschaft mit meiner Arbeit, zahle Abgaben, kaufe hier ein. Ja, ich lebe hier.« Sie nickte leicht. »Hm, und dennoch werde ich hier auch wieder in Ecken gestellt. Das macht mich nachdenklich. Und traurig.«

Nun war er sichtlich erschrocken. »Ich weiß gar nicht,

was ich jetzt sagen soll«, sagte er. »Es tut mir schrecklich leid. Ich habe Sie verletzt, einfach durch meine Gedankenlosigkeit.«

»Es ist schon gut«, sagte Ruth. »Aber vielleicht denken Sie darüber nach.«

»Das werde ich. Das werde ich ganz sicher.«

Ruth schaute aus dem Fenster, er starrte zu Boden. Dann richtete er sich auf.

»Ich bin auch wirklich unhöflich«, sagte er. »Ich habe mich noch gar nicht vorgestellt. Charles of Waterpark.«

»Dazu gibt es noch einen Titel, oder?«, fragte Ruth, die jetzt wieder lächeln konnte.

»Ja, den einen oder anderen – das ist aber heutzutage unwichtig.«

»Ruth Meyer«, stellte sie sich vor. Sie gaben sich die Hand, schmunzelten.

»Ich fürchte, ich habe gerade auch alle Vorurteile erfüllt. Ein adeliger Snob.«

»Ich komme aus einer gutbürgerlichen Familie, aus einer Gegend mit wenig Adel. Ich hatte noch keine Gelegenheit, meine Vorurteile aufzubauen.«

»Dann ist das doch eine wunderbare Chance für Sie«, sagte er lächelnd, lehnte sich zurück und sah sie an. Auf Ruths Schoß lag immer noch das Butterbrotpaket. »Um ehrlich zu sein, irritiert mich das Wachspapierbündel dort. Es verströmt nämlich einen Duft, der mir tatsächlich das Wasser im Munde zusammenlaufen lässt. Darf ich auf Ihr früheres Angebot doch noch einmal zurückkommen?«

»Es sind nur Brote«, sagte Ruth leise. »Mit Wurst belegt. Und Speck. Nichts Aufwendiges.«

»Umso besser. Hauptsache, es macht satt. Wie sehr sind Sie in unsere kulinarische Kultur eingestiegen? Kennen Sie Gurkensandwiches? Labbriges Brot mit Gurke, die erwiesenermaßen zum größten Teil aus Wasser besteht, ein wenig Streichkäse und einen Hauch Salz – das gilt als eine der größten Errungenschaften der britischen Küche, neben Lammkeule mit Minzsoße.«

Ruth reichte ihm ein Brot und kicherte. »Das Geheimnis der Minzsoße ist mir bisher verborgen geblieben, zum Leidwesen meiner Arbeitgeberin.«

Er nahm das Brot, biss herzhaft hinein, kaute und sah sie dann erstaunt an.

»Das ist köstlich«, sagte er kauend. »Sie müssen einen guten Bäcker haben und einen hervorragenden Metzger.«

»Oh nein«, sagte Ruth. »Das Brot habe ich selbst gebacken, und die Wurst ist aus unserer Schlachtung. Ich arbeite als Dienstmädchen auf einem Hof.«

»Sie haben das Brot gebacken? Es ist köstlich. Aber natürlich ist es das – wenn man in Deutschland etwas sehr viel besser kann als sonst wo in der Welt, ist es Brot backen.«

»Dafür können wir keine Minzsoße«, erwiderte Ruth.

Waterpark hätte sich fast an seinem Bissen verschluckt. »Chapeau«, sagte er.

»Sie waren in Deutschland? Kennen unser Brot? Oder muss ich jetzt sagen: deren Brot? Hmm, darüber muss ich noch nachdenken.«

»Natürlich war ich in Deutschland. Wie das so ist – man hat Verwandtschaft hier und dort und überall – auch in Deutschland. Ich mochte das Land, bevor Hitler auftauchte.«

»Ich auch.«

»Wollen Sie in England bleiben? Die Staatsbürgerschaft annehmen?«

»Britin werden?« Ruth überlegte. »Ich dachte eine Zeit lang, ich würde es wollen. Jetzt bin ich mir nicht mehr so sicher. Wissen Sie, ich fahre zu meinen Eltern, die in Slough untergekommen sind. Sie konnten erst wenige Tage vor Kriegsbeginn flüchten, und jetzt müssen wir uns erst einmal sortieren.«

»Sie würden eine gute Britin ausmachen«, sagte er. »Unser Land könnte stolz sein, Sie als Mitglied zu haben.«

Ruth lachte leise. »Sie verstehen es, zu schmeicheln. Vielen Dank.«

Die beiden sahen sich an und wussten, dass es das Ende des Gesprächs war. Sie könnten noch weitere Nettigkeiten austauschen oder über das Wetter reden. Aber eigentlich war es nicht das, was sie wollten.

Ruth packte die übrig gebliebenen Brote wieder in ihre Handtasche, schaute aus dem Fenster in die triste Landschaft. Nebel hing über den Feldern, hier und dort erahnte man einen Hof, eine Ansiedlung, aber das warme Licht, das sonst aus den Fenstern schien und das so tröstlich in dieser Jahreszeit gewesen war, fehlte.

Sie kamen in die Londoner Vororte, der Zug füllte sich immer mehr. Jeder schien in die Stadt fahren zu wollen. Und dann erreichten sie die Liverpool Station, wo die meisten ausstiegen. Auch Waterpark stand auf, nahm seinen Rucksack aus dem Gepäcknetz. Ruth blieb sitzen, sie musste erst in Ealing umsteigen.

»Wenn dies eine andere Zeit wäre«, sagte Waterpark, »vielleicht auch ein anderes Leben, würde ich Ihnen liebend gern meine Karte geben und mich mit Ihnen auf einen Tee verabreden.«

Ruth nickte. »Ich trinke lieber Kaffee«, sagte sie lächelnd.

»Manchmal trifft man sich zweimal im Leben. Sie sind eine interessante Person und haben mich zum Nachdenken gebracht. Danke dafür und alles Gute Ihnen.«

»Ihnen auch. Wo auch immer Sie jetzt hingehen, viel, viel Glück.«

Er stieg aus, und Ruth folgte ihm noch mit den Blicken durch das Gewimmel, solange sie konnte. Aber dann war er verschwunden.

Er hatte gesagt, dass sie eine interessante Person sei – das dachte sie auch von ihm. Und früher, in ihrem anderen Leben, hätte sie sicher mit ihm geflirtet, hätte es genossen, hätte wenigstens eine kleine Kontaktmöglichkeit hergestellt. Dazu hätte sie ihm ja nur ihre Adresse und Telefonnummer in Frinton-on-Sea geben müssen. Aber, das ging ihr nun auf, das war ihr gar nicht in den Sinn gekommen.

Im Moment gab es dafür keinen Platz in ihrem Leben. Flirten, sich verabreden, ausgehen? Mit einem Engländer? Mit einem Soldaten, der vermutlich auf dem Weg in den Krieg war? Undenkbar. Für jemanden Gefühle entwickeln, der sich einer großen Gefahr stellte? Und dann womöglich wieder einen Verlust erleiden? Das war nicht vorstellbar für Ruth. Sie bemerkte, dass sie um ihre Gefühlswelt, die früher so leicht und locker, so unfassbar frei und schön gewesen war, eine dicke Mauer gebaut hatte.

Das hatte angefangen, als Kurt mit seiner Familie nach Amerika ausgewandert war. Damals war sie sich noch sicher gewesen, dass die Liebe die Zeit und die Entfernung überwinden würde, dass sie sich wiedertreffen würden, und ihre Liebe endlos sei. Doch inzwischen wusste sie es besser.

Der Schmerz um diesen Verlust war groß gewesen, aber sie hatte sich damit getröstet, dass erste Lieben so waren — dass es danach zweite und vielleicht auch eine dritte Liebe geben werde und schließlich jemanden, der für sie bestimmt war, mit dem sie den Rest ihres Lebens verbringen würde. Nun war sie sich da nicht mehr so sicher.

Der Zug setzte sich wieder in Bewegung, fuhr stampfend und zischend aus dem Bahnhof, durch die Stadt, die so anders wirkte als im Sommer, als sie das letzte Mal hier gewesen war. Damals pulsierte das Leben. Es gab schon die dunklen Wolken des aufziehenden Krieges, aber der schien noch so weit weg und vielleicht immer noch vermeidbar. Die Leute wollten leben, ihr Leben genießen, tanzen, feiern, am Wochenende aufs Land oder an den Strand fahren.

Und jetzt liefen sie im Grau der dunklen Stadt mit eingezogenen Köpfen und mit der Gasmaske über der Schulter durch die Straßen.

Ruth hatte noch nie die Vorweihnachtszeit in London erlebt. Nun sah sie hier und dort Tannengirlanden und anderen Schmuck, aber die Beleuchtung fehlte. Die Schaufenster der Geschäfte waren verklebt – als Splitterschutz und zur Abdunkelung. Alles machte einen sehr tristen Eindruck. Dennoch war das Treiben auf den Straßen geschäftig.

Mit einiger Verspätung kam der Zug in Ealing an. Dort musste sie aussteigen. Sie zerrte die Kiste unter dem Sitz hervor, nahm ihr Köfferchen und zog die Kiste an dem Riemen über den Boden.

»Kann ich Ihnen helfen?«, fragte jemand.

Ruth schaute auf. Es war ein Mann mittleren Alters.

»Das wäre zu freundlich«, antwortete sie.

Bei ihren Worten runzelte er die Stirn.

»Was ist denn in der Kiste?«, fragte er und klang plötzlich misstrauisch.

Ruth schluckte. Da war sie wieder, die Ecke, in die sie gestellt wurde. Sie verstand inzwischen fast alles auf Englisch, konnte sich auch gut verständigen, aber ihren Akzent würde sie vermutlich nie loswerden.

»Konserven.«

Der Mann hob die Kiste an, trug sie zu Tür. Der Zug hielt, die Türen öffneten sich, und er stieg mit der Kiste zusammen aus. Für einen kurzen Moment fürchtete Ruth, dass er mit den ganzen Wurstwaren verschwinden würde. Doch auf dem Bahnsteig stellte er die Kiste ab, nickte Ruth zu und verschwand.

Sie musste zu einem anderen Gleis, aber zum Glück fand sie einen Kofferkarren und konnte ihre Sachen damit transportieren. Allerdings war sie schweißnass, als sie endlich auf dem richtigen Bahnsteig ankam, und das, obwohl die Luft kalt und feucht war.

Bis ihr Anschlusszug kam, hatte sie noch über eine Stunde Zeit. Auf einmal sehnte sie sich nach einer Tasse heißen und süßen Tee. Aber sie traute sich nicht, ihr Gepäck allein zu lassen. Also setzte sie sich auf die Kiste und wartete.

Ihr Zug hatte zwei Stunden Verspätung, aber dann endlich kam er. Wieder half ihr jemand mit der Kiste, und endlich, es war schon Nachmittag, kam sie in Slough an.

Vati stand auf dem Bahnsteig, schaute unsicher von einer Seite zur anderen, suchte sie. Ruth öffnete das Fenster und winkte. »Vati! Vati! Ich bin hier! Hier!«

Sie fielen sich in die Arme, und Ruth spürte die Erleichterung. Endlich war sie angekommen, war bei ihren Eltern. Nun musste sie sich nicht mehr verstellen, nichts mehr vorspielen – oder nur wenig, denn sie wollte ihrer Familie ja keinen Kummer machen.

Karl hatte einen Handkarren für das Gepäck dabei. »Wir wussten nicht, ob du noch weitere Koffer aus Frinton-on-Sea mitbringst«, sagte er und starrte auf die Kiste. »Ist das auch etwas, was Mutti dir eingepackt hat? Ich hatte keine Ahnung, dass sie dich mit all den Sachen nach England geschickt hat.«

»Die Koffer«, sagte Ruth, »die Mutti mir mitgegeben hat, sollten alle schon bei euch sein, Freddy hatte sie doch schon vor Wochen mit der Bahn verschickt. Dies sind Sachen aus Frinton-on-Sea. Konserven. Lebensmittel.«

»Oh! Da werden sich Mutti und Hilde ja freuen. Sie planen ein großes Lichterfest, soweit das möglich ist.«

Gemeinsam machte sie sich auf den Weg, und das, was Ruth vom Zugfenster aus beobachtet hatte, war auch hier zu sehen – die Straßen dunkel und trist, die Menschen nervös und hektisch, die Köpfe gesenkt. Und jeder trug den kleinen Kasten mit der Gasmaske. Es war so, als ob das Unheil schon über ihnen schwebte, nicht sichtbar, aber von allen gefürchtet.

»Wie ist die Wohnung?«, fragte Ruth, einfach, um mit ihrem Vater ins Gespräch zu kommen. Er wirkte fahrig, auch wenn er schon etwas besser aussah als noch vor ein paar Wochen.

»Klein. Feucht. Aber es ist unsere Wohnung. Wir sind unter uns, und das gefällt Mutti. Die Zeit mit den Kappels war nicht ganz so einfach – wir konnten kaum etwas auspacken, weil kein Platz war, und aus dem Koffer lebt Mutti nicht gern.« Karl sah Ruth an, und ein Lächeln stahl sich auf seine Lippen. »Du kennst sie ja.«

Ruth nickte. »Und ich kann sie verstehen.«

»Mutti hätte die Wohnung gern noch mehr geschmückt, aber dafür fehlen uns die Mittel. Immerhin konnte sie unseren Chanukka-Leuchter retten, er war bei den Sachen, die sie hierher geschickt hat.« Er seufzte. »Allerdings ärgert es sie, dass die Fenster verdunkelt sein müssen. ›Das Chanukka-Licht soll drinnen und draußen scheinen‹, sagt sie. So steht es in der Thora – aber in diesen Zeiten gelten andere Gesetze.«

»Die Sicherheit ist wichtiger«, sagte Ruth. »Das versteht sie doch sicherlich auch?«

Karl nickte. »Aber der Gedanke eines Angriffs von den Nazis macht sie nervös.«

»Nicht nur sie«, murmelte Ruth.

Endlich erreichten sie die Wohnung, die in einer kleinen, schmalen Straße lag. Es gab sechs Wohnungen in dem Haus, die Meyers hatten zum Glück eine Wohnung im Erdgeschoss, und so mussten sie die Kiste nur drei Treppenstufen nach oben tragen.

Martha umarmte Ruth, wollte sie kaum wieder loslassen. »Ich freue mich so sehr, dass du da bist«, sagte sie und wischte sich die Tränen von den Wangen. »Ich habe dich so sehr vermisst.«

»Geht es euch gut?«, fragte Ruth. Sie musterte Martha. Ihre Mutter war etwas dünner geworden, die Sorgenfalten hatten sich nicht gelegt – aber sie würden auch wohl nie mehr verschwinden.

»Jetzt, wo du da bist, geht es uns gut«, sagte Martha. »Aber du siehst müde aus. Komm, leg deinen Mantel ab und setz dich. Erzähl, wie es dir ergangen ist.«

»Was hast du alles mitgebracht?«, fragte Ilse, die ihre Schwester ebenfalls herzlich begrüßt hatte.

»Mach die Kiste auf«, sagte Ruth und lächelte. »Es ist alles für euch.«

»Wurst. Und Speck. Und Schmalz, du hast Schmalz mitgebracht«, staunte Martha. »Wie herrlich. Dann können wir

ja ein richtiges Chanukka-Essen machen. Mit Kartoffelpuf-
fern und Schmalzgebackenem. Ich habe sogar eine Gans auf
dem Markt bekommen. Sie war teuer, aber das war es mir
wert. Morgen kann ich sie abholen.«

Es gab viel zu erzählen, aber Ruth war einfach nur müde
und blieb einsilbig. Als es dunkel wurde, zündeten sie die
sieben Kerzen des Chanukka-Leuchters an, der auf der Kommode stand.

Morgen war der letzte Tag des Festes, und dann würden
alle acht Kerzen und die Dienerkerze, mit der alle anderen
angezündet wurden, brennen.

Ruth dachte an die vielen fröhlichen Feiern der vergangenen Jahre zurück. Nur einmal hatte sie das Lichterfest ohne
ihre Eltern verbringen müssen – als sie in Wolfratshausen
auf der Schule gewesen war. Aber sie hatten nachgefeiert.
Und immer waren Omi und Opi und Großmutter Emilie
dabei gewesen. Dieses Jahr würde alles so anders sein. Alle
anderen schienen das Gleiche zu denken. Schweigend sahen
sie dem Kerzenschein zu.

Nach dem Abendessen, das dank Ruths Mitbringseln sehr
üppig ausfiel, saßen sie noch ein wenig zusammen und hörten Radio. Doch Ruth wollte früh zu Bett.

»Du schläfst bei mir im Zimmer«, sagte Ilse. »Ich meine …
wir teilen uns das Zimmer.«

Ruth tätschelte ihr beruhigend den Arm. »Ist schon in
Ordnung – es ist dein Zimmer, und ich darf mit darin schlafen. Im Moment bin ich ja auch nur auf Besuch hier, und
übermorgen muss ich schon wieder fahren.«

Ruth öffnete die Tür des Zimmers und blieb erstaunt stehen. Dort standen ihre alten Betten. Als das Haus gebaut wurde, hatte Martha die Zimmer sehr zweckmäßig und modern geplant. Es gab Einbauschränke, die mit der Täfelung der Wände verschmolzen. Und auch die Betthäupter waren in die Wandverkleidung integriert gewesen – deshalb hatten sie im Haus bleiben müssen.

Hans Aretz, ihr ehemaliger Chauffeur, der sehr viel praktischer veranlagt war als Karl, hatte neue Betthäupter für sie gebaut, damit sie sie bei ihrem Umzug in die Wohnung der Gompetz auf der Bismarckstraße mitnehmen konnten. Und nun standen die Betten hier. Ein Stück Heimat. Ruth wurde ganz warm vor Glück, dennoch fühlte sie auch einen kleinen Kloß an Traurigkeit. Die Betten zu sehen, war ein wenig wie nach Hause kommen. Aber dieses Zuhause, das wurde Ruth plötzlich überdeutlich bewusst, gab es nicht mehr. In ihrem Haus in Krefeld wohnten nun andere Leute. Es waren Nazis, die sich die Häuser der Juden genommen hatten und nun dort lebten. Selbst wenn Ruth jemals wieder nach Krefeld käme – in dem Haus würde sie nie wieder leben können. Das Haus, das früher mit Glück und Liebe gefüllt war, war nun mit Grauen und Angst besetzt.

Ruth schloss die Augen, sah ihr Zimmer vor sich – sonnendurchflutet. Wie sehr hatte sie es geliebt, dort zu sein. Wie oft hatte sie auf dem Fensterbrett gesessen und auf die Straße geschaut? Es waren wundervolle Zeiten gewesen – Zeiten, die nun unwiederbringlich vorbei waren. Die Betten hatten sie retten können, aber das Gefühl eines sicheren Zuhauses hatten sie verloren – wahrscheinlich für immer. Der Gedanke schmerzte.

Am nächsten Morgen wachte Ruth auf und erschrak. Es war warm, und sie hörte Geräusche, die sie zuerst nicht zuordnen konnte. Das Zimmer war pechschwarz, und dort, wo das Fenster sein sollte, dessen Umrisse man trotz der Verdunkelung immer noch erahnen konnte, war nichts. Dann hörte sie etwas schräg neben sich und begriff endlich, dass sie in Slough war und nicht in Frinton-on-Sea.

Sie tastete nach dem Lichtschalter der kleinen Lampe auf dem Nachttischchen und sah blinzelnd auf ihre Armbanduhr. Es war kurz nach vier. Das frühe Aufstehen war schon zur Gewohnheit geworden. Schnell schaltete sie das Licht wieder aus, Ilse war zum Glück nicht wach geworden. Dann drehte sie sich noch einmal selig um und schlief zufrieden wieder ein.

Sie wurde erst wach, als Martha um kurz nach sieben in das Zimmer geschlichen kam, um Ilse zu wecken.

Ruth setzte sich in ihrem Bett auf. »Guten Morgen«, sagte sie fröhlich.

»Oh, es tut mir leid«, entschuldigte Martha sich. »Ich wollte dich nicht wecken. Aber Ilse muss aufstehen und zur Schule gehen.«

»Kann ich nicht ausnahmsweise hierbleiben?«, stöhnte Ilse und reckte sich. »Sonst sehe ich Ruth ja kaum noch.«

»Die Schule geht doch nur bis mittags. Und nein – du kannst nicht hierbleiben«, sagte Martha streng.

»Menschenskind, sei doch nicht so, Mutti«, maulte Ilse.

Martha sah sie nur an, zog die Augenbrauen hoch. Seufzend stand Ilse auf und trollte sich ins Bad.

»Du darfst noch weiterschlafen«, sagte Martha zu Ruth.

»Jetzt bin ich wach, da kann ich auch aufstehen. Ich weiß gar nicht, wann ich das letzte Mal so lange geschlafen habe.«

Zum Frühstück gab es eine Tasse echten Bohnenkaffees. Ruth hatte auch ein paar Gläser Marmelade mitgebracht.

»Das ist so köstlich«, lobte Vati. »Mit dem englischen Frühstück habe ich mich noch nicht anfreunden können.«

»Auf dem Hof macht das Sinn – Würstchen, Speck und Bohnen wärmen und sättigen. Der Tag fängt dort früh an und endet spät – da braucht man eine gute Grundlage«, erzählte Ruth. »Aber ich mag es auch nicht wirklich.«

»Heute Abend bekommen wir Besuch«, sagte Martha aufgeregt. »Ich muss noch einiges vorbereiten.«

»Onkel Werner und Tante Hilde?«

»Ja, und natürlich Marlies. Aber es kommen auch noch die Nebels.«

»Edith und Jakub?«, fragte Ruth überrascht.

Martha nickte. »Sie wollen uns helfen, Omi und Opi und die anderen herzuholen. Sie haben noch diverse Kontakte. Ich verspreche mir sehr viel davon.«

»Das wäre ja wundervoll«, sagte Ruth.

»Abwarten«, meinte Karl. Er wirkte pessimistischer als früher, fand Ruth. Aber vermutlich war das nach den Erfahrungen, die er hatte machen müssen, nicht verwunderlich.

Ruth versprach Martha zu helfen, doch erst einmal durfte sie ein Bad nehmen. Das Badezimmer war klein und hatte nur eine Sitzwanne aus Gusseisen, aber es war warm, und sie hatte keinen Zeitdruck, so wie in Frinton-on-Sea, wo jederzeit Olivia vor der Tür stehen konnte.

Nach dem ausgiebigen Bad zog sich Ruth an. Ihre Mutter stand in der Küche und polierte die guten Kristallgläser. Die große Bowleschüssel stand auf dem Tisch und glitzerte und glänzte im Schein der Lampe. Heute war einer der Tage, an denen es nicht wirklich hell wurde, deshalb hatte Martha die Verdunkelung erst gar nicht abgenommen. Vati saß im Wohnzimmer und las die Zeitung, neben sich das Wörterbuch. Er murmelte vor sich hin.

»Anfang des nächsten Jahres werden wir einen Englischkurs besuchen können«, sagte Martha. »Aber Vati kann mal wieder nicht abwarten und versucht jetzt schon, so viel wie möglich zu lernen.«

»Das ist ja auch nicht verkehrt«, sagte Ruth. »Ich bin stolz, dass ihr aktiv versucht, euch hier einzuleben.«

Martha verzog das Gesicht, sagte aber nichts. Irgendein Gedanke schien sie jedoch zu beschäftigen. Ruth nahm sich ein Geschirrtuch und half ihrer Mutter, die Gläser zu polieren. Danach nahmen sie sich das gute Besteck vor. Einen Teil davon hatte Josefine Aretz nach Holland geschmuggelt, ebenso Schmuck und Münzen.

»Wie geht es den Aretz?«, fragte Ruth. »Und Goldsteins? Was macht Luise Dahl?«

Martha berichtete, wer nun wo wohnte – denn die meisten

Juden, die noch in Krefeld geblieben waren, hatten umziehen müssen. Bestimmte Häuser waren zu sogenannten ›Judenhäusern‹ geworden, und dort hatten sie alle einziehen müssen. Omi und Opi durften zwar in ihrem Häuschen in der Klostergasse bleiben, hatten aber Großmutter Emilie, Tante Hedwig und Hans bei sich aufnehmen müssen.

»Das muss ja furchtbar eng sein«, sagte Ruth.

»Es ist überall eng. Stell dir vor, auch Richard Merländer musste sein Haus verkaufen – weit unter Wert. Er wohnt jetzt am Ostwall. Eigentlich wollte er nach Berlin ziehen, aber das wurde ihm nicht gestattet.«

»Und die Sanders?«

»Die wohnen noch in der Villa.«

»Armer Onkel Richard, er hat immer so gerne großzügig gelebt.«

»Nun, er hat jetzt ganz andere Sorgen«, sagte Martha bedrückt. Dann erzählte sie von anderen Bekannten und Freunden, von der Verwandtschaft in Anrath. Aber seitdem der Krieg ausgebrochen war, hatte sie von niemanden in Deutschland etwas gehört.

Gegen Mittag kam Ilse von der Schule nach Hause.

»Kommt ihr beiden mit?«, fragte Martha. »Ich muss noch zum Markt, die Gans abholen.«

»Gibt es auch Rotkohl?«, fragte Ruth.

»Ja, aber den macht zum Glück Tante Hilde. Ich kann immer noch nicht besonders gut kochen und habe schon Bammel davor, das Schmalzgebäck zu machen.«

»Ich helfe dir. Das ist gar nicht so schwierig«, sagte Ruth.

»Es ist mir ein Rätsel, wie schnell du kochen gelernt hast. Und wie gut du es kannst – von mir hast du das ganz sicher nicht«, sagte Martha lachend.

Kapitel 13

Gans hatte Ruth bisher noch nicht zubereitet, wohl aber Ente und jede Menge Hühner. Sie erinnerte sich daran, dass Frau Jansen, ihre frühere Köchin, immer Äpfel in die Gans gesteckt hatte. Das Fett aus dem Bauchraum hatte sie herausgeschnitten und in einem kleinen Topf langsam erhitzt – so machte es Ruth jetzt auch. Sie salzte die Gans, tat ein paar Zweige Beifuß in den Bauchraum und stopfte ihn dann mit Äpfeln. Anschließend schob sie ihn in das Rohr. In der Küche gab es keinen gemauerten Herd, sondern eine kleine Küchenhexe, die mit Kohl und Briketts geheizt wurde. Überall in der Stadt schien man diese Art Öfen zu haben, denn über den Straßen lag eine Wolke aus Qualm.

Aber der Herd wurde schnell heiß und brannte gut, stellte Ruth zufrieden fest. Besser als der riesige Herd in der Küche der Sandersons, den sie lange anheizen musste, bis er Temperatur hatte. Schon bald roch es köstlich.

Ruth hatte die Gans auf ein Ofengitter gelegt, darunter hatte sie eine Auflaufform geschoben, in die jetzt das Fett tropfte. Aus Milch, Eiern und Mehl hatte sie einen dünnen Teig gerührt, der nun auf dem Küchentisch stand.

»Was wird das?«, fragte Ilse neugierig.

»Das nennt man hier Yorkshire Pudding – aber es ist kein Pudding, so wie wir ihn kennen, sondern eine Art Beilage – ein wenig wie fettige Pfannkuchen, aber nicht süß, sondern eher herzhaft. Es ist ein typisch englisches Sonntagsgericht – man muss den Teig in Fett ausbacken, und deshalb dachte ich, dass es gut passt.«

»Das hört sich interessant an«, sagte Martha.

In der Küche war zu wenig Platz für Gäste, also hatten sie im Wohnzimmer, das auch nicht besonders groß war, die Möbel zur Seite gerückt und gedeckt. Der große Esstisch aus Krefeld war, genauso wie die alte Anrichte, die dafür in zwei Teile zersägt werden musste, nach Amerika zu Karls Cousine geschickt worden. Das hatte Martha schon 1938 veranlasst, als sie die Affidavits von der Cousine bekommen hatten.

Hier hatten sie nur einen wackeligen Küchentisch. Aber Karl hatte sich von dem Malergeschäft auf der anderen Straßenseite zwei große Holzböcke geliehen und dann die Tür ihres Kleiderschranks ausgehängt und auf die Böcke gelegt. Zur Feier des Tages hatte Martha doch eine der guten Tischdecken aus Damast ausgepackt. Sie lag nun über dem improvisierten Tisch. Es schellte – die Koppels kamen und brachten allerlei mit. Zum einen hatten sie ein paar Stühle dabei, dann den großen Topf mit dem Rotkohl, den Tante Hilde schon gestern gekocht hatte. Es duftete köstlich, als Ruth ihn auf den hinteren Teil des Herds schob.

»Wann kommen die Nebels?«, fragte Ruth.

Karl schaute auf seine Uhr. »Sie wollten gegen vier Uhr da sein, rechtzeitig zum Anzünden der Kerzen.«

Dann hatten sie noch gut eine Stunde Zeit, stellte Ruth fest. Während Ilse, Marlies und Tante Hilde im Wohnzimmer den Tisch deckten, öffnete Onkel Werner eine Flasche Schaumwein, die er mitgebracht hatte.

»Wir müssen anstoßen«, sagte er fröhlich. »Anstoßen darauf, dass wir hier alle zusammen sein und Chanukka feiern können.«

»Aber … wenn wir jetzt anstoßen, können wir das doch gleich nicht mehr mit den Nebels«, sagte Martha nervös.

»Keine Sorge, Martha, ich habe mehr als eine Flasche mitgebracht. Du wirst heute noch öfter anstoßen dürfen«, sagte Onkel Werner lachend.

Auch Marlies und Ilse bekamen ein Glas.

»Auf uns«, sagte Onkel Werner.

»Auf den Sieg über Deutschland«, fügte Tante Hilde hinzu.

»Hoffentlich«, seufzte Martha.

Mit gemischten Gefühlen nippten sie den ersten Schluck – der Wein war vorzüglich.

»Ein französisches Produkt«, erklärte Onkel Werner. »Man ist ja angehalten, französische Sachen zu kaufen, um unsere Alliierten zu unterstützen.«

Und schon begannen die beiden Männer, über den Krieg zu diskutieren.

Ruth kontrollierte die Gans, stach mit einer großen

Fleischgabel mehrfach in die Brust, so dass das Fett ausgelassen wurde.

In der Auflaufform unter der Gans brutzelte das Fett, was von oben hineintropfte. Vorsichtig gab Ruth den dünnflüssigen Teig in die Auflaufform. Es spritzte und zischte, schnell schloss sie die Klappe wieder. Auf dem Herd hatte sie das ausgelassene Gänseschmalz in eine tiefe Pfanne geschüttet und etwas Schweinefett dazugetan.

Martha hatte einen Brandteig zubereitet, er war ihr gut gelungen. Nun stach sie kleine Portionen davon ab und gab sie in das heiße Fett auf dem Herd. Dann fischte sie die braunen und knusprigen Krapfen heraus und legte sie zur Seite. Ruth hatte Kartoffeln geschält, geraspelt und gut ausgedrückt. Nachdem Martha mit den Krapfen fertig war, briet Ruth die Kartoffelpuffer.

»Es duftet wie früher«, sagte Ilse. »Wie zu Hause.«

»Ab nun ist unser Zuhause da, wo wir sind«, sagte Ruth. Es klang optimistischer, als sie sich fühlte.

Punkt vier kamen die Nebels und brachten weitere Spirituosen mit. Außerdem hatten sie Schokoladentaler dabei und andere Süßigkeiten. Man begrüßte sich herzlich, und Onkel Werner füllte die Gläser erneut. Edith war sehr erfreut, Ruth zu sehen.

»Ich fürchtete schon, Mrs Sanderson würde dich nicht gehen lassen«, sagte sie.

»Wollte sie auch nicht, aber ich habe Unterstützung bekommen.«

»Es wird Zeit«, unterbrach Karl die Gespräche. »Es ist schon dunkel draußen. Lasst uns zuerst das *Schma Jsrael* sprechen.«

Ruth sah ihren Vater erstaunt an. Seit wann folgte er den Gebeten? Doch alle versammelten sich im Wohnzimmer, schauten nach Osten – in Richtung Jerusalem, wie es die Sitte gebot.

»Höre Israel«, sagte Karl, »der Ewige ist Gott, der Ewige ist einzig.

Gepriesen sei Gottes ruhmreiche Herrschaft immer und ewig.

Darum sollst du lieben deinen Gott mit ganzem Herzen, mit ganzer Seele, mit ganzer Kraft.

Diese Worte sollen in deinem Herzen geschrieben stehen. Du sollst sie deinen Kindern erzählen. Du sollst von ihnen erzählen, wenn du zu Hause sitzt, wenn du auf der Straße gehst, wenn du dich schlafen legst und wenn du aufstehst. Du sollst sie als Zeichen um dein Handgelenk binden. Sie sollen ein Merkzeichen auf deiner Stirn sein. Du sollst sie auf die Türpfosten deines Hauses und in deine Tore schreiben.«

Danach folgte das stille Gebet. Es hatte einen festen Text, den Ruth früher in der Samstagschule gelernt hatte – aber sie wusste ihn nicht mehr. Dennoch berührten sie die Worte und das Ritual.

Es folgte das Maariw, das Abendgebet und ein Teil des Kaddischs.

Diesen Text wusste Ruth noch.

»Das gehöht und das geweiht, Sein Name sei Im All erschaffen, wies ihm fromm,

Und sein Reich komm. Solang euch Leben und Tag gegeben, und beim Leben des Hauses Israel, dass das bald so und in naher Zeit – drauf sprecht: Amen – Sei sein Name erhoben, Welt auf Welt, auf Ewigkeit Preis und Dank.« Es folgten noch weitere Zeilen der Danksagung, zum Schluss sprachen alle zusammen: »Amen!« Gemeinsam und voller Inbrunst.

Dann holte Martha die Streichhölzer hervor, sprach die Segensworte und zündete die Dienerkerze an. Mit ihr entfachte sie alle acht Kerzen des Chanukka-Leuchters.

Das Lichterfest war eigentlich ein fröhliches Fest. Es wurde gesungen und gespielt, gut gegessen. Wirklich ausgelassen und fröhlich war an diesem Abend niemand, aber doch herrschte eine gute Stimmung, die noch mal besser wurde, als Martha und Ruth das Essen auftrugen.

Die Gans glänzte wunderbar und war schön kross, der Yorkshire Pudding hatte Mulden gebildet, in denen das Fett der Gans schwamm. Der Rotkohl duftete herrlich, und die Kartoffelpuffer waren kross, aber innen noch weich.

Sie schlemmten, reichten sich gegenseitig Soße, Butter und Brot. Onkel Werner füllte immer wieder die Gläser. Zum Abschluss gab es die Krapfen mit Sahne und Marmelade.

»Ich bin pappsatt. Ihr habt fatal gut gekocht, Mutti, Tante Hilde und Ruth«, sagte Ilse und rieb sich den Bauch. »Das ist ein schönes Chanukka-Fest.«

»Noch schöner wäre es, wenn die Großeltern auch hier wären«, murmelte Martha und begann das Geschirr abzuräumen. Alle Frauen halfen ihr, während die Männer den Schnaps hervorholten und sich Zigarren anzündeten.

Tante Hilde hatte eine Pappschachtel mit »Glocke und Hammer«, einem Gesellschaftsspiel, auf den Tisch gelegt. Ilse sah ihre Großcousine Marlies an. »Sollen wir in mein Zimmer gehen und dort spielen?«, fragte sie. »Sie werden hier gleich sowieso nur über den Krieg reden.«

»Das wäre knorke«, meinte Marlies.

»Kommst du mit?«, fragte Ilse Ruth, doch Ruth schüttelte den Kopf.

»Ich will hören, was sie über den Krieg sagen.«

»Sie ist schon so unglaublich erwachsen«, hörte Ruth Ilse Marlies zuflüstern. »Bald kann man wahrscheinlich gar nichts mehr mit ihr anfangen.«

»Immerhin kocht sie großartig«, sagte Marlies. Das entlockte Ruth ein Lächeln.

»Die Küche räume ich morgen auf«, hatte Martha zu Ruth gesagt. »In aller Ruhe. Jetzt wollen wir doch die Zeit mit den anderen verbringen.«

Während die Männer ihre Zigarren pafften, nahmen sich die Frauen Zigaretten aus einer Holzschachtel, die Martha auf den Tisch gestellt hatte.

»Wie geht es Ihnen hier?«, fragte Edith Nebel Martha. »Haben Sie sich ein wenig eingelebt?«

»Nun ja, soweit es geht. Wir sind ja noch nicht lange hier, und erst ab Januar werden wir Sprachunterricht nehmen können. Die jüdische Gemeinde bietet Kurse an. Ilse konnte jetzt schon gehen, und das ist gut so – ihr fiel allmählich die Decke auf den Kopf.«

»Sprachkurse sind gut«, sagte Edith. »Nicht nur, um die Sprache zu lernen. Ich weiß, dass einige Juden hier wohnen. Sie werden sicherlich Kontakte knüpfen können.«

»Der Krieg wird bald vorbei sein«, sagte Werner Koppels voller Inbrunst. »Französische Truppen haben jetzt schon Teile des Saarlands besetzt – praktisch ohne Gegenwehr. Hitler wird seine Truppen an der Maginot-Linie aufreiben, wenn er sich jetzt gegen den Westen wendet.«

»Das sehe ich anders«, sagte Jakub Nebel bedächtig. »Hitler ist nicht gegen die Truppen im Saarland vorgegangen, weil er keinen Zweifrontenkrieg will. Aber jetzt teilt er Polen zwischen sich und Stalin auf und kann die Truppen aus dem Osten abziehen.«

»Aber die Maginot-Linie!«, sagte Werner. »Sie ist so befestigt, dass Hitler keine Chance hat.«

»Er wird andere Wege suchen, er ist zwar ein Idiot, aber leider nicht dumm«, entgegnete Jakub.

»Ich verstehe nicht, warum die Westunion Deutschland nicht angreift«, sagte Karl. »Sie beginnen gerade einen Sitzkrieg, der zu nichts führt.«

»Wie und wo sollen sie denn Deutschland angreifen? Die Niederlande und Belgien sind neutral. Die Maginot-Linie ist zwar befestigt, aber gerade deshalb wird es dort zu keinen Kämpfen kommen können. Und über neutrale Länder zu gehen, werden wir politisch nicht durchsetzen können, zumal der englische Premierminister das nicht in Betracht zieht.«

»Aber wie wird es weitergehen?«, fragte Martha. »Man kann doch so einen Krieg nicht aussitzen.«

»Eigentlich«, sagte Karl, »müssten die Westmächte jetzt den Finnen helfen, die von der Sowjetunion angegriffen werden.«

»Das werden sie nicht tun«, meinte Edith. »Nicht noch einen Feind ...«

»Aber wenn der Russe siegt und über den Osten einmarschiert?«

»Dann steht er erst einmal vor den neutralen Schweden. Und schließlich vor Deutschland. Hitler wird Stalin nicht zu viel vom Norden überlassen.«

»Sollen doch Hitler und Stalin im Norden und Osten Krieg führen und uns in Ruhe lassen«, sagte Hilde.

»So einfach ist das leider nicht. Wir sind ja im Krieg mit Deutschland«, erklärte Jakub. »Wir haben bloß unseren Beistandspakt mit Polen nicht eingelöst und sie ihrem Schicksal überlassen.«

»Aber warum nicht?«, fragte Karl.

Jakub sah ihn an. »Können Sie sich das nicht denken?«

Karl senkte den Kopf. »Polen ist zu weit im Osten, dieser Krieg hat für England und Frankreich keine Gefahr bedeutet. Also überlassen sie das Land Hitler ... ich habe gehört, dass er angefangen hat, alle Juden zusammenzutreiben ... und in Konzentrationslager zu schicken.«

Jakub nickte. »Ja, das habe ich auch gehört. Es ist schrecklich, und es kann nicht so weitergehen – aber wir Juden haben keine Lobby.«

Karl sah Edith an. »Haben Sie etwas aus Deutschland in Erfahrung bringen können? Wir haben bisher nichts gehört von unseren Verwandten und Freunden. Gar nichts.«

Edith senkte den Kopf, und Jakub Nebel seufzte auf, er sah Karl an, schob ihm sein Glas hin. Karl schenkte ihm noch einen Schnaps ein.

»Haben Sie von dem Venlo-Zwischenfall gehört?«, fragte er dann.

»Nein.«

»Am 9. November sind zwei britische Geheimdienstoffiziere von den Nazis in Venlo entführt worden. Es war ein Komplott, gut vorbereitet durch die SS. Ich weiß einige Details, darf aber nicht darüber sprechen, auch nicht in einem so kleinen und privaten Rahmen. Oder da erst recht nicht«, sagte er voller Bedacht. »Wissen Sie, es gibt schon seit Jahren einige Kreise in der Wehrmacht und auch bei den Diplomaten, die Chamberlain gewarnt haben. Ich meine, deutsche Diplomaten. Da ist zum Beispiel dieser Mann, dessen Namen ich nicht erwähnen darf, der lange im diplomatischen Dienst Deutschlands war. Aber er kommt aus einer multikulturellen Familie. Und er konnte 1936 einfach keinen Ariernachweis erbringen, vermutlich, weil er kein reiner Arier ist.« Jakub trank einen Schluck. »Zu der Zeit war er in London. Er quittierte also den Dienst für das Deutsche Reich und wurde … sagen wir … Händler. Durch seine Arbeit als Diplomat hatte er viele verschiedene Kontakte zu vielen verschiedenen Länder, und das machte den Handel recht einfach. Außerdem – Sie werden es selbst wissen – fingen in dieser Zeit die Geschäfte mit Wertgegenständen an, weil manche Familien zu Geld kommen mussten. Silber, Bilder, Schmuck – Sie wissen, was ich meine.«

Karl nickte. »Ja, viele von uns haben ihren Besitz verscherbelt – nur damit die Nazis uns dann doch das Geld nehmen.«

Jakub sah ihn an. »Das ist eine der Folgen, ja. Aber zurück zum Venlo-Zwischenfall. Dieser ehemalige Diplomat hatte natürlich auch noch Kontakte zu seinen früheren Kollegen. Und er kannte einige, die Hitler als genau die Gefahr sahen, die er ist. Man versuchte damals die britische Regierung zum Handeln zu bewegen, aber vergebens. Leider. Doch es gab einige Leute – aus der Wehrmacht und anderen führenden Kreisen, die Hitler entmachten wollten. Das war noch vor der Pogromnacht. Leider misslang das Vorgehen.«

»Es gab eine Verschwörung gegen Hitler?«, fragte Ruth überrascht.

»Nicht nur eine«, sagte Jakub. »Es gab Einzeltäter, es gab Gruppen … und es gibt immer noch Menschen, die ahnen oder fürchten, was auf Europa zukommen kann. Und die das verhindern wollen.« Er sah in die Runde. »Warum erzähle ich das? Weil es Kontakte zwischen dem englischen Geheimdienst und … Deutschen gab. Sie gaben sich sehr glaubwürdig als Teile der Wehrmacht aus, die gegen Hitler operieren wollten. Ich mache es kurz – es war ein Komplott der SS, und die beiden wurden entführt.«

»Eine Schande«, sagte Martha.

»Aber ... was hat das mit unseren Familien zu tun?«, fragte Ruth leise. Eine böse Ahnung beschlich sie.

»Direkt hat es nichts damit zu tun. Indirekt aber viel. Im Grunde ist nun das ganze Geheimdienstnetz in Deutschland, eigentlich in Europa, wertlos geworden, da wir nicht wissen, was sie verraten haben und was nicht.«

»Was können sie denn verraten haben?«, fragte Martha ein wenig naiv.

»Namen. Namen von Menschen, die für uns und gegen Hitler arbeiten – im Geheimen. Und natürlich unsere Pläne. Wir können zu niemandem dieser Menschen Kontakt aufnehmen, um sie nicht zu gefährden. Falls sie nicht schon längst verhaftet worden sind, werden sie ganz sicher genau beobachtet.« Er seufzte. »Und dadurch sind fast alle unserer Informationsquellen versiegt.«

»Ich hatte gehofft«, sagte Edith, »über unsere Kontakte Informationen zu bekommen. Vielleicht auch einen Weg, um Ihrer Familie – und natürlich auch anderen jüdischen Familien – aus Deutschland herauszuhelfen. Aber nun ... ist das unmöglich.« Sie schüttelte den Kopf. »Es tut mir leid.«

Martha schlug die Hand vor den Mund. »Das ist ... schrecklich«, sagte sie und sah Karl an, doch er starrte in sein Glas.

»Es gibt noch Möglichkeiten über das Rote Kreuz, und die will ich nutzen, aber versprechen kann ich nichts.«

»Werden die Deutschen England angreifen?«, fragte Ruth.

Jakub sah sie nachdenklich an. »Ich denke schon«, antwortete er nach einer kleinen Weile.

»Wie wird es weitergehen, Vati?«, wollte Ruth wissen. »Wir sind hier in England, und ich dachte, hier wären wir vor den Nazis sicher. Aber das sind wir offensichtlich nicht. Wenn sie England besetzen, sind wir die Ersten, die sie beseitigen werden.«

»Darüber mache ich mir viele Gedanken, Ruth«, sagte Karl. »Ich habe auch mit Mutti darüber gesprochen. Wir wollen noch einmal versuchen, nach Amerika auszuwandern. Ich hoffe, unsere Papiere sind noch gültig.«

»Sie haben Papiere für die ganze Familie?«, fragte Edith.

Karl nickte. »Aber frühestens für 1941. Sie haben ja Nummern vergeben …«

»Ich weiß. Amerika nimmt pro Jahr nur um die dreiundzwanzigtausend Flüchtlinge auf.« Edith räusperte sich. »Wenn Sie mir Ihre Papiere geben, kann ich in der amerikanischen Botschaft nachfragen. Ich habe da Kontakte.«

»Das wäre wunderbar«, sagte Martha.

»Amerika.« Ruth lehnte sich zurück und verschränkte die Arme vor der Brust. »Amerika.«

»Willst du nicht in die Vereinigten Staaten?«, wollte Edith wissen. »Möchtest du lieber hierbleiben?«

»Ich dachte, England sei eine gute Alternative. Das Land ist schön. Zwar bin ich für viele wieder nur eine Jüdin, jemand, der anders ist. Aber vielleicht ist es in den Staaten auch nicht anders. Nur, dass wir dort immerhin weit weg von den Nazis wären. Vielleicht ist es dort einfacher, Jude zu sein.«

»Ich verstehe dich, Ruth«, sagte Jakub. »Du hast die Situation erstaunlich durchdacht. Du bist sehr reif für dein Alter.«

»Oder einfach nur feige«, sagte Ruth. »Denn ich habe Angst – Angst vor dem Krieg, Angst vor den Nazis. Was, wenn sie kommen, bevor wir ausreisen dürfen?«

»Ach, Kind«, sagte Martha, »das fürchte ich auch. Warum bleibst du nicht einfach hier? Hier bei uns? Dann sind wir wenigstens zusammen …«

»So einfach ist das nicht«, sagte Edith. »Ruth hat einen Arbeitsvertrag unterschrieben. Sie hat ein Aufenthaltsrecht – aber nur in Essex. Das gilt für ein Jahr mindestens. Vorher darf sie nicht von dort weg. Sie könnte sich hier nicht anmelden.«

»Und Olivia wird mich nicht freiwillig gehen lassen«, seufzte Ruth.

»Nach diesem Jahr wird sie es müssen«, beschwichtigte Edith sie. »Wann bist du noch mal hergekommen?«

»April.«

»Bis April wirst du noch durchhalten müssen, mindestens. Das musst du mit Mrs Sanderson klären.« Sie lehnte sich vor und nahm Ruths Hand. »Ich kann mich aber um deine Papiere kümmern, so dass du hierher umziehen kannst, sobald dein Vertrag endet.«

»Das wäre großartig«, sagte Ruth dankbar.

»Was ist mit euch?«, fragte Karl Werner.

»Wir bleiben hier«, sagte Werner und sah Hilde an. »Solange es geht, bleiben wir hier.«

»Wir sind hier inzwischen zu Hause, haben Freunde. Marlies geht zur Schule. Und Werner hat seine Anstellung.«

»Reich werde ich hier nicht, aber wir können zufrieden sein.« Er nahm Hildes Hand. »Wir wollen die britische Staatsbürgerschaft beantragen.«

»Wenn ich eine Arbeit hätte …«, sagte Karl nachdenklich.

»Nein!«, sagte Martha entschieden. »Selbst dann möchte ich nicht hierbleiben. Ich will so viele Kilometer wie möglich zwischen uns und die Nazis bringen. Und sollte das nicht gelingen, will ich wenigstens, dass wir zusammen sind, wenn … wenn sie kommen.«

Sie sprach nicht aus, was sie dachte, aber alle wussten es.

Der Abend wurde noch lang. Trotz der ernsten Gespräche kamen auch lustigere Themen auf den Tisch, und alle lauschten gebannt, als Ruth von den Schlachtungen erzählte.

»Dass du das kannst«, sagte Martha bewundernd. »Dass du das dort aushältst – es macht mich sehr stolz. Du bist eine Kämpferin.«

»Liebe Ruth«, sagte Karl und hob sein Glas. »Dass wir hier sitzen können, verdanken wir dir. Ohne dich … nun, wer weiß, was dann wäre. Ich möchte, dass wir auf unsere tapfere und mutige Ruth trinken.«

»Auf Ruth!«, schlossen sich alle an.

Verlegen schaute Ruth zu Boden. »Ihr müsst«, sagte sie

dann, »auch Edith danken. Ohne sie hätte ich das mit den Anträgen nicht geschafft. Sie hat mir sehr geholfen.«

»Ich hoffe, das kann ich auch noch weiterhin tun«, sagte Edith.

Es war schon spät, als die Gäste gingen. Martha und Ruth räumten die Gläser in die Küche. Ruth setzte Wasser auf.

»Ich mache das morgen«, sagte Martha. »Geh du ruhig zu Bett.«

»Mein Zug fährt morgen um elf«, sagte Ruth traurig. »Lass uns jetzt wenigstens die Töpfe und Pfannen einweichen. Dann sind sie morgen schneller gespült. Und wir haben noch ein bisschen Zeit zusammen.«

Martha nahm sie in den Arm. »Ich möchte dich nicht gehen lassen, mein Schatz. Ich möchte, dass du hierbleibst.«

»Das möchte ich auch. Aber es geht ja nicht. Also lass uns nicht darüber sprechen, sonst muss ich weinen.«

»Komm«, sagte Martha und zog Ruth mit sich ins Wohnzimmer. Martha löschte alle Lichter, schloss die Tür zum Flur und öffnete dann das Fenster weit. Die kalte Nachtluft drang in das Zimmer ein, vertrieb den Qualm, Rauch und Dunst, die über allem lagen.

Mutter und Tochter stellten sich an das Fenster und schauten nach oben in den kleinen Abschnitt des Nachthimmels, den sie sehen konnten. Die Wolken hatten sich verzogen, und die Sterne glitzerten am Firmament. Sie standen Arm in Arm am Fenster, atmeten die kalte Luft ein.

»Bis April ist es nicht mehr lange«, sagte Ruth. »Und dann werden wir wieder zusammen sein. Und vielleicht können wir ja wirklich irgendwann zusammen nach Amerika fahren.«

»Ja.« Martha schluckte. »Willst du dann zu Kurt?«

Ruth schüttelte den Kopf. »Ich glaube, unsere Erfahrungen sind bis dahin so unterschiedlich, wir haben uns so anders entwickelt – jeder für sich, dass kaum noch Gemeinsamkeiten übrig sein werden. Ich denke manchmal an Kurt. Auch mit Wehmut«, sagte sie leise. »Aber es ist eine Wehmut, die weniger mit ihm zu tun hat als mit mir. Kurt gehört zu meinem früheren Leben, aber das ist Vergangenheit, und genauso ist es Kurt.«

»Da hast du vermutlich recht. Es tut mir leid, ihr wart so ein nettes Paar.«

»Aber ich bin nicht mehr die Ruth, in die er sich damals verliebt hat. Und er wird nicht mehr der Kurt sein, in den ich mich verliebt habe.«

»Es wird jemand anderen für dich geben. Irgendwann.«

»Irgendwann ... ja, schon möglich. Aber jetzt sind andere Dinge wichtiger.«

»Geh zu Bett, Kind. Schlaf dich aus!«

Als Ruth im Bett lag und den gleichmäßigen Atem ihrer Schwester neben sich hörte, wollte sie nicht einschlafen, obwohl sie so müde war. Sie wollte dieses Gefühl, hier bei ihrer Familie zu sein, noch auskosten und genießen.

Ihre Eltern wusste sie nebenan, und sie könnte, wenn sie wollte, jederzeit hinübergehen und mit Mutti sprechen oder sie auch nur einfach in den Arm nehmen. Erst jetzt merkte sie, wie sehr sie die Nähe zu ihren Eltern vermisst hatte. Der Abschied morgen würde ihr sehr schwerfallen. Aber sie hasste Tränen am Bahnhof, hasste es, diese abgrundtiefe Traurigkeit zu spüren. Ich muss an etwas Positives denken, dann wird es nicht so schlimm, sagte sie sich. Meine Eltern sind hier in Slough, das ist zwar ein ganzes Stück weit weg von Frinton-on-Sea, aber immerhin sind wir in demselben Land, und ich kann sie besuchen, wenn ich will. Für den Moment sind wir in Sicherheit und müssen dankbar dafür sein. Außerdem wartet in Frinton-on-Sea die kleine Jill auf mich. Ich habe dort eine Aufgabe und darf jetzt sogar nähen.

Bei diesem Gedanken setzte sich Ruth im Bett auf. Durch den Besuch und die Feier hatte sie ganz vergessen, ihrer Familie die Geschenke zu geben, die sie genäht hatte. Leise stand sie auf, holte die Sachen aus ihrer Tasche und legte sie auf den Nachttisch. Dann endlich löschte sie die kleine Lampe und schlief fast sofort ein.

Am nächsten Morgen versuchte Martha wieder, Ilse so leise wie möglich zu wecken, doch Ruth wurde ebenfalls wach.

»Du armer Schatz«, sagte Martha. »Bleib bloß noch liegen, es ist noch früh.«

»Bin ich kein armer Schatz?«, fragte Ilse ein wenig beleidigt.

»Nein, denn du, meine Süße, musst nur für ein paar Stunden zur Schule gehen. Ruth muss ab morgen wieder den ganzen Tag bis spät in die Nacht hart arbeiten. Möchtest du mit ihr tauschen?«

»Nein«, gab Ilse zu.

»Ich werde schon weg sein, wenn du aus der Schule kommst«, sagte Ruth. »Wir müssen uns jetzt verabschieden.« Sie nahm das Päckchen, das für Ilse bestimmt war, Geschenkpapier hatte sie keines gehabt, deshalb hatte sie Packpapier genommen, und reichte es ihrer Schwester. »Eigentlich wollte ich dir das gestern schon geben, zum Chanukka-Fest, aber ich habe es vergessen.«

»Ein Geschenk? Für mich?«, fragte Ilse. »Darf ich es aufmachen?«

Ruth nickte.

Vorsichtig öffnete Ilse das Papier und nahm die Tasche heraus. »Das ist ja ein ganz wundervoller Stoff«, sagte sie. Dann drehte sie die Tasche in den Händen, plötzlich sah sie Ruth an und strahlte. »Das ist eine Tasche für die Gasmaske.«

»Ja.«

»Oh, wie einzigartig! Oh, die nehme ich gleich mit in die Schule. So etwas Schönes hat keine von den anderen. Danke, danke, liebste Ruth.«

Während Ilse sich für die Schule fertig machte, half Ruth Martha, zu spülen.

»Das musst du nicht tun«, sagte Martha verlegen. »Du sollst dich doch noch ausruhen.«

»Ach, Mutti, lass mich doch. Nachher im Zug kann ich mich noch genügend ausruhen. Und so können wir noch ein wenig Zeit miteinander verbringen.«

Zu zweit ging ihnen die Arbeit leichter und schneller von der Hand. Und obwohl sie ja gestern schon ausführlich geredet hatten, gingen ihnen die Themen nicht aus.

Herzlich verabschiedete sich Ruth von Ilse, die die Gasmaskentasche stolz über die Schulter gehängt hatte.

»Wir sehen uns gewiss bald wieder«, sagte Ruth. »Pass gut auf Mutti auf.«

»Wir schreiben uns«, versprach Ilse.

Martha und Ruth hatten die Wohnung schnell in Ordnung gebracht. Karl baute den provisorischen Tisch ab, brachte die Böcke zurück zum Malermeister und hängte die Schranktür wieder ein. Und er holte sich die Tageszeitung, den einzigen Luxus, den er sich im Moment leistete.

Als sie schließlich in der aufgeräumten Wohnung bei einer letzten Tasse Kaffee zusammensaßen, gab Ruth ihren Eltern die Geschenke, die sie gemacht hatte.

»In diese Mappe magst du vielleicht die Briefe tun, die ich euch schreibe«, schlug Ruth Martha vor.

»Das ist eine ganz wunderbare Idee, und das werde ich genau so tun. Danke, meine Süße.«

Karl stand auf und holte sein Zigarettenetui. Früher hatte er eines aus Silber gehabt, doch das hatten sie längst verkauft, wie so viele andere Dinge auch, die zwar schön, aber nicht wichtig waren. Nun hatte er eines aus Holz. Der Umschlag, den Ruth dafür genäht hatte, passte hervorragend. Karl sah sie nur an, zwinkerte die Tränen weg. »Du bist so ein liebes Kind, so ein liebes, liebes Kind«, sagte er leise.

Dann nahm Ruth noch mal ein Bad, genoss das heiße Seifenwasser, doch bald schon wurde es Zeit für sie, aufzubrechen.

Martha wollte mit zum Bahnhof kommen.

»Nein, Mutti«, sagte Ruth. »Lass uns hier Abschied nehmen. Das ist einfacher als am Bahnsteig.«

Martha wischte sich die Tränen aus den Augen. »Du kommst ganz bald wieder, ja, versprich mir das.«

Ruth nickte. »Sobald ich kann.«

Sie umarmten sich, hielten sich fest. Es tat Ruth gut, wieder einfach nur Tochter zu sein, sich in den Armen ihrer Mutter geborgen zu fühlen, auch wenn es nur für einen kurzen Augenblick war.

Karl brachte sie zum Bahnhof, auch wenn sie diesmal nur den kleinen Koffer dabeihatte, und die Karre nicht mehr gebraucht wurde. Vor dem Bahnhofsgebäude blieb Ruth stehen.

»Bitte, geh jetzt. Ich finde dieses Warten und Aus-dem-Fenster-Zurückschauen immer ganz scheußlich.«

»Ich weiß, was du meinst, mein Liebes.« Karl umarmte seine Tochter, drückte sie an sich. Sie spürte den rauen Stoff seines Mantels an ihrer Wange, schloss die Augen und atmete den vertrauten Duft ein.

»Wir sehen uns bald wieder«, sagte sie und riss sich los. Schnell ging sie in den Bahnhof und drehte sich nicht mehr um, denn dann wäre sie womöglich gar nicht gefahren. Aber sie musste zurück nach Frinton-on-Sea, zurück zu den Sandersons.

Der Zug kam, und Ruth stieg ein. Es war voll und eng, und alle Plätze waren besetzt. Ruth machte es nichts aus, zu stehen. In Ealing stieg sie aus, diesmal war der Anschlusszug pünktlich, und sie hatte Glück – es war noch ein Fensterplatz frei. Als sie schließlich aus London hinausfuhren, lichtete sich der trübe Nebel, der über der Stadt hing. Ruth schaute in die nachmittägliche Landschaft. Die Bäume streckten ihre kahlen Äste in den Himmel, auf den Feldern standen nur noch Stoppeln, alles war grau und braun. Dennoch war es ein schöner Anblick – eine friedliche Landschaft mit sanften Hügeln und hin wieder einem Cottage. Ruth konnte sich nicht vorstellen, dass der Krieg in dieses Land einbrechen würde – und sie wollte es sich auch nicht vorstellen.

Doch der Gedanke, die Angst, dass die Nazis versuchen würden, England anzugreifen, das Land zu überfallen, war immer da. Es war kein präsenter Gedanke, sondern etwas, was im Hintergrund grummelte, wie die ersten Anzeichen eines Gewitters, obwohl der Himmel noch blau war. Ruth hoffte sehr, dass sie sich täuschte.

Schon bald dämmerte es, und die Verdunkelungen wurden wieder vor die Zugfenster gezogen. Als sie in Frinton-on-Sea ankam, war es schon lange dunkel. Wieder verunsicherte sie der Anblick der Stadt ohne Lichter.

Freddy wartete zum Glück schon vor dem Bahnhof. Er begrüßte sie freundlich.

»Hattest du eine schöne Zeit mit deiner Familie?«, fragte er.

»Sie haben sich unglaublich über die Lebensmittel gefreut. Sie haben schon lange nicht mehr so leckere Wurst gegessen, soll ich ausrichten.«

»So wie es aussieht, sollten sie sparsam damit umgehen«, meinte Freddy. »Ab Januar werden Speck, Butter und Zucker rationiert.«

Ruth sah ihn an. »Das haben Sie geahnt.«

Freddy nickte. »Es war vorhersehbar, und weitere Lebensmittel und andere Dinge werden folgen, je länger der Krieg anhält.«

Sie fuhren durch die dunkle Nacht, durch die gespenstische Landschaft. In der Ferne rauschte das Meer, und der trockene Strandhafer knisterte im Wind.

»Wenn die Nazis kommen«, sagte Ruth leise und mit gepresster Stimme, »dann werden sie hier an der Küste landen.«

»Sie werden es versuchen«, stimmte Freddy ihr zu. »Aber ich glaube nicht, dass das so einfach geschehen wird. Sie müssten entweder erst die Niederlande oder Frankreich besiegen. Und Frankreich werden sie nicht einnehmen. Niemals.« Er sah zu Ruth. »Mach dir keine Sorgen.«

Doch die Sorgen konnte Ruth nicht abstellen, und auch seine Worte beruhigten sie nicht wirklich.

»Jill hat dich vermisst«, sagte Freddy nun. »Sie freut sich, dass du endlich wieder da bist.«

»Es waren doch nur drei Tage«, sagte Ruth, musste aber trotzdem lächeln. »Jill ist ein Sonnenschein, und ich freue mich auch auf sie.«

Auf all die Arbeit freute sie sich jedoch nicht, und außerdem nagte jetzt schon die Sehnsucht nach der Geborgenheit ihrer Familie an ihr.

Kapitel 14
Krefeld, Januar, 1940

»Es ist kalt«, sagte Hans und zog die Strickjacke fester um sich.

»Wir haben nur noch wenige Briketts«, entschuldigte sich Omi. »Aber ich lege gleich noch nach.«

»Ach, Omi, es war ja kein Vorwurf«, sagte Hans. »Ich finde es nur schrecklich, dass wir hier so leben müssen.«

Vor ein paar Monaten war Hans mit seiner Mutter Hedwig bei den Großeltern in der Klosterstraße eingezogen. Ihre Wohnung mussten sie verlassen, der arische Vermieter hatte ihnen gekündigt. Sie hatten eigentlich noch Glück, immerhin lebten sie bei der Familie und nicht mit anderen Leuten zusammen.

»Es ist scheußlich kalt«, beschwerte sich Großmutter Emilie. Schon immer war sie eine sehr eigene Person gewesen, jetzt war sie meist missmutig und verbreitete schlechte Stimmung. Omi nahm es mit einer Engelsgeduld, kümmerte sich um die Mutter ihrer Schwiegertochter aufopferungsvoll. Auch Emilie hatte ansonsten keinen Ort, wo sie hingehen konnte. Vor ein paar Jahren hätte sie nach Palästina auswandern können, Karl hatte für die ganze Familie Ausreiseanträge an die britische Verwaltung gestellt, doch nur Ruth und Großmutter Emilie hatten ein Visum bekommen und es nicht angenommen.

»Ich kann dir noch eine Decke bringen«, sagte Omi zu Großmutter Emilie, »wenn dir so kalt ist.«

Emilie wischte sich mit der linken Hand über den schiefen Mund – der rechte Mundwinkel hing seit dem zweiten Schlaganfall vor wenigen Wochen herab, und Speichel lief ihr aus dem Mund. Auch sprach sie seitdem verwaschen. Ihre rechte Hand war zusammengekrallt, sie konnte sie kaum benutzen. Doch grimmig bestand Emilie darauf, weiterhin am Familienleben teilzunehmen – es gab auch kaum eine Alternative.

»Es geht mir nicht um die Decke«, sagte Emilie. »Die Kälte liegt in der Gesellschaft. Da hilft weder Kohle noch eine Decke.«

»Es sind nicht alle so«, sagte Hans und stand auf. »Ich bin mit Rita verabredet.«

»Wo?«, fragte Hedwig, die neben dem Ofen saß und Socken stopfte. »Wo seid ihr verabredet?«

»Wir wollen ins Lichtspielhaus ...«

»Hans ... das ist doch verboten«, sagte Hedwig entsetzt.

»Und wenn schon? Rita besorgt die Karten, wir sitzen in der Loge, ich gehe, bevor der Film zu Ende ist. Das haben wir letzte Woche auch schon so gemacht, und es ist niemandem aufgefallen.«

»Aber wenn du erwischt wirst ... denk daran, was Onkel Karl passiert ist. Willst du auch verhaftet werden?«

»Mutti, ich passe schon auf. Schon alleine wegen Rita«, sagte Hans und nahm seinen Mantel.

»Ich möchte, dass du hierbleibst«, sagte Hedwig wieder.

»Mir fällt hier die Decke auf den Kopf«, sagte Hans und ging.

Hedwig senkte den Kopf und begann zu weinen, das hörte Hans noch, als er vor der Tür stand. Für einen Moment überlegte er, zurückzugehen, dann schlug er den Mantelkragen hoch und ging entschlossen in die Stadt. Er war achtzehn, und er war in Deutschland gefangen. Als Jude konnte er nichts mehr machen – keine Schule besuchen, keine Ausbildung machen. Es gab nur noch wenige jüdische Betriebe, die noch arbeiten durften und das vor allem deswegen, weil es für sie keinen Ersatz gab. Außerdem waren viele Männer nun bei der Armee und im Krieg. Nur deshalb gab es diese Geschäfte und Betriebe überhaupt noch. Manchmal konnte Hans dort einen Gelegenheitsjob übernehmen, aber eine Ausbildung durfte er nicht machen. Und studieren durfte er schon gar nicht, obwohl er immer davon geträumt hatte.

Wäre ich damals doch nur …, dachte er, … wäre ich nur mit Vati nach Palästina gegangen. Ich hatte ein Visum, ich hätte gehen können. Aber Mutti wollte nicht mit, und ich hätte Mutti doch nicht alleine lassen können. Oder doch?

Ruth, seine Cousine, die nur zwei Wochen jünger war als er, war im letzten Jahr ohne die Eltern, ohne Vater oder Mutter, ohne irgendjemanden, nach England gegangen und hatte dort eine Stelle als Hausmädchen angenommen. Er bewunderte sie, ihren Mut, ihre Tapferkeit, aber ein klein wenig war sie ihm auch egoistisch vorgekommen. Sie rettete sich, ließ die Familie zurück. Das konnte man als Mädchen vielleicht machen, aber er, als einziges Kind, als der einzige Sohn, konnte doch nicht seine Mutter zurücklassen. Nein, das hatte er nicht über sich gebracht.

Als Ruth es dann schaffte, ihre Eltern und ihre Schwester nach England nachzuholen, bohrte sich der Stachel des Zweifels noch tiefer in sein Denken.

Wenn er mit seinem Vater nach Palästina gegangen wäre, hätte es dann eine Möglichkeit gegeben, seine Mutter nachzuholen? Vielleicht.

Aber sie hatte immer wieder betont, dass sie nicht gehen würde, dass sie Omi und Opi auf keinen Fall alleine in Deutschland zurücklassen würde. Sie wollte bei ihren Eltern bleiben, und er bei seiner Mutter. Eine Entscheidung der Moral und der Liebe. Aber wahrscheinlich war es die falsche Entscheidung.

Hans hoffte immer noch auf einen Ausweg. Sie alle hofften auf ein schnelles Kriegsende, vorzugsweise mit der Niederlage der Nazis – doch bisher standen die Zeichen anders.

Dieser Krieg wird nicht ewig dauern, dachte Hans, und vielleicht hätten sie die Möglichkeit, nach dem Krieg das Land zu verlassen. Deutschland müsste sich radikal ändern – nur ohne Nazis gab es hier noch eine Zukunft für sie. Doch das war nicht abzusehen.

Hitler hatte den Deutschen ein tausendjähriges Reich voller Wohlstand und Glückseligkeit versprochen. Aber die Juden meinte er damit nicht. Hans war achtzehn und in tausend Jahren wäre er schon längst tot. Würde es dann Kindeskinder von ihm geben, und wo könnten sie leben? Hier doch sicherlich nicht.

Als sein Vater nach Palästina aufgebrochen war, hatte er Hans versprochen, ihn zu sich zu holen. Doch seit seiner Abreise hatten sie kein Wort mehr von ihm gehört. Hans wusste noch nicht einmal, ob sein Vater das Gelobte Land überhaupt erreicht hatte. Irgendwie war der Gedanke fast tröstlicher, dass sein Vater gescheitert und irgendwo inhaftiert … oder vielleicht sogar tot war … als dieses Schweigen. Er bog um die Ecke.

»Da bist du ja!«, rief Rita und eilte ihm entgegen. Auch sie hatte den Mantelkragen hochgeschlagen, die Mütze tief ins Gesicht gezogen. Normalerweise waren die Winter am Niederrhein nasskalt, doch in diesem Jahr war der Frost über sie hereingebrochen – über ganz Deutschland. Es war ein strenger Winter, und es hatte auch schon geschneit.

Rita wurde in diesem Jahr dreizehn, aber sie erschien Hans oft viel älter und weiser. Sie hatte selten die Backfischallüren der gleichaltrigen Mädchen. Stattdessen liebte sie es, zu lachen, und versuchte aus jeder Situation etwas Positives zu ziehen.

Rita hakte sich bei ihm unter. »Ich habe heute Morgen schon die Karten gekauft«, sagte sie. »Es wird ein neuer Film gezeigt – der ›Kongo-Express‹.«

»Davon habe ich schon gehört«, sagte Hans begeistert. »Der spielt in Afrika.«

»Afrika – das klingt so geheimnisvoll. Ich würde so gerne einmal dorthin reisen«, schwärmte Rita.

»Ich auch«, sagte Hans leise. »Lieber heute als morgen.«

Rita blieb stehen. »Sollen wir nicht in den Film gehen?«, fragte sie leise. »Ich will keinesfalls, dass du wieder traurig wirst. Das wäre fatal.«

»Natürlich gehen wir in den Film, Rita«, sagte Hans und nahm ihre Hand. »Es wäre doch blöd, nicht zu gehen. Und ich bin keine Heulsuse, versprochen.«

»Natürlich bist du keine Heulsuse. Du bist der tapferste Mensch, den ich kenne. Du erträgst das alles, ohne wegzulaufen.«

»Weglaufen wäre aber die bessere Lösung in der momentanen Situation«, seufzte Hans. Dann riss er sich zusammen. »Aber jetzt schauen wir uns erst einmal den Film an.«

Sie erreichten den UFA-Palast an der Hochstraße. Hans blieb an der Straßenseite stehen, und Rita ging hinein, schaute sich um. So machten sie es immer. Dann kam sie wieder, winkte ihm. Arm in Arm gingen sie hinein und direkt in die Loge. Dort behielt Hans Mantel und Mütze an, bis der Film lief. Es war ein heroisches Drama, eine Liebesgeschichte, mit Tragik und mit Fernweh.

Wie jedes Mal tauchte Hans komplett in den Film ein. Es war ihm fast egal, was gespielt wurde, er wollte nur andere Welten sehen, andere Leben, auch anderes Leiden. Alles lenkte ihn von seiner Situation ab.

Inzwischen hatte er einen guten Blick für die Kameraführung und achtete besonders darauf. Das wäre etwas, was ihm Spaß machen würde – ein Kameramann zu sein. Aber ... Vielleicht irgendwann.

Der Film ging zu Ende, doch vor der Schlussszene stand Hans schon auf, zog den Mantel über und die Mütze tief ins Gesicht. Er ging raschen Schrittes durch das Foyer zum Ausgang. Erst als er auf der Straße stand, atmete er wieder tief durch. Manchmal gab es Kontrollen am Ausgang, aber heute war alles ruhig geblieben. Rita kam wenig später, drückte sich ein Taschentuch an die Augen.

Nun gut, dachte Hans belustigt, ein bisschen Mädchen darf sie ja sein. Er nahm sie in den Arm.

»Vermutlich muss ich nicht fragen, wie dir der Film gefallen hat?«, sagte er und grinste.

»Das war so-ho schön«, schluchzte Rita. »Und so-ho traurig. So fatal. Hach. Ich hoffe, ich muss nie so eine Entscheidung treffen.«

»Musst du nicht«, sagte Hans. »Ich werde einfach keinen Flugschein machen, und dann kann ich auch nicht abstürzen.«

»Aber … aber … aber … diese Entscheidung. Ich meine, wer will so eine Entscheidung treffen? Trifft man so etwas mit dem Herzen oder mit dem Kopf?«

»Renate hat ihre Entscheidung mit dem Kopf getroffen. Damit wäre sie aber nicht glücklich geworden«, sagte Hans. »Das Schicksal hat eingegriffen, und so ist daraus eine Entscheidung geworden, die auch ihr Herz akzeptiert.«

Rita blieb stehen und sah ihn mit großen Augen an. »Du bist so klug, Hans, das stelle ich immer wieder fest. So klug.«

»Ach Blödsinn«, lachte Hans und zog sie mit sich. »Was machen wir jetzt?«

Es war schon dunkel, denn auch in Deutschland galt das Gebot der Verdunkelung.

»Ich muss nach Hause«, sagte Rita. »Mutti macht sich sicher schon Sorgen.«

»Hast du nicht gesagt, dass wir ins Kino gehen?«, fragte Hans entsetzt.

Rita schüttelte den Kopf. »Mutti ist seit Kriegsbeginn so komisch. Sie will mir gar nichts mehr erlauben.«

»Was hast du denn gesagt, wo du bist?«

»Bei einem Treffen des Jungmädelbundes, das war auch heute. Deshalb habe ich ja extra die Uniform angezogen.« Rita öffnete ihren Mantel, tatsächlich hatte sie den obligatorischen dunkelblauen Rock, die weiße Bluse und das schwarze Halstuch mit dem Lederknoten an. Das war ihm im dunklen Filmpalast gar nicht aufgefallen.

»Bekommst du keinen Ärger, wenn du nicht zu den Treffen gehst?«, fragte er besorgt.

»Von meinen Eltern bestimmt nicht. Sie wollten ja nicht, dass ich eintrete. Genauso wenig, wie sie wollten, dass Helmuth zur HJ geht. Aber seit Kriegseintritt müssen wir, und Vati stimmt dem nur zähneknirschend zu.«

»Das weiß ich«, sagte Hans nachdenklich. »Aber im Bund – also, wenn du da nicht zu den Treffen gehst, fällt das nicht auf?«

»Ich gehe ja zu den Pflichttreffen. Aber öder könnte man seine Zeit nicht verbringen. Es ist so fatal langweilig. Wir sitzen in diesem Raum, und jemand liest aus ›Mein Kampf‹ vor. Und dann gibt es noch Vorträge zur Ernährung und solche Sachen. Ich finde es langweilig. Im Sommer, habe ich gehört, wird das anders, da wird mehr Sport gemacht. Das könnte sogar ganz nett sein.«

Schweigend gingen sie nebeneinanderher.

»Und wie findest du den Film nun?«, fragte Rita schließlich.

»Hm«, brummte Hans. »Er war … ganz nett. Die Flugaufnahmen und die über dem Zug waren gut gemacht.«

»Ich meinte eher … inhaltlich«, sagte Rita. »Wie hast du das Thema gefunden?«

»Diese Liebesgeschichte? Na, ich weiß nicht. Das war ja wieder nur schlecht versteckte Propaganda«, sagte Hans.

»Propaganda? Es ist doch eine Liebesgeschichte. Und eine Abenteuergeschichte.«

»Rita«, sagte Hans und versuchte, die richtigen Worte zu finden, »überleg doch mal. Da ist Gaston. Er ist mit Renate verlobt. Gaston ist ein …?«

»Ein Franzose«, antwortete Rita nachdenklich.

»Genau. Er ist ein Franzose. Und Renate ist …?«

»… Deutsche.«

»Ja. Und sie ist mit Gaston verlobt. Aber er löst die Verlobung, weil …?«

»… er seine Arbeit verloren hat.«

»Na ja, das sagt er. Gut. Renate fährt also in den Kongo zu Gaston, und auf der Reise trifft sie Viktor. Viktor ist ein …?«

»… Deutscher.«

»Stimmt. Und er ist so toll.«

»Oh ja«, schwärmte Rita nun. »Das ist er. So freundlich, so humorvoll, und er hat so viel Verständnis.«

»Und außerdem ist er ein Ehrenmann, denn als er fest-stellt, dass Renate und Gaston verlobt sind, zieht er sich zurück.« Hans sah Rita von der Seite an. Sie nickte. »Und dann stellt sich heraus, dass Gaston eigentlich ein Problem hat.«

»Ja, er trinkt. Er trinkt viel zu viel …«

»Er ist ja auch Franzose«, sagte Hans lakonisch. »Verstehst du, was ich meine?«

Rita runzelte die Stirn. »Nein.«

»Wäre die Geschichte dieselbe, wenn Gaston Deutscher wäre und Viktor Franzose?«

»Aber Viktor trinkt doch nicht.«

»Siehst du – Propaganda. Die Franzosen, sagt der Film, sind alles Nichtsnutze und Trinker. Vielleicht sind sie nicht so schlecht wie Juden, aber auf jeden Fall sind sie schlechter als Deutsche.«

»Das siehst du in dem Film?«, fragte Rita überrascht. »Aber ja, du hast recht. Das ist auch eine Botschaft des Films. Ich hätte sie so nicht erkannt …«

»Doch, wenn du ein wenig darüber nachgedacht hättest, hättest du sie erkannt.«

Sie waren in der Straße angelangt, wo die Aretz wohnten. Zielstrebig ging Rita zu dem Haus. Hans blieb zögernd zu-rück.

»Vielleicht sollte ich nach Hause gehen …«, sagte er leise.

»I wo, warum denn? Wir trinken noch eine Tasse Mucke-fuck, und Mutti hat sicherlich etwas zu essen. Du weißt doch, du bist immer herzlich willkommen bei uns.«

»Ich will nicht, dass ihr Ärger bekommt. Du weißt doch, wie die Leute sind.«

»Nun stell dich nicht so an, Hans Simons«, sagte Rita lachend und nahm seine Hand. »Es wäre ja nicht das erste Mal, dass du uns besuchst.«

»Na gut«, ließ er sich überreden und folgte ihr. Sie gingen in den ersten Stock, wo die Wohnung der Aretz war. Rita klingelte, und eine bleiche Josefine Aretz öffnete ihnen. »Rita, endlich …«, sagte sie und sah dann Hans an. »Oh. Hans …«

Ein Mann in einem dunklen Mantel und mit Schlapphut tauchte hinter ihr auf. »Wer ist das?«, fragte er.

Rita zuckte zusammen, und Hans war wie gelähmt. Das war jemand von der Gestapo.

»Bist du Rita Aretz?«, fragte er.

Rita nickte.

»Komm herein, wir haben schon auf dich gewartet.«

Hans wollte sich umdrehen und schnell gehen.

»Halt, warte«, sagte der Mann. »Und wer bist du?«

»Hans Simons.«

»Komm du auch herein. In welcher Beziehung stehst du zu der Familie?«

»Er ist der Sohn von Freunden«, beeilte sich Josefine zu sagen. »Hallo, Hans. Wie geht es deiner Mutter?«, fragte sie betont freundlich. Sie sah Hans an, in ihrem Blick stand die Angst.

»Meiner Mutter geht es gut. Sie lässt euch grüßen«, antwortete Hans fröhlicher, als er sich fühlte. Er folgte Rita in die Küche. Dort saß Hans Aretz, ein zweiter Mann in ähnlicher dunkler Kleidung wie der erste, saß ihm gegenüber am Küchentisch.

»Ach, da ist ja meine misshandelte Tochter«, sagte Aretz in einem seltsamen Tonfall. »Komm her, Rita. Zieh deinen Mantel aus.«

Rita sah den Gestapomann an, dann ihren Vater. Sie war bleich, doch sie folgte den Worten ihres Vaters und zog den Mantel aus, legte ihn über die Stuhllehne.

»Wo kommst du her?«, fragte Aretz seine Tochter.

»Ich war beim Treffen der Jungmädels«, wisperte Rita. »Auf dem Heimweg habe ich Hans getroffen, und er hat angeboten, mich nach Hause zu bringen.« Sie drehte sich zu Hans um. Er nickte leicht.

»Ich wollte nicht, dass sie alleine durch die Straßen läuft, jetzt, wo alles verdunkelt ist und man nicht weiß, wer sich draußen so herumtreibt.« Er sprach mit fester Stimme und nahm seine Mütze ab, lächelte dem Gestapomann zu. »Heil Hitler.«

»Heil Hitler«, sagte der Mann und musterte ihn, sah dann Rita an und schließlich Aretz. »Der junge Mann ist ein Freund der Familie?«

»Ja«, sagte Aretz.

Hans strich sich durch das nebelfeuchte Haar. Er war blond und hatte blaue Augen, war groß und breitschultrig.

»Sie sollten Kontakt zu diesen Leuten pflegen«, sagte der Gestapobeamte, »zu guten Deutschen, wie es der junge Mann augenscheinlich ist. Und nicht zu Juden, so wie Ihre Nachbarn es sagen.«

»Ich habe keinen Kontakt zu Juden«, sagte Aretz.

»Und wie kommen die Leute dann auf solche Behauptungen?«

»Ich habe früher für Karl Meyer gearbeitet, einen Juden. Als Chauffeur. Ist aber schon ein paar Jahre her«, antwortete Aretz. »Ich habe gut verdient. Damals.«

»Und wo ist dieser Meyer jetzt?«

»Der ist ausgewandert«, sagte Hans Aretz. »Schon letztes Jahr. Ich kann also gar keinen Kontakt mehr zu ihm haben.«

»So, so. Nun.« Wieder musterte der Gestapobeamte Rita, dann stand er auf. »Es gibt immer missgünstige Leute. Vielleicht sollten Sie darauf achten und sich gut mit Ihren Nachbarn stellen. Ansonsten sehe ich hier keinen Grund, zu bleiben. Der Vorwurf, dass Sie Ihre Tochter misshandeln, ist ja offensichtlich absurd.« Er sah sich noch einmal um. »Wir gehen«, sagte er dann zu seinem Kollegen. »Heil Hitler.«

»Schönen Abend noch«, antwortete Aretz.

Nachdem die Tür hinter den beiden Gestapomännern ins Schloss gefallen war, sahen sie sich alle an und atmeten erleichtert auf.

Wortlos stand Aretz auf, nahm die Schnapsflasche und ein paar Gläser aus dem Schrank, schenkte ein. »Das können wir alle wohl gerade brauchen«, sagte er. Er sah Rita an. »Aber du nur ein Schlückchen.«

Rita wirkte wie versteinert. Sie zitterte und brachte keinen Ton heraus.

»Setz dich«, sagte Josefine und drückte ihre Tochter auf

einen Küchenstuhl. »Und trink einen Schluck«, mit diesen Worten reichte sie eines der Gläser. »Wird dich beleben.«

Rita trank, hustete, schnappte nach Luft, und dann liefen die Tränen. »Was wollten die?«, schluchzte sie. »Was haben die hier gewollt?«

»Mich«, sagte Hans Aretz knapp.

»Aber warum, Vati?«, fragte sie verzweifelt.

»Weil es dumme Leute gibt, anscheinend heute mehr noch als früher. Leute, die andere gerne schlechter machen, um sich selbst besser zu fühlen.«

»Das verstehe ich nicht.«

»Ich auch nicht, Ritalein, ich auch nicht.« Dann schaute Aretz zu Hans. »Liebe Güte, wie bist du nur in dieses ganzes Schlamassel hineingeraten? Das hätte auch ganz anders ausgehen können.«

Hans senkte den Kopf. Auch ihm hatte Josefine ein Glas mit Schnaps gegeben, er hatte es mit einem Zug ausgetrunken.

»Ich … also … wir …«, stotterte er und wusste nicht, ob er die Wahrheit sagen oder ob er Ritas Geschichte unterstützen sollte. Er sah sie an, und Rita schluckte.

»Es ist meine Schuld«, sagte sie. »Wir waren zusammen im Lichtspielhaus.«

»Was?«, fragte Josefine entsetzt. »Du und Hans? Juden dürfen nicht mehr ins Lichtspielhaus.«

»Es weiß doch keiner, dass er Jude ist«, sagte Rita trotzig.

»Und wenn ihr kontrolliert werdet?« Aretz schüttelte den Kopf. »Hans, mein Junge, ich mag dich sehr gerne, das weißt du. Und ich habe immer gedacht, dass du ein vernünftiger Kerl bist.«

Hans senkte beschämt den Kopf.

»Ich hätte nicht gedacht, dass du meine kleine Tochter, meine Rita, in Gefahr bringst. Menschenskind – hast du denn nicht nachgedacht? Sie ist doch erst zwölf.«

»Ich werde dreizehn«, sagte Rita. »Und der Vorschlag kam von mir. Ich habe immer die Karten geholt – schon vor der Vorstellung. Wir sitzen immer in der Loge, und Hans geht, bevor die Vorstellung zu Ende ist.«

»Immer?«, fragte Josefine. »Was soll das heißen? Habt ihr das schon öfter gemacht?«

Rita nickte und biss sich auf die Lippe. »Meist einmal in der Woche …«

»Seid ihr von allen guten Geistern verlassen?«, schimpfte Aretz. Wieder sah er Hans an. »Das hätte ich nun wirklich nicht von dir gedacht.«

»Es … es tut mir leid, Onkel Hans. Es wird nie wieder vorkommen.«

»Na, davon gehe ich aber stark aus. Ich hoffe, ihr seid nun zur Vernunft gekommen. Auch wenn sie euch bisher nicht erwischt haben – heutzutage sind überall Augen und Ohren, vor allem da, wo man sie nicht erwartet. Und diese Augen und Ohren sind missgünstig und böse.« Er schenkte sich noch einen Schnaps ein. »Nun setz dich endlich, Junge«, sagte er zu Hans. »Und steh nicht herum wie ein begossener Pudel.«

»Es tut mir so leid«, sagte Hans verzagt und setzte sich.

»Es tut mir wirklich leid, und wir werden das nicht mehr machen.«

»Hans!«, empörte sich Rita. »Warum denn nicht? Es war immer so schön …«

»Weil es dumm war, wie dein Vater schon sehr richtig sagte. Weil ich egoistisch war und die Filme immer wie eine kurze Flucht, wie ein kurzes Entkommen aus dem Elend waren – aber all das zählt nicht, im Vergleich zu deiner Sicherheit und der deiner Familie.« Hans atmete tief ein. »Stell dir vor, die Männer hätten meine Papiere überprüft, jetzt vorhin. Da steht das große J für Jude drin. Sie hätten mich mitgenommen auf die Wache, hätten mich befragt, was ich mit euch zu tun habe, wo wir waren … Sie haben Methoden, zu fragen, denen ich wahrscheinlich nicht standhalten kann. Ich hätte irgendwann die Wahrheit gesagt – dass wir zusammen im UFA-Palast waren, dass du die Karten gekauft hast … und dann?«

»Dann würden sie dich abholen, Rita«, sagte Josefine ernst, »abholen und in ein Heim stecken.«

Rita riss entsetzt die Augen auf. Nun liefen die Tränen auch wieder. Josefine nahm sie in den Arm, wiegte sie hin und her. »Psst«, sagte sie, »psst. Es ist doch alles gut gegangen.«

»Ihr müsst vorsichtig sein«, meinte Aretz. »Sehr, sehr vorsichtig.«

»Ich werde gehen«, sagte Hans. »Und ich werde mich nicht mehr mit Rita treffen.«

»Nun setz dich wieder und komm mal auf den Boden«,

sagte Aretz. Er goss Hans noch ein weiteres Glas ein. »In den Filmpalast solltet ihr nicht mehr gehen, aber das heißt doch nicht, dass ihr euch nicht mehr kennen müsst. Das ist nämlich genau das, was die Braunen wollen. Und was die wollen, tun wir noch lange nicht.« Er schüttelte den Kopf. »Nein, ich lasse die Braunen nicht so über uns siegen. Die Zeiten sind nicht einfach, sie sind schwierig und schwer. Besonders für euch, Junge, das weiß ich wohl. Und gerade deshalb sollst und wirst du weiterhin Kontakt zu uns haben. Das wäre doch gelacht …«

»Ich will euch aber nicht in Gefahr bringen …«

»Das weiß ich, Junge, das weiß ich. Und das muss auch immer unser Augenmerk sein – kein Aufsehen erregen, nicht auffallen. Das heißt aber nicht, dass wir keinen Kontakt mehr haben dürfen. Ihr sollt euch schon noch treffen, Kinder.«

»Es ist schon gut, dass du so aussiehst, wie du es tust«, sagte Josefine. »Das macht es einfacher, Hans. Blond und blauäugig, du siehst arischer aus als unser Helmuth.«

»Wo ist der Bengel überhaupt?«, fragte Aretz.

Josefine schaute auf die Uhr. »Noch müsste er bei der HJ sein. Er geht nicht gerne hin, aber er geht. Im Gegensatz zu dir, Fräulein.«

»Es ist so grauenvoll bei den Jungmädels«, sagte Rita. »Aber ich verspreche, dass ich ab jetzt gehen werde. Immer.«

»Es ist furchtbar, unter welcher Knute wir stecken«, brummte Aretz. In diesem Moment drehte sich der Schlüssel im Schloss, und Helmuth kam herein. In der Küchentür blieb er stehen und sah sich betroffen um. »Was ist denn hier los?«, fragte er leise. »Ist etwas passiert?«

»Die Gestapo war da«, sagte Rita. »Sie haben Vati verhört.«

Helmuth wurde bleich. Er sah seinen Vater an. »Aber du bist noch hier«, stellte er fest. »Was wollten sie?«

»Jemand hat gesagt, dass wir Kontakte zu Juden hätten, enge Kontakte. Und dass ich euch misshandeln würde«, sagte Aretz leichthin, aber sein Mundwinkel zuckte.

»Haben sie dich als Zeugen mitgebracht?«, fragte Helmuth Hans.

»Nein, Rita und ich kamen, als sie schon hier waren«, gestand Hans.

»Hans hat sich großartig verhalten. Er hat sie mit ›Heil Hitler‹ gegrüßt und den strammen Braunen gespielt«, sagte Rita voller Bewunderung.

»Und dabei habe ich mir beinahe in die Hosen geschissen«, sagte Hans leise und beschämt. »Verzeihung.«

»Das war ein guter Schachzug von dir«, lobte Aretz ihn. »Das hätte ich dir gar nicht so zugetraut.«

Helmuth zog sich den Mantel aus, sah die Schnapsflasche und die Gläser auf dem Tisch und zog die Augenbrauen hoch.

»Auf den Schreck«, erklärte Josefine und holte ihm ein Glas. »Hier Junge, darfst auch.«

»Ich bin froh, dass du wieder hier bist«, sagte Josefine zu Helmuth. »An solchen Abenden will man die Familie um sich haben.«

Hans stand auf. »Es ist schon spät«, sagte er. »Ich sollte nach Hause gehen. Mutti wird sich schon Sorgen machen.«

»Warte, Hans«, sagte Aretz. »Ich bring dich nach Hause.«

»Das ist nicht nötig, ich kann das alleine. Und deine Familie will sicher, dass du bei ihr bleibst.«

Aretz schüttelte den Kopf. »Noch einmal kommen die heute nicht. Und Helmuth ist jetzt hier. Ich begleite dich.« Er sagte es so, dass Hans nicht widersprechen konnte.

Hans nahm seinen Mantel, verabschiedete sich. Rita umarmte er. »Wir werden uns weiterhin sehen.«

»Aber ich habe es so sehr geliebt, mit dir Filme anzuschauen. Ich werde es so hart vermissen. Es ist fatal. Mit dir Filme anzuschauen und danach darüber zu sprechen, ist wunderbar.«

»Filme?«, fragte Helmuth.

»Das erklären wir dir gleich«, sagte Josefine. »Nun lass Hans erst einmal gehen.« Auch sie umarmte Hans. »Schöne Grüße an deine Großeltern und an deine Mutter. Ich komme die Tage bei euch vorbei. Sag ihnen das, ja?«

»Sie freuen sich immer, wenn du kommst, Tante Finchen.«

Aretz war in der Speisekammer verschwunden und kam nun mit einer gefüllten Tasche wieder zurück. Fragend sah er seine Frau an, sie nickte leicht.

»Komm, Junge, bevor es noch später wird«, sagte er.

Gemeinsam gingen sie durch das nächtliche Krefeld. Alle Fenster waren verdunkelt, es herrschte eine gespenstische Ruhe auf den Straßen. Auch die Automobile hatte abgeblendete Scheinwerfer, was alles noch unwirklicher erscheinen ließ.

»Wie geht es euch wirklich?«, fragte Aretz nach einer Weile.

Hans überlegte. »Ich weiß nicht, wir leben in Unsicherheit, in Sorge. Es ist alles schwierig. Mutti hofft immer noch auf Post von Vati und dass er uns nach Palästina holt – andererseits will sie gar nicht ohne Omi und Opi gehen. Und Omi und Opi wollen nicht nach Palästina. Sie denken, die schlimme Zeit wird bald vorbei sein. Und dann werden Onkel Karl und Tante Martha wiederkommen … was ich allerdings nicht glaube.« Er sah Aretz an. »Hast du etwas von ihnen gehört, Onkel Hans?«

»Sie sind in England, dass weiß ich von unseren Bekannten in Maastricht, die es wiederum von euren Verwandten aus Rotterdam gehört haben. Aber es gibt wohl keine neuen Briefe im Moment.«

»Das wird sie sehr enttäuschen. Wir haben gar nichts von ihnen gehört. Und das passt so gar nicht zu ihnen.«

»Ach, Hans, sie werden schreiben, die ganze Zeit werden sie schreiben – aber die Briefe kommen nicht mehr an. Die Braunen kassieren sie ein. Und das werden sie auch mit euren Briefen machen – ihr schreibt doch?«

»Natürlich schreiben wir. Du nicht?«

»Den Meyers? Nach England? Bin ich des Teufels fette Beute und gieße noch Öl in das Feuer der Braunen? Du siehst doch, dass ich überwacht werde, da werde ich doch nicht einem Juden ins Ausland schreiben.« Er räusperte sich. »Nichts für ungut«, sagte er dann leise. »Du weißt ja, wie ich es meine.«

»Natürlich, Onkel Hans«, sagte Hans eilig. »Natürlich weiß ich das.« Dennoch hatte es ihm einen Stich gegeben.

»Josefine schreibt ihrer Freundin in Maastricht. Nicht den Goldmanns – sie sind ja auch Juden. Und die Braunen wissen das, sie wissen das alles.« Er blieb stehen und sah Hans an. »Du hast ja gesehen, wie sie auf den geringsten Hinweis reagieren. Wir müssen vorsichtig sein.« Langsam ging er weiter. »Sie schreibt aber jetzt mit einer Freundin, und die ist so eine Art Postkasten und bringt die Briefe zu den Goldmanns. Und so hoffen wir, doch noch wieder Kontakt zu Karl und Martha zu bekommen.«

Das gab Hans ein wenig Hoffnung, denn, sowenig er es zugeben mochte, wäre eine Zukunft in England oder Amerika das, was er am erstrebenswertesten finden würde.

Sie kamen zur Klosterstraße, und Hans schloss die Tür auf. »Omi? Mutti?«, rief er. »Ich bin wieder da.«

»Dem Himmel sei Dank«, sagte Hedwig.

»Wer ist da?«, fragte Opi nach. Valentin hörte immer schlechter. Er merkte es selbst, und es machte ihm zu schaffen. »Ist da wer gekommen?«, fragte er laut.

»Hans ist da!«, rief Hedwig.

»War er weg?«

»Aber ja doch, Valentin«, sagte Omi. »Er hat sich mit Rita getroffen. Darüber haben wir vorhin noch geredet.«

»Hab ich nicht gehört«, sagte Valentin ein wenig beleidigt.

»Guten Abend«, sagte Aretz und trat in die Küche, in der es immer ein wenig nach Brühe und Speck roch. Zeit seines Lebens war Valentin Metzger gewesen, er hatte sein eigenes

Geschäft gehabt und die Arbeit sehr geliebt. Nun war er fast achtzig, aber gutes Fleisch wusste er immer noch zu schätzen.

War es früher kein Problem gewesen, an Fleisch zu kommen, hatte sich die Situation im letzten halben Jahr sehr verändert. Seit August gab es Bezugskarten für gewisse Dinge. Benzin und einige Lebensmittel gab es nur noch auf Marken, die jedem zugeteilt wurden. Zuerst gab es Einheitskarten für Lebensmittel, doch das hatte sich schon bald nicht bewährt, und so wurden Marken ausgeteilt. Kartoffeln, Obst und Gemüse gab es immer noch auf dem freien Markt, auch wenn die Preise dafür stiegen. Brot, Fleisch, Fett und Zucker gab es aber nur noch auf Zuteilung und Marken, die der Händler dann von der Karte abschnitt.

Es war genau berechnet worden, wie viel jede Person an Brot, Fleisch und Fett in Gramm verbrauchen und somit beziehen durfte. Unterschieden wurde nach Geschlecht, Alter und Beruf. Schwer- und Nachtarbeiter wurden mehr Gramm zugestanden als einer älteren Hausfrau. Jugendliche, die sich noch im Wachstum befanden, hatten eigene Rationen, Schwangere bekamen einen Zuschlag.

Juden bekamen wesentlich weniger zugeteilt – unabhängig von Alter, Geschlecht und Arbeit. Sie durften nur noch zu bestimmten Zeiten einkaufen und auch nur in besonderen Geschäften.

»Sie werden uns aushungern«, hatte Valentin empört festgestellt. Aber es gab nichts, was sie dagegen machen konnten.

Und nun stellte Aretz die Tasche, die er von zu Hause mitgebracht hatte, auf den Küchentisch.

»Aretz!«, sagte Omi und begrüßte ihn herzlich. »Was machen Sie denn hier?«

»Ich habe Hans nach Hause gebracht.«

Hedwig umarmte ihn. »Danke«, sagte sie nur. »Ich habe immer Angst, wenn er im Dunkeln unterwegs ist.«

»Ich bin schon achtzehn, Mutti«, empörte sich Hans. Dann sah er Aretz an, die beiden tauschten Blicke, und es war klar, dass Aretz die Gestapo nicht erwähnen würde, stellte Hans erleichtert fest.

»Aretz«, sagte jetzt auch Valentin. »Schön, Sie zu sehen. Haben Sie etwas von unserem Karl gehört?«

Aretz schüttelte bedauernd den Kopf. »Nein, leider bisher nicht. Es ist Krieg, die Nachrichtenwege sind unterbrochen.«

»Was hat er gesagt?«, fragte Valentin nach. »Was?«

»Ich habe nichts gehört«, sagte Aretz nun sehr laut.

Valentin nickte bedauernd. »Schade.« Seufzend beugte er sich wieder über die Zeitung.

»Ich habe allerdings etwas mitgebracht«, sagte Aretz und packte die Tasche aus. Es war ein Laib Brot, etwas Butter und einige Konserven mit Wurst.

Hedwig sah ihn mit großen Augen an. »Oh«, sagte sie nur.

»Woher ist das?«, fragte Omi.

»Ich … Sie wissen doch, seit ich nicht mehr für Karl arbeite, bin ich Werkstattmeister in einem Fleischereibetrieb. Da ich nicht nur die Wagen warte, sondern mich auch um die Maschinen kümmere, ist der Meister immer sehr gut zu mir.« Er räusperte sich. »Wir arbeiten dort mit Lebensmitteln und haben es alle recht gut … aber da ich mich auch um das private Automobil des Meisters kümmere, bekomme ich einiges unter der Hand. Er hat gute Beziehungen zu einigen großen Gehöften in der Umgebung, von wo wir das Fleisch bekommen. Ich habe das also übrig und würde es Ihnen gerne geben.«

»Ach, Aretz« sagte Omi und legte ihre faltige und mit Flecken überzogene Hand auf seine. »Niemand hat heutzutage etwas übrig. Denken Sie an Ihre Familie.«

»Doch, wir haben reichlich. Denn wir haben ja auch noch unsere normalen Rationen, und die sind üppiger als das, was Sie bekommen. Das weiß ich wohl.«

»Aber … es ist verboten, Juden zu unterstützen«, sagte Hedwig leise.

»Na und?« Aretz streckte das Kinn vor. »Ihr Bruder hat mich und meine Familie unterstützt. Und jetzt kann ich etwas zurückgeben. Solange wir nicht hungern, werden Sie es auch nicht.«

Omi suchte das Taschentuch, wischte sich über die Augen. »Ich weiß nicht, was ich sagen soll.«

»Ein Danke reicht mir«, sagte Aretz. »Und ich kann Tränen nur schlecht ertragen.« Er nahm sie in die Arme, drückte sie. Dann ging er schnell.

»Dieser Mann ist ein Engel«, sagte Omi und schnitt das Brot an – dünne Scheiben, damit es lange reichte.

Hedwig nahm eine der Dosen und öffnete sie, schnupperte und seufzte. »Sauerfleisch. Früher hast du das immer selbst gemacht.«

»Das war früher, als alles noch gut war.« Omi sah sie an. »Ich wünschte, wir würden etwas von Karl und Martha hören. Und von Ilse und Ruth. Ich vermisse sie so sehr.«

»Wir werden von ihnen hören. Sie werden uns nicht vergessen, Mutti«, sagte Hedwig.

Hans senkte den Kopf. Er war sich sicher, dass Ruth und die anderen sie nicht vergessen würden, aber er zweifelte daran, dass sie von ihnen hören würden.

Kapitel 15

Dieser Winter war bitterkalt. Auf der Innenseite von Ruths Mansardenfenster hatte sich eine dicke Eisschicht gebildet, die auch über Tag nicht taute. Das Haus hatte keine Zentralheizung, nur Kamine – allerdings nicht in der Mansarde. Hier lief zwar der Kaminschacht entlang, aber die Wärme, die er ausstrahlte, reichte bei Weitem nicht, um das Zimmer zu heizen. Es war so kalt im Land, dass sogar die Themse zugefroren war – das letzte Mal war das vor über fünfzig Jahren passiert.

Ruth hatte ihre Bettwäsche nach unten gebracht und schlief nun in der Küche auf der Bank. Es war nicht sonderlich bequem, aber wenigstens einigermaßen warm in der Nähe des Kamins.

Das Weihnachtsfest hatten die Sandersons in kleinem Kreis verbracht, am zweiten Feiertag war Olivia mit Jill zu ihren Eltern gefahren und blieb dort auch über den Jahreswechsel. Freddy war nicht mitgefahren, einer musste sich ja um das Vieh kümmern.

Silvester verbrachte er im Pub, kam erst im Morgengrauen recht angetrunken zurück. Inzwischen hatte Ruth gelernt, wie man die Kühe molk, und nahm ihm an diesem Morgen die Arbeit ab.

»Erwähn es nicht Olivia gegenüber«, bat Freddy sie und schämte sich sehr. »Ich sollte eigentlich gelernt haben – in so einer Nacht mit viel Alkohol ist Jill entstanden, ansonsten hätte ich Olivia nicht geheiratet.«

»Das geht mich nichts an«, sagte Ruth und wurde rot.

Für sie war der Jahreswechsel bedeutungslos. Immer wenn Olivia und Jill weg waren – was selten genug vorkam –, genoss sie die Zeit. Endlich konnte sie auch wieder Briefe oder in ihr Tagebuch schreiben.

Doch Olivia und Jill kamen wieder. Bei der eisigen Kälte war im Garten und auf den Feldern nicht viel zu tun, deshalb ließ Olivia Ruth alle Räume, von der Mansarde bis nach unten, gründlich putzen.

»Und was für einen Sinn macht das?«, fragte Freddy. »Die Zimmer oben werden in einem Jahr wieder genauso verstaubt sein, wie sie es jetzt sind.«

»Aber in der Zwischenzeit waren sie sauber«, sagte Olivia mit einem leichten Lächeln. »Und Ruth hatte eine Aufgabe.«

Was alle befürchtet hatten, wurde am 8. Januar wahr – Lebensmittel wurden rationalisiert. Speck, Butter und Zucker gab es nur noch auf Lebensmittelmarken. Die Sandersons bekamen jedoch nur Marken für Zucker, denn den konnten sie nicht selbst herstellen – alles andere hatten sie ja, zum Glück. Freddy musste angeben, was der Hof produziert hatte. Er schummelte und schwor die Familie, auch Ruth, ein, dichtzuhalten.

Nichtsdestotrotz jammerte Olivia. Noch schlimmer wurde es, als Ende des Monats ein Brief kam, der ihnen ankündigte, dass spätestens im Februar Schüler aus London bei ihnen einquartiert würden.

»Wie soll das gehen?«, echauffierte Olivia sich. »Wie sollen hier noch mehr Leute wohnen?«

»Wenn sie hier wohnen, können sie auch etwas tun«, meinte Freddy.

»Es werden Kinder sein oder Jugendliche …«

»Jugendliche klingt gut, vor allem jetzt, wo der Staat immer mehr junge Männer einzieht. Wer soll denn die Arbeit auf dem Hof leisten? Nur wir beide?« Freddy schnaufte.

»Wann kommen sie denn?«, fragte Ruth verzagt. »Und wie viele sind es?«

»Das weiß ich noch nicht. Im Moment wurde uns nur gesagt, dass wir sie aufnehmen müssen«, sagte Olivia, immer noch erbost.

»Es ist, wie es ist«, sagte Freddy. »Ändern können wir es nicht.«

Doch die Tage vergingen, ohne dass sie weitere Informationen erhielten. Es blieb eisig, und sogar Schnee zog über das Land. An der Küste blieb er allerdings nicht lange liegen, der Wind trug ihn davon.

Ruth sah manchmal zur Küste. Es war nicht nur der Wind, der sie erschauern ließ. Dort drüben waren die Nazis. Die Angst, dass sie nach England kommen würden, konnte Ruth nicht mehr abstreifen. Und diese Angst schien jeden Tag ein kleines bisschen mehr zu wachsen. Was würde dann passieren? Was würde mit ihr und ihrer Familie geschehen, wenn es so weit käme? Ruth schüttelte sich und kehrte zurück in die Küche, aber die Furcht war in ihr.

Die Küche wurde nun zum Mittelpunkt des Hauses, hier stand das Radio, hier bullerte der alte, gemauerte Herd. Sie mussten nicht hungern, nicht darben, sie hatten genug Ertrag vom Hof. Und jetzt war auch die Zeit, in der Freddy das eine oder andere Kaninchen schlachtete, auch den jungen Hähnen und den alten, legemüden Hennen ging es an den Kragen.

Hühnersuppe wurde gekocht, tagelang hing der üppige, fette und tröstliche Duft in der Küche. Und Trost brauchten sie alle: Die Angst vor den einmarschierenden Nazi-Truppen saß ihnen im Nacken. Die Angst vor der Invasion wurde von der Angst vor Bombardements noch übertroffen. Bisher waren nur wenige deutsche Bomber bis zum Inselstaat vorgedrungen, und noch hatte es keine großen Angriffe gegeben, aber die Bedrohung war allgegenwärtig und saß allen im Nacken.

Die Hühnersuppen wurden im Lauf des Januars in großen Gläsern eingeweckt. Das gekochte Fleisch wurde in Dosen konserviert. Dafür gab es eine handbetriebene Maschine, die das Weißblech der Deckel auf die Dosen drückten und am Rand überlappte. Auch die Dosen mit dem gewürzten Fleisch wurden eingekocht und anschließend im Kriechkeller gestapelt.

Der Gedanke, dass sie jederzeit ein Glas Trost aufmachen könnte, beruhigte Ruth etwas. Dennoch konnte sie sich selten wirklich entspannen. Manchmal träumte sie von den Braunen, die laut grölend durch die Straßen von Frinton-on-Sea marschierten. Nach solchen Träumen konnte sie nur noch schwer wieder einschlafen.

Ende Januar stand eines Morgens plötzlich ein Automobil auf dem Hof. Es waren Jakub und Edith Nebel, die ausstiegen. Ruth lief ihnen entgegen.

»Gibt es Neuigkeiten?«, fragte sie aufgeregt.

Edith umarmte sie. »Nein. Ich weiß nur, dass deine Angehörigen noch leben.« Sie sah Ruth an. »Bekommen wir bei dir eine Tasse Tee? Jakub hat nachher ein Treffen in Harwich, ein geheimes Treffen. Aber wir dachten, wir nutzen die Zeit und schauen nach dir … Ist das in Ordnung oder wirst du Ärger bekommen?«

Ruth lachte, ein bitteres Lachen. »Ärger ist mir egal. Kommt herein, es gibt natürlich Tee, und ich mache Frühstück für euch.«

Freddy hatte den Motor des Automobils gehört und war in den Hof gekommen, begrüßte die Nebels herzlich. Er sah Jakub an. »Sie haben Verbindungen zu etlichen Kanälen … zum Geheimdienst«, sagte er leise. »Müssen wir uns sorgen?«

»Ich bin nur ein einfacher Händler für Antiquitäten und weiß gar nichts«, sagte Jakub und sah Freddy voller Ernst an. »Aber wenn Sie sich Sorgen machen müssen, sind Sie einer der Ersten, die es erfahren.«

Freddy nickte. »So ist das also«, sagte er kaum hörbar. Er schaute zu Ruth. »Mach bitte Frühstück. Reichlich.«

Jetzt im Januar legten die Hühner nicht und schon gar

nicht in der bitteren Kälte. Sie saßen zusammengedrängt im Stall und wärmten sich gegenseitig. Dennoch hatte Ruth einiges, was sie auftischen konnte.

»Das ist ein Frühstück, wie man es sonst nur in einem großen Hotel bekommt«, sagte Edith lobend, die hinter Ruth an den Herd getreten war.

»Es riecht sehr, sehr köstlich«, sagte auch Jakub.

Olivia kam hinzu, war überrascht über den Besuch.

»Herzlich willkommen«, beeilte sie sich zu sagen, als sie in die Küche kam. »Seit wann sind Sie hier? Ich habe Sie gar nicht erwartet.«

»Ich habe einen wichtigen Termin an der Küste. Heute Vormittag«, sagte Jakub und lächelte gewinnend. »Meine Frau wollte Ruth besuchen, deshalb sind wir zuerst hierher gefahren. Ich hoffe, das macht Ihnen nichts aus. Sie würde gerne hier auf mich warten …«

»Das ist gar kein Problem«, sagte Olivia und lächelte über ihren verkniffenen Gesichtsausdruck hinweg. »Solange Ruth ihre Arbeit macht.«

Ruth beugte sich über den Herd, briet schnell weitere Würste und Speck an, kochte neues Wasser für den Tee auf.

Edith trat zu ihr. »Habt ihr eine Kaffeemühle?«, fragte sie auf Deutsch. Ruth schaute sie an und dann zu Olivia. Olivia hatte ihr verboten, Deutsch zu sprechen, da sie es nicht verstand, aber nun …

»Ja«, sagte Ruth und zeigte auf die Mühle, die auf der Anrichte stand. »Allerdings gibt es kaum noch Bohnenkaffee. Wir trinken hier Tee.«

»Das weiß ich doch«, sagte Edith lächelnd. »Deshalb habe ich Kaffeebohnen mitgebracht.« Sie zog ein kleines Säckchen aus ihrer Handtasche. »Ich mahle die Bohnen, du brühst den Kaffee auf, einverstanden?« Edith zwinkerte Ruth zu. »Lass dich von ihr«, sie warf einen schnellen Blick zu Olivia, »nicht immer einschüchtern.«

»Ich will keinen Streit. Ich muss ja schließlich hier leben«, sagte Ruth. »Aber zu gerne würde ich zu meinen Eltern nach Slough ziehen.«

Slough, das hatte Olivia verstanden. Sie trat neben Ruth. »Was ist in Slough?«, fragte sie betont freundlich. »Haben deine Eltern Probleme?«

»Nein«, sagte Ruth nun wieder auf Englisch. »Aber ich wäre gerne bei ihnen.«

»Du kannst sie ja demnächst wieder besuchen«, schlug Olivia vor.

»Ich würde gerne bei ihnen wohnen, wäre gerne mit ihnen zusammen«, sagte Ruth.

Olivia seufzte theatralisch auf. »Das kann ich verstehen, einerseits.« Dann kniff sie die Augen zusammen. »Andererseits hast du hier einen Arbeitsvertrag. Und der ist gültig.«

»Das stimmt«, sagte Edith, die sich die Kaffeemühle von der Anrichte geholt hatte, die Bohnen in den Trichter schüttete und nun bedächtig die Kurbel drehte. »Das stimmt sehr wohl. Wenn Sie Ruth nicht entlassen, ist sie bis Anfang Mai hier beschäftigt. Danach kann sie gehen, wohin sie will.«

»Bis Mai? Nein, das glaube ich nicht. Die Flüchtlinge haben eine Zweijahresanstellung. Das habe ich jedenfalls für Ruth unterschrieben.«

»Möglich«, sagte Edith und lächelte weiterhin freundlich. »Aber gebunden ist sie per Gesetz nur ein Jahr. Danach kann sie bleiben, muss es aber nicht.«

Olivia sah Ruth an. »Du wirst doch nicht gehen? Das wirst du nicht. Nach allem, was wir für dich getan haben.«

»Ich werde meinen Vertrag erfüllen«, sagte Ruth. Sie nahm Pfanne und Topf vom Herd, es duftete köstlich nach gebackenen Bohnen, gebratenen Würstchen und Speck. Dazu gab es Brot und Butter, Speck und Marmelade und einige Soleier.

Alle setzten sich um den gedeckten Tisch, langten ordentlich zu.

»Sie haben ein Treffen?«, fragte Freddy Jakub.

»Und ich darf nicht darüber sprechen«, antwortete Jakub. »Eigentlich dürften Sie noch nicht einmal wissen, dass ich ein Treffen habe.«

»Die Deutschen scheinen uns nicht angreifen zu wollen – auch an der Maginot-Linie ist alles ruhig«, sagte Olivia. »Wir verfolgen die Nachrichten ständig.«

»Das wird sich ändern«, sagte Edith und nahm sich noch ein Würstchen. »Wir sollten auf alles gefasst sein.«

»Aber Hitler will das Reich doch nach Osten ausdehnen.«

»Hitler wird den Krieg mit den Westmächten nicht einfach aussitzen, auch wenn es gerade so aussieht«, sagte Jakub.

»Wäre es nicht an uns – an Frankreich und England –, endlich tätig zu werden?«, fragte Freddy.

Jakub nickte. »Das ist auch meine Meinung, jedoch verfolgt Chamberlain wohl andere Ziele. Man weiß noch nicht, wie es weitergehen wird.«

»Die Regierung wird schon wissen, was sie macht«, sagte Olivia ein wenig spitz.

Man unterhielt sich über dies und das – das Wetter war natürlich ein Thema. Schon lange war es nicht mehr so kalt gewesen.

»Als ob das Wetter die Politik widerspiegelt«, sagte Jakub nachdenklich. »Es gibt die soziale Kälte in Europa, und sie nimmt jetzt in Kriegszeiten immer mehr zu, und es gibt das Wetterphänomen.«

»Wetter gab es schon immer«, sagte Olivia.

»Ich kann mich nicht daran erinnern, dass die Themse zu meinen Lebzeiten zugefroren war.« Er schaute Jakub an. »Könnte das die Deutschen zu einer Invasion bringen?«

Jakub schüttelte den Kopf. »So schnell sind auch sie nicht. Und zwischen uns hier und ihnen liegen immer noch Frankreich und die Beneluxländer.« Er nahm die Serviette und wischte sich über den Mund, sah erst Ruth an, nickte ihr kaum wahrnehmbar zu, dann Olivia. »Es war sehr köstlich, herzlichen Dank dafür. Ich muss jetzt aber fahren. Und vielen Dank, dass meine Frau so lange hierbleiben kann. Ich hole sie wieder ab, das verspreche ich.« Er zwinkerte und wurde mit leisem Lachen belohnt.

»Ich werde versuchen, mich zu benehmen«, sagte Edith schmunzelnd. Sie stand auf und brachte ihren Mann zum Wagen. Ruth sah, dass die beiden noch einige Worte tauschten.

Was wissen sie, was wir nicht wissen, fragte sie sich. Und will ich es wirklich erfahren, oder wird es mir noch mehr Angst machen, als ich schon habe? Sie fand keine Antworten, aber vielleicht würde Edith ihr welche liefern. Aber konnte sie ihr auch wirklich vertrauen? Warum bemühten sich Edith und Jakub so um sie? Wollten sie etwas von ihrer Familie? Oder lag sie da falsch, war es wirklich nur Freundschaft? Ruth war misstrauisch geworden in den letzten Jahren, das wurde ihr plötzlich schmerzhaft bewusst. Die Nazis hatten ihr nicht nur das Heim genommen, ihr Zuhause, sie hatte ihr auch Selbstverständlichkeiten geraubt und Vertrauen – in sich selbst und vor allem in andere. Und dafür hasste sie sie.

Ruth schüttelte sich, versuchte, die Gedanken abzuschütteln, räumte den Tisch ab. Freddy ging wieder in den Stall oder in den Schuppen – er hatte, trotz des schlechten Wetters, immer etwas zu tun.

Olivia ging ins Wohnzimmer, zündete dort die Petroleumlampe an, kam entsetzt wieder zurück.

»Du hast vergessen, den Kamin anzufeuern«, warf sie Ruth vor. »Es ist viel zu kalt. Heiz ein. So lange gehe ich wieder nach oben.«

Jill sah ihre Mutter an.

»Du bleibst bei Ruth«, sagte Olivia und stapfte nach oben. »Aber beeil dich«, rief sie ihr noch zu.

Ruth seufzte auf. Tatsächlich hatte sie vergessen, im Wohnzimmer den Kamin anzuzünden. Anders als in der Küche war dort eine offene Feuerstelle. In ihr konnte man die Glut über Nacht nicht erhalten wie beim gemauerten Ofen. Jetzt im Winter war es Ruths Aufgabe, die Feuerstelle am Morgen zu säubern und neues Feuer anzuzünden. Doch wegen des Besuchs hatte sie es schlicht vergessen.

Schnell ging sie nach nebenan, säuberte die Feuerstelle. Legte Holz und Späne nach, nahm Glut aus dem Küchenofen und blies vorsichtig, bis ein kleines Feuer aufloderte. Sie legte Holz nach, wartete kurz, stellte dann das Ofengitter vor die Feuerstelle.

Als sie zurück in die Küche kam, saßen Edith und Jill zusammen auf der Küchenbank und lasen gemeinsam ein Buch. »Peter der Hase«, das Buch, das auch Ruth immer wieder mit Jill lesen musste.

Lächelnd ging Ruth zur Spüle, goss heißes Wasser ein und tat einen Schuss Seife hinzu, spülte das Geschirr.

»Warum bist du hier, Edith?«, fragte sie auf Deutsch. Sie starrte in das Becken, nahm mechanisch die Teller, wischte sie mit dem Schwamm ab, tauchte sie wieder in das heiße Wasser, stellte sie auf den geriffelten Keramikrand, der ein wenig abschüssig war, so dass das Spülwasser ablaufen konnte.

Edith hielt im Vorlesen inne. Sie schwieg für eine Weile. »Deinetwegen«, sagte sie dann.

»Was ist mit mir?«, fragte Ruth verzagt.

»Das … ist eine gute Frage.« Edith überlegte. Dann schloss sie das Buch, Jill protestierte.

»Lies weiter, lies weiter«, sagte Jill eifrig.

»Nimm mal deine Puppen, und spiel damit«, sagte Edith freundlich, aber bestimmt. Jill sah sie an, fügte sich dann. Da die Küche der Raum war, wo Ruth die meiste Zeit verbrachte und es der wärmste Ort in diesem kalten und zugigen Haus war, gab es einen großen Weidenkorb, der neben dem Herd stand. Darin lagen Jills Puppe und anderes Spielzeug. Sie ging zu dem Korb, und nahm, leise vor sich hin singend, ihre Puppe heraus. Dann setzte sie sich wieder auf die Küchenbank, völlig zufrieden mit sich und ihrer Welt.

Edith trat neben Ruth, nahm ein Küchenhandtuch und begann, die nassen Teller abzutrocknen.

»Ich mag dich«, sagte sie. »Du bist ein kluges Mädchen.« Sie hielt inne. »Ich habe keine Kinder, aber hätte ich welche, würde ich mir wünschen, dass sie so wären wie du.«

Ruth senkte den Kopf, ihre Wangen brannten.

»Aber das ist es nicht nur. Wir leben hier schon länger in England, ich bin inzwischen Britin, und dies ist mein Land. Deines ist es noch nicht und …«, sie schaute Ruth an, »ich glaube, das wird es nie werden.«

»Warum?«, fragte Ruth verzagt.

»Weil … weil Deutschland zu nahe ist.« Edith zuckte mit den Achseln. »Du brauchst Sicherheit, das spüre ich – hier wirst du sie erst mal nicht haben. Nicht, solange Krieg herrscht.« Sie seufzte. »Es ist aber noch etwas anderes.« Wieder pausierte sie und überlegte, nahm einen Topf, trocknete ihn gründlich ab. »Wir haben mit deiner Familie Chanukka gefeiert. Wir hatten uns sehr über die Einladung gefreut, es war uns eine Ehre.«

»Warum seid ihr zu uns gekommen? Ihr müsst doch viele Einladungen erhalten haben.«

»Nein«, sagte Edith, »das haben wir nicht.«

»Aber … ihr kennt doch so viele Familien, habt vielen geholfen.«

»Das schon – aber entweder haben alle gedacht, dass wir schon etwas vorhaben, vielleicht haben sich einige auch nicht getraut, eine Einladung auszusprechen, ich weiß es nicht«, sie seufzte, »aber wir haben nur wenige Einladungen erhalten, und deine Familie macht so einen warmherzigen Eindruck, ein Eindruck, der nicht täuscht.« Sie holte tief Luft. »Manchmal gibt es das – man fühlt sich verbunden.« Sie nickte. »Ja, so würde ich das nennen, eine innere Verbundenheit.« Sie sah Ruth an. »Verstehst du, wie ich es meine?«

»Ich denke schon«, sagte Ruth und wischte sich die Hände an der Schürze ab. »Einen Moment«, sagte sie und huschte nach nebenan, schaute nach dem Feuer, das inzwischen lustig brannte. Es würde noch eine Weile dauern, bis es hier richtig warm wäre. Ruth legte Holz nach und ging zurück in die Küche. »Wir hatten, solange ich denken kann, eine Zentralheizung«, erklärte sie. »Ich muss mich erst an diese Art des Heizens gewöhnen. Es scheint mir so altertümlich zu sein, aber es ist ein Hof auf dem Land, kein Haus in der Stadt.«

»Wir haben in London eine Gasheizung«, sagte Edith. »Ich wüsste gar nicht, wie man Feuer macht, ohne auf einen Knopf zu drücken.«

Edith schaute zu dem Bündel Bettdecken, das zusammengerollt neben der Küchenbank lag. »Du schläfst hier?«

»Oben ist es zu kalt.«

»Bewundernswert, wie du das alles erträgst.«

Ruth sah sie an. »Habe ich eine Wahl?«

»Du kannst in ein paar Monaten hier aufhören. Bis Mai allerdings bist du wirklich noch an diesen Ort gebunden. Ich habe mich erkundigt.«

Ruth räumte die Töpfe und Pfannen weg, wischte über den Herd, sah sich dann um.

»Was musst du jetzt machen?«, fragte Edith.

»Putzen. Kehren und wischen.« Sie überlegte und schaute aus reiner Gewohnheit zum Fenster, das aber verdunkelt war. »Gleich muss ich die Hühner und die Kaninchen füttern, die Essensreste und Küchenabfälle, die ich in dem Eimer sammle, zu den Schweinen bringen.«

»Du hast wenig Zeit für dich, nicht wahr?«, fragte Edith.

»Das ist auch gut so. Ich kann gar nicht wirklich nachdenken. Könnte ich es, würde ich mich verrückt machen«, sagte Ruth. »Bleibst du bei Jill? Dann muss ich sie nicht anziehen, wenn ich jetzt nach draußen gehe.«

Sie nahm den Eimer mit den Küchenabfällen, drehte ihre Runde durch die Ställe und die Scheune. Es war eisig kalt, der Wind brachte kleine Schneeflocken mit sich, es waren aber eher Eiskristalle, hart und scharfkantig, als Flocken. Ruth senkte den Kopf und zog die Schultern hoch, kämpfte gegen den Wind an. Charlie lag zusammengerollt in seiner Hütte. Aus dem Hühnerstall brachte Ruth noch zwei Handvoll Stroh und Heu mit, legte sie in die Hundehütte. Sie hatte gestern schon Olivia gefragt, ob der Hund bei dem Wetter nicht in die Küche dürfe, aber Olivia hatte es vehement verneint. Charlie tat Ruth sehr leid, und sie hatte ihm eine Wurst mitgebracht.

Schnell eilte sie wieder in die Wärme der Küche zurück. Edith hatte eine weitere Kanne Bohnenkaffee aufgebrüht. Dankend nahm Ruth die Tasse, setzte sich neben Jill auf die Bank. Jill spielte immer noch friedlich mit ihrer Puppe.

»Olivia?«, fragte sie Edith fast tonlos.

»Noch habe ich sie nicht gehört.« Die beiden sprachen wieder Deutsch. Obwohl Ruth inzwischen fast fließend Englisch sprach, war es doch etwas anderes, sich in ihrer Muttersprache auszudrücken. Ob sich das wohl irgendwann ändern würde?

»Ich weiß immer noch nicht, warum du wirklich hier bist?«, fragte sie nun Edith. »Da ist doch noch etwas. Es ist doch nicht nur Verbundenheit und Fürsorge?«

»Ja, du hast recht.« Edith zögerte. »Ich darf nicht darüber sprechen und weiß auch nicht …« Sie überlegte. »Nun gut. Vor ein paar Tagen ist ein deutsches Flugzeug in Belgien notgelandet. Der Pilot hatte bei schlechter Sicht die Orientierung verloren. Eigentlich wollte er wohl nach Köln. Der Pilot und der Offizier, der auch an Bord war, haben nach der Notlandung versucht, Papiere zu verbrennen. Sie waren aber nicht so geschickt wie du beim Feuermachen. Und schnell war ein belgischer Korporal vor Ort und nahm ihnen die nur angekokelten Papiere ab. Er brachte die beiden Männer auf seine Dienststelle, wo einer der Männer wiederum die Papiere in den Kohleofen steckte – aber auch diesmal missglückte sein Vorhaben, und ein tapferer belgischer Soldat zog sie aus dem Feuer.« Sie trank einen Schluck Kaffee. »Da war den Leuten schon bewusst, dass diese Papiere eine gewisse Brisanz haben mussten.«

»Was stand drin?«, fragte Ruth atemlos nach. »Was waren das für Papiere?«

»Es ging um einen Angriff gegen die Westmächte – durch die noch neutralen Staaten, durch Belgien und die Niederlande.«

»Deutschland will also angreifen?«, fragte Ruth leise.

»Sie wollen nicht nur, sie werden es. Die Frage ist nur noch wann und wo.«

»Welche Chancen haben sie, uns zu schlagen?«

Edith zuckte mit den Schultern. »Das weiß ich nicht, aber Angst macht es mir schon. Sie gehen rücksichtslos vor. Sie wollen einen Überfall, der so schnell ist wie der in Polen. Einen Blitzkrieg.«

»Aber die britischen und französischen Soldaten stehen doch an der Maginot-Linie und werden sie verteidigen.«

»Hitler wird einen anderen Weg wählen, da ist sich Jakub sicher. Und Hitler plant auch eine Invasion in England.« Edith sah Ruth an.

Ruth war blass geworden. »Da sind wir aus Deutschland geflohen, und es scheint, als würden uns die Nazis verfolgen«, sagte Ruth leise. »Sie bleiben uns auf den Fersen, und ich habe so Angst, dass sie uns erwischen werden.«

»Ich habe noch eine weitere Neuigkeit«, sagte Edith. »Ich habe die Nummern eurer Einreisebewilligungen in die Vereinigten Staaten überprüfen lassen.« Sie räusperte sich. »Es ist so, dass alle, die jetzt noch in Deutschland, Polen oder Österreich sind und gültige Ausreisedokumente haben – so wie ihr auch –, vermutlich nicht mehr ausreisen können. Die Grenzen sind dicht.«

»Aber das sind doch alles Juden oder andere Verfolgte«, sagte Ruth. »Warum lässt man sie nicht ausreisen?«

»Weil Krieg ist«, sagte Edith traurig. »Aber somit rutschen die Nummer der anderen nach oben. Viele der Nummern vor euch sind jetzt verfallen.«

»Was bedeutet das?«, fragte Ruth unsicher.

Edith sah sie an, sagte nichts.

»Verfallen.« Ruth kaute auf dem Wort herum, es lag schwer in ihrem Mund. »Was wird mit denen … mit den Menschen hinter den Nummern?«

»Das weiß ich nicht«, sagte Edith fast tonlos und senkte den Kopf.

»Aber … ich verstehe es nicht. Was bedeutet das denn für uns?«

»Dass ihr wahrscheinlich noch in diesem Jahr in die Staaten ausreisen könnt.«

Ruth schnappte nach Luft. Sie stand auf, ging zum Fenster. »Wirklich?«, fragte sie leise. Dann wurde sie still. »Wir dürfen ausreisen, wir dürfen nach Amerika, weil andere jetzt in Deutschland gefangen sind?«

Edith schaute zur Seite und sagte nichts. Sie wusste bestimmt noch mehr Dinge, über die sie aber nicht sprechen durfte.

Vielleicht, dachte Ruth und ihr Herz pochte, ist das auch

besser so. Es gab viel, was sie fragen wollte, aber die Fragen waren zu mächtig für diesen Moment.

»Wissen es meine Eltern schon?«, fragte sie stattdessen.

»Nein, ich habe es erst gestern erfahren. Ich werde ihnen nachher ein Kabel schicken oder bei deiner Tante anrufen. Deine Eltern haben ja keinen Telefonanschluss.«

»Den werden sie jetzt auch nicht mehr brauchen«, sagte Ruth, die noch nicht fassen konnte, dass ihre Träume wirklich in Erfüllung gingen.

»Auch wenn ihr dieses Jahr ausreisen dürft, haben wir nun das Problem des Transports«, fuhr Edith nun sachlich fort. Es lagen viele Fragen in der Luft, aber keine davon wollte sie jetzt stellen und schon gar nicht beantwortet haben. »Die zivile Schifffahrt ist stark eingeschränkt – aus gutem Grund. Die Nazis schrecken nicht davor zurück, Passagierschiffe anzugreifen, im Gegenteil – sie legen es sogar darauf an.«

»Das Risiko werden wir eingehen«, sagte Ruth bestimmt. »Lieber mit einem Schiff untergehen, als den Nazis in die Hände zu fallen.«

»Erst einmal müssen wir schauen, auf welchem Rang ihr jetzt tatsächlich seid, das ist alles noch ein wenig ungeklärt, weil es ja auch Ausreiseanträge aus anderen Ländern mit noch offenen Grenzen gibt, die schon genehmigt wurden, aus den Niederlanden zum Beispiel.«

»Wird das lange dauern?«

»Das kann ich dir nicht sagen, aber ich werde Himmel und Hölle in Bewegung setzen, um für euch eine baldige Transportmöglichkeit zu finden. Aber richte dich darauf ein, dass es noch ein paar Monate dauern kann.«

»Allein der Gedanke macht mir wieder Hoffnung«, sagte Ruth. »Danke, Edith, dass du uns so sehr hilfst.«

Ruth wischte sich mit beiden Händen über das Gesicht. Sie spürte Erleichterung. Sie würden England verlassen können – schon bald. Sie würden den Atlantik zwischen sich und die Nazis legen können. Sie würden noch weiter fliehen – doch bis nach Amerika würden die Nazis ihnen nicht folgen können. Dort, so hoffte Ruth, würden sie sicher sein. Und dort würden sie ein Leben ohne Angst führen können. Ein Leben in Freiheit. Dass es nun greifbar wurde, fühlte sich unwirklich an, und noch ließ Ruth die Freude nicht zu. Wenn wir auf dem Schiff sind, dann ist alles gut, versprach sie sich selbst.

Sie war gerade dabei, das Mittagessen vorzubereiten, als Jakubs Wagen auf den Hof fuhr.

Edith eilte hinaus. Als sie die Tür öffnete, fegte der eisige Wind in das Haus und ließ Ruth schaudern. Obwohl Olivia halbherzig eine Einladung zum Mittagessen aussprach, wollte Jakub so schnell wie möglich nach London zurückfahren. Sein Gesichtsausdruck war besorgt.

Als sie fuhren, sah ihnen Ruth mit einem seltsamen Gefühl hinterher.

Sie durften in diesem Jahr schon nach Amerika auswandern – aber würde es auch dazu kommen? Oder würden die Nazis schneller sein?

Am 26. Januar wütete ein schwerer Eissturm über England. Der Sturm hielt vier Tage lang an und erst am 30. Januar legte sich der kalte Wind, der aus dem Nordosten kam. In diesen vier Tagen waren sie auf dem Hof von der Umwelt abgeschnitten. Die Straße, die den Hügel hochführte, war von einer dicken, spiegelglatten Eisschicht bedeckt, die man weder mit Automobil noch mit einem Karren befahren konnte.

Der Milchmann konnte die Milch nicht abholen und so hatten sie einen großen Überschuss. Freddy telefonierte mit der Käserei und Meierei, die ihre Milch weiterverarbeitete und verkaufte. Der Hof der Sandersons war nicht der einzige mit diesem Problem.

»Und nun?«, fragte Olivia entsetzt. »Was machen wir denn damit? Wir können sie ja nicht verbrauchen, nicht in den Mengen.«

»Es ist eine gute Gelegenheit, die Milch abzurahmen und Buttervorräte anzulegen. Butter ist rationiert«, sagte Freddy verschmitzt. »Und wir lassen die Kannen ansonsten einfach draußen stehen – die Milch wird einfrieren, aber das schadet nichts. Wenn sie auftaut, muss man sie nur gut umrühren, eben weil sich das Fett absetzt.«

Bisher hatte Daisy für sie gebuttert, doch auch Jack und Daisy hatten bei dem eisigen Sturm Schwierigkeiten, zum Hof der Sandersons zu kommen. Am ersten Tag kämpften sie sich beide noch den Great-Holland-Hügel hoch. Durchgefroren und zitternd kamen sie an, abgekämpft, denn der Wind war nicht nur eisig, er blies auch mit großer Stärke.

Daisy setzte sich an den Herd, rieb sich die Hände. Auch Jack stellte sich an das Feuer, schnaufte.

»So etwas habe ich noch nicht erlebt. Mein Vater hat von solchen Eisstürmen gesprochen, früher soll es die öfters gegeben haben. Ich dachte immer, er übertreibt maßlos.« Er sah Freddy an. »Ich bete zu Gott, dass wir nach Hause kommen, ohne uns den Hals zu brechen.«

»Lass uns die Kühe melken und das Vieh versorgen«, sagte Freddy, »nachdem ihr einen heißen Tee getrunken habt. Ruth, hol den Rum, das wärmt dann doppelt.«

»Es ist noch vor acht«, sagte Ruth.

»Und es ist bitterkalt. Was hat die Uhrzeit damit zu tun? Manchmal braucht man Dinge, und diesmal brauchen wir Rum.«

Ruth tat, wie ihr geheißen wurde. Als sie Daisys blaugefrorene Finger sah, nachdem die Magd die dicken Handschuhe ausgezogen hatte, gab sie ihr einen weiteren Schuss Rum in den Becher.

»Wenn wir fertig sind mit dem Vieh, geht ihr nach Hause. Und ihr kommt erst wieder, wenn der Sturm aufgehört hat und es taut«, sagte Freddy.

»Du willst alleine melken?«, fragte Jack.

»Nein, das will ich nicht. Aber ich will auch in Zukunft jemanden haben, der mir auf dem Hof hilft, und das habe ich nicht, wenn du dir den Hals brichst.«

»Du musst mir zeigen, wie man Butter macht«, sagte Ruth zu Daisy. »Die Milch kann nicht abgeholt werden, und Mr Sanderson will, dass wir Butter gewinnen. Ich weiß, dass man die Sahne stampft oder so, aber ich weiß nicht wirklich, wie es geht.«

»Ich weiß es auch nicht«, ergänzte Olivia. »Und ich will es auch gar nicht wissen. Zeig es Ruth. Es wird sich ja nur um ein oder zwei Tage handeln, dann wird die Milch wieder abgeholt, und du kannst unsere Butter machen, Daisy.« Sie nahm sich eine Tasse Tee und ging ins Wohnzimmer. Olivia hörte lieber das Unterhaltungsprogramm als die Nachrichten, manchmal legte sie auch Schallplatten auf – das Grammophon stand ebenfalls im Wohnzimmer.

»Sie weiß, wie es geht«, sagte Daisy, nachdem Olivia gegangen war. »Sie weiß es genau. Aber man braucht Kraft und Ausdauer dafür, und Olivia scheint immer selbstgefälliger und fauler zu werden.« Daisy sah Ruth an. »Du tust mir leid.«

»Ist schon in Ordnung«, beeilte sich Ruth zu sagen. »Ich werde es nicht mehr lange ertragen müssen, hoffe ich.«

»Was meinst du?«, fragte Daisy verblüfft. »Willst du kündigen? Du wärst nicht die Erste.«

»Nein. Meine Familie und ich dürfen nach Amerika auswandern. Vermutlich noch in diesem Jahr.« Jetzt hatte sie es ausgesprochen. Das erste Mal. Es fühlte sich seltsam an. Noch war es nur ein Satz, aber je öfter sie ihn sich sagte, umso realer schien er zu werden.

Daisy sah sie an. »Das hast du dir immer gewünscht, nicht wahr?«

Ruth nickte.

»Hast du dort einen Schatz, jemand, der auf dich wartet?«

Ruth schüttelte den Kopf. »Nein, ich will nur so viele Kilometer wie möglich zwischen meine Familie und mich und die Nazis bringen. Je weiter wir von ihnen weg sind, umso besser.«

»Das ist gar keine falsche Einstellung«, sagte Daisy. »Weiß es Olivia schon?«

»Nein. Ich will erst einen Termin haben.«

»Das ist auch besser so. Ich verrate nichts, sei unbesorgt. Und jetzt lass uns mal nach der Milch schauen.«

»Gestern wurde sie schon nicht abgeholt, die Kannen stehen am Straßenrand, die Milch ist gefroren.«

»Das ist gut – dann wird sie nicht schlecht. Frische und warme Milch lässt sich jedoch besser verarbeiten. Also nehmen wir das, was die beiden Männer gerade melken. Es ist nicht schwer, man muss nur sauber arbeiten.« Sie sah Ruth an. »Aber das kannst du ja.«

In den nächsten Stunden zeigte Daisy Ruth, wie man mit einer Zentrifuge den Rahm von der Milch – die sie durch ein Sieb mit einer Art Watte laufen ließen – trennte. Danach kam der Rahm in das Butterfass, und die Kurbel wurde so lange gedreht, bis sich die Buttermilch abgesetzt hatte.

»Aus der Buttermilch können wir noch Quark machen«, erklärte Daisy, »und aus dem Quark Frischkäse. Aber ich glaube, das will Olivia gar nicht.«

»Zeigst du es mir trotzdem?«, fragte Ruth. »Einfach, um zu wissen, wie es geht.«

Die Männer beeilten sich mit ihren Tätigkeiten, und schon vor dem Mittagessen waren sie mit der ersten Runde fertig.

Draußen gab es auch nichts zu tun, und selbst wenn – es wäre unmöglich gewesen. Der Wind schien noch einmal zuzunehmen, statt Schnee führte er messerscharfe Eiskörner mit sich, die Stoffe durchschlugen und kleine Wunden in die Haut ritzten.

»Geht nach Hause«, sagte Freddy und sah in den Hof. »Es wird nicht besser, nur schlimmer. Geht jetzt. Ich würde euch fahren, aber ich glaube nicht …«

»Ich will heil zu Hause ankommen«, brummte Jack. »Und ein Automobil schafft keine dreißig Meter.« Er sah Daisy an. »Schaffen wir das?«

»Das werden wir müssen«, sagte sie grimmig.

»Bitte ruft an, wenn ihr sicher angekommen seid. Wenn ich in einer Stunde nichts von euch gehört habe, werde ich nach euch suchen«, sagte Freddy, und die Besorgnis in seiner Stimme war nicht zu überhören. »Ich werde losstapfen, also meldet euch.«

Jack nickte ihm zu. Die beiden hüllten sich in ihre Jacken und Mäntel, zogen die Handschuhe an, stülpten noch ein weiteres Paar, das Olivia brachte, über, zogen die Schals über den Mund, und dann gingen sie los. Mit mulmigen Gefühlen schauten ihnen die Zurückgebliebenen auf dem Sanderson-Hof nach.

»Sie werden es schon schaffen«, sagte Olivia und verzog sich wieder in das warme Wohnzimmer.

Ruth nahm die nächste Kanne Milch, schüttete einen Teil in die Zentrifuge und trennte Rahm von der Milch.

»Du achtest auf das Telefon«, sagte Freddy eindringlich.

»Ich muss zurück in den Stall. Und gib mir sofort Bescheid, wenn sie sich melden.«

Ruth drehte die Zentrifuge, danach drehte sie das Rad am Butterfass, ihr Arm tat weh, aber sie drehte weiter, ließ die Uhr nicht aus den Augen. Die Stunde war gerade um, als das Telefon klingelte. Olivia ging dran.

»Ihr seid angekommen. Gut«, sagte sie.

Erleichtert schloss Ruth für einen Moment die Augen.

Kapitel 16

Nach vier Tagen ließ der Sturm nach, und das Land taute ein wenig auf. Der Winter blieb trotzdem frostig. Die Milch wurde abgeholt, und auch Jack konnte wieder ohne Probleme täglich auf den Hof kommen.

Ruth hatte einige Pfund Butter gemacht, die nun im Eiskeller, dessen Dach Freddy inzwischen repariert hatte, lagen.

Dann kam ein Kabel aus London.

»Ich glaube es nicht«, sagte Olivia aufgebracht. »Wie kommen sie bloß dazu? Hier, bei uns? Das ist doch absurd. Freddy, schreib einen Brief an die Verwaltung und wehre dich dagegen.«

»Olivia«, sagte er leise, aber mit fester Stimme. »Wir wissen seit dem letzten Jahr, dass wir Einquartierungen bekommen könnten. Und nun kommen sie. Was soll ich der Verwaltung schreiben? Was würdest du schreiben?«

»Was für eine seltsame Frage – ich würde natürlich schreiben, dass es ganz und gar nicht infrage kommt, dass hier Schülerinnen und eine Lehrerin unterkommen. Was sollen sie hier? Hier auf dem Hügel? Du hast doch gesehen, wie abgeschieden wir hier sind, als der Eissturm wütete.«

»Jeder war da abgeschieden«, sagte Freddy lakonisch. »Dafür musste man noch nicht einmal auf einem Hügel sein.«

»Aber … aber … aber du wirst doch etwas tun?«, empörte sich Olivia.

»Was soll ich denn tun?« Er setzte sich auf und sah sie an. »Viele Familien und Höfe rund um Frinton-on-Sea haben inzwischen Evakuierte aufgenommen. Schon seit August des letzten Jahres werden Kinder aus den Großstädten aufs Land verschickt. Bisher hat uns noch niemand welche zugeteilt, jetzt schon. Ich finde es erstaunlich, dass es so lange gedauert hat.«

»Freddy! Du willst sie doch nicht wirklich aufnehmen?«

Er sah sie an, nahm sich eine Zigarette, zündete sie an und inhalierte tief. »Ich habe keine Wahl. Du auch nicht. Die Regierung hat das verfügt.« Er sah zum Herd. Auf dem Flickenteppich vor dem warmen Ofen saß Jill und spielte mit ihren Puppen, summte leise vor sich hin. »Und wenn ich unsere Tochter sehe und mir vorstelle, wir würden in London oder Manchester oder einer anderen großen Stadt wohnen, irgendwo dort, wo vermutlich bald Bomben fallen, wüsste ich sie gerne in Sicherheit. Oder zumindest in einem Gebiet, das nicht so gefährdet ist. Du nicht auch, Olivia?«

»Sie ist ja bei uns«, sagte Olivia. »Und ob wir hier an der Küste in Sicherheit sind, ist eher fraglich.«

»Aber wenn hier Bomben fallen, dann eher aus Versehen. Was ist um uns herum? Felder. Wiesen. Dünen. Das Meer. Hier gibt es keinen Hafen, keine kriegswichtige Industrie. England ist nicht groß, und Bomben können überall fallen.

Aber in London ist die Gefahr größer als hier. Also werden wir die Evakuierten aufnehmen. Sie willkommen heißen. Und wir werden sie freundlich behandeln.«

»Drei Schülerinnen und eine Lehrerin. Wo sollen sie denn schlafen?«, fragte Olivia bissig.

»Haben wir nicht genügend Zimmer?«

»Haben wir, sie sind aber nicht beheizt.«

»Ich werde Kohlebecken besorgen. Es müssten sogar noch welche im Schuppen sein. Die Mansardenzimmer waren früher immer mit Dienstleuten belegt und niemand ist dort erfroren. Das Haus gibt es schließlich schon zweihundert Jahre.«

»Nun«, sagte Olivia eingeschnappt. »Wenn du dafür sorgen kannst, soll es mir recht sein. Aber können wir uns vier weitere Mitbewohner leisten? Sie wollen ja auch essen, und was ist mit ihrer Wäsche?«

»Du gibst doch unsere Wäsche zum größten Teil weg. Daisy macht sie und Susan. Dann machen sie eben noch ein wenig mehr. Wir werden einen finanziellen Ausgleich bekommen.«

»Es wird bezahlt?«, fragte Olivia nun überrascht.

»Natürlich. Es sind keine riesigen Summen, aber wir bekommen etwas Geld dafür.«

Endlich nickte Olivia. »Dann ist es ja gut. Ich dachte schon …«

Ruth war der Unterhaltung gefolgt. Sie schnaufte leise. Vier Personen mehr, die kommen würden. Vier Personen: einige Zimmer, die zu reinigen wären, Wäsche, die sortiert werden musste, und – für vier Personen mehr kochen. Das würde ihre Aufgabe sein. Sie würde keine Entschädigung bekommen, nicht mehr Lohn, nur mehr Arbeit. Vier Personen – drei Jugendliche und eine Erwachsene. Lebensmittel hatten sie reichlich gebunkert, das war nicht das Problem. Es war die Menge und die Arbeit. Das würde an ihr hängen bleiben, das wusste sie jetzt schon. Sie hoffte täglich auf eine Nachricht von ihren Eltern oder Edith. Die Nachricht, dass sie tatsächlich ausreisen konnten.

Es dauerte noch ein paar Tage, bis die neuen Mitbewohner kamen. Tage, in denen Ruth Daunendecken auffüllte und Zimmer herrichtete. Im Torfklo wurde ein größerer Eimer eingebaut, in den Zimmern wurden Kohlebecken aufgestellt. Zu Ruths Aufgabe würde es gehören, diese Becken am frühen Nachmittag zu befüllen, so dass die Zimmer aufgewärmt wurden. Morgens musste sie dann die Asche nach draußen bringen und die Glut in Gang halten.

Ein Gutes hatte das Ganze – auch sie bekam so ein Kohlebecken in ihr Zimmer und musste nicht mehr in der Küche schlafen. Warum hatte sie nicht zuvor ein Kohlebecken bekommen, fragte sie sich. Aber dann wischte sie den Gedanken weg. Sich zu ärgern würde nichts ändern.

Und dann fuhr Freddy mit dem Wagen des Nachbarn zum Bahnhof, um die Evakuierten, ihre neuen Mitbewohner, abzuholen.

»Florence Jones«, las Olivia vor. »Das ist die Lehrerin. Es steht nicht in den Unterlagen, wie alt sie ist. Hoffentlich ist sie keine verschrumpelte Hexe.« Sie sah Ruth an. »Das habe ich nicht gesagt, Ruth! Das hast du nicht von mir gehört.« Dann sah sie wieder auf die Liste. »Matilda Smith, geboren April 1923. Dann ist sie jetzt …« Olivia überlegte.

»Sie wird im April siebzehn«, sagte Ruth.

»Stimmt genau. Ruby Taylor. Ruby – wer gibt denn seinem Kind so einen Namen. Ruby heißt ein Dienstmädchen, aber keine Schülerin einer höheren Schule«, sagte Olivia missbilligend. »Ruby ist Jahrgang 1924. Sie ist also sechzehn.«

»Und dann haben wir noch Harriet Roberts. Harriet. Das ist ein Name vom Land. Grundgütiger, was schicken die uns da? Harriet ist 1922 geboren. Im Dezember.«

»Vom Land?«, fragte Ruth überrascht. »Sie kommen doch aus London, und wir sind auf dem Land.«

»Aber wir leben nicht hinter dem Mond. Ich würde eher sterben, als mein Kind Harriet zu nennen«, sagte Olivia pikiert.

»Harriet wird dieses Jahr achtzehn«, rechnete Ruth nach. Alle Schülerinnen waren ungefähr so alt wie sie – aber sie würden auf dem Hof einen ganz anderen Stand haben. Ein wenig fürchtete sich Ruth davor, mit ihnen zusammenzutreffen.

Sie hatte die einfachen Zimmer geputzt, die Betten bezogen, die Vorhänge gewaschen und die Verdunkelungsdecken angebracht. Matilda und Ruby würden sich ein Zimmer teilen müssen, Harriet hatte eine kleine Kammer für sich, und die Lehrerin kam im Gästezimmer im ersten Stock unter.

Alle hatten im Zimmer einen Schreib- und einen Waschtisch. Es gab einen Schrank, im Zimmer von Matilda und
Ruby noch eine Kommode. Die Lehrerin hatte Glück, in ihrem Zimmer befand sich sogar ein Kamin.

Heute Morgen schon hatte Ruth die Kohlen hochgebracht
und eingeheizt. Auch der Badeofen lief. Das Wasserschiff
war gefüllt, und die großen Kannen für die Waschtische
standen schon aufgereiht auf dem Herd. Ruth würde schnell
warmes Wasser nach oben bringen können, damit sich alle
frisch machen konnten.

Sie hatte eine kleine Mahlzeit vorbereitet – Hühnersuppe,
um die Gemüter zu beruhigen, denn evakuiert zu werden
war bestimmt nicht schön, und auch die Gäste hatten sicherlich Ängste und Bedenken, stellte sich Ruth vor. Zusätzlich
gab es noch frisches Brot, es lag schon dampfend warm und
duftend auf dem Tisch, Butter und Speck, in dünne Scheiben
geschnitten. Butter und Speck waren seit Januar rationiert,
aber sie hatten reichlich. Das wird die Mädchen vielleicht
freuen, dachte sich Ruth. Natürlich gab es auch Marmelade
und Wurst, auch etwas Käse.

Matilda, Ruby, Harriet, sagte sich Ruth immer wieder. So
hießen die Mädchen, die nur wenig jünger waren als sie
selbst. Und Ms Jones – die Lehrerin.

Die ganze Schulklasse, die ganze Schule war evakuiert,
war nach Essex gebracht und verteilt worden. Im Gemeindehaus und in einem Verwaltungsgebäude sollte der Unterricht stattfinden. Wie das alles geregelt werden würde,
war noch unklar. Viele Dinge waren heutzutage unklar,

vieles war in der Schwebe, und die Angst vor dem Krieg wog schwer.

Dann endlich fuhr der Wagen in den Hof. Die neuen Gäste, Mitbewohner, Evakuierte – Ruth wusste nicht, wie sie sie benennen sollte –, stiegen aus und sahen sich um.

Drei verunsicherte Mädchen und eine Lehrerin, die Ruth auf Mitte dreißig schätzte. Freddy lud die Koffer aus, und Ruth schmunzelte. Es waren viele Koffer – wenn auch keine elf pro Person.

»Du lieber Himmel«, seufzte Olivia, die neben Ruth am Fenster stand und das Spektakel betrachtete. »Es sieht so aus, als wären sie gekommen und wollten hier dauerhaft einziehen.«

»Sie wollen ganz bestimmt eher früher als später wieder zurück in ihr Zuhause«, sagte Ruth und öffnete die Tür. »Wir sollten sie willkommen heißen.«

»Das sind sie aber nicht«, sagte Olivia fast tonlos, doch Ruth hörte es.

Dennoch ging Mrs Sanderson zielstrebig an Ruth vorbei auf den Hof. »Willkommen. Herzlich willkommen auf Great Holland, auf unserem Hof. Ich bin Olivia Sanderson.«

»Das ist meine Frau«, sagte Freddy und trug die ersten Koffer in die Küche. Ruth eilte ihm zu Hilfe und war froh, dass die Mädchen auch mit anpackten.

Die ersten Minuten waren ein Tohuwabohu, jeder holte etwas aus dem Wagen, brachte es in die Küche, versuchte, Sachen zu stapeln, zu ordnen. Gleichzeitig sahen sich die

Mädchen staunend um. Sie kamen aus London, und wenn nicht eine von ihnen eine Familie mit einem großen Gut in der Verwandtschaft hatte, waren ihnen solch riesige Küchen unbekannt. In London gab es auch große Wohnungen, aber die meisten Leute wohnten zweckmäßig und inzwischen ohne viel Personal. Da tat es eine kleine Küche.

»Oh, das ist ja – phänomenal«, sagte eines der Mädchen. »Wie eine Halle.«

»Es sieht aber aus, als wäre es die Küche«, sagte ein anderes.

»Ruhe!«, rief Ms Jones, die Lehrerin und klatschte in die Hände. »Ruhe. Stellt euch auf!« Die Mädchen traten in eine Reihe, ihre Blicke waren unsicher.

»Guten Tag«, sagte Ms Jones. »Wir sind froh, dass Sie uns aufnehmen. Ich möchte uns gerne vorstellen. Mein Name ist Florence Jones. Ich bin verantwortlich für diese Mädchen und für einige andere auch noch.« Sie sah Freddy an und zog eine Liste aus ihrer Handtasche. »Die anderen Mädchen wurden ringsum untergebracht. Meine Aufgabe ist es, alle im Laufe des Tages zu besuchen und abzuklären, ob alles in Ordnung ist.«

»Ach«, sagte Freddy. »Und?«

»Sie … sie müssen mich fahren«, erklärte Ms Jones. »Ich habe kein Fahrzeug, und ich kenne mich hier ja nicht aus.«

Freddy hustete, lachte, räusperte sich. »Das ist ein Scherz? Wie schön, dass Sie sich so humorvoll vorstellen, Ms Jones.«

»Das ist natürlich kein Scherz«, sagte Ms Jones beleidigt. »Mir wurde zugesichert, dass ich hier unterstützt werde.«

»Wir nehmen Sie hier auf«, sagte Freddy nun ernst. »Sie dürfen hier wohnen, werden verpflegt. Aber ich habe einen Hof zu führen. Ich muss mich um mein Vieh und um meine Wirtschaft kümmern. Ich bin kein Chauffeur. Sie können ein Fahrrad haben.«

»Bitte?«, fragte Ms Jones entsetzt.

Ein Grinsen zog über Ruths Gesicht, und innerlich zählte sie herunter: drei, zwei, eins. Und schon sagte Olivia das, was Ruth erwartet hatte.

»Sie müssen die verschiedenen Familien besuchen? Zeigen Sie doch mal die Liste«, sagte Olivia eifrig. »Ja, das sind schon einige Leute, und Orte, die mit dem Fahrrad nicht an einem Tag zu erreichen sind, Freddy.« Sie sah ihren Mann vorwurfsvoll an. »Sie muss es nun mal machen.«

»Und ich muss die Kühe versorgen«, sagte er.

»Tja, da bleibt ja nur eine Möglichkeit«, meinte Olivia. »Ich fahre Sie.«

Ruth nickte – das hatte sie erwartet.

»Aber erst einmal zeigen wir Ihnen die Zimmer. Sie, Ms Jones, haben ein Zimmer im ersten Stock, dort, wo auch unsere Schlafzimmer sind und das Zimmer meiner Tochter – Jill. Sie wird bald drei und ist unser Sonnenschein.« Olivia nahm ihre Tochter hoch, schaute dann zu den Mädchen. »Ihr wohnt oben in der Mansarde. Leider ist es dort nicht so komfortabel, aber für ein paar Wochen wird es sicher schon gehen.« Sie drehte sich um und zog Ruth am Ärmel, stellte sie vor sich. »Das ist Ruth, unser Mädchen, unsere Haushaltshilfe. Sie kommt aus Deutschland – sie ist Jüdin!«

Ruth zuckte zusammen. Wieder hatte Olivia es getan. Sie hatte Ruth nicht nur als »Mädchen« vorgestellt, sondern hatte erwähnt, dass Ruth Jüdin war. Sie hatte Ruth von der zweiten zur dritten Klasse erniedrigt.

Die Mädchen starrten Ruth an, als wäre sie der Teufel in Person.

Für einen kurzen Moment schloss Ruth die Augen. Das ist meine Wahrnehmung, sagte sie sich. Vielleicht bilde ich mir das auch nur ein. Vielleicht sehen sie das gar nicht so, sehen mich nicht als drittklassig, sie sind ja keine Nazis. Nur weil ich das erlebt habe, muss es nicht immer so sein. Und wahrscheinlich hängt unser zukünftiges Miteinander von meiner Reaktion ab.

Wenn nicht, wenn sie auf mich herabgucken, auch ohne Grund, dann liegt es an ihnen. Aber ich will alles versuchen, damit es nicht so ist.

Sie öffnete die Augen wieder. Lächelte die Mädchen an. »Willkommen. Ich bin Ruth. Ich komme aus Deutschland und spreche eure Sprache noch nicht perfekt, aber ich gebe mir Mühe und will weiter lernen.«

»Du sprichst sehr viel besser Englisch als ich Deutsch«, sagte eines der Mädchen und ging auf sie zu, reichte Ruth die Hand. »Harriet. Harriet Roberts. Ich freue mich, dich kennenzulernen.«

»Wie alt bist du?«, fragte das nächste Mädchen. »Du siehst aus, als seist du so alt wie wir. Ich bin Matilda Smith. Und ich bin sechzehn.« Sie schaute sich um. »Ruby ist auch sechzehn, und Harriet ist gerade siebzehn geworden.«

»Ich bin achtzehn«, sagte Ruth.

»Und wo ist deine Familie? Lebt sie auch hier? Bist du aus dem Nazi-Land geflohen? Ich heiße Ruby Taylor.«

Ms Jones klatschte wieder in die Hände. »Jetzt ist nicht die Zeit, um zu reden. Bringt eure Koffer in eure Zimmer, macht euch mit der Umgebung vertraut, so wie wir es besprochen haben. Wir sind hier Gäste. Benehmt euch entsprechend.« Dann sah sie Ruth an. »Nun, du hast es ja gut getroffen. So als Jüdin«, sagte sie und folgte Olivia nach oben.

Ruth sah ihr betroffen nach.

Harriet schien es bemerkt zu haben. »Nimm die Zicke nicht ernst, das machen wir auch nicht. Wo sind denn unsere Zimmer?«

»Unterm Dach, in der Mansarde«, erklärte Ruth, nahm sich zwei Gepäckstücke und ging voran. In der ersten Etage blieb sie stehen. »Hier ist das Badezimmer. Dort vorne«, sie zeigte auf die Tür. »Wie das mit der Benutzung ist, müssen wir noch klären. Es gibt hier eine Badewanne.« Ruth stapfte die steile Treppe nach oben. Sie wartete, bis alle drei ihr gefolgt waren, zeigte dann auf das Kämmerlein mit dem Torfklo. »Hier ist die Toilette.« Sie sah die Mädchen an, versuchte sich zu erinnern, wer wer war. »Matilda Smith und Ruby Taylor«, sagte sie dann. Die beiden Mädchen traten vor. »Ihr teilt euch dieses Zimmer.« Ruth öffnete die Tür. In diesem Raum hatten auch ihre Eltern geschlafen. Doch seitdem hatte sich einiges verändert. Es gab den Kohleofen, die Verdunkelungsvorhänge, eine weitere Kommode.

Die beiden sahen sich um. Es war dank des kleinen Kohleofens warm, aber auch stickig.

»Und hier ist dein Zimmer«, sagte Ruth und führte Harriet in das Zimmer, in dem Ilse geschlafen hatte.

»Warum hat sie ein Zimmer für sich?«, empörte sich Matilda. »Und wir müssen uns diese Kammer teilen? Und warum steht da dieser stinkende Ofen?«

»Der Ofen steht da, damit du nicht erfrierst«, sagte Ruby pragmatisch und wuchtete ihren Koffer auf das Bett. »Ruth wird die Letzte sein, der du Vorwürfe machen solltest. Ich wette, sie lebt noch schlechter als wir.« Ruby schnaufte. »Keine von uns möchte hier sein.« Sie sah Ruth an. »Du bestimmt auch nicht.« Dann holte sie wieder tief Luft. »Aber jetzt müssen wir das Beste daraus machen und es überstehen. Es wird ja hoffentlich nicht ewig dauern.«

»Ihr habt einen Waschtisch – jede von euch hat einen Krug, den ihr bitte mittags oder abends in die Küche tragt. Ich werde euch dann jeden Morgen warmes Waschwasser bringen. Wann und wie oft ihr baden dürft, wird Mrs Sanderson entscheiden.«

»Wie oft darfst du baden?«, fragte Harriet.

»Meist einmal in der Woche«, sagte Ruth.

»Oh nein! Das ist zu wenig«, jammerte Matilda.

»Vielleicht dürft ihr häufiger baden.« Ruth räusperte sich. »Die Kohlebecken müssen jeden Tag geleert und wieder gefüllt werden. Hier oben gibt es keine Zentralheizung. Um ehrlich zu sein, hat das ganze Haus keine Zentralheizung, es gibt nur Kamine. Und eben diese Kohlebecken.« Sie sah die

Mädchen an. »Sie wärmen, aber sie rußen auch, und es stinkt … aber mit ist immer noch besser als ohne.« Ruth überlegte, wie sie fortfahren sollte. »Allerdings bedeuten diese Öfen auch ein Risiko, weil die Böden im Haus überall aus Holz sind. Ihr dürft keine lodernden Feuer anzünden, dann steht das ganze Haus in Flammen.«

»Das ist gruselig«, sagte Ruby.

»Wie ihr seht, liegen Blechplatten unter den Becken – gegen den Funkenflug.«

»Ich habe keine Ahnung, wie man ein solches Feuer unterhält«, gestand Matilda.

»Ich zeige es euch. Es ist nicht so schwierig«, sagte Ruth.

»Aber wir sollen doch hier auch zur Schule gehen. Was ist dann?«

»In der Zeit kümmere ich mich darum, das ist eine meiner Aufgaben. Das Feuer brennt in der Nacht herunter – eigentlich ist es auch immer nur die Glut, die wärmt. Man muss sich darum kümmern, damit es nicht ausgeht, aber das bekommen wir schon hin.« Sie sah die Mädchen an. »Wollt ihr auspacken? Euch frisch machen? Soll ich euch warmes Waschwasser bringen, oder wollt ihr erst etwas essen?«

Die drei sahen sich unsicher an.

»Erst frisch machen, dann etwas essen und dann auspacken«, sagte Harriet.

»Dann bringe ich euch warmes Wasser«, sagte Ruth und sammelte die Waschkrüge ein.

»Warte«, meinte Ruby. »Es sind drei Krüge – ich helfe dir.«

Gemeinsam gingen sie nach unten, schweigend und jeder in seinen Gedanken. Eine gewisse Scheu war auch da, sie kannten sich nicht und mussten erst Grenzen abstecken. Im ersten Stock blieb Ruth kurz stehen. Das Wasser im Badezimmer rauschte. Der Badeofen knackte und blubberte. Ruth ging weiter nach unten. Sie würde den Mädchen nicht sagen, dass ihre Lehrerin erst einmal ein Bad nahm, während die Schülerinnen mit einer Kanne warmen Wassers vorliebnehmen mussten.

Schnell waren die Kannen gefüllt, das Wasserschiff hatte Ruth schon lange vorher angeheizt. Sie brachten die Kannen nach oben.

»Wenn ihr noch etwas braucht, wenn ihr Fragen habt – ich bin unten und mache jetzt das Mittagessen«, sagte Ruth.

»Ich habe viele Fragen an dich.« Ruby sah sie neugierig an. »Fragen zu dir. Aber das hat sicherlich noch Zeit. Wir werden ja wohl eine Weile bleiben müssen.«

»Hoffentlich nicht zu lange. Wir sind ja hier am Rande der Welt.« Harriet nahm ihren Wasserkrug und ging in ihr Zimmer, ließ die Tür krachend ins Schloss fallen.

»Oh oh«, sagte Matilda. »Madame fühlt sich nicht wohl hier.«

»Das kann man auch verstehen.« Ruth sah sie an. »Ich denke, ihr habt vorher ganz anders gelebt.«

»Haben wir, aber darum geht es ja nicht. Wir sind hier nicht zur Sommerfrische«, sagte Ruby. »Wie hast du denn vorher gelebt?«

Ruth seufzte auf. »Anders. Ganz anders. Aber jetzt macht euch frisch, dann gibt es etwas zu essen.«

Unten in der Küche wartete Olivia schon auf Ruth. »Wo warst du?«, fragte sie vorwurfsvoll. »Jill war ganz alleine hier in der Küche.«

»Aber … aber Sie haben doch Jill mit nach oben genommen. Und als ich vorhin hier war, um die Wasserkrüge zu füllen, war Jill auch nicht hier unten.«

»Ich habe Jill vorhin nach unten gebracht, dachte, dass du nur kurz weg wärst. Es ist deine Aufgabe, auf das Kind aufzupassen.«

Ruth verkniff sich eine Antwort. Sie wollte keinen Streit, das lohnte sich nicht. Sie nahm stattdessen die Teller aus dem Schrank, deckte den Tisch, schnitt Brot und holte Butter und Wurst aus dem Eisschrank.

Nachdem der Eissturm über das Land gezogen war und endlich die Straße antaute, blieben die Temperaturen dennoch frostig. So kalt, dass einige Teiche in der Umgebung zugefroren blieben. Das hatten Freddy, Jack und einige andere genutzt und große Eisklötze aus den Gewässern geschnitten, sie in die Erdkeller gebracht, die jeder Hof hatte. Dick mit Stroh gepolstert, sollten sie die nächsten Monate in ihrem gefrorenen Zustand überstehen. Ruth konnte nun immer Eisbrocken für den Kühlschrank nehmen, wobei es immer noch so kalt war, dass es reichte, die Lebensmittel draußen zu lagern – sie musste sie nur hoch genug unterbringen, damit keine Tiere sich daran zu schaffen machten.

Die Suppe simmerte auf dem Herd, es duftete köstlich nach Trost und Wärme, das Brot war noch warm, Ruth hatte es diesen Morgen gebacken.

»Noch steht nicht fest, wie sich der Tagesablauf der Schülerinnen gestalten wird. Ich hoffe, dass das bald geregelt ist. Wir wollen sie ja nicht den ganzen Tag im Haus haben«, seufzte Olivia theatralisch. »Nach dem Essen fahre ich mit Ms Jones die anderen Unterkünfte ab. Du wirst dich hier um den Rest kümmern, Ruth.«

Nach und nach kamen die neuen Mitbewohner herunter. Schließlich auch Ms Jones. Sie setzten sich an den Tisch, auch Freddy kam aus dem Stall. Wie immer wusch er sich nur die Hände. Er roch nach den Tieren, dem Stall, Ruth hatte sich längst daran gewöhnt. Was sollte er auch machen? Sich komplett umziehen und waschen? Jack war über Mittag nach Hause gegangen, er wollte den neuen Gästen Zeit geben, sich einzugewöhnen.

Ms Jones sah die Mädchen an. »Wie sind eure Unterkünfte?«, fragte sie. »Ich muss eine Beurteilung schreiben und erwarte ehrliche Antworten.«

»Eine Beurteilung?«, fragte Freddy, und seine Stimme klang nicht freundlich. »Für wen und warum?«

»Meine Kolleginnen und ich haben das beschlossen«, sagte Ms Jones kühl, »und wollen unsere Beurteilungen dann der Regierung vorlegen. Wir sind unserer Meinung nach ohne Grund evakuiert worden, oder sehen Sie die Deutschen hier an der Küste? Und eben genau das macht die Evakuierung so absurd. Wir sind an die Ostküste verfrachtet worden – kein Ort ist Deutschland und dem Feind näher.«

»Wenn Sie meinen, dass Sie ohne Grund hier sind, dann

gehen Sie doch einfach wieder nach Hause«, brummte Freddy.

»Aber sie hat doch nicht ganz unrecht. Sollten die Deutschen England angreifen, dann sind wir die Ersten, die es trifft«, sagte Olivia.

»Noch greifen sie nicht an«, sagte Freddy und nahm sich eine Scheibe Brot, bestrich sie dick mit Butter.

Ruth stellte eine frische Kanne Tee auf den Tisch. Freddy füllte seinen Becher, schüttete ordentlich Zucker hinzu.

»Die Deutschen planen einen Luftkrieg. So haben sie Polen erobert, so agieren sie jetzt. Sollten sie England angreifen – und das werden sie tun –, dann wird London eines der Ziele sein und nicht Frinton-on-Sea.« Er trank einen großen Schluck Tee, sah die Lehrerin an. »Aber es steht Ihnen ja frei, zu gehen.« Dann schaute er zu den Mädchen. »Und?«, fragte er dann. »Wie sieht eure Beurteilung aus?«

»Es ist … anders als zu Hause«, sagte Harriet. »Sehr anders. Aber es ist eine Zuflucht, und ich bin froh, hier zu sein. Ich gehe nicht nach London zurück.«

»Ich auch nicht«, schloss sich Ruby an.

»Wir sind doch erst ein paar Stunden hier, wie sollen wir das beurteilen?«, fragte nun Matilda. »Die Zimmer sind klein, aber sauber. Es gibt Essen. Und zwar sehr gutes Essen. Aber das ist doch erst ein flüchtiger Eindruck, Ms Jones. Sagen Sie nicht immer zu uns, dass man alles sorgfältig prüfen muss?«

»Und wie würden Sie die Unterkunft beurteilen?«, fragte Freddy und sah Ms Jones an, sie senkte den Kopf.

»Es ist sauber; sauber und ordentlich. Ich kann mich nicht beklagen.«

»Gut, dann haben wir das ja geklärt.« Freddy nahm sich noch ein Brot, belegte es dick mit Wurst und stand auf. »Ich muss in den Stall«, brummte er. »Muss schauen, ob die Kühe auch eine Beurteilung abgeben wollen.«

»Ich ... ich wollte Sie nicht beleidigen«, sagte Ms Jones stammelnd.

Olivia nickte. »Keiner von uns – weder Sie noch wir – wollen diese Situation. Keiner von uns will Krieg. Sie wollen zurück nach Hause, und ich kann getrost auf Einquartierungen verzichten.« Olivia sah Ms Jones an. »Aber ändern können wir es nicht. Auch nicht mit Beschwerden.« Sie kniff die Augen zusammen, versuchte ein Lächeln, aber es gelang ihr nicht. »Wir haben einen Hof. Viehzucht. Ackerbau. Wir sind kein Hotel. Wir haben uns nicht freiwillig gemeldet, Sie wurden uns zugeteilt. Und damit müssen wir jetzt leben.« Olivia schaute in die Runde. »Hier mag es nicht perfekt sein, aber wir sind eine ordentliche, eine anständige Familie.«

Für einen Moment herrschte Schweigen am Tisch. Ein Schweigen, das unangenehm zu werden drohte.

»Darf ich mit in den Stall?«, fragte Ruby plötzlich. »Ich liebe Tiere. Darf ich sie ansehen?«

»Habt ihr schon eure Sachen ausgepackt?«, fragte Ms Jones streng.

Die Mädchen senkten die Köpfe.

»Ihr packt erst aus, und dann fügt ihr euch den Regeln, die

hier gelten. Das muss wohl so sein.« Sie sah Olivia fragend an. »Fahren Sie mich zu den anderen Unterkünften?«

»Ja, das mache ich«, sagte Olivia und stand auf. »Ruth wird sich hier so lange um alles kümmern.«

Und Ruth kümmerte sich. Die ersten Tage waren hektisch, chaotisch. Es dauerte eine Weile, bis sich alles eingespielt hatte. Sie erstellte einen Plan für das Badezimmer, denn die Mädchen waren Waschschüsseln und Wasserkrüge nicht gewohnt. Stattdessen blockierten sie das Badezimmer, ließen das Wasser laufen, aber heizten den Ofen nicht nach – das kannten sie nämlich nicht.

Viele andere Dinge kannten sie auch nicht, aber Ruth machte ihnen schnell klar, dass die Schuhe an der Tür auszuziehen waren. Von Daisy hatte sie ein paar Meter dicken Filz bekommen und nähte für alle Hausschuhe, die immer in einem Korb neben der Tür standen. Für die Mädchen war es Pflicht, die Filzpantoffeln anzuziehen. Ms Jones weigerte sich jedoch. Und Ms Jones bestand auf drei Einheiten im Badezimmer pro Woche – zusätzlich zu ihrer täglichen halben Stunde, denn sie akzeptierte die Waschschüssel in ihrem Zimmer noch weniger.

Ruth war froh, dass die Wäsche tatsächlich an Daisy und Susan weitergegeben wurde, denn auch noch die ganze Wäsche zu waschen, hätte sie nicht geschafft.

Schon jetzt war sie am Ende ihrer Kräfte. Sie musste nun für sieben Erwachsene und ein Kind kochen, musste putzen und einkaufen. Olivia hatte ein Einsehen und übernahm wieder vollständig die Versorgung des Kleinviehs – der Hühner und Kaninchen.

Nach den anfänglichen Schwierigkeiten verstand sie sich mit Ms Jones immer besser, und oft verbrachten die beiden Zeit zusammen im Wohnzimmer, jedenfalls so lange, bis der Schulunterricht geregelt war.

Die drei Mädchen, das fand Ruth schnell heraus, waren willkürlich zusammengelegt worden. Sie waren nicht die besten Freundinnen, und bald kam es zu Spannungen unter ihnen.

»Tilda ist schon wieder an meinen Sachen gewesen«, sagte Ruby und setzte sich auf die Küchenbank. Ruth schälte gerade die Kartoffeln für das Mittagessen. Mittags aß ja auch Jack meist mit, und die Menge an Speisen, die sie zubereiten musste, hatte sich deutlich erhöht. Sie reichte Ruby ein Schälmesser und schob ihr ein paar Kartoffeln hin. Etwas unsicher nahm das Mädchen das Messer.

»Ich habe noch nie Kartoffeln geschält«, sagte sie. »Wir haben ein Mädchen dafür.«

»Man lernt es schnell«, sagte Ruth kühl. »Du musst nur darauf achten, nicht zu viel wegzuschneiden. Schau, so geht es.«

»Wenn man es noch nie gemacht hat …«

»Wir hatten auch Personal. Ich habe nicht seit meiner Kindheit Kartoffeln geschält«, sagte Ruth.

»Deine Familie hatte Personal?«, fragte Ruby erstaunt.

»Eine Köchin, einen Chauffeur, eine Zugehfrau und ein Hausmädchen. Früher hatten wir auch ein Kindermädchen –

so lange, bis meine jüngere Schwester dann doch zu alt dafür wurde.« Ruth lächelte, als sie den erstaunten Gesichtsausdruck ihres Gegenübers sah.

»Aber … aber … du bist doch Jüdin …?«, stammelte Ruby verwundert.

»Und das bedeutet was?«, fragte Ruth harsch. »Dass ich aus einer armen Familie komme?«

»Ich wollte dich nicht beleidigen … doch du bist hier … das Mädchen. Du putzt und kochst. Und du machst es so, als hättest du nie etwas anderes gemacht.«

Ruth sah sie an, grinste schief. »Ich bin im April letzten Jahres hier nach England gekommen. Damals war ich siebzehn und eigentlich Schülerin auf der Oberschule, kurz vor dem Abschluss. Aber dann durfte ich nicht mehr zur Schule gehen, weil ich Jüdin bin.« Sie schaute zu Ruby. »Ich hatte gute Noten, bin gerne zur Schule gegangen, habe gerne gelernt. Aber für die Nazis bin ich in die falsche Familie geboren worden, und so haben sie mir alle Möglichkeiten genommen. Ich konnte nicht mehr zur Schule gehen, konnte keine Ausbildung machen … ich durfte nichts mehr.« Sie schluckte. »Deshalb habe ich mich entschlossen, nach England zu gehen und eine Stelle als Haushaltshilfe anzunehmen.«

»Das ist ja … furchtbar«, flüsterte Ruby und legte Kartoffel und Messer hin, sah Ruth an. »Das wusste ich nicht. Du wirkst auch gar nicht so jüdisch …«

»Wie wirkt man denn, wenn man jüdisch ist?«, fragte Ruth und nahm sich die nächste Kartoffel. Schnell glitt das

Messer durch die Schale, in dünnen Scheiben fiel sie auf das Zeitungspapier, das Ruth auf dem Tisch ausgebreitet hatte. Die Schalen bekamen später die Schweine, wie alle anderen Küchenabfälle auch.

Ruby sah sie an, sie war so rot wie die Tomatensoße, die auf dem Herd köchelte.

»Ich … ich weiß es nicht … ich hatte bisher nie Kontakt mit Juden. Manchmal sieht man sie in London – die Männer mit ihren Hüten und den Schläfenlocken, den schwarzen Anzügen und langen Bärten.«

»Das sind orthodoxe Juden, eine Randgruppe. So wie die orthodoxen Christen.«

Rubys Blick verriet Unwissen.

»Du gehörst der anglikanischen Kirche an, wie fast alle, nicht wahr?«, fragte Ruth.

Ruby nickte.

»Kennst du Katholiken?«

»Ja, natürlich. Mutters Schneider ist katholisch. Er hat ein Kruzifix im Verkaufsraum hängen.«

»Und? Wie ist er so?«

»Er ist ein Schneider«, sagte Ruby. »Meine Mutter schwört auf ihn. Er ist wirklich gut.«

»Aber er ist katholisch.«

Ruby schüttelte verständnislos den Kopf.

»Und ich bin jüdisch«, erklärte Ruth nun. »Macht das einen Unterschied zwischen uns? Bin ich nicht auch Mensch, so wie euer Schneider? Und übrigens auch wie der orthodoxe Jude mit den Schläfenlocken. Er sieht anders aus, er befolgt vielleicht andere Regeln im Leben, aber er bleibt ein Mensch.«

»Das bezweifelt doch niemand«, murmelte Ruby sichtlich unangenehm berührt und ein wenig trotzig.

»Hitler tut es. Und die Nazis auch. Und du hast es getan.«

»Hab ich nicht.« Nun stand Ruby auf. »Du darfst mich nicht beleidigen, du bist nur das Mädchen hier.«

»Und das Mädchen ist jüdisch, nicht wahr?«, sagte Ruth, sah sie an und zog die Augenbrauen hoch. Dann nahm sich Ruth die nächste Kartoffel und schälte sie.

Ruby stapfte nach oben, und Ruth stieß den Atem laut aus. Eigentlich wollte sie diese Art der Diskussionen nicht führen. Aber andererseits war sie es leid, sich herabwürdigen zu lassen. Sie hatte zwar noch nichts wieder von Edith oder von ihren Eltern gehört, aber die Sicherheit, dass sie nach Amerika ausreisen würden, stärkte sie. Und sie hatte schon lange keine Lust mehr, sich alles gefallen zu lassen. Doch, das spürte Ruth tief in sich, der Antisemitismus würde sie immer verfolgen, ihr Leben lang, egal, wohin sie ging. Sie würde ihm trotzen, ihm die Stirn bieten, das versprach sie sich selbst.

Kurz darauf kam Matilda nach unten. »Ruby liegt in ihrem Bett und heult«, sagte sie. »Meine Nerven machen das nicht mit.«

»Ich fühle mit dir«, sagte Ruth.

Matilda setzte sich auf die Küchenbank.

»Wenn du schon einmal da bist«, sagte Ruth schmunzelnd, »kannst du auch gerne Kartoffeln schälen.«

»Das habe ich noch nie gemacht.«

»Alle Dinge macht man irgendwann zum ersten Mal«, sagte Ruth und schob ihr Messer und Kartoffeln hin.

Alle waren froh, als endlich die Schulsituation geklärt war. Im Gemeindehaus der Great-Holland-Kirche waren Räume eingerichtet, Stühle und Pulte herbeigebracht worden. Das Unterrichtsmaterial war aus London gekommen, und die Lehrkräfte hatten sich eingerichtet.

Der Unterricht fand von neun Uhr morgens bis vier Uhr nachmittags statt. Für die Mittagszeit wurde eine Mensa eingerichtet, dafür wurde eine Feldküche aufgebaut. Die Mittagsmahlzeit fiel nun also weg, und Ruth spürte die Erleichterung. Viel weniger Arbeit war es dennoch nicht, da die Hauptmahlzeit abends eingenommen wurde. Und zu den normalen täglichen Aufgaben musste Ruth auch nun die Zimmer der Mädchen und das von Ms Jones putzen.

Die Mädchen hinterließen jeden Morgen Chaos in den Zimmern. Bis auf Harriet war es keine gewohnt, aufzuräumen, und manchmal verzweifelte Ruth und hätte alle Sachen, die auf dem Boden und den Betten lagen, am liebsten auf den Müll geworfen. Aber sie biss die Zähne zusammen. Sie würde nicht ewig Hausmädchen sein.

Im Mai würde sie ein Jahr auf dem Hof gewesen sein, dann konnte sie umziehen, wenn sie anderswo eine Bleibe hatte – und das hatte sie in Slough bei ihren Eltern.

Mehrfach hatte sie schon versucht, mit Olivia darüber zu sprechen, aber Olivia war bisher immer ausgewichen. Bis Mai war noch Zeit, sagte Ruth sich, wenn sie abends erschöpft in ihrem Zimmer saß und versuchte, wenigstens ein paar Zeilen an ihre Eltern zu schreiben.

Es ist noch Zeit, sagte sie sich, aber es ist absehbar. Sie würde dieses Haus verlassen können, dieses Land. Irgendwann würden sie alle in Sicherheit sein, daran glaubte sie fest.

Kapitel 17
Frinton-on-Sea, Frühjahr 1940

Es dauerte etwas, bis sich alle eingewöhnt hatten. Im Gemeindehaus der Great Holland Church wurden die Klassenzimmer eingerichtet, und dort fand auch der Unterricht statt. Am Kirchturm war inzwischen eine Sirene installiert worden, doch bis auf zwei Fehlalarme hatte sie noch keinen Dienst tun müssen.

Die Lehrerinnen trafen sich jeden Freitag reihum bei einer der Familien, in der sie untergebracht waren. Dort aßen sie dann zusammen, anschließend wurde ein wenig debattiert. Ms Jones hatte diese Treffen eingeführt und all ihre Kolleginnen auf den Hof der Sandersons eingeladen. Nach dem dritten Treffen war aber Freddy die Hutschnur geplatzt.

»Was soll das«, fragte er Olivia. »Wir sind doch keine Gaststätte. Du kannst doch nicht jeden Freitag sechs hungrige Lehrerinnen verköstigen. Vor allem nicht so – ein Menü mit drei Gängen! Wir müssen sparsam mit unseren Vorräten umgehen, außerdem ist es eine viel zu große Belastung für Ruth.«

»Meine Güte, stell dich nicht so an. Es ist ein Abend in der Woche. Ein Abend mit anregenden Gesprächen, mit Menschen, die über mehr reden können, als nur über Milchmengen und Getreideanbau«, gab Olivia spitz zurück. »Gönnst du mir gar nichts?«

»Ich gönne dir alles, aber dann koch du doch das Menü. Ruth kann sich derweil um die Mädchen kümmern. Und das ganze Geschirr darfst du meinetwegen auch noch spülen.«

»Sei nicht so miesepetrig. Wann haben wir schon mal die Gelegenheit, Gespräche mit intelligenten Menschen zu führen?«

»Du willst doch nur über Mode und Filme sprechen«, zischte Freddy. »Ich will die nicht jeden Freitag hier in meinem Haus haben.«

Und so wurde beschlossen, sich reihum zu treffen.

Ruth war erleichtert, die Freitage hatten ihr einiges abverlangt. Auch wenn sie inzwischen Ruby und Harriet dazu bekommen hatte, ihr fast jeden Abend beim Spülen zu helfen.

Anfang März rief Edith an und fragte Ruth, ob sie sich zwei Tag freinehmen könne. Sie wollte Ruth abholen und mit ihr nach Slough fahren – es gab Neuigkeiten, die man besprechen musste.

»Nein!«, sagte Olivia vehement. »Ich kann dir nicht so lange frei geben. Nicht jetzt, wo wir das Haus so voll haben. Wie soll das gehen?«

»Aber mir stehen freie Tage zu«, insistierte Ruth. »Und überhaupt endet meine Arbeitszeit im Mai.«

»Das tut sie nicht, denn ich werde dich nicht entlassen«,

antwortete Olivia störrisch. »Ich lasse dich nicht gehen. Schließlich brauche ich dich hier.«

»Mrs Sanderson, ich werde gehen und zu meinen Eltern ziehen, über kurz oder lang. Sie werden nichts dagegen tun können.«

»Oh doch! Das werde ich! Du kannst nicht gehen, bevor ich hier nicht eine andere Hilfe habe.«

»Dann kümmern Sie sich darum. So lange werde ich warten.«

Drei Tage später holte Edith Ruth ab.

»War es schwer, loszukommen?«, fragte Edith.

Ruth nickte. »Ich kann Mrs Sanderson einerseits verstehen, alleine wird sie die Arbeit nicht schaffen und jetzt, mit den Einquartierungen, erst recht nicht – aber ich bin ja keine Gefangene.«

Edith lachte leise. »Du hast dich verändert«, stellte sie fest. »Du bist wieder selbstbewusster geworden.«

»Stimmt«, sagte Ruth nach einem Moment. »Es ist die Sicherheit, dass wir nach Amerika auswandern dürfen.« Sie sah Edith an. »Daran hat sich doch nichts geändert, oder?«

»Es geht alles seinen Weg, aber leider dauert es auch. Die Lage auf dem Kontinent ist kritisch.«

»Bisher haben uns die Nazis nicht angegriffen. Vielleicht wird es ja gar nicht mehr dazu kommen.«

»Doch, das wird es – das ist so sicher wie das Amen in der Kirche«, meinte Edith leise.

»Bald?«

Edith zuckte mit den Schultern. »Ich weiß es nicht … leider.«

Mit dem kleinen Wagen kamen sie deutlich schneller voran als mit dem Zug, nach drei Stunden erreichten sie Slough. Überglücklich schloss Ruth ihre Eltern in die Arme. Es war eine herzliche Begrüßung, nur Ilse war verstimmt, weil sie in die Schule musste und nicht hören konnte, was es zu besprechen gab.

»Mutti und Vati haben auch Unterricht und gehen heute nicht hin. Ich muss aber zur Schule«, beschwerte sie sich.

»Sei nicht traurig«, versuchte Ruth sie zu trösten. »Ich erzähle dir nachher alles.«

»Weißt du denn, worum es geht?«, fragte Ilse. »Die Eltern sagen mir gar nichts, und das macht mich schier verrückt.«

»Nein, so genau weiß ich das auch nicht, aber es wird um Amerika gehen.«

Ilse nickte. »Jetzt habe ich hier die ersten Freundinnen gefunden, mag aber die Freundschaften gar nicht vertiefen. Es fühlt sich so an, als wären wir losgerissen worden und würden nur immer weiter und weiter getrieben werden.«

»Amerika ist der letzte Schritt.«

»Bist du es denn nicht auch leid? Immer wieder von vorne anfangen zu müssen? Erst mussten wir zu den Gompetz ziehen, dann hierher und jetzt bald nach Amerika. Das erste Mal waren wir ja wenigstens noch in Krefeld, auch wenn alles anders war. Aber dann hierher – die neue Sprache, das Essen und … und alles.«

Ruth überlegte. »Ja«, sagte sie dann und nickte. »Ich bin

es auch leid. Ich möchte irgendwann ankommen. Ich möchte eine neue Heimat haben. Einen Ort, an dem ich mich sicher fühle.« Nun sah sie ihre Schwester an. »Aber hier in England fühle ich mich nicht sicher. Jede Nacht wache ich auf und lausche. Immer denke ich, dass ich Militärstiefel auf dem Pflaster höre, dass sie da sind, dass sie kommen – die Nazis. Diese Angst lässt mich nicht los. Und deshalb freue ich mich auf Amerika.«

»Aber was, wenn wir dort nicht Fuß fassen können? Ich habe das Gefühl, dass wir seit Jahren auf gepackten Koffern sitzen. Wir ziehen weiter, aber wir kommen niemals an.«

»Ja, das geht mir genauso«, sagte Ruth traurig. »Und es ist ein seltsames Gefühl, derart heimatlos zu sein.«

»Glaubst du, dass wir irgendwann zurückkehren nach Deutschland?«

»Nein, auf keinen Fall. Nicht, um dort zu leben. Das kann ich mir nicht vorstellen. Du?«

»Ich vermisse Krefeld«, sagte Ilse traurig. »Ich vermisse es mehr, als ich gedacht hatte. Es ist verrückt. Im letzten Jahr hatte ich keinen größeren Wunsch, als Krefeld zu verlassen. Und jetzt will ich zurück – hier ist alles so fremd und anders. Aber ich will ins Früher zurück, in das Damals, als alles noch gut war.«

»Wenn das nur ginge. Aber es wird nie wieder so wie früher sein. Nie mehr.«

Nachdem Ilse zur Schule gegangen war, kochte Martha den Bohnenkaffee, den Edith mitgebracht hatte, und sie setzten sich um den wackeligen Küchentisch.

»Ich will Sie nicht auf die Folter spannen«, sagte Edith, »ich bin hier, um mit Ihnen über Ihre Ausreise zu sprechen.«

»In die USA«, sagte Karl. »Wie gut, dass wir endlich ausreisen dürfen.«

»Bis es so weit ist – das sage ich ganz ehrlich –, gibt es noch ein paar Hürden zu überwinden.«

Martha sank in sich zusammen, Ruth nahm ihre Hand und drückte sie.

»Welche Hürden?«, fragte Karl, in seiner Stimme war die Anspannung zu hören.

»Selbst jetzt nach Kriegsausbruch, in einem Krieg, dem die USA noch nicht beigetreten sind, behalten die Vereinigten Staaten vorerst ihre Quoten bei – somit sind die Nummern, die auf Ihren Visa stehen, immer noch bindend.« Sie schaute von Martha zu Karl.

»Aber … aber … hatten Sie nicht gesagt, dass wir früher fahren können? In diesem Jahr?«, fragte Martha verzweifelt. »Müssen wir jetzt wieder warten?«

»Die meisten anderen Nummern sind erloschen. Alle aus Deutschland«, sagte Edith leise. »Alle aus Österreich und aus Polen. Aus der Tschechei auch.«

»Erloschen … das klingt so endgültig.« Ruth wollte es nicht glauben.

»Die Nazis wollen alle Juden aus Deutschland … entfernen. Soweit wir wissen, ist in Polen ein großes Ghetto geplant, wohin alle Juden umgesiedelt werden sollen.« Edith klang hilflos. »Wir haben keine verlässlichen Quellen mehr, aber einige Kontakte gibt es noch. Auch werden weitere Konzentrationslager gebaut.«

»Konzentrationslager«, sagte Ruth bedächtig. Sie sah ihren Vater an. »Ich dachte immer, es sind eine Art große Gefängnisse. Das stimmt aber nicht?«

»Doch«, sagte Karl und strich sich über den Kopf. Seine Haare waren inzwischen nachgewachsen, aber er war grau geworden. »Es ist eine Art Lager, in dem Leute gefangen gehalten werden.« Er stockte. »Es gibt keine Zellen wie im Gefängnis – das ganze Lager ist die Zelle. Hohe Zäune, Wachtürme, Stacheldraht.« Wieder hielt er inne. »Die Zustände sind schrecklich, die Sterberate hoch.« Er setzte die Brille ab, rieb sich über die Augen. »Man ist nicht dort, weil es eine Strafe sein soll, nach der Besserung erwartet wird. Man ist dort, weil man der ist, der man ist – Jude, Homosexueller, politischer Gegner. Man ist nicht dort, weil man ein Verbrechen begangen hat, das man sühnen soll. Man ist dort, weil man dem Nazi-Staat nicht passt. Man soll dort nicht wieder raus. Man soll dort sterben. Sie legen es darauf an.«

Ruths Mund war ganz trocken, schnell nahm sie ihre Kaffeetasse, trank einen Schluck, aber das Gefühl wollte nicht vergehen.

»Aber sie können doch nicht alle Juden einsperren, um sie sterben zu lassen«, sagte Martha fast tonlos und voller Entsetzen. »Sie haben doch Ausreisenummern. Warum lassen die Nazis sie nicht gehen?«

Edith sah sie lange schweigend an. »Ihre Nummern sind

verfallen. Französische und andere europäische Visumsträger mit höheren Nummern rücken jetzt nach, so auch Sie«, sagte sie dann.

»Was bedeutet das für uns?«, fragte Martha.

»Es ist so«, sagte Edith und überlegte kurz. »Wenn Ihre Familie jetzt die Nummer zehn hat, gibt es neun davor. Fünf Nummern dürfen pro Jahr einreisen. Nummer eins kann noch fahren, Nummer zwei und drei aber nicht mehr, dann rücken Nummer vier und Nummer fünf auf Platz zwei und drei. Also ist Platz vier und Platz fünf frei. Aber vielleicht kann Platz fünf auch nicht fahren, dann rückt schon sechs nach und sieben auch … verstehen Sie das Beispiel?«

Martha schaute Edith an. »Alle, die nicht fahren können, das sind die, die im Land, in Deutschland oder Polen oder Italien … oder im Sudetenland bleiben müssen?«

»Oder die«, sagte Karl leise, »die schon nicht mehr leben. Man hört viel über die Ermordung von Juden und Intellektuellen in Polen und in der Tschechei.«

»Du meinst, wir nehmen die Plätze der Leute ein, die schon tot sind oder noch sterben werden?«, fragte Martha unsicher.

Karl schwieg, und auch Edith hielt den Kopf gesenkt.

»Karl!« Martha rüttelte an seinem Arm. »Karl, was wird mit all denen, die noch da sind? Werden sie alle sterben? Alle?«

»Ich weiß es nicht«, flüsterte er und stand auf, ging ins Wohnzimmer und zündete sich eine Zigarette an. Dann lief er im Zimmer auf und ab. Ruth wollte ihm folgen, wollte ihn festhalten, irgendetwas tun, sein Verhalten machte ihr Angst – doch Martha hielt sie zurück.

»Lass ihn«, flüstere Martha. »Lass ihn, er braucht jetzt seine Ruhe.«

»Aber … sie können doch nicht alle sterben? Alle, die noch da sind!«

Edith schüttelte den Kopf. Ein verzweifeltes Schütteln. »Nein, das denke ich nicht. Es sind noch Millionen Juden in Europa – in Polen und der Tschechei, im Baltikum, in all den anderen Ländern. Und eben noch viele, viele in Deutschland. Nein, sie können und werden nicht alle …«

»Was ist mit Omi und Opi? Mit Großmutter? Mit Tante Hedwig und Hans? Was wird mit ihnen?«, fragte Ruth, ihr wurde schwindelig.

»Den Alten werden sie nichts antun«, sagte Martha. »Ganz bestimmt werden sie das nicht. Was sollen die Alten schon anrichten?«

Edith sagte nichts, und ihr Schweigen ließ Ruth erschaudern.

»Und wenn doch? Edith, was können wir tun?«

»Nichts«, sagte Karl, der nun wieder in die Küche zurückgekommen war und sich setzte. »Ich war schon beim Amt, habe Anträge gestellt. Sie sind nutzlos. Deutschland hat die Grenzen geschlossen und England auch – sie werden keine weiteren Feinde mehr aufnehmen, und das sind wir – Feinde. Vielleicht können wir in Amerika noch etwas erreichen.«

»Aber erst einmal müssen wir nach Amerika kommen«,

sagte Ruth bedrückt. »Wo stehen wir denn jetzt auf der Liste? Auf welchem Rang?«

»Das ändert sich gerade ständig, weil alle Nummern, die vor euch noch offen sind, erst einmal überprüft werden müssen«, sagte Edith nun wieder geschäftsmäßig. »Aber ich bleibe am Ball, und ich glaube, dass ihr schon bald – auf jeden Fall in diesem Jahr – ausreisen dürft.« Sie holte tief Luft. »Was uns zu dem nächsten Problem bringt – es gibt kaum noch Passagierschiffe. Und die, die es gibt, sind gefährdet. Die Deutschen kennen kein Pardon.« Wieder schluckte sie. »Und die Preise sind enorm gestiegen – jeder, der die Möglichkeit hat, auch britische Staatsangehörige, flieht in die Staaten. Zum Teil, um von da aus weiterzureisen, zum Teil, um den Krieg dort auszusitzen. Und das lässt die Preise natürlich steigen.«

»Preise?«, frage Ruth überrascht. »Wofür?«

»Für die Schiffspassage«, sagte Karl bedächtig. »Ja, das habe ich mir gedacht. Es ist egal, wir werden es bezahlen können. Nicht erster Klasse, aber hoffentlich auch nicht in der Holzklasse. Und selbst wenn, es ist nur eine Woche Überfahrt, das halten wir auch noch aus.«

»Sobald ich weiß, auf welchem Rang Sie stehen, wann Sie nach Amerika übersetzen dürfen, erkundige ich mich nach Schiffspassagen. Sie haben doch bestimmt ein finanzielles Limit … ohne Ihnen nahetreten zu wollen.«

»Ja«, sagte Karl. »Aber wir haben auch noch Möglichkeiten. Dank der Hilfe einer guten Freundin, der Frau meines Chauffeurs, ist es uns gelungen, einiges an Wertsachen noch vor dem Krieg nach Holland zu bringen. Unsere Freunde und Verwandten haben einen großen Teil der Sachen verkaufen können und das Geld in Dollar auf einem Konto angelegt. Außerdem habe ich eine gewisse Summe noch vor den Beschränkungen der Nazis meiner Cousine in Amerika überwiesen. Wir sind nicht reich, aber wir sind auch nicht mittellos.«

»Das ist gut zu wissen«, sagte Edith. »Das hilft sehr.« Sie stand auf. »Ich komme morgen in aller Früh wieder und bringe Ruth zurück zu den Sandersons, aber jetzt lasse ich Sie allein.« Sie umarmte Martha, Karl und Ruth.

»Danke, dass du das alles für mich tust.«

»Ich glaube, ein wenig tue ich das auch für mich«, gab Edith zu.

Nachdem sie gegangen war, saßen die Meyers schweigend da. Gedanken hingen wie dunkle Wolken im Raum, aber keiner mochte sie aussprechen.

»Ich habe gehört«, sagte Karl schließlich leise, »dass die SS die Juden in Polen erschießt. Ganze Gemeinden …«

»Sie können doch nicht einfach alle Juden erschießen«, schrie Martha entsetzt auf.

»Vermutlich nicht. Aber sie werden sich etwas einfallen lassen«, sagte er düster.

Der Gedanke verfolgte Ruth bis in den Schlaf. Ihre Angst vor den Nazis wurde immer größer. Und auch die Sorge um ihre Familie in Deutschland wuchs ins Unermessliche. Was war mit Hans? Ob sie in Krefeld auch von den Erschießungen gehört hatten? Es wurde gemunkelt, dass die Juden immer schlechtere Lebensbedingungen hatten und nur wenige Lebensmittel bekamen. Ob Hans hungern musste? Ob sie froren oder konnten sie noch heizen? Ob Omi und Opi noch in der Klosterstraße lebten? In ihrem kleinen Häuschen, das für Ruth immer ein Zufluchtsort gewesen war, ein zweites Zuhause.

Nachdem Ilse aus der Schule gekommen war, hatte sie natürlich alles wissen wollen. Doch Martha erzählte ihr nur, dass sie versuchen würden, eine Schiffspassage nach Amerika zu buchen, und dass sie vermutlich noch in diesem Jahr ausreisten.

Ilse spürte, dass die Stimmung gedrückt war, aber keiner beantwortete ihre Fragen.

Jetzt lag sie im Dunkeln schräg gegenüber von Ruth.

»Du bist noch wach«, sagte Ilse leise. »Das kann ich hören.«

Ruth seufzte auf. »Ja, ich bin noch wach.«

»Woran denkst du?«

»An Krefeld und wie es ihnen wohl allen geht.«

»Ist es das, was Mutti und Vati so traurig macht?«, fragte Ilse. »Dass wir bald noch weiter von Omi und Opi entfernt sein werden?«

Ruth schluckte. »Ja.«

»Aber das ist nicht alles, das merke ich doch.«

»Sie machen sich eben Sorgen«, versuchte Ruth auszuweichen.

»Natürlich machen sie sich Sorgen, aber das ist noch etwas anderes.«

»Es ist für Mutti und Vati alles nicht so leicht …«

Ilse setzte sich im Bett auf und machte die Nachttischlampe an. »Weißt du noch, damals, nach der Pogromnacht? Als alles kaputt war und es Mutti so schlecht ging?«

»Wie könnte ich das vergessen, Ilse?«

»Damals wolltest du auch nicht mit mir sprechen. Nicht über Mutti, nicht über das Haus, nicht über unsere Zukunft.«

»Weil ich dich schützen wollte …«

»Aber ich gehöre zur Familie dazu, bin auch ein Teil davon. Ich bin jünger als du, ja, aber ich bin trotzdem ein Teil der Familie. Und es ist nicht fair, wenn ihr Dinge wisst und sie mir nicht sagt. Denn ich fühle ja, dass da noch mehr ist.«

Ruth atmete tief ein. Wie viel konnte sie ihrer Schwester sagen? Wie viel durfte sie ihr sagen und was musste sie ihr verschweigen? Am liebsten hätte sie Martha gefragt, aber das ging ja nicht.

»Es sind die Sorgen, Ilse, die wir uns machen. Du weißt doch, dass die Nazis Schiffe angreifen?«

»Ja, das habe ich im Radio gehört.«

»Und jetzt müssen die Eltern abwägen, ob es zu gefährlich ist, auf ein Schiff zu gehen oder nicht.«

»Aber die Nazis wissen doch nicht, dass Juden an Bord sind. Dass wir auf dem Schiff sind.«

»Nein, das nicht – aber das ist ihnen auch egal. Sie knallen alles ab, was ihnen in den Weg kommt«, sagte Ruth und versuchte, das Bild, das sie plötzlich vor Augen hatte, zu verdrängen – eine Gruppe Menschen im Wald, auf die geschossen wurde. Männer, Frauen, Kinder.

Ilse dachte nach. »Können wir dann nicht hier in England bleiben? Bis der Krieg vorbei ist?«

»Das könnten wir«, sagte Ruth. »Aber was, wenn die Nazis nach England kommen?«

»Glaubst du, dass sie nach England kommen werden?«

»Ja.«

»Wirklich? Aber die Engländer und Franzosen haben sie doch schon einmal besiegt – im Großen Krieg. Sie werden es wieder tun.«

»Das hoffe ich wirklich sehr. Aber die Nazis haben viele Flugzeuge und Fallschirmspringer …«

»Es ist hier gefährlich, aber die Überfahrt ist auch gefährlich«, sagte Ilse bedrückt.

»Genau. Und das macht den Eltern zu schaffen.«

»Was würdest du tun, wenn du entscheiden dürftest?«

»Ich würde fahren«, sagte Ruth ehrlich. »Lieber heute als morgen. Lieber auf einem Schiff untergehen, als hier … auf die Nazis zu warten.«

»Hast du keine Angst?«

»Mehr, als du dir vorstellen kannst, und meine Angst wird immer größer. Aber ich habe mehr Angst vor den Nazis, als mit einem Schiff unterzugehen oder hierzubleiben. Hier will ich nicht bleiben. Auf keinen Fall. Sie sind uns zu dicht auf den Fersen.«

»Und wenn wir in Amerika sind, meinst du, dass dann die Angst weg ist?«

»Das weiß ich nicht, aber ich könnte es mir vorstellen.«

Ilse nickte. »Ja, du hast recht. Ja, dann will ich auch lieber dorthin, als hier abzuwarten.«

»Letztendlich entscheiden das aber Mutti und Vati – und egal wie sie sich entscheiden, sie werden ihre Gründe haben.«

»Weiß ich doch«, sagte Ilse, legte sich wieder hin und machte das Licht aus. »Ich wünschte, du müsstest morgen nicht zurückfahren.« Sie seufzte in die Dunkelheit. »Manchmal möchte ich nur weinen, aber das darf Mutti nicht sehen. Und manchmal wünsche ich mir sehnlichst, ich könnte einfach zur Klosterstraße laufen, zu Omi und Opi.« Sie schluchzte leise. »Weißt du noch, wie gut es dort immer roch? Immer irgendwie lecker.«

Ruth schob die Bettdecke zur Seite, stand auf und tastete sich zu Ilses Bett. »Rutsch mal«, sagte sie heiser. Dann nahm sie ihre kleine Schwester in die Arme. »Ja, ich weiß das noch. Und ich vermisse sie ganz furchtbar.«

»Aber nach dem Krieg, da werden wir sie doch wiedersehen?«

»Ja, Ilse, das werden wir«, sagte Ruth und strich ihrer Schwester über die Haare. »Das werden wir ganz sicher.«

Ich wünsche es mir zumindest sehr, dachte Ruth, sprach es aber nicht aus.

Arm in Arm schliefen die Schwestern ein.

Lange vor Tagesanbruch weckte Martha Ruth.

Ruth drückte ihre Schwester noch einmal. »Du darfst dich noch mal umdrehen«, sagte sie.

»Komm bald wieder«, flüsterte Ilse verschlafen.

»Ich verspreche es!«

Schnell machte sich Ruth fertig, Edith wollte ganz in der Frühe fahren, wenn noch wenig Verkehr war. Noch war sie nicht da, und Ruth konnte eine Tasse Kaffee mit ihren Eltern trinken. Sie waren alle müde, sprachen nur wenig. Aber immer wieder nahm Martha Ruths Hand und drückte sie.

»Du musst auf Ilse aufpassen, Mutti«, sagte Ruth. »Sie bekommt mehr mit, als ihr denkt. Und auch sie hat Angst. Vielleicht redet ihr mit ihr.«

»Ich weiß nicht, was ich ihr sagen soll«, sagte Martha hilflos.

»Sag ihr die Wahrheit. Sag ihr, dass wir vor den Nazis fliehen müssen. Sag ihr auch, dass es gefährlich ist. Das weiß sie alles schon oder ahnt es wenigstens. Wenn ihr nicht mit ihr redet, wenn ihr so tut, als sei alles nur ein lustiger Ausflug, wird sie euch irgendwann nicht mehr vertrauen.«

»Da hast du recht. Sie ist zwar jünger als du, aber sie ist kein Baby mehr«, sagte Karl.

»Aber wir müssen ihr doch keine Angst machen ...«, sagte Martha.

»Nein, das müsst ihr nicht, denn Angst hat sie schon von ganz alleine«, meinte Ruth.

Es klopfte an der Tür. Edith war gekommen. Sie ließ sich nicht auf eine Tasse Kaffee überreden, sondern wollte so schnell wie möglich fahren.

Wieder war es seltsam, durch die abgedunkelte Stadt zu fahren und dann hinaus auf die Landstraße.

»Früher«, sagte Edith, »konnte man von hier aus schon die Lichter Londons sehen. Es war immer so eine schillernde und leuchtende Stadt, eine Stadt, die niemals schlief. Heute ist es anders. Nicht nur, dass die Lichter und die Kinder fehlen – die Leute sind anders, sehr viel ängstlicher.«

»Mein Vater hat erzählt«, sagte Ruth langsam, »dass die Nazis in Polen die Juden erschießen. Stimmt das?«

Edith schwieg. Dann sah sie Ruth von der Seite an. »Was würde es ändern?«, fragte sie. »Du bist hier in England und nicht in Polen.«

»Es würde viel ändern. Alles. Wir fliehen vor den Nazis, weil sie grausam sind, weil sie uns alle Rechte und unser Zuhause genommen haben. Weil sie … uns hassen. Aber wenn sie uns jetzt gezielt umbringen … dann … dann …«

»Was ist dann?«, wollte Edith wissen.

Ruth kaute auf ihrer Unterlippe. »Tun sie es?«

Nun nickte Edith. »Wir haben davon gehört. Sie erschießen Intellektuelle und auch Juden. Sie töten, sie morden, und sie bauen weitere Lager.«

»Wenn du das weißt, dann wissen das auch die Politiker.«

Wieder schwieg Edith.

»Warum tut niemand etwas dagegen? Die Welt müsste doch aufstehen, müsste sich erheben gegen Hitler und seine Schergen.«

»Das würde ich mir auch wünschen, aber bisher passiert das nicht. Nicht so, wie du dir das vorstellst.«

»Aber warum ist das so?«, fragte Ruth verzweifelt. »Warum tut man nichts dagegen? Sind wir Juden den anderen

Staaten so wenig wert? Wir sind doch auch Menschen. Und auch die polnischen Juden sind Menschen.«

»Politik ist nicht so einfach«, seufzte Edith. »Obwohl mein Mann seit Jahren in der Politik beschäftigt ist – auf die eine oder andere Art und Weise –, verstehe ich manches nicht. Verstehe nicht, warum Dinge passieren und keiner etwas tut«, sagte Edith. »Es gab schon früher Morde an ganzen Völkern. Immer wieder und wieder hat sich eine Macht gegenüber einer anderen erhoben und die Unterdrückten vernichtet.«

»Und keiner hat etwas getan?«

»Oftmals nicht. Vielleicht aus Angst, auch Opfer zu werden?« Sie überlegte. »Dieser Gedanke der Überlegenheit – der ist ja nicht nur in Deutschland vertreten. Schau dir doch das Commonwealth an: Wie viele Länder haben die Engländer kolonialisiert? Unterworfen. Und auch da gab es reichlich Tote bei Kämpfen. Einheimische nennen sie die, die dort leben – Einheimische, die ungebildet sind, die nichts vom Leben verstehen, nichts vom Leben im Commonwealth. Aber es sind Menschen. Menschen mit einer anderen Kultur und meist mit einer anderen Hautfarbe. Nichtsdestotrotz sind es Menschen wie wir.

Oder – die Sklaven. Früher gab es so viele Sklaven. Die Europäer haben halb Afrika leer geräumt und unzählige Männer, Frauen und Kinder nach Amerika gebracht. Nicht nur da, auch hier gab es natürlich Sklaven. Und die Sklaven waren Eigentum ihres Besitzers – er durfte sie töten, sie gehörten ihm ja. All das steckt noch im Bewusstsein manch eines Landes. Vielleicht schämen sie sich heute dafür, vielleicht sagen sie sich aber auch, dass es immer so gewesen ist mit den unterschiedlichsten Bevölkerungsgruppen und dass es im Krieg immer Verluste gibt.« Sie schluckte. »Hitler hat die Deutschen zur Herrenrasse erklärt. Aber der Gedanke ist nicht neu. Die Briten, Spanier und Portugiesen hatten ihn auch schon. Nur haben sie ihre Macht gegen fremde Menschen in fremden Ländern angewendet, Hitler wendet sich gegen seine Mitbürger – gegen die Juden.«

»Hitler hat es auf uns abgesehen, auf die deutschen Juden. Als wären wir Fremde«, sagte Ruth bedrückt.

»Nicht nur, Ruth. Nicht nur. Er hat auch Tschechen töten lassen, Polen und andere. Er tötet alles, was sich ihm in den Weg stellt.«

»Haben wir aber nicht. Wir haben uns ihm doch nicht in den Weg gestellt. Wie auch?«

»Stimmt, bei den Juden ist es anders. Dieser antisemitische Hass ist grundlegend – ihn haben viele, nicht nur Hitler. Aber bei niemandem ist er so ausgeprägt …«

»Aber warum? Wir sind aber doch nicht anders …«

»Nein, sind wir nicht. Eigentlich. Aber dann doch. Die jüdische Seele unterscheidet sich von allen anderen Seelen. Wir sind keine Rasse, kein Volksstamm mehr, wir teilen einen Glauben, und mit dem Glauben teilen wir auch ein Schicksal. Dieses Schicksal verfolgt uns seit Anbeginn der Zeit. Denk an Moses, denk an all die Geschichten aus der Thora. Wir Juden wurden immer verfolgt, waren immer die Sündenböcke für viele Sachen. Und heute sind wir es wieder.«

»Ich verstehe aber immer noch nicht, warum …«

»Ich habe neulich mit einem Rabbi darüber gesprochen, habe ihn gefragt, warum Gott es wieder zulässt, dass wir Juden verfolgt, gehasst, getötet werden. Er sagte: weil Gott es uns zutraut. Weil Gott weiß, wir werden es überstehen, egal, was kommt, die jüdische Seele wird es überstehen.«

»Das hilft aber denen nicht, die jetzt eingesperrt und getötet werden«, sagte Ruth bitter. »Ich weiß auch nicht, ob ich Gott da verstehe.«

»Ich glaube, Gott versteht man nicht einfach so. Das ist nicht unser Nachbar oder der Mann von gegenüber oder der Rabbi. Vielleicht gibt es keinen Sinn, aber es wird Juden geben, die einen Sinn darin finden – da bin ich mir sicher. Auch wenn sie immer diese Zeit verdammen werden, so wie damals die Zeiten in Ägypten oder in Russland. Ach, wie oft sind wir schon verfolgt worden. Immerzu.«

»Macht dich das nicht müde?«, fragte Ruth. »Ich habe manchmal gedacht, ich könnte ja konvertieren oder ganz aus jeder Kirche austreten … aber dann kann ich es doch nicht. Ich hadere, aber da ist etwas … ich kann es nicht erklären.«

»Es macht mich auch müde, ja. Es macht mich müde, mich verteidigen zu müssen, warum ich die bin, die ich bin. Ich bin als Tochter einer jüdischen Mutter geboren, das habe ich mir nicht ausgesucht, das hat nichts mit meinem Glauben zu tun. Hitler macht mich durch meine Geburt zu einem Mitglied einer Rasse, aber das sind wir nicht, und wenn, wäre es auch kein Grund, uns auszugrenzen.« Sie überlegte. »Andererseits bringen all die Anfeindungen mich meinem Glauben, dem Judentum näher. Ich werde nie orthodox werden, das kann ich nicht – aber der Glaube ist in den letzten Jahren für mich wichtiger geworden. Vielleicht ist es ein ›Ihr wollt uns vernichten? Ha, das müsst ihr erst einmal schaffen, so schnell bekommt ihr mich jedenfalls nicht klein‹.« Sie sah Ruth an. »Ich weiß nicht, ob du verstehst, was ich meine.«

»Darüber werde ich nachdenken müssen«, gestand Ruth. Sie fuhren weiter durch den frühen Morgen. In der Nähe von London nahm der Verkehr zu.

»Werden die Nazis auch in Deutschland Juden erschießen?«, fragte Ruth schließlich. Die Frage brannte ihr auf der Seele.

»Das weiß ich nicht. Ich glaube es nicht. Nein, das glaube ich nicht.«

»Warum nicht? Was macht sie anders?«

»Weil die deutschen Juden, auch wenn sie jetzt herabgewürdigt werden, immer schon ein Teil der Gemeinschaft waren. Der Nachbar, die Verkäuferin, jemand, den die Arier kennen. Allgemein mögen sie sagen: Raus mit ihnen. Aber dann: Wie, Familie Goldschmitt? Die haben doch niemandem etwas getan, die kenne ich schon ewig. Die sind zwar Juden, aber die sind nicht so.«

Nun schwieg Ruth und verschränkte die Arme vor der Brust. Nach einigen Minuten fragte Edith nach.

»Das siehst du anders?«

»Wir hatten diesen Nachbarn«, erzählte Ruth leise. »Theißen. Sein Sohn war etwa so alt wie ich. Wir haben zusammen gespielt. Bei uns im Garten. Er kam gerne, wenn die

Köchin Krapfen gemacht hatte. Unsere Köchin konnte sagenhaft gute Krapfen machen. Man roch es die ganze Straße entlang.« Sie holte Luft. »Dieser Nachbar, der Vater des Jungen, hat gespielt, er hatte Spielschulden. Mein Vater hat ihm Geld geliehen, zinslos, damit Theißen sein Haus fertig bauen konnte.«

»Dein Vater ist eine Seele von Mensch.«

»Ich glaube«, sagte Ruth, »er hat es nicht uneigennützig getan. Theißen war damals schon bei den Braunen. Vielleicht wollte mein Vater ihm zeigen, dass Juden auch nett sein können oder so etwas.« Sie stockte. »Jedenfalls war es dieser Nachbar, der ein Fenster in unserem Haus eingetreten und den Braunen in der Kristallnacht die Türen geöffnet hat. Sie haben alles zerstört. Alles.«

»Solche gibt es, und sie wird es vermutlich immer geben. Menschen mit Groll, mit Hass. Sie werden immer da sein und immer so handeln, und man versteht es nicht.«

»Wird es sie auch in Amerika geben?«

Edith überlegte. »Ja«, sagte sie dann ehrlich. »Auch in Amerika gibt es Antisemitismus.«

»Gibt es da auch Nazis?«

»Ich fürchte, schon. Aber ich weiß, dass sie dort nie an die Macht kommen werden. Das werden sie nicht.«

»Wäre Palästina sicherer? Besser?«

»In der Zukunft? Das kann ich dir nicht beantworten. Keiner weiß, wie es weitergeht.«

Bald war es nicht mehr weit bis nach Frinton-on-Sea. Der Tag war angebrochen, und Morgennebel lag über den Feldern. Es roch nach Dung, den die Bauern jetzt im Frühjahr ausfuhren.

»Edith«, sagte Ruth verzagt. »Bist du sicher? Werden die Nazis nicht meine Familie umbringen? Meine Großeltern, meinen Cousin? Meine Tante?«

Edith seufzte. »Ja, das bin ich. Wirklich, ich habe mit vielen Leuten über das Thema gesprochen und weiß, dass die Nazis Pläne haben, alle Juden nach Osteuropa zu bringen, dort eine Art Land für sie einzurichten – ein großes Ghetto. Sie haben damit schon angefangen, in Polen, in Lodz. Dort werden die polnischen Juden hingebracht und vielleicht auch später deutsche Juden.«

»Auch alte Leute?«

»Vielleicht.«

Edith nahm nicht die Abfahrt zu Great Holland Hill und der Farm der Sandersons, sondern fuhr in die Küstenstadt hinein, parkte vor dem örtlichen Diner, das schon geöffnet hatte und Frühstück anbot. »Lass uns einen Kaffee trinken und etwas essen.«

Edith nahm ein englisches Frühstück mit Würstchen und gebackenen Bohnen, Spiegelei und Speck. Es war kaum zu glauben, dass eine so zierliche Person so eine große Menge Essen vertilgen konnte. Kaffee gab es nicht, aber heißen Tee. Ruth begnügte sich mit einem Brot, etwas Margarine – die Butter war ja rationiert – und Marmelade. Auch Fleisch war inzwischen rationiert, aber das schien den Besitzer des Cafés nicht zu beeindrucken.

»Wir sind hier auf dem Land«, sagte Edith und schmunzelte. »Hier kannst du niemandem mit zwei Scheiben Brot und etwas Margarine kommen. Krieg hin oder her.«

Nachdem sie ihr Frühstück gegessen und den Tee getrunken hatte, zündete sie sich eine Zigarette an, reichte Ruth auch eine. Ruth nahm dankbar, inhalierte tief.

»Werden die Deutschen den Krieg gewinnen? Eine Frage, die sich viele Leute stellen. Sehr viele Leute. Eine Frage, auf die es im Moment keine Antwort gibt.« Sie lehnte sich vor, sah Ruth an. »Unsere Regierung, die britische Regierung, will gar keinen Krieg mit Deutschland. Chamberlain scheut vor jeder Kampfhandlung zurück.«

»Aber warum?«

»Du bist nach dem Großen Krieg geboren worden, hast ihn nicht erlebt, hast nicht erlebt, wie Europa in Flammen aufging, wie alles brannte und Tausende, Hunderttausende Soldaten starben. Ich kenne kaum eine Familie, die nicht betroffen gewesen war, ein Sohn, der Vater, ein Onkel, ein Vetter – irgendwer ist im Krieg geblieben, auf dem Schlachtfeld. Das ist eine Umschreibung dafür, dass derjenige gestorben ist. Meist qualvoll. Warum tragen wir alle die schicken Taschen mit den Gasmasken mit uns? Wegen der Giftgasangriffe im Großen Krieg.« Sie schüttelte den Kopf. »Und die, die wiederkamen, waren meist krank, schwach, traumatisiert. Niemand will das noch einmal.«

»Hitler schon.«

»Nein. Auch er will das nicht. Und er weiß um die Furcht der Alliierten vor einem weiteren, noch schrecklicheren großen Krieg. Was glaubst du, warum die Länder bisher so schnell klein beigegeben haben? Warum sie sich unterworfen haben? Nicht, weil alle die Nazis so großartig, so einzig und phänomenal finden – sie haben alle Angst vor der Zerstörung und den Toten, vor Verwüstung. Alle haben Angst, dass es wieder so wird.«

»Aber England und Frankreich habe Deutschland den Krieg erklärt.«

»Was für eine Wahl hatten sie denn? Sie hatten einen Vertrag mit Polen – aber erfüllt haben sie ihn nicht. Kein Engländer und kein Franzose hat auf polnischem Boden für das Land gekämpft. Sie haben sie ihrem Schicksal überlassen. Stattdessen haben sie ihre Außengrenze an der Maginot-Linie gesichert, aber ob das geholfen hat? Es gibt so viele Gerüchte …« Edith schüttelte den Kopf. »Und dann die baltischen Staaten, was wird mit denen? England hätte Finnland beistehen sollen und können, doch dann kam der ›Frieden von Moskau‹ – und Finnland hat klein beigegeben. Vor Russland haben alle genauso viel Angst wie vor Deutschland. Da sind zwei Monster, die die Welt fressen wollen.«

Ruth dachte nach. »Aber Hitler und Stalin sind sich zu ähnlich – werden sie sich nicht irgendwann gegenseitig an die Gurgel gehen?«

»Du bist ein kluges Mädchen«, sagte Edith bewundernd. »Das ist das, was wir alle hoffen. Das wäre das Beste für den Westen. Aber Hitler ist auch ein Zwei-Fronten-Krieg zuzutrauen. Keiner mag Prognosen abgeben.«

»Wie geht es weiter?«

»Immerhin haben wir Churchill als Marineminister. Er ist ein entschiedener Gegner der Appeasement-Politik Chamberlains. Er will den Deutschen die Erzzufuhr aus Schweden abschneiden.« Edith sah sich um. »Bisher hat Chamberlain ihn ausbremsen können, aber das wird nicht mehr lange dauern«, flüsterte sie nun, und Ruth wusste, dass dies Informationen waren, die sie nicht wissen sollte.

»Die Engländer haben Deutschland den Krieg erklärt, aber führen ihn bisher gar nicht«, sagte Ruth. »Wird sich das ändern?«

Edith nickte. »Da werden wir nicht drum herum kommen. Die Frage ist nur, wo und wie. Ich hoffe, in Skandinavien und nicht in Frankreich.«

»Warum?«

»Weil Frankreich …« Edith schaute aus dem Fenster, das Diner lag direkt am Hafen, man konnte auf die See schauen, »weil Frankreich dort drüben ist. Es ist ein Katzensprung.«

»Meine Eltern zweifeln«, sagte Ruth. »Sie sagen, wenn wir auf ein Schiff nach Amerika gehen und es wird versenkt … dann sterben wir in den kalten Wellen des Atlantiks. Wenn wir hierbleiben, haben wir die Chance, alles zu überstehen.«

»Und wie siehst du das?«, fragte Edith.

»Ich will hier weg. So schnell es geht. Frankreich ist – wie du sagtest – nur einen Katzensprung entfernt. Ich möchte nicht erschossen werden, ich möchte in kein Lager, in kein Ghetto irgendwo in Polen. Ich will leben. Ich will weit weg von Deutschland leben und nie, nie wieder etwas mit Nazis zu tun haben. Niemals.« Sie holte tief Luft. »Und sollte das

Schiff versenkt werden, so sterben wir wenigstens gemeinsam als Familie.«

Edith sah sie an, nahm Ruths Hände. »Du bist ein kluges und ein tapferes Mädchen. Ich hätte mir eine Tochter wie dich gewünscht. Ich bin froh, dich zu kennen, und ich werde alles in Bewegung setzen, damit ihr nach Amerika ausreisen könnt.«

Sie rauchten beide noch eine Zigarette, dann brachte Edith Ruth zurück auf die Farm, wo Olivia sie schon händeringend erwartete.

Kapitel 18

Frinton-on-Sea, Mai 1940

»Liebe Mrs Sanderson, in anderthalb Wochen sind wir wieder dran mit dem Treffen hier«, sagte Ms Jones zu Olivia an einem Abend Anfang Mai. Sie lächelte und versuchte, dabei möglichst gewinnend auszusehen, was ihr gründlich misslang.

Ruth stand an der großen Spüle, wusch das Frühstücksgeschirr ab und spitzte die Ohren.

»Ich möchte Sie diesmal um einen Gefallen bitten«, fuhr Ms Jones fort.

Olivia antwortete nicht, sondern zog sich die Gummistiefel an. Da es nun wärmer und heller wurde, hatten die Hühner wieder angefangen zu legen. Die Junghennen, die sie im letzten Herbst aufgezogen hatten, legten ihre ersten Eier, die meist sehr klein, aber auch köstlich waren. Allerdings hatten die Junghennen noch nicht die Routine der alten Hühner und legten die Eier an den seltsamsten Orten. Erst gestern hatte sich Freddy in zwei Eier gesetzt, die auf dem Sitz des Traktors lagen. Nun wollte sich Olivia auf die tägliche Suche machen.

»Ich dachte nämlich, dass es doch nett wäre, wenn wir

auch den Pfarrer und seine Frau einladen würden. Schließlich stellen sie unserer Schule das Gemeindehaus zur Verfügung.« Ms Jones ließ nicht locker.

»Pfarrer Wolsley hatte ja wohl auch keine Wahl«, sagte Olivia.

Ms Jones wurde rot. »Wir sind auch nicht freiwillig hier«, zischte sie. Dann besann sie sich und setzte wieder ihr Lächeln auf. »Ich fände es trotzdem schön, wenn wir dieses Treffen hier abhalten könnten. Schließlich ist es hier so freundlich und so viel moderner als ... als in den Einquartierungen meiner Kolleginnen.«

Nun horchte Olivia auf. »Finden Sie?«

»Aber sicher«, sagte die Lehrerin eifrig. »Sie sind ja keine ... Bäuerin, sondern eine gebildete Frau und interessieren sich für mehr als nur für Ihre Hühner.«

Ja, dachte Ruth, sie interessiert sich vor allem für Mode.

Olivia war sichtlich geschmeichelt. »Jetzt, wo ich darüber nachdenke, ist das eine gute Idee. Mal wieder ein Abend mit Gesprächen, gutem Essen und so weiter. Ja, ich denke, das können wir machen.«

Ruth verdrehte die Augen. Wie einfach sie sich um den Finger wickeln ließ.

»Es ist Zeit für den Frühjahrsputz«, sagte Olivia am nächsten Tag. »Ich werde Daisy und Lydia Bescheid geben, sie können helfen.«

Zwei Tage später erschien Daisy mit ihrer Schwester zum Großputz. Zuerst wurden das Wohnzimmer und das Esszimmer ausgeräumt, die Teppiche in den Hof gebracht und ausgeklopft, die Böden gebohnert.

»Was ein Glück«, sagte Lydia, »dass ein Großteil der Fenster abgeklebt ist, so müssen wir die nicht putzen.«

Doch die anderen Fenster, die nur mit den dicken Vorhängen verdunkelt wurden, mussten geputzt werden.

Ständig heizte Ruth den Ofen nach und füllte das Wasserschiff neu. Obwohl Ruth täglich kehrte und wischte, kam doch eine Menge Schmutz aus den Ecken und Winkeln zusammen. Zu guter Letzt war der Fliesenboden dran, den sie nebeneinander kniend mit Wurzelbürsten Zentimeter um Zentimeter schrubbten.

Das lohnt sich doch nicht, dachte Ruth. Morgen schon wird Freddy wieder mit seinen verdreckten Stiefeln hier durchlaufen. Sie musste aber zugeben, dass das ganze Haus nun frisch und sauber roch – nach Essig, grüner Seife und Zitronensaft.

Und dann rief Martha an. Sie war bei den Karpells. »Ruth? Ruth?«, rief sie in das Telefon, so als wäre Ruth Tausende von Kilometern entfernt auf einem anderen Kontinent.

»Ich höre dich gut, Mutti«, sagte Ruth und hielt den Hörer von ihrem Ohr weg. »Du brauchst nicht zu schreien.«

»Wir haben Post von der Botschaft«, schrie Martha weiter. »Post! Hast du mich verstanden?«

»Ja, Mutti. Post. Von der Botschaft.« Ruth sah sich um, keiner war da. Es wäre ihr sonst peinlich gewesen. »Was schreiben sie denn?«

»Wir können ausreisen.«

»Das weiß ich doch, Mutti.«

»Nein, das weißt du nicht. Wir können sofort ausreisen. Jetzt. Sobald wir eine Passage haben. Wir stehen ganz oben auf der Liste.«

Ruth schluckte. Das hatte sie nicht erwartet. Nicht so schnell. Eigentlich waren noch zwanzigtausend Nummern vor ihnen auf der Liste. Mindestens. Was war mit denen? Hinter jeder Nummer stand ein Mensch. Ein Leben. Ein Schicksal.

»Hast du das gehört, Ruth?«, rief Martha wieder. »Hast du mich verstanden?«

»Ja, Mutti.« Mehr konnte Ruth nicht sagen. Plötzlich sah sie viele Gesichter vor sich. Gesichter von Freunden, Bekannten, Verwandten, die alle auch einen Antrag gestellt hatten. Die Goldblums, die Schneiders, die Rosenheims. Sie waren wohl alle noch in Deutschland und hatten keine Chance mehr, das Land zu verlassen, obwohl ihre Nummern niedriger waren als die der Meyers.

»Vati versucht alles, damit wir noch diesen Sommer fahren können. Hast du mich gehört, Ruth? Kannst du mich verstehen?«

»Ja, Mutti«, sagte Ruth. »Das ist toll.«

Aber das schale Gefühl im Mund blieb. Sie hatten Plätze … so schnell, aber all die anderen würden sie zurücklassen müssen. Sie blieben einem ungewissen Schicksal ausgeliefert. Doch das Leben auf dem Hof ging weiter, und noch hatten sie keine Schiffpassage.

Schon in wenigen Tagen, am 10. Mai, sollten die Gäste kommen. Pfarrer Wolsley und seine Frau hatten die Einladung dankend angenommen, und auch Freddy, obwohl er zuvor gemosert hatte, freute sich nun auf die Gesellschaft. Olivia verbrachte viel Zeit in ihrem Schlafzimmer, stand vor dem Kleiderschrank und überlegte, was sie anziehen sollte. Am liebsten wäre sie in die Stadt gefahren und hätte sich etwas Neues gekauft, doch das gestand ihr Freddy jetzt in den Kriegszeiten nicht zu.

»Ich hoffe, dieser dumme Krieg ist bald zu Ende«, sagte Olivia zu Ruth.

»Ich sehe noch kein Ende«, meinte Freddy, der ihr zugehört hatte und stellte seine Teetasse auf den Tisch. »Die Deutschen haben uns hereingelegt, Dänemark und Norwegen besetzt und unsere Truppen geschlagen.«

»Das ist allein Churchills Schuld«, meinte Olivia. »Dass dieser unsägliche Mann noch in der Admiralität ist, ist eine Zumutung.«

»Churchill warnt seit Jahren vor den Deutschen. Er war schon immer für einen härteren Kurs.«

»Da können wir doch nur froh sein, dass Chamberlain unser Premierminister ist. Er ist kein Hitzkopf.«

»Nein, er ist ein Feigling«, sagte Freddy und stand auf. »Lange wird er sich nicht mehr halten können, denn Hitlers Machtgier ist noch nicht befriedigt.«

»Das glaube ich nicht. Hitler hat jetzt alles, was er will. Wir sollten mit ihm Frieden schließen«, sagte Olivia.

Ruth konnte kaum fassen, was sie hörte, aber sie wusste,

alles, was sie sagte, würde bei Olivia auf taube Ohren sto-
ßen.

Noch hatte sie nichts weiter von ihren Eltern oder Edith
gehört, aber wieder saß Ruth auf gefühlt gepackten Koffern.
Bald, das hoffte Ruth sehr, würden sie das Land verlassen
können. Und noch mehr hoffte sie, schnell nach Slough ziehen zu können. Doch eine neue Haushaltshilfe war nicht in
Sicht. Olivia suchte allerdings auch nur halbherzig.

»Was können wir kochen?«, fragte Olivia Ruth. »Wir haben noch Schinken und andere Räucherware – aber ich kann
das gepökelte Fleisch bald nicht mehr sehen.«

»Wir haben Fleisch auch noch in Dosen«, sagte Ruth.

»Nein, ich werde Freddy bitten, ein Lamm zu schlachten.
Davon haben wir ja im Moment einige. Frischer Lammbra-
ten, ja, das klingt gut.«

Im Gemüsegarten spross zwar alles, aber es war noch zu
früh, um großartig etwas zu ernten. Guter Heinrich wuchs
genauso wie Giersch, ein paar Rosenkohlröschen standen
noch an den langen Stangen – vom Winter übrig geblieben
und etwas holzig. Der erste Wirsing wuchs, aber die Köpfe
waren noch sehr klein.

Im Radio und in den Zeitungen wurden die Leute dazu
angehalten, ihr eigenes Gemüse zu ziehen, man gab viele
Tipps und Ratschläge. Ein Großteil der Lebensmittel war
inzwischen rationiert worden, was die Sandersons aber nur
marginal betraf. Zucker allerdings gehörte zu den Dingen,
die Ruth nun einschränken musste. Sie hatten zum Glück
einige Vorräte – auch vom Wintergemüse, wohl inzwischen

schon schrumpelig, war noch etwas im Kriechkeller gelagert.

»Ich könnte ein frisches Gierschsüppchen machen«, schlug Ruth vor. »Dann Lamm, Bohnen haben wir noch eingeweckt und den ersten Wirsing, dazu Kartoffelstampf und Yorkshire Pudding. Und als Nachtisch eine Eierspeise – mit Honig gesüßt.«

Jack hatte mehrere Bienenstöcke, Honig hatten sie also reichlich.

»Das klingt gut.«

»Was mache ich aber für die Mädchen?«, fragte Ruth nachdenklich. Natürlich würden weder Ruth noch die drei Schülerinnen an der Gesellschaft teilnehmen können, sondern in der Küche zu Abend essen. Immerhin hatten Ruby und Harriet ihr versprochen, beim Auftragen und Spülen zu helfen.

»Es wird ja noch etwas vom Lamm übrig bleiben – mach ihnen einen Eintopf. Es sind ja auch noch Rüben vom Winter da.«

Und so begann Ruth einen Tag vor der Gesellschaft mit den Vorbereitungen. Schon am Wochenende war das Lämmchen geschlachtet worden und hing nun, ohne Fell und Innereien, von einem der großen Fleischerhaken in der Küche – sehr zum Entsetzen der Schülerinnen. Ruth lächelte, erinnerte sich aber daran, was sie empfunden hatte, als zum ersten Mal Fleisch von den Haken hing. Auch sie war damals schockiert gewesen. Inzwischen war sie abgestumpft, was das anging. Es war der Lauf der Natur auf einem Hof.

Im Hintergrund lief, wie meistens, das Radio, als Freddy auf eine Tasse Tee hereinkam. Plötzlich stand er auf und drehte die Lautstärke hoch, lauschte und schüttelte den Kopf.

»Ist etwas passiert?«, fragte Ruth, die nicht richtig zugehört hatte.

»Es gibt eine heftige Debatte im Parlament«, sagte Freddy. »Es klingt fast so, als würde Chamberlain das Vertrauen entzogen werden.«

»Und was passiert dann?«

»Eventuell tritt er zurück – was meiner Meinung nach das Beste für das Land wäre. Dann muss der König einen neuen Premierminister ernennen. Jemanden, der die Unterstützung des Unterhauses hat.«

»Und wer könnte das sein?«

»Halifax«, sagte Freddy nachdenklich. »Aber Halifax ist im Oberhaus. Das könnte schwierig werden. Ich glaube nicht, dass es dafür eine Gesetzesgrundlage gibt.«

»Sie halten nichts von Chamberlain«, sagte Ruth. »Warum?«

»Chamberlain ist kein schlechter Mensch. Ich denke, es geht ihm bei seiner Appeasement-Politik vor allem darum, England nicht wieder in einen Krieg zu verwickeln. Aber wir verlieren mehr und mehr das moralische Ansehen in der Welt. Wir können nicht einfach Scheuklappen aufsetzen und so tun, als würde das alles auf dem Festland nicht passieren. Wir haben Deutschland den Krieg erklärt und hätten schon längst handeln müssen. Dass wir Norwegen nicht gegen die Deutschen haben verteidigen können, war ein großer Rückschlag.«

»Wenn es jetzt einen anderen Premierminister gibt, wird England dann aktiver gegen Hitler vorgehen?«

»Das weiß ich nicht. Nur diesen Schwebezustand finden alle mittlerweile unerträglich.«

Das Radio blieb laut gestellt, und mit Spannung hörten sie eine halbe Stunde später die nächsten Nachrichten. Noch immer wurde im Unterhaus debattiert – Chamberlain hatte zwar die Abstimmung gewonnen, doch einundvierzig Torys hatten gegen ihn gestimmt.

»Er hat den Rückhalt in der eigenen Partei verloren«, sagte Freddy. »Ihm bleibt doch nur noch der Rücktritt.«

»In diesen Krisenzeiten brauchen wir einen erfahrenen Premierminister«, meinte Olivia spitz.

»Meiner Meinung nach hat er in den letzten Jahren viel zu viel verbockt. Aber wir werden sehen, wie es weitergeht. Irgendwie wird es das ja«, meinte Freddy.

Am nächsten Tag stand Ruth sogar noch früher auf als sonst, schließlich musste sie alles für die Gesellschaft am heutigen Abend vorbereiten. Inzwischen war es um diese Uhrzeit zwar noch nicht hell, aber der Tagesanbruch war immerhin zu erahnen. Sie zog die Verdunkelung zur Seite, öffnete das Fenster. Es war frisch, aber die Luft war herrlich. Nur ganz hinten über der See schienen Wolken zu liegen.

Sie ging nach unten, heizte den Ofen an. Olivia würde sicher durch das Haus hüpfen wie ein aufgescheuchtes Huhn. Aber noch schlief sie. Nur Freddy war schon wach und oben im Bad. Wie immer kochte sie Tee für ihn. Während die Mädchen inzwischen ihren Tee mit Honig süßen mussten, bekam Freddy als Hausherr immer noch Zucker.

Gestern hatte Ruth frisches Brot gebacken, es duftete immer noch danach und auch nach dem Lammeintopf, der schon auf dem Herd stand und durchzog. Die Keulen waren pariert und gewürzt, die würde sie nachher in den Ofen schieben.

Freddy, der wie immer morgens wortkarg war, kam herunter, nahm sich einen Becher Tee, schüttete Zucker hinein und schaltete das Radio an. Es lief eine Sendung über Gemüse, und Freddy verdrehte die Augen. »Baut eure eigenen Vorräte an«, sagte er. »Wie sollen die Menschen in London oder Colchester das machen? Im Blumentopf auf der Fensterbank?« Er trank den Tee aus und ging zum Stall, um die Kühe zu melken und sie anschließend auf die Weide zu bringen.

Bald schon hörte Ruth, dass die Mädchen aufgestanden waren und sich fertig machten. Schnell deckte sie den Tisch für das Frühstück. Sie kochte Eier, toastete Brot und wärmte gebackene Bohnen auf. Speck und Würstchen gab es nur noch alle paar Tage, und zwar abgezählt – für jeden nur eines. Dabei hing, nach der Schlachtorgie im letzten Herbst, der Rauch noch voll mit Schinken und Bauchfleisch. Aber Freddy wollte vorsichtig sein. »Man weiß ja nie«, hatte er gesagt.

Harriet mochte ihr Ei am liebsten pochiert, Ruby ein normales Spiegelei, und Matilda aß gar keine Eier. Manchmal erfüllte Ruth Wünsche, aber heute war nicht der richtige Tag dafür. Ms Jones aß nur ein Brot mit ein wenig Butter und streute noch Salz darauf.

Es war sieben Uhr, die Glocken von Westminster klangen durchs Radio. Dann plötzlich unterbrach sie die Stimme eines Sprechers: »Es wird berichtet, aber nicht offiziell bestätigt, dass die deutschen Truppen in Holland einmarschiert sind.«

Ruth blieb stehen, war einen Moment lang wie gelähmt. Sie lauschte den weiteren Nachrichten, aber sie drehten sich um Zusammenkünfte des Unterhauses – Dinge, die sie noch nicht richtig durchschaute.

Ruby und Matilda kamen nach unten, setzten sich an den Tisch und nahmen sich Tee.

»Guten Morgen, Ruth. Geht es dir nicht gut?«, fragte Ruby.

Ruth schüttelte den Kopf, sie musste erst ihre Gedanken ordnen. Hatte sie das richtig verstanden? Sollte sie sagen, was sie im Radio gehört hatte? Vielleicht war es ein Missverständnis?

Ms Jones kam hinunter. »Guten Morgen«, sagte sie und setzte sich. »Wo ist Harriet? Kommt sie wieder zu spät?«

Doch da waren schon Schritte auf der steilen Treppe zu hören.

»Guten Morgen«, sagte nun auch Harriet verschlafen.

»Du kannst sofort wieder hochgehen und dir die Haare kämmen. Du siehst ja aus, als wärst du aus dem Bett gerollt«, meinte Ms Jones spitz. »Und knöpf deine Jacke richtig zu.«

»Ich finde es eine Zumutung, dass wir so früh aufstehen müssen«, sagte Harriet und gähnte. Aber nachdem sie Ms Jones Blick gesehen hatte, trollte sie sich wieder nach oben und machte sich zurecht.

Es wurde halb acht, und wieder kamen die Nachrichten. Erneut wurde der Hinweis verlesen, dass die Deutschen in den Niederlanden einmarschiert seien, es jedoch noch nicht offiziell bestätigt worden sei.

Alle sahen sich an.

»Die Deutschen in den Niederlanden?«, sagte Ruby, und ihre Stimme quiekte. »Das ist doch nur einmal über den Kanal.«

»Sie wollen wohl nicht zu uns, sondern erst einmal nach Frankreich«, sagte Ms Jones. »Und außerdem ist die Meldung, wie du ja gehört hast, noch nicht bestätigt. Vielleicht ist es nur ein Sturmtrupp, und er wird ganz schnell zurückgeschlagen.«

»Holland ist doch neutral«, sagte Harriet. »Was wollen die Deutschen in Holland?«

»Sie wollen nach Frankreich«, meinte Ruby. »Oder hast du in Erdkunde nicht aufgepasst?«

»Aber zwischen Holland und Frankreich liegt Belgien, und die Grenzen Frankreichs sichern unsere Truppen.«

»Nicht im Norden«, meinte Matilda und biss von ihrem Brot ab. »Keiner erwartet einen Angriff der Deutschen durch das neutrale Holland und Belgien.«

Ruby schlug sich mit der flachen Hand vor die Stirn. »Wie beschränkt ich doch bin. Natürlich! Die Truppen sind weiter westlich und liegen dort seit Monaten fest. Was mach ich, wenn ich gar nicht dort mit ihnen kämpfen will?«

»Ich nehme einen anderen Weg«, sagte Matilda.

»Ihr alle nehmt jetzt den Weg zur Schule. Was auf dem

Festland passiert, können wir eh nicht ändern«, sagte Ms
Jones. Aber auch sie war ein wenig bleich um die Nase. »Zu
Spekulationen lassen wir uns nicht hinreißen.«

Eine halbe Stunde später waren alle aus dem Haus. Wie ge-
wöhnlich kam Olivia erst dann zum Frühstück hinunter. Sie
hatte keine Lust, sich morgens mit den »Gästen«, wie sie sie
in guten Momenten nannte (in schlechten waren es »die
Einquartierten«), zusammenzusetzen.

Olivia hatte Jill schon angezogen, setzte sie auf die Bank,
nahm sich Tee. »Hast du alles so weit bereit?«

Ruth nickte und schob Jill ein Marmeladenbrot hin. Jill
liebte Marmeladenbrote.

»Was müssen wir noch tun?«, fragte Olivia nach.

Wir, dachte Ruth und lächelte schief. Als ob Olivia bei den
Vorbereitungen helfen würde.

»Ich werde schon gleich den Tisch im Esszimmer decken,
dann muss ich das nicht mehr machen. Ansonsten werde ich
kochen und … alles andere machen, was es zu machen gibt.«

Die Küchentür ging auf, und Jack stürmte herein, ihm
folgte Freddy.

Jack legte drei Zeitungen auf den Tisch – gefächert. »Da!«,
sagte er zu Freddy. »Schau! Habe ich es nicht gesagt?«

»Was ist denn?«, fragte Olivia genervt. »Und jetzt kommt
mir nicht mit irgendwelchen Possen im Parlament. Wen interessiert das schon?«

»Chamberlain tritt zurück«, las Jack vor. »Churchill vor-
aussichtlich neuer Premier.«

»Letzte Anfrage des Premierministers schlägt fehl«, las nun Freddy vor. »›Nein‹ von Labour.«

»Premier: Rücktritt heute, wenn Bildung von Einheitsregierung scheitert«, fügte Jack hinzu. »Chamberlain wird heute zurücktreten müssen! Endlich bekommen wir einen Premier, der handelt und nicht zaudert«, sagte er enthusiastisch.

Ruth klatschte in die Hände. »Ruhig!«, befahl sie. »Still!«, und zeigte auf das Radio. Wieder erklang der Ton der Glocke von Westminster, wie immer zur halben oder vollen Stunde. Die Nachrichten begannen: »Noch immer wurden die Angriffe der Deutschen auf die Niederlande nicht offiziell bestätigt, aber die Hinweise mehren sich, dass Nazi-Deutschland über Holland und Belgien massiv gegen Frankreich vorrückt. Es gibt auch Gerüchte, dass die englischen und französischen Truppen von der Maginot-Linie aus in Gang gesetzt wurden und nun in Richtung Norden marschieren. Wir informieren Sie, sobald wir weitere Informationen erhalten.«

Alle sahen sich an.

»Das ist das Ende des Sitzkrieges«, sagte Freddy mit leiser Stimme. »Nun beginnt der Krieg wirklich für uns. Heute. England darf und wird nicht akzeptieren, dass die Deutschen auch Holland und Belgien einnehmen.«

»Wollen sie vermutlich auch gar nicht«, meinte Jack. »Sie wollen schnell nach Frankreich gelangen. Hast du eine Karte?«

Freddy nickte und holte eine Landkarte aus dem Wohnzimmer.

»Der schnellste Weg wäre über die Ardennen – aber das ist unwegsames Gelände.« Jack fuhr mit dem Finger über die Karte.

»Das ist Herrn Hitler wohl egal«, spie Freddy aus. »So viel zu Chamberlains ›Herr Hitler hat den Bus verpasst‹.«

»Die Rede von Chamberlain fand ich grandios«, sagte Olivia.

»Ja, aber sie stimmt nicht. Hitler hat den Bus nicht verpasst, er hat auch nicht den Überblick verloren. Skrupellos geht er vor, gegen uns, gegen Frankreich, ihm ist es gleichgültig, ob Holland und Belgien neutral sind. Wenn alles schlecht läuft, ist das sein nächster Blitzkrieg – nach Polen und Norwegen. Und wir sind die Verlierer.«

»Er kann unmöglich Frankreich einnehmen«, sagte Olivia und lachte spitz.

Alle sahen sie an, und plötzlich stand die Angst wie eine Dunstwolke in der Küche.

Schweigend nahmen sich die Männer heißen Tee und gingen wieder nach draußen.

Der Tag nahm seinen Lauf, und erst am Nachmittag wurde bestätigt, dass Hitler in Holland und Belgien einmarschiert war und schnell vorrückte.

Die Mädchen kamen von der Schule nach Hause. Die Nachricht über das Vorrücken der deutschen Armee hatte sich inzwischen verbreitet. Matilda ging nach oben in ihr Zimmer, wie immer nach der Schule, aber die beiden anderen Mädchen blieben in der Küche sitzen. Ms Jones kam etwas später nach, sie aß etwas, blieb auch noch sitzen. Das Radio war aufgedreht, und gespannt wartete man auf Neuigkeiten, doch es wurde nur über das Unterhaus berichtet. Schließlich ging auch Ms Jones nach oben, um sich umzuziehen. Schon bald würden die Gäste kommen.

Im Ofen schmorten die beiden Lammkeulen vor sich hin, es duftete köstlich. Ruth hatte den Teig für die Yorkshire Puddings angerührt und schob die mit Fett gefüllte Pfanne in den Backofen, um sie zu erhitzen. Die Kartoffeln kochten, und der Eintopf für die Mädchen simmerte hinten auf dem Herd.

»Kann ich helfen?«, fragte Ruby.

Ruth sah sich um. »Bringt doch erst einmal eure Sachen nach oben«, sagte sie. »Dann könnt ihr euch umziehen, schließlich haben wir jetzt Wochenende. Und wascht euch Hände und Gesicht.«

Die beiden Mädchen, die immer noch ihre Schuluniformen trugen, sahen sich an, nahmen dann ihre Büchertaschen und flitzten nach oben. Ruth schmunzelte.

»Alle so komisch«, sagte Jill, die auf der Küchenbank saß. »Und Radio so laut.«

»Ja, das Radio ist heute laut, Jill«, beschwichtigte Ruth die Kleine. »Wir warten auf wichtige Nachrichten.«

»Mama nicht …«

Ruth lachte, nahm zwei dicke Küchenhandtücher als Topflappen und öffnete den Backofen. Dann füllte sie den flüssigen Teig für den Pudding in das zischende Öl. Schnell schloss sie den Ofen wieder.

Im Esszimmer war alles gedeckt, sie hatte es sogar geschafft, ein paar Narzissen aus dem Garten zu holen und in eine Vase zu stellen.

Ruth probierte die würzige Kräutersuppe, gab noch einen Schuss Sahne hinzu und eine Prise Pfeffer. Sie hatte reichlich Suppe gekocht, so dass auch die Mädchen etwas abbekommen konnten.

Dann hörte sie, wie Freddy und Jack die Kühe in den Stall brachten. Sie würden melken, und dann würde auch Freddy hereinkommen und sich hoffentlich noch umziehen, ansonsten – das wusste Ruth genau – würde Olivia sich wieder aufregen.

Die beiden Mädchen kamen wieder herunter, setzten sich auf die Küchenbank. »Können wir helfen?«, fragte Ruby wieder, lauschte aber dem Radio.

Erst jetzt wurde Ruth bewusst, wie angespannt die beiden waren. »Ihr könnt den Tisch hier für uns decken«, sagte sie und setzte wieder Wasser für Tee auf. »Habt ihr Angst?«, fragte sie dann leise.

»Wir haben gehört, dass die Deutschen in Holland sind. Was, wenn sie gar nicht nach Frankreich wollen, sondern hierher?«, fragte Ruby besorgt. »Ich möchte am liebsten nach Hause, zu meinen Eltern.«

»So schnell werden sie nicht hier sein«, versuchte Ruth sie zu beruhigen, aber sie musste sich eingestehen, dass auch ihr schon der Gedanke gekommen war. Nur hatte sie ihn nicht zulassen wollen. Was wäre, wenn? Die Angst kroch mit unsichtbaren Händen ihren Rücken empor, brachte sie zum

Schaudern. Die Nazis waren auf der anderen Seite des Kanals.

Ich sollte bei meinen Eltern sein, dachte Ruth. Wir sollten jetzt zusammen sein.

Harriet stand schweigend auf und holte Teller und Tassen aus der Anrichte, stellte sie auf den Tisch. Sie hatte noch nichts gesagt, war blass.

»Aber was, wenn doch?«, fragte Ruby abermals nach.

»Das weiß ich auch nicht«, gab Ruth zu. »Ich bin mir sicher, dass es eine Lösung geben wird.«

»Ich nicht«, meinte Harriet plötzlich und funkelte Ruth wütend an. »Ich bin mir nicht sicher, dass es Lösungen geben wird. Es gibt ja auch keine für Norwegen. Dein Volk überrennt Europa und tötet alles, was sich ihm in den Weg stellt.«

»Es ist nicht Ruths Volk«, sagte Ruby.

»Sie ist doch Deutsche, oder nicht?«, sagte Harriet. »Sie steht jeden Morgen ganz früh auf und geht hinunter. Weißt du, ob sie nicht eine Sturmlampe hat und ihren Leuten nun den Weg zu uns zeigt?«

Ruth wurde schlecht. Solche Vorwürfe hatte sie nicht erwartet.

»Ich weiß es«, sagte Freddy, der unbemerkt von allen in die Küche gekommen war. Er zog seine Stiefel aus und ging zum Tisch, Jack folgte ihm. »Ruth steht vor euch auf, das ist richtig. Sie geht in die Küche und legt Holz in den Ofen, macht das Feuer an. Dann wird die Küche einigermaßen warm. Sie setzt Wasser auf, kocht Tee und bereitet das Frühstück vor. Für mich. Und für euch.« Er sah von einem Mädchen zum anderen. »Und da ich meist kurz vor oder nach Ruth nach unten komme, kann ich euch versichern, dass sie nicht rausgeht und mit einer Sturmlaterne hantiert.« Wieder sah er die Mädchen ernst an. »Ruth ist, wie ihr wisst, Jüdin. Wenn jemand Angst vor den Nazis haben muss, dann sie und nicht ihr.« Er schnaufte. »Und jetzt will ich nichts mehr davon hören. Habt ihr mich verstanden?« Seine Stimme war laut geworden.

Die Mädchen senkten den Kopf.

»Gut!« Freddy nahm sich eine Tasse, schenkte sich Tee ein und drehte das Radio noch ein wenig lauter. Auch Jack nahm auf der großen Küchenbank Platz. Ruth gab ihm einen Becher, und Freddy schob ihm die Teekanne zu. Dann lauschten sie den Nachrichten.

»Es wird berichtet«, sagte der Sprecher, »dass deutsche Truppen auch über die belgische Grenze vorgestoßen sind und nun in Richtung Frankreich vorrücken. Angeblich haben sich die alliierten Truppen ebenfalls in Bewegung gesetzt und marschieren nach Norden.«

»Jetzt wird es dort rundgehen«, sagte Jack.

»Der Premierminister Neville Chamberlain hat sich auf den Weg zum Buckingham-Palast gemacht, um den König zu treffen. Es wird noch heute mit seinem Rücktritt gerechnet. Sobald es weitere Neuigkeiten gibt, werden wir das Programm unterbrechen und Sie unterrichten.«

»Halifax oder Churchill«, sagte Freddy. »Wer wird das Rennen machen?«

»Wenn es nach dem König geht, dann Halifax, ganz sicher«, meinte Jack.

Olivia kam die Treppe herunter. Sie trug ein türkisfarbenes Chiffonkleid mit Puffärmeln. Überrascht sah sie zum Küchentisch. »Freddy, du musst dich umziehen«, sagte sie. »Gleich kommen die Gäste.«

»Ich ziehe mich nicht um«, sagte Freddy. »Heute ist mir nicht nach Feiern.«

»Aber … aber … die Gäste …«

»Ich denke, heute gibt es Wichtigeres als Kleidung und affektierte Gespräche. Heute wird sich vielleicht unsere Zukunft entscheiden.«

Auch Ms Jones kam nun in die Küche. Sie trug ebenfalls ein elegantes Kleid.

»Möchten Sie einen Drink?«, fragte Olivia etwas hilflos und ging nach nebenan, um den Sherry zu holen.

»Bring den Bourbon mit«, rief Freddy ihr nach. »Gib uns Gläser, Ruth.«

Es klopfte an der Küchentür, und Daisy trat ein. Sie war blass. »Habt ihr es schon gehört? Chamberlain wird wohl zurücktreten, und die Deutschen rücken gegen Frankreich vor«, sagte sie aufgeregt.

»Setz dich«, sagte Freddy. »Olivia, bring gleich ein ganzes Tablett mit Gläsern.«

»Willst du nicht ins Esszimmer kommen? Und hier anstoßen?«, fragte Olivia.

»Nein, ich bleibe beim Radio.«

»Im Wohnzimmer …«

»Ich bleibe hier, Olivia, verdammt«, sagte Freddy und stand dennoch auf. Er holte den Bourbon aus dem Esszimmer und auch die guten Kristallgläser, stellte alles auf den Tisch.

Ein Wagen fuhr in den Hof – es waren der Pfarrer und seine Frau, sie brachten Ms Simmons, Ms Lacy und Ms George, die Kolleginnen von Ms Jones, mit.

Mit ernster Miene betraten sie die Küche. Man begrüßte sich, und Pfarrer Wolsley nahm dankend ein Glas Bourbon entgegen.

Olivia ging mit dem Tablett durch den Raum, bot den Damen Sherry an.

»Mir wäre«, gestand Mrs Wolsley, »aufgrund der prekären Lage unseres Landes ein Tee mit Rum lieber.«

Ruth stellte die Teekanne auf den Tisch, dazu Becher und holte die Flasche Rum aus dem Schrank. Der Pfarrer und seine Frau setzten sich an den Küchentisch, während die Lehrerinnen unsicher stehen blieben.

»Wollen wir nicht nach nebenan gehen?«, versuchte es Olivia erneut. Doch in diesem Moment erklang wieder das Glockengeläut von Westminster aus dem Radio.

»Wie wir soeben aus der Downing Street Nummer zehn vernommen haben, wird Mr Chamberlain heute Abend um Punkt neun Uhr zu Ihnen im Radio sprechen.« Für einen Moment schwieg der Sprecher. Dann fuhr er fort. »Noch kann ich nicht sagen, ob Mr Chamberlain als Premierminister sprechen wird.« Er räusperte sich. »Ebenso wurde berichtet, dass ein Wagen mit Mr Winston Churchill auf dem Weg zum Palast gesehen worden sei.«

»Donnerwetter!«, sagte der Pfarrer. »Churchill wird unser Premier?«

»Das wäre doch gut«, meinte Jack. »Churchill hat alle seit Jahren vor Hitler gewarnt, und niemand wollte auf ihn hören.«

»Aber denken Sie an Gallipoli«, sagte Ms Simmons und zog sich einen Stuhl an den Küchentisch.

»Jeder Mensch, der Entscheidungen treffen muss, muss damit rechnen, auch Fehler zu machen«, meinte der Pfarrer und lehnte sich zurück.

»Was ist dann mit Norwegen?«, sagte Ms George.

»Norwegen hatte Churchill nicht allein entschieden. Das kann man ihm nicht anlasten und auch nicht, dass alle Hitler und seine Truppen unterschätzt haben«, sagte Freddy.

Nun setzten sie sich alle um den Tisch, auch Olivia gab seufzend auf, holte weitere Stühle aus dem Esszimmer.

Zum Glück war der Küchentisch riesig – auch wenn er nicht fein eingedeckt war wie der Tisch im Esszimmer.

Fragend schaute Ruth Olivia an. »Was mache ich jetzt? Hole ich das gute Geschirr hierhin?«

»Nein, wenn wir hier sitzen, können wir auch von den Steinguttellern essen«, sagte Olivia resigniert und schenkte sich einen weiteren Sherry ein.

Ruth stellte Suppenteller auf den Tisch, legte Löffel daneben. Alle diskutierten lautstark und heftig – viele Dinge verstand sie nicht, aber sie wusste, es ging um diesen Churchill.

Unsicher stand Ruth neben dem Tisch – sollte sie die Suppe auffüllen oder würde sich jeder selbst nehmen? Ruby nahm ihr die Entscheidung ab, indem sie nach der Kelle griff und einen Teller nach dem nächsten füllte, die Teller herumreichen ließ.

Auch Matilda war schließlich von oben gekommen. Sie stand verblüfft in der Küchentür. »Was ist hier los?«, fragte sie Ruth.

Ruth zuckte mit den Schultern. »Ich glaube, unsere Welt gerät gerade aus den Fugen«, sagte sie.

»Solange es zu essen gibt, soll mir das recht sein«, meinte Matilda und setzte sich mit an den Tisch.

Ruth schnitt dicke Scheiben Brot ab, stellte Butter auf den Tisch. Der Eintopf und die Lammkeule und all das, was sie zubereitet hatte, folgten.

»Nun setz dich auch endlich, Girlie«, sagte Freddy.

Immer wieder lauschten sie dem Radio, doch es kamen keine weiteren gesicherten Nachrichten.

Um kurz vor neun füllten alle noch einmal ihre Gläser. Dann schwiegen sie und warteten auf die Ansprache von Neville Chamberlain. Es rauschte und knackte in der Leitung, kurz schien es sogar, als sei die Übertragung abgebrochen, doch dann hörte man das Rascheln von Papier und die ihnen allen bekannte Stimme Chamberlains meldete sich.

»Heute wende ich mich mit einer letzten Botschaft an Sie. In den frühen Morgenstunden, ohne Warnung oder Rechtfertigung, fügte Hitler mit einem unerwarteten Angriff auf Holland, Belgien und Luxemburg ein weiteres Verbrechen jenen hinzu, die seinen Namen bereits besudeln.« Er hielt kurz inne.

»Kein anderer Mann in der Geschichte war je für so viel schreckliches menschliches Leid und Elend verantwortlich wie er. Er hat einen Augenblick gewählt, in dem es ihm möglicherweise so erschien, als wäre dieses Land in die inneren Kämpfe einer politischen Krise verstrickt und vielleicht innerlich gespalten. Wenn er darauf gebaut hat, dass ihm unsere inneren Zwistigkeiten zum Vorteil gereichen könnten, hat er den Geist dieses Volkes nicht in seine Rechnung mit einbezogen …«

Sie sahen sich alle an. Chamberlain fuhr fort.

»Da dies nun meine letzte Botschaft an Sie aus der Downing Street Nummer zehn ist, möchte ich Ihnen noch zwei weitere Dinge sagen. Während der vergangenen fast drei Jahre, in denen ich Premierminister war, habe ich eine schwere Last aus Sorgen und Verantwortung zu tragen gehabt. Solange ich noch daran glaubte, dass die Möglichkeit bestünde, den Frieden ehrenvoll zu erhalten, setzte ich alles daran, diese wahrzunehmen. Als die letzte Hoffnung verblasste, und sich der Krieg nicht länger vermeiden ließ, setzte ich ebenfalls alles daran, ihn mit allen Kräften zu führen. Vielleicht erinnern Sie sich, dass ich Ihnen in meiner Sendung vom 3. September letzten Jahres sagte, dass wir gegen das Böse kämpfen sollten.« Er schluckte. Ein leichtes Raunen ging durch die Küche.

»Meine Worte haben sich jedoch als unzureichend erwiesen, die Schändlichkeit jener zu beschreiben, die nun alles auf die große Schlacht setzen, die gerade beginnt. Vielleicht mag es wenigstens zum Trost gereichen, dass diese Schlacht, wenngleich sie Tage oder sogar Wochen andauert, die Phase des Wartens und der Unsicherheit beendet hat. Denn nun ist für uns die Stunde der Bewährung gekommen, da die unschuldigen Völker Hollands und Belgiens sich bereits bewähren müssen. Sie und ich müssen fest hinter unserem neuen Führer stehen und mit vereinten Kräften und unerschütterlichem Mut kämpfen und arbeiten, bis diese wilde Bestie, die uns aus ihrem Unterschlupf angesprungen hat, schließlich entwaffnet und besiegt ist.«

Damit endete die Rede. Der Pfarrer sprang auf, applaudierte. Die meisten anderen folgten seinem Beispiel, nur Olivia und Ms Jones blieben sitzen.

»Den Abend«, sagte Olivia, »hatte ich mir anders vorgestellt.«

Kapitel 19

Am nächsten Tag war Ruth so früh auf wie immer, auch wenn es Samstag war, der Ofen musste beheizt, die Kühe und die anderen Tiere mussten versorgt werden.

Die Mädchen und Ms Jones allerdings hatten Wochenende. Samstags war kein Unterricht, und sie konnten ausschlafen. Da die Mädchen, anders als in manchen Internaten, auch am Wochenende nicht nach Hause durften – denn wenn Bomben fielen, hielten sie sich bestimmt nicht an Wochentage –, hatten die Lehrerinnen manchmal ein Programm vorbereitet: Ausflüge in die Umgebung oder gemeinsame Aufgaben. Jedoch nicht immer. Und keinesfalls an einem Samstag nach einem »Lehrertreffen«. An diesen Tagen, in denen die Nächte zuvor kurz gewesen waren, zog es Ms Jones vor, auszuschlafen, und zwar bis mittags.

Heute hätte sich Ruth ihr gerne angeschlossen. Die Diskussionen gestern waren eigentlich erst heute, nach Mitternacht, beendet worden. Pfarrer Wolsley hatte seine Frau und die drei Lehrerinnen irgendwann endlich in das Auto gepackt und war gefahren. Sie waren alle sehr beschwingt gewesen. Olivia war schon vorher ins Bett gegangen – wobei das eigentlich nicht stimmte. Sie hatte dem Sherry und dem Portwein ordentlich zugesprochen und war irgendwann laut schnarchend am Tisch eingeschlafen. Matilda hatte Ruth helfen müssen, ihre Gastgeberin nach oben ins Bett zu bringen.

Und dann war auch Ruth müde gewesen, zu müde, um noch abzuwarten, bis die Gäste fuhren. Ruth war nach oben gegangen, hatte sich hingelegt. Schließlich war sie den ganzen Tag schon auf den Beinen gewesen. Im Halbschlaf hatte sie das Auto des Pfarrers abfahren hören.

Nun stand sie auf. Der Himmel war wolkenlos und ließ den Tag schon erahnen. Schnell zog sie sich an und ging nach unten.

Sie hatte sich einiges vorgestellt, doch die Küche sah schlimmer aus als erwartet. Da alle in der Küche gesessen und debattiert hatten, hatte Ruth nicht beizeiten das Geschirr spülen können. Sie hatte es nur in der großen Spüle gestapelt, die Töpfe und Pfannen eingeweicht. Der Tisch stand voll mit Geschirr, Gläsern und Flaschen. Es roch nach Qualm und Alkohol und nach schlechter Luft. Ruth öffnete die Küchentür, zog die Verdunklungen zur Seite, öffnete auch die Fenster. Es war noch nicht hell draußen, aber um arbeiten zu können, brauchte sie Licht, das war natürlich bei geöffneten Türen und Fenstern verboten, aber zum ersten Mal war es ihr egal.

Hitler und seine Truppen waren gerade in Holland und Belgien beschäftigt. Es hatte einige Bombenangriffe an der Ostküste gegeben, aber bisher nie hier in Essex, sondern nur weiter nördlich. Hitler würde nicht gerade heute Morgen Bomber über Frinton-on-Sea schicken.

Ruth legte Holz nach, füllte das Wasserschiff, fing an, das Geschirr zu sortieren. Es würde eine ganze Weile dauern, das wurde ihr schnell klar. Zum Glück war noch Lamm übrig – sowohl von den Keulen als auch Reste des Eintopfs, daraus konnte sie mühelos mit ein paar Rüben, Kartoffeln und etwas Soße eine weitere Mahlzeit zaubern.

Sie hatte gerade erst die Gläser gespült, als Freddy verschlafen und verkatert in der Küche auftauchte.

»Guten Morgen«, murmelte er.

Schnell schob Ruth ihm einen Becher Tee mit viel Zucker zu.

Er sah sich um. »Grundgütiger«, seufzte er dann. »Es tut mir leid für dich.«

»Das ist schon in Ordnung«, sagte Ruth, drehte sich zu ihm um und wischte ihre seifigen Hände an der Schürze ab. Sie sah ihn an. »Mr Sanderson, ich möchte gehen. Ich möchte zu meiner Familie. Gerade jetzt, wo man nicht weiß … was wird …«

»Das verstehe ich«, brummte er.

»Ich habe Ihrer Frau versprochen, dass ich nicht gehe, bevor es eine Nachfolgerin gibt, die ich einarbeiten kann.«

»Danke, das ist natürlich eine große Hilfe.«

»Aber sie sucht keine Nachfolgerin.« Ruth sah Freddy an und schüttelte den Kopf. »Sie versucht es noch nicht einmal.«

»Oh.«

Mehr als ein »Oh« hatte Ruth auch nicht von ihm erwartet, sie wollte nur, dass er ihr zuhörte. Es sah immer so aus, als würde Olivia alle Entscheidungen treffen – manche lautkreischend und voller Willkür –, aber über die wirklich wichtigen Dinge entschied immer noch Freddy.

»Ich habe Kontakt zu der Organisation, die mich hierher vermittelt hat. Und ich habe auch Kontakt zu Mädchen, die eine neue Stelle suchen. Jüdische Mädchen. Sie leben schon einige Zeit hier und sind mit Sprache und Gewohnheit vertraut. Vom Kontinent … wird ja wohl kaum einer mehr kommen«, sagte Ruth leise.

»Ich kann verstehen, dass du zu deiner Familie willst«, sagte Freddy. »Und ich finde es gut, dass du nicht einfach so gehst.« Er runzelte die Stirn. »Aber was bringt die anderen Mädchen dazu, eine andere Stellung zu suchen, wenn sie doch hier in England eine haben?«

Vielleicht, dachte Ruth, weil sie eine Stellung wie ich haben? Eine Arbeitgeberin wie Ihre Frau? Aber natürlich sprach sie das nicht aus. Stattdessen lächelte sie unsicher.

»Manche Mädchen sind als Kindermädchen nach England gekommen. Nun sind viele Kinder aufs Land verschickt worden, und die jungen Frauen haben keine Aufgabe mehr. Überhaupt hat sich alles im letzten Jahr sehr geändert – man braucht in der Stadt weniger Personal …«

»Ah, verstehe. Ja, natürlich«, sagte Freddy und trank seinen Tee aus, stellte die Tasse auf den Tisch. »Du wirst das schon machen«, sagte er dann, nickte ihr zu und ging zum Stall.

Hoffentlich, dachte Ruth. Seit gestern waren ihre Ängste noch größer als zuvor, und am liebsten hätte sie Edith angerufen, sie fragen wollen, was denn wirklich vor sich ging. Ruth war sich sicher, dass die Bevölkerung nur die Spitze des Eisbergs sah und erfuhr – viele Dinge blieben ihr sicher verborgen.

Gestern, dachte sie, während sie die guten Gläser vorsichtig im heißen Seifenwasser abwusch, gab es die Meldung, die Nazis seien in Holland und Belgien eingedrungen. Die Nachricht war erst am Abend durch Chamberlain bestätigt worden. Aber was das für England bedeutete – für Frankreich, für Europa –, das stand in den Sternen.

Würde Frankreich seine Grenzen verteidigen können? Holland und Belgien galten als neutral. Was passierte mit neutralen Staaten, wenn eine Armee plötzlich einmarschierte? Marschierten sie nur durch oder okkupierten sie das Land?

In Holland hatten die Meyers viele Freunde und Verwandte. Da waren die Kruitsmans – Muttis liebste Freunde. Was hatten die Kruitsmans nicht alles für die Meyers getan. Was würde jetzt aus ihnen? Sie waren Juden und hatten sich im neutralen Holland sicher gefühlt. Das Gefühl, das wusste Ruth nun, hatte getrogen. Würden die Nazis in Holland auch gegen alle Juden vorgehen? In Österreich, der Tschechei und in Polen hatten sie es mit aller Härte, mit Dingen, die vorher außerhalb aller Vorstellung lagen, getan.

Ruth starrte aus dem Fenster. Was würde mit den Kruitsmans werden?

Draußen dämmerte der Tag, er schien schön zu werden, am Himmel war keine Wolke. Doch in ihr ballten sich Gewitter der Angst und Sorge zusammen und grummelten.

Noch lag der Kanal zwischen ihnen – zwischen den Nazis und England. Da waren die englischen und französischen Truppen, ganz sicher würden sie wieder die Deutschen aufhalten und bezwingen. Gemeinsam war es ihnen ja schon einmal geglückt.

»Kann ich dir helfen?«, fragte eine leise Stimme hinter Ruth. Überrascht sah Ruth sich um. Es war Matilda, die eigentlich ihre Zeit lieber alleine als mit anderen verbrachte. Ruby und Harriet hielten sie für versnobt und arrogant. Sie hatten schon Olivia darum gebeten, Zimmer zu tauschen – Harriet, die bisher das kleine Einzelzimmer hatte, wollte zu Ruby ziehen. Aber Olivia hatte sich nicht damit beschäftigen wollen.

Ruth sah Matilda an, biss sich auf die Lippe und wusste zuerst nicht, was sie sagen sollte. Dann lächelte sie. »Warum bist du schon auf? Heute ist Samstag, schon vergessen? Keine Schule – du kannst ausschlafen.«

»Aber du nicht«, sagte Matilda und nahm sich ein sauberes Geschirrtuch, trocknete die Gläser ab, die Ruth zum Abtropfen hingestellt hatte. »Du darfst nie ausschlafen, oder?«

»Ich habe ein Anrecht auf freie Tage – aber auf so einem Hof ist das schwierig«, sagte Ruth vorsichtig. Sie wusste nicht so recht, was sie von Matilda halten sollte.

»Aber du hättest trotzdem mehr Rechte, als du bekommst?«

Ruth schwieg, kaute an ihrer Lippe. »Ich bin froh, hier sein zu dürfen«, sagte sie schließlich.

»Das klingt nach ›Isch kann nischt bessa klajen‹«, sagte Matilda in einem Deutsch mit starkem Akzent.

Ruth sah sie überrascht an.

»Mein Opa ist aus dem Osten«, sagte sie nun wieder in Englisch. »Ich bin hier geboren, ich bin Britin … aber meine Opa war …«, sie sah sich um, »… Jude.«

»Ach?« Ruth schloss die Augen. »Dafür schämst du dich?«, fragte sie dann leise. »Hier in England?«

»Es gibt Judenhass auch hier«, sagte Matilda.

»Aber das hast du nicht erfahren bisher, oder?«

»Nein, es weiß ja auch keiner von meinem Opa.«

»Wo ist er denn?«

»Er lebt jetzt auf unserem Landgut in der Nähe der schottischen Grenze. Keiner darf wissen, dass er der Vater meiner Mutter ist. Mein Vater will das nicht, er will keine Nachteile haben.«

»Ist dein Opa ein schlechter Mensch?«, fragte Ruth.

»Nein, er ist der liebste Opa, den man sich wünschen kann.« Sie legte das Geschirrtuch zur Seite. »Als ich klein war, ist meine Mutter mit mir und meinem Bruder im Sommer oft dorthin gefahren. In die Tschechei. Dort kommt sie her. Sie ist schon als junges Mädchen nach England gekommen – mit meiner Oma.« Sie schluckte. »Die Sommer dort waren immer besonders. So voller Sonne, Frieden und Lachen. Wir haben Forellen geangelt und waren im Fluss schwimmen, haben Stockbrot gebacken, und Opa hat uns die

Sterne gezeigt.« Sie sah Ruth an. »Er spricht Jiddisch. Ich nicht – aber wir konnten uns trotzdem immer verständigen.«

»Und deine Großmutter?«

»Sie ist keine Jüdin, sie ist Anglikanerin, eine Engländerin. Wir haben dort noch Verwandte gehabt – auf einem Gut.« Matilda sah Ruth an. »Die Ehe zwischen den beiden war nicht erwünscht und hat auch nicht lange gehalten. Aber meine Mutter hat den Kontakt zu ihrem Vater nicht aufgegeben und ihn vor einiger Zeit nach England geholt.«

»Das Leben geht manchmal seltsame Wege«, sagte Ruth. Wieder sah sie Matilda an. »Du schämst dich, jüdisch zu sein?«

»Ich bin nicht jüdisch«, sagte Matilda und hob beide Hände zur Abwehr. »Judentum wird über die Mutter vererbt, und mütterlicherseits war niemand von uns jüdisch.«

»Vermutlich schon irgendwann einmal«, sagte Ruth lakonisch und nahm den ersten Stapel Teller, legte ihn sanft in die heiße Seifenlauge, prüfte dann das Wasser im Wasserschiff des Ofens.

»Nein, wir sind Engländer von Mutters Seite aus. Christen.«

»Jesus Christus war Jude«, sagte Ruth und schrubbte den ersten Teller ab, stellte ihn zum Abtropfen zur Seite auf die große, leicht schräge Steingutfläche der Spüle. »Seine Mutter Maria war Jüdin, sein Onkel, sein Großvater mütterlicherseits. Sein Vater war natürlich nicht Josef, Marias Mann, sondern Gott.« Sie sah Matilda an und zwinkerte ihr zu.

»Man kann sich ja nie sicher sein, wer der Vater ist, aber die Mutter – die steht fest.«

»Ist das blasphemisch, was du sagst?«, fragte Matilda unsicher.

»Nein, es ist sarkastisch.« Ruth drehte sich zu dem Mädchen um. »Du hast Angst, dass dich jemand für eine Jüdin hält und du deshalb Nachteile haben wirst?«

»Du nicht?«

»Ich BIN Jüdin. Ich habe Nachteile erfahren. Schön ist das nicht, aber ich kann damit leben. Nicht in Nazi-Deutschland, aber hier.«

»Und wenn die Nazis hierherkommen? Ich habe gehört, sie planen eine Invasion.«

»Im Moment sind sie noch auf dem Festland beschäftigt«, sagte Ruth und merkte, wie seltsam das klang. »Noch haben sie Frankreich nicht erobert.«

»Und wenn sie es schaffen?«

Ruth holte tief Luft. »England ist eine Insel. Eine recht große Insel, aber eine Insel. England hat sich noch nie erobern lassen in den letzten Jahrhunderten.«

»Doch … in Geschichte habe ich gelernt, dass die Plantagenets England eingenommen haben. Das waren Franzosen.«

»Das waren Adelige, die alle irgendwie miteinander und untereinander verwandt waren, und es ist tausend Jahre her, Matilda. Aber heute ist das doch anders. Ich kann mir nicht vorstellen, dass sich die Engländer den Deutschen, den Nazis, unterordnen. Niemals.«

»Ich auch nicht«, sagte Freddy, der plötzlich in die Küche

kam. Er sah zum Tisch, der immer noch halb voll mit dreckigem Geschirr war, und dann wieder zu Ruth. »Eine Kuh kalbt und hat dabei Probleme. Ich brauche heißes Wasser und Hilfe.«

»Ich komme«, sagte Ruth und füllte einen Eimer mit dem heißen Wasser, mit dem sie das nächste Geschirr hatte spülen wollen. Sie würde die Küche nicht aufgeräumt haben, wenn Olivia wach wurde, aber das war ihr egal.

Das Kalb kam lebend zur Welt, und Olivia erschien erst am späten Nachmittag. Da war das Geschirr schon gespült.

In der Früh hatte Freddy wieder das Radio angestellt, die Nachrichten überschlugen sich, waren zum Teil widersprüchlich. Der König hatte Churchill zum Premierminister ernannt, und Churchill, der widerstrebend den Rückhalt aller Parteien hatte, bildete nun ein Kriegskabinett. Aus Holland, Belgien kamen erschreckende Nachrichten, die aber nicht bestätigt wurden.

»Man hält uns hin«, sagte Freddy erbost. »Die Politiker spielen ihre Spielchen und sagen uns nicht, was in der Welt geschieht.«

»Wir werden es früher oder später doch erleben«, meinte Olivia müde. »Warum diese Eile? Lass uns doch die letzten Tage in Ruhe erleben.«

»Bist du des Wahnsinns Beute? England gibt nicht auf. Niemals.« Freddy schlug mit der flachen Hand auf den Tisch. »Und Churchill ist der Mann, der uns führen wird gegen die Nazis.«

Das Wochenende ging vorbei. Am Montagabend hielt der neue Premierminister vor dem Unterhaus eine Rede. Am nächsten Tag wiederholte er Teile dieser Rede im Radio.

Es wurde gemunkelt, dass das Unterhaus, das nun mit Churchill als Premierminister eine große Koalition gebildet hatte, um den Krieg zu überstehen, der Rede nur mäßig zustimmte.

Dennoch versammelten sich alle Bewohner des Sanderson-Hofs und auch Jack und Daisy in der großen Küche und lauschten der Ansprache. Churchills Stimme erklang unaufgeregt, er nuschelte ein wenig.

»Freitagabend erhielt ich den Auftrag Seiner Majestät, eine neue Regierung zu bilden. Es war der deutliche Wunsch und Wille des Parlaments und der Nation, dass diese Regierung auf einer möglichst breiten Basis gebildet wird, und alle Parteien einschließen solle, sowohl diejenigen, die die vorige Regierung unterstützt haben, als auch die Oppositionsparteien.«

»Das wird doch nichts«, sagte Olivia.

»Sei leise«, herrschte Freddy sie an.

Churchill fuhr fort:

»Eine Regierung von solchem Ausmaß und solcher Vielgestaltigkeit zu bilden, ist an sich eine schwere Aufgabe; man muss aber bedenken, dass wir uns im Anfangsstadium einer der größten Schlachten der Weltgeschichte befinden, dass wir an vielen Punkten Norwegens und Hollands kämpfen, dass wir im Mittelmeer kampfbereit sein müssen, dass der Luftkrieg ohne Unterlass weitergeht und dass wir hier im

Lande viele Vorbereitungen treffen müssen.« Er machte eine Pause, und Ruth biss sich auf die Lippen, dachte an die Soldaten auf dem Festland. Würden sie auch die Möglichkeit haben, diese Rede zu hören?

»Ich habe«, sagte Churchill mit ernster Stimme, »ich habe nichts zu bieten als Blut, Mühsal, Tränen und Schweiß. Uns steht eine Prüfung von allerschwerster Art bevor. Wir haben viele, viele lange Monate des Kämpfens und des Leidens vor uns. Sie werden fragen: Was ist unsere Politik? Ich erwidere: Unsere Politik ist, Krieg zu führen, zu Wasser, zu Lande und in der Luft, mit all unserer Macht und mit aller Kraft, die Gott uns verleihen kann; Krieg zu führen gegen eine ungeheuerliche Tyrannei, die in dem finsteren, trübseligen Katalog des menschlichen Verbrechens unübertroffen bleibt. Das ist unsere Politik. Sie fragen: Was ist unser Ziel? Ich kann es in einem Wort nennen: Sieg – Sieg um jeden Preis, Sieg trotz aller Schrecken, Sieg, wie lang und beschwerlich der Weg dahin auch sein mag; denn ohne Sieg gibt es kein Weiterleben.«

Blut, Mühsal, Tränen und Schweiß, diese Worte blieben nicht nur Ruth im Gedächtnis, die ganze Nation hatte sie gehört, und in den folgenden Tagen und Wochen wurden sie oft zitiert.

Der Mai war in diesem Jahr ein freundlicher Monat, er brachte nicht nur Wärme und Sonne, sondern auch Kälber und Ferkel. Auf dem Hof gab es viel zu tun, auch die Felder mussten bestellt werden.

Das Land war in der Schwebe, die Informationen kamen

spärlich, man lebte sein Leben, fast so wie zuvor. Die Verdunkelungen blieben, aber je länger und freundlicher die Tage wurden, umso weniger spielten sie eine Rolle.

Fast scheint es, als hätte der Krieg eine Pause eingelegt oder wäre gar nicht existent, dachte Ruth, wenn sie morgens die Hühner aus dem Stall ließ und die Schweine mit Küchenabfällen fütterte. Manchmal schaute sie nach Osten, zum Festland. Das Meer war ruhig, der Himmel klar, und dennoch tobte dort, wenige Kilometer von ihnen, angeblich eine tödliche Schlacht. Zu glauben war es kaum in der lauen Mailuft.

Doch dann, an einem dieser schönen Tage, sie saßen alle gerade beim Frühstück, ertönte die Sirene an der Kirche.

»Luftangriff!«, schrie Olivia. »Was machen wir jetzt?«

»Masken nehmen und raus«, rief Freddy. Die Gasmasken in ihren kleinen Kästchen hingen an Haken neben der Garderobe an der Küchentür, so dass jeder eine mitnehmen konnte, sobald er das Haus verließ. Die Mädchen und Ms Jones taten das natürlich jeden Morgen, bevor sie zur Schule gingen, denn in der Schule wurde überprüft, ob sie die Masken dabeihatten.

Am Anfang hatte Freddy seine Maske auch immer mitgenommen, doch inzwischen ließ er sie meist hängen. Er nahm sie nur, wenn er in die Stadt fuhr oder zu einem der Nachbarn ging.

Auch Olivia nahm die Maske nicht mehr mit, wenn sie nur auf dem Hof unterwegs war. Jill befand sich sowieso entweder im Haus oder im Hof, in Rufweite. Es war Ruths

Aufgabe, dafür zu sorgen, dass Jill bei Alarm ihre Maske anzog.

Bisher war das aber nicht nötig gewesen. Es hatte im vergangenen Jahr zwar ein paarmal Alarm gegeben, aber die Bomber waren nur über sie hinweggeflogen.

Doch nun war der Krieg näher gekommen.

Sie sprangen nun auf, liefen zur Tür, rissen die Kästchen vom Haken und rannten in den Hof.

»Weiter!«, schrie Freddy. »Dort hinten, in den Graben hinter der Weide!«

Sie liefen, rannten, so schnell sie konnten. Ruth hatte Jill gepackt, hielt sie eng an sich gepresst, die Riemen der beiden Kästen mit den Gasmasken über dem Arm. Sie erreichten den Graben, der feucht und modrig war, ließen sich hineinfallen, zogen die Masken hervor und setzten sie auf. Ruth half Jill, die leise weinte.

Ruths Herz klopfte ihr bis zum Hals. Obwohl sie es geübt hatten, bekam sie nur schlecht Luft in der Maske, die nach Gummi stank.

Langsam atmen, sagte sich Ruth. Ganz langsam ein- und ausatmen. Zuerst traute sie sich nicht, sich zu bewegen, aber dann hob sie doch den Kopf. Über ihnen war der wolkenlose Himmel, der nun langsam das tiefe Blau des frühen Tages annahm.

Ruth wusste nicht, wie lange sie in dem matschigen Graben gelegen hatten, doch irgendwann klang das Signal der Entwarnung. Das drohende Brummen eines Bombers hatten sie nicht gehört, aber die Küste war lang, und vielleicht hatten die feindlichen Flugzeuge ja auch wieder abgedreht. Sie standen auf, zogen sich die Masken von den Gesichtern, holten keuchend tief Luft.

Ihre Kleidung war matschverschmiert, und Jill begann nun, laut zu schluchzen. Olivia nahm sie in die Arme und tröstete sie.

Harriet kletterte aus dem Graben, rannte ein Stück weit in das Feld und übergab sich. Auch Ruth war flau im Magen, in ihrem Mund hatte sie den Geschmack von Gummi und Säure.

Langsam gingen sie zurück zum Hof. Auf dem Herd stand noch die Kanne mit Tee. Olivia trug Jill nach oben, ging direkt mit ihr ins Badezimmer.

Ruth wusch sich die Hände, füllte heißes Wasser vom Ofen in die Waschkrüge der Mädchen. Die drei sahen sie fragend und verwirrt an, die Angst stand ihnen immer noch ins Gesicht geschrieben.

»Ihr müsst euch waschen und umziehen«, sagte Ruth.

»Macht, was Ruth gesagt hat«, sagte Ms Jones. Sie klang erschöpft. Die Mädchen nahmen die Krüge und gingen nach oben. Sie sagten kein Wort, nur ein leises Wimmern konnte Ruth hören – es war Harriet.

Ms Jones sah an sich herunter. Ihr Kleid war dreckverschmiert, ihre Beine und Arme auch, selbst auf der Nase hatte sie nun getrockneten Matsch.

»Ich muss baden«, sagte sie hilflos, »aber Mrs Sanderson wird das Bad belegt halten in der nächsten Stunde. Was mach ich denn nun? So kann ich doch nicht in die Schule.«

Ruth füllte Wasser in das Wasserschiff des Ofens. »Holen Sie sich Handtuch, Seife und frische Sachen. Hinten im Nebenraum steht eine Zinkwanne. Es ist nur eine Sitzwanne, aber sie wird reichen«, sagte sie. »Ich habe dort auch schon gebadet, wenn Mrs Sanderson das Badezimmer in Beschlag genommen hat.«

»In welchem Nebenraum?«, fragte Ms. Jones verblüfft.

Es war kein Raum, es war nur eine Nische in der Küche.

»Dort hinten«, sagte Ruth. »Sehen Sie? Da steht die Zinkwanne. Ich mache Wasser heiß, Sie können dort baden.«

»Es gibt keine Tür«, sagte Ms Jones konsterniert.

»Das ist richtig. Ich hole den Paravent aus dem Wohnzimmer und passe auf.«

Ms Jones überlegte, aber ihr wurde klar, dass sie keine Wahl hatte. Sie hätte sich auch eine Kanne mit heißem Wasser nach oben nehmen können und sich mit Lappen und Schwamm säubern können – aber das war kein Bad. Also ging sie den Kompromiss ein.

»Du wirst wirklich aufpassen?«, fragte sie erneut. »Ganz bestimmt?«

»Natürlich.« Ruth verdrehte die Augen. Es gab zwei Männer, die hin und wieder in die Küche kamen – Freddy und Jack. Beide waren jetzt aber auf dem Feld. Freddy hatte den Schmutz von seinen Armen und Gesicht kurz in der Spüle abgewaschen, war dann wieder nach draußen gestapft. »Ich zieh mich nicht um«, hatte er vor sich hin gebrummt. »Ich werde eh wieder dreckig, wenn ich draußen bin, dann lohnt sich die Wäsche wenigstens.«

Ruth war froh über seinen Pragmatismus. Ihr steckte jedoch immer noch der Schrecken in den Knochen. Offensichtlich war das wieder ein Fehlalarm gewesen, oder die Bomber hatten abgedreht und doch andere Ziele angeflogen. Es gab, das wusste sie von Edith, eine Radarüberwachung der Küste. Damit konnte man herannahende Feindflugzeuge und ihren Kurs feststellen. Aber das System funktionierte nicht immer, auch ein Vogelschwarm löste schon einmal einen Alarm aus. Manchmal wurde aber auch ein Flugzeug nicht erkannt.

Immerhin gab es ein Warnsystem, auch wenn es nicht zu hundert Prozent funktionierte.

Dennoch hatte Ruth heute eine tiefe Angst erfüllt. Eine Furcht, die sie lange nicht mehr so gefühlt hatte. Eine existenzielle Angst, gleich einer Panik. Zuletzt hatte sie sich so gefühlt, als sie im Zug saß, und die Nazi-Kontrolleure nicht mehr weit weg waren. Die Grenze und die holländischen Grenzbeamten hatten sie damals gerettet. Sie konnte den Nazis entfliehen. Doch nun waren sie hier vor England. Kämen die Nazis, gäbe es keinen Weg der Flucht. England war eine Insel … Sie war auf dieser Insel, und die Nazis schienen die Schlinge immer enger zu ziehen.

Wenn ich sterben muss, wenn sie mich töten, wenn sie Bomben werfen und uns töten, dann will ich wenigstens bei meiner Familie sein. Ich will, dass wir zusammen sind, wenn es so weit ist und denn sein muss. Ich möchte nicht hier allein auf diesem Hof sterben, weit weg von meiner Familie.

Die Mädchen waren noch oben in ihren Zimmern, Mrs Sanderson und Jill immer noch im Badezimmer. Ms Jones kam im Morgenmantel mit sauberer Kleidung. Ruth holte den Paravent, füllte die Sitzwanne.

»Du passt auf?«, fragte Ms Jones.

Ruth nickte. Doch sobald die Lehrerin im Wasser planschte, schlich sich Ruth in den Flur und meldete ein Gespräch nach London an. Sie musste mit Edith Nebel sprechen. Edith würde ihr helfen, das hoffte Ruth sehr. Edith musste ihr helfen, bald. Schnell, schnell genug, bevor Ruth in dieser Situation wahnsinnig werden würde. Denn wahnsinnig wurde sie schon jetzt. War die Angst vorher nur ein diffuses Gefühl gewesen, war sie jetzt eine beklemmende Furcht, die ihr im Nacken saß. Die Nazis kamen. Wahrscheinlich. Vielleicht. Irgendwann. Bald. Die Gefühle spielten Quartett, immer wieder siegte eines, und keines machte Ruth Hoffnung. Kamen die Nazis, würden sie sie in ein Lager stecken … oder sie erschießen. Es gab nur einen Ausweg – die Passage über den Atlantik. Aber wann, wann endlich wäre es so weit?

Sie meldete das Gespräch an, obwohl sie wusste, dass es vielleicht Stunden dauerte, bevor sie eine Leitung bekäme, und selbst dann war es noch nicht einmal sicher, dass Edith in ihrer Wohnung oder sogar in London sein würde. Und außerdem war es ihr eigentlich verboten, das Telefon zu benutzen. Aber all das war ihr egal.

Zurück in der Küche, drehte sie das Radio lauter. Die Nachrichten brachten keine echten Neuigkeiten. Man wurde das Gefühl nicht los, dass die Bevölkerung nicht wirklich erfahren sollte, was vor sich ging. Dabei wussten alle von der Gefahr – die Nazis standen quasi vor der Tür. Würde es eine Invasion geben?

Ms Jones war schneller mit ihrem Bad fertig als Olivia. Eilig rückte die Lehrerin den Paravent zur Seite, schüttelte ihre Haare aus und steckte sie, noch feucht, zu einem Dutt im Nacken zusammen.

»Sind die Mädchen noch nicht unten?«, fragte sie verärgert. »Wir sind viel zu spät, müssen zur Schule.«

»Alle anderen in der Gegend hatten auch Fliegeralarm«, beschwichtigte Ruth sie. »Keiner wird pünktlich in der Schule sein. Und vielleicht werden manche gar nicht kommen.«

Ms Jones kniff die Augen zusammen. »Gar nicht? Das geht nicht. Wir haben die Pflicht, den Unterricht weiterzuführen.«

»Das stimmt«, sagte Ruth nachdenklich. »Aber … Sie haben doch sicherlich auch mitbekommen, wie sehr die Sache Harriet aufgewühlt hat. Sie hat sich übergeben und geweint.«

»Ich weiß ja nicht, wie das bei dir war, aber der Geruch der Gasmaske ist widerlich. Ich hätte mich auch beinahe übergeben.«

Dieser Satz brachte Ruth fast dazu, zu lächeln, wenn die Situation nicht so ernst gewesen wäre. »Mir ging es ähnlich, aber ich glaube, Harriet … leidet sehr. Warum, weiß ich nicht. Vielleicht hat sie sich auch einfach nur den Magen verdorben …«

Ms Jones dachte nach. »Harriet ist seit ein paar Tagen seltsam«, sagte sie dann. »Vielleicht wird sie ja wirklich krank. Ich gehe nach ihr schauen.« Entschlossen stapfte sie nach oben.

Ruth schüttete die Zinkwanne aus, wischte die überflutete Ecke schnell trocken und stellte den Paravent, der auch feucht geworden war, zurück in das Wohnzimmer. Olivia behauptete immer, der Paravent sei aus China und eine echte Antiquität, aber der Stoff war aus Chiffon und nicht aus Seide und ganz bestimmt nicht alt. Doch Ruth ließ sie in ihrem Glauben.

Bald darauf kam auch Olivia nach unten. Sie brachte die frisch gebadete und neu eingekleidete Jill mit, die sich zum Glück inzwischen beruhigt hatte. Überrascht stellte Ruth fest, dass Olivia Hosen trug. Sie hatte Drillichhosen, die sie im Winter an manchen kalten Tagen anzog, um im Stall zu helfen. Aber meist trug sie Kleider, und immer achtete sie sehr auf ihr Aussehen.

Als sie nun herunterkam, trug sie drei weitere Hosen über dem Arm, legte die Hosen auf den Küchentisch. »Das sind Hosen von Freddy, die ihm nicht mehr passen. Sie sind noch gut, und der Stoff ist fest. Ich möchte, dass du sie umnähst – kürzt und enger machst. Du hast ja ein Händchen dafür.«

»Aber … sie sind doch schon zu eng für Ihren Mann«, sagte Ruth verwirrt.

»Er soll sie ja auch nicht tragen. Sie sind für mich. Ich weigere mich, für die Nazis meine Kleider im Graben zu ruinieren. Solange ich nur auf dem Hof zugange bin, kann ich auch diese Hosen tragen. Und wenn ich dann bei Alarm in diesen verdammten Graben springen muss, dann lieber in Hosen und nicht in einem Kleid«, sagte sie. Sie sah Ruth an. »Ich möchte nur, dass feststeht, sollten wir sterben, will ich nicht in Hosen beerdigt werden, sondern in einem Kleid. Einem schönen Kleid!« Sie schnaubte. Dann sah sie Jill an. »Sei lieb und bleib bei Ruth, ich kümmere mich jetzt um das Vieh.« In der Tür blieb sie stehen, drehte sich noch einmal um. »Und wenn du auch irgendwie Hosen für Jill nähen könntest, wäre das phantastisch.« Dann ging sie nach draußen, die Schultern gestreckt.

Grundgütiger, dachte Ruth erstaunt, was ist denn mit ihr passiert?

Wenig später traten Ms Jones, Matilda und Ruby wieder in die Küche. Beide Mädchen hatten sich gewaschen und umgezogen, waren aber still und recht blass um die Nase.

»Harriet bleibt heute hier«, sagte Ms Jones nachdenklich. »Wenn es ihr schlechter geht, werden wir einen Arzt rufen müssen.« Dann nahmen sie ihre Gasmasken und verließen das Haus.

Ruth atmete auf. Endlich hatte auch sie Zeit, sich zu waschen und umzuziehen. Rasch holte sie sich saubere Sachen aus ihrem Zimmer und füllte die Zinkwanne. Der Paravent blieb im Wohnzimmer, Freddy und Jack waren mit dem Traktor auf die Felder gefahren, sie würden nicht plötzlich in der Küche stehen. Nachdem Ruth sich gewaschen hatte, weiche sie die Kleidung im Badewasser ein. Sie hatte sich gerade angezogen, als das Telefon klingelte.

»Ein Gespräch aus London«, sagte die Vermittlung. »Für Ms Meyer.«

»Ich nehme das Gespräch an«, sagte Ruth atemlos.

»Hier ist Edith«, hörte Ruth eine Stimme sagen, die so entfernt klang, als wäre sie nicht auf der Insel. Es rauschte und knackte, Stimmengewirr im Hintergrund erschwerte die Verständigung zusätzlich. »Ist etwas passiert?«

»Ich brauche deine Hilfe«, sagte Ruth. »Wir hatten heute Bombenalarm, und ich will und kann nicht mehr hierbleiben.«

»Das musst du ja nicht, du kannst gehen.«

»Aber ich habe versprochen, dass ich meine Nachfolgerin einarbeite. Doch es gibt immer noch keine.«

Edith schwieg kurz. »Ich kümmere mich darum.« Wieder schwieg sie. »Sind Bomben gefallen?«, fragte sie dann leiser.

»Nein. Wir haben noch nicht einmal Flugzeuge gesehen oder gehört. War das ein Fehlalarm?«

»Ich melde mich bei dir. Bald schon.«

Erst nachdem Edith aufgelegt hatte, wurde Ruth bewusst, dass sie ihre Frage nach dem Alarm nicht beantwortet hatte.

An diesem Abend kochte Ruth für alle eine gehaltvolle Hühnersuppe. Alle langten ordentlich zu. Nur Harriet nicht, sie aß ein paar Löffel und ging dann wieder nach oben.

Am nächsten Tag erschien sie nicht zum Frühstück.

»Sie hat Bauchschmerzen«, erklärte Matilda.

»Vielleicht das monatliche Problem«, mutmaßte Ms Jones. »Sie darf hierbleiben.«

Als alle gegangen waren, spülte Ruth das Geschirr und räumte die Küche auf. Da Ruth immer die Schmutzwäsche einsammelte und wegbrachte, wusste sie, dass Harriet ihr »monatliches Problem« in der letzten Woche gehabt hatte. Davon konnten die Bauchschmerzen also nicht kommen. Aber irgendetwas schien das Mädchen zu beschäftigen. Sie nahm sich vor, später nach oben zu gehen und nach ihr zu schauen. Doch kurz darauf hörte Ruth zögernde Schritte auf der Treppe.

Harriet, in ihren Morgenmantel gehüllt, sah verstohlen in die Küche.

»Möchtest du einen Tee?«, fragte Ruth freundlich.

Das Mädchen nickte und setzte sich auf den Rand der Küchenbank. Sie nahm die Tasse, umfasste sie mit beiden Händen und hielt ihr Gesicht darüber, atmete den herben Duft tief ein. Dann nippte sie an dem heißen Getränk, sah zu Ruth, schaute wieder weg.

»Möchtest du auch etwas essen?«, fragte Ruth.

Harriet zögert. »Ich habe Bauchschmerzen«, sagte sie dann. »Als wäre in meinem Magen ein Stein. Ein dicker, großer Stein.«

»Seit wann ist das denn so?«, fragte Ruth.

Harriet kniff die Augen zusammen, schien zu überlegen. Dann tastete sie zur Tasche ihres Morgenmantels und zog einen Brief hervor. Harriet bekam jeden Freitag einen Brief von ihrer Mutter.

»Seit Freitag also«, schlussfolgerte Ruth und setzte sich neben Harriet. »Haben die Bauchschmerzen etwas mit dem Brief zu tun?«, fragte sie leise.

Harriet starrte aus dem Fenster, nickte dann. »Ich würde so gerne mit meiner Mutter sprechen«, sagte sie.

»Möchtest du sie anrufen? Ich bin mir sicher, dass es Mr Sanderson erlaubt, wenn du Sorgen hast.«

»Wir haben kein Telefon«, sagte Harriet.

»Magst du mir sagen, was in dem Brief steht?«

Harriet schaute Ruth an, runzelte die Stirn. »Warum bist du so nett zu mir, wo ich doch so fies zu dir war?«

Ruth musste darüber nachdenken. »Du hast Vorurteile«, sagte sie dann. »Du hast mich in eine Schublade gesteckt – und irgendwie kann ich das ja auch verstehen. Dieser Krieg macht Angst. Dass er mir mindestens genauso viel Angst macht wie dir, kannst du ja nicht wissen«, sagte sie dann. Sie biss sich auf die Lippe. »Und manchmal ist es schwer, die Sicht der anderen zu erkennen.«

»Meine Eltern sind getrennt. Sie haben sich scheiden lassen. Mein Vater sagt, das ist heute gar nicht mehr so schlimm, nachdem der König Mrs Simpson geheiratet hat, die ja auch zweimal geschieden ist.« Sie schüttelte den Kopf. »Aber Mrs Simpson ist Amerikanerin, und die sind alle exzentrisch. Und der König musste trotzdem abdanken.« Sie sah Ruth an. »Meine Mutter leidet sehr und meint, sie müsse jetzt mit der Schande leben, obwohl Papa sie weiterhin unterstützt – finanziell. Üppig ist es nicht, aber es reicht zum Leben.«

»Das ist sicherlich nicht einfach für dich.«

»Es weiß eigentlich keiner, ich habe es keinem erzählt, und auch Mama spricht nicht darüber – mit niemandem. Aber natürlich wissen es doch alle. Ich hasse diese mitleidigen Blicke, ich hasse es so sehr.« Dann stiegen Tränen in ihre Augen. »Ich will nicht anders sein als die anderen.«

Ruth rutschte zu ihr und nahm sie vorsichtig in den Arm. »Ich weiß genau, was du meinst«, sagte sie leise.

»Sind deine Eltern auch geschieden?«, fragte Harriet und putzte sich die Nase.

Kurz überlegte Ruth, ob sie versuchen sollte, dem Mädchen zu erklären, wie die Nazis sie nach und nach aus der Gesellschaft ausgeschlossen hatten. Aber das würde zu weit führen, und sie wusste auch nicht, ob Harriet es verstünde.

»Nein«, sagte sie deshalb nur. »Hast du in der Klasse eine richtig gute Freundin?«

Harriet nickte. »Selma, aber sie wohnt am anderen Ende von Frinton-on-Sea. Bei den Fishers.«

»Ich werde mich erkundigen, ob Selma nicht hierherkommen oder ob du zu den Fishers ziehen kannst. Weiß Selma Bescheid?«

»Ja«, sagte Harriet. »Und sie steht trotzdem zu mir.«

»Ich versuche das zu regeln«, meinte Ruth und stand auf. »Ich glaube, du brauchst etwas zu essen. Ich habe noch Hühnersuppe – das Allheilmittel meiner Großmutter.« Sie ging zum Herd, wo noch der Rest der Suppe stand, und zog ihn auf einen der Heizkreise. Schon bald duftete es köstlich.

Harriet löffelte die Suppe, aber ihre Miene änderte sich nicht. »Es ist lecker«, sagte sie verzagt. »Und die heiße Suppe tut tatsächlich gut, danke.«

»Gibt es noch etwas anderes, das dich beschäftigt?«

Harriet senkte den Kopf. »Ja«, wisperte sie. »Da sind diese Radiomitteilungen, diese Gerüchte und dann gestern – der Alarm. Ich habe so Angst.«

»Wir haben alle Angst«, versuchte Ruth sie zu beruhigen.

Harriet sah sie an, schien abzuwägen. Dann schließlich seufzte sie. »Mein Bruder ist drüben. Er ist Soldat. Und ich weiß nicht, wo er gerade ist und wie es ihm geht. Meine Mutter weiß es auch nicht.« Ihre Unterlippe zitterte, dann brach sie in Tränen aus. Ruth nahm sie in die Arme, wiegte sie. Es gab nichts, was sie sagen konnte, hierbei gab es keine Worte des Trostes.

Am Nachmittag, als Ms Jones und die Mädchen aus der Schule kamen, passte Ruth einen ruhigen Moment ab und bat die Lehrerin um ein Gespräch.

»Ich habe mich ein wenig um Harriet gekümmert.« Sie wollte nicht zu viel verraten, aber doch die Dringlichkeit der Situation schildern.

»Das war nett von dir«, sagte Ms Jones und runzelte die Stirn. »Aber durch dieses Übel müssen wir Frauen nun mal einmal im Monat durch.«

»Es ist nicht ihre monatliche Blutung, die Harriet zu schaffen macht. Sie … sie macht sich große Sorgen.« Ruth suchte nach den richtigen Worten. »Wissen Sie etwas über Harriets Familie?«

Ms Jones überlegte. »Ich glaube nicht. So vertraut bin ich mit den meisten Schülerinnen nicht, und Harriet gehört zu denen, die sich immer zurücknehmen.«

»Sie hat einen älteren Bruder«, erklärte Ruth. »Er ist Soldat. Er ist … drüben …«

»Du liebes bisschen«, seufzte Ms Jones. »Kein Wunder, dass das arme Kind sich Sorgen macht.«

Ruth nickte.

»Nun, sie wird nicht die Einzige sein, die jemanden an der Front hat.«

»Sie ist aber sehr empfindsam«, versuchte Ruth es noch einmal. »Und ich glaube, es wäre gut, wenn sie ein wenig moralische Unterstützung hätte.«

»Wie soll das gehen?«, fragte Ms Jones. »Ich kann doch jetzt nicht jedes Mädchen, das ein wenig Kummer hat, an die Hand nehmen.«

»Sie können das nicht, aber eine Freundin vielleicht. Und sie hat eine gute Freundin – Selma, den Nachnamen weiß ich nicht.«

»Selma? Das muss Selma Underhurst sein. Und was ist mit ihr?«

»Selma ist auf der anderen Seite von Frinton-on-Sea untergebracht. Vielleicht kann sie hierherziehen, oder Harriet könnte zu ihr?«

»Oh«, sagte Ms Jones. »Oh. Was für eine Idee! Ich denke nicht, dass das möglich ist«, sagte sie dann. »Stell dir vor, das würde Schule machen, und jedes der Mädchen würde woanders hinwollen – was ein Chaos und welche Unruhe. Nein, das wird nicht möglich sein.«

»Aber vielleicht könnten die beiden wenigstens am Wochenende Zeit miteinander verbringen?«

»Hm, das ließe sich womöglich einrichten. Ich werde einmal darüber nachdenken. Danke für deine Anteilnahme.« Sie räusperte sich. »Aber jetzt solltest du dich wieder deinen Aufgaben widmen.«

Ja, dachte Ruth wütend. Meine Aufgaben … Hinter euch her putzen und eure Münder stopfen, dafür bin ich gut genug.

Es dauerte nur zwei Tage, bis der nächste Fliegeralarm kam. Diesmal war Ruth mit Jill und Olivia allein im Haus. Wieder griffen sie nach den Gasmasken, liefen, so schnell sie konnten, zum Graben und warfen sich hinein. Und wieder war Ruth schlecht vor Angst, aber kein Bomber war am Himmel zu sehen.

Am Wochenende war der nächste Alarm. In den frühen Morgenstunden wurden sie durch das Heulen der Sirenen geweckt, die Mädchen liefen kreischend und schreiend nach draußen. Der Graben war inzwischen zu einer Matschgrube geworden. Diesmal meinte Ruth in der Ferne Flugzeuge zu sehen, doch das sagte sie niemandem.

Als am Sonntag wieder die Sirene erklang, blieb Ruth im Haus. Olivia hatte Jill auf den Arm genommen und war mit ihr losgelaufen. Doch Ruth wollte nicht wieder in den Graben. Die Gasmaske war schlimm genug. Stattdessen ging sie in ihr Zimmer, schaute aus dem Fenster. Im Osten waren Wolken zu sehen. Waren das wirklich Wolken? Oder tobte dort über der Küste die Schlacht? Nein, sagte sich Ruth, so weit kann man nicht schauen.

Etwas in ihr hatte sich verändert. Die Angst war immer noch da und auch das dringende Bedürfnis, in diesen Zeiten bei ihrer Familie zu sein. Aber Ruth wollte nicht mehr mit den anderen in die nassen Gräben. Wenn sie schon sterben musste, dann hier, im Haus, bei ihrem Tagebuch und bei den Briefen von ihrer Familie. Sie setzte sich an ihren kleinen Tisch und schrieb ihrer Mutter – so hatte sie wenigstens ein bisschen das Gefühl, ihr nahe zu sein. So, dachte sie, kann ich auch sterben, wenn es denn sein muss. Lieber wäre ich wirklich bei meiner Familie.

Der Mai neigte sich dem Ende zu – das Wetter wurde schlechter nach Tagen des Sonnenscheins. Im Radio wurde von Kämpfen berichtet, das niederländische Königshaus war nach London geflüchtet, die Niederlande hatten kapituliert.

Immer noch gab es keine klaren Nachrichten, was den Kriegsverlauf betraf.

Am 24. Mai – einem Freitag – kam Ruth gerade aus dem Hühnerstall, als ein kleiner Wagen auf den Hof fuhr. In ihm saßen Edith und eine junge Frau, die Ruth nicht kannte.

»Edith!«, rief Ruth erleichtert. »Edith, ich hoffe, du bringst gute Nachrichten.«

»Ist Mrs Sanderson da?«, fragte Edith, nachdem sie Ruth herzlich begrüßt hatte.

»Sie ist im Gemüsegarten«, sagte Ruth. »Möchtest du einen Kaffee? Ich habe noch ein paar der Kaffeebohnen, die du mitgebracht hattest.« Dann drehte sie sich um. »Oh, wie unhöflich von mir. Ich habe Sie noch gar nicht begrüßt«, sagte sie zu der jungen Frau, die ebenfalls aus dem Wagen gestiegen war und sich neugierig umschaute, auf Englisch.

»Das ist Miriam Goldstein«, sagte Edith auf Deutsch und lächelte. »Miriam sucht eine neue Stelle.«

»Wirklich?« Im ersten Moment konnte Ruth es gar nicht fassen. »Ganz bestimmt?«, fragend sah sie erst Edith, dann Miriam an.

Miriam nickte. »Meine bisherigen Arbeitgeber sind zu ihrer Familie nach Schottland gezogen und konnten mich nicht weiter beschäftigen. Aber ich brauche eine Arbeit, ich brauche das Einkommen, denn meine Eltern sind auch hier in England und quasi mittellos.« Wieder sah sie sich um. »Ein recht großes Haus ist das. Was sind deine Aufgaben?«

Ruth führte die beiden in die Küche, kochte Kaffee und schnitt ein paar Scheiben Brot ab, legte Speck dazu.

»Speck«, sagte Miriam. »Ich habe ewig keinen so guten Speck gegessen.«

»Im Rauch hängen noch zwei Schinken«, sagte Ruth. »Hungern muss man bei den Sandersons nicht.«

»Das klingt nach einem ›aber‹?«

»Mrs Sanderson ist manchmal schwierig und herrschsüchtig«, sagte Ruth leise. Sie überlegte, wie ehrlich sie sein sollte, schließlich wollte sie Miriam nicht vertreiben.

»Und Mr Sanderson? Gibt es einen Mr Sanderson?«

»Ja. Er ist nett.«

Miriam zog die Augenbrauen hoch. »Wie nett?«, fragte sie in einem seltsamen Tonfall.

»Freundlich. Er ist Bauer, liebt seine Tiere und vergisst immer, die Stiefel auszuziehen.«

»Aber ansonsten?«

Ruth wusste nicht, worauf sie hinauswollte.

Sie lachte bitter auf. »Geht er dir an die Wäsche?«

»Nein! Nein, so einer ist er nicht. Nein!«

»Gut. Mit einer herrschsüchtigen Frau komme ich klar, mit einem Mann, der seine Finger nicht bei sich halten kann, nicht«, sagte sie resolut.

Jill war ihnen in die Küche gefolgt und schaute Miriam mit großen Augen an. Dann lächelte sie. »Sprichst wie Ruth«, sagte sie.

»Ja, mein Spätzchen, aber ich kann auch Englisch.« Tatsächlich sprach sie ein recht passables Englisch.

»Sie ist schon seit zwei Jahren hier«, erklärte Edith.

Miriam hatte Jill hochgehoben und neben sich auf die Bank gesetzt, die beiden unterhielten sich, und Jill war ganz begeistert, als Miriam ihr kleine Brote mit Speck zurechtschnitt und ihr gab.

»Mami«, rief daher Jill fröhlich, als Olivia in die Küche kam. »Schau, wir haben Besuch.«

»Das Auto ist ja nicht zu übersehen«, sagte Olivia mürrisch.

Hoffentlich, dachte, ja flehte, Ruth, hoffentlich akzeptiert Olivia das neue Mädchen und lässt mich gehen.

Kapitel 20
Krefeld, Mai 1940

Obwohl es schon mehrfach Probealarm gegeben hatte, kam der Ton der Sirenen überraschend. Hans saß mit seiner Mutter und seinen Großeltern in der Küche, sie hörten leise Radio, obwohl auch das mittlerweile verboten war. Die Geräte waren eingesammelt worden. Doch Hedwig hatte ihren kleinen Volksempfänger versteckt, und nun holten sie ihn mittags und abends heraus, um heimlich Nachrichten zu hören.

Die Sirene schreckte sie alle auf.

»Was machen wir nun?«, fragte Omi voller Angst.

»Fliegeralarm«, sagte Opi. Obwohl er inzwischen sehr schwerhörig war, war dieses Geräusch so laut und eindringlich, dass auch er es vernahm.

»Wir müssen in einen Bunker«, stammelte Hans.

»Wir dürfen in keinen Bunker«, sagte Hedwig. »Kommt, wir gehen in den Keller.«

»Ich bleibe hier«, nuschelte Großmutter Emilie.

»Nein, du kommst mit«, entschied Hedwig. »Hilf mir, Hans.«

Eilig stiegen sie die enge Treppe nach unten. Die Kellertür

hatte Opi von einem Bekannten mit Stahl verstärken lassen, aber dennoch bot der Kellerraum keinen ausreichenden Schutz vor Bomben.

Nachdem sie Großmutter auf einen der Stühle gesetzt hatten, eilte Hans noch einmal nach oben und griff nach dem kleinen Radiogerät. Er hatte gerade die Kellertür hinter sich geschlossen, als eine leichte Erschütterung durch den Boden ging. Erschrocken sahen sie sich an, das war ein Einschlag gewesen – weiter weg, aber trotzdem: Es war eine Bombe gefallen.

»Es ist kein Probealarm. Diesmal nicht«, wisperte Hedwig.

»Das ist ein gutes Zeichen«, meinte Hans. »Die Nazis sind erst heute gegen die Westfront marschiert, und schon schlagen die Alliierten zurück.« Er sah die anderen an. »Das muss ein gutes Zeichen sein.«

Da sie keine öffentlichen Bunker benutzen durften, hatten sie den Gewölbekeller vorsorglich ein wenig hergerichtet. Sie hatten ein paar Stühle hinuntergebracht, Kerzen bereitgestellt. Aber mit einer Bombardierung hatten sie nicht wirklich gerechnet, auch wenn immer wieder davor gewarnt worden war.

Noch hatten sie Strom, aber die kleine Lampe flackerte. Hans versuchte, das Radio in Gang zu setzen, doch hier unten hatte es keinen Empfang.

Er schaute sich um, es war muffig hier, staubig. Der Boden schien aus gestampftem Lehm zu bestehen, die Wände waren aus unverputzten Backsteinziegeln. Davor standen die Holzregale, die schon immer, schon seit Hans denken konnte, dort standen. Früher waren sie von oben bis unten mit Konserven und Gläsern gefüllt gewesen – Omi hatte immer eingekocht und eingeweckt, hatte Dosenfleisch hergestellt. Es gab noch ein paar vereinzelte Reste, aber sie waren verstaubt und fast vergessen. Omi war schon alt, und das Einkochen war jedes Mal sehr mühsam und mit viel Arbeit verbunden gewesen, aber jetzt, in den Zeiten der Rationierungen hätten sie die Konserven brauchen können. Doch nun gab es nicht mehr genug, um etwas zu verwerten. Sie kamen immer nur sehr knapp über die Runde, und so manchen Abend ging Hans mit knurrendem Magen ins Bett.

Manchmal kam es ihm so vor, als sei er dazu verdammt, hier auf das Ende zu warten, und das machte ihn unendlich mürbe. Wann immer er konnte, verließ er die beengte Wohnung, ging zum Altrhein oder in das Hülser Bruch – irgendwohin, wo er allein war. Stundenlang lief er durch die Gegend und zermarterte sich den Kopf, um einen Ausweg zu finden. Manchmal ging er auch zu Aretz. Dort wartete Rita immer schon auf ihn und versuchte, ihn aufzumuntern. Sie war ein so liebes Mädchen, so feinfühlig, und Hans war froh, dass es sie und ihre Familie gab. Gleichzeitig wollte er sie durch seine Besuche nicht in Gefahr bringen.

Außerdem hatte er auch ein schlechtes Gewissen seiner Mutter gegenüber. Sie verbrachte den Tag dann allein mit Omi und Opi und mit Großmutter Emilie, die Pflege und Aufmerksamkeit brauchte, und wurde immer verhärmter und trauriger.

Nur an den Abenden, wenn sie Karten oder Brettspiele spielten, war es ein wenig so wie früher.

Endlich, es kam Hans so vor, als wären Stunden vergangen, kam der Signalton zur Entwarnung.

Er sprang auf und lief nach oben, öffnete die Tür und ging in die Küche. Alles sah aus wie zuvor. Dann trat er in den Hof. Auch hier wirkte alles normal. Aus den Nachbarhöfen konnte er Stimmengemurmel hören. Auch andere schienen die Lage zu überprüfen. Nichts roch verbrannt. Vorsichtig schlängelte er sich den schmalen Weg, kaum mannsbreit, zwischen den Häusern entlang zur Straße und öffnete die hölzerne Pforte. Auch dort standen Leute, schauten sich um, aber nichts war zu sehen.

»Die haben das Stahlwerk bombardiert!«, rief irgendjemand. »Die Stahlwerke wurden getroffen!«

Erleichtert seufzte Hans auf. Die Stahlwerke waren auf der anderen Seite der Stadt, Richtung Willich. Er ging zurück ins Haus.

»Wir müssen den Keller unbedingt ein wenig besser einrichten«, seufzte Omi. »Falls es nun häufiger Alarm geben sollte. Wir brauchen bequemere Stühle, einen Eimer für die Notdurft, und auch Wasser sollten wir dort haben.«

»Du hast recht«, sagte Hedwig. »Aber erst einmal werde ich dort gründlich sauber machen.«

Omi nickte. »Ich hätte nie gedacht, dass es so weit kommen würde. Ich hätte nie gedacht, dass uns Hitler so weit bringt – und wir wieder so tief fallen. Hat denn keiner aus der Geschichte gelernt?«

»Was ist passiert?«, fragte Opi Hans. »Weißt du es schon? Haben sie im Radio etwas gesagt?«

Hans holte das kleine Gerät wieder in die Küche, stellte es an. Die einzige Meldung, die kam, war: »Das Reichsgebiet ist feindfrei! Keine feindlichen Flieger in Sicht!«

»Sie haben das Stahlwerk bombardiert«, sagte Hans. »Ich weiß aber nicht, ob sie getroffen haben. Jetzt scheinen sie weg zu sein.«

»Was hast du gesagt?«, fragte Opi, lehnte sich vor und hielt sich die Hand hinter das Ohr. »Was?«

»Die Stahlwerke«, brüllte Hans. »Sie haben die Stahlwerke bombardiert.«

»Haben sie getroffen?«, brüllte Opi zurück.

Hans zuckte nur mit den Schultern.

Der Bombenangriff auf die Stahlwerke hatte keinen bedeutenden Schaden angerichtet. Man sagte, einige Bomben seien auch auf Mönchengladbach gefallen, doch habe es dort glücklicherweise nur wenige Tote zu verzeichnen gegeben.

Am nächsten Tag schon richteten Hans und Hedwig den Keller her. Hedwig putzte, Hans trug die leeren Regale nach oben und brachte stattdessen bequemere Stühle nach unten, dazu einen kleinen Tisch, ein Kartenspiel, einen Eimer für die Notdurft, mit etwas Kalk gefüllt, Papier und Stifte, Wasser und einige Bücher. Selbst einen kleinen Teppich fand Hedwig noch auf dem Dachboden.

»Schön ist es nicht, aber auch nicht mehr nur ein Keller«,

sagte Hedwig. »Vielleicht müssen wir hier sterben – aber dann hatten wir es bis dahin einigermaßen bequem.«

»Mutti!«, sagte Hans entsetzt. »Wie kannst du so etwas nur denken?«

»Wie könnte ich es nicht, Hans?«, sagte Hedwig traurig. »Ich bereue sehr, dass ich dich nicht mit deinem Vater habe gehen lassen.«

Hans senkte den Kopf. »Die Engländer werden die Nazis besiegen, Mutti. Sie sind ja schon dabei.«

»Hoffentlich«, antwortete Hedwig, doch man hörte ihr an, dass sie nicht daran glaubte.

Omi und Hedwig packten auch einen Koffer mit Dokumenten, dem letzten Schmuck und den wenigen Wertsachen, die sie noch besaßen. Sie stellten den Koffer an die Tür, dort, wo sie ihn schnell greifen konnten – ob sie nun nach draußen oder nach unten flohen.

Doch obwohl sie nun ständig damit rechneten, gab es keinen weiteren Fliegeralarm in den nächsten Tagen.

Wenige Tage später ging Hans zu den Aretz. Mit Rita spazierte er durch den Stadtwald, dann kehrten sie in die Wohnung der Aretz zurück und spielten Karten.

Hans Aretz kam von der Arbeit, drückte seiner Frau einen großen Karton in die Hände und stellte das Radio an.

Stolz wurde vom Vormarsch der deutschen Truppen in das Feindesland berichtet. Die Niederlande hatten schon kapituliert.

»Die Truppen rücken nach Westen vor«, sagte Hans Aretz

betroffen. »Was hat Hitler denn nun noch vor? Einen Krieg gegen Frankreich und England?«

»England und Frankreich haben uns doch den Krieg erklärt«, sagte Helmuth und nahm sich noch eine Scheibe Brot. »Unser Ortsgruppenführer hat gesagt, dass Hitler beide Länder vernichten wird. Aber so ganz glaube ich nicht daran. Der sagt ja immer viel, wenn der Tag lang ist. Wohlmöglich will er auch noch Russland erobern.«

Aretz zog die Augenbrauen hoch. »Das würde ich dem Schreihals glatt zutrauen.«

»Nimm dir auch noch ein Brot, Hans«, sagte Josefine Aretz. »Du bist so dünn geworden.«

»Weil er gewachsen ist«, sagte Rita und lächelte. »Du wirst einmal ein sehr großer Mann werden.«

»Ich glaube nicht, dass ich noch wachse«, sagte Hans. »Ich bin doch schon achtzehn.« Hungrig nahm er sich eine weitere Scheibe Brot und belegte sie mit Wurst. Als er nur noch ein kleines Stück in der Hand hatte, hielt er inne. »Ich … ich hätte es nicht essen sollen«, murmelte er dann.

»Warum denn nicht, Junge? In deinem Alter musst du essen. Schau dir Helmuth an, wenn er könnte, würde er den ganzen Tag etwas in sich hineinstopfen.« Aretz klopfte seinem Sohn Helmuth freundschaftlich auf die Schulter. »Nicht, dass du einen Bandwurm hast, mein Sohn«, sagte er zwinkernd.

»Ich hätte das Brot aufheben und mitnehmen sollen. Sie hungern doch alle. Mutti ist ganz dünn geworden«, sagte Hans beschämt.

»Ich bring dich gleich nach Hause«, sagte Aretz und sah seine Frau an.

Wortlos stand Josefine auf, nahm ein Netz vom Haken und füllte es mit allerlei Lebensmitteln aus dem Karton, den Aretz mitgebracht hatte.

Immer wieder hatten die Aretz' Lebensmittel zu den Meyers in die Klosterstraße gebracht, dennoch verschlechterte sich deren Situation zusehends.

Obwohl es ein schöner, lauer Maiabend war, fröstelte es Hans, als er mit Aretz durch die Stadt ging.

»Wir haben immer noch nichts von Onkel Karl und Tante Martha gehört«, sagte er. »Mutti macht das schier verrückt. Vor allem jetzt, wo die Braunen nach Frankreich marschieren.«

»Ich denke, es geht ihnen gut«, sagte Aretz. »Wir haben zwar auch nichts gehört, aber immer noch Kontakt in die Niederlande. Schlechte Nachrichten reisen schneller als gute, sag ich mir immer. Wenn ihnen etwas passiert, werden wir es erfahren.«

»Die Niederlande haben kapituliert.«

»Ja, Hans, das haben sie wohl. Und Belgien wird folgen. Ich kann nur hoffen, dass England und Frankreich standhaft sein werden.«

»Und wenn nicht?«

»Dann werden die Braunen über ganz Europa herrschen – eine grausame Diktatur, die ich weder euch Kindern noch den Kindeskindern wünschen würde.«

»Mutti hat immer gesagt, dass dieser braune Fluch bald

vergehen wird. Opi meinte das auch, aber nun sieht es nicht danach aus«, meinte Hans betrübt. »Ich wünschte, ich könnte etwas tun.«

»Du tust ja schon was – du stehst deiner Familie bei. Unterschätz das nicht.«

»Aber ich bin nur da – machen kann ich nichts.«

»Ich bin mir sicher, dass es bald einige Leute geben wird, die keinen weiteren Krieg mehr führen wollen, dass es Protest gegen die Nazis geben wird.«

»Wirst du dann mitmachen?«, fragte Hans.

Aretz überlegte. »Nein, ich bin niemand, der politisch aktiv ist. Dazu fehlen mir der Mut und das Hirn. Ich bin ja nur ein Mechaniker, kein Denker.«

»Du machst aber doch schon so einiges …« Hans sah zu dem Netz voller Lebensmittel, das Aretz trug. »Du hilfst uns, und das ist verboten.«

»Ja, es ist verboten, aber es ist ein Akt der Nächstenliebe«, sagte Aretz. »Ich könnte mir nicht mehr ins Gesicht sehen, wenn ich es nicht täte.«

Während sie gingen, drehte sich Aretz immer wieder um, schaute über seine Schulter.

»Wir müssen aufpassen«, flüsterte er. »Ich muss aufpassen. Es gibt neidische Leute, die mich beobachten und sich freuen würden, wenn die Gestapo mich einkassierte. Sie wollen, dass ich den Arm hoch- und das Maul aufreiße und laut ihre Parolen mitbrülle, aber das wird nicht geschehen, niemals.« Er runzelte die Stirn. »Wir sollten einen Weg finden, der unauffälliger ist«, murmelte er.

Als sie zum Haus in der Klosterstraße kamen, ging Hans nicht zur Haustür, sondern durch die kleine Pforte neben dem Haus, dort führte ein Gang zur Hintertür.

»Das ist es«, sagte Aretz. »Daran habe ich ja gar nicht gedacht.«

Hans sah ihn fragend an, doch Aretz schob den Jungen in die Küche.

»Aretz!«, sagte Omi und stand auf, um ihn zu begrüßen. Sie wirkte fahrig. »Wie nett, Sie zu sehen. Und Sie haben uns Hans wiedergebracht.«

»Liebe Frau Meyer, geht es Ihnen nicht gut?«, fragte Aretz besorgt.

»Sie schläft kaum«, sagte Hedwig und begrüßte Aretz ebenfalls. »Und ihre Nerven sind nicht die besten.«

»Ach«, winkte Wilhelmine ab. »Das ist nur im Moment so. Es ist … die Situation. Aber es wird ja nicht immer so bleiben.«

»Wer muss bleiben?«, fragte Valentin, er hatte noch nicht mitbekommen, dass Aretz da war, und sah ihn nun überrascht an. »Welch eine Freude. Geht es Ihnen und Ihrer Frau gut?«

Aretz nickte. »Und Ihnen? Wie geht es Ihnen?«, fragte er laut.

»Ich kann nicht besser klagen«, sagte Valentin.

Aretz wandte sich wieder Wilhelmine und Hedwig zu. »Ich habe Ihnen ein paar Sachen mitgebracht. Brot, Speck und Fett.«

»Danke, Hans«, sagte Wilhelmine mit Tränen in den Augen. »Das können wir gut gebrauchen ...« Sie schüttelte den Kopf, drehte sich um und verließ den Raum.

»Sehen Sie«, sagte Hedwig betrübt, »so ist sie die ganze Zeit. Ich glaube, ihre Nerven leiden.«

»Kann man nichts tun?«, fragte Aretz betroffen.

»Ich wüsste nicht, was«, sagte Hedwig. »Wir Juden dürfen keine Ärzte mehr konsultieren. Es gibt in der Stadt nur noch Dr. Hirschfelder, den Kinderarzt. Er darf natürlich auch nicht mehr offiziell praktizieren, aber er kümmert sich um uns alle aus der Gemeinde. Er kommt morgen, um nach meiner Mutter zu sehen.« Sie seufzte. »Irgendwoher bekommt er unter der Hand auch noch Medikamente – nicht viel, aber für dringende Fälle reicht es wohl.«

»Hat er etwas, was Ihrer Mutter helfen kann?«, fragte Aretz.

»Er hat Schlafmittel, damit sie wenigstens zur Ruhe kommt. Sie weint nachts oft. Man hört so viel – schlimme Dinge.«

Aretz nickte. »Wir hoffen alle sehr, dass die Briten und Franzosen diesem Kriegswahn endlich ein Ende setzen.«

»Ja, darauf setzen wir auch unsere Hoffnung, doch die Berichte im Radio sprechen ja dagegen. Anscheinend rücken unsere Truppen immer weiter vor und vor.«

»Die Engländer und Franzosen sind den Nazis weit überlegen«, sagte Hans. »Sie werden die Nazis besiegen, anders kann es nicht sein.«

Der Mai war schon weit fortgeschritten, als eines Abends die Gestapo vor ihrer Tür stand und Hans Aretz abholte.

»Was wird mir vorgeworfen?«, fragte er ruhig.

Josefine versuchte mit aller Macht, ihre Tränen zurückzuhalten, doch es gelang ihr nicht. »Mein Mann hat nichts getan«, sagte sie.

»Wir wollen nur mit Ihnen reden, Herr Aretz«, sagte der Mann im langen schwarzen Mantel, den Hut tief in die Stirn gezogen, und schob Josefine zur Seite.

Hans Aretz küsste seine Frau. »Mach dir keine Sorgen, es wird schon gut gehen. Das tut es doch immer.« Doch über ihre Schulter hinweg sah er Helmuth, der verschlafen aus seinem Zimmer gekommen war, eindringlich an. Helmuth verstand den Blick, nickte. Er würde auf Mutter und Schwester achten, das versprach er wortlos.

Sie brachten Aretz in die Gestapowache in der Goethestraße. Im Flur saß ein alter Mann, nach vorn gebeugt und zitternd.

Hans Aretz erkannte Valentin Meyer, doch er ging wort- und grußlos an ihm vorbei, es wäre zu gefährlich für beide gewesen, sich zu kennen.

Aretz wurde in das Verhörzimmer geführt, sie nahmen seine Personalien auf.

»Ich bin nicht das erste Mal hier«, sagte Aretz lakonisch. »Sie werden doch meine Daten haben?«

Darauf ging der Gestapomann gar nicht ein. Stoisch fragte er alle Daten ab, trug sie umständlich in einen Fragebogen ein. Dann nahm er Aretz' Ausweispapiere, verglich sie mit den Unterlagen, gab sie Aretz wieder zurück.

»Sie sind Arier«, sagte er dann und musterte Hans Aretz.

»Nun ja, Sie ja auch«, sagte Aretz.

»Sie sind aber erst spät in die Partei eingetreten.«

Darauf antwortete Aretz nicht. Er hatte in die Partei eintreten müssen, um seine Stelle zu behalten.

»Sie gehen nicht zu Versammlungen und zu Paraden.« Es war eine Feststellung, keine Frage.

»Was Sie nicht alles von mir wissen.«

»Warum tun Sie das nicht?«, fragte der Mann.

»Ich bin nicht sonderlich politisch«, antwortete Aretz.

»Aber sollten Sie nicht trotzdem zeigen, dass Sie an unseren Führer glauben?«

»Bin ja in die Partei eingetreten, dachte, das reicht. Ich geh meiner Arbeit nach und unterstütze so das Reich«, sagte Aretz.

»Sie sind mit Juden befreundet.« Wieder war es eine Feststellung, keine Frage.

»Ach?«, sagte Aretz nur. »Wer ist es denn? Ich kümmere mich auch nicht so um Religion. War schon seit Jahren nicht in der Kirche. Ist ja auch nicht so beliebt, heutzutage.«

»Sie wissen genau, wen ich meine.«

Aretz überlegte, dann lächelte er. »Nein. Tatsächlich weiß ich das nicht. Viele Freunde habe ich eh nicht, hab nicht viel Zeit neben Arbeit und Familie, wissen Sie?«

»Ich meine die Familie Meyer.«

»Ach so! Ich war bei Karl Meyer angestellt«, erklärte Aretz nun. »Als Chauffeur. Hab gut verdient. Aber der ist ja weg. Ich weiß noch nicht einmal, wo der hin ist. Palästina?«

Der Gestapomann kniff die Augen zusammen und musterte Hans Aretz. »Sie haben doch noch Kontakt zu Karl Meyers Eltern, Valentin und Wilhelmine Meyer, wohnhaft auf der Klosterstraße. Man hat sie dort gesehen.«

Aretz beugte sich vor und sah den Mann an. »Valentin und Wilhelmine Meyer sind sehr, sehr alte Menschen. Ich war neulich dort, weil sie Probleme mit ihrem Ofen hatten. Ihr Sohn, Karl Meyer, ist mein ehemaliger Arbeitgeber und er war immer sehr gut zu mir und meiner Familie. Deshalb habe ich diesen alten Menschen mit ihrem Ofen geholfen.«

Nun kniff Aretz die Augen zusammen. »Sie müssen etwas jünger sein als ich. Meine Eltern sind schon tot. Mein Vater ist 1917 an der Front gestorben. Meine Mutter vor ein paar Jahren.«

»Das tut mir leid«, sagte der Gestapomann verwirrt.

»Haben Sie Eltern?«, fragte Aretz nun.

»Natürlich.«

»Wie alt sind sie?«

»Sie sind noch rüstig, aber was hat das damit zu tun?«

»Wenn Ihre Eltern mal nicht mehr rüstig sind, wären Sie auch froh, wenn ihnen jemand mit der Heizung helfen wird, glauben Sie mir.«

»Die Meyers sind Juden.«

»Die Meyers sind alte Leute. Sie tun niemanden etwas – sie sind nur alt.«

»Sie sind Juden«, wiederholte der Gestapomann verärgert.

Aretz schwieg.

»Sie bekommen zusätzliche Lebensmittelkarten.«

»Das stimmt«, sagte Aretz.

»Wieso?«

»Weil ich Nachtschichten mache, damit die Fleischfabrik rund um die Uhr arbeiten kann, und alle tapferen und redlichen Deutschen des Reichs mit Nahrung versorgt werden kann. Das wissen Sie doch genau.«

»Was machen Sie mit diesen zusätzlichen Lebensmitteln?«

Aretz lehnte sich zurück und lächelte, dann strich er sich über seinen Bauch. »Ich esse sie.«

»Alles?«

»Nein, ich teile mit meiner Frau und meinen Kindern.«

»Stimmt es, dass Sie Lebensmittel an die Familie Meyer abgeben?«

Nun setzte sich Aretz wieder auf, funkelte den Mann an. »Das ist doch verboten? Oder?«, sagte er laut. »Ich weiß, dass das verboten ist! Warum unterstellen Sie mir so etwas? Ich arbeite in einem kriegswichtigen Betrieb. Fragen Sie mal meinen Chef, was er von mir und meiner Arbeit hält!« Aretz schnaufte. »Sie dürfen mir so etwas nicht unterstellen, nicht einfach so.«

»Ich habe nur eine Frage gestellt«, sagte der Mann peinlich berührt, dann stand er auf. »Sie dürfen draußen warten.«

»Bin ich nicht fertig?«, fragte Aretz empört.

Der Gestapomann lächelte, ein gemeines Lächeln.

Dann öffnete er die Tür. »Meyer, reinkommen.«

Hans Aretz ging nach draußen, er schaute Valentin nur kurz an – der alte Mann wirkte ganz verschreckt.

Nun begann die Befragung von Valentin. Die Tür war nicht ins Schloss gefallen und stand einen Spalt offen. Aretz wartete voller Anspannung auf der Wartebank. Wie würde der alte Mann mit der Situation umgehen? Würde er Aretz verraten? War ihm überhaupt bewusst, worum es ging? Valentin war schon über achtzig Jahre alt und hatte in der letzten Zeit geistig stark nachgelassen. Dazu kam seine Taubheit. Durch sie bekam er immer weniger von dem mit, was um ihn herum passierte. Er las zwar immer noch die Zeitung, aber Hans Aretz bezweifelte, dass Valentin alles noch richtig einordnen konnte.

»Ihr Name?«

»Wie bitte?«

»IHR NAME?«, brüllte der Polizist.

»Meyer, Valentin Meyer«, sagte Valentin mit zitternder Stimme.

Die Befragung ging weiter – es war mühsam, und irgendwann gab der Gestapomann auf.

»Stimmt es, dass Hans Aretz Ihnen Lebensmittel bring?«, fragte er plötzlich.

»Bitte?«

»Aretz«, brüllte der Mann. »Er bringt Ihnen Essen!«

»Nein … nein … Aretz … nein. Er war der Chauffeur von meinem Sohn. Hans Aretz, ein anständiger Mensch.«

»BRINGT ER IHNEN ESSEN?«, brüllte der Mann wieder – er war aufgestanden und beugte sich nun über Valentin, der immer mehr in sich zusammensank.

»Nein … nein … nein …«

»BESUCHT ER SIE?«

»Nein … nein …«, schluchzte Valentin nun.

Der Mann ging zurück zum Schreibtisch, nahm eine Gerte und zog sie über Valentins Rücken. »Sie haben an der Tür gelauscht. Sie haben gehört, was Aretz gesagt hat. Ich will die Wahrheit wissen!« Und wieder schlug er zu.

»Nein!«, weinte Valentin nun und versuchte, seinen Kopf zu schützen. »Nein …«

Aretz sprang hoch, riss die Tür auf. »Sind Sie von allen guten Geistern verlassen, Mann?«, rief er. »Schämen Sie sich. Schämen Sie sich in Grund und Boden. Dieser Mann ist so gut wie taub, sehen Sie das nicht? Wie soll er gelauscht haben? Das ist doch schwachsinnig! Wenn es Ihre einzige Begabung ist, alte Leute mit der Peitsche zu schlagen, dann gehören Sie an die Front!«, brüllte er wütend und nahm dem Mann die Gerte weg, zerbrach sie über seinem Knie.

Zwei weitere Männer waren herbeigeeilt.

»Was ist hier los?«, fragte ein Mann, dessen Uniform ihn als Obersturmführer auswies, er war ranghöher.

»Dieser Mann, ein alter, tauber Jude, wurde befragt«, sagte Aretz selbstbewusst. »Ich kenne diesen Juden. Er ist der Vater meines ehemaligen Arbeitgebers. Mir wird vorgeworfen, dass ich ihm Lebensmittel gebe.« Er lachte kurz auf. »Aber sehen Sie sich ihn doch nur an – seine Kleidung schlottert, er ist alt und gebrechlich. Und er ist so gut wie taub. Dieser Untersturmführer hat ihm vorgeworfen, bei meiner Vernehmung gelauscht zu haben. Durch die Tür. Das ist absolut

lächerlich. Und dann hat er ihn mit der Peitsche gezüchtigt.«
Aretz holte tief Luft. »Ihre Arbeit in allen Ehren, aber man
muss einen alten, gebrechlichen, tauben Mann, der überhaupt nicht weiß, was man von ihm will, nicht mit der Peitsche schlagen.«

»Stimmt das?«, fragte der Obersturmführer.

»Ja. Er hat nur gejammert. Ich wollte eine Antwort.«

»Wie heißen Sie?«, fragte der Obersturmführer Valentin.

»Bitte?« Valentin hob sein tränenüberströmtes Gesicht,
sah ihn an, legte die Hand hinter das Ohr. »Bitte was?«

»Grundgütiger«, seufzte der Obersturmführer. »Lassen
Sie die beiden gehen. Wir haben wichtigere Dinge zu tun,
als uns mit tauben Greisen, die eh bald sterben, zu beschäftigen. Lass sie gehen. Beide.« Und schon ging er wieder, seine
Schritte hallten auf dem Boden.

Der Gestapomann atmete tief durch, dann sah er Aretz
wütend an. In seinem Blick lag eine Drohung.

»Gehen Sie!«, fauchte er. »Gehen Sie beide!«

»Nur für die Akte«, sagte Aretz ruhig. »Ich werde diesen
Mann jetzt nach Hause bringen, denn ich glaube nicht, dass
er den Weg allein schafft. Sie können sich das ja ruhig no-
tieren.«

Er nahm Valentin, der zitterte und wackelig war, am Arm.
»Ich bring Sie jetzt nach Hause«, sagte er sehr laut und deutlich.

»Nach Hause?«, fragte Valentin ungläubig.

Aretz nickte und führte ihn in den Flur. Sie würden eine

Weile brauchen, das wusste er, denn ein Taxi konnten sie nicht nehmen – das war Juden verboten. Und auch die Straßenbahn durften sie nicht nehmen.

Als sie auf die Goethestraße traten, kam ein Mann auf ihn zu. Aretz hatte ihn schon ein paarmal flüchtig gesehen, aber nie wirklich mit ihm zu tun gehabt.

»Guten Abend«, sagte der Mann. »Mein Name ist Kurt Isidor Hirschfelder. Ich bin der Arzt der Familie Meyer.« Er schaute zu Valentin. »Wie geht es dir?«, fragte er direkt in Valentins rechtes Ohr.

»Es muss, es muss ja«, antwortete Valentin.

Hirschfelder sah Aretz fragend an. »Ich bin mit dem Wagen da. Hans hat mich benachrichtigt, und ich wollte sehen, ob ich etwas tun kann.«

»Sie können ihn nach Hause bringen. Aber …« Aretz räusperte sich. »Ich fürchte, er hat unter sich gelassen. Sie waren nicht zimperlich mit ihm.«

Hirschfelder nickte. »Ich habe immer alte Handtücher im Auto, das bekommen wir schon hin. Soll ich Sie irgendwo hinbringen?«

»Darf ich mitfahren? Ich würde gerne ein paar Worte mit der Familie sprechen. Wir müssen jetzt noch vorsichtiger sein als bisher.«

»Natürlich.«

Valentin weinte immer noch leise, als sie ihn in das Haus in der Klosterstraße brachten. Dort herrschte große Aufregung, und die Erleichterung, Valentin und Aretz zu sehen, war greifbar.

Wilhelmine brachte Valentin ins Schlafzimmer, half ihm, sich zu waschen und hinzulegen.

»Ich gebe ihm eine Beruhigungsspritze«, sagte Hirschfelder. »Dann kann er schlafen. Falls er morgen immer noch so durcheinander ist, müsst ihr mich rufen. Aber vielleicht beruhigt er sich ja schnell.«

»Meine Mutter«, sagte Hedwig zögerlich.

Hirschfelder nickte und zog ein kleines Tablettenröhrchen aus der Tasche. »Sie sollte immer nur eine nehmen. Die Tabletten sind stärker als die, die sie vorher hatte. Aber ich habe keine anderen mehr.«

»Sie muss auch zur Ruhe kommen, sie regt sich immer mehr auf, das kann nicht gut für sie sein«, sagte Hedwig bedrückt. Dann sah sie Aretz an. »Ich möchte alles wissen. Schonen Sie mich nicht. Wird mein Vater ins Lager kommen?«

Hans Aretz setzte sich an den Küchentisch, sah Hedwig an. »Haben Sie einen Schnaps?«, fragte er dann. »Ich kann einen brauchen.«

Hedwig holte die Flasche, schenkte ihm und sich ein, Hirschfelder lehnte dankend ab und ging nach oben, um nach Valentin zu schauen.

»Jemand muss mich beobachtet haben«, sagte Hans, nachdem er den Schnaps in einem Schluck getrunken hatte, »und hat mich dann denunziert.«

»Aber wer? Und warum?«, fragte Hedwig verzweifelt.

»Ist das wichtig? Ich will es gar nicht wissen.« Ihm saß der Schreck noch tief in den Knochen. Das alles hätte auch ganz anders ausgehen können, das wusste er. »Wir müssen unsere Strategie ändern. Ich darf nicht mehr hierherkommen, und wenn doch, dann nur in der Dunkelheit. Ich will weder Sie noch meine Familie in Schwierigkeiten bringen.«

»Sie haben schon so viel für uns getan«, sagte Hedwig. »Danke.«

»Nein, nein. Nun erst recht – ich lasse mir von den Nazis doch nichts verbieten. Sie werden weiter Lebensmittel von uns bekommen. Wir müssen nur einen anderen Weg suchen, und den habe ich neulich schon gefunden.«

Hedwig sah ihn verständnislos an. »Was meinen Sie?«

»Das kleine Törchen, den Nebeneingang. Ist das abgeschlossen?«

Hedwig schüttelte den Kopf.

»Dann kann Helmuth abends oder frühmorgens hierherfahren und ein Netz mit Lebensmitteln in den Gang hängen. Und das leere Netz von der Woche davor nimmt er einfach wieder mit. Helmuth ist mit seinem Rad ständig in der Stadt unterwegs, ihn werden sie nicht beobachten, so wie sie es nun mit mir tun werden.«

»Aber …«, sagte Hedwig zögernd.

»Kein Aber, so machen wir das. Und wenn das nicht funktioniert, denken wir uns etwas anderes aus.«

»Ich wünschte«, sagte Hedwig leise, »es gäbe mehr Menschen wie Sie.«

»Ja, dann gäbe es weniger Nazis«, sagte Aretz und tätschelte ihre Hand. »Ich muss jetzt gehen. Meine Familie macht sich sicherlich Sorgen um mich. Aber wir hören voneinander. Ich lasse Sie nicht im Stich.«

»Ich wünschte, Karl wüsste, was Sie alles tun. Er wäre sehr froh.«

»Karl wird es erfahren, früher oder später. Daran glaube ich fest.«

Kapitel 21

Frinton-on-Sea, 1. Juni 1940

Vor dem Wochenende waren Wolken aufgezogen, schwere, graue Decken, die tief am Himmel und über der Küste hingen. Immer wieder regnete es, und ein kalter Wind hatte das schöne Maiwetter vertrieben. Und auch jetzt, Anfang Juni, sah es nicht so aus, als würde es bald wieder aufklaren.

Das Radio lief schon, als Ruth an diesem Morgen in die Küche kam. Freddy saß am Küchentisch, er hatte sich selbst Tee gekocht.

»Guten Morgen«, sagte Ruth verwirrt und schaute auf die Uhr, die auf der Anrichte stand. Sie hatte nicht verschlafen.

»Ich konnte nicht schlafen«, sagte Freddy. »Es gibt einen Aufruf im Radio von der Navy. Wer kann, soll sein Boot zur Verfügung stellen, damit die Soldaten der British Expeditionary Force aus Frankreich evakuiert werden können.«

»Mit Fischerbooten?«, fragte Ruth entsetzt. »Warum kann die Navy das nicht selbst machen?«

»Die Navy, die Franzosen, selbst kanadische Marine ist schon vor Ort, so wie ich das verstanden habe. Aber sie brauchen jeden Mann. Ich warte auf Fletcher Holmes und Jack. Wir wollen beraten, ob wir uns anschließen.«

»Die Schlacht ist doch bei Dünkirchen«, sagte Ruth.

Vor ein paar Tagen hatte Freddy eine Karte aufgehängt und mit farbigen Stecknadeln die Truppenbewegungen, so wie sie im Radio durchgegeben wurden, markiert. Nun ging Ruth zu der Landkarte.

»Wir sind doch viel zu weit östlich. Und von Dover aus scheint es nur ein Katzensprung zu sein.«

»Wir könnten mit Fletchers Kutter bis nach Dover fahren und uns dann dort den Truppen anschließen.«

Ruth hörte Schritte auf der Treppe. Es war Miriam. Seit etwas mehr als einer Woche war sie nun hier. Ruth hatte ihr alles gezeigt, hatte ihr erklärt, was sie machen musste und worauf Olivia Wert legte. Mit Gleichmut, aber auch Eifer, hatte Miriam nicht nur zugehört, sondern auch gleich mit angepackt.

Olivia hatte alles erst kritisch, dann immer beruhigter verfolgt und sich gestern bereit erklärt, Miriam einzustellen. Ruth hatte sofort Edith eine Karte geschrieben, sie hoffte sehr, dass sie den Hof bald würde verlassen können.

»Guten Morgen«, sagte Miriam und schaute zum Ofen. Da Freddy ihn angeheizt hatte und auch schon Tee in der Kanne war, nahm Miriam einen Lappen und wischte den Tisch gründlich ab. Sie achtete sehr auf Sauberkeit, was Olivia gut gefiel. Allerdings war sie mit den Essgewohnheiten der Familie noch nicht ganz so vertraut.

»Es kommen gleich zwei Freunde von Mr Sanderson«, erklärte Ruth. »Sie werden ein gutes Frühstück wollen.«

Miriam überlegte. »Brot, Butter, Eier, Speck«, sagte sie dann. »Aber da war noch mehr.«

»Würstchen, Speck, gebackene Bohnen, Tomaten – wenn nicht frisch, dann aus der Dose. Dazu aber auch Marmelade. Wir brauchen reichlich, die Mädchen kommen auch gleich zum Frühstück. Du kümmerst dich um die Eier – gekocht und gebraten, ich übernehme die Würstchen und den Speck.«

Schon bald standen die ersten Sachen duftend und dampfend auf dem Tisch, gerade rechtzeitig, denn ein Wagen fuhr auf den Hof – es war der Fischer Fletcher Holmes, der auch Jack Norton mitbrachte.

Die Männer setzten sich, tranken heißen Tee und langten ordentlich zu. Schnell wurde Ruth klar, dass die Würstchen nicht ausreichten, also holte sie neue.

Es brutzelte und zischte, blubberte und röstete auf dem Herd, es roch köstlich, und man hätte denken können, dass sich hier Freunde zu einem fröhlichen Frühstück versammelten, wenn das Gesprächsthema nicht so ernst gewesen wäre.

Freddy hatte die Karte von der Wand geholt. »Angeblich sammeln sie sich seit Tagen hier bei Dünkirchen. Es soll noch Truppen bei Lille geben, die sich nun nach Dünkirchen zurückziehen.«

»Wie viel der BEF soll denn evakuiert werden?«, fragte Jack.

»Das weiß ich nicht, aber es klingt ernst. Ihr habt doch den Aufruf im Radio auch gehört.«

Fletcher nickte. »Eine Home Guard soll aufgebaut werden, ich habe mich schon freiwillig gemeldet.«

»Die Nazis werden doch nicht über den Kanal setzen«, sagte Jack und lachte, doch die beiden anderen stimmten nicht in sein Lachen ein. Bestürzt sah er sie an. »Ihr glaubt an eine Invasion?«

»Ich glaube an Gott«, sagte Fletcher. »Und alles andere überlasse ich Churchill. Ich weiß ganz sicher, dass er eine Invasion niemals zuließe.«

»Es ist nicht zu begreifen, dass die Nazis mit ihrem Blitzkrieg so schnell und so massiv gegen unsere Truppen vorgehen konnten.«

Ruth hatte gelauscht, und ihr war bei den Worten ganz flau geworden. Stand wirklich die Invasion der Deutschen bevor? War Miriam zu spät gekommen? Würde Ruth es noch rechtzeitig zu ihrer Familie schaffen?

Falls die Deutschen kommen, und ich bin dann immer noch hier in Frinton-on-Sea, dann bringe ich mich um, dachte Ruth, schüttelte dann aber den Kopf. Nein, sie wollte leben, und sie würde leben.

Nun, da Miriam die Zustimmung von Olivia hatte, würde sie ihre Sachen packen und gehen. Sie würde nicht auf Edith warten, sie würde heute noch das Haus verlassen.

»Was sagst du denn nun, Fletcher?«, wollte Freddy wissen.

»Ich weiß nicht. Wenn die Navy unsere Hilfe noch braucht,

werde ich fahren und die Jungs holen. Aber nur dann und nicht auf gut Glück.«

»Dann sollten wir uns erkundigen, wie der Stand der Dinge ist. Wenn du fährst«, sagte Freddy, »komme ich mit.«

»Ich auch«, schloss sich Jack an.

Fletcher trank seinen Tee aus, nickte ihnen zu und stand dann auf. »Ich melde mich noch heute Vormittag bei euch.« Dann stapfte er davon.

»Koch bitte Tee«, sagte Freddy zu Ruth. »Viel Tee. Den werden wir heute brauchen.« Dann stand auch er auf und ging zusammen mit Jack in den Stall, um die Kühe zu versorgen.

Nachdem die Mädchen und Ms Jones zum Unterricht gegangen waren, überließ Ruth Miriam die Küche und ging nach oben. Sie schaute sich in dem kleinen Zimmer um, das seit mehr als einem Jahr ihr Zuhause war. Zu einer Heimat war es nicht geworden, aber es war ihr inzwischen vertraut. Sie holte den Koffer hervor – den letzten von den elf Koffern, die sie mit nach England gebracht hatte – und legte sorgfältig ihre Wäsche hinein. Aus der Schublade holte sie ihr Tagebuch und die Briefe, die sie von ihrer Familie bekommen hatte. Es war ein ordentlicher Stapel geworden. Nach und nach räumte sie die wenigen Besitztümer zusammen. Dann nahm sie den Koffer und ging nach unten.

Olivia hatte gerade die Hühner versorgt und brachte die frischen Eier in die Küche.

Ruth atmete tief ein, ging dann auf sie zu. »Ich würde gerne fahren«, sagte sie.

»Wohin?« Olivia sah sie überrascht an.

»Zu meinen Eltern. Ich hatte versprochen, dass ich bleibe und Miriam alles zeige. Das habe ich getan. Und jetzt möchte ich gehen.«

»Aber nicht heute.«

»Doch«, sagte Ruth. »Jetzt. So schnell wie möglich.«

»Freddy wird vielleicht mit Fletcher nach Dünkirchen fahren – was ich für schwachsinnig halte, was soll so ein Fischkutter schon ausrichten? Deshalb kannst du nicht fahren – wir brauchen deine Hilfe. Allein schaffe ich das mit den Kühen und allem nicht.«

»Fragen Sie die Mädchen. Ruby wird sicher gerne helfen. Ich muss jetzt wirklich gehen«, sagte Ruth. Sie gab Miriam die Hand. »Alles Gute.«

»Danke. Und dir auch alles Gute. Mögen sich deine Wünsche erfüllen.«

Zu guter Letzt kniete sich Ruth vor Jill hin, nahm das kleine Mädchen fest in die Arme und drückte es an sich.

»Ich habe dich lieb, Jill, mein Mäuschen.«

»Ich dich auch.« Jill gab ihr einen feuchten Kuss auf die Wange. »Gehste weg?«

Ruth nickte und zwinkerte die Tränen weg, sie hatte das kleine Mädchen sehr ins Herz geschlossen.

»Kommst bald wieder?«

»Irgendwann schon, hoffe ich. Um dich zu besuchen«, sagte Ruth, wischte sich über die Augen und stand auf.

»Leben Sie wohl, Mrs Sanderson«, sagte sie und ging, ohne ihre Antwort abzuwarten, nach draußen.

»Also so was? Hat man so etwas schon gesehen?«, hörte sie noch die empörte Stimme, bevor die Tür hinter ihr ins Schloss fiel.

Ruth ging zum Stall, dort war Freddy gerade mit dem Melken fertig.

»Ich gehe jetzt«, sagte Ruth und reichte ihm die Hand. »Vielen Dank für alles. Ich hoffe, Miriam stellt sich gut an.«

»Du gehst?«, fragte er verwundert. »Jetzt?«

Ruth nickte. »Ich muss gehen. Ich muss zu meinen Eltern, bevor … bevor noch etwas Schreckliches passiert.«

Freddy nickte. »Ich verstehe dich«, sagte er. »Ihr wollt zusammen sein.« Dann sah er sie nachdenklich an. »Sie werden es versuchen, die Nazis werden versuchen, diese Insel zu erobern. Aber es wird ihnen nicht gelingen. Niemals.«

»Das hoffe ich sehr«, sagte Ruth. »Passen Sie gut auf sich auf.«

»Es wäre schön, wenn du dich melden würdest, Girlie. Irgendwann.«

Ruth nickte, dann holte sie ihr Fahrrad aus dem Schuppen, band den Koffer fest und fuhr los zum Bahnhof. Auf dem Weg kam ihr Fletcher Holmes entgegen. Er hielt an und kurbelte das Fenster hinunter. »Freddy ist auf dem Hof?«, fragte er. »Oder zieht er auch aus, so wie du?« Er zwinkerte ihr zu.

»Freddy wartet auf Sie«, antwortete Ruth. »Werden Sie nach Dünkirchen fahren?«

»Ich und jeder andere die Küste rauf und runter, der ein

Boot hat, das seetauglich ist. Unsere Jungs lassen wir nicht im Stich.« Er tippte an seine Mütze und fuhr weiter.

Am Bahnhof angekommen, versuchte Ruth, eine Fahrkarte bis nach Slough zu erwerben, doch das war nicht so einfach. Etliche Züge nach London waren gestrichen worden, viele Strecken wurden vom Militär blockiert. An diesem Tag würde sie nur bis Colchester kommen. Aber auch das war ihr recht. Von dort aus würde es schon irgendwie weitergehen.

Ruth musste warten, der Zug verspätete sich, dann endlich fuhr er ein. Noch einmal sah sich Ruth auf dem Bahnhof um, hob ihr Fahrrad und den Koffer in das Abteil und setzte sich. Die Fenster waren abgeklebt, aber eine Ecke hatte sich gelöst, und sie konnte noch einen letzten Blick auf Frinton-on-Sea und die schöne Landschaft, die jetzt allerdings im Nieselregen versank, erhaschen.

Die Menschen im Zug waren schweigsamer als sonst, jeder schien seinen Gedanken nachzuhängen. Gespräche wurden flüsternd geführt. Es war die Angst, die über allen lag. Niemand wusste, wo sie in diesem Krieg standen, wie es wirklich an der Front aussah.

Immer wieder hörte Ruth Wortfetzen. »Invasion«, »Nazis«, »Blitzkrieg«, »Churchill«. Sie wollte kein Gespräch führen, wollte auch nicht wissen, was die anderen Menschen um sie herum dachten – ihre eigenen Ängste und Sorgen reichten ihr. Außerdem wusste sie, dass ihr Akzent immer noch deutlich zu hören war, als Deutsche wollte sie heute nicht hier im Zug sitzen.

Wäre ich nur unsichtbar oder schon in Slough, dachte sie und schloss die Augen. Es war ein kindlicher Gedanke – wenn ich keinen sehe, sieht mich auch keiner, aber das Gefühl beruhigte sie.

In Colchester endete die Fahrt, und alle mussten den Zug verlassen. Inzwischen war es später Nachmittag. Ruth ging zum Fahrkartenschalter und erkundigte sich nach den nächsten Möglichkeiten.

»In zehn Minuten geht ein Zug nach London, Liverpool Street. Wie es von da aus weitergeht, kann ich Ihnen nicht sagen«, sagte die junge Frau am Schalter bedauernd. »Die Verbindungen werden ständig geändert, Züge fallen aus oder haben Verspätungen.«

»Liverpool Street würde mir schon reichen«, sagte Ruth erleichtert. Vielleicht ging es nur stückweise, doch sie kam voran.

Der Zug nach London war tatsächlich pünktlich. Aber er war überfüllt, weil der Zug davor ausgefallen war.

Verzweifelt sah Ruth in die vollen Abteile, wie sollte sie ihr Fahrrad mitnehmen?

»Fahrräder nach hinten in den Güterwagen«, herrschte sie ein Schaffner an. »Nun los, wir wollen hier nicht ewig stehen.«

Ruth lief nach hinten, und tatsächlich gab es zwei Güterwaggons. Der erste war schon geschlossen, doch das Schiebetor des zweiten stand noch auf.

»Schneller, Girlie«, rief ein junger Mann aus dem Waggon. Er beugte sich nach unten und nahm ihr Fahrrad entgegen. Ein schriller Pfiff ertönte, und die Lok begann zu stampfen. Ruth würde es nicht mehr bis nach vorn schaffen. Hilflos sah sie den jungen Mann an. Er lächelte, reichte ihr die Hand und zog sie nach oben.

»Dann müssen Sie eben hier hinten mit mir fahren«, sagte er. »Es ist ein wenig zugig hier, und es gibt auch keine Heizung. Wo wollen Sie hin?«

»Ach, das macht mir nichts«, erwiderte Ruth, die einfach nur erleichtert war. »Ich muss nach London und von da aus irgendwie weiter bis nach Slough.«

»Das sagen Sie jetzt – aber bis nach London werden wir brauchen. Normalerweise sind es nur zweieinhalb Stunden, aber in den heutigen Zeiten kann es leicht doppelt so lange dauern.« Er zuckte mit den Schultern. »Manchmal bleiben wir einfach irgendwo stehen oder werden auf ein Nebengleis geführt. Dieser Krieg wirft alles durcheinander.« Die große Schiebetür hatte er nicht ganz geschlossen, und Ruth sah, wie sie langsam aus dem Bahnhof fuhren.

Er zeigte auf ein paar Kisten, die auch in dem Waggon standen. »Das ist zwar nicht sonderlich bequem, aber besser, als auf dem Boden zu sitzen«, meinte er. »Ich habe einen Klappstuhl, aber darauf zu sitzen ist nicht ganz ungefährlich – er kippelt.«

»Die Kisten sind wunderbar, das reicht mir schon«, meinte Ruth.

»Sie sind aber genügsam.« Er lächelte. »Und Sie sind keine Britin, das kann ich hören.«

Ruth biss sich auf die Lippen und senkte den Kopf.

»Das ist nicht schlimm«, beeilte er sich zu sagen. »Wo kommen Sie denn her?«

»Ich komme aus Deutschland«, sagte Ruth und sah ihn an.

»Seit wann leben Sie schon hier?«, fragte er weiter – auch sein Lächeln war geblieben.

»Seit April letzten Jahres«, sagte Ruth. Sie seufzte. »Ich bin Jüdin.«

Er nickte. »Das habe ich mir gedacht. Dann ist es ja gut, dass Sie hier sind.«

Nun war es an Ruth, ihn überrascht anzusehen. »Sie haben keine … keine Ressentiments?«

»Gegen die Nazis? Doch sicher. Sie bestimmt auch.«

Ruth atmete erleichtert auf.

»Es scheint mir, als hätten Sie bei meinen Landsleuten andere Erfahrungen gemacht. Dafür möchte ich mich entschuldigen.«

»Nein, im Großen und Ganzen wurde mit mir hier immer sehr anständig umgegangen. Aber ich könnte mir vorstellen, dass die Stimmung sich jetzt ändert.«

Er sah sie nachdenklich an. »Das wäre natürlich möglich. Alle machen sich Sorgen, und wer das leugnet, lügt. Es ist unglaublich, wie die Nazis Europa überrennen.«

»Ja, es ist beängstigend.«

»Für Sie vor allem, Sie haben doch bestimmt gedacht, dass Sie hier eine sichere Zuflucht haben werden. Und nun droht eine Invasion, auch wenn ich nicht glauben kann – oder es auch nicht glauben will –, dass sie kommt.«

»Das werden die Holländer und die Belgier auch gedacht haben«, antwortete Ruth traurig. »Ich habe hier eine Zuflucht gefunden, das ist richtig. Aber meine Familie und ich haben Visa für Amerika. Wir wollen, so schnell es geht, in die Staaten.«

»Das ist ziemlich weit weg von Deutschland. Dort sollten Sie in Sicherheit sein.« Nachdenklich sah er sie an. »Möchten Sie etwas trinken?«

Ruth hatte sich in Frinton-on-Sea zwei Sandwiches gekauft und auch eine Flasche Wasser, doch davon war nichts mehr übrig. Außerdem wusste sie nicht, wie es ab Liverpool Station weitergehen würde, vielleicht müsste sie die Nacht auf dem Bahnsteig verbringen. Aber sie kannte diesen jungen Mann nicht, auch wenn er sehr freundlich zu sein schien. Unentschlossen sah sie ihn an.

»Ich habe nicht viel Auswahl«, sagte er. »Ein paar Faggots und Scotts Eggs, die mir meine Mutter eingepackt hat.« Er holte einen Rucksack hervor. »Und auch noch ein paar Brote.«

»Ihre Mutter hat das für Sie gemacht«, sagte Ruth lächelnd. »Sie sollten das essen.«

»Es ist reichlich.«

»Reichlich? Heutzutage?«

»Meine Eltern haben einen kleinen Bauernhof in Essex. Sie haben angesichts des drohenden Krieges schon letztes Jahr angefangen, sich zu bevorraten.«

Ruth lachte. »Ich war bis heute auch als Dienstmädchen auf einem Hof. Dort haben wir dasselbe gemacht. Der ganze Rauch hängt voll mit Schinken und Würstchen.«

»Dann haben Sie doch sicher auch etwas für die Reise mitbekommen?«

»Ich habe heute gekündigt«, gestand Ruth. Und erst in diesem Moment wurde ihr klar, dass sie nun tatsächlich den Hof verlassen hatte – für immer. Sie musste schlucken. Zu Hause hatte sie sich dort nur selten gefühlt. Die Arbeit war hart gewesen – aber dennoch hatten die Sandersons sie aufgenommen, hatten sie nicht weggeschickt, nachdem der Krieg erklärt worden war. Anderen deutschen Flüchtlingen war es nicht so ergangen. Flüchtlinge waren wie Blätter auf einem Teich. Manchmal hatten sie Glück und erreichten das Ufer, manchmal nicht, dann gingen sie unter – sang- und klanglos. Niemand wollte sie haben, manche Staaten nahmen sie nur zähneknirschend auf, andere gar nicht. Dabei wollten sie, die Flüchtlinge, nur eines – leben. Irgendwie. Es sollte ein Grundrecht sein, aber das war es nicht.

Freddy war immer nett zu ihr gewesen – ja, noch mehr. Er hatte sie unterstützt, als es darauf ankam. Und Jill hatte sie wirklich sehr in ihr Herz geschlossen. Der Umgang mit dem kleinen Mädchen hatte ihr manch schwere Zeit leicht gemacht – einfach dadurch, dass sie da war, und durch ihre Fröhlichkeit. Sie war ein Sonnenschein, und Ruth wusste jetzt schon, dass sie das Mädchen vermissen würde. Es war eine harte Zeit gewesen, aber dennoch war sie dankbar, dass die Sandersons sie aufgenommen hatten.

»Ich habe heute gekündigt«, sagte sie noch einmal, »und bin sofort gefahren. Es gab keine Zeit für Abschiedsgeschenke oder so etwas. Sie wussten aber schon länger, das ich gehen würde.«

»Dann scheinen Sie wirklich weggewollt zu haben. Darauf sollte man trinken. Ich habe leider nur profanes Bier.« Er kramte in seinem Rucksack, zog zwei Flaschen hervor.

Nun lachte Ruth. »Ich sitze in einem Güterwagon eines Zuges, weiß nicht genau, wann ich ankommen werde, bin umringt von lauter Fahrrädern, einigen Kisten, und dazu gesellt sich ein netter Bahnmitarbeiter, der mir Bier zum Feiern anbietet.« Sie überlegte kurz, streckte dann die Hand aus. »Nun, warum nicht?«

Mit einem Ploppen entfernte er den Kronkorken, reichte ihr eine der beiden Flaschen. »Gläser habe ich aber nicht ...«

Auf der Kiste neben ihr breitete er seine in Wachspapier verpackten Speisen aus. Scotts Eggs, hart gekochte Eier in einer Hülle aus Hackfleisch, paniert und ausgebacken, und Faggotts, eine Art Hackbällchen, dazu üppig belegte Brote.

Sie stießen an.

»Worauf trinken wir?«, fragte er. »Auf Ihre Kündigung?«

Ruth überlegte. »Nein, auf den Frieden.«

Sie hatten Glück, die Fahrt verlief ohne große Vorkommnisse. Nur einmal mussten sie auf einem Nebengleis warten.

Thomas erzählte lustige Geschichten aus dem Bahnalltag und vom Hof seiner Eltern. Sie aßen und tranken jeder eine Flasche – und Ruth meinte, noch nie so köstliches Bier getrunken zu haben. Dann kamen sie in der Liverpool Station an.

»Einen Vorteil hat es, hier hinten mitzufahren«, erklärte Thomas. »Sie können als Erste mit dem Fahrrad aussteigen und müssen nicht warten.«

»Ich glaube, das war meine bisher schönste Bahnfahrt«, sagte Ruth und lächelte. »Herzlichen Dank.«

»Keine Ursache. Mir hat es große Freude bereitet, und kurzweilig war es auch.« Er sah sie an. »Wenn jetzt andere Zeiten wären und ich nicht wüsste, dass Sie bald nach Amerika abreisen, bäte ich Sie um ein weiteres Treffen. Schade, dass es so ist, wie es ist.« Er stockte. »Ich hoffe, Sie werden glücklich. Irgendwann. Irgendwo.«

Ruth spürte die Hitze in ihre Wangen steigen. »Danke. Ich danke Ihnen vielmals«, sagte sie nur, aber es war keine Floskel, sie meinte es auch so.

Er half ihr mit dem Fahrrad, und sie sahen sich noch einmal an. Dann kamen schon die ersten anderen Reisenden an den Waggon gestürmt und verlangten nach ihren Rädern. Ruth sah sich noch einmal um, doch Thomas war viel zu beschäftigt.

Es war inzwischen früher Abend geworden. Über der Stadt lag eine Dunstwolke aus dem Rauch der Kamine, denn auch hier war die Temperatur wieder gefallen, und dazu Regenwolken. Es regnete nicht wirklich, es nieselte – aber das war eine unangenehme, kalte Feuchtigkeit, die bis in die Kleider kroch. Ruth fröstelte. Sie ging zum Schalter und erkundigte sich nach einem Anschluss. »Es geht noch ein Zug nach Slough«, sagte er. »Allerdings erst um elf Uhr nachts.«

»Das ist mir egal, ich nehme ihn.«

Vielleicht, dachte Ruth und kaufte sich eine Tasse heißen Tee an einem der kleinen Stände, die in der Bahnhofshalle standen, vielleicht komme ich ja heute Nacht noch in Slough an.

Ihren Eltern hatte sie nicht Bescheid gegeben, und sie war sich nicht sicher, ob sie den Weg zu ihrer Wohnung allein finden würde. Aber diesen Gedanken schob sie beiseite. Sie sah eine der roten Telefonzellen vor dem Bahnhof und überlegte kurz, ob sie versuchen sollte, Edith anzurufen. Aber es dauerte immer länger, freie Leitungen zu bekommen, und was sollte Edith schon machen? Bevor sie hier am Bahnhof wäre, wäre Ruth vielleicht schon im nächsten Zug.

Ich wollte immer London besichtigen, dachte Ruth. Wollte mir alles genau anschauen, im Sonnenlicht und vielleicht mit einem Eis in der Hand. Ich wollte mir Zeit nehmen und all die schönen Orte anschauen – Westminster, Piccadilly Circus, den Palast, die Tower Bridge und so vieles mehr. Jetzt war daran nicht mehr zu denken, die Stadt befand sich im Ausnahmezustand. Die Fenster waren verdunkelt, die Straßen nicht beleuchtet. Es fehlten das Lachen der Kinder und die Unbeschwertheit der Londoner. All das hatte der Krieg wegradiert. Ruth hoffte sehr, dass es nicht noch schlimmer kommen würde, aber sicher war sie sich da nicht.

Sie fand ein windgeschütztes Plätzchen in der großen, aber zugigen Bahnhofshalle, von wo aus sie das Gleis im Blick hatte, auf dem ihr Zug ankommen sollte. Der heiße, aber bittere Tee hatte ihr gutgetan und sie gewärmt, doch nun stieg die Müdigkeit in ihr hoch. Mit einem Arm umklammerte sie ihr Fahrrad, mit dem anderen den Koffer auf ihrem Schoss. Immer wieder fielen ihr die Augen zu.

Dann endlich kam der Zug. Müde stieg sie ein, fand einen Platz. Gespenstisch war die Fahrt in dem abgedunkelten Zug. Es war, als führe man ins Nirgendwo. In den Waggons, die nur spärlich beleuchtet waren, roch es nach feuchten Mänteln, nach Kälte und Kohl, nach Ausdünstungen. Der Zug fuhr langsam, schien genauso müde zu sein wie Ruth auch. Noch eine weitere Stunde, dann war sie endlich in Slough. Der Tag war lang gewesen, sie hatte sich mühevoll wachgehalten, die Müdigkeit und Erschöpfung der letzten Monate steckten ihr bleiern in den Knochen.

In Slough streckte sie sich erst einmal, atmete tief durch. Und die Aufregung tat ihr Übriges, um Ruth munter zu machen.

Sie würde gleich bei ihren Eltern sein, nicht um sie zu besuchen, sondern um bei ihnen zu bleiben, mit ihnen zu leben. Endlich würden sie wieder vereint sein. Was würden Mutti und Vati wohl sagen? Es würde sicher eine große Überraschung werden. Zum Glück entdeckte sie in einer Ecke des Bahnhofs noch einen Wärter, den sie nach dem Weg fragen konnte. Dann stieg sie auf ihr Rad und fuhr los, nur langsam und ohne Licht, wie es vorgeschrieben war. Sie brauchte sehr viel länger als damals, als Vati sie vom Bahnhof abgeholt hatte. Aber es ging zügig und sicher voran, sie fuhr langsam und hatte nur Sorge, sich zu verfahren. Doch dann endlich, endlich stand sie vor dem Haus, in dem ihre Eltern wohnten.

Ruth klingelte, doch nichts rührte sich. Sie klingelte noch einmal. Ganz vorsichtig wurde oben ein Fenster geöffnet, nur einen Spalt, innen war das Licht gelöscht worden. Jemand schaute nach unten.

»Ich bin es«, rief sie erleichtert. »Ruth. Ich bin nach Hause gekommen.«

»Ruth?« Es war Marthas Stimme, sie klang ungläubig. »Meine Ruth?«

»Ja, Mutti!« Ruth schluckte, kämpfte mit den Tränen, versuchte, tapfer zu lächeln. Es gelang ihr erst beim zweiten Anlauf.

Karl kam nach unten, nahm Ruth in die Arme, hielt sie fest. »Was ist passiert?«, flüsterte er, sah sie an. »Was?«

»Nichts … ich habe gekündigt. Ich bin jetzt wieder bei euch.« Ruth zwinkerte und zwinkerte, sie vergrub ihr Gesicht in seiner Schulter. Er sollte sie nicht weinen sehen, aber sie war so erleichtert, hier zu sein, dass sie die Tränen auf einmal nicht aufhalten konnte.

»Aber es muss doch etwas passiert sein?«

Ruth schüttelte schluchzend den Kopf. Karl brachte das Fahrrad in den Keller, Ruth stieg die ausgetretene Treppe nach oben. Dort stand Martha, völlig aufgelöst. »Was ist geschehen? Was?«

»Ich habe gekündigt«, sagte Ruth und schniefte. »Ich wollte nach Hause – ich wollte zu euch.« Und wieder rannen die Tränen. Sie war nicht zu Hause, denn ein Zuhause gab es nicht mehr, aber sie war bei ihrer Familie. Endlich. Endlich waren sie vereint.

Martha weinte haltlos, und auch Karl, der inzwischen wieder oben war, hatte Tränen in den Augen.

»Was ist denn geschehen?«, fragte er eindringlich nach.

In diesem Moment wurde Ruth klar, dass ihre Eltern jegliche Sicherheit verloren hatten. Wenn etwas Unvorhergesehenes passierte, dann gab es dafür einen Grund – und dieser war meist schlecht. Nichts passierte einfach so. Die Nazis hatten Macht über ihr Leben gewonnen. Und … über ihr Denken. Der Schrecken saß nun in ihnen und vielleicht wich er auch nie wieder.

Nun begriffen die Eltern, dass Ruth gekündigt hatte, dass die Nazis noch nicht in England einmarschiert waren, dass noch nicht alles verloren war. Sie verstanden es, aber die Unsicherheit blieb.

»Oh Ruth, meine Ruth«, sagte Martha wieder und wieder und wollte Ruth gar nicht loslassen. »Möchtest du etwas essen? Etwas trinken? Möchtest du ein Bad? Was kann ich für dich tun?«

Auch Ilse war natürlich wach geworden. Sie stand an der Zimmertür und starrte sie ungläubig an.

Ruth ging zu ihr, umarmte sie. »Ich habe dir versprochen, dass ich wiederkomme. Jetzt bin ich da und werde nicht mehr gehen.«

»Endlich«, sagte Ilse mit zitternder Stimme. »Es hat lange genug gedauert. Sind die Nazis schon da?«

Ruth sah sie an, schüttelte den Kopf. »Nein, sind sie nicht. Und sie werden diese Insel auch nicht erobern.«

»Woher willst du das wissen?«

»Ich weiß es eben«, sagte Ruth, so fest sie konnte. Dann schaute sie zu ihren Eltern. »Ich möchte im Moment nur eines – ich möchte ins Bett und schlafen. Reden können wir morgen noch.«

Viele Gedanken gingen ihr durch den Kopf, als sie im Bett lag, in der alten Bettwäsche der Familie – es war Leinen, gemischt mit Baumwolle, ein wenig kratzig, ein wenig steif, aber doch so vertraut. Sie schloss die Augen und schlief ein. Sie war zu Hause – denn zu Hause war nun kein Ort mehr, es war da, wo ihre Familie war.

Am nächsten Tag, es war ein Sonntag, hatten sie sich viel zu erzählen, aber immer wieder lauschten sie auch dem Radio. Noch einmal wurden Schiffseigner dazu aufgerufen, ihr Schiff, sollte es länger als neun Meter und seetauglich sein, der Navy zur Verfügung zu stellen. Viele Bootsbesitzer waren dem Aufruf schon gefolgt, etliche waren sogar selbst auf dem Weg nach Dünkirchen.

»Freddy ist gefahren«, erzählte Ruth unruhig. »Er ist mit seinem Freund gefahren. Mit einem Kutter, einem kleinen Fischerboot. Sie sind über den Kanal gefahren.« Nun bereute es Ruth, die Sandersons schon verlassen zu haben. Was, wenn Freddy es nicht schaffte? Mehr als ein Jahr war sie bei der Familie gewesen, sie hatten ihr eine Zuflucht gegeben, und Ruth war gegangen, als es kritisch für die Familie wurde, als der Familienvater sich auf einen Weg machte, der keine sichere Rückkehr versprach. Er hatte es getan wie so viele andere auch, um die englischen Soldaten vor den Nazis zu retten. Und Ruth war feige davongelaufen. Plötzlich schämte sie sich.

Am Nachmittag des 4. Juni kamen immer mehr Schiffe zurück – es waren Kutter, Yachten, es waren Privatboote und es waren Boote der Royal Navy. Sie brachten die Soldaten – britische, kanadische und französische – an die Küste Englands. Das gab das Radio bekannt. Die vielen Schiffer, die Fischer, die Krabbenkutter und die Yachtbesitzer wurden zu Helden.

Ruth hielt es nicht mehr aus, sie musste wissen, was mit Freddy war. Hatte er es auch geschafft? Sie betete dafür und lief, so schnell sie konnte, zu ihren Verwandten, den Karpells.

»Onkel Werner«, sagte sie atemlos, »ich muss telefonieren. Bitte.«

Es dauerte eine Stunde, bis sie eine Leitung nach Frinton-on-Sea hatte, dann meldete sich Harriet.

»Hier ist Ruth«, sagte Ruth und musste schlucken. »Ist ... ist ... Freddy ... ich meine ... ist er ...?«

»Liebe Ruth«, sagte Harriet. »Alles ist gut. Mr Sanderson und seine Freunde haben zehn Soldaten gerettet. Sie sind durchfroren und übermüdet, und deine Ruhe und Übersicht fehlen hier. Aber Miriam hat ein paar Gläser deiner Hühnersuppe geöffnet, und nun köchelt sie auf dem Herd und duftet.«

Erleichtert legte Ruth auf.

An diesem Nachmittag wurde die Rede des Premierministers im Unterhaus auch im Radio übertragen. Es war so still im Wohnzimmer der Meyers, dass Ruth glaubte, all ihre Herzen schlagen zu hören. Dann begann Churchill seine Rede. Zuerst fiel es ihr schwer, die Worte zu verstehen. Es rauschte und knisterte, Churchill sprach erst leise und wie immer nuschelte er etwas. Doch dann schienen die Worte aus seinem Mund zu fliegen, sie füllten das Unterhaus, sie füllten fast jedes Wohnzimmer in England.

»Auch wenn große Teile Europas und viele alte und berühmte Staaten gefallen sind oder in den Griff der Gestapo und aller verabscheuungswürdigen Instrumentarien der Nazi-Regierung fallen, werden wir nicht nachlassen oder scheitern«, sagte er eindringlich.

»Wir werden bis zum Ende gehen, wir werden in Frankreich kämpfen, wir werden auf den Meeren und Ozeanen kämpfen, wir werden mit wachsendem Vertrauen und wachsender Kraft in der Luft kämpfen, wir werden unsere Insel verteidigen, was auch immer es kostet, wir werden an den Stränden kämpfen, wir werden auf den Landungsplätzen kämpfen, wir werden auf den Feldern und auf den Straßen kämpfen, wir werden in den Hügeln kämpfen; wir werden uns nie ergeben.« Er machte eine kleine Pause, und auch Ruth holte Luft.

»Und selbst wenn«, fuhr Churchill fort, »was ich nicht für einen Augenblick glaube, diese Insel oder ein großer Teil davon unterjocht und hungern würde, dann würde unser Königreich jenseits der Ozeane, bewaffnet und von der britischen Flotte bewacht, den Kampf weiterführen, bis in Gottes rechter Zeit die neue Welt hervortritt mit all ihrer Stärke und Macht zur Rettung und zur Befreiung der alten Welt.«

»Was … was hat er gesagt?«, fragte Karl. »Ich habe nicht alles verstehen können. Was ist passiert?«

»England«, sagte sie und hatte Tränen in den Augen, »England wird nicht aufgeben.«

»Aber«, sagte Martha, »die Nazis stehen vor der Tür. Auch wenn England nicht aufgibt, heißt das noch lange nicht, dass sie Hitler schlagen können. Ich halte diese Ungewissheit nicht mehr aus, wir müssen hier weg, wir müssen nach Amerika.«

»Edith und ich versuchen ja alles, was in unserer Macht steht, zu tun. Wir haben unsere Visa. Wir sind ganz oben auf der Liste«, sagte Karl, »jetzt müssen wir nur noch eine Schiffspassage bekommen. Noch gibt es die Linienschiffe der Cunard Line. Sie fahren von Liverpool nach New York. Dort stehen wir auf der Passagieranfrage.«

»Wie lange wird es noch Linienschiffe geben?«, fragte Ruth. Doch auf diese Frage bekam sie keine Antwort.

In den nächsten Tagen fing Martha wieder an zu packen. Erst waren es nur Kleinigkeiten, die sie in Kartons und Kisten steckte, dann holte sie einen Koffer vom Dachboden.

»Das sind Wintersachen, die brauchen wir vorläufig nicht mehr«, sagte sie und faltete alles zusammen, steckte es in die

Koffer. Wieder standen Koffer, Kisten, Kästen und Kartons in der Wohnung. Wieder löste sich alles auf, ohne dass ein Ziel in Sicht war.

»Mutti«, sagte Ruth zaghaft, »wir haben noch keine Passage.«

»Vielleicht geht es ja schneller als gedacht. Dann möchte ich vorbereitet sein und nicht alles in Eile machen müssen.«

»Willst du hier aus Koffern leben?«, fragte Ilse genervt. »Und für wie lange?«

»Es dauert so lange, wie es dauert. Aber ich will vorbereitet sein«, sagte Martha mit Nachdruck. »Hier bleiben wir nicht. Schon gar nicht jetzt, wo die Nazis quasi vor der Tür stehen.«

Ruth biss sich auf die Lippe, und dann half sie ihrer Mutter packen. Nichts hielt sie mehr in diesem Land. Es war eine Zwischenlösung gewesen, und sie wollte lieber gestern als heute abreisen – auch wenn sie nicht wusste, wie das Leben in Amerika sein würde. Es ging nicht darum, es ging um Entfernungen. Ruth wollte so weit wie möglich von den Nazis weg sein und das so schnell, wie es ging.

»Habt ihr etwas von Edith gehört?«

»Sie bemüht sich, aber ... du weißt ja selbst, wie es im Land aussieht. Überall wird mobil gemacht. Man erwartet die Invasion.«

Ilse ging weiterhin zur Schule, und auch Ruth durfte am Unterricht teilnehmen. Sie verstand zwar gut, was gesprochen wurde, konnte die meisten Sachen auch lesen, aber in Grammatik und Rechtschreibung hatte sie große Lücken.

Außerdem schrieb sich Ruth in einen Kurs für Schreibmaschine und für Kurzschrift ein. Vielleicht würde sie das in Amerika gebrauchen können.

Auch Martha und Karl besuchten weiterhin die Englischkurse – mehr konnten sie nicht tun.

Am 10. Juni erklärte auch Italien England den Krieg. Alle, die gehofft hatten, Mussolini werde vermitteln, wurden nun ihrer Hoffnung beraubt.

In diesem Monat gab es auch die ersten Luftalarme. Im Keller ihres Wohnhauses war ein Raum verstärkt und mit einer feuerfesten Tür ausgestattet worden. Dorthin begaben sich alle, sobald die Sirenen ertönten. Unten an der Straße wurde zwar ein Bunker gebaut, aber er war noch nicht ganz fertiggestellt. Nun ging Ruth mit ihrer Familie in den Keller. Das kleine Köfferchen, in dem sie all ihre wichtigen Dokumente, Ausweise, Geld und einige Wertgegenstände sowie Schmuck aufbewahrten, stand immer griffbereit neben der Tür – wo auch die Gasmasken hingen.

Im Keller war es staubig, aber trocken. Doch Ruth wusste nicht, ob sie es nun besser fand, in einem fensterlosen Raum zu sein und nicht zu wissen, was draußen vor sich ging, oder unter freiem Himmel in einem Graben zu liegen. Nach einigem Nachdenken entschied sie sich für den Keller – denn hier war sie schließlich mit ihrer Familie zusammen.

Martha setzten die Fliegeralarme sehr zu, ihre Nerven litten wieder, und oft weinte sie. Ruth hoffte sehr, dass sie bald ausreisen konnten, doch der Juni verging, und Frankreich wurde besetzt. Voller Schrecken hörten sie die Nachrichten, hörten über die Scheinregierung in Vichy, die Teilung des Landes. Auf Frankreich als großes Bollwerk hatten sie immer gehofft. Aber nun war auch dieses Land unter der Macht der Nazis. Erschüttert sahen sie sich an, es gab keine Worte für ihre Ängste. Die Gefahr rückte immer näher und näher.

Mitte Juli stand plötzlich Edith bei ihnen vor der Tür. Sie lächelte, aber sie wirkte sehr müde.

»Bitte, kommen Sie herein«, bat Martha. »Ich koche uns einen Kaffee – allerdings ist es Malzkaffee, echter ist so schwer zu bekommen.«

»Ich nehme aber auch Tee«, sagte Edith. Sie nahm Ruth in die Arme. »Wie geht es dir?«, fragte sie leise und sah Ruth aufmerksam an.

»Viel besser, seit ich hier bei meiner Familie bin. Allerdings würde es uns allen noch besser gehen, wenn wir weit weg von den Nazis wären.«

»Gibt es Neuigkeiten?«, fragte Karl, der auch in den Flur gekommen war, um den Gast zu begrüßen.

»Ja, es gibt Neuigkeiten. Manche sind gut, andere nicht. Aber lassen Sie uns doch setzen.«

Sie überbrückten die Zeit mit Smalltalk, bis Martha mit ein paar Haferkeksen und dem Kaffee kam, doch die Anspannung im Raum war greifbar.

Was mochten die nicht so guten Nachrichten sein, fragte

sich Ruth. Ausmalen konnte sie sich viel, aber das wollte sie nicht. Dennoch merkte sie, dass ihr Herz schneller schlug und ihr vor Aufregung ganz heiß und dann wieder kalt wurde. Stand die Invasion bevor? Würde Churchill entgegen seinen Versprechen mit Hitler verhandeln? Waren ihre Visa – ein furchtbarer Gedanke – für ungültig erklärt worden? Oder gab es keine Schiffspassagen mehr über den Atlantik? Vielleicht, dachte Ruth, war es auch etwas ganz anderes. Nur was? Nervös rieb sie ihre Hände.

Endlich stellte Martha das Tablett auf den Tisch, schenkte allen ein und setzte sich schließlich. Alle Blicke waren auf Edith gerichtet.

»Die schlechte Nachricht zuerst«, sagte sie. »Frankreich ist endgültig verloren. De Gaulle hat zwar hier in London eine Exilregierung gebildet, aber Pétain hat das Ende der dritten französischen Republik verkündet.«

»Was bedeutet das für uns?«, fragte Martha.

»Für England bedeutet das, dass Hitler nun vermutlich versuchen wird, eine Invasion in England zu erreichen. Damit, so glauben alle Experten, wird er aber nicht erfolgreich sein, denn seine Truppen sind für so einen Krieg nicht ausgelegt. Zum Glück sind wir auf einer großen Insel.« Edith seufzte. »Aber es wird zu Kämpfen kommen. Vermutlich zu einigen Luftschlachten. Die ersten Gemetzel gab es schon am Kanal.«

»Wie schrecklich«, sagte Karl betroffen.

Martha war bleich geworden, sie schluckte schwer, und Ruth stand auf, um ihr ein Glas Wasser zu holen.

»Werden die Nazis hier landen?«, fragte Ruth leise. »Mit Fallschirmspringern?«

»So viele Fallschirmspringer haben sie nicht, als dass sie das ganze Land erobern könnten, mach dir keine Sorgen«, versuchte Edith sie zu beruhigen.

»Ich will hier weg«, flüsterte Ruth fast tonlos. Sie spürte, dass sie zitterte, klemmte ihre Hände zwischen die Knie und versuchte, langsam zu atmen. Doch ihr Brustkorb war so eng, als kniete jemand darauf. Jemand mit einer braunen, hässlichen Uniform.

»Das bringt mich zu meiner … nun ja, guten Nachricht.« Sie schaute in die Runde. »Ende Juli, also in etwas mehr als einer Woche, fährt die Scythia, ein Schiff der Cunard Line, von Liverpool nach New York. Das Schiff ist eigentlich ausgebucht – aber jetzt sind zwei Kabinen frei geworden.«

Ruth schlug die Hand vor den Mund und holte tief Luft. »Wirklich?«

Edith nahm ihre Handtasche und zog einen Umschlag hervor. Sie gab ihn Karl. Er öffnete ihn und darin waren zwei Schiffskarten.

Ruth starrte Edith an, eigentlich hätte sie jubeln sollen, aber sie war zu erschlagen, die Neuigkeit war zu groß, als dass sie sie in ihrer Tragweite hätte realisieren können.

»Wir fahren tatsächlich nach Amerika?«, fragte Ilse ungläubig, ihre Stimme klang seltsam hoch und dünn.

Edith nickte. Ilse war die Erste, die sich aus ihrer Erstarrung löste, sie vergrub den Kopf in den Händen und schluchzte laut auf.

»Aber … aber …«, sagte Edith hilflos.

Ruth lächelte Edith zu und setzte sich neben Ilse, nahm ihre Schwester in die Arme. »Sie weint, weil sie glücklich ist. Erleichtert. So wie wir alle.« Und nun flossen auch bei Ruth die Tränen.

Kapitel 22

Liverpool, 28. Juli 1940

Die letzten Tage waren wie im Flug vergangen. Obwohl Martha schon einiges gepackt hatte, galt es nun, den gesamten Haushalt aufzulösen und zu verpacken. Die Möbel und das Geschirr und auch andere Gegenstände wurden wieder in einem großen Holzcontainer untergebracht und verschickt. Vorsichtig hatte Martha ihre Kristallschüssel, an der sie so sehr hing, in viele Lagen Zeitungspapier gepackt.

»Ob sie die Reise übersteht?«, fragte sie Karl.

»Es ist gutes Kristall, das hält einiges aus«, sagte er.

Der Abschied von Tante Hilde, Onkel Werner und ihrer Tochter Marlies war tränenreich. Die Koppels hatten trotz Marthas Drängen, beschlossen, auf jeden Fall in England zu bleiben. Dennoch fiel ihnen allen der Abschied nicht leicht.

Tante Hilde hatte am letzten Abend ein kleines Festmahl aufgetischt. Einige Sachen musste sie unter der Hand besorgen, da die Rationierungen immer strikter wurden.

»Hier sind unsere Bezugsscheine«, sagte Martha und gab sie Tante Hilde. »Wir brauchen sie ja nun nicht mehr. Du kannst sie einlösen.«

»Ich hoffe, dass der Krieg bald vorbei ist und wir uns alle wiedersehen. Dann werden wir richtig groß feiern«, sagte Tante Hilde.

Sie brachten die Meyers am nächsten Tag zum Bahnhof. Das Gepäck hatte Karl schon zuvor zum Schiff schicken können, und nun stiegen sie in den Zug, der sie nach Liverpool bringen würde. Die Fahrt dauerte fast einen ganzen Tag, und Hilde hatte ihnen Lunchpakete gepackt.

Als der Zug sich in Bewegung setzte, schob Ruth das Fenster hinunter, lehnte sich hinaus und winkte so lange, bis der Bahnhof nicht mehr zu sehen war.

Dies war ein weiterer Abschied in ihrem Leben – wie viele würde es noch geben? Doch diesmal war der Abschied nicht so schwer, denn die Familie war zusammen. Voneinander mussten sie nicht Abschied nehmen.

Die Fahrt war lang und unbequem, aber niemand beschwerte sich, sie hatten ein Ziel vor Augen.

Nur einmal seufzte Martha auf und nahm Karls Hand. »Ich hoffe, wir werden auf dem Atlantik keine Schwierigkeiten bekommen. Man hört so viel von U-Booten und anderen Angriffen.«

»Der Atlantik ist groß, und der Kapitän wird schon wissen, was er tut«, beruhigte Karl sie. »Die Gefahr in England ist viel größer.«

»Du hast ja recht, mein Lieber, du hast ja recht.«

Sie waren zwei Tage vor Abreise in Liverpool, um letzte Angelegenheiten zu regeln. Karl hatte ein Hotelzimmer für sie gebucht.

Sie hatten kleine Koffer mit dem Nötigsten dabei und zogen sich um, gingen eine Kleinigkeit essen und fielen dann in die Betten.

»Das ist die vorletzte Nacht an Land«, flüsterte Ilse Ruth zu. »Übermorgen schlafen wir schon auf der Scythia. Wie das wohl sein wird?«

»Ich hoffe, nicht so schauklig wie auf der Fähre«, antwortete Ruth.

Am nächsten Morgen gingen sie zum Pier und bestaunten das große Schiff. Ihr Gepäck war bereits an Bord gebracht worden.

Ruth hielt Ilses Hand, sie starrten beide auf das Schiff, das sie über den Atlantik bringen sollte. Der schwarze Rumpf vor ihnen wirkte wie ein riesiger Berg. Ruth musste den Kopf in den Nacken legen, um überhaupt das Oberdeck und den Schornstein, der in der Mitte des Schiffes alles überragte, sehen zu können.

»Das ist ja unglaublich«, hauchte Ilse.

»Ruth? Ilse? Wo seid ihr denn?«, rief Martha besorgt. »Nicht, dass ihr mir verloren geht.«

Der Pier war voller Menschen. Viele von ihnen drängten sich zur Gangway und dann hoch zum Schiff, langsam nur ging es voran.

»Wieso dürfen die schon einsteigen und wir nicht?«, fragte Ruth.

»Das sind die Passagiere der dritten Klasse«, erklärte Karl. »Sie gehen als Erste an Bord. Wir dürfen dann heute Abend in aller Ruhe auf das Schiff gehen.«

»Es ist aufregend«, sagte Ruth. »Es ist einfach kolossal aufregend.«

»Ein weiterer Meilenstein, den wir gemeinsam gehen. Alle zusammen.« Martha legte ihre Arme um ihre Töchter.

»Uns bleibt ja noch ein wenig Zeit«, sagte Karl. »Ich gehe in die Stadt und werde versuchen, den Kruitsmans zu kabeln. Sie werden vielleicht eine Möglichkeit haben, die guten Nachrichten weiterzugeben.«

Immer noch hatten sie nichts aus Krefeld gehört. Nicht zu wissen, wie es ihrer Familie ging, war der große Wermutstropfen, der schwer auf ihnen lastete. Wie es wohl werden würde, wenn bald noch viele weitere Kilometer zwischen ihnen, der Familie und den Freunden lägen?

Zurück im Hotel packten Ruth, Martha und Ilse ihre letzten Sachen zusammen.

Alle schauten überrascht auf, als es an der Zimmertür klopfte – Karl hatte doch einen Schlüssel.

»Ja?«, fragte Martha nervös.

»Ich bin es«, sagte eine inzwischen vertraute Stimme – Edith Nebel.

Ruth lief zur Tür, öffnete sie. »Edith! Wie schön, dass wir uns noch einmal sehen«, sagte sie und fiel der Freundin um den Hals.

»Jakub und ich wollten es uns nicht nehmen lassen, euch persönlich zu verabschieden.« Sie sah Martha an. »Dürfen wir Sie zum Essen einladen?«

»Wir sind gleich mit Karl im Hotelrestaurant verabredet«, sagte Martha.

»Dann warten wir dort und nehmen ihn mit. Wir haben einen Tisch reserviert.«

Und so saßen sie bald in einem noblen Restaurant mit Blick auf das Meer.

»Dass ihr extra für uns nach Liverpool gekommen seid …«, sagte Ilse.

Jakub lächelte ein wenig schief. »Um ehrlich zu sein, habe ich gerade hier zu tun«, sagte er. »Aber wir fanden, es sei eine gute Gelegenheit, uns angemessen zu verabschieden.«

»Freut ihr euch auf die Reise?«, fragte Edith.

Ilse nickte eifrig. Ruth nickte auch, doch sie wusste, dass die Überfahrt auch gefährlich war.

»Steht die Überfahrt nicht unter einem schlechten Stern?«, fragte Martha leise.

»Wieso?«, fragte Ruth.

»Nun, wegen der Kabinen …«

»Du wirst doch jetzt nicht abergläubisch werden?«, sagte Karl und runzelte die Stirn.

»Was ist denn mit den Kabinen?«, wollte Ilse wissen.

Martha und Karl sahen Edith und Jakub betroffen an. Schließlich zuckte Edith mit den Schultern.

»Ich bin nicht abergläubisch, und ich denke nicht, dass eure Reise unter einem schlechten Stern steht.« Sie schaute zu Ruth und Ilse. »Die Passage ist schon lange ausgebucht. Viele Leute wollen nach Amerika. Vor allem jetzt, wo der Krieg immer näher rückt.«

»Wieso haben wir so spät noch Kabinen bekommen?«,

fragte Ruth leise. Ihr dämmerte, dass es einen tragischen Hintergrund dazu gab.

Edith senkte den Kopf, dann sah sie Ruth und Ilse an. »Die Schlacht um Dünkirchen hat viele erschreckt. Die Furcht vor den Nazis ist groß, das wisst ihr ja selbst.« Sie schluckte. »Die Kabinen gehörten einer wohlhabenden jüdischen Familie, die auch nach Amerika auswandern wollte. Aber sie dachten, es sei zu spät, und nach Dünkirchen ... haben sie ihrem Leben ein Ende gesetzt.«

Alle schwiegen für einen Moment.

»Das ist traurig«, sagte Ruth. »Aber es hat nichts mit uns zu tun. Ich will nicht, dass es etwas mit uns zu tun hat.« Ihr Tonfall war fast schon trotzig.

»Und für euch ist es ein Glück«, fügte Jakub ernst hinzu. »Die Briten internieren inzwischen Flüchtlinge.«

»Was für Flüchtlinge?«, fragte Ruth.

»Erst einmal junge Deutsche und Italiener. Man hat Angst vor Spionen und vor Saboteuren.« Jakub räusperte sich. »Man will es aber auf alle Männer ausweiten.«

»Was heißt das?«, fragte Ilse beklommen.

»Sie richten Lager ein«, erklärte Ruth ihr leise.

»So wie die Nazis?«, fragte Ilse entsetzt.

»Ich denke, es wird nicht so werden wie bei den Nazis«, sagte Jakub nach einer kurzen Pause. »Dennoch ist es schrecklich, wenn man sich bis hierher gerettet hat und nun unter dem Verdacht steht, vom Opfer zum Täter zu werden.«

»Es ist unglaublich«, sagte Karl. »Die Meldestelle hat auch

meine Daten erfasst – auch wenn ich im Moment wohl noch nicht auf der Liste stehe.«

»Heute Abend werden wir fort sein«, sagte Ruth. »Und ich werde Gott danken, sobald das Schiff abgelegt hat.«

Dann endlich durften sie auf das Schiff. Die Gangway war groß, ein Teppich war ausgerollt worden, und sie schritten empor. Ein Steward führte sie zu ihren Kabinen, die am Ende der zweiten Klasse waren. Ruth und Ilse teilten sich einen Raum mit einem kleinen Badezimmer, Martha und Karl hatten eine größere Kabine, und in ihrem Badezimmer war sogar eine Wanne.

Die Wände waren mit poliertem Holz verkleidet, es gab Sessel und ein kleines Tischchen, Schränke und eine Kommode. Alles wirkte sehr edel.

»Das ist wunderbar«, hauchte Ilse. »So prunkvoll.«

Ruth setzte sich auf das Bett, prüfte die Matratze. »Ich denke, so edel habe ich lange nicht geschlafen«, sagte sie.

Sie packten ihr Gepäck aus, das schon in den Kabinen auf sie wartete, dann machten sie sich zusammen mit den Eltern auf einen Rundgang.

»Das Schiff ist groß«, erklärte Karl. »Ich möchte nicht, dass ihr auf die unteren Decks geht. Wir haben hier oben alles, was wir brauchen.«

Es gab zwei Speisesäle – einen für die erste und einen für die zweite Klasse. Die erste Klasse hatte zusätzlich auch noch ein Restaurant, wo die Passagiere à la carte bestellen konnten.

Neugierig warfen Ruth und Ilse durch die Glasfenster der Tür einen Blick in das edle Restaurant, bis ein Steward sie bat, zu gehen. Dieser Teil des Schiffes war nur für die erste Klasse reserviert.

Der Speisesaal der zweiten Klasse war jedoch auch sehr edel eingerichtet, außerdem gab es ein Raucherzimmer, eine Bibliothek und einen Gesellschaftsraum.

Sie gingen die Treppen hoch ans Oberdeck. Vorn waren Bereiche für die erste und zweite Klasse, hinten durfte sich die dritte Klasse aufhalten.

Der große Schornstein in der Mitte des Schiffes überragte alles. An Bug und Heck waren zusätzlich zwei große Masten mit Segeln.

»Wann laufen wir aus?«, fragte Ilse zum wiederholten Mal.

»Morgen früh«, sagte Karl. »Und jetzt gehen wir zum Essen.«

Die erste und zweite Klasse umfassten jeweils 350 Passagiere, die dritte Klasse konnte nochmals tausendfünfhundert Menschen aufnehmen. Zum Essen waren sie in zwei Gruppen eingeteilt – da sie die günstigen Kabinen der zweiten Klasse hatten, gehörten die Meyers zu der ersten Gruppe.

Einer der Stewards führte sie zu einem Tisch für vier Personen – an diesem würden sie nun immer ihre Mahlzeiten einnehmen. Bald füllte sich der Speisesaal, neugierig sah man sich um.

Der erste Steward bat, als alle saßen, um die Aufmerksamkeit der Gäste. Dann las er eine Erklärung des Kapitäns vor.

»Wir werden den Hafen, entgegen unseren Plänen, schon heute Nacht verlassen. Ein Geleitzug der Navy wird uns und zwei weitere Schiffe über den Atlantik begleiten. Ihnen allen wird die drohende Gefahr, die von Zerstörern und U-Booten Nazi-Deutschlands ausgeht, bewusst sein. Deshalb ist das Schiff ab Sonnenuntergang streng zu verdunkeln. Es ist nicht gestattet, die Vorhänge aufzuziehen. Es ist nicht gestattet, in der Dunkelheit an Deck Licht zu machen. Es ist nicht gestattet, an Deck ein Streichholz anzuzünden oder zu rauchen. In Ihren Kabinen finden Sie Schwimmwesten vor. Es ist Pflicht, die Schwimmwesten immer bei sich zu führen.«

Es gab noch eine Reihe weiterer Anweisungen, dann endlich wurde aufgetragen.

Das Essen war reichhaltig und lecker. Es gab Suppe, Hauptgang mit Fleisch und einen Nachtisch. Dazu eine Flasche Wein. Auch Ilse durfte mit anstoßen. Obwohl das Essen sehr gut war, war der Appetit bei den Reisenden nur mäßig. Die Anweisungen hatten ihnen bewusst gemacht, dass sie sich nicht auf einer Vergnügungsfahrt befanden.

Nach dem Essen gingen die Eltern in das Raucherzimmer, Ilse wollte die Bibliothek erkunden, und Ruth ging auf das Oberdeck. Die Stadt lag zu einer Seite, das Meer zur anderen. Natürlich war die verdunkelte Stadt kaum zu erkennen, nur zu erahnen.

Wie wird diese Überfahrt werden?, fragte sich Ruth bange.

»Guten Abend«, sagte plötzlich jemand in einem breiten

Englisch, einem Akzent, den Ruth noch nie gehört hatte, neben ihr. »Was machen Sie denn so allein an Deck?«

Erschrocken fuhr Ruth, die ganz in Gedanken gewesen war, herum. Vor ihr standen zwei junge Männer in Uniform. Hatte sie etwas falsch gemacht? War es verboten, sich hier aufzuhalten?

»Sie müssen nicht gucken wie das Kaninchen vor der Schlange«, lachte der Mann. »Ich bin Johnny Dexter und dies ist Frank O'Sullivan. Wir sind kanadische Matrosen.«

Ruth stellte sich auch vor. Zu ihrem Erstaunen erfuhr sie, dass ein Teil der dritten Klasse abgetrennt worden war und für Truppentransporte genutzt wurde.

»Wir sind etwa hundertfünfzig Soldaten«, erklärte Frank. »Demnächst werden noch viel mehr Soldaten auf der Scythia fahren, sie wurde abkommandiert zum Truppentransport. Dies ist eine ihrer letzten Fahrten als Passagierschiff.«

»Da haben wir ja noch einmal Glück gehabt«, sagte Ruth.

Der Matrose bot ihr eine Zigarette an.

»Es ist doch verboten, an Deck zu rauchen«, sagte Ruth erschrocken.

»Erst, wenn wir auf See sind. Und das Glimmen einer Zigarette wird uns sicher nicht den Feind auf den Hals hetzen.«

»Haben Sie keine Angst vor Angriffen?«

»Dann wäre ich nicht in der Navy«, sagte Johnny. »Der Atlantik ist groß und weit. Dort ein Schiff zu finden, ist ein wenig, wie eine Nadel im Heuhaufen zu suchen.«

»Bei Linienschiffen nicht ganz«, sagte Frank. »Man kennt ja die Routen, auch die Nazis.«

»Du willst doch die junge Lady sicherlich nicht erschrecken«, meinte Johnny. »Machen Sie sich keine Sorgen, alles wird gut gehen.«

Sie unterhielten sich noch eine Weile, dann herrschte plötzlich hektische Betriebsamkeit auf dem Schiff und am Kai. Es hieß »Leinen los«.

Der Dampfer stieß einen lauten Ton aus, nun legten sie ab.

Viele kamen an Deck. Ruth suchte und fand ihre Familie. Arm in Arm standen sie an der Reling.

»Mögen wir in eine bessere und sichere Zukunft fahren«, sagte Karl ernst.

»Amen«, sagte Martha.

Es dauerte lange, bis sie in den Schlaf fanden, alles war so ungewohnt, und das Stampfen der Dampfturbinen, die die beiden Schiffsschrauben antrieben und das Schaukeln der See machten es nicht leichter.

»Hast du Angst vor der Zukunft?«, fragte Ilse. »Vor Amerika?«

»Nein, Angst habe ich nicht, ein wenig sorge ich mich allerdings – wie wird alles werden? Aber wir werden schon einen Weg finden, das haben wir ja immer.«

»Meinst du, wir werden in Amerika glücklich sein?«

»Ach, Ilse«, sagte Ruth, »das werden wir bestimmt. Glück ist ja immer nur ein kleiner Moment, und wenn es gut läuft, reiht sich ein solcher Moment an den anderen.«

»Das weiß ich, aber ich meine – werden wir dort unser Glück finden? Eine Arbeit, vielleicht die große Liebe?«

»Bestimmt«, sagte Ruth, doch davon war sie noch nicht überzeugt.

Da sie zu der ersten Gruppe gehörten, nahmen die Meyers das Frühstück um acht ein. Um zwölf gab es Mittagessen, und um sechs wurde das Abendessen serviert.

Den Passagieren standen die Gesellschaftsräume zur Verfügung. Bei gutem Wetter wurde vormittags Gymnastik an Deck angeboten, ebenso konnte man dort Shuffle spielen oder eine Art Volleyball mit einem mit Sand gefüllten Stoffring.

Doch schon am zweiten Tag wurde die Zahl der Teilnehmer geringer, auch im Speisesaal waren nicht mehr alle Plätze besetzt. Sie hatten das offene Meer erreicht, und die Seekrankheit ging um.

Auch Martha war davon betroffen. Stöhnend lag sie im Bett, konnte nur ein wenig Wasser trinken, den Eimer hatte sie immer neben sich.

Ilse hatte zwei gleichaltrige Mädchen gefunden, mit denen sie fast den ganzen Tag verbrachte, und auch Karl hatte im Raucherzimmer schnell Kontakte geschlossen.

Die meisten Reisenden waren Juden – aus Deutschland, Italien oder anderen Ländern. Immer wieder wurde die politische Lage erörtert.

Schon am ersten Abend auf See war Ruth wieder an Deck gegangen, in der Hoffnung, die jungen Matrosen wieder zu sehen. Tatsächlich schienen auch Frank und Johnny schon auf sie zu warten.

Obwohl es ihr eigentlich untersagt war, folgte sie ihnen nach unten in die dritte Klasse. Dort herrschte eine andere Stimmung – ausgelassen, laut, verraucht und lustig.

Entweder spielte ein Grammophon die neusten Swingsongs, oder ein paar Mann taten sich zusammen und spielten auf ihren Instrumenten. In der Ecke des einen Aufenthaltsraumes stand ein wackeliges Klavier, einer hatte seine Gitarre dabei, ein weiterer spielte die Mundharmonika. Aus Töpfen und Eimern hatten sie ein Schlagzeug gebaut.

Die Tische wurden beiseite geräumt, und es wurde getanzt, was das Zeug hielt.

Offiziell war dieser Bereich den Soldaten vorbehalten, aber es waren auch etliche Mädchen aus der zweiten und dritten Klasse hier unten.

Endlich konnte Ruth wieder tanzen. Wie hatte sie das früher geliebt. Sie konnte tanzen und flirten, lachen und Witze machen. Es war, als wäre etwas, das tief in ihr verborgen gewesen war, wieder aufgetaucht.

Sie ließ kaum einen Tanz aus. Viele der jungen Männer rissen sich um sie, doch Frank und Johnny waren fast immer an ihrer Seite.

Zwischendurch gingen sie hin und wieder aufs Deck und stellten sich an die Reling, um sich abzukühlen.

Am vierten Tag sah sich Ruth verwundert um. Meist hatte man den Konvoi in der Ferne sehen oder wenigstens erahnen können, aber heute sah sie nichts.

»Wo sind die anderen Schiffe?«, fragte sie Frank.

»Irgendwo da draußen«, sagte er und legte den Arm um sie. »Ruth, du bist wirklich eine Wucht. Wo hast du so gut tanzen gelernt?«

Ruth lachte. »Ich bin ein Naturtalent.«

»Ja, und ein wunderschönes noch dazu.« Er drückte sie näher an sich.

Erst wollte sich Ruth wehren, doch dann dachte sie – was soll es? Wer weiß, wo das Leben mich und ihn hinführt. Vielleicht sind dies die letzten unbeschwerten Momente.

Nun kam Johnny dazu. »Willst du mir mein Mädchen ausspannen?«, fragte er Frank mit einem Zwinkern.

»Ich liebe euch doch beide«, sagte Ruth leichthin und gab jedem einen Kuss. Dann lief sie wieder nach unten, um weiterzutanzen.

Zwei Tage später erfuhren sie, dass sie den Konvoi verloren hatten – die Scythia war zu langsam und konnte nicht mithalten.

»Wir sind jetzt mitten auf dem Atlantik«, sagte Johnny. »Uns hier zu finden wird schwer sein. Dennoch fährt der Kapitän jetzt einen Zickzackkurs. Es wird uns ein paar Tage kosten, doch es ist sicherer.«

»Was machst du immer abends?«, fragte Ilse. »Nach dem Essen bist du weg, und du kommst auch erst tief in der Nacht zurück. Wenn Mutti nicht so krank wäre, würdest du ganz bestimmt Ärger bekommen.«

Ruth erzählte Ilse von den Matrosen und ihren Feiern. »Sei lieb, und sag es den Eltern nicht. Ich war so lange nicht tanzen, ich will es auskosten.«

»Wie kannst du tanzen, wenn das Schiff so schaukelt?« Auch Ilse war inzwischen leicht seekrank. Fast jeden schien es zu erwischen. Nur Ruth merkte nichts davon. Ihr ging es so gut, wie lange schon nicht mehr.

Jeden Tag machte sie sorgfältig ihre Haare, die in dem Jahr auf dem Hof der Sandersons sehr gelitten hatten. Dort war wenig Zeit für Pflege gewesen, und meist hatte sie nur einen Zopf getragen. Wahrscheinlich würde sie in den Staaten auch arbeiten müssen – aber bis dahin wollte sie sich noch einmal verwöhnen.

»Du riechst immer so gut«, sagte Ilse, als Ruth sich am nächsten Abend fertig machte.

»Das ist ein Parfüm, das mir Johnny geschenkt hat.«

»Ist Johnny dein Verehrer?«, fragte Ilse.

Ruth kämmte sich gerade die Haare, sie hielt inne, überlegte. »Ja, vermutlich. Er und Frank und Mick und Jim.« Sie lachte.

»Hast du einen von ihnen lieb?«

»Ich habe sie alle lieb. Sie sind so lustig und so freundlich.«

»Nein, ich meinte, hast du einen von ihnen besonders lieb? Bist du verliebt, so wie in Kurt damals?«

»Das weiß ich doch jetzt noch nicht«, sagte Ruth lachend.

Doch an diesem Abend ging sie nicht sofort auf das Un-

terdeck. Sie blieb an der Reling stehen, schaute in den Nacht-
himmel.

Sie hatte Kurt geliebt, es war die erste Liebe gewesen, eine
besondere Liebe, die zugleich schmerzte und wunderschön
war. Sie hatte damals geglaubt, dass dieses Gefühl, so tief
und innig, für immer anhalten werde. Doch das hatte es
nicht.

Die Matrosen fand sie alle nett, und sie machte sich nichts
daraus, ihnen hin und wieder ein Küsschen zu geben, sich
etwas inniger umarmen zu lassen. Doch mit Liebe hatte das
nichts zu tun. Es war nur Spaß.

Werde ich jemals wieder lieben können?, fragte sie sich.
Richtig und echt lieben? Werde ich jemals wieder mein Herz
und meine Seele jemandem anvertrauen können?

Was, wenn es nicht reicht? Was, wenn wieder etwas passiert? Was, wenn wir wieder alles aufgeben müssen? Das
würde ich nicht ertragen. Ich würde es nicht ertragen, dass
ich das noch einmal verliere.

Mein Leben habe ich noch, aber die Zuversicht, dass alles
gut werden wird, dass ich aufgefangen werde, das habe ich
nicht mehr, wurde ihr schmerzlich bewusst. Sie würde wohl
nie wieder wirklich Vertrauen fassen können. Diese Erkenntnis machte sie unendlich traurig, aber auch wütend –
wütend auf die Nazis, die so viel mehr zerstört hatten als nur
Häuser und Geschirr. Sie waren bis in ihre Seele vorgedrungen und hatten Unheil gesät. Furcht und Angst. Sie hatten
ihr das Urvertrauen genommen.

Ruth hob den Kopf wieder, schaute zu den Sternen. Bitte,

lieber Gott, sagte sie leise, bitte heil das wieder. Es darf dauern, aber irgendwann muss diese Angst verschwunden sein, damit ich wieder lieben kann.

Sie war sich nicht sicher, ob Gott ihr Gebet erhören würde.

NACHWORT

Auch das dritte Buch dieser Reihe ist ein Roman und keine
Biographie. Ein Roman, eine Fiktion – eine Geschichte, die
ich mir ausgedacht habe.

Das ist allerdings nicht ganz so. Diesem Buch – wie auch seinen beiden Vorgängern »Jahre aus Seide«, »Zeit aus Glas« –
liegt eine wahre Familiengeschichte zugrunde. Eine Geschichte,
über die ich mehr oder minder gestolpert bin, als ich das NS-
Dokumentationszentrum »Villa Merländer« in Krefeld besucht habe. Eine Familiengeschichte, die mich von Anfang an
gefesselt hat. Eine Familiengeschichte, über die zu schreiben
ich nicht aufhören kann – deshalb wird es noch einen vierten
Band geben.

Ich habe in den letzten Büchern im Nachwort schon geschildert, wie es dazu kam, es gibt dazu auch Informationen
auf der Verlagsseite www.aufbau-verlag.de.

Kurz vor Ostern 2019 waren Larry und Mark Wolfson (die
Söhne von Ilse Meyer-Wolfson und Neffen von Ruth Meyer-
Elcott) und ein großer Teil ihrer Familie in Krefeld. Sie wa-
ren auf Europatour, wollten aber unbedingt nach Krefeld, die
Stadt sehen, aus der ihre Mutter kam und von der sie immer

so viel berichtet hat. Mark und Larry sind die Söhne von Ilse, Ruths Schwester.

Inzwischen ist Sandra Franz die Leiterin der NS-Dokumentationsstelle in Krefeld, der »Villa Merländer«. Sie überlegte, ob wir nicht gemeinsam etwas machen könnten – Mark, Larry und ich. Die Familie war einverstanden und ich natürlich auch, aber wir wussten nicht so recht, wie eine Lesung und Fragerunde angenommen werden würden – eigentlich wussten wir gar nicht, wie das alles funktionieren sollte und würde. Es war ein wenig aufregend. Das Haus war voll, ich habe ein wenig gelesen, dann kamen die beiden Brüder auf die Bühne und haben über ihre Familie erzählt und Fragen beantwortet – Sandra Franz hat super, super toll übersetzt.

Diese »Lesung«, dieser Abend war sehr emotional und von vielen Tränen begleitet. Die eigene Familiengeschichte zu kennen ist eine Sache, sie mit anderen zu bereden, öffentlich, ist eine andere.

Aber die Wolfsons empfanden das Interesse, das Sie, liebe Leser, der Familiengeschichte entgegenbringen, als heilsam.

Sowohl Ruth als auch Ilse Meyer haben ihr Lebtag von ihren Erlebnissen erzählt, vom Nazi-Deutschland, vom Holocaust, von ihrer Vertreibung, ihrer Flucht. Von ihren Ängsten und ihren Verlusten. Es war ihnen immer wichtig, dass die Geschichte der Familie Meyer, die stellvertretend für viele, viele Hunderttausende jüdische Familie steht, nie vergessen wird. Und dadurch, dass Sie, liebe Leser, diese Bücher lesen, wird die Geschichte nicht vergessen.

Mir ist es auch wichtig, dass die Geschichte der Familie Meyer, die Geschichte Ruths, ihrer Schwester, ihrer Eltern und ihrer Verwandten, nicht vergessen wird, gerade in heutigen Zeiten. Als ich Jugendliche war und mich mit dem Nationalsozialismus beschäftigt habe, habe ich mich für meine Herkunft geschämt und gleichzeitig gedacht, dass dies nie, nie, nie wieder geschehen wird. Aber jetzt gibt es eine Partei, die den nationalsozialistischen Sprachgebrauch mit den verächtlichen Parolen wieder aufleben lässt, eine Partei, die hetzt, die jagt, die Sachen möglich macht, die ich abscheulich finde.

Und es gibt wieder Antisemitismus.

Wahrscheinlich gab es den immer schon, aber nun wird er wieder gelebt, ausgelebt – mit Attentaten und Hassreden. Ein wenig so, wie Ruth und Ilse es in den 30er-Jahren erlebt haben müssen.

Ich möchte an alle appellieren, die Geschichte nicht zu wiederholen. Es war zu schrecklich, zu grausam, zu furchtbar. Es war widerlich. Bitte lasst uns alle menschlich sein und so handeln.

Es gibt einige Dokumentationsstätten wie die »Villa Merländer« in Deutschland, es gibt Museen, Mahnmale, es gibt die Stolpersteine – ich möchte Sie auffordern, diese Stätten zu besichtigen, sich damit zu beschäftigen.

»Tage des Lichts« ist genauso wie die Vorgängerbände »Jahre aus Seide«, »Zeit aus Glas« und auch wie der Nachfolger »Träume aus Samt« ein Roman, keine Biographie. Diese Bücher beruhen auf den Erinnerungen und Tagebucheintragungen von Ruth Meyer. Sie beruhen auf den Interviews, die sie und ihre Schwester Ilse gaben, auf Aufzeichnungen und Dokumenten, die ich von der Familie bekommen habe. Und dennoch ist es auch Fiktion.

Viel von dem, was ich geschrieben habe, ist wahr. Einiges habe ich dazuerfunden.

Wahr ist:

- Es gab Ruth und Ilse, ihre Eltern Martha und Karl. Es gab Großmutter Emilie und Omi und Opi – Wilhelmine und Valentin Meyer. Es gab Hedwig und Hans Simons. Und es gab die Familie Aretz.
- Es gab die Sandersons, ihre Tochter hieß Jill. Mr und Mrs Sandersons Vornamen habe ich nicht recherchieren können – im Buch heißen sie Freddy und Olivia. Laut Ruths Dokumenten war Freddy ein sehr netter Mensch und sehr hilfsbereit, seine Frau war in etwa so, wie ich sie geschildert habe.
- Wahr ist, dass Ruth alles darangesetzt hat, dass ihre Familie ein Visum nach England bekommen konnte. Wahr ist auch, dass sie zehn Tage vor Kriegsausbruch England erreichten.
- Es gab die Verwandtschaft in Slough, die Familie Koppel, die eine Unterkunft besorgte und sich auch weiterhin um die Meyers kümmerte.
- Wahr ist, dass es jemanden im Hintergrund gab, der Ruth geholfen hat und auch Hans adoptieren wollte, einen Namen habe ich nicht, und ich habe – aus dramaturgischen Gründen – die Bedeutung der Familie, die ich »Nebel« genannt habe, etwas ausgeweitet. Theoretisch hätte das aber so sein können. Leute wie die Nebels gab es.

— Wahr ist auch, dass vier Schülerinnen und eine Lehrerin auf dem Hof in Frinton-on-Sea stationiert wurden und Ruth sich nun um alle kümmern musste, was ihr einiges abverlangte.
— Wahr ist auch, dass Ruth bei Luftangriffen nicht das Haus verließ, sondern lieber Tagebuch schrieb (zu meinem Glück – und ihr Glück war, dass der Ort nicht bombardiert wurde)
— Wahr sind eine ganze Menge anderer Kleinigkeiten und manche größere Dinge – so habe ich die BBC-Aufnahme von Premierminister Chamberlain und die folgenden Aufforderungen freihändig übersetzt – man findet die Radioaufnahme auf Youtube. https://www.youtube.com/watch?v=xcSnKArKz8E

Immer, wenn ich so ein Buch schreibe, befasse ich mich natürlich auch mit dem Zeitgeschehen. Sehr hilfreich war für mich das Buch »Churchill: Die dunkelste Stunde« von Anthony Maccarten, Ullstein Verlag.

Ich beziehe mich bei Churchills Rede, die auch im Radio übertragen wurde, auf: Winston S. Churchill, Rede vor dem Unterhaus, Hansard, HC Deb Series 5, 13. Mai 1940, Bd. 360, cc. 1501 ff. Dt. Übersetzung aus: Winston S. Churchill, Reden, gesammelt von Charles Eade, Bd. 1: Ins Gefecht: 1938–1940, Zürich 1946, S. 319 ff. Und auf diese Rede, die vom BBC ausgestrahlt wurde: https://www.youtube.com/watch?v=14IVz-LjoFBQ

Die Familie Meyer hatte das Glück, im Frühjahr 1940 auf der Scythia, einem Passagierschiff der Cunard Line, ausreisen zu können. Ich habe ihre Ausreise ein wenig nach hinten verlegt, wahrscheinlich waren sie schon im Mai oder April in New York.

Die Aussagen der Schwestern sind ein wenig widersprüchlich. Ruth erzählt von Bombenangriffen und eben auch davon, dass sie zum Schutz in die Gräben fliehen mussten, was sie aber nicht getan hat. Es gibt auch Berichte über die Schutzsuche in Slough. Tatsächlich startete der Blitzkrieg, die Luftangriffe Nazideutschlands auf England, erst im Juni/Juli 1940.

Wahr ist,

– dass Hans Aretz, der ehemalige Chauffeur der Familie Meyer, sich weiterhin um die Familienangehörigen, die zurückbleiben mussten, gekümmert hat. Er und seine Familie haben sie mit Lebensmitteln und anderem versorgt.

– Wahr ist, dass Hans Simons, Ruths Cousin, eng mit Rita Aretz befreundet war, dass sie beide zusammen oft das Kino besucht haben.

– Wahr ist auch, dass Hans Aretz und Valentin Meyer auf die Gestapowache in der Bismarckstraße gebracht und ebenso verhört worden sind, wie ich es geschildert habe – dazu gibt es Berichte.

Wahr ist auch, dass alle Visanummern für die Vereinigten Staaten, die pro Jahr auf ca. 24000 beschränkt waren, für diejenigen verfielen, die in Nazistaaten lebten oder in den von Nazis besetzten Ländern.

Somit rutschten die Meyers um etwa zwei Jahre nach vorn auf der Liste. Dass sie die Plätze von Menschen einnahmen, die wahrscheinlich ein schreckliches Schicksal erleiden würden, war ihnen schon damals bewusst. Dass sie die Plätze von Todgeweihten bekamen, wurde ihnen nach dem Krieg klar. Es war für die Familie ein schreckliches Gefühl, ein Gefühl der Schuld, dass sie niemals loswurden.

Ruth Meyer hat Tagebuch geschrieben. Ihr Leben lang. Sie hat Briefe geschrieben, hat Interviews gegeben, hat sich eingesetzt – ihr Leben lang. Ruth Meyer war eine starke Frau, sie war mutig, sie war furchtsam, aber sie hat nie aufgegeben, und ihr größter Wunsch war, dass die Geschichte der Juden, dass ihr Schicksal in den Jahren des Nationalsozialismus, nie vergessen wird. Ich hoffe, durch meine Bücher kann ich ein wenig dazu beitragen.

Ich habe Dokumente, die Tagebücher, stehe mit der Familie – die mir so wunderbar und offen jede Frage beantwortet – in Kontakt. Dennoch schleichen sich immer Fehler ein. Man möge mir das verzeihen, die Fehler sind auf meinem Mist gewachsen.

Ruth und Ilse Meyer, denen ich auch dieses Buch gewidmet habe, sind inzwischen verstorben. Ich bin mir aber ganz sicher, würden sie noch leben, dann würden sie sich für all die Flüchtlinge, die es inzwischen wieder gibt, all die Vertriebenen – ob wegen Abstammung, Glauben oder einfach nur, weil sie vor dem Krieg fliehen – einsetzen. Auch würden die beiden Schwestern vehement gegen den wieder aufflammenden Antisemitismus angehen. Und das tue ich auch. Und ich bitte Sie alle, dem zu folgen. Lassen Sie nie wieder das geschehen, was damals hier passiert ist, und es sollte nirgendwo in der Welt geschehen. Niemals mehr.

Danksagung

Immer, wenn ich ENDE unter ein Manuskript schreibe, bin ich froh. Ich bin froh, dass ich es wieder geschafft habe, ein Buch zu schreiben, ich bin froh, es zu der weltbesten Lektorin Anne Sudmann vom Aufbau Verlag zu schicken, und diesmal war ich besonders froh – weil ich das Buch zum Abgabetermin fertig hatte. Diesmal war das besonders wichtig, weil ich Urlaub gebucht hatte – ein Hausboot auf dem Canal du Midi –, und das wollte ich ohne Manuskriptabgabe im Nacken genießen. Das habe ich auch.

Anne Sudmann hat – wie immer – dieses Buch durch ihre Anmerkungen und Vorschläge noch besser gemacht. Anne, ich liebe dich und möchte bitte noch viele, viele Bücher mit dir gemeinsam machen.

Mein ganz, ganz großer Dank geht an die Familien Elcott und Wolfson.

David – ich bin so froh, dass du mich unterstützt und alle Fragen beantwortest.

Diane – es ist so großartig, dich zu kennen und irgendwann komme ich dich in LA besuchen. Versprochen.

Mark –, was soll ich sagen? Wenn du nicht in Krefeld aufgetaucht wärst, wüste ich wahrscheinlich gar nicht, dass es dich gibt. Ich hätte gerne noch mehr Mails von dir, die immer sehr knapp sind und meist nur ein Wort beinhalten: »Sweet« – ich lache jedes Mal.

Larry – ich schreibe die Danksagung Ende Oktober. Ich hoffe, wir sehen uns – noch vor Veröffentlichung des Buches – im Dezember – zur Weihnachtsgans. Ich drück dich, du bist ein Teil unserer Familie geworden. Danke.

Natürlich muss ich wieder Dr. Ingrid Schupetta für ihre stetige Hilfe und ihr Engagement danken. Und ich bin wirklich froh, dass Wolfgang mit unseren Katzen klarkommt und wir uns öfter auch bei mir treffen können.

Auch Burkhard Orchowski, Mitarbeiter der NS-Dokumentationsstätte »Villa Merländer« hat mir mit seinen Artikeln über die Familie Aretz und seiner Hilfsbereitschaft sehr geholfen. Herzlichen Dank.

Lieber Reinhard Rohn – wir kennen uns schon so viele Jahre, und ich bin froh darüber. Ich bin froh, dich zu kennen, und ich bin froh, dass der Aufbau Verlag mir die Chance gegeben hat, das zu tun, was ich tue – ich kann nämlich nicht stricken. Ihr seid großartig. Danke.

Und natürlich wäre ich nicht da, wo ich bin, ohne meine Agentur. Allerliebster bester Gerald – Bussi –, und du weißt schon.

Liebste, allerliebste Conny – du bist inzwischen mehr als meine Agentin, du bist meine Freundin, meine Seelenverwandte. Ohne dich … aber das weißt du. Drück dich.

Ohne Familie und Freunde wäre mein Leben sehr einsam. Aber das ist es nicht. Ich tauche manchmal monatelang ab, aber das nehmt ihr mir nicht übel. Und das ist großartig. Ich brauche euch nämlich, ich brauche euch zum Auftauchen, zum Luftholen, um mich wieder zu erden. Und dann seid ihr zu meinem Glück da – Andrea, Claudia, Bärbel, Michael, Susanne, Fred, Geli und Thomas, Susanne nebenan, Markus und Michi ... Ich bin froh, dass es euch gibt. Lasst uns bitte weiterhin großartig miteinander feiern.

Meinen Eltern gebührt Dank, vor allem weil sie für ihre Enkel da sind. Danke Mutti und Vati.

Liebe Regina – du bist die Beste aller Schwiegermütter. Bleib so, wie du bist.

Lieber Lieblingsbruder Christian – ich drück dich und deine Frau Ela. Ich würde euch gern öfter sehen – aber manchmal ist das nicht so einfach. Dennoch seid ihr da, und das weiß ich.

Kirsten – was soll ich sagen? Du bist mein größter Halt, der Fels in der Brandung, immer da, und ich würde dich heiraten, wenn du ein Mann wärst und ich nicht schon ... du weißt schon. Ich liebe dich. Danke, dass es dich gibt und du immer und immer und immer da bist.

Und zum Glück gibt es auch deinen Mann, Klaus, der auch immer und immer da ist. Liebster Klaus – Danke, dass es dich gibt.

Dann sind da noch meine Kinder. Philipp. Lisa, Tim und Robin. Zu jedem hätte ich etwas zu sagen – aber das mache ich lieber privat. Ich liebe euch alle.

Und … Claus. Ich liebe dich. Ich liebe es, wenn wir nachts in völliger Dunkelheit durch Frankreich fahren, das Tönnchen angehängt, die Hunde dabei, schnarchend und seufzend, und eine alte CD läuft mit Beatles-Liedern oder Simon & Garfunkel, und wir beide singen lauthals mit, sehen uns an und wissen, dies ist einer der Glücksmomente, die man nicht beschreiben, die man leben oder singen muss.

Und deshalb sagen es die Beatles für uns:

»Ob la di, ob-la-da, life goes on, bra

La-la, how the life goes on«

Lass uns bitte noch ganz oft nachts durch Frankreich fahren und singen.

Die große Ostpreußen-Saga

LESEPROBE

Ulrike Renk
Das Lied der Störche
Roman
512 Seiten, Broschur
ISBN 978-3-7466-3246-9
Auch als E-Book erhältlich

Ostpreußen 1920: Frederike verbringt eine glückliche und unbeschwerte Kindheit auf dem Gut ihres Stiefvaters in der Nähe von Graudenz. Bis sie eines Tages erfährt, dass ihre Zukunft mehr als ungewiss ist: Ihr Erbe ist nach dem Krieg verloren gegangen, sie hat weder Auskommen noch Mitgift. Während ihre Freundinnen sich in Berlin vergnügen und ihre Jugend genießen, fühlt sich Frederike ausgeschlossen. Umso mehr freut sie sich über die Aufmerksamkeit des Gutsbesitzers Ax von Stieglitz. Wäre da nur nicht das beunruhigende Gefühl, dass den deutlich älteren Mann ein dunkles Geheimnis umgibt …

Eine berührende Familien-Saga, die auf wahren Begebenheiten beruht

Kapitel 1

In der Nacht, in der Frederikes Stiefvater starb, hatte das Wolfsrudel auf dem Nachbargut geheult. An diese Nacht erinnerte sie sich auch jetzt noch – sechs Jahre später.

Hektor hatte mit gesträubtem Nackenfell an der Tür gelauert und geknurrt. Sie hatte den jungen Hund zu sich ins Bett genommen, ihn an sich gedrückt. Hektor hatte sich augenblicklich beruhigt und damit auch sie. Damals waren sie nur zu Besuch auf dem Gut der Familie ihres Stiefvaters gewesen. Ab heute sollte das Gut der von Fennhusens offiziell ihr Zuhause werden.

Hektor lag in der Sonne auf dem Hof und schien das hektische Treiben um sich herum nicht wahrzunehmen. Ob es die Wölfe auf dem Nachbargut noch gab? Und lebte das Rudel immer noch in dem großen Gehege im Wald?, dachte Frederike, während sie sich auf der Eingangstreppe in die Sonne setzte.

»Träumst du, Freddy?« Leni, die Dienstmagd, die einen Korb voll frischer Tischwäsche trug, stupste sie an. »Du kannst helfen, es gibt alle Hände voll zu tun.«

Langsam stand Frederike auf, strich den Rock glatt und ging ins Haus. Hektor sprang auf und folgte ihr. Ihre Mutter flatterte wie ein aufgeregter Kanarienvogel, vor dessen Käfig eine Katze hockt, durch die Diele, in die immer mehr Koffer und Kisten gebracht wurden.

»Vorsicht«, rief die Mutter. »Das ist mein gutes Porzellan, die Aussteuer meiner ersten Ehe.«

»Ja, Gnädigste«, brummte der Knecht und stellte die Kiste unsanft zu Boden. Die Mutter seufzte auf. »Wo sind deine Geschwister, Freddy?« Frederike zuckte mit den Achseln. »Geh sie suchen und pass auf sie auf. Die Mädchen haben genug zu tun und können sich nicht auch noch um euch kümmern. Und der Hund hat im Haus nichts verloren.« Mit einer ungeduldigen Handbewegung scheuchte sie ihre älteste Tochter davon.

Ich bin doch kein Huhn, dachte Frederike empört und schaute sich suchend um. Wo mochten Fritz und Gerta sein? Dicht gefolgt von Hektor ging sie durch das Gartenzimmer auf den Hof.

Sie, Frederike, stammte, genau wie das Porzellan, aus der ersten Ehe ihrer Mutter. Ihren leiblichen Vater hatte sie nie kennengelernt. Als junges Mädchen hatte ihre Mutter Fred von Weidenfels geehelicht und erwartete schon bald ein Kind. Drei Monate vor Frederikes Geburt war ihr Vater auf die Jagd geritten, verfolgte mit erhobenem Kopf den Flug der Falken, statt auf den Weg zu achten. So brach sich nicht nur sein Pferd, sondern auch er den Hals.

Ihre Mutter tröstete sich schon bald in den Armen Egberts von Fennhusen, heiratete ihn nach einer angemessenen, aber sehr kurzen Trauerzeit und gebar zwei weitere Kinder, Fritz und Gerta. Doch Egbert starb in den ersten Tagen des großen Krieges, der ganz Europa verwüstete.

Jetzt, drei Jahre nach Kriegsende, hatte die Mutter schließlich den dritten Versuch gewagt. Ihr Name änderte sich indes nicht, sie blieb eine von Fennhusen, denn ihr dritter Mann war der Vetter ihres zweiten Gatten. Ihm gehörte das Gut der Familie, das so weit im Osten lag, dass es fast einer Weltreise gleichkam, hierherzureisen. Mit dem Zug von Berlin, zweimal umsteigen und schließlich mit Kutschen und Karren über holperige Wege, die im Frühjahr zu Schlammbahnen wurden.

Es ist eine Strafe, dachte die elfjährige Frederike, hier wohnen zu müssen, wo sich Fuchs und Hase gute Nacht sagen.

Ihr Halbbruder Fritz, der gerade neun geworden war, schien das anders zu sehen. Er hatte sich Schuhe und Strümpfe ausgezogen und stand bis zu den Knien im Teich hinter dem Haus.

»Freddy, schau mal«, rief er begeistert. »Hier gibt es Fische. Und einen Salamander habe ich auch schon gesehen. Und in den Wiesen klappern die Störche.«

»Bei dir klappert wohl auch was. Du wirst dich schmutzig machen.«
Frederike rümpfte die Nase. »Und wenn du nicht aufpasst, fällst du in
die Brühe, dann setzt es bestimmt was.«

»Und wenn schon. Mutter wird es nicht bemerken, sie ist viel zu beschäftigt mit ihren Kisten.« Fritz grinste. »Der Hauslehrer kommt auch
erst in ein paar Tagen.«

Frederike sah sich um. »Wo ist Gerta?«

Fritz zuckte nur mit den Achseln und stocherte mit einem Ast im
Schlamm. Hinter dem Haus befand sich der Ziergarten mit der Ter-
rasse, dem sanft abfallenden Rasen bis hin zum Teich, der von großen Weiden überschattet wurde. Dahinter schloss sich der Nutzgarten
an, neben dem die Stallungen waren. Die Türen standen weit auf,
Schwärme von Mücken hoben und senkten sich wie eine Wolke im
Sonnenlicht. Frederike ging zum Stall, schaute in den ersten Gang. Es
roch süßlich nach Pferden und es duftete nach Heu. Gerta saß auf
einem Strohballen und hielt ein Kätzchen in den Armen.

»Schau mal«, sagte sie zu ihrer Schwester. »Da sind noch welche, dort
in der Ecke. Sie sind so weich. Ob Onkel Erik mich eins haben lässt?«

»Willst du es etwa mit ins Haus nehmen?« Frederike lachte und
setzte sich zu ihr auf den Strohballen.

Gerta nickte. »Du hast doch Hektor und Fritz hat seinen Arco. Warum sollte ich nicht auch ein Tier haben?«

»Aber eine Katze? Die gehören in die Stallungen oder den Keller, im
Haus fühlen sie sich nicht wohl.«

»Gräfin zu Steinfels hat zwei Katzen in ihrer Wohnung in Berlin.«
Gerta streckte trotzig das Kinn nach vorne.

»Das sind aber Zuchtkatzen. Und diese hier sollen Mäuse fangen.«
Frederike seufzte. »Davon wird es hier genügend geben.«

»Ich will aber ein Kätzchen. Ob Onkel Erik es mir erlaubt?«

»Er bestimmt, aber die Mamsell wird es nicht zulassen. Willst du es
etwa an der Leine führen?« Frederike kicherte leise bei der Vorstellung,
dann beugte sie sich vor und nahm auch eins der Katzenkinder in den
Arm. Es schnurrte und ließ sich von ihr kraulen.

»Welches würdest du nehmen? Das Getigerte oder das Helle dort vorne?«

»Ich würde gar keins haben wollen.« Frederike schnaufte. Der Staub kitzelte in ihrer Nase, das Stroh stach ihr in die Unterschenkel, dennoch hatte sie keine Lust, wieder zurück in das hektische Haus zu gehen. In den Boxen stampften zwei Pferde, streckten die Köpfe neugierig zu ihnen. Hier am Haus waren nur die Reit- und Kutschpferde untergebracht. Das Gestüt war ein Stück weit die Straße herunter. Onkel Erik, den die Kinder schon seit jeher kannten, züchtete Pferde für die Armee, das wusste Frederike. Außerdem betrieb er Landwirtschaft, hatte sie gehört. Was man sich genau darunter vorzustellen hatte, wusste sie jedoch nicht. Schon öfters war die Familie hier zu Besuch gewesen. Auch zu Beginn des Krieges waren sie aufs Land gezogen. Damals, als alles noch anders war, und der Papa, der zwar nicht ihr leiblicher war, aber der Einzige, den sie kannte, noch lebte. Hier hatte die Mutter von seinem Tod erfahren, fast zwei Tage nachdem die Wölfe geheult hatten, denn solange brauchte der Bote bis hierher, trotz Telegramm.

»Fritz!«, rief plötzlich die empörte Leni. »Was machst du denn da? Bist du des Wahnsinns?«

Frederike beugte sich nach rechts, schaute durch die Stalltür zum Teich. Ihr Bruder drehte sich erschrocken um, verlor auf dem schlammigen Grund den Halt, fiel mit fuchtelnden Armen nach hinten und klatschte mit dem Rücken aufs Wasser.

Frederike lachte laut auf, Leni schrie und Fritz kreischte.

»Komm, wir müssen ihm helfen.« Frederike sprang auf, lief zum Teich. Prustend saß ihr Bruder im Wasser, von Schlamm und Entengrütze bedeckt. Er grinste breit.

»Du holst dir den Tod. Komm sofort heraus«, rief Leni. »Wenn das deine Mutter sieht.«

»Das Wasser ist gar nicht so kalt. Wird es dort hinten tiefer? Dann könnte man glatt schwimmen.« Fritz drehte sich auf den Bauch und paddelte ein wenig. »Herrlich ist es. Ganz erfrischend, Leni. Magst du nicht auch reinkommen?«

»Komm sofort da raus, Junge.« Leni stand am Ufer und schaute zu ihm, raffte die Röcke und schien zu überlegen, ob sie hineinwaten solle. »Ich ziehe dir die Ohren lang.«

»Dafür musst du mich erst einmal kriegen.« Fritz lachte.

»Komm jetzt raus.« Die Stimme des Mädchens klang auf einmal flehentlich, sie schaute sich unsicher zum Haus um. »Deine Mutter … die gnädige Frau …«

»Nun komm schon«, sagte Frederike und verkniff sich das Lachen. »Mach es Leni nicht noch schwerer. Raus mit dir.«

Fritz stand langsam auf, der Schlamm und das Wasser liefen ihm über den Körper und aus den Beinen der kurzen Hose. Er zuckte zusammen, als ein kleiner Fisch sich zappelnd den Weg nach unten und zurück ins Wasser suchte. Dann stapfte er ans Ufer.

»Mutter wird schimpfen«, sagte Gerta, die sich neben Frederike gestellt hatte. Sie hielt immer noch das Kätzchen im Arm.

»Mit dir auch, wenn du weiterhin den Flohteppich festhältst«, sagte Fritz. Gerta sah ihn entsetzt an, dann ließ sie das Kätzchen fallen. Es miaute erschrocken auf, tapste dann zurück zur Scheune.

Aus der Ferne hörte man den schrillen Ton einer Hupe, gefolgt vom Knattern eines Motors.

»Onkel Erik!« Fritz lief zum Haus. »Schnell, Leni, lass mir ein Bad ein, wir müssen ihn begrüßen.«

»Kannst dich am Brunnen waschen«, rief Leni ihm kopfschüttelnd hinterher.

Gerta strich sich wieder und wieder über das Kleid, kratzte sich am Kopf. »Flöhe?«, murmelte sie entsetzt.

Frederike seufzte. »Flöhe hast du im Kopf, mehr nicht. Komm, lass uns Mutter suchen.«

Die nächsten Tage herrschte Hektik und Chaos im Gutshaus, aber seit Erik da war, beruhigte sich zumindest die Mutter. Frederike dagegen konnte sich nicht so schnell eingewöhnen. Sie teilte kein Zimmer mehr mit Gerta. Zuerst hatte ihr der Gedanke sehr gefallen, ein eigenes Zimmer zu haben. Aber hier, auf dem riesigen Gutshof, fühlte sie sich verloren und einsam. Vorletzte Nacht hatte sich ihre kleine Schwester heimlich zu ihr geschlichen. Kuschelig und warm war es unter dem großen Plumeau, sie hatten geflüstert und gekichert und waren dann Arm in Arm eingeschlafen.

Aber am Morgen danach war nicht Leni zum Wecken gekommen, sondern die Mamsell. Missbilligend hatte sie die Mädchen angesehen. Nach dem Frühstück dann hatte Onkel Erik sie zu sich gerufen.

»Freddy, Gerta, ich hoffe, ihr habt euch schon an das neue Zuhause gewöhnt«, sagte er freundlich.

»Ja, Onkel Erik«, sagte Gerta. Frederike schwieg.

»Nun, die Mamsell hat mir gesagt, dass ihr zusammen in einem Bett geschlafen habt. Stimmt das?«

Die beiden Mädchen sahen sich verwirrt an und dann nickten sie.

»Seht ihr, wir haben ein großes Haus, das viel zu lange leer gestanden hat. Und nun soll das anders werden, meine Täubchen. Hier wird jetzt die Familie leben, wir alle zusammen. Aber es müssen gewisse Regeln eingehalten werden. Dazu gehört auch, dass ihr nicht wie die Bauerskinder in einem Bett schlaft. Ich weiß«, er nickte, »ihr hattet bis jetzt ein turbulentes Leben. Der Tod eures Vaters, der Krieg und so weiter und so weiter. Aber nun ist es anders. Nun leben wir hier als eine Familie und können zur Ruhe kommen. Aber es gibt bestimmte Regeln zu beachten.« Er lächelte ihnen zu, trank einen Schluck aus seiner Kaffeetasse. »Ich möchte, dass ihr euch fügt und euch wie Gutsherrenkinder benehmt und nicht wie Leute.« Er sah sie voller Erwartungen an.

Frederike und Gerta nickten, obwohl sie nicht wirklich verstanden, was er von ihnen wollte.

»Ich sehe, ihr versteht mich«, sagte er zufrieden. »Gut, dann bitte verhaltet euch entsprechend. Und jetzt dürft ihr gehen.«

Am nächsten Abend schlich Frederike, die nicht schlafen konnte, die Treppen hinunter, hockte sich in der Diele auf einen der Sessel vor dem Salon und lauschte Mutter und Stiefvater. Hektor war ihr gefolgt und legte sich zu ihren Füßen.

»Wir müssen eine Gesellschaft geben, Erik«, sagte die Mutter. »Schon alleine, um unsere Hochzeit nachzufeiern.«

»Liegt dir viel daran?« Er klang amüsiert.

»Nein. Nicht so, wie du es jetzt meinst. Aber wir müssen die Nachbarn einladen, es offiziell machen, das verstehst du doch?«

»Vermutlich hast du recht«, sagte er nachdenklich. »Jedoch … nun, du wirst das mit der Mamsell besprechen müssen.« Er räusperte sich.

»Mit der Mamsell, natürlich.« Mutters Stimme klang auf einmal gar nicht mehr vergnügt. »Ich glaube, die Mamsell und ich werden keine engen Freunde werden.«

Wieder räusperte sich Onkel Erik. »Sie steht dem Haushalt schon lange vor. Seit dem Tod meiner Mutter hat sie alles alleine bewältigt, denn Edeltraut mag sich ja nicht mit solchen Sachen befassen.«

Tante Edeltraut war Onkel Eriks unverheiratete Schwester, die mit auf dem Gut lebte. Ihr Verlobter war im Krieg gefallen, seitdem trug sie Trauer. Meistens saß sie auf der Veranda und strickte, stickte oder versah andere Tätigkeiten.

»Ich weiß, Erik. Aber nun bin ich da. Und ich werde diesen Haushalt auf meine Weise führen«, antwortete die Mutter fest.

»Es ist wirklich schwer, vernünftiges Personal zu bekommen.« Onkel Erik klang etwas mürrisch.

»Was genau möchtest du mir damit sagen?«

»Nun, ich möchte, dass du versuchst, mit der Mamsell auszukommen. Sie hat sich bei mir auch über die Kinder beklagt. Freddy und Gerta haben zusammen in einem Bett geschlafen, das gehört sich nicht.«

Frederike zuckte zusammen. Würden sie jetzt Ärger bekommen?

»Papperlapapp. Und wenn schon? Sie haben sich in Potsdam ein Zimmer geteilt. Hier ist alles neu für sie, sie brauchen Zeit, um sich einzugewöhnen.« Die Mutter stockte, dann fuhr sie langsamer fort: »Aber was meinst du mit ›auch‹? Worüber hat die Mamsell noch mit dir gesprochen?«

Wieder räusperte sich Onkel Erik. »Ich weiß, ihr seid erst ein paar Tage hier und vieles ist neu für euch …«

»Ja?«

»Wir haben gewisse Regeln, einen Tagesablauf, den die Leute so kennen und auch so weiterführen möchten.«

»Ja?« Frederike konnte die Anspannung in der Stimme ihrer Mutter hören.

»Zum Beispiel stehen wir immer um halb sieben auf. Ich halte um sieben vor dem Hauspersonal, der Familie und eventuellen Besuchern eine kleine Andacht, jeden Morgen. Danach gibt es das erste Frühstück.«

»Ist das so? Und alle haben teilzunehmen?«

»Genau, Liebes. Es wäre schön, auch für das Personal – unsere Leute, wenn wir das weiterhin so halten könnten.«

»Nun gut. Was gibt es sonst noch?«

»Der Hauslehrer hat sich für morgen angekündigt. Er ist ein gebildeter Mann, allerdings ein Kriegsveteran.«

»Das ist gut, dann haben die Kinder auch endlich wieder Struktur in ihrem Tagesablauf.«

»Und zu der Gesellschaft – das musst du mit der Mamsell besprechen, genauso wie die tägliche Haushaltsführung. Am besten nach dem ersten Frühstück, wenn ich mich mit dem Inspektor treffe.«

»Erik, ich weiß, wie man einen Haushalt führt.«

»Sicher, sicher, Liebes, aber ein Gut ist doch etwas anderes als dein kleiner Stadthaushalt in Potsdam. Die Mamsell meint es sicher nur gut und wird dir helfen, dich besser zurechtzufinden.«

»Wie du meinst ...«

»Freddy?«, zischte es plötzlich hinter ihr in der Diele. »Was zum Kuckuck machst du denn hier?«, fragte Leni. »Du gehst sofort nach oben und in dein Bett. Das ist ja ungehörig, hier im Dunkeln den Erwachsenen zu lauschen, wo hat man so etwas schon gesehen?«

Frederike raffte ihr Nachhemd und lief, so leise es ging, die Treppe hoch in ihr Zimmer. Hatten Mama und Onkel Erik Streit wegen der Mamsell, fragte sie sich, bevor sie einschlief. Und was würde aus der Gesellschaft werden? Sie hoffte, dass die Mutter sich durchsetzen würde. Eine Gesellschaft – wie traumhaft und aufregend.

Kapitel 2

Am folgenden Morgen weckte das Mädchen die Kinder in aller Frühe.

»Wie spät ist es denn?«, fragte Frederike verschlafen.

»Gleich sechs. Beeil dich, wasch dich und zieh dich an. Um sieben hält der gnädige Herr die Morgenandacht.« Leni zog die Vorhänge beiseite und öffnete das Fenster.

»Um sieben?« Frederike war entsetzt. »So früh?«

»Das ist hier so üblich. In der Erntezeit sogar noch ein wenig früher.«

Ach ja, dachte Frederike, das hatte Onkel Erik gestern Abend mit Mutter besprochen. »Ich fürchte, einige Dinge werden sich von nun an gründlich ändern«, murmelte Leni.

Die Leute, so nannten sie hier die Angestellten, hatten sich schon im kleinen Salon versammelt. Auch Mutter, ihre Geschwister und Tante Edeltraut waren da. Fritz hatte die Haare nicht gekämmt und sah so verschlafen aus, wie Frederike sich fühlte.

Onkel Erik las die Tageslosung vor und ein Kapitel aus der Lesung, dann durften sie zum Frühstück gehen. Es gab eine Scheibe Brot mit Wurst, Malzkaffee für die Kinder, Kaffee für die Erwachsenen und etwas Milchsuppe.

Im Anschluss ging Onkel Erik in sein Büro, wo der Verwalter des Guts schon wartete, und die Mutter nahm das Haushaltsbuch aus der Schublade und ließ die Mamsell zu sich rufen.

»Wann kommt der Hauslehrer?«, fragte Fritz Gerulis, den ersten Hausdiener.

»Mit dem ersten Zug soll er kommen. Hans hat schon angespannt und fährt gleich zum Bahnhof.«

»Darf ich mit?«, fragte Fritz aufgeregt.

»Nur, wenn du dir die Haare kämmst«, entgegnete Leni. Sie schaute zu Gerulis, dieser nickte.

»Warum nicht? So lernst du die Gegend auch gleich besser kennen.«

»Dürfen wir auch mit?«, wollte Gerta wissen.

Doch zu ihrer und Frederikes Enttäuschung schüttelte das Kindermädchen den Kopf. »Das ist nichts für euch junge Damen. Aber ihr dürft in die Küche gehen, wenn ihr wollt.«

Gerta nickte eifrig. Bisher waren sie noch nicht im Souterrain gewesen.

Sie gingen die Treppe hinunter und durch den Gang. Vorne waren die Kellerräume, wo Wein und Vorräte gelagert wurden. Nach hinten raus fiel das Grundstück etwas ab, so dass die Küche durch große Fenster erhellt wurde. Rechts gab es den Gesinderaum mit einem großen Tisch, an dem die unverheirateten Arbeiter des Gutes ihre Mahlzeiten bekamen.

An der Fensterseite der Küche befanden sich die Spültische. Der große Herd stand in der Mitte des Raumes, auf ihm ein großer Kessel, in dem immer Wasser warmgehalten wurde.

Frederike sah sich um. Die Küche war viel größer als die in Potsdam, und es herrschte eifriges Treiben. Zwei Mädchen spülten das Geschirr. Zwei weitere schmierten Brote, die die Arbeiter als zweites Frühstück bekamen. Ein anderes packte die Brote in Blechdosen und brachte diese in den Gesinderaum.

»Die jungen Herrschaftchen«, sagte eine korpulente Frau mit einer weißen Haube und einer Schürze, die ihren Leib zusammenzuhalten schien. »Was fier eine Ehre.« Aber sie lächelte freundlich.

»Guten Tag«, sagte Gerta und knickste. »Ich bin Gerta von Fennhusen und dies ist meine Schwester Frederike von Weidenfels.«

Auch Frederike, eingeschüchtert von so viel Masse hinter der Schürze, knickste.

»Ich bin Meta Schneider, die Kechin. Für die Mamsell bin ich allerdings nur ›Schneider‹.« Sie lachte. »Ei, dann kommt mal mit.«

Erstaunt schaute Frederike zu einer Schranktür, die in der Wand eingelassen war.

Die Köchin sah Frederikes Blick. »Das ist der Speisenaufzug.«

»Was?«

»Ei, schau mal.« Sie schob die Tür auf und zeigte in den kleinen Aufzug, der drei Fächer hatte. »Da kommen die fetijen Speisen rein und werden hochjezogen. Frieher haben wir een Seilzug gehabt, aber der gnedige Herr mag es modern und nu haben wir Elektrizität. Erbarmung, dass er noch mehr Leitungen in die Kiche legt. Dann kündige ich. Deuwelszeug, jenau wie de Fernsprecher. So was gab es frieher och nüscht und wir haben alle ieberlebt.« Sie seufzte. »Aber praktisch ist es. Die beschmadderten Teller kommen so auch wieder runter. Hattet ihr das in Berlin nich, Marjellchens?« Sie sah die Mädchen neugierig an.

»Wir kommen doch aus Potsdam«, sagte Gerta empört. »Nicht aus Berlin.«

»Das ist doch dasselbe«, sagte die Köchin und lachte. »Ei, dann kommt mal, ihr Potsdamerinnen. Ich seh, ihr seid jankrich nach Stullen und sießer Butter. Muss schwer fier euch sein, nich? Alles ist anders hier.«

»Oh ja«, seufzte Gerta. »Gibt es auch Milch?«

Wieder lachte die Köchin. »Milch? Ob wir Milch haben? Wir haben dreißig Kiehe im Stall, da werden wir doch Milch haben.«

Sie führte die Mädchen in den Gesinderaum. An dem großen Tisch lasen zwei Mädchen die ersten Bohnen und Erbsen, ein Knecht brachte frisches Feuerholz, ein anderer nahm die Asche, die noch glühte, mit auf den Hof. Am rechten Tischende lag ein dickes Buch, ein Tintenfass und eine Feder.

»Das ist mein Platz«, sagte die Köchin gewichtig. »Und mein Haushaltsbuch. Da hat niemand außer mir was verloren. Ihr könnt euch auf die Bank setzen. Inge, bring Sauermilch, Brot und Butter fier die Herrschaften.«

Gerta rutschte auf die Bank, aber Frederike blieb vor einem Schränkchen stehen. Aus dem Schränkchen schien es zu piepsen.

»Was ist das?«

»Ein Brutschrank. Erbarmung. Das kennste nich? Obwohl du aus Potsdam kommst?«, wieder lachte die Köchin, aber es klang nur belustigt, nicht abwertend.